# JEFFREY ARCHER
## DER AUFSTIEG

Aus dem Englischen von
Lore Straßl

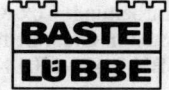

BASTEI LÜBBE TASCHENBUCH
Band 12014

1. Auflage 1993
2. Auflage 1994
3. Auflage 1996
4. Auflage 2001

Vollständige Taschenbuchausgabe
der bei Gustav H. Lübbe erschienenen Hardcoverausgabe

Bastei Lübbe und Gustav H. Lübbe
sind Imprints der Verlagsgruppe Lübbe

Titel der englischen Originalausgabe:
As the Crow Flies
© 1991 by Jeffrey Archer
Erschienen bei Hodder und Stoughton, Sevenoaks, Kent
© für die deutsche Ausgabe by
Verlagsgruppe Lübbe GmbH & Co. KG, Bergisch Gladbach
Einbandgestaltung: K.K.K.
Titelfotos: SIPA/Superbild
Satz: Kremerdruck GmbH, Lindlar-Hartegasse
Druck und Verarbeitung: Cox & Wyman Ltd.
Printed in Great Britain
ISBN 3-404-12014-0

Sie finden uns im Internet unter
http://www.luebbe.de

Für James

# Inhalt

# Charlie

## 1900–1919

## 1

จ »Der 'ier kostet keine zwei Pence!« pflegte mein Großvater mit lauter Stimme zu rufen, wobei er einen Kohlkopf mit beiden Händen in die Höhe hielt. »Er kostet nicht mal andert'alb Pence! Nein, ich schenk' ihn euch für einen lumpigen *Penny!*«

Das waren die ersten Sätze, an die ich mich erinnern kann. Ich hatte noch nicht laufen gelernt, da setzte meine älteste Schwester mich schon in einer Apfelsinenkiste neben Großpapas Standplatz ab, um sicherzugehen, daß ich früh genug mit meiner Lehrzeit anfing.

»Der Kleine 'ier schaut schon mal nach dem Rechten«, erklärte mein Großvater dann seinen Kunden, wenn ich aus der Kiste hervorlugte. Tatsächlich war mein erstes Wort »'o'papa« und mein zweites »Penny«, und schon vor meinem dritten Geburtstag konnte ich die Anpreisungen meines geschäftstüchtigen Großvaters Wort für Wort nachplappern.

Nicht daß auch nur einer in meiner Familie genau gewußt hätte, an welchem Tag ich geboren war. Mein Vater hatte die Nacht in einer Ausnüchterungszelle verbracht, und meine Mutter starb, noch ehe ich meinen ersten Atemzug tat. Großpapa meinte, es könnte ein Samstag gewesen sein, glaubte sich zu erinnern, daß es im Januar gewesen war, war sich ziemlich sicher, daß man das Jahr 1900 schrieb, und wußte ganz bestimmt, daß Königin Victoria noch gelebt hatte. Also einigte man sich auf den 20. Januar 1900.

Meine Mutter kannte ich nicht, denn wie ich bereits erwähnt habe, starb sie bei meiner Geburt – bei der »Niederkunft«, wie sie es nannten, was ich jedoch erst viel später verstand. Unser Pfarrer, von einigen Leuten Hochwürden, von den meisten aber Vater O'Malley genannt, erzählte mir immer, daß sie eine wahre Heilige gewesen war. Mein Vater – den bestimmt niemand einen

Heiligen genannt hätte – arbeitete tagsüber im Hafen, verbrachte seine Nächte im Pub und kam am frühen Morgen heim, weil er nur da ungestört seinen Rausch ausschlafen konnte.

Der Rest meiner Familie bestand aus drei Schwestern – Sal, die älteste, war bei meiner Geburt fünf; sie wußte immerhin, wann sie geboren war, denn sie kam mitten in der Nacht zur Welt und hatte so unseren Vater um seinen kostbaren Schlaf gebracht; Grace war drei und verursachte nie jemandem eine unruhige Nacht; und die rothaarige Kitty war gerade achtzehn Monate alt und plärrte die ganze Zeit.

Familienoberhaupt war Großvater Charlie, nach dem man mich benannt hatte. Er schlief in seinem eigenen Zimmer im Erdgeschoß unserer Wohnung in der Whitechapel Road, während die restliche Familie im gegenüberliegenden Zimmer zusammengepfercht war. Außerdem gab es noch eine Küche und einen winzigen Raum, den man mit bestem Willen höchstens als Besenkammer bezeichnen konnte; Grace jedoch hatte ihn feierlich zum Wohnzimmer ernannt.

Im Garten gab es zwar kein Gras, dafür aber ein gewisses Häuschen, das wir gemeinsam mit einer irischen Familie benutzten, die über uns wohnte.

Großpapa – der von Beruf Obst- und Gemüsehändler war – hatte sich einen guten Standplatz an der Ecke der Whitechapel Road gesichert. Als ich groß genug war, um aus meiner Apfelsinenkiste hinauszuklettern und zwischen den anderen Verkaufskarren herumzustromern, fand ich bald heraus, daß man meinen Großvater hier für den besten Händler vom ganzen East End hielt.

Mein Vater, der – wie ich bereits erwähnte – Hafenarbeiter war, schien sich nie sonderlich für uns Kinder zu interessieren, und obwohl er manchmal bis zu einem Pfund die Woche verdiente, landete sein gesamter Lohn so gut wie immer im *Black Bull*, wo er sein Geld für ein Bier nach dem anderen ausgab und beim Karten- und Dominospiel verlor, gewöhnlich in Gesellschaft von Bert Shorrocks, der unser Nachbar war und offenbar nie redete, sondern bloß ab und zu vor sich hin brummte.

Wenn Großvater nicht gewesen wäre, hätte sich auch niemand darum gekümmert, daß ich wenigstens die Grundschule besuchte. Und »besuchte« war das treffende Wort, denn ich tat dort nicht viel mehr, als den Deckel meines kleinen Pults zuzuknallen und hin und wieder an den Zöpfen von »Schickidickie« zu ziehen, die vor mir saß. Ihr richtiger Name war Rebecca Salmon, und sie war die Tochter von Dan Salmon, dem die Bäckerei an der Ecke Brick Lane gehörte. Schickidickie wußte ganz genau, wann und wo sie geboren war, und sie ließ keine Gelegenheit aus, uns ständig unter die Nase zu reiben, daß sie ein ganzes Jahr jünger war als sonstjemand in der Klasse.

Ich konnte es kaum erwarten, daß die Glocke um vier Uhr zum Schulende läutete. Dann schmetterte ich den Deckel meines Pults zum letzten Mal am Tag zu und raste zur Whitechapel Road, um meinem Großvater am Gemüsekarren mitzuhelfen.

Am schönsten aber fand ich es, wenn Großpapa mich am Samstag schon ganz früh mit auf den Morgenmarkt in Covent Garden mitnahm, wo er das Obst und Gemüse aussuchte, das er dann an seinem Stand, unmittelbar gegenüber von Mr. Salmons Bäckerei und Dunkleys Fischimbiß, verkaufen würde.

Wenn es nach mir gegangen wäre, wäre ich gar nicht mehr in die Schule gegangen, aber Schwänzen war nicht drin, nicht einmal für eine Stunde, denn Großvater hätte es herausgefunden und mich dann am Samstagnachmittag nicht zum Fußballplatz mitgenommen, um West Ham anzufeuern – oder, noch schlimmer, er wäre am Morgen ohne mich zum Markt gefahren.

»Ich 'ab ge'offt, daß du mehr wie Rebecca Salmon wirst«, sagte er oft. »Das Mädchen wird's weit bringen ...«

»Je weiter weg von der, desto besser«, entgegnete ich dann immer, aber er lachte darüber nie, sondern erinnerte mich nur daran, daß sie in jedem Fach die Beste war.

»Außer im Rechnen!« erwiderte ich stolz. »Da kommt sie mit mir nicht mit.« In der Tat hatte ich eine Aufgabe bereits im Kopf ausgerechnet, wenn Rebecca Salmon erst die Zahlen in ihr Heft kritzelte; das wurmte sie entsetzlich.

Mein Vater erkundigte sich in all den Jahren nie in der

Schule nach meinen Fortschritten. Großvater dagegen suchte Mr. Cartwright, meinen Lehrer, wenigstens alle drei Monate einmal auf, um zu erfahren, wie ich mich im Unterricht machte. Mr. Cartwright versicherte Großvater, daß ich mit meiner Begabung für Zahlen einmal Buchhalter oder Ähnliches werden könnte. Einmal sagte er, daß er mir vielleicht sogar eine »Stelle in der City«, im Finanzdistrikt, besorgen könnte. Das war natürlich reine Zeitvergeudung, weil ich nichts anderes wollte, als mit Großvater Obst und Gemüse zu verkaufen.

Ich war sieben, als mir klar wurde, daß der Name, der auf Großpapas Karren stand – ›CHARLIE TRUMPER, DER EHRLICHE HÄNDLER. Gegründet 1823.‹ –, derselbe wie meiner war und daß mein Vater, dessen Vorname George war, gar nicht daran dachte, den Karren zu übernehmen, wenn Großvater in den Ruhestand ging; er betonte oft genug, daß er nicht vorhatte, seine Kameraden am Hafen im Stich zu lassen.

Nichts hätte mich mehr freuen können als diese Haltung, und ich sagte zu Großpapa, daß wir nicht einmal den Namen ändern mußten, wenn ich den Karren mal ganz übernahm.

Doch er seufzte nur und entgegnete: »Ich möcht' nicht, daß du im East End kleben bleibst, Junge. Du bist viel zu gut, um den Rest deines Lebens 'interm Gemüsekarren zu stehn.« Es betrübte mich, daß er so dachte; er begriff offenbar nicht, daß ich gar nichts anderes wollte, als von seinem Karren zu verkaufen. Die Schule zog sich endlos Monat um Monat, Jahr um Jahr dahin, und jedes Jahr, wenn es Zeugnisse gab und die Preise für die besten Schüler in den einzelnen Fächern verteilt und Reden gehalten wurden, stieg Rebecca Salmon hinauf auf die Bühne und nahm einen Preis nach dem anderen entgegen. Und am schlimmsten an diesem alljährlichen Festtag war, daß wir immer zuhören mußten, wie sie den dreiundzwanzigsten Psalm vortrug und da oben stand in ihrem weißen Kleid, den weißen Söckchen und weißen Schuhen. Sogar die Schleife in ihrem langen schwarzen Haar war weiß.

»Und ich wett', daß sie jeden Tag 'ne frische Unter'ose anzieht«, flüsterte mir Klein Kitty ins Ohr.

»Und ich wett', daß sie noch 'ne Jungfrau is'«, meinte Sal.

Ich lachte laut, denn das taten alle Händler in der Whitechapel Road, wenn immer sie dieses Wort hörten. Ich muß allerdings gestehen, daß ich damals keine Ahnung hatte, was eine Jungfrau eigentlich war.

Großpapa machte ärgerlich: »Psst!« und lächelte erst wieder, als ich auf die Bühne stieg, um mir den Preis im Rechnen abzuholen – eine Schachtel mit bunten Kreidestiften, mit denen ich nicht viel anzufangen wußte, trotzdem immer noch besser als ein Buch.

Als ich den Preis entgegennahm, klatschte Großvater so laut, daß sich einige Mütter lächelnd umdrehten. Das bekräftigte ihn noch in seinem Entschluß, dafür zu sorgen, daß ich bis vierzehn auf der Schule blieb.

Als ich zehn war, erlaubte mir Großpapa, die Ware für den Vormittag auf dem Karren herzurichten, bevor ich mich auf den Weg zur Schule machte. Kartoffeln ganz vorn, Gemüse in die Mitte und Obst hinten, das war seine goldene Regel.

»Du mußt aufpassen, daß die Leute das Obst nich' betatschen, bevor sie dafür bezahlt 'aben«, mahnte er. »Kartoffeln sind schwer zu quetschen, aber Trauben sind noch schwerer zu verkaufen, wenn sie erst 'n paarmal 'ochge'oben und fallen gelassen worden sind.«

Mit elf nahm ich bereits das Geld von den Kunden entgegen und durfte ihnen das Wechselgeld herausgeben. Da kam ich das erste Mal dahinter, daß manche gern was in der Hand verschwinden ließen. Manchmal, nachdem ich ihnen ihr Wechselgeld herausgegeben hatte, öffnete der eine oder andere die Hand, und ich mußte feststellen, daß eine der Münzen, die er ganz sicher von mir bekommen hatte, verschwunden war. Mir blieb dann nichts anderes übrig, als ihm eine zweite zu geben.

Auf diese Weise brachte ich Großvater um einiges von unserem wöchentlichen Gewinn, bis er mir beibrachte zu sagen: »Zwei Pence zurück, Mrs. Smith«, und die Münzen so hochzuhalten, daß alle sie sehen konnten, bevor ich sie der Kundin aushändigte.

Mit zwölf hatte ich gelernt, wie man mit Pokermiene mit den Großhändlern in Covent Garden feilschte und die erstandene Ware dann anschließend in Whitechapel mit einem breiten Lächeln verkaufte. Es entging mir nicht, daß Großpapa die Großhändler regelmäßig wechselte.

»Soll keiner für selbstverständlich 'alten, daß ich bei ihm kauf'«, erklärte er mir.

Mit dreizehn war ich zu seinen Augen und Ohren geworden, denn inzwischen kannte ich den Namen jedes einzelnen Obst- und Gemüsehändlers in Covent Garden. Ich kam rasch dahinter, welche Händler faules Obst unter den guten Früchten zu verstecken suchten, welche es mit dem Auswiegen nicht so genau nahmen – und, was beim Verkauf das wichtigste war, welche Kunden ihre Schulden nicht bezahlten und deswegen nicht mehr anschreiben lassen durften.

Ich erinnere mich, wie meine Brust vor Stolz anschwoll, als Mrs. Smelly, die eine Pension in der Commercial Road führte, zu mir sagte, ich sei aus dem gleichen Holz wie mein Großvater und würde vielleicht einmal sogar ebenso gut wie er. Zur Feier des Tages bestellte ich mir am Abend mein erstes Bier und rauchte meine erste Zigarette. Ich trank weder das Bier aus, noch nahm ich mehr als einen oder zwei Züge von der Zigarette.

Nie werde ich den Samstag vormittag vergessen, als Großvater mich ganz allein verkaufen ließ. Fünf Stunden lang verkniff er sich jede Bemerkung, und als er die Einnahmen am Ende des Tages zusammenrechnete, gab er mir wie an jedem Wochenende ein Sixpencestück, obwohl wir zwei Shilling und fünf Pence weniger eingenommen hatten als gewöhnlich an einem Samstag.

Ich weiß, daß Großvater es gern gesehen hätte, wenn ich noch länger in die Schule gegangen wäre, aber am letzten Tag des Schuljahres im Dezember 1913 schritt ich das letzte Mal durchs Tor der Volksschule in der Jubilee Street. Den Segen meines Vaters hatte ich jedenfalls. Er hatte immer schon gesagt, daß man in der Schule seine Zeit nur sinnlos verplempere, und ich war da ganz seiner Meinung – auch wenn Schickidickie ein Stipendium für eine Schule bekommen hatte, die St. Paul hieß und meilenweit entfernt in Hammersmith war. Und wer will schon in eine Schule in Hammersmith gehen, wenn man im East End leben kann?

Mrs. Salmon war da offenbar anderer Meinung, denn sie erzählte jedem, der in ihren Bäckerladen kam, von der »überragenden Intrigenz« ihrer Tochter.

»Rebecca kann offenbar alles viel eher als andere Kinder in ihrem Alter«, hatte sie einmal zu meinem Vater gesagt.

»Und mir fällt da noch was ein, was die Kleine wahrscheinlich auch viel früher tun wird, als ihre Mutter es erwartet«, hatte er mir da ins Ohr geflüstert und hinzugefügt: »Diese Angeberin!«

Ich hatte ungefähr die gleiche Meinung von Schickidickie wie Vater von Mrs. Salmon. Mr. Salmon dagegen war in Ordnung. Er war nämlich selber mal Straßenhändler gewesen, ehe er Miss Roach, die Bäckerstochter, heiratete.

Jeden Samstagmorgen, während ich den Karren herrichtete, ging Mr. Salmon in die Synagoge und überließ seiner Frau den Verkauf im Laden. Sie ließ keine Gelegenheit aus, uns mit schriller Stimme wissen zu lassen, daß sie aus einem besseren Stall kam als wir.

Schickidickie fiel es offenbar jedesmal schwer, sich zu entscheiden, ob sie mit ihrem alten Herrn in die Synagoge gehen oder zu Haus am Fenster sitzen und Windbeutel verschlingen sollte, sobald ihre Mutter außer Sichtweite war.

»Immer das gleiche Problem bei Mischehen«, sagte Großvater des öfteren, aber es dauerte Jahre, bis ich verstand, daß es nichts mit den Windbeuteln zu tun hatte.

An dem Tag, als ich mit der Schule aufhörte, sagte ich zu Großpapa, er könne sich jetzt am Samstag ausschlafen, während ich zum Covent Garden gehen würde, um Obst und Gemüse zu holen, doch davon wollte er nichts wissen. Aber er ließ mich zumindest zum erstenmal allein verhandeln und einkaufen. Ich fand bald einen Händler, der sich bereit erklärte, mir ein Dutzend Äpfel für nur drei Pence zu geben, wenn ich ihm garantierte, daß ich ihm einen Monat lang jeden Tag gleich viel abnahm. Da Großpapa Charlie und ich immer jeder einen Apfel zum Frühstück aßen, kam dieses Geschäft unseren eigenen Bedürfnissen entgegen und gab mir gleichzeitig die Gelegenheit, selbst zu kosten, was wir unseren Kunden anboten.

Von diesem Augenblick an war jeder Tag ein Samstag, und gemeinsam gelang es uns, manchmal bis zu vierzehn Shilling Gewinn die Woche zu machen.

Ich bekam einen Wochenlohn von fünf Shilling – für mich ein Vermögen. Davon legte ich regelmäßig vier in eine kleine Geldschatulle, die ich unter Großvaters Bett versteckt hatte, bis ich über zwanzig Shilling – meine erste Guinee – beisammen hatte. Jemand, der eine Guinee hat, hat Sicherheit, pflegte Mr. Salmon zu sagen, wenn er, die Daumen in den Westentaschen, vor seinem Laden stand, so daß alle seine goldene Taschenuhr an der goldenen Kette bewundern konnten.

An den Abenden, wenn Großpapa sich in sein Zimmer zurückgezogen hatte und Vater in den Pub gegangen war, wurde ich es bald leid, nur in der Gesellschaft meiner Schwestern herumzusitzen. So trat ich in den Sportclub von Whitechapel ein. Tischtennis am Montag, Mittwoch und Freitag; Boxen am Dienstag, Donnerstag und Samstag. Mit Tischtennis kam ich nie besonders zurecht, aber ich wurde ein recht brauchbarer Bantamgewichtler.

Im Gegensatz zu Vater machte ich mir weder was aus Pubs noch aus Hunderennen oder Kartenspielen, aber ich schaute immer noch fast jeden Samstagnachmittag West Ham zu, und hin und wieder fuhr ich ins West End, um mir das neueste Varietéprogramm anzusehen.

Als Großpapa mich fragte, was ich mir zu meinem fünfzehnten Geburtstag wünschte, antwortete ich, ohne einen Augenblick zu überlegen: »Meinen eigenen Karren.« Dann fügte ich hinzu, daß ich schon fast genug für einen gespart hatte. Großvater lachte bloß und meinte, daß sein alter noch gut genug sein würde, wann immer ich soweit wäre, ihn mal zu übernehmen. Der Kauf eines neuen Karrens sei das, was reiche Leute eine Kapitalanlage nennen würden, warnte er mich, und er fügte hinzu, man solle nicht in was Neues investieren, vor allem nicht, solange Krieg sei.

Obwohl Mr. Salmon mir schon erklärt hatte, daß der Krieg gegen die Deutschen vor einem Jahr erklärt worden war – keiner von uns hatte je was von Erzherzog Franz Ferdinand gehört –, wurde uns der Ernst der Lage erst klar, als viele der jungen Burschen, die auf dem Markt gearbeitet hatten, allmählich »an die Front« verschwanden und durch ihre jüngeren Brüder, manchmal sogar Schwestern, ersetzt wurden.

Das einzige andere aus dieser Zeit, an das ich mich erinnere, war der Umstand, daß das Schaufenster von Metzger Schultz, der so gute Wurst machte – für uns immer ein Samstagabendschmaus, insbesondere wenn er uns mit einem zahnlosen Grinsen bedachte und eine Wurst zugab – fast jeden Morgen eingeschlagen war. Und dann war die Metzgerei eines Morgens mit Brettern vernagelt, und wir sahen Mr. Schultz nie wieder. »Internierung«, flüsterte Großpapa, was ich jedoch nicht verstand.

Mein Vater kam gewöhnlich Samstag vormittags an den Gemüsekarren, aber nur, um Großpapa um Geld anzuhauen, das er dann mit Bert Shorrocks im *Black Bull* versoff oder verspielte.

Jedesmal fischte Großpapa dann einen Shilling aus der Tasche, manchmal sogar eine Zweishilling-Silbermünze, was er sich eigentlich nicht leisten konnte – und das, obwohl er selbst nie trank und nichts von Glücksspielen hielt. Ich ärgerte mich jedenfalls immer darüber, während Vater das Geld einsteckte, lässig die Hand an die Mütze legte und dann in Richtung *Black Bull* verschwand.

So ging das fast jede Woche und wäre vielleicht immer so weitergegangen, bis eines Samstags eine hochnäsige Dame in langem schwarzen Kleid zu unserem Karren herüberkam und eine weiße Feder in Vaters Revers steckte.

Nie zuvor hatte ich ihn so wütend werden gesehen. Es war sogar noch schlimmer als Samstag nachts, wenn er heimkam, nachdem er wie üblich sein ganzes Geld verspielt hatte und so betrunken war, daß wir uns alle unter dem Bett versteckten.

Doch obwohl er drohend die Faust schüttelte, wich die Dame keinen Schritt vor ihm zurück, sondern schimpfte ihn sogar laut einen Feigling. Er brüllte ein paar Worte zurück, die er sich gewöhnlich für den Steuereinnehmer aufsparte. Dann packte er ihre ganzen Federn, trampelte in der Gosse darauf herum und stürmte in Richtung *Black Bull* davon. Er war noch nicht wieder daheim, als Sal uns mittags Fisch und Fritten vorsetzte. Mir war das ganz recht, zumal ich mich aus dem Staub machte, um zu West Ham zu gehen, nachdem ich auch seine Portion vertilgt hatte. Er war noch nicht wieder da, als ich am Abend zurückkam, und als ich am nächsten Morgen aufwachte, sah ich, daß seine Seite des Betts unberührt geblieben war. Als wir mit Großvater vom Gottesdienst heimkamen, war er immer noch nicht da; so hatte ich das Doppelbett schon die zweite Nacht für mich allein.

»Wahrscheinlich 'aben sie ihn wieder mal in die Ausnüchterungszelle gesteckt«, meinte Großpapa, als ich am Montag früh unseren Karren mitten auf der Straße vorwärts schob, um den Roßäpfeln von den Trams auszuweichen, welche jeden Tag die Metropolitan Line entlang zur Innenstadt und wieder zurück gezogen wurden.

Als wir am Haus Nummer 110 vorbeikamen, bemerkte ich, daß Mrs. Shorrocks mich durchs Fenster anstarrte. Sie hatte ein blaues Auge und sah auch sonst ziemlich lädiert aus. Es gab kaum ein Wochenende, an dem sie nicht von ihrem besoffenen Ehemann Prügel bezog.

»Du kannst deinen Pa mittags auslösen«, führte Großvater meine Gedanken fort. »Bis da'in dürft' er wieder einigermaßen nüchtern sein.«

Ich machte ein finsteres Gesicht bei dem Gedanken, daß es uns eine halbe Krone kosten würde, seine Strafe zu bezahlen; damit war wieder mal ein ganzer Tagesgewinn im Eimer. Kurz nach zwölf ging ich zum Revier. Der diensthabende Polizeiwachtmeister sagte mir, daß zwar Bert Shorrocks noch in der Zelle sitze und nachmittags dem Richter vorgeführt würde, meinen Vater aber hätte man das ganze Wochenende nicht gesehen.

»Du kannst Gift drauf nehmen, sobald er Geld braucht, taucht er wieder auf«, prophezeite Großvater.

Aber es dauerte einen ganzen Monat, ehe mein Vater sich wieder blicken ließ, und als ich ihn sah, wollte ich meinen Augen nicht trauen – er steckte von Kopf bis Fuß in Uniform. Er hatte sich zum 2. Bataillon der Royal Fusiliers gemeldet und tat kund, daß er zwar schon in den nächsten Wochen an die Front versetzt würde, aber Weihnachten wohl wieder daheim wäre; ein Offizier hatte ihm erzählt, daß sie die verfluchten Hunnen – damit meinte er die Deutschen – bis dahin längst besiegt hätten.

Großvater schüttelte stirnrunzelnd den Kopf, aber ich war so stolz auf meinen Vater, daß ich den Rest des Tages an seiner Seite über den Markt marschierte. Sogar die schöne Dame, die an der Ecke stand und weiße Federn verteilte, nickte ihm anerkennend zu. Ich sah sie an und versprach meinem Vater, daß ich ihm helfen würde, die »Hunnen« in die Flucht zu schlagen, wenn sie bis Weihnachten noch nicht besiegt waren. An diesem Abend begleitete ich ihn sogar in den *Black Bull*, entschlossen, meinen Wochenlohn für alles auszugeben, was er nur wollte. Aber niemand ließ zu, daß er selbst nur einen Drink bezahlte, und so konnte ich mein ganzes Geld wieder mit nach Hause nehmen. Am nächsten Morgen kehrte mein Vater zu seinem Regiment zurück, noch ehe Großvater und ich zum Markt aufbrachen.

Vater schrieb nie, weil er gar nicht schreiben konnte, aber im East End wußte jeder: Solange einem nicht so ein brauner Umschlag unter der Tür durchgeschoben wurde, lebte der Familienangehörige, der an der Front war, noch.

Mr. Salmon las mir hin und wieder aus seiner Morgenzeitung vor, aber es stand nie irgendwas über die Royal Fusiliers drin, also wußte ich nicht, wo Vater im Einsatz war. Ich hoffte nur, daß es nicht an dem Ort namens Ypern war; denn die Zeitung schrieb, daß dort jeden Tag an die tausend Mann fielen.

Weihnachten blieb's in diesem Jahr bei uns ziemlich ruhig, denn Vater war nun doch nicht von der Front heimgekommen, wie der Offizier es prophezeit hatte.

Sal, die schichtweise in einem Café an der Commercial Road

arbeitete, mußte am Sechsundzwanzigsten wieder zur Arbeit. Grace arbeitete Weihnachten im Londoner Krankenhaus durch, denn so was wie Schichtdienst kannte sie nicht. Kitty lungerte herum, machte alle Geschenke auf, vor allem die der anderen, und ging dann wieder ins Bett. Kitty schaffte es offenbar einfach nie, einen Job jemals länger als eine Woche zu behalten. Aber sie war immer besser gekleidet als wir, ich nehme an, weil eine ganze Reihe junger Soldaten, denen sie schöne Augen machte, offenbar mit Freuden bereit war, den letzten Penny für sie auszugeben, ehe sie an die Front mußten. Ich fragte mich manchmal, was Kitty ihnen wohl sagen würde, falls sie alle am gleichen Tag zurückkehrten.

Hin und wieder half Kitty ein oder zwei Stunden freiwillig am Karren mit, doch sobald sie einen guten Teil des Tagesgewinns verfuttert hatte, trollte sie sich. »Die ist beim besten Willen kein Gewinn für uns«, brummte Großvater. Aber ich beklagte mich nicht. Ich war gerade sechzehn geworden, hatte keine Sorgen, und meine Gedanken beschäftigten sich nur damit, wie bald ich einen eigenen Karren bekommen konnte.

Mr. Salmon machte mich darauf aufmerksam, daß in der Old Kent Road die besten Karren verkauft wurden, weil so viele der jungen Händler Kitcheners Aufruf folgten, für König und Vaterland zu kämpfen. Er war überzeugt, daß es keine günstigere Zeit für das gäbe, was er einen guten *metsieh* nannte. Ich dankte ihm für den Tip und bat ihn, Großvater nicht zu sagen, was ich vorhatte, da ich den *metsieh* abschließen wollte, ehe er was davon erfuhr.

Am nächsten Samstag vormittag bat ich Großvater, mir zwei Stunden freizugeben.

»'ast dir wohl 'n Mädchen angelacht, oder?« Er blickte mich eindringlich über den Karren an. »Ich 'offe bloß, es ist nich' der Pub, der dich lockt.«

»Weder – noch«, versicherte ich ihm grinsend. »Aber du sollst als erster erfahren, was es ist, Großpapa«, versprach ich ihm, legte zackig die Hand an die Mütze und marschierte in Richtung Old Kent Road davon.

Es war ein langer Weg, der mich auf der Tower Bridge über die Themse führte; denn der fremde Markt lag viel weiter im Süden, als ich je gekommen war. Und als ich dort ankam, glaubte ich, meinen Augen nicht trauen zu können. Ich hatte noch nie so viele Karren auf einem Haufen gesehen! In langen Reihen standen sie nebeneinander. Lange, kurze, gedrungene, in allen Regenbogenfarben und manche mit Namen, die seit Generationen einen guten Ruf im East End hatten. Über eine Stunde begutachtete ich alle Wagen, die zum Verkauf standen, aber immer wieder kehrte ich zu dem einen zurück, an dessen Seitenwand in blauer Schrift auf goldenem Grund die Worte standen: ›DER GRÖSSTE KARREN DER WELT.‹

Die Frau, die dieses prächtige Stück anbot, versicherte mir, daß der Karren erst einen Monat alt war. Ihr Mann, den die Hunnen umgebracht hatten, hatte drei Pfund dafür bezahlt, und sie würde ihn um keinen Penny weniger hergeben.

Ich erklärte ihr, daß ich nur zwei Pfund besäße, aber bereit wäre, ihr das restliche Geld innerhalb von sechs Monaten zu bezahlen.

»In sechs Monaten können wir schon alle tot sein«, entgegnete sie und schüttelte den Kopf mit einem Gesichtsausdruck, der zu sagen schien, daß sie diese Art von Versprechen schon öfter gehört hatte.

»Dann geb' ich Ihnen zwei Pfund und Sixpence und den Karren von meinem Großvater als Zugabe«, sagte ich, ohne zu überlegen.

»Wer ist dein Großvater?«

»Charlie Trumper«, antwortete ich stolz, obwohl ich, um ehrlich zu sein, nicht damit rechnete, daß sie je von ihm gehört hatte.

»Charlie Trumper ist dein Großvater?«

»Ja, und?« fragte ich herausfordernd.

»Dann bin ich mit zwei Pfund und Sixpence einstweilen zufrieden, aber sieh zu, daß du mir den Rest noch vor Weihnachten bezahlst.«

Das war das erste Mal, daß mir der Wert eines guten Rufes

deutlich wurde. Ich händigte der Frau also die Ersparnisse meines ganzen Lebens aus und versprach, daß sie den Restbetrag vor Ende des Jahres bekommen würde.

Wir besiegelten den Handel mit einem Handschlag, und ich schob meine Neuerwerbung in Richtung Whitechapel Road und pfiff dabei fröhlich den ganzen Weg. Als Sal und Kitty das Gefährt sahen, hüpften sie vor Aufregung und halfen mir sogar, eine Seite zu beschriften: ›CHARLIE TRUMPER, DER EHRLICHE HÄNDLER. Gegründet 1823.‹

Nachdem unser Werk vollbracht und noch ehe die Farbe richtig trocken war, schob ich den Karren voller Stolz zum Markt. Als ich in Sichtweite von Großpapas Standplatz kam, strahlte ich schon übers ganze Gesicht.

Die Menschenansammlung um unseren Karren erschien mir größer als normalerweise an einem Samstagvormittag, und ich verstand nicht, warum es plötzlich so ruhig wurde, als ich auftauchte. »Da ist der junge Charlie!« rief jemand, und mehrere Köpfe drehten sich zu mir um und starrten mich an. Irgendwas stimmte nicht. Ich ließ die Griffe meines neuen Karrens los und rannte auf die Menge zu. Die Leute öffneten sofort eine Gasse für mich. Als ich hindurch war, sah ich Großpapa auf dem Pflaster liegen, den Kopf auf eine Kiste mit Äpfeln gestützt. Sein Gesicht war kreidebleich.

Ich fiel neben ihm auf die Knie. »Ich bin's, Großpapa. Ich bin 'ier«, schluchzte ich. »Was soll ich machen? Sag mir doch, was soll ich tun?«

Er öffnete blinzelnd die müden Lider. »'ör mir gut zu, mein Junge«, flüsterte er, während er mühsam nach Atem rang. »Der Karren ge'ört jetzt dir. Also laß ihn und den Standplatz nie länger als ein paar Stunden aus den Augen.«

»Aber es ist dein Karren und dein Standplatz, Großpapa! Wie willst du arbeiten ohne einen Karren und einen Standplatz?« fragte ich. Aber er hörte es nicht mehr.

Bis zu diesem Augenblick hatte ich nie den Gedanken gehabt, daß jemand, den ich kannte, sterben könnte. ❧

## 2

Der Trauergottesdienst für Großvater Charlie Trumper fand an einem wolkenlosen Augustmorgen in der Kirche St. Mary and St. Michael in der Jubilee Street statt. Nachdem der Chor sich auf seine Plätze begeben hatte, gab es nur noch Stehplätze. Selbst Mr. Salmon, der einen langen schwarzen Mantel und einen breitkrempigen schwarzen Hut trug, mußte hinten stehen.

Als Charlie am nächsten Morgen seinen nagelneuen Karren auf den Standplatz seines Großvaters rollte, kam sogar Mr. Dunkley aus seiner Imbißstube, um die Neuanschaffung zu bewundern.

»Es 'at doppelt soviel drauf Platz wie auf Großpapas altem Karren«, erklärte ihm Charlie stolz. »Und ich 'ab ihn bis auf ein knappes Pfund bezahlt.« Doch bis zum Ende der Woche mußte Charlie zu seinem Leidwesen erkennen, daß sein Karren noch halb voll mit nicht mehr frischen Sachen war, die keiner mehr wollte. Sogar Sal und Kitty rümpften die Nase, wenn er ihnen schwarze Bananen und fleckige Pfirsiche nach Hause brachte.

Charlie brauchte mehrere Wochen, bis er ungefähr abschätzen konnte, welche Mengen er an jedem Tag brauchte, um seine Kunden zufriedenzustellen, und noch länger, bis er begriff, daß die Bedürfnisse seiner Kunden von Tag zu Tag unterschiedlich waren.

An einem Samstag morgen, nachdem Charlie seine Ware auf dem Großmarkt erstanden hatte und auf dem Rückweg nach Whitechapel war, hörte er einen lauten Ruf.

»Britische Truppen an der Somme hingemetzelt!« brüllte ein Zeitungsjunge, der an der Ecke vom Covent Garden stand.

Charlie gab ihm einen Halfpenny und erhielt dafür den *Daily Chronicle*. Er setzte sich damit auf das Pflaster und begann zu lesen, das heißt, er suchte die Worte heraus, die er verstand. Die

Zeitung schrieb vom Tod Tausender britischer Soldaten bei einem gemeinsamen Einsatz mit den Franzosen gegen Kaiser Wilhelms Truppen. Die Monate dauernde Sommeschlacht hatte unter keinem guten Stern gestanden. General Haig hatte einen Vorstoß von vier Kilometern pro Tag prophezeit, aber es endete in einem Rückzug. Der Begeisterungsruf »Weihnachten sind wir zu Haus!« hatte sich als leere Prahlerei erwiesen.

Charlie warf die Zeitung in den Rinnstein. Es würde keinem Deutschen gelingen, seinen Vater zu töten, davon war er überzeugt, allerdings quälte ihn in letzter Zeit sein Gewissen, weil er selbst nichts zum Sieg beitrug. Seine Schwester Grace hatte sich freiwillig zum Einsatz gemeldet und arbeitete nun in einem Zeltlazarett, nicht einmal einen Kilometer hinter der Front.

Obwohl sie Charlie regelmäßig jeden Monat schrieb, hatte sie keine Neuigkeiten, die ihren Vater betrafen. »Hier gibt es eine halbe Million Soldaten«, schrieb sie zur Erklärung, »und durchfroren, naß und hungrig sehen sie alle gleich aus.« Sal arbeitete immer noch als Kellnerin in der Commercial Road und verbrachte offenbar ihre ganze Freizeit damit, einen Ehemann zu finden. Kitty hatte keinerlei Schwierigkeiten, Männer zu finden, die ihr nur zu gern alles gaben, was sie brauchte. Kitty war auch die einzige der drei Schwestern, die tagsüber Zeit hatte, am Karren auszuhelfen, aber sie stand nie vor der Sonne auf und hatte sich längst wieder verzogen, bevor die Schatten länger wurden.

Es dauerte Wochen, ehe Charlie aufhörte, sich umzudrehen, um zu fragen: »Wieviel, Großpapa?« oder »Darf ich für Mrs. Davies anschreiben, Großpapa?« Und erst nachdem er auch den letzten Penny für den neuen Karren abbezahlt hatte und kaum noch Bargeld besaß, erkannte er, wie gut sein Großvater doch als Händler gewesen war.

In den ersten paar Monaten verdienten sie nur ein paar Pennies die Woche, und Sal kam mehr und mehr zu der Überzeugung, daß sie alle im Armenhaus enden würden, wenn sie nicht einmal die Miete bezahlen konnten.

Immer wieder flehte sie Charlie an, doch Großvaters alten Karren zu verkaufen, um wenigstens ein bißchen Geld im Haus zu haben. Doch Charlies Antwort blieb stets die gleiche: »Niemals!« Und er fügte hinzu, daß er das erinnerungsbeladene Stück lieber im Hinterhof verrotten lassen würde, als zuzulassen, daß ein Fremder es anfaßte.

Doch dann ging es allmählich immer ein Stückchen weiter aufwärts, und der »Größte Karren der Welt« brachte mit der Zeit sogar so viel Gewinn ein, daß es für ein Kleid aus zweiter Hand für Sal reichte, ein Paar Schuhe für Kitty und einen Anzug aus dritter Hand für Charlie.

Obgleich Charlie immer noch recht dünn war – jetzt nicht mehr Bantam- sondern Fliegengewicht – und auch nicht übermäßig groß, fiel ihm doch auf, daß ihn nach seinem siebzehnten Geburtstag die schönen Damen an der Ecke der Whitechapel Road – die immer noch jedem Mann in Zivil, der aussah, als könnte er zwischen achtzehn und vierzig sein, weiße Federn ansteckten – wie die Geier beäugten.

Obwohl Charlie keine Angst vor den Deutschen hatte, hoffte er doch, daß der Krieg bald enden und sein Vater heimkehren und seine alten Gewohnheiten wiederaufnehmen würde, tagsüber die Arbeit im Hafen und abends im Black Bull herumzuhocken. Doch da keine Briefe kamen und die Nachrichten in den Zeitungen alle zensiert waren, konnte selbst Mr. Salmon ihm nicht sagen, was sich wirklich tat.

Im Laufe der Monate wußte Charlie immer besser einzuschätzen, welchen täglichen Bedarf seine Kunden an Obst und Gemüse hatten, und diese konnten ihrerseits feststellen, daß man an seinem Karren für das gleiche Geld bessere Ware bekam als bei anderen Händlern. Und als Mrs. Smelley mit lächelndem Gesicht an einem Tag mehr Kartoffeln für ihre Pension kaufte als andere Stammkundinnen in einem ganzen Monat, zweifelte selbst Charlie nicht mehr daran, daß es aufwärts ging.

»Ich könnt' Ihnen Ihre Bestellung auch liefern, Mrs. Smelley«, erbot er sich. »Jeden Montagmorgen direkt in Ihr 'aus.«

»Danke, nicht nötig, Charlie«, entgegnete sie. »Ich möchte mir immer gern selbst aussuchen, was ich kaufe.«

»Geben Sie mir 'ne Chance, Mrs. Smelley, dann müssen Sie

nich' bei Sturm und Regen aus dem 'aus, wenn Sie plötzlich mehr Gäste als erwartet kriegen.«

Sie blickte ihn nachdenklich an. »Na gut, versuchen wir's mal für zwei Wochen. Aber wenn Sie mich je enttäuschen, Charlie Trumper ...«

»Sie können sich auf mich verlassen«, versicherte ihr Charlie grinsend. Von diesem Tag an sah man Mrs. Smelley auf dem Markt nie mehr Obst und Gemüse einkaufen.

Nach diesem ersten Erfolg beschloß Charlie, seine Frei-Haus-Lieferungen auch anderen Kunden anzubieten. Vielleicht konnte er auf diese Weise sein Einkommen sogar verdoppeln. Am nächsten Morgen holte er Großpapas alten Karren aus dem Hof und setzte Kitty für den Zustelldienst ein, während er selbst an seinem Standplatz in Whitechapel blieb.

Innerhalb von wenigen Tagen hatte Charlie den ganzen Gewinn eingebüßt, den er in den vergangenen sechs Monaten gemacht hatte. Kitty, so stellte sich heraus, konnte offenbar mit Geld überhaupt nicht umgehen, und, was noch schlimmer war, sie fiel auf jede rührselige Ausrede herein und verschenkte oft sogar noch Ware, statt sie sich bezahlen zu lassen. Am Ende dieses Monats war Charlie fast bankrott und bereits wieder mit der Miete im Rückstand.

»Und was hast du aus einem so gewagten Schritt gelernt?« fragte ihn Dan Salmon, der in der Tür seiner Bäckerei stand, das Käppchen auf dem Kopf und den Daumen in der Westentasche, aus der seine goldene Taschenuhr hervorschaute.

»Daß man es sich zweimal überlegen sollte, bevor man Familienange'örige anstellt; und daß man nie davon ausgehen darf, daß jeder seine Schulden bezahlt.«

»Gut«, lobte Mr. Salmon. »Du lernst schnell. Also, wieviel brauchst du, um über den nächsten Monat zu kommen?«

»Warum fragen Sie?«

»Wieviel?« wiederholte Mr. Salmon.

»Fünf Pfund«, murmelte Charlie mit gesenktem Kopf.

Am Freitag abend drückte Mr. Salmon Charlie fünf Sovereigns in die Hand und schenkte ihm ein paar Matzen. »Zahl's zurück, wann es dir möglich ist, Jungchen, und sag es ja nie meiner Frau, sonst kriegen wir beide was zu hören.«

Charlie zahlte seinen Kredit in Raten von fünf Shilling die Woche zurück, und zwanzig Wochen später war er wieder schuldenfrei. Der Tag, an dem er Mr. Salmon die letzte Rate aushändigte, sollte ihm in Erinnerung bleiben, denn an diesem Tag erfolgte der erste große Luftangriff auf London, und er verbrachte den größten Teil der Nacht unter dem Bett seines Vaters, wo sich Sal und Kitty in Todesangst an ihn klammerten.

Am nächsten Tag las Charlie im *Daily Chronicle* einen Bericht über die Bombardierung und erfuhr, daß es zwanzig Tote und zweiundachtzig Verletzte gegeben hatte.

Seinen morgendlichen Apfel kauend, stellte Charlie erst Mrs. Smelleys wöchentliche Lieferung zu, ehe er sich an seinen Standplatz in der Whitechapel Road begab. Montags war immer besonders viel los, weil jeder sich nach dem Wochenende wieder frisch eindecken wollte, und bis er zum Nachmittagstee heimkam, war er vollkommen erschöpft. Er stürzte sich gerade hungrig auf sein Drittel des Hackbratens, als jemand an die Wohnungstür klopfte.

»Wer kann das sein?« wunderte sich Kitty, während Sal Charlie eine zweite Kartoffel auf den Teller legte.

»Es gibt nur eine Möglichkeit, das rauszufinden«, entgegnete Charlie kauend und dachte gar nicht daran aufzustehen.

Widerstrebend verließ Kitty den Tisch und kehrte einen Augenblick später mit hochnäsiger Miene zurück. »'s ist Becky Salmon. Sagt, sie ›möchte dich mal sprechen‹.«

»Dann führ Miss Salmon ins Wohnzimmer«, wies Charlie sie an.

Kitty schlurfte wieder davon, und Charlie nahm den Rest des Hackbratens in die Finger und ging in das einzige Zimmer, das – von der Küche abgesehen – nicht zum Schlafen benutzt wurde. Er ließ sich in den alten Ledersessel fallen und kaute weiter, während er wartete. Sekunden später marschierte Schickidickie herein und baute sich vor ihm auf, sagte jedoch keinen Ton. Charlie erschrak regelrecht, als er sah, wie sie zugenommen hatte. Obwohl sie wenigstens sechs Zentimeter kleiner war als er, wog sie bestimmt fünf Kilo mehr; ein echtes Schwergewicht, dachte er unwillkürlich. Offensichtlich hatte sie nicht aufgehört, sich mit den Windbeuteln aus Salmons Bäckerei vollzustopfen. Charlie starrte auf die strahlendweiße Bluse, die in einem dunkelblauen Plisseerock steckte, und den gutgeschnittenen blauen Blazer mit einem eingestickten Adler, um den herum Worte in einer Sprache standen, die er nicht kannte. Eine rote Schleife steckte etwas wackelig in ihrem jetzt kurzen schwarzen Haar, und Charlie entging nicht, daß ihre schwarzen Schuhe und weißen Söckchen so makellos sauber waren wie eh und je.

Er hätte ihr einen Stuhl angeboten, aber das war nicht möglich, da er die einzige Sitzgelegenheit in der winzigen Kammer für sich selbst beanspruchte. Er sagte Kitty, sie solle sie allein lassen.

»Was kann ich für dich tun?« fragte Charlie.

Rebecca Salmon begann zu zittern, als sie sich um eine feste Stimme bemühte. »Ich muß mit dir sprechen, weil meinen Eltern etwas zugestoßen ist.« Sie sprach jedes Wort klar und deutlich und zu Charlies unangenehmer Überraschung ohne auch nur die Spur eines East-End-Akzents.

»Und was is' deinen Eltern zugestoßen?« fragte Charlie barsch in der Hoffnung, sie würde nicht merken, daß er seinen Stimmbruch noch nicht ganz hinter sich hatte. Becky brach plötzlich in Tränen aus. Charlie starrte aus dem Fenster, weil er nicht wußte, was er tun sollte.

Becky zitterte am ganzen Leib, während sie schluchzend hervorstieß: »Tata ist gestern bei dem Luftangriff ums Leben gekommen, und Mami hat man ins Krankenhaus gebracht.« Sie fügte keine weitere Erklärung hinzu.

Charlie sprang auf. »Das 'at mir keiner gesagt!« rief er aus und begann im Zimmer umherzugehen.

»Es weiß bis jetzt auch niemand«, antwortete Becky. »Ich habe es noch nicht einmal den Leuten in der Bäckerei gesagt. Sie glauben dort, mein Vater sei krank und sei deshalb heute nicht gekommen.«

»Willst du, daß ich's ihnen sag'?« fragte Charlie. »Bist du des'alb zu mir gekommen?«

»Nein.« Becky hob den Kopf und machte eine kurze Pause. »Ich möchte, daß du die Bäckerei übernimmst.«

Charlie blieb wie vom Donner gerührt stehen und wußte nicht, was er antworten sollte.

»Mein Vater hat immer zu mir gesagt, daß du nicht lange brauchen würdest, bis du deinen eigenen Laden hättest. Deshalb habe ich gedacht ...«

»Aber ich versteh' doch über'aupt nichts vom Backen!« stammelte Charlie entgeistert, als er sich in seinen Sessel zurückfallen ließ.

»Damit kennen sich die zwei Gesellen aus, und ich nehme an, daß du dich schon in sechs Monaten besser auskennen wirst als sie. Was die Bäckerei jetzt braucht, ist ein Verkäufer. Vater meinte immer, daß du so gut bist wie dein Großvater, und jeder weiß, daß er der Beste war.«

»Und was ist mit meinem Karren?«

»Er steht nur ein paar Meter vom Laden entfernt, also könntest du leicht beide im Auge behalten.« Sie zögerte und fügte dann hinzu: »Im Gegensatz zu deiner Hauslieferung.«

»Du weißt davon?« fragte Charlie und blickte zu ihr hoch.

»Sogar, daß du versucht hast, Vater die letzten fünf Shilling in die Hand zu drücken, als er letzten Samstag zur Synagoge gehen wollte. Wir hatten keine Geheimnisse voreinander.«

»Und wie 'ast du dir's vorgestellt?« Charlie hatte langsam das Gefühl, daß er immer ein paar Schritte hinter dem Mädchen herhinkte.

»Du kümmerst dich um den Karren und den Laden, und wir sind Partner fünfzig zu fünfzig.«

»Und was wirst du für deinen Anteil tun?«

»Ich mache die monatliche Buchführung, kümmere mich darum, daß die Steuern pünktlich abgeführt und keine Gewerbeverordnungen verletzt werden.«

»Ich 'ab noch nie Steuern bezahlt«, protestierte Charlie, »und wen kümmern schon Gewerbeverordnungen?«

Becky blickte ihm zum erstenmal direkt in die Augen. »Leute, die hoffen, daß sie eines Tages ein richtiges Geschäft besitzen und führen werden, Charlie Trumper!«

»Halbe-halbe find' ich trotzdem nicht in Ordnung.« Charlie versuchte, vielleicht doch noch die Oberhand zu gewinnen.

»Mein Laden ist viel mehr wert als dein Karren und erzielt ein viel höheres Einkommen.«

»'at er vielleicht, bevor dein Vater gestorben ist.« Charlie bereute seine Worte, kaum daß sie ihm über die Lippen gekommen waren.

Becky senkte den Kopf wieder. »Willst du mir helfen oder nicht?« fragte sie.

»Sechzig-vierzig«, sagte Charlie.

Sie zögerte lange, dann streckte sie schließlich die Hand aus. Charlie stand auf und schüttelte ihr heftig die Hand, um ihre Partnerschaft zu besiegeln.

Nach Dan Salmons Begräbnis begann Charlie, regelmäßig den *Daily Chronicle* zu lesen in der Hoffnung, etwas über das 2. Bataillon der Royal Fusiliers zu erfahren und vielleicht auch, wo sein Vater sein könnte. Er wußte, daß das Regiment irgendwo in Frankreich im Einsatz war, aber wo genau, stand nie in der Zeitung, also half das ihm auch nicht weiter.

Doch die Tageszeitung interessierte ihn bald aus einem zweiten Grund. Fasziniert las er die Reklame auf fast jeder Seite. Es fiel ihm schwer, sich vorzustellen, daß die feinen Pinkel aus dem West End tatsächlich bereit waren, Geld für Dinge auszugeben, die er für unnötigen Luxus hielt. Was ihn jedoch reizte, war, einmal dieses Coca-Cola zu probieren, ein Getränk, das vor kurzem aus Amerika herübergekommen war und das es für einen Penny die Flasche zu kaufen gab; und dieser neue Sicherheitsrasierer von Gillette interessierte ihn auch, obwohl er sich immer noch nicht zu rasieren brauchte und ihm sechs Pence für den Halter und zwei Pence für eine Sechserpackung Klingen doch recht viel erschien; außerdem war er sicher, daß sein Vater, der immer nur ein Rasiermesser benutzt hatte, so was für weibisch halten

31

würde. Und ein Damenkorsett für zwei Guineen, also, das fand Charlie nun absolut lächerlich. Weder Sal noch Kitty würden je so was brauchen – Schickidickie vielleicht schon, wenn sie so weitermachte.

So sehr faszinierten Charlie diese offenbar unerschöpflichen, sogenannten Sonderangebote, daß er anfing, am Sonntagvormittag die Trambahn zum West End zu nehmen, um zu sehen, was es dort in den Läden alles gab. Nachdem er aus diesem von Pferden gezogenen Gefährt in Chelsea ausgestiegen war, spazierte er ostwärts zurück nach Mayfair und studierte unterwegs die Auslagen. Er achtete auch darauf, wie sich die Leute hier kleideten, und bewunderte die neuen Motorfahrzeuge, die zwar Qualmwolken von sich gaben, aber zumindest keine Pferdeäpfel zurückließen, während sie die Straße entlangratterten. Er begann sich sogar zu fragen, wieviel es wohl kosten würde, einen Laden in Chelsea zu mieten.

Am ersten Sonntag im Oktober 1917 nahm Charlie seine Schwester Sal mit ins West End – um ihr die Sehenswürdigkeiten zu zeigen, wie er ihr erklärte.

Charlie schlenderte mit ihr von Schaufenster zu Schaufenster, sichtlich begeistert von allem Neuen, das er entdeckte. Herrenanzüge, Hüte und Schuhe, Damenkleider, Parfümflaschen, Unterwäsche, sogar Kuchen und Torten konnte er minutenlang in der Auslage bewundern.

»Schau'n wir, daß wir wieder nach Whitechapel kommen, wo wir hinge'ör'n«, forderte ihn Sal ungeduldig auf. »Denn eins steht fest, 'ier würd' ich mich nie da'eimfühl'n.«

»Aber verstehst du denn nicht?« fragte Charlie. »Eines Tages wird mir 'ier so ein Laden ge'ören.«

»Red doch keinen Mist«, entgegnete Sal. »Nicht mal Dan Salmon 'ätt' sich 'ier einen leisten können.«

Charlie machte sich nicht die Mühe, ihr zu widersprechen.

Becky behielt mit ihrer Einschätzung recht, daß Charlie innerhalb eines halben Jahres das Bäckerhandwerk beherrschen würde. Schon nach einem Monat wußte er fast soviel wie die beiden Gesellen über die Backofentemperaturen, die Handhabung, die Hefe und das richtige Verhältnis von Wasser und Mehl beim Brot. Und da die Bäckerei dieselbe Kundschaft hatte wie Charlies Karren, ging der Verkauf bei beiden nur minimal zurück und auch nur im ersten Monat.

Becky hielt ihr Wort. Sie machte die Buchführung nicht nur für die Bäckerei, sondern auch für den Karren, nachdem sie dafür Geschäftsbücher erstanden hatte. Am Ende ihres ersten Vierteljahres als Geschäftspartner konnten die beiden einen Gewinn von vier Pfund und elf Shilling verbuchen, obwohl in der Bäckerei ein Gasofen hatte repariert werden müssen und für Charlie die Anschaffung seines ersten Anzugs – aus zweiter Hand – bewilligt worden war.

Sal arbeitete nach wie vor als Kellnerin in dem Café in der Commercial Road, aber Charlie wußte, daß sie lieber heute als morgen einen Mann geheiratet hätte – ganz egal, in welcher Verfassung er war –, nur, wie sie sagte, um endlich mal in einem eigenen Zimmer schlafen zu können.

Grace vergaß nie, jeden Monat zu schreiben, und sie schaffte es sogar, ihren Briefen einen fröhlichen Ton zu geben, obwohl sie ständig vom Tod umgeben war. Sie ist genau wie ihre Mutter, sagte Vater O'Malley dann zu seinen Schäfchen. Kitty kam und ging immer noch, wie es ihr beliebte, lieh sich Geld sowohl von ihrer Schwester wie von Charlie und hielt es in keinem Job länger als ein paar Tage aus. Genau wie ihr Vater, sagte der Pfarrer hinter ihrem Rücken.

»Steht dir gut, dein neuer Anzug«, lobte Mrs. Smelley, als ihr Charlie an diesem Montag die wöchentliche Lieferung brachte. Er errötete, griff sich an den Mützenschirm und tat, als hätte er das Kompliment nicht gehört. Dann eilte er zur Bäckerei zurück.

Das zweite Vierteljahr versprach einen noch beachtlicheren Gewinn aus beiden Unternehmen einzubringen, und so teilte Charlie Becky mit, daß er ein Auge auf die Metzgerei geworfen habe, nachdem dort der einzige Sohn des Besitzers in Frankreich gefallen war. Aber Becky warnte ihn davor, sich auf ein weiteres

Geschäft einzulassen, bevor sie nicht herausgefunden hatte, wie hoch die Gewinnspannen waren, und auch dann wäre ein solches Unterfangen nur sinnvoll, wenn die doch schon ziemlich alten Gesellen ihrem Handwerk auch selbständig nachgehen konnten.

»Denn eines steht fest, Charlie Trumper«, sagte sie, als sie sich in das kleine Hinterzimmer der Bäckerei setzten, um die Monatsabrechnungen der beiden Geschäfte durchzugehen, »von der Metzgerei verstehst du nichts. Weißt du«, fuhr sie fort, »›Charlie Trumper, der ehrliche Händler, gegründet 1823‹ gefällt mir immer noch. ›Charlie Trumper, der leichtsinnige Bankrotteur, geschlossen 1917‹ würde mir jedoch gar nicht gefallen.«

Auch Becky machte eine lobende Bemerkung über den neuen Anzug, aber erst nachdem sie mit den langen Zahlenreihen fertig waren. Charlie wollte das Kompliment gerade zurückgeben und sagen, daß sie offenbar ein bißchen abgenommen hatte, als Becky sich ein Törtchen mit Marmeladefüllung in den Mund stopfte.

Mit klebrigem Finger fuhr sie die Monatsbilanz hinunter, dann verglich sie die Zahlen mit dem handgeschriebenen Bankauszug. Gewinn: acht Pfund und vierzehn Shilling, schrieb sie auf die unterste Zeile.

»Bei diesem Tempo werden wir Millionäre sein, wenn ich vierzig bin«, meinte Charlie grinsend.

»Vierzig, Charlie Trumper?« entgegnete Becky abfällig. »In Eile bist du offenbar nicht.«

»Was meinst du damit?« fragte Charlie.

»Ich hatte eigentlich gehofft, wir schaffen es schon viel früher.«

Charlie lachte laut, um die Tatsache zu verbergen, daß er nicht wußte, ob sie das ernst meinte oder nicht. Nachdem Becky sicher war, daß die Tinte getrocknet war, klappte sie die Bücher zu und steckte sie in ihre Aktentasche, während Charlie sich daran machte, die Bäckerei abzusperren.

Draußen vor der Tür wünschte er seiner Geschäftspartnerin mit einer übertriebenen Verbeugung eine gute Nacht. Dann drehte er den Schlüssel um, bevor er sich auf den Weg nach

Hause machte. Er pfiff mehr laut als richtig einen populären Schlager vor sich hin, während er seinen Karren mit den wenigen Überresten des Tages der untergehenden Sonne entgegenschob. Könnte er wirklich eine Million besitzen, ehe er vierzig war, oder hatte Becky sich bloß über ihn lustig gemacht?

Er schob den Karren an Bert Shorrocks Haus vorbei und hielt abrupt an. Vor der Haustür von Nummer 112 stand Vater O'Malley mit einer schwarzen Bibel in der Hand.

## 3

Charlie saß im Zug nach Edinburgh und dachte über alles nach, was er in den vergangenen vier Tagen getan hatte. Becky war nicht sehr erfreut über seine Entscheidung gewesen, Sal hatte sie sogar für ausgesprochen idiotisch gehalten. Mrs. Smelley fand, daß er hätte warten sollen, bis er sowieso einberufen worden wäre. Grace arbeitete nach wie vor im Lazarett an der Westfront, darum wußte sie auch nichts von seinem Entschluß. Und Kitty schmollte bloß und fragte, wie er sich vorstellte, wovon sie jetzt leben sollte.

Private George Trumper war am 2. November 1917 bei Passchendaele im tapferen Kampf für sein Vaterland gefallen, stand in dem Brief. Über tausend Mann waren an diesem Tag beim Sturm auf den fünfzehn Kilometer langen Frontabschnitt zwischen Messines und Passchendaele umgekommen, deshalb konnte es nicht überraschen, daß der Brief des Leutnants so kurz und bündig war.

Nach einer schlaflosen Nacht stand Charlie am nächsten Morgen als erster vor der Tür der Rekrutierungsstelle in Great Scotland Yard. Das Plakat an der Wand forderte Männer zwischen achtzehn und vierzig auf, sich zu »General Haig's« Armee zu melden.

Charlie hoffte, daß man ihn nehmen würde, auch wenn er noch nicht achtzehn war.

Als der Rekrutierungssergeant bellte: »Name?«, holte Charlie tief Luft und brüllte fast: »Trumper.« Dann wartete er besorgt.

»Geburtsdatum?« fragte der Mann mit den drei weißen Streifen auf dem Ärmel.

»20. Januar 1899«, log Charlie, ohne zu zögern, aber er errötete. Der Sergeant blickte ihn an und zwinkerte. Die Angaben wurden kommentarlos auf ein braunes Formular gekritzelt.

»Nehmen Sie die Mütze ab, Junge, und melden Sie sich bei unserem Arzt.«

Eine Frau in Schwesterntracht führte Charlie in einen mehrfach abgeteilten Raum, wo ihm ein Mann in langem weißem Kittel befahl, in einer der Abteilungen den Oberkörper frei zu machen, zu husten, die Zunge herauszustrecken und tief ein- und auszuatmen, bevor er ihn mit einem Gerät aus kaltem Gummi abtastete. Dann blickte er in Charlies Ohren und Augen und schlug mit einem Gummihämmerchen auf seine Kniescheiben. Nachdem Charlie auch noch Hose und Unterhose hatte ausziehen müssen – zum erstenmal in seinem Leben vor jemandem, der nicht zur Familie gehörte –, sagte der Arzt ihm, daß er keine übertragbaren Krankheiten hätte – was immer das auch heißen mochte.

Er betrachtete sich im Spiegel, als sie ihn maßen. »Eins vierundsiebzig«, sagte der Sanitäter.

Und ich wachs' noch, wollte Charlie hinzufügen, während er sich eine Haarsträhne aus der Stirn strich.

»Zähne gut, Augen braun«, diktierte der ältliche Arzt. »Alles in Ordnung mit Ihnen«, wandte er sich dann an Charlie. Der Arzt hakte noch allerlei auf dem braunen Formular ab und wies Charlie schließlich an, zu dem Sergeanten zurückzugehen.

Bis er an der Reihe war, mußte Charlie erst in einer längeren Schlange anstehen.

»Gut, Junge, unterschreiben Sie hier, dann stellen wir Ihnen den Marschbefehl aus.«

Charlie kritzelte seine Unterschrift auf die Stelle, auf die der Sergeant mit dem Finger getippt hatte. Dabei bemerkte er erst, daß dem Mann der Daumen fehlte.

»Zur Honourable Artillery Company oder zu den Royal Fusiliers?« fragte der Sergeant.

»Royal Fusiliers«, antwortete Charlie. »Das war das Regiment meines Vaters.«

»Gut, dann Royal Fusiliers.« Der Sergeant hakte wieder etwas auf dem Formular ab.

»Wann bekomme ich meine Uniform?«

»Erst in Edinburgh, Junge. Seien Sie morgen früh Punkt acht am King's Cross. Der nächste.«

Charlie kehrte in die Whitechapel Road 112 zurück und verbrachte dort eine weitere schlaflose Nacht. Seine Gedanken sprangen von Sal zu Grace und dann weiter zu Kitty, und er fragte sich, wie seine zwei Schwestern hier wohl ohne ihn zurechtkommen würden. Er dachte auch an Rebecca Salmon und ihre geschäftliche Abmachung, aber schließlich kehrten seine Gedanken wieder zu dem Grab seines Vaters auf einem Schlachtfeld in fremdem Land zurück und an die Vergeltung, die jeder deutsche Soldat zu spüren bekommen würde, der es wagen sollte, seinen Weg zu kreuzen. Diesen Gedanken hing er immer noch nach, als es allmählich hell wurde.

Charlie zog seinen neuen Anzug an, der Mrs. Smelley so gefallen hatte, sein bestes Hemd, die Krawatte seines Vaters, eine Mütze und sein einziges Paar Lederschuhe. Ich zieh' ja in den Krieg und geh' nicht zu einer Hochzeit, sagte er sich, während er sich kritisch in dem gesprungenen Spiegel über dem Waschbecken musterte. Er hatte bereits einen Brief an Becky geschrieben – Vater O'Malley hatte ihm ein bißchen dabei geholfen – und sie angewiesen, die Bäckerei und die Karren nach Möglichkeit zu verkaufen und ihm seinen Anteil aufzuheben, bis er nach Whitechapel zurückkehrte. Im Moment allerdings redete niemand mehr von einem Kriegsende vor Weihnachten.

»Und wenn du nicht zurückkommst?« hatte Vater O'Malley ihn mit gesenktem Kopf gefragt. »Was soll dann mit deinem Anteil geschehen?«

»Dann soll alles, was übrig ist, zu gleichen Teilen zwischen meinen drei Schwestern aufgeteilt werden«, war Charlies Antwort.

Vater O'Malley hatte alles nach Anweisung seines ehemaligen Schülers niedergeschrieben, und zum zweitenmal innerhalb von zwei Tagen setzte Charlie seine Unterschrift unter ein rechtsgültiges Dokument.

Als Charlie fertig angezogen war, warteten Sal und Kitty an der Tür auf ihn, aber er erlaubte ihnen trotz ihres tränenvollen

Flehens nicht, daß sie ihn zum Bahnhof begleiteten. Beide Schwestern küßten ihn – auch das war noch nie vorgekommen –, und er mußte Kittys Hand fast mit Gewalt von der seinen lösen. Dann nahm er sein in braunes Papier gewickeltes Paket, das seine gesamte Habe enthielt, und ging.

Allein schritt er zum Whitechapel Road Markt und betrat die Bäckerei zum letztenmal. Die beiden Gesellen schworen ihm, daß sich nichts ändern würde, bis er zurückkehrte. Als er den Laden verließ, sah er, daß ein Karrenjunge, der etwa ein Jahr jünger als er war, bereits an seinem Standplatz Kastanien verkaufte. Er ging langsam über den Markt in Richtung King's Cross, ohne noch einmal zurückzublicken.

Er kam eine halbe Stunde zu früh am Bahnhof an und meldete sich sofort bei dem Sergeanten, der ihn einen Tag zuvor gemustert hatte. »Gut, Trumper, 'olen Sie sich 'nen Becher Kaffee, und warten Sie auf Bahnsteig 3.« Charlie konnte sich nicht erinnern, wann ihm jemand zum letztenmal einen Befehl erteilt hatte, geschweige denn, wann er einen ausgeführt hatte. Ganz bestimmt seit Großvaters Tod nicht.

Auf Bahnsteig 3 drängten sich bereits Männer in Uniform, aber auch in Zivil. Manche unterhielten sich lautstark, andere standen schweigend und allein herum; jeder versuchte, seine Unsicherheit auf eigene Art in den Griff zu bekommen.

Um elf Uhr, drei Stunden nachdem man sie hierherbeordert hatte, erhielten sie endlich den Befehl, in einen Zug zu steigen. Charlie setzte sich in die Ecke eines unbeleuchteten Wagens und starrte durch das schmutzige Fenster auf die vorüberziehende Gegend, in die er noch nie zuvor gekommen war. Auf dem Gang im Zug spielte jemand die gängigen Schlager auf der Mundharmonika, wenn auch nicht immer ganz richtig. Während sie durch die Bahnhöfe von Städten fuhren, die er zum Teil noch nicht einmal vom Namen her kannte – Peterborough, Grantham, Newark, York –, winkten Menschen auf den Bahnsteigen ihren Helden jubelnd zu. In Durham blieb die Lokomotive stehen, um Wasser und Kohle aufzunehmen. Der Rekrutierungssergeant rief, daß alle aussteigen, sich die Füße vertreten und sich einen

Becher Kaffee geben lassen sollten, und wenn sie Glück hätten, bekämen sie vielleicht sogar was zu essen.

Charlie spazierte auf dem Bahnsteig hin und her und kaute ein klebrig süßes Gebäck, während eine Militärkapelle *Land of Hope and Glory* spielte. Der Krieg war überall. Als sie wieder im Zug saßen, wurden viele Taschentücher von behüteten Damen geschwenkt, die wohl den Rest ihres Lebens Jungfern bleiben würden.

Der Zug ratterte wieder nordwärts, immer weiter weg vom Feind, bis er schließlich im Waverley-Bahnhof in Edinburgh anhielt. Beim Aussteigen wurden die Rekruten von einer kleinen Gruppe von Uniformierten und unzähligen Damen auf dem Bahnsteig in Empfang genommen.

Charlie hörte den Befehl: »Übernehmen Sie, Sergeant-Major!« Einen Augenblick später trat ein Mann vor, der bestimmt seine zwei Meter groß war und dessen Uniformjacke auf der mächtigen Brust mit Auszeichnungen nur so prangte.

»In Reih und Glied, Männer!« bellte der Riese in einem kaum verständlichen Dialekt, von dem Charlie annahm, daß es Schottisch war. Rasch – aber wie Charlie später erfuhr, langsam nach seinen Maßstäben – ordnete er die Neuen in Dreierreihen und machte jemandem – Charlie nahm an, daß es ein Offizier war – Meldung. Er salutierte zackig und sagte: »Alle anwesend und abmarschbereit, Sir.« Dann salutierte er noch einmal.

Der eleganteste Mann, den Charlie in seinem ganzen bisherigen Leben gesehen hatte, erwiderte den Gruß. Er wirkte fast klein neben dem Sergeant-Major, obwohl er selbst über einsachtzig sein mußte. Seine Uniform war makellos, wies jedoch keine Medaillen auf, und die Bügelfalten seiner Uniform waren so scharf, daß Charlie sich fragte, ob er sie heute zum erstenmal trug. Der Offizier hielt ein Lederstöckchen in der behandschuhten Hand und tippte damit hin und wieder auf die Seite seines Beins, so als säße er hoch zu Roß. Dann wanderte Charlies Blick zu seinem Gürtel und den braunen Lederschuhen, die auf Hochglanz poliert waren und Charlie unwillkürlich an Rebecca Salmon denken ließen.

»Ich bin Captain Trentham«, stellte sich der Mann der erwartungsvollen Schar noch unausgebildeter Rekruten vor, und zwar mit einem Akzent, der, wie Charlie vermutete, besser ins Ritz gepaßt hätte als auf einen Bahnhof in Schottland. »Ich bin der Bataillonsadjutant«, fuhr er fort und verlagerte dabei sein Gewicht von einem Fuß auf den anderen, »und während eurer Ausbildung in Edinburgh euer Kompaniechef. Wir marschieren jetzt zur Kaserne, wo ihr eure Ausrüstung bekommt und euch Betten zugeteilt werden. Abendessen gibt es um neunzehn Uhr, und das Licht wird um einundzwanzig Uhr ausgeschaltet. Wekken ist um Punkt fünf Uhr, und nach dem Frühstück beginnt eure Grundausbildung, die zwölf Wochen dauern wird. Und ich verspreche euch, daß es zwölf Wochen sein werden, in denen ihr nichts zu lachen habt«, fügte er hinzu, und es klang fast etwas sadistisch. »Während dieser Zeit wird Sergeant-Major Philpott euch die Befehle erteilen. Er hat an der Somme gekämpft und weiß genau, was euch erwartet, wenn ihr schließlich in Frankreich landet und den Feind vor euch habt. Laßt euch kein Wort von dem entgehen, was er euch sagt, denn es rettet euch vielleicht einmal das Leben. Übernehmen Sie, Sergeant-Major.«

»Danke, Sir!« bellte Sergeant-Major Philpott.

Die bunte Schar starrte halb ehrfürchtig, halb furchtsam auf den Riesen, der die nächsten drei Monate ihr Leben beherrschen würde. Er war immerhin ein Mann, der gegen den Feind gekämpft hatte und davon erzählen konnte.

»Also, dann los!« befahl er und führte seine mit Koffern und Bündeln beladenen Rekruten im Laufschritt durch die Straßen von Edinburgh, damit die Bürger keine Zeit hatten zu erkennen, wie zuchtlos dieser Haufen noch war. Trotzdem blieben viele Leute stehen und jubelten ihnen zu. Aus den Augenwinkeln bemerkte Charlie, daß einer der Passanten seine einzige Hand auf sein einziges Bein stützte. Zwanzig Minuten später, nach der Bezwingung des höchsten Hügels, den Charlie je gesehen hatte und der ihm im wahrsten Sinne des Wortes den Atem raubte, betraten sie die Kaserne in der Burganlage.

An diesem Abend öffnete Charlie kaum den Mund, während

er über die unterschiedlichsten Dialekte der Männer staunte, die sich rundum unterhielten. Nach dem Abendessen, bestehend aus Erbsensuppe – »Pro Mann eine Erbse«, spöttelte der Unteroffizier vom Dienst – und Corned beef, wurde er in einer großen Turnhalle mit etwa vierhundert Betten einquartiert, von denen jedes nur sechzig Zentimeter breit war und nicht mehr als dreißig Zentimeter Abstand zum nächsten hatte. Auf einer dünnen Roßhaarmatratze lagen ein Leintuch, ein Kopfkissen und eine Wolldecke – streng nach Dienstvorschrift.

Es war das erste Mal, daß Charlie die Wohnung in der Whitechapel Road fast für luxuriös hielt. Erschöpft ließ er sich auf das ungemachte Bett fallen und schlief sofort ein. Wie üblich wachte er um halb fünf Uhr auf, doch hier konnte er nicht zum Markt gehen und auch nicht unter verschiedenen Sorten seinen Frühstücksapfel aussuchen.

Um fünf Uhr weckte eine Trompete seine verschlafenen Kameraden. Charlie war längst gewaschen und angezogen, als ein Mann mit zwei Streifen an den Ärmeln hereinmarschierte. Er schmetterte die Tür hinter sich zu und brüllte: »Auf, auf, auf!«, während er heftig gegen das Fußende eines jeden Bettes trat, in dem noch jemand lag. Die Rekruten stellten sich in Schlangen vor den Waschschüsseln an. Das Wasser war eiskalt und wurde erst erneuert, wenn sich drei Mann darin gewaschen hatten. Einige begaben sich zu den Latrinen hinter der Turnhalle, in denen es schlimmer stank als auf der Whitechapel Road an einem schwülen Sommertag.

Das Frühstück bestand aus einem Schöpflöffel Porridge sowie einem halben Becher Milch und einer trockenen Semmel, doch niemand beklagte sich. Der fröhliche Lärm aus der Turnhalle hätte jeden Deutschen überzeugt, daß diese Rekruten wie ein Mann bereit waren, gegen den gemeinsamen Feind zu stürmen.

Um sechs Uhr, nachdem die Betten gemacht und inspiziert waren, gingen alle hinaus zum Exerzierplatz. Draußen war es noch dunkel und sehr kalt. Eine dünne Schneeschicht bedeckte den Asphalt.

»Also, wenn das das liebliche Schottland is'«, hörte Charlie jemand in Cockney brummen, »dann bin ich ein verdammter Deutschmann.« Charlie lachte zum erstenmal, seit er Whitechapel verlassen hatte, und schlenderte hinüber zu einem Burschen, der viel kleiner war als er und sich die Hände zwischen den Beinen rieb, um sie warm zu halten.

»Wo'er bist du?« fragte ihn Charlie.

»Poplar, Kumpel. Und du?«

»Whitechapel.«

»Ach, 'n Ausländer!«

Charlie starrte seinen neuen Kameraden an. Der Bursche war bestimmt nicht viel größer als eins fünfundfünfzig, mager, hatte dunkles, lockiges Haar, und mit seinen lebhaft funkelnden Augen schien er ständig Ausschau nach Streit zu halten. Sein speckiger Anzug mit einem Flicken am Ellbogen hing ihm von den Schultern herunter wie an einem Kleiderbügel.

»Ich bin Charlie Trumper.«

»Und ich Tommy Prescott«, antwortete der andere. Er beendete seine Aufwärmübungen und streckte eine Hand aus, die Charlie heftig schüttelte.

»Ruhe im Glied!« brüllte der Sergeant-Major. »Stellt euch in Dreierreihen auf. Die Größten rechts, die Kleinsten links. Vorwärts!« Charlie und Tommy trennten sich.

Die nächsten zwei Stunden führten sie etwas durch, das der Hauptfeldwebel »Drill« nannte. Es schneite leicht, aber stetig, und der Sergeant-Major schien verhindern zu wollen, daß auch nur eine Flocke auf seinen Exerzierplatz fiel. Die Rekruten marschierten in drei Zehnerreihen, was Abteilung genannt wurde, wie Charlie später erfuhr, dabei mußten sie die Arme bis in Schulterhöhe schwingen, den Kopf hochhalten und einhundertundzwanzig Schritte pro Minute machen. »Munter, Jungs!« und »Schritt halten!« hörte Charlie immer wieder. »Die Deutschen marschieren da drüben auch und können es nicht erwarten, euch abzuknallen«, versicherte ihnen der Sergeant-Major. Der Schnee fiel weiter. In Whitechapel wäre Charlie von fünf Uhr morgens bis sieben Uhr abends geschäftig auf dem Markt hin und her geeilt, hätte dann noch ein paar Runden im Club geboxt, sich zwei Bier gegönnt und dann das gleiche am nächsten Tag wieder getan, ohne auch nur einen Gedanken daran zu verschwenden; doch als der Sergeant-Major ihnen um neun Uhr eine zehnminütige Kakaopause gönnte, ließ er sich erschöpft auf den Grasstreifen neben dem Exerzierplatz fallen. Als er aufblickte, sah er, daß Tommy Prescott zu ihm herunterstarrte. »Tschick?«

»Danke, nein«, murmelte Charlie. »Ich rauche nicht.«

»Was treibst du so als Zivilist?« fragte Tommy und zündete sich eine Zigarette an.

»Ich 'ab' eine Bäckerei an der Ecke Brick Street«, antwortete Charlie, »und einen ...«

»Langsam, langsam«, unterbrach ihn Tommy, »als nächstes be'auptest du noch, dein Vater is' der Oberbürgermeister von London.«

Charlie lachte. »Wohl kaum. Und was machst du?«

»Ich arbeit' für 'ne Brauerei. Whitbread & Co., in der Chiswell Street. Ich bin der, der die Fässer auf die Wagen 'ebt, dann zieh'n mich die Klepper durchs East End, und ich liefer' das Bier ab. Krieg' nich' viel dafür, aber ich kann mich vollaufen lassen, wenn ich will, bevor ich den Wagen abends zurückbring'.«

»Und warum 'ast du dich freiwillig gemeldet?« wollte Charlie wissen.

»Also, das is' 'ne lange Geschichte«, antwortete Tommy. »Es war so ...«

»Weiter geht's, Jungs!« brüllte Sergeant-Major Philpott, und die nächsten zwei Stunden reichte keinem die Luft für auch nur ein weiteres Wort, während sie auf und ab, pausenlos auf und ab marschieren mußten, bis Charlie glaubte, als sie endlich anhalten durften, die Füße würden ihm abfallen.

Mittags gab es Brot und Käse von der Art, die Charlie Mrs. Smelley nicht anzubieten gewagt hätte. Während sie aßen, erfuhr er, daß man Tommy, als er achtzehn wurde, die Wahl gelassen hatte, zwei Jahre ganz auf Kosten Seiner Majestät zu leben oder für König und Vaterland zu kämpfen. Tommy hatte eine Münze geworfen, und des Königs hehres Antlitz war oben gelandet.

»Zwei Jahre?« fragte Charlie. »Wofür denn?«

»Na ja, ich 'ab 'in und wieder mal ein Faß verschwinden lassen und ein kleines Nebengeschäft mit 'nem schlauen Wirt gemacht. Sie 'ab'n mich lang nicht erwischt. Vor 'undert Jahren 'ätt'n sie mich dafür gleich aufge'ängt oder mich nach Australien verfrachtet. Also kann ich mich nicht beklagen. Schließlich liegt's in der Familie, oder nicht?«

»Wie meinst du das?« fragte Charlie.

»Na ja, mein Vater war ein Taschendieb. Und sein Vater vor ihm. Du 'ättest Captain Trenthams Gesicht sehen sollen, wie er erfahren 'at, daß ich lieber zu den Füsilieren wollte als wieder in den Knast.«

Zwanzig Minuten hatten sie Mittagspause, dann verging ein Teil des Nachmittags mit dem Anpassen der Uniformen. Bei Charlie, der eine normale Größe hatte, ging es verhältnismäßig schnell, doch bei Tommy dauerte es fast eine Stunde, bis eine gefunden war, in der er nicht aussah, als wolle er am Sackhüpfen teilnehmen.

Charlie schob seinen alten Anzug unter das Bett neben dem, das sich Tommy ausgesucht hatte, und stolzierte in seiner neuen Uniform in der Unterkunft herum.

»Totenkleider«, stellte Tommy fest, als er aufblickte und Charlies khakifarbene Jacke begutachtete.

»Was willst du damit sagen?«

»Kommt direkt von der Front. Gereinigt und geflickt.« Tommy deutete auf einen etwa fünf Zentimeter breiten Riß über Charlies Herzen, der zusammengezogen und -genäht worden war. »Etwa so breit wie ein Bajonettstich, oder?«

Nachdem sie sich zwei weitere Stunden auf dem nun gefrierenden Exerzierplatz abgeplagt hatten, wurden sie zum Abendessen entlassen.

»Schon wieder altback'nes Brot und Käse«, brummte Tommy, während Charlie viel zu hungrig zum Jammern war und alles bis auf die letzte Krume aufpickte. Zum zweitenmal an diesem Tag fiel er hundemüde auf sein Bett.

»Na, hat euch euer erster Tag im Dienst für König und Vaterland gefallen?« fragte der Unteroffizier vom Dienst, als er um einundzwanzig Uhr die Gaslichter ausdrehte.

»Ja, danke der Nachfrage«, ertönte eine Stimme sarkastisch.

»Das freut mich«, sagte der Unteroffizier, »denn wir gehen mit unseren Neuen am ersten Tag immer besonders sanft um.«

Ein Stöhnen wurde laut, von dem Charlie überzeugt war, daß es in ganz Edinburgh zu hören war. Das eine Weile anhaltende nervöse Murmeln im Saal kam zu einem abrupten Ende, als vom Burgturm schmetternd der Zapfenstreich geblasen wurde.

Als Charlie am nächsten Morgen erwachte, sprang er gleich aus dem Bett und war gewaschen und angezogen, bevor sich noch irgendein anderer rührte. Er hatte sein Bett gemacht und polierte gerade seine Stiefel, als die Trompete den Weckruf blies.

»Du glaubst wohl an das alte Sprichwort vom frühen Vogel?« fragte Tommy, sich die Augen reibend. »Aber warum die Müh', wenn du bloß 'nen Wurm zum Frühstück kriegst, frag' ich mich.«

»Wenn du der erste in der Schlange bist, ist der Wurm wenigstens noch heiß«, erwiderte Charlie. »Außerdem ...«

»Alle Mann aufstehn! – Auf-stehn, auf-stehn, auf-stehn!«, brüllte der Corporal, als er hereinkam und mit seinem Stöckchen auf jede Bettkante schlug.

»Klar«, meinte Tommy und bemühte sich, ein Gähnen zu unterdrücken. »Ein Arbeitgeber wie du muß ja früh raus, um sicherzugeh'n, daß seine Leute was tun und sich nich' drück'n.«

Charlie kicherte.

»Maul halten, ihr zwei!« blaffte der Unteroffizier. »Und zieht euch an, sonst gibt's Strafdienst!«

»Ich *bin* angezogen, Corp«, sagte Charlie.

»Mach mir bloß keinen Ärger, Jungchen, und sag nicht ›Corp‹ zu mir, sonst darfst du Latrinen putzen!«

Diese Drohung brachte sogar Tommy auf die Beine.

Am zweiten Vormittag wurden sie wieder bei heftigem Schneegestöber auf dem Exerzierplatz gedrillt, und diesmal blieb der Schnee liegen. Auch an diesem Mittag gab es nur Brot und Käse. Für den Nachmittag waren jedoch auf Kompaniebefehl »Sport und Erholung« vorgesehen. Das bedeutete, daß sie sich umziehen mußten, ehe sie im Gleichschritt zur anderen, nicht zweckentfremdeten Turnhalle liefen, wo Bodenturnen auf dem Plan stand, gefolgt von Boxunterricht.

Charlie, der inzwischen leichtes Mittelgewicht war, konnte es nicht erwarten, in den Ring zu steigen, während es Tommy gelang, sich den ganzen Nachmittag aus der Schußlinie herauszuhalten. Allerdings waren beide sich der bedrohlichen Anwesenheit Captain Trenthams bewußt, der offenbar nur herumstand und alle im Auge behielt. Nur einmal verzogen sich seine Lippen zu einem Lächeln und zwar, als er sah, wie einer k.o. geschlagen wurde. Und jedesmal, wenn sein Blick auf Tommy fiel, verfinsterte sich sein Gesicht.

»Ich ge'ör zur Spreu«, meinte Tommy später am Abend. »Und Trentham möcht' eben gern die Spreu vom Weizen trennen«, erklärte er Charlie, der auf dem Bett lag und gegen die Zimmerdecke starrte.

»Kommen wir je aus diesem Loch raus, Corporal?« erkundigte sich Tommy, als der Unteroffizier vom Dienst kam, um die Gaslichter auszudrehen. »Wegen guter Führung oder so?«

»Am Samstag abend«, antwortete der Corporal. »Ausgang von achtzehn bis einundzwanzig Uhr. Da könnt ihr machen, was ihr wollt. Allerdings dürft ihr euch nicht weiter als drei Kilometer von der Kaserne entfernen, müßt euch benehmen, wie es sich für einen Royal Fusilier gehört, und euch nüchtern spätestens eine Minute vor einundzwanzig Uhr in der Wachstube zurückmelden. Und jetzt schlaft gut, ihr Helden.« Mit diesen Worten ging er umher und löschte die Lichter.

Als endlich Samstag abend war, versuchten zwei arg mitgenommene Soldaten mit geschwollenen Füßen und Muskelkater so weit in der Stadt herumzukommen, wie es sich in drei Stunden mit einem Gesamtvermögen von fünf Shilling machen ließ – was lange Überlegungen, in welche Pubs man gehen sollte, rasch zunichte machte.

Irgendwie gelang es Tommy, von jedem Wirt mehr Bier pro Penny zu bekommen, als Charlie je für möglich gehalten hätte, auch wenn er nicht verstehen konnte, was sie sagten, und auch selbst nicht verstanden wurde. In der letzten Kneipe, *The Volunteer*, verschwand Tommy sogar zwanzig Minuten lang mit einer Kellnerin durch die Hintertür.

»Was 'ast du da draußen gemacht?« fragte Charlie.

»Was glaubst du wohl, Schwachkopf?«

»Aber du warst doch bloß zwanzig Minuten weg!«

»Reicht locker«, versicherte ihm Tommy. »Bloß Offiziere brauchen mehr als zwanzig Minuten dafür.«

In der Woche darauf erhielten sie ihre erste Lektion im Umgang mit dem Gewehr. Außerdem mußten sie mit dem Bajonett üben und erhielten Unterricht im Kartenlesen.

Charlie beherrschte die Kunst des Kartenlesens in kürzester Zeit, und Tommy brauchte lediglich einen Tag, sich mit einem Gewehr vertraut zu machen. Schon in der dritten Übungsstunde konnte er es rascher auseinandernehmen und wieder zusammenbauen als der Ausbilder.

Am Mittwoch vormittag der zweiten Woche hielt Captain Trentham seine erste Unterrichtsstunde über die Geschichte der Royal Fusiliers. Charlie hätte sich für das Thema begeistern können, wenn Trentham nicht den Eindruck erweckt hätte, daß keiner von ihnen es wert war, demselben Regiment anzugehören wie er.

»Jene unter uns, die sich aufgrund historischer Bezüge oder familiärer Bindungen für die Royal Fusiliers entschieden haben, müssen zu Recht das Gefühl haben, daß es dem guten Ruf des Regiments nicht gerade zuträglich ist, wenn nun auch Kriminelle in unseren Reihen aufgenommen werden, nur weil wir uns im Krieg befinden.« Er blickte dabei Tommy direkt an.

»Eingebildeter Snob«, sagte Tommy gerade laut genug, daß es alle im Unterrichtssaal hören konnten außer dem Captain.

Am Donnerstag nachmittag erschien Captain Trentham wieder im Turnsaal, aber diesmal hatte er sein Offiziersstöckchen nicht dabei, sondern kam ganz sportlich daher in weißem Turnhemd und dunkelblauer Turnhose. Die neue Aufmachung war genauso peinlich sauber wie sonst seine Uniform. Er stolzierte umher, beobachtete, wie die Ausbilder sich die Männer vornahmen, und interessierte sich offenbar, genau wie das letzte Mal, besonders für den Boxring. Eine Stunde lang wurden die Männer paarweise aufgestellt und erhielten die Grundanweisungen, zuerst in der Verteidigung, dann im Angriff. »Paß auf deine Deckung auf, Junge!« rief Trentham immer wieder, wenn eine Faust ein Kinn traf.

Bevor Charlie und Tommy in den Ring stiegen, hatte Tommy seinem Freund klargemacht, daß er beabsichtigte, mit drei Minuten Schattenboxen durchzukommen.

»Nicht so zimperlich, ihr zwei!« schrie Trentham, denn obwohl Charlie auf Tommy einschlug, bemühte er sich, ihm nicht wirklich weh zu tun.

»Wenn ihr nicht anständig weitermacht, nehme ich mir jeden von euch persönlich vor!« drohte Trentham ein paar Minuten später.

»Ich wett', er könnt' nicht mal die Sahne von 'ner Torte schlagen«, meinte Tommy halblaut. Doch diesmal waren seine Worte gut zu hören, und zum Schrecken des Ausbilders schwang Trentham sich sofort in den Ring und sagte: »Das werden wir ja sehen.« Er befahl dem Schiedsrichter, ihm Boxhandschuhe anzupassen. »Ich werde mit jedem dieser beiden drei Runden kämpfen«, erklärte Trentham, als der Ausbilder ihm sichtlich widerstrebend die Handschuhe festband.

Alle anderen in der Turnhalle hielten inne mit dem, was sie gerade taten, um zuzusehen.

»Sie zuerst. Wie heißen Sie?« Trentham deutete auf Tommy.

»Prescott, Sir«, antwortete Tommy grinsend.

»Ah ja, der Sträfling«, sagte Trentham und löschte das Grinsen seines Gegenübers gleich in der ersten Minute aus, denn Tommy konnte keinen Hieb landen, obgleich er verzweifelt versuchte, das Kinn des Captains zu erwischen. In der zweiten Runde schlug Trentham auf ihn ein, doch nie so hart, daß Tommy hätte zu Boden gehen können. Diese Demütigung hob sich Trentham für die dritte Runde auf, als er Tommy mit einem linken Haken k.o. schlug, der den Jungen aus Poplar wie ein

Blitz aus heiterem Himmel traf. Tommy wurde aus dem Ring getragen, und Charlie ließ sich die Handschuhe festschnüren.

»Jetzt sind Sie dran«, sagte Trentham. »Wie heißen Sie?«

»Trumper, Sir«, antwortete Charlie.

»Dann wollen wir anfangen, Trumper.« Mit diesen Worten kam der Captain auf ihn zu. Die ersten beiden Minuten verteidigte sich Charlie geschickt, er nutzte Seile und Ecken, duckte sich und erinnerte sich an alles, was er im Sportclub in der Whitechapel Road gelernt hatte. Er fand, daß er dem Captain sogar noch was hätte beibringen können, wenn dieser ihm nicht an Größe und Gewicht überlegen gewesen wäre.

In der dritten Minute wurde Charlie zuversichtlicher und landete sogar ein paar Hiebe, zur Freude der Zuschauer. Als die Runde endete, fand Charlie, daß er sich recht gut gehalten hatte. Sobald die Glocke bimmelte, ließ er die Fäuste sinken und drehte sich zu seiner Ecke um. Eine Sekunde später landete die Faust des Captains von der Seite auf Charlies Nase. Jeder hörte, wie sie brach, und Charlie taumelte gegen das Seil. Niemand klatschte, als der Captain seine Handschuhe auszog und aus dem Ring kletterte.

Als Tommy an diesem Abend Charlies lädiertes Gesicht sah, sagte er: »Tut mir leid, Kumpel, meine Schuld. Der verdammte Kerl is' ein Sadist. Aber keine Angst, wenn die Deutschen den 'undesohn nicht krieg'n, krieg' ich ihn!«

Charlie konnte nur lächeln; es tat zu weh, wenn er lachte.

Bis zum Samstag hatten sie sich beide so weit erholt, daß sie sich mit den anderen in einer langen Schlange anstellen konnten, um sich ihre fünf Shilling Sold auszahlen zu lassen. Während des dreistündigen Ausgangs schwand das Geld schneller, als sie dafür hatten anstehen müssen, aber wieder schaffte es Tommy, mehr für sein Geld zu bekommen als irgendein anderer Rekrut.

Anfang der dritten Woche gelang es Charlie nur noch mit Mühe, seine geschwollenen Zehen in die schweren Lederstiefel zu zwängen, die ihm die Armee zugeteilt hatte. Aber wenn er die Reihen von Füßen sah, die jeden Morgen entlang der Bettseiten

50

Parade standen, wußte er, daß es keinem seiner Kameraden besserging.

»Strafdienst für dich, mein Junge, das ist sicher«, brüllte der Unteroffizier vom Dienst. Charlie blickte ihn verblüfft an, stellte dabei jedoch fest, daß die Worte seinem Nachbarn galten.

»Wofür, Corp?«

»Für den Zustand deines Betts. Schau es doch bloß an! Sieht aus, als hättest du gleich drei Frauen drin gehabt!«

»Nur zwei, um ehrlich zu sein, Corp.«

»Noch ein Wort, Prescott, und du kannst dich gleich nach dem Frühstück zum Latrinendienst melden.«

»Danke, Corporal, aber ich war 'eut' morgen schon.«

»'alt endlich den Mund, Tommy!« mahnte Charlie leise. »Du machst es bloß noch schlimmer für dich!«

»Ich seh', daß du mein Problem verstehst«, flüsterte Tommy zurück. »Aber der Corp is' schlimmer als die verfluchten Deutschen.«

»Das kann ich bloß für dich hoffen, Junge«, sagte der Unteroffizier. »Denn das ist deine einzige Chance, heil wieder heimzukommen. Und jetzt marsch zu den Latrinen! Und kein Frühstück!«

Tommy verschwand und kehrte eine Stunde später stinkend wie ein Misthaufen zurück.

»Du könntest das ganze deutsche 'eer umbringen, ohne daß wir auch nur einen Schuß abfeuern müßten«, meinte Charlie grinsend. »Du brauchst dich bloß vor sie 'inzustellen und 'offen, daß der Wind in die richtige Richtung bläst.«

In der fünften Woche – Weihnachten und Silvester waren ohne größere Festlichkeiten vorübergegangen – bekam Charlie die Verantwortung für den Dienstplan seiner Abteilung übertragen.

»Die mach'n dich noch zum Colonel, bis du fertig bist«, sagte Tommy.

»Lächerlich«, erwiderte Charlie. »Jedem wird in den zwölf Wochen mal die Einteilung übertragen.«

»Kann mir nicht vorstellen, daß sie das Risiko mit mir eingeh'n würden«, entgegnete Tommy. »Ich würd' die Gewehre auf die Offiziere richten und als erstes auf den 'undesohn Trentham schießen.«

Charlie stellte fest, daß es ihm Spaß machte, Verantwortung für die Truppe zu übernehmen, und er bedauerte nur, daß die Woche so schnell um war und ein anderer mit dieser Aufgabe betraut wurde.

In der sechsten Woche konnte Charlie ein Gewehr bereits so zerlegen und wieder zusammenbauen wie Tommy, aber Tommy war es, der sich als meisterlicher Schütze erwies und offenbar jedes Ziel treffen konnte, das sich innerhalb von zweihundert Metern bewegte. Sogar der Hauptfeldwebel war beeindruckt.

»Die vielen Stunden auf'm Rummelplatz an den Schießbuden war'n eben doch nich' umsonst«, gab Tommy zu. »Aber was ich gern wissen möcht', wann läßt man mich endlich 'unnen schieß'n?«

»Eher als du denkst, Junge«, versprach der Corporal.

»Wir müssen erst die zwölf Wochen Grundausbildung abschließen«, erklärte Charlie. »Das ist Vorschrift. Also mußt du schon noch mindestens 'nen Monat warten.«

»Verdammte Vorschriften«, fluchte Tommy. »Dann is' der Krieg vielleicht schon aus, eh' ich meine Chance krieg'.«

»Glaub' ich nicht«, entgegnete der Corporal, als Charlie sein Gewehr nachlud und anlegte.

»Trumper!« bellte ihm plötzlich eine Stimme ins Ohr.

»Jawohl, Sir!« Charlie drehte sich um und sah zu seiner Überraschung, daß der diensthabende Sergeant neben ihm stand. »Sie sollen zum Captain kommen.«

»Aber Sir, ich 'ab' nichts getan ...«

»Machen Sie schon, Junge, kommen Sie mit!«

»Sie stell'n dich an die Wand«, sagte Tommy. »Und bloß, weil du ins Bett gepinkelt 'ast. Sag ihnen, ich meld' mich freiwillig zum Kommando. Dann kannst du wenigstens sicher sein, daß du nicht lang' leiden mußt.«

Charlie nahm das Magazin aus der Kammer, legte sein Gewehr auf den Boden, dann rannte er hinter dem Feldwebel her.

»Du hast das Recht, dir die Augen verbinden zu lassen. Zu dumm, daß du nicht rauchst«, hörte er Tommy noch hinter sich her rufen.

Der Sergeant blieb vor Captain Trenthams Baracke stehen, die Charlie schnaufend gerade noch erreichte, bevor ein Oberfeldwebel die Tür öffnete. Er salutierte kurz, dann wandte er sich an Charlie und sagte: »Kommen Sie mit, Junge, aber bleiben Sie einen Schritt hinter mir, und stehen Sie vor dem Captain stramm, und halten Sie den Mund, bis Sie angesprochen werden. Verstanden?«

»Jawohl, Colour-Sergeant.«

Charlie folgte dem Oberfeldwebel durch die Schreibstube zu einer Tür, an der ein Schild befestigt war: CAPT. TRENTHAM, ADJ. Charlie spürte sein Herz hämmern, als der Oberfeldwebel an die Tür klopfte.

»Herein«, antwortete eine gelangweilte Stimme. Die beiden Männer traten ein, machten vier Schritte vorwärts und blieben vor Captain Trentham stehen. Der Oberfeldwebel salutierte.

»Private Trumper, 7312087, zur Meldung wie befohlen, Sir!« brüllte er, obwohl niemand im Raum weiter als einen Meter von ihm entfernt war.

Captain Trentham blickte hinter seinem Schreibtisch auf. »Ah ja, Trumper. Ich erinnere mich, Sie sind der Bäckerjunge aus Whitechapel.« Charlie wollte gerade widersprechen, als Trentham sich umdrehte und aus dem Fenster blickte. Offenbar erwartete er keine Antwort. »Der Hauptfeldwebel hat Sie ein paar Wochen beobachtet«, fuhr Trentham fort, »und hält es für angebracht, Sie zum Lance Corporal zu befördern. Ich bin da allerdings skeptisch, nur damit Sie es wissen. Aber hin und wieder muß einmal ein Freiwilliger befördert werden, um die Moral der unteren Ränge zu stärken. Wollen Sie diese Verantwortung auf sich nehmen, Trumper?« fügte er hinzu, ohne sich zu Charlie umzudrehen.

Charlie wußte nicht, was er sagen sollte.

»Jawohl, Sir, danke, Sir«, antwortete der Oberfeldwebel für ihn. Dann brüllte er: »Kehrt Marsch, eins zwei, eins zwei!« Zehn

Sekunden später war der Hauptgefreite Charlie Trumper von den Royal Fusiliers wieder auf dem Exerzierplatz.

»Lance Corporal Trumper«, staunte Tommy, nachdem er die Neuigkeit erfahren hatte. »Muß ich dich jetzt etwa mit ›Sir‹ anreden?«

»Spinn nicht, Tommy. ›Corp‹ reicht«, antwortete Charlie grinsend. Dann setzte er sich ans Fußende seines Bettes und nähte sich einen Streifen auf den Ärmel.

Schon am nächsten Tag wünschte sich Charlies Zehnerabteilung, er hätte nicht die letzten vierzehn Jahre seines Lebens fast täglich in aller Herrgottsfrühe den Großmarkt besucht. Ihr Drill, ihre blankgeputzten Stiefel, ihr Waffentraining, ja alle ihre soldatischen Leistungen wurden zum Vorbild für die ganze Kompanie, und Charlie verstand es, seine Männer anzuspornen. Der Höhepunkt für Charlie kam jedoch in der elften Woche der Grundausbildung, als die Kompanie nach Glasgow fuhr und Tommy den vom König ausgesetzten Preis für den besten Schützen gewann – er schlug nicht nur die Offiziere und Männer des eigenen Regiments, sondern auch die von sieben anderen Regimentern.

»Du bist wirklich unübertrefflich!« lobte Charlie seinen Freund, nachdem der Colonel Tommy einen Silberpokal überreicht hatte.

»Ob's wohl einen einigermaßen anständigen Hehler in Glasgow gibt?« fragte Tommy grinsend, und das war alles, was er zu diesem Thema sagte.

Die Parade zum Abschluß der Grundausbildung fand am Samstag dem 23. Februar 1918 statt. Sie endete damit, daß Charlie seine Abteilung zur Blasmusik der Regimentskapelle den Exerzierplatz auf- und abmarschieren ließ, und er sich zum erstenmal als Soldat fühlte – Tommy allerdings hatte immer noch eine Haltung, die an einen Sack Kartoffeln erinnerte.

Am Schluß der Parade beglückwünschte Sergeant-Major Philpott sie alle, zum erstenmal in den drei Monaten, und ehe er die Parade für beendet erklärte, gab er allen für den Rest des

Tages Ausgang, mit der Auflage, daß sie spätestens um Mitternacht in der Kaserne zurück und im Bett sein müßten.

Die gesamte Kompanie wurde zum letztenmal auf Edinburgh losgelassen. Tommy übernahm wieder die Führung, und die Jungs von Zug 11 torkelten immer betrunkener von einem Pub zum nächsten, bis sie schließlich in ihrer Stammkneipe, *The Volunteer*, ankamen.

Die Jungs scharten sich um das Klavier, gossen weiteres Bier in sich hinein und grölten dazu die neuesten Schlager, und wenn sie mit ihrem begrenzten Repertoire durch waren, fingen sie wieder von vorn an. Tommy, der seine Kameraden auf der Mundharmonika begleitete, fiel auf, daß Charlie den Blick nicht von Rose, der Barfrau, nahm, die, obwohl fast dreißig, immer gerne mit den jungen Rekruten herumflirtete. Er löste sich von der Schar, die sich um das Klavier versammelt hatte, und trat zu seinem Freund an die Bar. »Sie gefällt dir, was, Kumpel?«

»Ja, aber sie ist dein Mädchen«, antwortete Charlie, ohne die Augen von der langhaarigen Blondine zu lassen, die tat, als bemerke sie nicht, daß die Aufmerksamkeit der beiden jungen Männer ihr galt. Ihm entging nicht, daß die Bluse der Dame einen Knopf mehr als sonst aufstand.

»Och, das würd' ich nicht sagen«, gab Tommy zu verstehen. »Außerdem bin ich dir ja noch was schuldig für die gebrochene Nase.« Charlie lachte, als Tommy hinzufügte: »Muß doch mal schau'n, was ich für dich tun kann.« Tommy zwinkerte Rose zu, dann verließ er Charlie, um zu ihr zum hinteren Ende der langen Theke zu gehen.

Charlie sah, wie die beiden sich unterhielten und Rose hin und wieder in seine Richtung blickte. Einen Moment später war Tommy wieder neben ihm.

»Alles arrangiert, Charlie«, sagte er.

»Was meinst du mit ›arrangiert‹?«

»Genau das, was ich gesagt 'ab'. Du brauchst bloß zu dem Schuppen 'inter dem Pub geh'n, wo die leeren Kisten steh'n. Rose kommt dann gleich nach.«

Charlie blieb wie angeklebt auf seinem Hocker sitzen.

»Na mach schon«, drängte Tommy, »bevor sie's sich anders überlegt.«

Charlie stahl sich durch die Seitentür, ohne zurückzuschauen. Er hoffte nur, daß ihn niemand beobachtete. Dann nahm er die Beine in die Hand und rannte den dunklen Korridor entlang und dann durch die Hintertür ins Freie. Schließlich stand er in einer Ecke des Schuppens und kam sich ziemlich dumm vor, während er fröstelnd von einem Fuß auf den anderen trat und sich wünschte, er wäre wieder in der warmen Schankstube. Als er schließlich schon ganz durchgefroren war und zu niesen anfing, fand er, daß es an der Zeit war, zu seinen Kameraden zurückzukehren und das Ganze zu vergessen. Er schritt zur Hintertür, als diese sich öffnete und Rose herauskam.

»Hallo, ich bin Rose. Tut mir leid, daß es so lang gedauert hat, aber ich hab' erst noch einen Gast bedienen müssen.«

Charlie starrte sie an. In dem schwachen Licht, das durch ein kleines Fenster über der Tür fiel, sah sie wunderschön aus. Und sie hatte noch einen weiteren Knopf ihrer Bluse geöffnet.

»Charlie Trumper«, brachte er schließlich hervor und gab ihr die Hand.

»Ich weiß.« Sie kicherte. »Tommy hat mir alles von dir erzählt, er hat gesagt, daß du wahrscheinlich von der ganzen Truppe der Beste im Bett bist.«

»Ich glaub', da 'at er ganz schön übertrieben«, stotterte Charlie mit hochrotem Kopf. Rose schlang die Arme um ihn und küßte ihn zuerst auf den Hals, dann aufs Gesicht und schließlich auf den Mund. Geschickt öffnete sie seine Lippen, und ihre Zunge begann mit seiner zu spielen.

Anfangs wußte Charlie nicht recht, was das sollte, aber es war ein so angenehmes Gefühl, daß er nun Rose an sich preßte und ihren Kuß stürmisch erwiderte. Rose löste sich von ihm.

»Nicht so ungestüm, Charlie. Entspann dich. Den Preis gibt es für Ausdauer, nicht für Geschwindigkeit.«

Charlie küßte sie wieder, diesmal etwas sanfter, wobei er spürte, wie die Ecke einer Bierkiste sich in sein Gesäß drückte. Während er nach einer bequemeren Stellung suchte, legte er die

Hand auf ihre linke Brust und ließ sie dort, weil er nicht wußte, was er als nächstes tun sollte. Doch das machte offenbar nichts, denn Rose wußte genau, was von ihr erwartet wurde. Sie öffnete die übrigen Blusenknöpfe und befreite die prallen Brüste. Dann hob sie ein Bein auf einen Stapel alte Bierkisten, und Charlie sah sich einem rosigen Schenkel gegenüber. Vorsichtig berührte er die glatte Haut. Er hätte seine Finger gern so weit hinaufwandern lassen, wie es nur ging, aber er stand nur da wie eine Salzsäule und wagte es nicht, sich zu bewegen.

Wieder übernahm Rose die Führung. Sie löste die Arme von seinem Hals und öffnete die Knöpfe seines Hosenschlitzes. Einen Augenblick später glitt ihre Hand in seine Unterhose. Charlie konnte nicht glauben, was mit ihm geschah, obwohl er das Gefühl hatte, daß dies die gebrochene Nase durchaus wert war.

Rose rieb immer schneller und machte sich daran, ihr Höschen hinunterzuziehen. Charlie spürte, wie er zusehends die Beherrschung verlor, als Rose plötzlich aufhörte, ihn von sich wegstieß und auf ihr Kleid hinunterstarrte. »Wenn du der Beste von deiner Truppe bist, dann kann ich bloß hoffen, daß die Deutschen diesen verdammten Krieg gewinnen.«

Am nächsten Morgen hingen die Kompanieorders am Schwarzen Brett. Das neue Bataillon der Royal Fusiliers wurde nun für einsatzbereit erachtet und sollte sich den Alliierten an der Westfront anschließen. Charlie fragte sich, ob die Kameradschaft, die während der vergangenen drei Monate eine Schar so unterschiedlicher Männer zusammengehalten hatte, auch wirklich genügte, um den Kampf gegen die Elite des deutschen Heeres aufzunehmen.

Auf der Rückfahrt wurde ihnen wieder in jedem Bahnhof, an jeder Station zugejubelt, und Charlie hatte das Gefühl, daß sie diesmal den Respekt der behüteten Damen eher verdient hatten. Als sie am Nachmittag Maidstone erreichten, wurden sie über Nacht in der dortigen Kaserne der Royal West Kents einquartiert.

Punkt sechs Uhr am nächsten Morgen erklärte ihnen Captain Trentham, wie es weitergehen würde. Sie sollten mit dem Schiff nach Boulogne gebracht und dort noch zehn Tage ausgebildet werden, dann nach Amiens marschieren und zu ihrem Regiment stoßen, das unter dem Befehl von Colonel Sir Danvers Hamilton einen Großangriff auf die deutschen Stellungen vorbereitete.

Den Rest des Morgens verbrachten sie damit, ihre Ausrüstung zu überprüfen, dann ging's an Bord. Captain Trentham scheuchte seine Männer die Gangway hinauf aufs offene Deck.

Nachdem das Nebelhorn sechsmal getutet hatte, legte das Schiff von Dover ab, und tausend Mann, die dichtgedrängt auf Deck der *HMS Resolution* standen, sangen *It's a Long Way to Tipperary, it's a Long Way to Go.*

»Warst du schon mal im Ausland, Corp?« fragte Tommy.

»Nein, außer du zählst Schottland dazu«, antwortete Charlie.

»Ich auch nicht«, gestand Tommy nervös. Nach ein paar Minuten fügte er hinzu: »'ast du Angst?«

»Nein, natürlich nicht«, entgegnete Charlie. »Bloß ganz entsetzlichen Schiß.«

»Ich auch«, gestand Tommy.

»Adieu, Piccadilly, leb wohl, Leicester Square. *It's a long, long way to . . .*«

## 4

Schon ein paar Minuten nachdem die englische Küste außer Sicht war, wurde Charlie seekrank.

»Ich war noch nie zuvor auf einem Schiff«, erklärte er Tommy, »nur mal auf dem Schaufelraddampfer von Brighton.«

Doch Charlie befand sich in bester Gesellschaft. Über die Hälfte der Männer verbrachten die Überfahrt offenbar damit, ihr kärgliches Frühstück dem Meer zu opfern.

»Ich seh' keinen einzigen Offizier kotzen«, stellte Tommy fest.

»Vielleicht sind sie die Seefahrt gewöhnt.«

»Oder sie kotzen in ihren Kabinen.«

Als die französische Küste endlich zu sehen war, jubelten die Soldaten an Deck; sie hatten inzwischen alle keinen anderen Wunsch mehr, als den Fuß auf trockenes Land zu setzen. Und trocken wäre es auch gewesen, wenn die Schleusen des Himmels sich nicht just in dem Moment geöffnet hätten, als das Schiff anlegte und die Truppe französischen Boden betrat. Nachdem alle von Bord waren, erklärte ihnen der Sergeant-Major, daß sie einen Marsch von vierundzwanzig Kilometern vor sich hatten.

Charlie ließ seine Abteilung mit Gesang durch den Schlamm der aufgeweichten Straße marschieren, und Tommy begleitete die Gassenhauer und frechen Lieder aus den Revuetheatern auf seiner Mundharmonika. Als sie Etaples erreicht und ihr Nachtlager aufgeschlagen hatten, fand Charlie, daß sogar die alte Turnhalle in Edinburgh im Vergleich luxuriös gewesen war.

Nachdem der Zapfenstreich geblasen war, schlossen sich tausend Augenpaare, als tausend Soldaten zum erstenmal unter Zeltleinwand zu schlafen versuchten. Jeder Zug hatte zwei Mann als Wachen abgestellt, die alle zwei Stunden abgelöst werden sollten, damit keiner ohne Schlaf blieb. Charlie zog die Vieruhrwache mit Tommy.

Nach einer ziemlich unruhigen Nacht mit viel Herumgewälze auf dem holprigen, nassen Erdboden Frankreichs wurde Charlie um vier geweckt, woraufhin er Tommy anstieß, der sich einfach umdrehte und weiterschlief. Minuten später war Charlie vor dem Zelt, knöpfte sich die Jacke zu und schlug eine Weile die Arme um seinen Körper, um sich warm zu halten. Als sich seine Augen allmählich an das Halbdunkel gewöhnt hatten, gewahrte er Reihe um Reihe von braunen Zelten, so weit sein Blick reichte.

»Morgen, Corp«, sagte Tommy, als er zwanzig nach vier endlich neben ihm auftauchte. »'ast du vielleicht 'n Zünd'olz?«

»Nein. Und ich brauch' auch kein Zünd'olz, sondern 'eißen Kakao oder sonstwas 'eißes.«

»Zu Befehl, Corp.«

Tommy verschwand in Richtung Küchenzelt. Eine halbe Stunde später kehrte er mit zwei Bechern heißem Kakao und zwei Stück Brot zurück.

»Leider kein Zucker. Den gibt's nur für Sergeanten und höhere Tiere«, erklärte Tommy. »Ich 'ab ihnen gesagt, daß du ein General in Tarnung bist, aber sie 'aben gesagt, daß alle Generale tief und fest in London in ihren Betten schlafen.«

Charlie lächelte und legte die eiskalten Finger um den Becher und trank ganz langsam in winzigen Schlucken, um diesen Genuß zu verlängern.

Tommy spähte zum Horizont. »Also, wo sind die verfluchten Deutschen, von denen soviel geredet wird?«

»Weiß der 'immel.« Charlie zuckte die Schultern. »Aber du kannst Gift drauf nehmen, daß sie da draußen irgendwo sind. Und wahrscheinlich fragen sie sich, wo wir sind.«

Um sechs Uhr weckte Charlie den Rest seiner Abteilung und sorgte dafür, daß die Männer bis halb sieben die Zelte abgebaut und vorschriftsmäßig zusammengelegt hatten und fertig zum Appell waren.

Eine Trompete rief zum Frühstück, und die Männer nahmen ihre Plätze in einer Schlange ein, deren Anblick das Herz eines jeden Karrenburschen in der Whitechapel Road hätte höherschlagen lassen.

Als Charlie endlich an der Reihe war, streckte er sein Eßgeschirr aus und erhielt einen Schöpflöffel voll klumpigen Porridge daraufgeklatscht und dazu ein Stück altbackenes Brot. Tommy zwinkerte dem Kochhelfer in seiner langen weißen Jacke und einer blaukarierten Hose zu. »Und da freu' ich mich schon so lang auf die vielgerühmte französische Küche.«

»Je näher du der Front kommst, um so schlimmer wird der Fraß«, prophezeite ihm der Bursche.

Die nächsten zehn Tage blieben sie in Etaples, wurden vormittags über Dünen gehetzt, erhielten nachmittags Unterricht in Kriegsführung mit Giftgas, und mußten sich abends von Captain Trentham anhören, auf wie viele verschiedenerlei Arten sie sterben könnten.

Am elften Tag packten sie ihre Ausrüstung und Zelte zusammen und wurden zu Kompanien zusammengestellt, um dann die Ansprache des Regimentskommandeurs anzuhören.

Über tausend Mann standen in Reih und Glied auf einem schlammigen Feld in Frankreich und fragten sich, ob zwölf Wochen Grundausbildung und zehn Tage »Akklimatisation« sie wirklich ausreichend auf eine Konfrontation mit der ganzen Macht des deutschen Heeres vorbereitet hatten.

»Vielleicht 'aben die auch nicht mehr als zwölf Wochen Ausbildung«, meinte Tommy hoffnungsvoll.

Punkt neun Uhr trottete Colonel Sir Danvers Hamilton, Träger des Kriegsverdienstordens, auf einer pechschwarzen Stute herbei und hielt genau in der Mitte des aus Menschen bestehenden Quadrats an. Charlie würde nie vergessen, daß das Tier sich während der ganzen fünfzehnminütigen Rede nicht ein einziges Mal rührte.

»Willkommen in Frankreich«, begann Colonel Hamilton und klemmte sich ein Monokel in das linke Auge. »Ich wünschte mir allerdings, daß ihr nur auf einem Tagesausflug hier wärt.« Vereinzeltes Lachen erklang aus den Reihen. »Trotzdem befürchte ich, daß uns die Zeit nicht lang werden wird, bis wir die Hunnen endlich dorthin zurückgeschickt haben, wo sie hingehören.« Diesmal brach Beifall in den Reihen aus. »Und vergeßt nie, daß es ein Auswärtsspiel ist und wir einen schlechten Platz haben. Schlimmer noch, die Deutschen kennen die Kricketregeln nicht.« Wieder setzte Gelächter ein, obwohl Charlie vermutete, daß der Colonel jedes Wort meinte, wie er es sagte.

»Heute«, fuhr der Colonel fort, »marschieren wir Richtung Ypern und werden dort lagern und uns für einen neuen und hoffentlich letzten Angriff auf die Deutschen bereit machen. Ich glaube, diesmal werden wir durch die deutschen Linien brechen, und die ruhmreichen Füsiliere werden sich gewiß als die Helden des Tages erweisen. Glück mit euch allen, und Gott schütze den König!« Dem Beifall folgte die Nationalhymne, gespielt von der Regimentskapelle, und die Soldaten stimmten herzhaft aus voller Kehle ein.

Erst nach fünf weiteren Tagesmärschen hörten sie zum erstenmal das Krachen von Artilleriefeuer und konnten die Schützengräben riechen und wußten nun, daß sie sich der Front näherten. Einen Tag später kamen sie an den riesigen grünen Zelten des Roten Kreuzes vorbei. Kurz vor elf Uhr an diesem Vormittag sah Charlie den ersten toten Soldaten, einen Leutnant vom East Yorkshire Regiment.

»Mich laust der Affe«, sagte Tommy. »Kugeln kennen offenbar den Unterschied zwischen Offizieren und Mannschaft nicht!«

Nach einem weiteren Kilometer hatten die beiden Freunde so viele Bahren gesehen, so viele Leichen und so viele Gliedmaßen ohne Körper, daß ihnen das Witzemachen verging. Es wurde offensichtlich, daß das Bataillon an der »Westfront« angekommen war, wie die Zeitungsfritzen es nannten. Doch keine Zeitung hätte die düstere Stimmung beschreiben können, die fast greifbar in der Luft hing, oder die Hoffnungslosigkeit im Gesicht eines jeden, der bereits länger als einen Monat hier war.

Charlie starrte über die Felder, die einst fruchtbares Ackerland gewesen sein mußten. Nur die Ruine eines einsamen Hauses markierte einen Flecken ehemaliger Zivilisation. Vom Feind war nichts zu sehen. Charlie versuchte, sich mit der Gegend vertraut zu machen, die sein Zuhause für die nächsten Monate sein würde – falls er solange lebte. Jeder Soldat wußte, daß die durchschnittliche Überlebenszeit an der Front siebzehn Tage betrug.

Während sich Charlies Männer in ihren Zelten ausruhten, machte er seinen privaten Erkundungsgang. Zuerst kam er zu den Reserve-Schützengräben, die sich einige hundert Meter vor den Lazarettzelten im »Hotelbereich« befanden, so genannt, weil sie etwa vierhundert Meter hinter der vorderen Linie lagen und jeder Soldat sich in den Reservegräben vier Tage ausruhen durfte, nachdem er sich vier Tage ohne Unterbrechung an der vorderen Linie aufgehalten hatte. Charlie schlenderte zur Front wie ein Tourist, der gegen den Krieg gefeit war. Er hörte den Männern zu, die seit Monaten dort waren und von der Heimat träumten und die um eine Verwundung beteten, die sie ins nächste Lazarettzelt und mit etwas Glück heim nach England bringen würde.

Als verirrte Kugeln über das Niemandsland pfiffen, warf sich Charlie auf den Boden und kroch zu den Reservegräben zurück, um seine Abteilung zu unterrichten, was sie erwartete, wenn sie weitere hundert Meter vorrücken mußten.

Die Gräben, erklärte er seinen Männern, erstreckten sich von Horizont zu Horizont und waren einmal mit zwanzigtausend Mann belegt gewesen. Etwa zwanzig Meter vor diesen Gräben gab es eine ungefähr meterhohe Stacheldrahtbarriere, für die schon Tausende ihr Leben gelassen hatten, nur um sie zu errichten, wie ihm ein alter Corporal erzählt hatte. Dahinter lagen zwei Kilometer Niemandsland mit dem ausgebrannten Bauernhof einer bedauernswerten Familie, die zwischen die Fronten geraten war. Jenseits davon befand sich der Drahtverhau der Deutschen und dahinter lauerte der Feind in seinen Gräben auf sie.

Wie es schien, lagen beide Seiten tage-, ja monatelang in ihren von Ratten verseuchten Schützengräben und warteten, daß die andere Seite etwas unternahm. Nur zwei Kilometer trennten sie voneinander. Wenn ein Kopf aus dem Graben herausschaute, um das Terrain zu studieren, flog eine Kugel von der anderen Linie in seine Richtung. Wurde der Befehl zum Vorrücken gegeben, waren die Chancen, daß auch nur irgendeiner zwanzig Meter weit kam, so gering, daß nicht einmal ein Buchmacher eine Wette darauf angenommen hätte. Erreichte einer den Drahtverhau, konnte er auf zweierlei Weise sterben; erreichte er die deutschen Gräben, auf dutzenderlei.

Blieb man in den Gräben, konnte man an Cholera sterben, an Chlorgas, an Typhus, an Brand, vor allem an Fußbrand, dessen Schmerz die Betroffenen linderten, indem sie sich das Bajonett in die Füße stießen. Hinter den Linien verreckten fast genauso viele wie durch Feindberührung, hatte ein alter Sergeant Charlie erzählt. Und es war keine Erleichterung, daß es den ein paar hundert Meter entfernten Deutschen nicht besser erging.

Charlie bemühte sich, seine Männer zu beschäftigen, und sorgte dafür, daß sie ihren Graben trocken hielten. Sie machten Übungen, hielten ihre Ausrüstung in Schuß und spielten sogar Football, um die Stunden der Langeweile und des Wartens zu vertreiben, während Charlie sich nach Gerüchten und Gegengerüchten umhörte, was die Zukunft bringen mochte. Doch was wirklich vorging, wußte wohl nur der Colonel, der etwa anderthalb Kilometer hinter den Linien in seinem Hauptquartier saß.

Jedesmal wenn Charlies Zug für die vorderen Gräben an der Reihe war, kamen sie kaum zu etwas anderem, als mit ihren Feldkesseln die Gallonen von Wasser aus den Gräben zu schöpfen, die in regelmäßigen Abständen vom Himmel fielen. Manchmal reichte das Wasser bis zu den Knien. Tommy erklärte, daß er nur deshalb nicht zur Marine gegangen sei, weil er nicht schwimmen könne, aber niemand hätte ihm gesagt, daß man beim Heer genauso leicht ersaufen konnte.

Aber obwohl sie nie so richtig trocken und fast immer durchgefroren und hungrig waren, verloren sie doch nie ganz ihre gute Laune. Vier Wochen hielten Charlie und seine Abteilung diese Zustände durch, während sie auf den Befehl zum Vorrücken warteten. Doch Trentham hatte nie irgendwelche Neuigkeiten, wenn er sie inspizierte, und Charlie ärgerte sich jedesmal, wenn er sah, wie piekfein, sauber und – schlimmer noch – wohlgenährt der Captain stets aussah.

Zwei Mann von Charlies Zug waren bereits gestorben, ohne den Feind auch nur gesehen zu haben. Die meisten Soldaten wären überglücklich gewesen, wenn nur endlich der Befehl zum Sturmangriff gekommen wäre, denn sie glaubten nicht mehr daran, daß sie in dem Krieg überleben würden, von dem einige behaupteten, er würde nie enden. Die Langeweile wurde nur von der Jagd auf Ratten im Graben unterbrochen, vom Wasserschöpfen und von Tommys immer gleichen Melodien auf der inzwischen rostigen Mundharmonika.

Erst in der fünften Woche kam der Befehl, sich wieder zu einer Ansprache zu sammeln. Der Colonel mit dem Monokel saß wieder auf seiner reglosen rabenschwarzen Stute und gab ihnen neue Befehle. Die Royal Fusiliers sollten am kommenden Morgen zu den deutschen Linien vorrücken, und zwar war es ihre Aufgabe, an der nördlichen Flanke durchzubrechen. Die Irish Guards würden sie von der rechten Flanke unterstützen und die Welsh Guards von der linken.

»Morgen wird ein Tag des Ruhmes für die Füsiliere sein«, versicherte ihnen Colonel Hamilton. Und jetzt sollten sie sich ausruhen, da die Schlacht mit dem ersten Morgenlicht beginnen würde.

Auf dem Rückweg zu den Schützengräben staunte Charlie, wie die Aussicht, endlich an einem richtigen Kampf teilnehmen zu können, die Stimmung der Männer gehoben hatte. Jedes Gewehr wurde auseinandergenommen, gereinigt, geölt, wieder und wieder überprüft, jede Patrone wurde sorgfältig ins Magazin gelegt, jedes Maschinengewehr wurde ausprobiert, geölt, nochmals ausprobiert, und dann rasierten sich die Männer, ehe sie dem Feind entgegenrückten. Auch Charlie machte seine erste Erfahrung mit einem Rasierapparat; draußen war es so kalt, daß das Rasierwasser mit einer Eisschicht überzogen war.

Charlie hatte gehört, daß es in der Nacht vor einer Schlacht keinem leichtfiel zu schlafen und daß viele die Zeit nutzten, lange Briefe nach Hause zu schreiben; manche machten sogar ihr Testament. Charlie schrieb an Becky – warum, wußte er selber nicht so recht – und bat sie, sich um Sal, Grace und Kitty zu kümmern, falls er nicht zurückkam. Tommy schrieb niemandem, aber nicht etwa, weil er nicht schreiben konnte. Um Mitternacht sammelte Charlie die Briefe seiner Leute ein und händigte sie gebündelt dem Ordonnanzoffizier aus.

Bajonette wurden sorgsam geschliffen und aufgesetzt. Die Minuten schienen dahinzukriechen, während die Männer mit klopfendem Herzen auf den Befehl zum Vorrücken warteten. Charlies Gefühle schwankten zwischen Angst und Begeisterung, während Captain Trentham von einem Zug zum nächsten schritt, um die letzten Anweisungen zu erteilen. In einem Schluck goß Charlie die winzige Rumration in sich hinein, die alle Soldaten in den Schützengräben kurz vor einer Schlacht zugeteilt bekamen.

Ein Lieutenant Makepeace nahm seinen Platz hinter Charlies Graben ein. Charlie hatte ihn noch nie zuvor gesehen. Er sah aus wie ein Schuljunge und machte sich mit Charlie so lässig bekannt, wie man es vielleicht auf einer Cocktailparty getan hätte. Er bat Charlie, seine Abteilung ein paar Meter hinter der Linie zu sammeln, damit er zu ihnen reden könne. Zehn durchfrorene, verängstigte Männer kletterten aus ihrem Graben und hörten dem jungen Leutnant stumm zu. Der Tag war ausgewählt worden, weil die Meteorologen vorhergesagt hatten, daß die Sonne um fünf Uhr dreiundfünfzig aufgehen und daß es nicht regnen würde.

Mit der Sonne sollten die Meteorologen zwar recht behalten, aber schon um zehn nach vier fing es an zu nieseln. »Ein deutscher Regen«, sagte Charlie zu seinen Kameraden. »Auf welcher Seite ist Gott eigentlich?«

Lieutenant Makepeace lächelte dünn. Jetzt mußten sie nur noch warten, bis das Leuchtsignal gegeben wurde, dann konnte die Schlacht offiziell beginnen.

»Und vergeßt nicht, ›bangers and mash‹ ist die Parole«, sagte Lieutenant Makepeace. »Gebt es weiter.«

Um fünf Uhr dreiundfünfzig lugte die Sonne blutrot über den Horizont. Eine Leuchtpistole wurde abgefeuert und beleuchtete für einen kurzen Moment den Himmel.

Lieutenant Makepeace sprang aus dem Graben und rief: »Mir nach, Männer!«

Charlie kletterte hinter ihm hinaus, stieß ein Schlachtgebrüll aus – doch mehr, um sich Mut zu machen, denn aus Begeisterung – und stürmte auf den Stacheldraht zu.

Der Leutnant kam keine fünfzehn Meter weit, bevor ihn die erste Kugel traf, trotzdem gelang es ihm, bis zum Drahtverhau vorzudringen. Charlie beobachtete voll Entsetzen, wie Makepeace über den Stacheldraht fiel und von einer feindlichen Geschoßgarbe durchlöchert wurde. Zwei mutige Männer änderten die Richtung, um ihm zu Hilfe zu kommen, doch sie erreichten nicht einmal den Stacheldraht. Charlie war nur einen Meter hinter ihnen und wollte sich gerade durch eine Bresche in der Barriere stürzen, als ihn Tommy überholte. Charlie wandte sich um, lächelte, und das war der letzte Augenblick der Schlacht an der Lys, an den er sich erinnerte.

Zwei Tage später erwachte Charlie in einem Lazarettzelt, das sich dreihundert Meter hinter der Linie befand. Er schlug die Augen in dem Moment auf, als sich ein junges Mädchen in dunkelblauer Tracht über ihn beugte. Sie sagte etwas zu ihm. Doch das erkannte er nur daran, daß sich ihre Lippen bewegten, hören konnte er es nicht. Gott sei Dank, dachte Charlie, ich lebe noch, und jetzt werde ich bestimmt nach England zurückgeschickt. Wenn ein Soldat erst vom Lazarettarzt für taub erklärt worden war, wurde er heimgesandt. Verordnung des Königs.

Nach einer Woche konnte Charlie wieder normal hören, und er lächelte zum erstenmal wieder, als er seine Schwester Grace neben seinem Bett stehen und ihm eine Tasse Tee einschenken sah. Sie hatte um Versetzung in ein anderes Lazarettzelt gebeten, als sie erfahren hatte, daß ein Soldat namens Trumper dort ohne Bewußtsein lag. Sie versicherte ihrem Bruder, daß er ziemliches Glück gehabt hatte. Er war mit einer Mine hochgegangen, erzählte sie ihm, hatte aber nur eine Zehe verloren – nicht einmal die große, scherzte sie.

Charlie machte sie mit dieser Neuigkeit keine Freude; denn

wäre es die große Zehe gewesen, hätte er jetzt nach Hause gedurft.

»Ansonsten bloß ein paar Schnitt- und Schürfwunden. Nichts Ernstes. Du wirst schon in ein paar Tagen wieder an der Front sein«, fügte Grace bekümmert hinzu.

Die nächsten Tage verbrachte Charlie in einem gnädigen Dämmerzustand. Er schlief und wachte wieder auf. Er fragte sich, ob Tommy überlebt hatte.

»Wissen Sie etwas von Private Prescott?« fragte Charlie, als der Offizier vom Dienst Ende der Woche seine Runde machte.

Der Leutnant schaute unter den Papieren auf seinem Klemmbrett nach und zog die Brauen zusammen. »Er steht unter Arrest. Sieht aus, als würde er vielleicht vors Kriegsgericht gestellt.«

»Wa-as? Wieso?« rief Charlie erregt.

»Keine Ahnung«, antwortete der junge Leutnant und ging zum nächsten Bett.

Am folgenden Tag aß Charlie bereits ein wenig, machte am Tag darauf ein paar Schritte, konnte eine Woche später wieder laufen und wurde genau einundzwanzig Tage, nachdem Lieutenant Makepeace »Mir nach!« gebrüllt hatte, wieder an die Front geschickt.

Kaum war Charlie in den Reservegräben zurück, mußte er feststellen, daß von den ursprünglich zehn Mann seiner Abteilung nur drei den Sturmangriff überlebt hatten, und Tommy war immer noch nicht zurück. Neue Männer waren aus England gekommen und hatten an diesem Morgen die Plätze der Gefallenen eingenommen, um mit der Routine – vier Tage in den Reservegräben, vier Tage in den vorderen Gräben – zu beginnen. Sie behandelten Charlie, als wäre er ein Veteran.

Er war erst wenige Stunden zurück, als ein Tagesbefehl ausgehängt wurde, auf dem zu lesen stand, daß sich Lance Corporal Trumper am nächsten Tag um elf Uhr bei Colonel Hamilton zu melden habe.

»Was will der Colonel von mir?« fragte Charlie den Unteroffizier vom Dienst.

»So was bedeutet gewöhnlich entweder eine Ladung vors Kriegsgericht oder eine Ordensverleihung – für was anderes hat der Colonel keine Zeit. Und denk dran, daß mit dem Kerl nicht gut Kirschen essen ist, also hüte deine Zunge, denn er ist ziemlich hitzköpfig.«

Punkt elf Uhr stand Lance Corporal Trumper zitternd vor dem Zelt des Obersts und wäre am liebsten gleich wieder umgekehrt. Doch die Angst vor Colonel Hamilton war größer. Ein paar Minuten nach elf trat der Sergeant-Major Philpott, der Hauptfeldwebel der Kompanie, heraus, um ihn zu holen.

»Sie müssen strammstehen, salutieren, Namen, Dienstgrad und -nummer nennen!« bellte Philpott. »Und reden Sie nicht, wenn Sie nicht dazu aufgefordert werden«, fügte er barsch hinzu.

Charlie marschierte in das Zelt und hielt vor dem Schreibtisch des Obersts an. Er salutierte und sagte: »Trumper, Lance Corporal, 7312087, meldet sich zur Stelle, Sir.« Es war das erste Mal, daß er den Colonel auf einem Stuhl und nicht auf einem Pferd sitzen sah.

»Ah, Trumper.« Der Colonel blickte auf. »Schön, daß Sie zurück sind. Freut mich, daß Sie sich so schnell erholt haben.«

»Danke, Sir.«

»Es gibt leider ein kleines Problem mit einem Mann Ihres Zugs, und ich hoffe, daß Sie vielleicht etwas Licht in die Sache bringen können.«

»Ich 'elfe gern, wenn ich kann, Sir.«

»Gut, denn es hat den Anschein«, sagte der Colonel und hob sein Monokel zum linken Auge, »daß Prescott« – er studierte ein braunes Formular, das vor ihm auf dem Schreibtisch lag, bevor er weitersprach –, »ja, Private Prescott, sich möglicherweise selbst in die Hand geschossen hat, um nicht kämpfen zu müssen. Nach Captain Trenthams Bericht wurde er mit einer Schußwunde nur wenige Meter vor seinem eigenen Graben im Schlamm gefunden. Danach hat es den Anschein, als wäre es ein klarer Fall von Feigheit vor dem Feind. Ich wollte jedoch kein Kriegsgericht einberufen, ehe ich nicht Ihre Version von dem gehört habe, was an jenem Morgen vorgefallen ist. Prescott war schließlich in Ihrem Zug. Deshalb dachte ich, Sie hätten Captain Trenthams Bericht möglicherweise etwas hinzuzufügen.«

Charlie bemühte sich, die Haltung zu bewahren und sich an alle Einzelheiten zu erinnern, bevor er sagte: »Jawohl, Sir, das 'abe ich tatsächlich. Sobald die Leuchtpistole abgefeuert war, 'at Lieutenant Makepeace den Angriff angeführt, und ich bin gleich nach ihm aus dem Graben, gefolgt von meinen Leuten. Der Leutnant 'at den Stacheldraht als erster erreicht, aber da 'aben ihn gleich mehrere Kugeln getroffen. Zu dem Zeitpunkt waren nur zwei vor mir. Sie wollten ihm zu 'ilfe kommen, sind aber gefallen, bevor sie ihn erreichen konnten. Sobald ich am Drahtver'au war, 'ab ich eine Bresche gesehen und bin durch, und da 'at Rekrut Prescott mich über'olt, um auf die feindlichen Linien zuzustürmen. In dem Augenblick muß wohl die Mine 'ochgegangen sein, und die 'at wahrscheinlich nicht bloß mich umgeworfen, sondern auch Rekrut Prescott.«

»Sind Sie ganz sicher, daß es Rekrut Prescott war?« fragte der Colonel mit leicht verwirrter Miene.

»In der 'itze des Gefechts ist es schwer, sich an alle Einzel'eiten zu erinnern, Sir, aber ich werd' bestimmt nie vergessen, daß Prescott mich über'olt 'at.«

»Wieso?« erkundigte sich der Oberst.

»Weil er mein Kumpel is' und ich mich da geärgert 'ab', daß er schneller war wie ich.«

Charlie vermeinte ein schwaches Lächeln über das Gesicht des Colonels huschen zu sehen.

»Ist Prescott Ihr Freund?« fragte der Oberst und richtete sein Monokel auf ihn.

»Ja, Sir, ein guter Freund, aber das 'at nichts mit meiner Aussage zu tun, und niemand 'at das Recht, so etwas anzudeuten!«

»Ist Ihnen klar, mit wem Sie sprechen?« brüllte Sergeant-Major Philpott dazwischen.

»Jawohl, Sir«, entgegnete Charlie. »Mit einem Mann, der an der Wahr'eit interessiert ist und des'alb für Gerechtigkeit sorgen wird. Ich bin kein gebildeter Mann, Sir, aber ein ehrlicher.«

»Lance Corporal, Sie werden sich …«, begann der Hauptfeldwebel.

»Danke, Sergeant-Major, das genügt«, unterbrach ihn der Oberst. »Und Ihnen, Lance Corporal Trumper, vielen Dank für Ihre klare und präzise Aussage. Ich werde Sie nicht mehr bemühen müssen. Sie dürfen zu Ihrem Zug zurückkehren.«

»Danke, Sir«, sagte Charlie. Er tat einen Schritt rückwärts, salutierte, machte eine Kehrtwendung und marschierte aus dem Zelt.

»Möchten Sie, daß ich mir den Kerl persönlich vornehme?« fragte Sergeant-Major Philpott.

»Ja«, antwortete Colonel Hamilton. »Befördern Sie Trumper zum Corporal und entlassen Sie Rekrut Prescott umgehend aus der Haft.«

Tommy kehrte am selben Nachmittag zu seinem Zug zurück.

»Du 'ast mir das Leben gerettet, Charlie.«

»Ich 'ab nur die Wahr'eit gesagt.«

»Ich weiß. Ich auch. Der Unterschied is' bloß, daß sie dir geglaubt 'aben.«

Charlie lag in dieser Nacht in seinem Zelt und fragte sich, weshalb Captain Trentham Tommy offenbar unbedingt loswerden wollte. Konnte tatsächlich jemand glauben, er habe das Recht, einen anderen in den Tod zu schicken, nur weil dieser einmal im Gefängnis gesessen hatte?

Ein weiterer Monat verstrich. Dann kam ein neuer Kompaniebefehl. Er lautete, daß sie südwärts zur Marne marschieren und sich für einen neuen Angriff gegen General von Ludendorff bereit machen sollten. Charlie fühlte sich gar nicht wohl in seiner Haut, denn jeder wußte, daß die Chancen, zwei Angriffe zu überleben, gleich Null waren. Es gelang ihm, hin und wieder eine Stunde mit Grace allein zu sein, und sie erzählte ihm, daß sie sich in einen walisischen Unteroffizier verliebt hatte, der auf eine Mine getreten und nun auf einem Auge blind war.

»Liebe auf den ersten Blick«, meinte Charlie lakonisch.

Es war Mitternacht am Mittwoch, dem 17. Juli 1918, und eine gespenstische Stille herrschte über dem Niemandsland. Charlie ließ die schlafen, die es konnten, und weckte niemanden vor drei Uhr früh. Als Corporal mußte er nun einen Zug von vierzig Mann auf die Schlacht vorbereiten, und auch dieser Zug stand unter dem Befehl von Captain Trentham, der nicht mehr gesehen worden war, seit man Tommy entlassen hatte.

Um halb vier stieß ein Lieutenant Harvey hinter den Gräben zu ihnen, nachdem sie inzwischen bereits alle in voller Kampfbereitschaft waren. Harvey war, wie sich herausstellte, erst am vergangenen Freitag an der Front angekommen.

»Dieser Krieg ist ein Wahnsinn«, sagte Charlie, nachdem sie sich miteinander bekannt gemacht hatten.

»Oh, ich weiß nicht«, entgegnete Harvey unbekümmert. »Ich jedenfalls kann es gar nicht erwarten, es den Hunnen endlich zu geben!«

»Die Deutschen 'ab'n nicht die leiseste Chance, solang wir Verrückte wie ihn 'ab'n«, flüsterte Tommy.

»Übrigens, Sir, wie lautet die Parole diesmal?«

»Oh, tut mir leid, hatte ich ganz vergessen. ›Little Red Riding Hood‹«, sagte der Leutnant.

»Unternehmen Rotkäppchen«, flüsterte Tommy jetzt. »Wie passend. Dann sind die Deutschen wohl der Wolf, der das arme Rotkäppchen frißt!«

Alle warteten. Um vier Uhr setzten die Männer die Bajonette auf, und um zwanzig nach vier feuerte die Leuchtpistole irgendwo hinter den Linien eine rote Spur in den Himmel, und plötzlich schrillte die Luft von den Pfiffen der Trillerpfeifen.

»Tally Ho!« rief Lieutenant Harvey wie zum Auftakt einer Fuchsjagd. Er feuerte mit der Pistole in die Luft und stürmte los, als hätte er den Fuchs entdeckt. Wieder kletterte Charlie fast unmittelbar hinter seinem Leutnant aus dem Graben. Sein Zug folgte ihm, während er durch den Schlamm des verwüsteten Landes stolperte, in dem nicht ein einziger Baum überlebt hatte, der ihnen vorübergehend hätte Schutz bieten können. Links sah Charlie einen anderen Zug ein Stück vor sich. Die unverkennbare Gestalt des geschniegelten Captain Trentham bildete das Schlußlicht. Aber immer noch war Lieutenant Harvey allen anderen voraus. Er setzte wie ein Hürdenläufer elegant über den Stacheldraht und preschte durchs Niemandsland. Charlie war plötzlich überzeugt, daß auch andere eine solche Dummheit überleben könnten. Immer weiter raste Harvey vorwärts, als wäre er unverwundbar. Bei jedem Schritt, den er machte, dachte Charlie, daß er getroffen werden mußte, doch zu seinem Erstaunen nahm der Leutnant auch den deutschen Stacheldraht wie eine sportliche Hürde und lief dann auf die deutschen Schützengräben zu, als wären sie die Ziellinie bei einem Wettlauf auf einem Schulsportfest. Doch etwa zwanzig Meter vor dem Ziel streckte ihn ein Kugelhagel nieder. Und nun war Charlie an vorderster Front und feuerte auf die Deutschen, wann immer ein Kopf aus einem Schützengraben herausschaute.

Er hatte noch nie gehört, daß tatsächlich einmal jemand die deutschen Gräben erreicht hatte, deshalb war er nicht ganz sicher, was er als nächstes tun sollte, und trotz aller Ausbildung fiel es ihm schwer, im Laufen zu schießen. Als vier Deutsche mit ihren Gewehren gleichzeitig aus den Gräben hochkamen, wußte er, daß er es auch nie mehr lernen würde. Er schoß auf den ersten, der in seinen Graben zurückstürzte, und dann sah er, wie die drei anderen zielten. Doch plötzlich hörte er mehrere Schüsse hinter sich, und alle drei Gegner kippten um wie Holzenten auf dem Schießstand. Da wußte Charlie, daß der Meisterschütze seiner Truppe noch hinter ihm war.

Und dann stand er im feindlichen Schützengraben und sah sich Auge in Auge mit einem jungen Deutschen, einem völlig verängstigten Burschen, der sogar noch jünger als er selbst sein mußte. Er zögerte nur einen Moment, dann stieß er dem Deutschen sein Bajonett mitten in den Mund. Rasch zog er die Klinge heraus und stach noch einmal zu, diesmal genau ins Herz des Jungen, bevor er weiterrannte. Drei seiner Männer waren nun vor ihm und verfolgten einen fliehenden Feind. In diesem Augenblick sah Charlie, daß Tommy an der rechten Flanke zwei Deutsche einen Hügel hinaufjagte. Er verschwand zwischen den

Bäumen, und Charlie hörte trotz des Kampflärms um ihn herum ganz deutlich den Knall eines einzelnen Schusses. Er raste in den Wald, um seinen Freund zu retten, fand jedoch nur einen Deutschen tot auf dem Boden ausgestreckt, während Tommy den Hang noch weiter hinaufrannte. Als Tommy hinter einem Baum anhielt, holte Charlie ihn endlich ein.

»Du warst einfach großartig, Tommy«, keuchte er und warf sich neben ihm auf den Boden.

»Nicht 'alb so gut wie dieser Offizier. Wie 'ieß er doch gleich?«

»'arvey, Lieutenant 'arvey.«

»Seine Pistole 'at uns schließlich beide gerettet!« Tommy schwenkte die Waffe. »Das is' mehr, als sich von diesem 'undesohn Trentham sagen läßt.«

»Was meinst du damit?« fragte Charlie.

»Er 'at vor den deutschen Gräben gekniff'n, oder nicht? 'at sich in den Wald verdrückt. Zwei Deutsche 'aben den Feigling geseh'n und 'aben ihn verfolgt. Einen 'ab ich erledigt.«

»Und wo ist Trentham jetzt?«

»Irgendwo da oben.« Tommy deutete zur Hügelkuppe. »Bestimmt 'at er sich vor dem einen Deutschen verkrochen.«

Charlie blickte den Hang hoch.

»Und was jetzt, Corp?« fragte Tommy.

»Wir müssen 'inter dem Deutschen 'er und ihn erledigen, bevor er den Captain findet.«

»Warum geh'n wir nicht einfach 'eim und 'offen, daß er den Captain vor mir erwischt?« schlug Tommy vor.

Aber Charlie war bereits wieder auf den Füßen und marschierte los.

Sie stiegen den Hang vorsichtig hinauf und benutzten die Bäume als Deckung, während sie angespannt Augen und Ohren offenhielten, bis sie die unbewaldete Kuppe erreicht hatten.

»Keiner von den beiden zu seh'n«, flüsterte Charlie.

»Stimmt. Schau'n wir zu, daß wir zu unsren Linien zurückkommen. Wenn die Deutschen uns erwischen, laden sie uns bestimmt nicht zum Tee ein.«

Charlie orientierte sich. Vor ihnen stand eine kleine Kirche, die wie die vielen anderen aussah, an denen sie bei ihrem Marsch zur Front vorbeigekommen waren.

»Ich glaub', wir sollten erst noch in die Kirche reinschauen«, sagte er. »Aber geh'n wir kein unnötiges Risiko ein.«

»Was zum Teufel glaubst du, 'ab'n wir die letzte Stunde getan?« entgegnete Tommy.

Zentimeter um Zentimeter krochen sie über den freien Boden, bis sie die Sakristeitür erreichten. Charlie drückte sie vorsichtig auf und erwartete einen Kugelhagel, aber das lauteste Geräusch, das sie hörten, war das Quietschen der Angeln. Im Innern bekreuzigte Charlie sich, wie sein Großvater es immer getan hatte, wenn er St. Mary und St. Michael's in der Sutton Street betreten hatte. Tommy zündete sich eine Zigarette an.

Charlie blieb wachsam, während er sich in der kleinen Kirche umsah. Sie hatte bereits durch eine deutsche oder englische Granate die Hälfte ihres Daches verloren, war aber ansonsten noch unbeschädigt.

Charlie war fasziniert von den Mosaiken an den Wänden, deren Steinchen zu lebensgroßen Bildern zusammengefügt waren. Langsam ging er die Wände entlang und bewunderte die sieben Jünger, die diesen gottlosen Krieg – zumindest vorerst – überlebt hatten.

Als er den Altar erreichte, kniete er sich nieder, senkte den Kopf und dachte unwillkürlich an Vater O'Malley. In diesem Moment schoß eine Kugel an ihm vorbei, traf das Messingkreuz, das scheppernd auf den Boden fiel. Während Charlie hinter dem Altar Deckung suchte, knallte ein zweiter Schuß. Die Kugel traf einen deutschen Offizier, der sich in einem Beichtstuhl verborgen gehalten hatte, von der Seite in den Kopf. Der Deutsche mußte tot gewesen sein, noch ehe er aus dem Beichtstuhl auf den Steinboden sackte.

»Ich kann nur 'offen, daß er zuvor alle seine Sünden gebeichtet 'at«, meinte Tommy.

Charlie kroch hinter dem Altar hervor.

»Um 'immels willen, bleib da'inten. 's is' noch jemand in der

Kirche, und ich 'ab' das komische Gefühl, daß es nicht nur der Allmächtige is'.« Beide hörten nun eine Bewegung in der Kanzel über ihnen, und Charlie huschte hinter den Altar zurück.

»Ich bin es nur«, sagte eine Stimme über ihnen, die sie gleich erkannten.

»Wer is' ›ich‹?« rief Tommy und bemühte sich, nicht zu lachen.

»Captain Trentham. Nicht schießen.«

»Dann zeigen Sie sich, und kommen Sie mit den 'änden überm Kopf 'erunter, damit wir sicher sein können, daß Sie es auch sind!« rief Tommy und genoß jede Sekunde, die den Mann, der ihn stets mit seinem Haß verfolgt hatte, der Verlegenheit preisgab.

Trentham stand in der Kanzel langsam auf und kam mit erhobenen Händen die steinerne Treppe herunter. Er folgte dem Gang auf das Kreuz zu, das jetzt vor dem Altar lag, stieg über den toten deutschen Offizier und hielt vor Tommy an, der die Pistole immer noch direkt auf Trenthams Herz gerichtet hatte.

»Tut mir leid, Sir«, sagte Tommy und senkte die Pistole. »Ich mußte sichergeh'n, daß Sie kein Deutscher sind.«

»Der akzentloses Englisch spricht«, entgegnete Trentham sarkastisch.

»Sie 'aben uns selbst bei unsrer Ausbildung davor gewarnt, leichtfertig zu sein, Sir«, erinnerte ihn Tommy.

»Hüten Sie Ihr Mundwerk, Prescott! Und wie sind Sie zu dieser Offizierspistole gekommen?«

»Sie ge'örte Lieutenant 'arvey«, warf Charlie ein, »der sie fallen ließ, als …«

»… als Sie sich in 'n Wald verdrückt 'aben!« Tommy starrte Trentham an.

»Ich verfolgte zwei Deutsche, die zu fliehen versuchten.«

»'at für mich andersrum ausgeseh'n«, entgegnete Tommy. »Und wenn wir zurück sind, erzähl' ich's jedem, der's 'ör'n will.«

»Es wäre Ihr Wort gegen meines«, sagte Trentham. »Außerdem sind beide Deutschen tot.«

»Vergess'n Sie nicht, daß der Corp da genau gesehn 'at, wie's war.«

»Dann wissen Sie auch, daß meine Version stimmt!« Trentham wandte sich Charlie zu.

»Ich weiß bloß, daß wir oben im Turm sein und planen sollten, wie wir zu unseren Linien zurückkommen, statt noch mehr Zeit 'ier unten mit Streiten zu vergeuden.«

Der Captain nickte zustimmend, drehte sich um und rannte die steinerne Treppe zum Turm hinauf. Charlie folgte ihm. Von zwei verschiedenen Seiten spähten sie über den Wald, doch obwohl Charlie immer noch Kampflärm hören konnte, war unmöglich zu erkennen, was sich außerhalb des Waldes tat.

»Wo ist Prescott?« fragte Trentham nach ein paar Minuten.

»Keine Ahnung, Sir«, antwortete Charlie. »Ich dachte, er wär' direkt 'inter mir.«

Nach ein paar weiteren Minuten tauchte Tommy mit einer Pickelhaube auf dem Kopf auf der Steintreppe auf.

»Wo waren Sie?« fragte Trentham mißtrauisch.

»'ab die Kirche von vorn bis 'inten nach was zum essen durchsucht, aber nicht mal Meßwein 'ab ich gefunden.«

»Beziehen Sie da drüben Posten«, befahl der Captain und deutete zu dem dritten Bogenfenster, »und halten Sie Ausschau. Wir bleiben hier, bis es völlig dunkel ist. Bis dahin habe ich einen Plan ausgearbeitet, wie ich uns hinter unsere Linien zurückbringen kann.«

Die drei Männer spähten über die französische Landschaft, während das Tageslicht erst diffus, dann grau wurde und schließlich ganz erlosch.

»Sollten wir nicht allmählich aufbrechen, Captain?« fragte Charlie, nachdem sie über eine Stunde in fast absoluter Dunkelheit gesessen hatten.

»Wir gehen, wenn ich es sage«, entgegnete Trentham scharf, »und nicht eher!«

»Jawohl, Sir«, sagte Charlie und starrte fröstelnd weitere vierzig Minuten in die Schwärze.

»Folgen Sie mir«, sagte Trentham plötzlich. Er stand auf und stieg als erster die Treppe hinunter. Vor der Tür, die aus der Sakristei ins Freie führte, blieb er stehen. Dann öffnete er sie ganz langsam. Ihr Knarren ließ Charlie an Maschinengewehrfeuer denken. Alle spähten sie in die Nacht hinaus, und Charlie fragte sich, ob da vielleicht noch irgendein Deutscher draußen war, der ihnen möglicherweise auflauerte.

Der Captain konsultierte seinen Kompaß. »Erst müssen wir die Bäume am Rand der Kuppe erreichen«, flüsterte Trentham. »Dann arbeite ich eine Route aus, die uns hinter unsere Linien zurückbringt.«

Als sich Charlies Augen an die Finsternis gewöhnt hatten, studierte er den Mond und, was wichtiger war, die Bewegung der Wolken.

»Bis zu den Bäumen gibt es keine Deckung«, fuhr der Captain fort. »Um das Risiko so gering wie möglich zu halten, müssen wir warten, bis der Mond hinter einer Wolke verschwunden ist, und dann getrennt hinübersprinten. Wenn ich den Befehl gebe, laufen Sie als erster, Prescott.«

»Ich?« sagte Tommy.

»Ja, Sie, Prescott. Corporal Trumper wird folgen, sobald Sie die Bäume erreicht haben.«

»Und ich nehm' an, daß Sie nachkommen, falls wir das Glück 'aben, daß niemand auf uns schießt?«

»Keine Insubordination«, warnte Trentham. »Sonst werden Sie feststellen, daß Sie dem Kriegsgericht kein zweites Mal entgehen und im Gefängnis landen werden, wohin Sie gehören!«

»Nicht ohne Zeugen«, entgegnete Tommy. »Soviel versteh' ich von den Gesetzen auch.«

»Sei still, Tommy«, mahnte Charlie.

Sie warteten stumm hinter der Sakristeitür, bis sich endlich eine riesige Wolke vor den Mond schob und die ganze Kuppe in ihren Schatten hüllte.

»Los!« befahl der Captain und tippte Prescott auf die Schulter. Tommy schoß los wie ein freigelassener Windhund, und die beiden anderen Männer beobachteten, wie er über die ungeschützte Stelle rannte und die Bäume erreichte.

Eine Sekunde später tippte Trenthams Hand Charlie auf die Schulter, und er raste los, schneller als je in seinem Leben, obwohl er das Gewehr in der Hand hielt und einen Tornister auf dem Rücken trug. Sein Grinsen kehrte zurück, kaum daß er Tommy erreicht hatte.

Beide drehten sich um und spähten in die Richtung der Sakristei.

»Worauf zum Teufel wartet er?« fragte Charlie.

»Ich tät sag'n, er wartet ab, ob wir nicht erschossen werden«, meinte Tommy. Der Mond schien wieder, und sie warteten schweigend, bis er wieder hinter einer Wolke verschwunden war. Erst da kam der Captain auf sie zugerannt.

Er hielt neben ihnen an und lehnte sich an einen Baum, bis er wieder zu Atem kam.

»Also gut«, flüsterte er schließlich. »Wir rücken langsam durch den Wald vor, halten alle paar Meter an, um auf mögliche Feindgeräusche zu horchen, während wir die Bäume als Deckung benutzen. Denken Sie daran, daß Sie sich nur bewegen, während der Mond verdeckt ist. Und keinen Ton, außer ich stelle eine Frage.«

Die drei schlichen langsam den Hang hinunter, von Baum zu Baum, doch nie mehr als zwei oder drei Meter auf einmal. Charlie hatte bisher nicht gewußt, wie laut selbst die leisesten Geräusche sein konnten. Sie brauchten über eine Stunde, bis sie am Fuß des Hügels ankamen, wo sie stehenblieben.

»Niemandsland«, flüsterte Trentham. »Das bedeutet, daß wir von jetzt an fast den ganzen Weg auf dem Bauch kriechen müssen.« Er legte sich in den Schlamm. »Ich führe. Trumper, Sie folgen mir, und Prescott bildet die Nachhut.«

»Das beweist zumindest, daß er weiß, wo'in er will«, flüsterte Tommy, »denn er 'at bestimmt genau ausgerechnet, von wo'er die Kugeln kommen und wen sie wahrscheinlich als erstes treffen werd'n.«

Langsam, Zentimeter um Zentimeter, robbten die drei Männer über den Achthundertmeterstreifen des Niemandslandes zurück zu den Linien der Alliierten und drückten die Gesichter in den Schlamm, wann immer der Mond sich hinter der unberechenbaren Wolkenwand vorschob.

Charlie konnte Trentham vor sich sehen, aber Tommy hinter ihm war so leise, daß er sich hin und wieder umdrehte, um sich zu vergewissern, daß sein Freund noch da war, was ihm jedesmal mit einem Grinsen blitzender Zähne gedankt wurde.

Während der ersten Stunde legten die drei lediglich etwa hundert Meter zurück. Charlie wäre eine bewölktere Nacht lieber gewesen.

Verirrte Kugeln flogen von beiden Seiten über ihre Köpfe und mahnten sie, sich dicht am Boden zu halten. Charlie mußte immer wieder Schlamm ausspucken, und einmal sah er sich Gesicht an Gesicht einem Deutschen gegenüber, der ihn aus toten Augen anstarrte.

Noch einen Zoll, noch einen Fuß, noch einen Meter, so krochen sie durch den nassen, kalten Schlamm über ein Terrain, das niemandem gehörte. Plötzlich hörte Charlie ein lautes Quieken hinter sich und fuhr erschrocken zusammen. Er drehte sich wütend um, um Tommy die Meinung zu sagen, als er sah, daß eine Ratte von der Größe eines Hasen zwischen seinen Beinen lag. Tommy hatte ihr das Bajonett durch den Bauch gestoßen.

»Sie 'at es auf dich abgeseh'n ge'abt, Corp. Aber wohl nicht wegen deinem Sex-Appeal, wenn ich Rose glauben darf. Also wird sie dich wohl zum Fress'n gern ge'abt 'ab'n.«

Charlie hielt sich den Mund zu aus Angst, die Deutschen könnten sonst sein Lachen hören.

Der Mond glitt hinter einer Wolke hervor und beleuchtete wieder das offene Gelände. Erneut gruben sich die drei Männer in den Schlamm und warteten, bis eine andere dahinziehende Wolke ihnen wieder ein paar Meter gestattete. Nach weiteren zwei Stunden erreichten sie den Stacheldraht, der den Deutschen den Durchbruch erschweren sollte.

Als sie an diesem Hindernis angelangt waren, änderte Trentham die Richtung und kroch auf der Suche nach einer Bresche an der deutschen Seite entlang. Weitere achtzig Meter – die Charlie eher wie ein Kilometer vorkamen – mußten kriechend zurückgelegt werden, bis der Captain endlich eine winzige Lücke fand, durch die er sich hindurchwinden konnte. Sie befanden sich nun nur noch fünfzig Meter von ihren eigenen Stellungen entfernt.

Charlie wunderte sich, daß Trentham sich jetzt Zeit ließ, ja sogar duldete, daß er an ihm vorbeikroch.

»Verdammt!« knirschte Charlie, denn der Mond hatte wieder einen großen Auftritt und sie mußten – nur eine Straßenbreite entfernt von der Sicherheit der eigenen Linie – reglos liegenbleiben. Als der Mond sich endlich wieder zurückzog, kroch Charlie vorsichtig weiter und fürchtete nun eher eine verirrte Kugel von der eigenen als von der feindlichen Seite. Endlich hörte er Stimmen, englische Stimmen. Er hätte sich nie träumen lassen, daß er sich so über den Anblick dieser Schützengräben freuen könnte.

»Wir haben es geschafft!« schrie Tommy so laut, daß sogar die Deutschen es hätten hören können. Wieder grub Charlie das Gesicht in den Schlamm.

»Wer da?« bellte eine Stimme. Charlie hörte das Klicken englischer Gewehre reihauf in den Gräben, als schläfrige Männer zum Leben erwachten.

»Captain Trentham, Corporal Trumper und Private Prescott von den Royal Fusiliers«, rief Charlie.

»Parole!«

»Oh, verdammt, irgendeine Märchenfigur ...«

»›Little Red Riding Hood‹!« brüllte Trentham.

»Kommen Sie näher und zeigen Sie sich!«

»Prescott zuerst«, befahl Trentham. Tommy hob sich auf die Knie und kroch langsam auf die eigenen Gräben zu.

Charlie hörte den Knall eines Schusses hinter sich, und einen Augenblick später fiel Tommy auf den Bauch und blieb reglos im Schlamm liegen.

Charlie blickte rasch durch das Halbdunkel auf Trentham, der sagte: »Verdammte Deutsche! Bleiben Sie unten, sonst geht es Ihnen genauso.«

Charlie ignorierte den Befehl und kroch rasch vorwärts. Als er seinen Freund erreicht hatte, legte er einen Arm um seine Schulter. Sie befanden sich keine zwanzig Meter von den Gräben entfernt. »Wir haben einen Verwundeten!« sagte Charlie gerade so laut, daß man es dort hören mußte.

»Prescott, rühren Sie sich nicht, bis die nächste Wolke kommt«, befahl Trentham hinter ihnen.

»Wie fühlst du dich?« fragte Charlie, während er sich bemühte, die Miene seines Freundes zu erkennen.

»Is' mir schon bessergegangen«, krächzte Tommy.

»Ruhe!« zischte Trentham.

»Das war keine deutsche Kugel«, würgte Tommy hervor, während Blut aus seinem Mund sickerte. »Sieh zu, daß du den 'undesohn kriegst, falls ich selber die Chance nicht mehr 'ab'.«

»Du wirst schon wieder«, versicherte ihm Charlie. »Nichts und niemand kann Tommy Prescott umbringen.«

Als sich eine große dunkle Wolke vor den Mond schob, sprangen mehrere Männer aus den Gräben und rannten auf sie zu. Ihnen folgten zwei Sanitäter mit einer Bahre. Sie stellten sie neben Tommy ab, hoben ihn darauf und rannten damit zu den Gräben zurück. Jetzt kam eine ganze Salve von den deutschen Linien.

Als sie sich in der Sicherheit eines Schützengrabens befanden, ließen die Sanitäter die Bahre unsanft auf den Boden fallen.

Charlie brüllte sie an: »Bringen Sie ihn sofort zum Lazarettzelt – um 'immels willen, schnell!«

»Nützt nichts mehr, Corp«, entgegnete ein Sanitäter. »Er ist tot.«

## 5

»Das Hauptquartier wartet auf Ihren Bericht, Trumper.«

»Ich weiß, Sergeant, ich weiß.«

»Probleme, Junge?« fragte der Oberfeldwebel. Charlie wußte, daß er damit meinte: Können Sie schreiben?

»Keine Probleme, Sergeant.«

In der nächsten Stunde brachte er seine Gedanken langsam zu Papier, dann schrieb er den einfachen Bericht über das, was am 18. Juli 1918 während der zweiten Marneschlacht vorgefallen war, ins reine.

Immer wieder las Charlie die banalen Zeilen durch. Er pries zwar Tommys Mut während der Schlacht, erwähnte jedoch Trenthams Flucht vor dem Feind nicht. Die einfache Wahrheit war, daß er nicht gesehen hatte, was hinter ihm vorgegangen war. Er hatte sich zwar seine eigene Meinung gebildet, aber ohne Beweise leistete sie in einem offiziellen Bericht nichts. Und was Tommys Tod betraf, auch da hatte er keine Beweise, daß die tödliche Kugel aus Captain Trenthams Pistole gekommen war. Selbst wenn Tommy in beiden Fällen recht gehabt hatte, und Charlie das angab, war es nur sein Wort gegen das eines Offiziers und Gentlemans.

Er konnte lediglich eines tun: dafür sorgen, daß Trentham aus seiner Feder kein Lob für das erhielt, was sich an dem Tag während der Schlacht zugetragen hatte. Trotzdem kam sich Charlie wie ein Verräter vor, als er schließlich seine Unterschrift auf die zweite Seite unter seinen Bericht setzte, ehe er ihn dem Ordonnanzoffizier aushändigte.

Später an diesem Tag gab ihm der Sergeant vom Dienst eine Stunde frei, damit er ein Grab für Rekrut Prescott schaufeln konnte. Während er daneben kniete, verfluchte er die Männer beider Seiten, die für einen solchen Krieg verantwortlich waren.

Charlie hörte dem Feldkaplan zu, der »Asche zu Asche« und »Staub zu Staub« sagte, woraufhin wieder der letzte Zapfenstreich geblasen wurde. Dann machte der kleine Trupp einen Schritt nach rechts und beerdigte den nächsten Gefallenen. Einhunderttausend Männer hatten ihr Leben an der Marne geopfert. Charlie konnte nicht glauben, daß irgendein Sieg einen solchen Preis wert war.

Mit verschränkten Beinen saß er am Fußende des Grabes, ohne auf die Zeit zu achten, während er mit dem Bajonett ein Kreuz schnitzte. Schließlich schlug er es am Kopfende des Grabes in die Erde. Auf den Querbalken hatte er die Worte eingeritzt: PRIVATE TOMMY PRESCOTT.

Der Mond schien an diesem Abend auf tausend neue Gräber, und Charlie schwor, daß er weder seinen Vater noch Tommy vergessen würde, und sicherlich auch Captain Trentham nicht.

Er schlief zwischen seinen Kameraden ein und stand beim Weckruf im ersten Tageslicht auf. Nach einem letzten Blick auf Tommys Grab kehrte er zu seinem Zug zurück, wo er erfuhr, daß der Regimentskommandeur um neun Uhr eine Ansprache halten würde.

Eine Stunde später stand er in den geschrumpften Reihen der Überlebenden des Regiments stramm. Colonel Hamilton gab kund, daß der Premierminister die zweite Schlacht an der Marne als den größten Sieg in der Geschichte des Krieges bezeichnet hatte. Charlie war nicht imstande, in die Jubelrufe seiner Kameraden einzustimmen.

»Es war ein stolzer und ruhmreicher Tag für die Füsiliere«, fuhr der Oberst fort und blickte wohlwollend durch sein Monokel. Das Regiment hatte ein Victoriakreuz, sowie sechs Militärverdienstkreuze und neun Tapferkeitsmedaillen errungen. Charlie hörte kaum zu, während die Namen der Männer genannt und die Würdigung verlesen wurde, bis er den Namen Lieutenant Arthur Harvey hörte, der den 11. Zug im Sturmangriff bis zu den deutschen Gräben geführt hatte, wodurch er es den Nachfolgenden ermöglichte, die feindliche Verteidigung zu durchbrechen. Dafür wurde ihm postum das Militärverdienstkreuz verliehen.

Einen Augenblick später hörte Charlie den Colonel Captain Guy Trenthams Namen nennen. Dieser mutige Offizier, sagte der Colonel, habe, nachdem Lieutenant Harvey gefallen war, ohne auf seine eigene Sicherheit zu achten, den Angriff weitergeführt und nach Überquerung der feindlichen Linien zwei deutsche Soldaten in einen nahe gelegenen Wald verfolgt. Es sei ihm nicht nur gelungen, beide feindliche Soldaten zu töten, sondern auch zwei Füsiliere aus den Händen der Deutschen zu befreien und zurück zu den eigenen Linien zu führen. Für diese außerordentliche Heldentat wurde Captain Trentham das Militärverdienstkreuz verliehen.

Trentham trat vor, und die Truppen klatschten, als der Oberst die Auszeichnung aus einem Lederetui nahm und sie Trentham an die Uniformjacke steckte.

Dann wurden Namen und Würdigung von drei Sergeanten, zwei Unteroffizieren und vier Rekruten verlesen, doch nur einer davon konnte vortreten und sich seine Tapferkeitsmedaille anstecken lassen.

»Unter jenen, die heute leider nicht mehr unter uns weilen«, fuhr der Oberst fort, »ist ein junger Mann, der Lieutenant Harvey in die feindlichen Gräben folgte, dort vier oder fünf feindliche Soldaten tötete, danach einen weiteren verfolgte und erschoß und schließlich einen deutschen Offizier tötete, ehe er tragischerweise nur wenige Meter vor unserer eigenen Linie von einer verirrten Kugel tödlich getroffen wurde. Für diese Heldentat wird Rekrut Thomas Prescott postum die Tapferkeitsmedaille verliehen.« Wieder spendete die Truppe Beifall.

Als die Parade aufgelöst wurde und während andere zu ihren Zelten zurückkehrten, ging Charlie langsam zurück hinter die Linien, bis er den Soldatenfriedhof erreicht hatte.

Er kniete an einem vertrauten Grabhügel nieder, und nach nur kurzem Zögern zog er das Kreuz, das er am Kopfende des Grabes eingerammt hatte, wieder heraus.

Charlie klappte das Messer auf, das an seinem Gürtel hing, und neben den Namen Tommy Prescott ritzte er die Buchstaben MM – jeder sollte wissen, daß er die Tapferkeitsmedaille bekommen hatte.

Zwei Wochen später wurden tausend Mann mit insgesamt nur tausend Beinen, tausend Armen und tausend Augen in die Heimat zurückgeschickt. Man hatte Sergeant Charles Trumper von den Royal Fusiliers zu ihrer Begleitung abbeordert. Vielleicht, weil noch niemand davon gehört hatte, daß irgend jemand drei Angriffe auf die feindlichen Linien überlebt hätte.

Ihr Frohsinn und ihre Freude darüber, daß sie noch lebten, verstärkte Charlies Schuldgefühl. Er hatte schließlich nur eine Zehe verloren. Auf der Rückreise über Land, See und wieder Land half er den Männern beim Anziehen, Waschen, Essen und in ihrer Blindheit, ohne zu klagen oder sich zu beschweren.

In Dover wurden sie am Hafen von Menschenmassen erwartet, die ihren Helden zujubelten. Züge standen bereit, sie in alle Landesteile zu bringen, so daß sie den Rest ihres Lebens von den paar Augenblicken der Ehre, ja des Ruhmes zehren konnten. Dies galt jedoch nicht für Charlie. Sein Marschbefehl lautete, sich in Edinburgh zu melden, wo er mithelfen sollte, die nächste Gruppe Rekruten auszubilden, die an der Westfront gebraucht wurden.

Am 11. November 1918 um elf Uhr kam es zum Waffenstillstand. In einem bewachten Eisenbahnwaggon im Wald von Compiègne wurden die Waffenstillstandsbedingungen unterzeichnet. Als Charlie vom Sieg hörte, bildete er gerade grüne Rekruten am Schießstand in Edinburgh aus. Einige von ihnen konnten ihre Enttäuschung nicht verbergen, daß man sie um die Chance betrogen hatte, gegen den Feind zu kämpfen.

Der Krieg war vorüber und das Empire hatte gewonnen – so zumindest stellten die Politiker das Ergebnis des Kampfes zwischen Britannien und Deutschland hin.

»Über neun Millionen tapfere Männer sind für ihr Vaterland gefallen, darunter viele, die nicht mehr dazu gekommen sind, erwachsen zu werden«, schrieb Charlie in einem Brief an seine Schwester Sal. »Und was haben beide Seiten durch dieses Blutvergießen gewonnen?«

Sal antwortete umgehend. Sie versicherte ihm, wie dankbar sie war, daß er noch lebte, und schrieb: »Ich habe mich mit einem kanadischen Flieger verlobt. Wir beabsichtigen, schon in wenigen Wochen zu heiraten und nach Toronto zu seinen Eltern zu ziehen. Meinen nächsten Brief wirst Du von der anderen Seite der Welt erhalten. Grace ist noch in Frankreich, wird jedoch im Februar ins Londoner Krankenhaus zurückkommen. Sie ist inzwischen Stationsschwester geworden. Ich nehme an, Du weißt, daß ihr Corporal aus Wales ein paar Tage nach dem Waffenstillstand an Lungenentzündung gestorben ist.

Kitty war eine Zeitlang spurlos verschwunden, ist dann aber plötzlich unerwartet wieder in Whitechapel aufgetaucht, und zwar mit einem Mann in einem Automobil, aber es war weder ihr Mann noch ihr Auto. Jedenfalls schien es ihr gutzugehen.«

Charlie freute sich über die Neuigkeiten, doch den Nachsatz seiner Schwester konnte er nicht verstehen. »Wo wirst Du wohnen, wenn du ins East End zurückkommst?«

Sergeant Charles Trumper wurde am 20. Februar 1919 als einer der ersten aus der Armee entlassen; die fehlende Zehe war wenigstens für etwas gut gewesen. Er legte seine Uniform ordentlich zusammen, gab den Helm darauf, zog seine alten Sachen an und brachte die Ausrüstung zum Quartiermeister zurück.

»Hab' Sie in dem alten Anzug und der Mütze gar nicht gleich erkannt, Sergeant. Paßt wohl nicht mehr so recht, eh? Sie müssen bei den Füsilieren noch tüchtig gewachsen sein.«

Charlie blickte an sich hinunter und stellte fest, daß die Hosenbeine mehrere Zentimeter über den Schnürstiefeln endeten.

»Ja, ich muß wohl an der Front gewachsen sein«, bestätigte er und dachte über diese Worte nach.

»Ich wett', Ihre Familie wird sich freuen, wenn Sie heimkommen.«

»Was von ihr übrig ist, ja«, entgegnete Charlie, während er sich zum Gehen wandte. Nun mußte er nur noch zum Zahlmeister, um sich seinen letzten Sold und die Fahrkarte abzuholen.

»Trumper, der Offizier vom Dienst würde Sie gern noch sprechen«, sagte der Hauptfeldwebel, nachdem Charlie seine, wie er dachte, letzte militärische Aufgabe erledigt hatte.

Für ihn würden immer Lieutenant Makepeace und Harvey seine Offiziere vom Dienst sein, dachte Charlie, während er noch einmal über den Exerzierplatz zur Schreibstube stapfte. Und kein Milchgesicht, das nie Bekanntschaft mit dem Feind gemacht hatte, würde je ihren Platz einnehmen.

Und doch wollte Charlie gerade schon dem jungen Leutnant salutieren, als er sich erinnerte, daß er nicht mehr in Uniform war; so nahm er nur die Mütze ab.

»Sie wollten mich sprechen, Sir?«

»Ja, Trumper, in einer persönlichen Angelegenheit.« Der junge Offizier tippte auf eine große Pappschachtel auf seinem Schreibtisch, deren Inhalt Charlie nicht sehen konnte.

»Wissen Sie, Trumper, Ihr Freund, Rekrut Prescott«, fuhr der Leutnant fort, »hat ein Testament gemacht, in dem er Sie zu seinem Alleinerben einsetzte.«

Charlie konnte seine Überraschung nicht verbergen, als der Leutnant ihm die Schachtel über den Tisch zuschob.

»Würden Sie so freundlich sein, den Inhalt durchzusehen und dann eine Quittung dafür zu unterschreiben?«

Wieder einmal wurde ihm ein braunes Formular vorgelegt. Über dem maschinegeschriebenen Namen Thomas Prescott, Private, stand ein handschriftlicher Absatz mit einem $X$ darunter und der Unterschrift Sergeant-Major Philpotts als Zeugen.

Charlie nahm eines nach dem anderen aus der Schachtel: Tommys verrostete Mundharmonika, sieben Pfund, elf Shilling und sechs Pence Soldnachzahlung, die Pickelhaube eines deutschen Offiziers. Als nächstes holte er ein kleines Lederetui heraus, öffnete es und sah, daß es Tommys Medaille war. Er drehte sie um. Auf der Rückseite standen die Worte: *Für Tapferkeit vor dem Feind*. Er hob den Orden heraus und hielt ihn in der Hand.

»Muß ein verdammt tapferer Bursche gewesen sein, dieser Prescott«, sagte der Leutnant. »Ein guter Mann und Kamerad.«

»Das war er«, bestätigte Charlie.

»Wohl auch ein frommer Mann?«

»Nein, das wohl nicht.« Charlie mußte lächeln. »Wieso fragen Sie das?«

»Das Bild«, sagte der Leutnant und deutete in die Schachtel. Charlie beugte sich darüber und starrte ungläubig auf ein Madonnenbild. Es maß etwa zwanzig mal zwanzig Zentimeter und hatte einen schwarzen Teakholzrahmen. Charlie nahm das Bild heraus und hielt es vor sich.

Er betrachtete die tiefen Rot- und Blautöne des kleinen Ölgemäldes und hatte das Gefühl, es schon einmal irgendwo gesehen zu haben. Behutsam legte er es nach ein paar Sekunden in die Schachtel zurück.

Schließlich setzte Charlie seine Mütze wieder auf, klemmte sich die Schachtel unter einen Arm und das Bündel in braunem Packpapier mit seiner restlichen Habe unter den anderen und steckte die Fahrkarte nach London in seine Brusttasche.

Als er an den Baracken der Kaserne entlangmarschiert war, wobei er sich fragte, wann er wohl wieder in normalem Schritt würde gehen können, blieb er am Wachthaus stehen und drehte sich für einen letzten Blick auf den Exerzierplatz um. Neue Rekruten marschierten nach den Befehlen eines neuen Hauptfeldwebels auf und ab, der offenbar ebenso entschlossen war wie einst Philpott, dem Schnee keine Chance zu geben liegenzubleiben.

Charlie drehte dem Exerzierplatz den Rücken und trat seine Reise nach London an. Er war nun neunzehn Jahre, das Alter, in dem er von Rechts wegen erst des Königs Rock hätte anziehen dürfen. Aber seit er es getan hatte, war er um fünf Zentimeter gewachsen, mußte sich rasieren und war nicht mehr ganz unschuldig.

Er hatte seinen Teil getan und hoffte nur eines: daß er in einem Krieg gekämpft hatte, der ein Ende mit allen Kriegen machen würde.

Der Schlafwagen von Edinburgh war voll von Uniformierten, die den Zivilisten Charlie unfreundlich musterten, weil sie ihn für einen hielten, der seinem Vaterland noch nicht gedient hatte oder, schlimmer noch, ein Drückeberger war.

»Sie werden ihn bald einberufen«, sagte ein Unteroffizier auf der anderen Seite des Abteils besonders laut zu einem Kameraden. Charlie lächelte, schwieg jedoch.

Er schlief schlecht und amüsierte sich über den Gedanken, daß er vielleicht in einem feuchten, schlammigen Schützengraben mit Ratten und Ungeziefer besser hätte schlafen können. Als der Zug um sieben Uhr früh im Bahnhof King's Cross einfuhr, hatte er einen steifen Hals und sein Rücken schmerzte.

Er streckte sich, dann griff er nach seinem großen Bündel und Tommys Hinterlassenschaft.

Im Bahnhof kaufte er sich ein Sandwich und eine Tasse Kaffee und wunderte sich, als die Bedienung dafür drei Pence verlangte. »Zwei Pence bloß für die in Uniform«, sagte sie und bedachte ihn mit einem abfälligen Blick.

Auf den Straßen herrschte mehr Verkehr und Hektik, als er in Erinnerung hatte, trotzdem stieg er zuversichtlich in eine Straßenbahn, auf der CITY stand. Er saß als einziger Fahrgast auf einer Holzbank und fragte sich, was sich zu Hause wohl alles verändert hatte. Ging sein Laden noch gut? Oder hielt er sich bloß gerade über Wasser? Oder war er verkauft? Oder gar bankrott? Und was war mit dem größten Karren der Welt?

Bei Poultry stieg er aus, nachdem er beschlossen hatte, die letzten anderthalb Kilometer zu Fuß zu gehen. Sein Schritt wurde unwillkürlich schneller, als sich das Aussehen der Menschen – und deren Sprechweise – änderte; Stadtgentlemen in langen schwarzen Mänteln und Melonen wichen Geschäftsleuten in dunklen Anzügen und Filzhüten und diese wiederum einfachen Burschen in schlecht sitzender Kleidung und Mützen, bis Charlie endlich im East End ankam.

Als Charlie sich der Ecke Whitechapel Road und Brick Lane näherte, blieb er stehen und starrte auf die rege Betriebsamkeit ringsum. Fleisch an Haken, Gebäckstücke auf Tabletts, Tee in Kannen, Obst und Gemüse in Karren – überall gab es viel zu sehen.

Aber was war mit der Bäckerei und dem Standplatz seines Großvaters? Er zog die Mütze in die Stirn und betrat den Markt.

Als er die Ecke der Brick Lane erreicht hatte, war er sich

nicht mehr sicher, ob er überhaupt richtig war. Statt der Bäckerei befand sich in dem Eckhaus eine Maßschneiderei, die, wie dort stand, von einem Jacob Cohen geführt wurde. Charlie preßte die Nase ans Fenster, aber er kannte niemanden von denen, die dahinter arbeiteten. Er drehte sich um und starrte auf die Stelle, wo der Karren mit der Aufschrift ›CHARLIE TRUMPER, DER EHRLICHE HÄNDLER‹ fast ein Jahrhundert lang gestanden hatte, doch da drängten sich Leute um ein Holzkohlenfeuer und kauften heiße Maronen für einen Penny die Tüte. Charlie erstand auch eine Tüte, doch niemand schenkte ihm einen zweiten Blick. Vielleicht hatte Becky alles verkauft, wie er es ihr damals in seinem Brief geraten hatte, dachte er, als er den Markt verließ, um in die Whitechapel Road einzubiegen, wo er wenigstens eine seiner Schwestern wiedersehen würde und wo er sich ausruhen und seine Gedanken sammeln konnte.

Als er vor dem Haus mit der Nummer 112 ankam, freute er sich, daß die Tür neu gestrichen war. Die gute Sal! Er machte die Tür auf und ging geradewegs ins Wohnzimmer – und sah sich einem fetten halbrasierten Mann in Weste und Hose gegenüber, der ein Rasiermesser in der Hand hielt.

»Was 'aben Sie 'ier verlor'n?« fragte der Dicke und schwenkte drohend das Rasiermesser.

»Ich wohn' 'ier«, sagte Charlie.

»Das könnt' Ihnen so pass'n! Ich 'ab dieses Loch schon vor sechs Monaten gekauft.«

»Aber …«

»Kein Aber.« Ohne Warnung stieß der Dicke Charlie so heftig hinaus, daß er rückwärts auf die Straße taumelte. Die Tür wurde hinter ihm zugeschlagen, und Charlie hörte, wie sich der Schlüssel im Schloß drehte. Er wußte nicht, was er jetzt tun sollte, und wünschte sich schon fast, er wäre nie heimgekommen.

»'allo Charlie. Du bist es doch, Charlie, oder?« fragte eine Stimme hinter ihm. »Dann stimmt's also, du bist gar nicht gefallen.« Charlie wirbelte herum und sah Mrs. Shorrocks an ihrer Haustür stehen.

»Gefallen?« fragte Charlie.

»Ja«, erwiderte Mrs. Shorrocks. »Kitty 'at uns gesagt, daß du an der Westfront gefallen bist und sie deshalb das 'aus verkauft 'at. Das ist schon Monate 'er – 'at sich seit'er nicht mehr seh'n lass'n. 'at dir das denn niemand gesagt?«

»Nein«, antwortete Charlie, der froh war, daß ihn noch jemand kannte. Er blickte seine alte Nachbarin an, blinzelte und fragte sich, weshalb sie jetzt so anders aussah.

»Wie wär's mit was zu essen, Junge? Du schaust ausge'ungert aus.«

»Danke, gern, Mrs. Shorrocks.«

»Ich 'ab' mir grad' Fisch und Fritten von Dunkley ge'olt. Du 'ast doch bestimmt nicht vergessen, wie gut die sind. 'ne Dreipenceportion, ein großes Stück Kabeljau und 'ne Riesentüte Fritten.«

Charlie folgte Mrs. Shorrocks ins Haus Nummer 110 und ließ sich in ihrer winzigen Küche auf einen Holzstuhl fallen.

»Sie wissen wohl nicht, was aus meinem Karren geworden ist und warum's die Bäckerei nicht mehr gibt?«

»Die junge Miss Rebecca 'at beides verkauft. Dürft' schon neun Monat' 'er sein. Gar nicht so lang, nachdem du an die Front bist.« Mrs. Shorrocks legte die Tüte mit den Pommes frites und den Fisch auf ein Stück Papier mitten auf den Tisch. »Aber erst nachdem Kitty uns erzählt hat, daß du an der Marne gefallen bist. Und als die Wahr'eit rauskam, war's schon zu spät.«

»Wär' vielleicht besser, ich wär' gefallen«, sagte Charlie, »denn was 'ab' ich jetzt noch?«

»So darfst du nicht red'n, Charlie.« Mrs. Shorrocks schenkte Bier in ein Glas und schob es ihm zu. »Ich 'ab' ge'ört, daß 'ne Menge Karren zu 'aben sind und manche wirklich günstig.«

»Freut mich zu 'ören«, sagte Charlie. »Aber zuerst muß ich Becky Salmon finden, weil ich ja selber nicht viel Geld 'ab'.« Er machte eine Pause, um seinen ersten Bissen Fisch zu essen. »'aben Sie eine Ahnung, wo ich Becky finden kann?«

»'ab sie 'ier nicht mehr geseh'n, Charlie. Wollt' ja immer 'och 'inaus, aber ich 'ab' mal ge'ört, daß Kitty sie auf der Londoner Universität besucht 'at.«

»Der Londoner Universität? Na, sie wird feststellen, daß Charlie Trumper noch 'öchst lebendig ist, so 'och sie auch jetzt 'inaus ist. Und ich kann bloß wünschen, daß sie eine überzeugende Geschichte 'at, was aus dem Geld von meinem Geschäftsanteil geworden ist.« Charlie überließ Mrs. Shorrocks die letzten beiden Pommes frites, stand auf und griff nach seinen Habseligkeiten.

»Möchtest du nicht noch ein Bier, Charlie?«

»Kann leider nicht länger bleiben, Mrs. Shorrocks. Danke fürs Bier und fürs Essen – und grüßen Sie Ihren Mann von mir.«

»Bert? 'ast du's nicht ge'ört? Is' vor sechs Monaten gestorben, 'erzanfall, armer Kerl. Er fehlt mir sehr.«

Erst jetzt wurde Charlie klar, was so anders an Mrs. Shorrocks war: Sie hatte kein blaues Auge und keine Blutergüsse mehr.

Charlie verließ das Haus und machte sich auf die Suche nach der Universität von London und nach Rebecca Salmon. Hatte sie – wie er sie angewiesen hatte, wenn er fallen sollte – seinen Anteil am Erlös des Verkaufs an seine drei Schwestern verteilt? Sal war, wie er wußte, jetzt in Kanada, Grace noch irgendwo in Frankreich und Kitty wer weiß wo. Wenn Becky das Geld verteilt hatte, würde es kein Startkapital für ihn geben, außer Tommys Soldnachzahlung und die paar Pfund, die er hatte sparen können.

Er fragte den ersten Polizisten, den er sah, nach dem Weg zur Londoner Universität. Er stapfte fast einen Kilometer, bis er zu einem Portal kam, in dessen Stein KING'S COLLEGE gemeißelt war. Er klopfte an der Tür mit dem Schild Auskunft, trat ein und fragte den Mann hinter der Abtrennung, ob eine Rebecca Salmon hier studierte. Der Mann sah in einer Liste nach, schüttelte bedauernd den Kopf und riet Charlie, es bei der Universitätsverwaltung in der Malet Street zu versuchen.

Nachdem er für einen weiteren Penny in der Straßenbahn fuhr, fragte Charlie sich, wo er wohl die Nacht verbringen würde.

»Rebecca Salmon?« wiederholte der Mann in der Uniform eines Corporals, der hinter dem Schreibtisch der Universitätsverwaltung saß. »Kommt mir nicht bekannt vor.« Er suchte den Namen in einem dicken Buch, das er unter dem Schreibtisch hervorholte. »Oh, ja, da ist sie. Bedford College, Kunstgeschichte«, sagte er abfällig.

»Ihre Adresse 'aben Sie wohl nicht, Corp?« fragte Charlie.

»Leisten Sie erst mal Ihren Wehrdienst, Junge, bevor Sie mich Corp nennen!« wies ihn der Ältere zurecht. »Und ich würd' sagen, je schneller, desto besser.«

Charlie hatte sich für einen Tag schon zu viel gefallen lassen müssen, als daß er sich jetzt noch hätte beherrschen können. »Sergeant Trumper, 7312087. Ich nenn' Sie Corp, und Sie nennen mich Sergeant! Ist das klar?«

»Jawohl, Sergeant!« Der Corporal war aufgesprungen und stand nun stramm.

»Also, wo wohnt sie?«

»In der Chelsea Terrace 97, in Untermiete, Sergeant.«

»Danke.« Charlie verließ den noch etwas erschrockenen Veteranen, der ihm verwirrt nachschaute, und begann eine neuerliche Straßenbahnfahrt quer durch London.

Kurz nach sechzehn Uhr stieg er schließlich müde an der Ecke Chelsea Terrace aus. Becky war also vor ihm hier gelandet, wenn auch nur in einer Studentenbude, dachte er.

Er spazierte die vertraute Straße auf und ab und bewunderte wieder einmal die Läden, die zu besitzen einmal sein Traum gewesen war. Nummer 131 – ein Antiquitätengeschäft voller Eichenmöbel und alle wundervoll poliert. Nummer 133, in der Auslage Damenstrümpfe aus Paris und Unterkleidung, von der Charlie fand, daß es ungehörig wäre, wenn ein Mann sie anstarrte. Weiter zu Nummer 135 – eine Metzgerei, wo Fleisch und Geflügel und Wurst an Haken hingen und alles so appetitlich aussah, daß Charlie fast die herrschende Lebensmittelknappheit vergaß. In Haus Nummer 139 war jetzt ein Restaurant namens Scallini, und Charlie fragte sich, ob italienische Spezialitäten sich in London wohl je durchsetzen könnten.

Nummer 141 – ein Antiquariat, die Bücher waren fleckig, verstaubt, sogar Spinnweben waren im Laden zu sehen, aber nicht ein einziger Kunde. Dann Nummer 143 – ein Maßschneider, und wie ans Schaufenster gepinselt war, konnte der anspruchsvolle Herr hier Anzüge, Westen, Hemden und Kragen bekommen. Nummer 145 – eine Bäckerei. Der Geruch des frischen Brots lockte Charlie beinahe in den Laden. Ungläubig sah er dem Treiben auf der Straße zu und starrte die gutgekleideten Frauen an, die ihre Einkäufe machten, als hätte es nie einen Weltkrieg gegeben. Es sah aus, als wüßten sie überhaupt nichts von Lebensmittelmarken.

Vor dem Haus mit der Nummer 147 hielt Charlie an und riß erfreut die müden Augen auf – hier gab es Reihen um Reihen frischen Obsts und Gemüses in einer Qualität, wie er sie voll Stolz verkauft hätte. Zwei adrett gekleidete Verkäuferinnen und ein junger Mann in leuchtendgrüner Schürze standen bereit, eine Kundin zu bedienen, die gerade Trauben begutachtete.

Charlie machte einen Schritt zurück, um zu dem Schild über dem Laden hochzublicken. Darauf stand, in blauen Lettern auf goldenem Grund: ›CHARLIE TRUMPER, DER EHRLICHE HÄNDLER. Gegründet 1823.‹

# Becky

## 1918–1920

## 6

☙ »1480–1532«, sagte er.

Ich schaute meine Aufzeichnungen durch, um mich zu vergewissern, daß ich die richtigen Jahreszahlen notiert hatte, denn es war mir schwergefallen, mich zu konzentrieren. Es war die letzte Vorlesung heute, und ich konnte an nichts anderes denken, als zur Chelsea Terrace zurückzukommen.

Der Maler, den wir an diesem Nachmittag durchgenommen hatten, war Bernardino Luini, und ich hatte bereits beschlossen, meine Diplomarbeit über das Leben dieses nicht genug gewürdigten Freskenmalers aus Mailand zu schreiben. Mailand ... Noch ein Grund, dankbar zu sein, daß der Krieg endlich zu Ende war. Jetzt konnte ich Exkursionen nach Rom, Florenz, Venedig und, ja, nach Mailand planen und Luinis Werke an Ort und Stelle studieren. Michelangelo, da Vinci, Bellini, Caravaggio, Bernini, die Kunstschätze der halben Welt in einem Land! Und ich hatte bisher keine Möglichkeit gehabt, über die Mauern von Victoria und Albert hinauszuschauen.

Um halb fünf verkündete die Glocke das Ende der heutigen Vorlesungen. Ich klappte mein Buch zu und sah, wie Professor Tilsey sich aus dem Saal schleppte. Der alte Mann tat mir leid. Man hatte ihn aus seinem wohlverdienten Ruhestand zurückgeholt, weil so viele junge Professoren weggegangen waren, um an der Westfront zu kämpfen. Matthew Makepeace, der Mann, der diese Vorlesungen hätte halten sollen, war gefallen. »Er war einer der vielversprechendsten Gelehrten seiner Generation«, hatte uns Professor Tilsey mehrmals versichert. »Sein Tod ist ein großer Verlust nicht nur für die Fakultät, sondern für die ganze Universität.« Das konnte ich nur bestätigen: Makepeace war als einer von wenigen Engländern eine anerkannte Autorität gewesen, was Luini betraf. Ich hatte erst drei seiner Vorlesungen besuchen können, ehe er sich freiwillig an die Front in Frankreich gemeldet hatte ...

Ich war jetzt im zweiten Jahr am Bedford College und hatte das Gefühl, daß die Zeit ganz einfach nicht reichte, alles zu schaffen. Charly mußte endlich zurückkommen und mir den Laden abnehmen. Ich hatte ihm nach Edinburgh geschrieben, doch da war er schon in Belgien; nach Belgien, als er in Frankreich war; und nach Frankreich, als er zurück in Edinburgh war. Die königliche Post schaffte es offenbar einfach nicht, ihn einzuholen, und jetzt wollte ich nicht, daß Charlie herausfand, was ich getan hatte, ehe ich es ihm selbst sagen konnte.

Jacob Cohen hatte versprochen, Charlie, sobald er in der Whitechapel Road ankam, nach Chelsea zu schicken. Ich konnte seine Rückkehr kaum erwarten.

Ich griff nach meinen Büchern und verstaute sie in meiner alten Schultasche. Es war immer noch die, welche mein Vater – »Tata« – mir schenkte, als ich mein offenes Stipendium für St. Paul's bekommen hatte. Meine Initialen, die er so stolz auf die Vorderseite hatte prägen lassen, waren am Verblassen, und der Ledergriff war schon fast durchgescheuert, deshalb trug ich die Tasche seit einiger Zeit nur noch unter dem Arm: Tata wäre nie auch nur auf die Idee gekommen, mir eine neue zu kaufen, solange die alte noch einigermaßen zu gebrauchen war.

Wie streng Tata doch in meiner Kindheit zu mir gewesen war! Sogar den Riemen habe ich zweimal zu spüren bekommen: einmal, als ich mir hinter seinem Rücken Rosinenbrötchen aus dem Laden holte – es war ihm egal, wie viele ich nahm, solange ich ihn fragte –, und einmal, als ich mir beim Apfelschälen in den Finger schnitt und »verdammt« sagte. Obwohl ich nicht im jüdischen Glauben erzogen wurde, brachte er mir doch alles bei, was man ihn in seiner Jugend gelehrt hatte, und duldete mein »untragbares Benehmen« – wie er es oft nannte – nicht.

Erst viele Jahre später erfuhr ich von den Opfern, die Tata hatte bringen müssen, als er um die Hand meiner Mutter, einer Katholikin, angehalten hatte. Er betete sie an und beklagte sich in meiner Anwesenheit nie, daß er immer allein in die Synagoge gehen mußte. »Mischehe« ist ein jetzt schon fast antiquierter Ausdruck, doch damals, um die Jahrhundertwende, waren meinen Eltern dafür bestimmt große persönliche Opfer abverlangt worden.

Ich mochte St. Paul's vom ersten Tag an, gleich als ich durch den Eingang marschierte. Vielleicht lag es daran, daß mir zum erstenmal niemand vorwarf, ich arbeite zu viel. Nur eines gefiel mir nicht, daß man mich »Porky« nannte. Ein Mädchen aus der Klasse über mir, Daphne Harcourt-Browne, erklärte mir später die doppelte Bedeutung: dick, aber auch kratzbürstig. Daphne hatte blondes Lockenhaar, und ihr Spitzname war »Poshy«, was sie ihrer eleganten Kleidung verdankte. Wir waren zwar nicht eigentlich Freundinnen, aber unsere gemeinsame Vorliebe für Windbeutel brachte uns zusammen – vor allem, als ihr klar wurde, daß ich eine unerschöpfliche Quelle hatte. Daphne hätte wirklich gern dafür bezahlt, aber ich ließ es nicht zu, weil meine Klassenkameradinnen denken sollten, wir wären eng befreundet. Daphne lud mich sogar einmal zu sich nach Hause ein, sie wohnte in Chelsea, aber ich erfand eine Ausrede, weil ich wußte, daß ich sie sonst auch zu mir nach Whitechapel hätte einladen müssen.

Daphne schenkte mir meinen ersten Kunstband, *Die Kunstschätze Italiens*, sie revanchierte sich damit für mehrere Marshmallows. Von dem Tag an wußte ich, daß ich über ein Gebiet gestolpert war, das mich für den Rest meines Lebens faszinieren würde. Obwohl ich nie dahinterkam, weshalb eine der ersten Seiten des Buches herausgerissen war.

Daphne stammte aus einer der besten Familien Südenglands. Sie verkörperte all das, was ich mir unter der feinen Gesellschaft vorstellte. Deshalb dachte ich, nachdem ich St. Paul's verlassen hatte, daß wir uns nie wieder begegnen würden. Schließlich war Lowndes Square wohl kaum meine Gegend. Allerdings, um fair zu sein, auch das East End nicht, in dem Leute wie die Trumpers lebten.

Und was diese Trumpers betraf, konnte ich meinem Vater nur beipflichten. Mary Trumper mußte, nach allem, was man über sie erzählte, eine Heilige gewesen sein. George Trumper war ein Mann, dessen Benehmen untragbar war; er hatte nicht das Format seines Vaters, den Tata gern mit dem jiddischen Wort *mensch* bezeichnete. Der junge Charlie – der, soweit ich es beurteilen konnte, immer etwas ausheckte – hatte, wie Tata es nannte, eine Zukunft. Die guten Anlagen mußten wohl eine Generation übersprungen haben, meinte er.

»Der Junge ist nicht schlecht für einen *goy*«, sagte er. »Er wird eines Tages seinen eigenen Laden haben, vielleicht sogar mehr als einen, glaub mir.«

Ich nahm diese Bemerkungen nicht wirklich ernst, bis ich nach Vaters Tod sonst niemand mehr hatte, an den ich mich hätte wenden können.

Tata hatte sich oft genug beklagt, daß er seine beiden Gehilfen nie länger als eine Stunde allein in der Bäckerei lassen konnte, ohne daß etwas schiefging. »Kein *saychel*«, sagte er von jenen, die nicht bereit waren, Verantwortung zu übernehmen. »Ich möchte lieber gar nicht daran denken, was passieren würde, wenn ich einmal einen ganzen Tag frei nähme.«

Während Rabbi Glikstein Tata bei seiner *levoyah* den letzten Segen gab, gingen mir diese Worte durch den Kopf. Mutter lag noch bewußtlos im Krankenhaus, und die Ärzte konnten mir nicht sagen, ob sie sich je wieder ganz erholen würde. Bis auf weiteres hatte man mich meiner Tante Harriet aufgehalst, die ich bisher nur von Familientreffen kannte. Ich erfuhr, daß sie an einem Ort namens Romford lebte, und da sie mich bereits am Tag nach der Beerdigung dorthin mitnehmen sollte, blieben mir nur wenige Stunden, eine Entscheidung zu treffen. Ich überlegte, was mein Vater unter diesen Umständen gemacht hätte, und kam zu dem Schluß, er hätte, um seine Worte zu gebrauchen, »einen kühnen Schritt« getan.

Als ich am nächsten Morgen aufstand, war mein Entschluß gefaßt. Ich würde die Bäckerei an den Höchstbietenden verkaufen – außer Charlie Trumper war bereit, die Verantwortung selbst zu übernehmen. Wenn ich so zurückdenke, muß ich gestehen, daß ich meine Zweifel hatte, ob Charlie dazu überhaupt fähig war, doch schließlich überwog Tatas hohe Meinung von ihm.

Während des Unterrichts an jenem Vormittag arbeitete ich einen Plan aus; und sobald die Schule aus war, nahm ich den Zug von Hammersmith nach Whitechapel; den Rest des Weges zu Charlies Haus ging ich zu Fuß.

Am Haus mit der Nummer 112 hämmerte ich mit der Faust gegen die Tür und wartete – ich erinnere mich, daß ich mich wunderte, wieso die Trumpers keinen Türklopfer hatten. Endlich öffnete eine dieser schrecklichen Schwestern; ich war mir nicht sicher, welche. Ich sagte ihr, daß ich mit Charlie sprechen müsse, und wunderte mich nicht, daß sie mich einfach vor der Tür stehenließ, während sie wieder im Haus verschwand. Ein paar Minuten später kam sie zurück und führte mich, etwas widerwillig, in das hintere Zimmer.

Als ich es zwanzig Minuten später verließ, hatte ich das Gefühl, bei diesem Geschäft nicht gerade das Beste für mich herausgeholt zu haben, doch da fiel mir wieder einer von Vaters Sprüchen ein: »Ein *schnorrer* hat keine Wahl.«

Am nächsten Abend schrieb ich mich für einen Buchführungskurs als zusätzliches Wahlfach ein. Dieser Unterricht wurde am Abend abgehalten, bis dahin hatte ich meine regulären Schularbeiten erledigt. Anfangs fand ich das Fach langweilig, doch im Lauf der Wochen faszinierte es mich immer mehr, wie sich finanzielle Transaktionen selbst bei einem so kleinen Geschäft wie dem unseren günstig auswirken konnten. Ich hatte keine Ahnung gehabt, wieviel Geld sich sparen ließ, wenn man wußte, was alles steuerlich absetzbar war. Nur befürchtete ich, daß Charlie überhaupt nie Steuern bezahlt hatte.

Mit der Zeit machten mir meine wöchentlichen Besuche in Whitechapel sogar Spaß, weil ich dort die Chance hatte, mit meinen neuerworbenen Fähigkeiten anzugeben. Obgleich ich weiterhin entschlossen war, die geschäftliche Zusammenarbeit mit Charlie zu beenden, sobald ich einen Studienplatz an der Universität bekommen hatte, war ich nach wie vor überzeugt, daß Charlies Energie und Ehrgeiz, zusammen mit meinen vielleicht etwas theoretischen finanziellen Kenntnissen meinen Vater und Charlies Großvater beeindruckt hätten.

Als es allmählich so weit war, daß ich mich auf meine Immatrikulation konzentrieren mußte, beschloß ich, Charlie die Möglichkeit zu geben, mir meinen Anteil abzukaufen, ja besorgte sogar einen ausgebildeten Buchhalter, der die Buchführung an meiner Stelle übernehmen sollte. Doch wieder machten mir diese Deutschen einen Strich durch die Rechnung.

Diesmal brachten sie Charlies Vater um, was ein dummer Fehler war, weil es doch nur Charlie dazu brachte, sich freiwillig zu melden und höchsteigenhändig gegen die ganze Meute zu kämpfen. Es war typisch für ihn, daß er seinen Entschluß mit niemandem besprach. In seinem gräßlichen Zweireiher, der lächerlichen Baskenmütze und einer schreiend grünen Krawatte marschierte er mit der Last des ganzen Empires auf den Schultern nach Great Scotland Yard, und ich konnte sehen, wie ich zurechtkam. Kein Wunder, daß ich im Lauf des nächsten Jahres so abnahm; meine Mutter sah darin die gerechte Strafe für meine Dummheit, mich mit einem wie Charlie Trumper einzulassen.

Um es mir noch schwerer zu machen, bot man mir, ausgerechnet ein paar Tage nachdem Charlie in den Zug nach Edinburgh gestiegen war, einen Studienplatz an der Universität von London an.

Charlie hatte mir nur zwei Möglichkeiten gelassen: Ich konnte versuchen, die Bäckerei allein zu führen und mein Studium an den Nagel zu hängen oder an den Meistbietenden zu verkaufen. Er hatte mir in seinem kurzen Abschiedsbrief geschrieben, daß ich verkaufen sollte, wenn es nicht anders ging; also entschied ich mich dafür. Aber obwohl ich viele Stunden im East End umherrannte, fand ich nur einen Interessenten: Mr. Cohen, der seit einigen Jahren seine Schneiderei über Vaters Bäckerei betrieb und sich vergrößern wollte. Er machte mir ein unter den gegebenen Umständen faires Angebot, und ich bekam sogar zusätzliche zwei Pfund von einem Straßenhändler für Charlies große Karre. Doch so sehr ich mich auch bemühte, für Großvater Charlies gräßliches altes Relikt fand ich keinen Abnehmer.

Ich legte das gesamte eingenommene Geld sogleich bei einer Bausparkasse auf ein Jahr fest an, wodurch es vier Prozent Zinsen einbringen würde. Ich hatte nicht die Absicht, es anzurühren, bevor Charlie Trumper ins East End zurückkehrte, doch etwa fünf Monate später besuchte mich Kitty Trumper bei meiner Tante in Romford. Sie war in Tränen aufgelöst und erzählte mir, daß Charlie an der Westfront gefallen sei. Sie fügte hinzu, sie wisse nicht, was aus der Familie werden würde, da es Charlie nun nicht mehr gab. Ich erzählte ihr sogleich von der Abmachung zwischen Charlie und mir, und das zumindest zauberte ein Lächeln auf ihr Gesicht. Sie erklärte sich einverstanden, mich zu der Bausparkasse zu begleiten, um uns Charlies Anteil ausbezahlen zu lassen.

Ich hatte vor, mich darum zu kümmern, daß das Geld gerecht unter den Schwestern aufgeteilt würde, wie es Charlies Wunsch gewesen war. Doch der zweite Geschäftsführer der Bausparkasse machte uns höflich aber bestimmt darauf aufmerksam, daß ich leider vor Ablauf des vollen Jahres nicht einen Penny der eingezahlten Summe abheben könne. Er brachte sogar den Vertrag herbei, den ich unterschrieben hatte, und wies mich, zur Bestätigung seiner Worte, auf die betreffende Klausel hin. Kitty stand sofort auf und beschimpfte den Geschäftsführer mit Worten, die ihn erröten ließen, dann stürzte sie davon.

Wie sich herausstellte, sollte ich noch guten Grund haben, für diese Klausel dankbar zu sein. Wie leicht wäre es dazu gekommen, daß ich Charlies sechzig Prozent unter Sal, Grace und dieser schrecklichen Kitty aufgeteilt hätte, die mir Charlies Heldentod nur vorgeschwindelt hatte. Ich erfuhr die Wahrheit erst, als Grace mir im Juli von der Front einen Brief schrieb, in dem stand, daß Charlie nach der zweiten Schlacht an der Marne nun heimgeschickt würde. Er hatte eine Zehe verloren, war ansonsten aber wohlauf. Da schwor ich mir, ihm gleich an dem Tag, an dem er in England ankam, seinen Anteil zu geben; ich wollte diese Trumpers und ihre Probleme ein für allemal los sein.

Wie sehr ich mir wünschte, Tata hätte erleben können, daß ich am Bedford College studierte! Seine Tochter an der Londoner Universität! Das hätte ganz Whitechapel immer wieder zu hören bekommen. Doch ein deutsches Luftschiff hatte es verhindert und obendrein meine Mutter zum Krüppel gemacht, was sie indes nicht daran hinderte, bei ihren Freundinnen anzugeben, weil ich zu den ersten Frauen aus dem East End gehörte, die sich an der Universität einschreiben durften.

Nachdem ich nach Bedford geschrieben hatte, daß ich den Studienplatz annehmen würde, schaute ich mich nach einem Zimmer in Universitätsnähe um. Ich war entschlossen, ein wenig Selbständigkeit zu beweisen. Mutter, deren Herz sich nie ganz von dem Schock durch Tatas Verlust erholte, zog zu Tante Harriet nach Romford. Sie konnte nicht verstehen, weshalb ich unbedingt in London wohnen wollte, und bestand darauf, daß die Unterkunft, für die ich mich entschied, von der Universität gutgeheißen werden müsse. Außerdem betonte sie, daß ich die Räumlichkeiten nur mit einem Mädchen teilen dürfe, das sie unter die Lupe genommen hatte. Sie wurde es nie müde zu wiederholen, daß ihr die lockeren Sitten gar nicht gefielen, die sich seit Kriegsbeginn eingeschlichen hätten.

Ich stand zwar in Verbindung mit mehreren Schulfreundinnen von St. Paul's, kannte jedoch nur eine, die mehr Wohnraum in London hatte, als sie brauchte, und befürchtete, daß sie sich als meine einzige Hoffnung erweisen würde, wenn ich nicht einen Teil meines Lebens in einem Zug zwischen Romford und Regent's Park verbringen wollte. Ich schrieb Daphne Harcourt-Brown am nächsten Tag.

Sie lud mich zum Tee in ihre kleine Wohnung in Chelsea ein, und ich stellte erstaunt fest, daß sie fast soviel abgenommen hatte wie ich. Daphne hieß mich nicht nur mit offenen Armen willkommen, sondern äußerte zu meiner Überraschung sogar ihre Freude darüber, daß ich an einem Zimmer bei ihr so interessiert war. Ich bestand darauf, ihr für das Zimmer eine wöchentliche Miete von fünf Shilling zu bezahlen, und fragte sie auch, etwas besorgt, ob sie zum Tee zu meiner Mutter nach Romford kommen könne. Die Vorstellung amüsierte Daphne offenbar, und sie reiste in der folgenden Woche mit mir nach Essex.

Meine Mutter und meine Tante gaben den ganzen Nachmittag kaum ein Wort von sich. Der Monolog, bei dem es um Jagdbälle, Fuchsjagden, Polo und den schändlichen Niedergang guter Manieren einiger Gardeoffiziere ging, umfaßte nicht gerade die geeigneten Themen, über die sie ihre maßgebliche Meinung hätten äußern können, nach der Daphne sie des öfteren fragte. Es überraschte mich durchaus nicht, als Mutter mir, nachdem Tante Harriet die zweite Schale mit Teegebäck hereingebracht hatte, mit glücklichem Nicken ihr Einverständnis mitteilte.

Tatsächlich war der einzige peinliche Augenblick des Nachmittags, als Daphne das Tablett in die Küche zurücktrug – ich vermutete, daß sie so etwas noch nie zuvor getan hatte – und dabei mein Abschlußzeugnis sah, das Mutter an die Speisekammertür geheftet hatte. Mutter lächelte und machte mich noch verlegener, als sie die Schlußbemerkung auswendig vortrug: »Miss Salmon bewies ungewöhnlichen Fleiß, der zusätzlich zu ihrem forschenden Verstand und ihrer raschen Auffassungsgabe eine gute Voraussetzung für ihr Studium am Bedford College sein dürfte. Unterzeichnet von Miss Potter, der Direktorin.«

Alles, was Daphne zu diesem Thema sagte, war: »Ma hat sich nicht die Mühe gemacht, mein Abschlußzeugnis irgendwo zur Schau zu stellen.«

Schon bald nachdem ich in die Chelsea Terrace gezogen war, hatte sich das Zusammenleben mit Daphne gut eingespielt. Daphne flitzte von Party zu Party, während ich von einem Hörsaal zum anderen eilte, dadurch kreuzten sich unsere Pfade nur selten.

Trotz meiner Befürchtungen stellte sich Daphne als wundervolle Wohngefährtin heraus. Sie interessierte sich zwar kaum für mein Studium – sie verbrauchte ihre Energie bei der Verfolgung von Füchsen und Gardeoffizieren –, bewies jedoch in jedem nur möglichen Gebiet gesunden Menschenverstand, ganz zu schweigen davon, daß sie in ständiger Verbindung zu einer ganzen Schar junger Männer stand, die gute Partien abgeben würden, und die in scheinbar endlosen Reihen an der Haustür von Chelsea Terrace 97 erschienen.

Daphne behandelte sie alle mit derselben Geringschätzung – sie vertraute mir an, daß ihre große und einzige Liebe noch an der Westfront kämpfte, ohne daß sie je seinen Namen erwähnt hätte.

Jedesmal, wenn ich mich von meinen Büchern losreißen konnte, fand sie irgendeinen jungen Offizier für mich, der mich zu einem Konzert, ins Theater oder gar zu Regimentsbällen begleitete. Obwohl sie sich, wie schon erwähnt, nicht dafür interessierte, was ich auf der Universität machte, fragte sie mich oft nach dem East End und schien fasziniert von meinen Geschichten über Charlie Trumper und seinem Karren.

So hätte es wohl endlos weitergehen können, wenn ich nicht eines Tages zufällig nach der *Kensington Weekly* gegriffen hätte, einer Zeitschrift, die Daphne abonnierte, um sich auf dem laufenden zu halten, welche Filme im nahen Lichtspielhaus gespielt wurden.

Als ich die Zeitschrift an einem Freitag abend durchblätterte, sprang mir ein Inserat ins Auge. Ich studierte es eingehend, um sicherzugehen, daß der Laden auch tatsächlich dort war, wo ich annahm, dann legte ich die Zeitschrift zur Seite und ging los, um mich zu vergewissern. Ich schlenderte die Chelsea Terrace hinunter und fand das Schild am Schaufenster des Gemüsehändlers. Seit Tagen mußte ich daran vorbeigekommen sein, ohne es bemerkt zu haben.

»ZU VERKAUFEN. Anfragen bei John D. Wood, Mount Street 6, London W1«, stand darauf.

Ich erinnerte mich, daß Charlie immer hatte wissen wollen, wie das Preisverhältnis zwischen Chelsea und Whitechapel war. Also entschloß ich mich, es für ihn herauszufinden.

Am nächsten Tag, nachdem ich mich bei unserem Zeitungshändler näher erkundigt hatte – Mr. Bales wußte offenbar immer ganz genau, was in Chelsea vorging, und freute sich, wenn er sein Wissen mit jemandem teilen durfte, der ein bißchen plaudern wollte –, begab ich mich zur Maklerfirma John D. Wood in der Mount Street. Eine Zeitlang mußte ich am Schalter warten, der die Kunden vom Büro trennte, doch dann kam einer von vier Assistenten herbei, stellte sich als Mr. Palmer vor und erkundigte sich, wie er mir behilflich sein könne.

Nachdem ich mir den jungen Mann eingehender angesehen hatte, fragte ich mich, ob er überhaupt jemandem helfen konnte. Er war etwa siebzehn und so bleich und dünn, daß ich befürchtete, schon ein Windhauch könnte ihn umwerfen.

»Ich möchte Näheres über das Objekt Chelsea Terrace 147 erfahren«, sagte ich.

Er blickte mich verwirrt an. »Chelsea Terrace 147?«

»Chelsea Terrace 147.«

»Wenn Madam mich bitte entschuldigen würde«, sagte er und ging zu einem Aktenschrank; als er dabei an einem Kollegen vorbeikam, zuckte er übertrieben die Schultern. Ich sah, wie er mehrere Papiere durchblätterte und schließlich mit einem Blatt zum Schalter zurückkehrte. Er dachte nicht daran, mich hineinzubitten oder mir auch nur einen Stuhl anzubieten.

Er studierte das Blatt. »Ein Gemüsegeschäft«, sagte er.

»Ja.«

»Der Ladenraum«, erklärte der junge Mann mit müder Stimme, »ist sieben Meter lang. Das Objekt als Ganzes hat eine Fläche von etwas über neunzig Quadratmeter, dazu gehört eine kleine Wohnung im ersten Stock mit Aussicht auf den Park.«

»Welchen Park?« fragte ich und war mir nicht sicher, ob wir vom gleichen Objekt sprachen.

»Princess Gardens, Madam«, antwortete er.

»Das ist eine Rasenfläche von wenigen Quadratmetern«, informierte ich ihn. Dieser Mr. Palmer war offenbar in seinem ganzen Leben noch nie in der Chelsea Terrace gewesen.

»Das Objekt ist Privateigentum«, fuhr dieser ungerührt fort, ohne auf meine Bemerkung einzugehen, »und die Besitzerin ist bereit, es neunzig Tage nach Vertragsunterzeichnung zu räumen.«

»Wieviel hofft die Besitzerin dafür zu bekommen?« erkundigte ich mich.

Ich ärgerte mich immer mehr über die gönnerhafte Art, mit der ich behandelt wurde.

»Unsere geschätzte Klientin, eine Mrs. Chapman ...«, begann Mr. Palmer.

»Witwe von Vollmatrose Chapman, zuletzt im Einsatz auf der *HMS Boxer*«, fuhr ich fort. »Er ist am 8. Februar 1918 gefallen und hinterließ eine siebenjährige Tochter und einen fünfjährigen Sohn.«

Ich freute mich diebisch, als ich Mr. Palmers entgeistertes Gesicht sah.

»Ich weiß auch, daß Mrs. Chapman Arthritis hat, wodurch es ihr fast unmöglich ist, die Treppe zu ihrer kleinen Wohnung hinauf- und hinunterzusteigen«, fügte ich hinzu.

Er wirkte nun sehr verlegen. »Ja«, sagte er. »Nun, ja.«

»Also, wieviel hofft Mrs. Chapman für das Geschäft zu bekommen?« fragte ich erneut. Inzwischen vernachlässigten Mr. Palmers drei Kollegen ihre eigene Arbeit, um sich unser Gespräch nicht entgehen zu lassen.

»Sie verlangt einhundertundfünfzig Guineen«, erklärte der Jüngling, ohne den Blick von der untersten Zeile des Papiers zu nehmen.

»Einhundertundfünfzig Guineen!« rief ich und machte eine ungläubige Miene, ohne auch nur die geringste Ahnung davon zu haben, was der Besitz tatsächlich wert war. »Mrs. Chapman muß im Wolkenkuckucksheim wohnen! Hat sie vergessen, daß wir Krieg haben? Bieten Sie ihr hundert an, Mr. Palmer, und Sie brauchen mich nicht zu belästigen, wenn sie auch nur einen Penny mehr möchte.«

»Hundert Guineen?« fragte er hoffnungsvoll.

»Pfund«, entgegnete ich, während ich meinen Namen und die Adresse auf die Rückseite seiner Karte schrieb und sie auf dem Schalter liegenließ. Mr. Palmer hatte es offenbar die Sprache verschlagen. Ich ließ ihn mit offenem Mund stehen, drehte mich um und verließ das Büro.

Ich kehrte nach Chelsea zurück, wohl wissend, daß ich eigentlich gar kein Geschäft in der Terrace erstehen wollte. Ganz abgesehen davon besaß ich keine hundert Pfund, ja nicht einmal halb so viel. Ich hatte etwas über vierzig Pfund auf der Bank und keine Aussicht, auch nur ein Pfund mehr aufzutreiben. Aber der junge Mann hatte mich mit seiner herablassenden Art wütend gemacht. Nun, ich brauchte nicht zu befürchten, daß Mrs. Chapman ein geradezu beleidigendes Angebot wie meines annehmen würde.

Mrs. Chapman nahm mein Angebot jedoch bereits am nächsten Morgen an. In unbeschwerter Unwissenheit, daß ich nicht verpflichtet war, den Vertrag zu unterschreiben, hinterlegte ich am selben Nachmittag eine Anzahlung von zehn Pfund. Mr. Palmer machte mich darauf aufmerksam, daß ich diese Summe nicht zurückbekäme, wenn ich den Vertrag nicht innerhalb von dreißig Tagen erfüllte.

»Kein Problem«, versicherte ich ihm forsch, obwohl ich nicht die leiseste Ahnung hatte, woher ich den fehlenden Betrag nehmen sollte.

Während der folgenden zwanzig Tage wandte ich mich so gut wie an jeden, den ich kannte, von der Bausparkasse bis zu entfernten Verwandten, ja selbst an Kommilitonen, doch niemand zeigte das geringste Interesse daran, einer jungen Studentin sechzig Pfund zu leihen, damit sie einen Obst- und Gemüseladen kaufen konnte.

»Aber es ist eine lohnende Anlage!« versicherte ich jedem, der bereit war, zuzuhören. »Außerdem wird Charlie Trumper das Geschäft führen, und er ist der beste und erfolgreichste Obst- und Gemüsehändler, den es je im East End gab.« Weiter kam ich mit meinem Verkaufsgespräch selten, ehe eine gelangweilte Miene das höfliche Interesse ablöste.

Nach der ersten Woche mußte ich mir widerwillig eingestehen, daß Charlie Trumper nicht sehr darüber erfreut sein würde, daß ich zehn Pfund unseres Geldes geopfert hatte – sechs von seinem und vier von meinem Anteil –, nur um meine weibliche Eitelkeit zu befriedigen. Ich beschloß, den Verlust seiner sechs Pfund lieber selbst zu tragen, als zuzugeben, daß ich unüberlegt gehandelt hatte.

»Aber warum hast du die Sache nicht mit deiner Mutter oder deiner Tante besprochen, ehe du dich auf so etwas eingelassen hast?« fragte mich Daphne am sechsundzwanzigsten Tag. »Sie kamen mir beide sehr vernünftig vor.«

»Sie hätten nur den Kopf über mich geschüttelt. Nein, danke«, entgegnete ich heftig. »Ganz abgesehen davon, daß sie nicht einmal gemeinsam sechzig Pfund auf den Tisch legen könnten. Und selbst wenn, würden sie wahrscheinlich keinen Penny in Charlie Trumper investieren.«

Am Ende des Monats blieb mir somit nichts anderes übrig, als mich zu John D. Woods Maklerbüro zurückzuschleppen und kleinlaut zu erkären, daß ich die neunzig Pfund leider nicht hätte und sie das Objekt anderweitig anbieten könnten. Wie mir vor Mr. Parkers »Hab'-ich-doch-gleich-gewußt«-Miene graute, die er jetzt zweifellos aufsetzen würde!

»Aber die Dame, die Sie beauftragten, hat doch gestern alles erledigt«, versicherte mir Mr. Palmer und sah aus, als zweifle er an meinem Geisteszustand.

»Die Dame, die ich beauftragte?« wiederholte ich.

Mr. Palmer warf einen Blick auf die Unterlagen. »Ja, eine Miss Daphne Harcourt-Browne ...«

»Aber warum?« fragte ich verwirrt.

»Ich fürchte, daß ich Ihnen diese Frage nicht beantworten kann, da ich diese Dame nie zuvor gesehen habe«, entgegnete Mr. Palmer.


»Ist doch ganz einfach«, erwiderte Daphne, als ich ihr an diesem Abend die gleiche Frage stellte. »Wenn Charlie Trumper auch nur halb so geschäftstüchtig ist, wie du behauptest, habe ich mein Geld gut angelegt.«

»Angelegt?«

»Ja. Meine Bedingung ist, daß ich mein Kapital plus vier Prozent Zinsen innerhalb der nächsten drei Jahre zurückbekomme.«

»Vier Prozent?«

»Richtig. Das ist schließlich derselbe Zinssatz, den ich für meine Kriegsanleihe bekomme. Solltest du nicht in der Lage sein, mir die volle Summe vor Ablauf des dritten Jahres zurückzubezahlen, stehen mir vom vierten Jahr an zehn Prozent des Gewinns zu.«

»Aber vielleicht gibt es keinen Gewinn.«

»In diesem Fall würde ich automatisch sechzig Prozent des Vermögenswerts übernehmen, für Charlie würden dann vierundzwanzig Prozent bleiben und für dich sechzehn. Genaueres findest du in diesem Vertrag.« Sie streckte mir ein geheftetes Dokument entgegen, das sieben Seiten umfaßte. »Es fehlt nur noch deine Unterschrift unten auf der letzten Seite.«

Ich las den Vertrag sorgfältig durch, während Daphne sich einen Sherry einschenkte. Sie oder ihre Anwälte hatten offenbar alle Eventualitäten in Betracht gezogen.

»Zwischen dir und Charlie Trumper gibt's nur einen Unterschied«, sagte ich schließlich und setzte meine Unterschrift zwischen die zwei Bleistiftkreuze.

»Und der wäre?«

»Du wurdest in einem Himmelbett geboren.«

Da ich unmöglich das Geschäft selbst führen und gleichzeitig auf die Universität gehen konnte, wurde mir ziemlich rasch klar, daß mir nichts übrigblieb, als vorerst einen Geschäftsführer einzustellen. Daß die drei Mädchen, die bereits im Laden arbeiteten, jedesmal bloß kicherten, wenn ich Anweisungen gab, machte die Sache nur noch dringender.

Am folgenden Samstag machte ich einen Rundgang durch Chelsea, Fulham und Kensington und beobachtete durch die Schaufenster der drei Stadtteile junge Männer bei der Arbeit, in der Hoffnung, einen geeigneten Geschäftsführer für Trumper zu finden.

Schließlich entschied ich mich für einen Mann, der Gehilfe in einem Obstgeschäft in Kensington war, und wartete, bis er an diesem Abend seine Arbeit beendet hatte. Dann folgte ich ihm, als er sich auf den Heimweg machte.

Der rothaarige Bursche steuerte gerade mit schnellen Schritten die nächste Bushaltestelle an, als ich ihn einholte und ansprach.

»Guten Abend, Mr. Makins«, sagte ich.

»Hallo?« Er blinzelte erstaunt; offenbar wunderte er sich, woher diese fremde junge Frau seinen Namen kannte. Aber er blieb nicht stehen.

»Ich habe ein Obst- und Gemüsegeschäft in der Chelsea Terrace ...«, sagte ich und hielt mit ihm Schritt, während er weiter zur Haltestelle eilte. Meine Worte überraschten ihn sichtlich noch mehr, doch er schwieg und beschleunigte nur das Tempo. »Und ich suche nach einem neuen Geschäftsführer.« Das veranlaßte Makins nun doch, ein wenig langsamer zu gehen und mich aufmerksamer zu mustern.

»Chapmans Laden«, sagte er. »Haben Sie ihn gekauft?«

»Es ist jetzt Trumpers Laden«, entgegnete ich. »Ich biete Ihnen die Stelle als Geschäftsführer an und bin bereit, Ihnen ein Pfund mehr die Woche zu bezahlen, als Sie gegenwärtig verdienen.«

Es bedurfte einer Busfahrt und einer Menge Antworten vor seiner Haustür, ehe er mich hineinbat, um mich seiner Mutter vorzustellen. Zwei Wochen später kam Bob Makins als Geschäftsführer zu uns.

Trotzdem mußte ich am Ende unseres ersten Monats feststellen, daß der Laden einen Verlust von drei Pfund gebracht hatte und ich nicht in der Lage war, Daphne auch nur einen Penny zurückzuzahlen.

»Sei nicht gleich verzweifelt«, tröstete sie mich. »Wenn du weitermachst, kann es immer noch eine Chance geben, daß die Verzugsklausel nicht in Kraft tritt, vor allem, wenn sich Mr. Trumper nach seiner Rückkehr auch nur als halb so tüchtig erweist, wie du ihn darstellst.«

Während der vergangenen sechs Monate war es mir geglückt, den schwer zu fassenden Charlie etwas besser im Auge zu behalten bzw. seinen jeweiligen Aufenthaltsort zu erfahren. Daphne hatte mir einen jungen Offizier vorgestellt, der im War Office arbeitete. Er schien immer ganz genau zu wissen, wo Sergeant

Charles Trumper von den Royal Fusiliers zu jeder Tag- oder Nachtstunde zu finden war. Ich war jedoch nach wie vor entschlossen, den Laden zu einem gutgehenden, gewinnbringenden Geschäft zu machen, lange bevor Charlie heimkam.

Zu meiner Bestürzung erfuhr ich Anfang des neuen Jahres, daß mein ferner Geschäftspartner am 20. Februar aus der Armee entlassen werden sollte. Obendrein mußten wir rasch zwei der kichernden Verkäuferinnen ersetzen, die ein Opfer der spanischen Grippe geworden waren, und die dritte wegen Faulheit entlassen. Obwohl wir ausgezeichneten Ersatz fanden, machten wir doch nicht jede Woche Gewinn.

Ich versuchte, mich an alles zu erinnern, was Tata mich gelehrt hatte, als ich noch ein Kind war. Wenn viele Kunden anstanden, mußte man sie rasch bedienen, waren es dagegen nur wenige, sollte man sich Zeit lassen; auf diese Weise wäre der Laden nie leer. Die Leute kauften nicht gern in leeren Läden ein, hatte er mir erklärt; da fühlten sie sich unsicher.

»Auf der Markise«, sagte er, »sollte folgendes stehen: ›Dan Salmon. Immer frisches Brot. Gegründet 1879‹. Mach bei jeder Gelegenheit auf Namen und Datum aufmerksam; die Leute, die im East End leben, möchten gern wissen, wie lange man schon da ist. Käuferschlangen und Geschichte, das ist etwas, das die Briten schon immer schätzten.«

Ich versuchte dieser Philosophie treu zu bleiben, weil ich annahm, daß es in Chelsea nicht viel anders war als im East End. Nur stand in unserem Fall auf der Markise: ›CHARLIE TRUMPER, DER EHRLICHE HÄNDLER. Gegründet 1823.‹ Einen halben Tag lang überlegte ich sogar, ob ich das Geschäft nicht Trumper & Salmon nennen sollte, entschied mich jedoch dagegen, weil ich befürchtete, ich hätte es dann den Rest meines Lebens auf dem Hals.

Auf einen der großen Unterschiede zwischen dem East und dem West End stieß ich schon bald. Während in Whitechapel die Kunden, die nicht gleich bezahlen konnten, anschreiben ließen, was mit Kreide auf eine Schiefertafel gekritzelt wurde, ließen die Kunden in Chelsea sich Rechnungen schicken. Zu meiner Überraschung war es in Chelsea schwieriger als in Whitechapel, sein Geld auch wirklich zu bekommen. Im nächsten Monat konnte ich Daphne immer noch nichts zurückbezahlen. Voll Ungeduld wartete ich auf Charlies Rückkehr.

An dem Tag, an dem er heimkommen sollte, aß ich mit zwei Kommilitoninnen in der Mensa zu Mittag. Ich kaute an meinem Apfel und spielte mit einem Stück Käse, während ich mich bemühte, ihrem Gespräch zu folgen. Nachdem ich meinen dritten Becher Milch geleert hatte, klemmte ich meine Bücher unter den Arm und kehrte in den Hörsaal zurück. Obwohl mich die Vorlesung sehr interessierte, war ich doch froh, als es läutete und der Professor seine Unterlagen zusammenklaubte.

Die Straßenbahnfahrt zurück nach Chelsea schien mir eine Ewigkeit zu dauern, aber endlich hielt die Tram an der Ecke Chelsea Terrace an.

Es machte mir immer Spaß, die ganze Straße entlangzuspazieren, um zu sehen, wie das Geschäft in den anderen Läden ging. Als erstes kam ich an dem Antiquitätenladen vorbei, wo Mr. Rutherford wohnte, der immer freundlich den Hut zog, wenn er mich sah; dann an dem Damenmodegeschäft in Nummer 133, dessen im Schaufenster ausgestellte Kleider ich mir wohl nie würde leisten können; als nächstes an der Metzgerei Kendrick, wo Daphne einkaufte; ein paar Türen entfernt befand sich das italienische Restaurant mit den hübsch gedeckten, aber leeren Tischen. Ich wußte, daß der Besitzer sich sehr nach der Decke strecken mußte, denn wir konnten es uns nicht mehr leisten, ihm etwas auf Rechnung zu geben. Schließlich erreichte ich die Buchhandlung des netten Mr. Sneddles, der selbst dann glücklich hinter seinem Ladentisch saß, wenn er seit Wochen kein Buch mehr verkauft hatte, ganz in seinen geliebten William Blake vertieft, bis es an der Zeit war, das Schild an der Tür von GEÖFFNET zu GESCHLOSSEN umzudrehen. Ich lächelte im Vorbeigehen, aber er sah mich nicht.

Ich hatte mir ausgerechnet, daß Charlie, falls sein Zug planmäßig angekommen war, inzwischen in Chelsea sein müßte, selbst wenn er den ganzen Weg zu Fuß zurückgelegt hatte.

Ich zauderte nur einen Moment, als ich mich unserem Laden näherte, dann trat ich entschlossen ein. Zu meiner Enttäuschung war Charlie nirgendwo zu sehen. Ich fragte Bob sofort, ob jemand nach mir gefragt habe.

»Niemand, Miss Becky«, versicherte er mir. »Machen Sie sich keine Gedanken, wir wissen alle, was wir tun sollen, sobald Mr. Trumper hereinkommt.« Die beiden neuen Verkäuferinnen, Patsy und Gladys, nickten bestätigend.

Ich blickte auf meine Uhr – es war kurz nach fünf. Wenn Charlie bis jetzt nicht aufgetaucht war, würde er bestimmt nicht vor morgen früh kommen. Also sagte ich zu Bob, daß sie anfangen könnten aufzuräumen. Als die Uhr über der Tür sechs schlug, bat ich ihn, die Markise einzuholen und abzuschließen, während ich die heutigen Einnahmen durchging.

»Komisch«, meinte Bob, als er mit den Ladenschlüsseln zu mir kam.

»Komisch?«

»Ja, der Mann da drüben. Er sitzt schon seit einer Stunde auf der Bank und starrt die ganze Zeit herüber. Ich hoffe, es fehlt ihm nichts.«

Ich trat vor die Tür und sah über die Straße. Charlie hatte die Arme verschränkt und schaute in meine Richtung. Als sich unsere Blicke trafen, stand er auf und kam langsam auf mich zu.

Eine Zeitlang sprach keiner ein Wort, dann sagte er: »Was ist aus Schickidickie geworden?« ৶

## 7

»Wie geht es Ihnen, Mr. Trumper? Freut mich sehr, Sie kennenzulernen«, sagte Bob Makins und wischte sich die Hand an seiner grünen Schürze ab, ehe er die ausgestreckte Hand seines
neuen Chefs schüttelte.

Gladys und Patsy kamen herbei und knicksten vor Charlie,
was Becky ein Lächeln entlockte.

»Das ist nicht nötig«, wehrte Charlie ab. »Ich bin von Whitechapel, und Scharwenzeln und Knicksen 'ebt ihr euch in Zukunft für die Kundschaft auf.«

»Ja, Sir«, sagten die Mädchen im Chor, und Charlie war
sprachlos.

»Bob, würden Sie so nett sein und Mr. Trumpers Sachen in
seine Wohnung hinaufbringen?« bat Becky. »Ich zeige ihm einstweilen den Laden.«

»Gern, Miss.« Bob schaute auf das Bündel in braunem
Papier und die Pappschachtel, die Charlie neben sich auf dem
Boden gestellt hatte. »Ist das alles, Mr. Trumper?« fragte er un-
gläubig.

Charlie nickte. Er blickte zu den beiden Verkäuferinnen in
den weißen Blusen und grünen Schürzen hinüber. Beide Mädchen standen verlegen hinter dem Ladentisch. »Ihr dürft jetzt
heimgehen«, sagte Becky zu ihnen. »Aber seid morgen früh
rechtzeitig da. Mr. Trumper schätzt Pünktlichkeit.«

Die Mädchen griffen nach ihren Handtaschen und eilten davon. Charlie setzte sich auf einen Hocker, der neben einer Kiste
Pflaumen stand.

»Jetzt sind wir allein«, meinte er. »Erzählst du mir nun, wie
du das geschafft 'ast?«

»Na ja«, antwortete Becky, »begonnen hat es mit dummem
Stolz, aber ...«

Lange ehe sie das Ende ihrer Geschichte erreicht hatte, warf Charlie ein: »Du bist ein Wunder, Becky Salmon, ein absolutes Wunder!«

Sie berichtete weiter, was sich während des vergangenen Jahres alles getan hatte, und er runzelte erst die Stirn, als er die Einzelheiten von Daphnes Kredit hörte.

»Also 'ab ich zwei Jahre und neun Monate, um sechzig Pfund plus Zinsen zurückzuzahlen?«

»Ja«, antwortete Becky verlegen.

»Ich muß wieder'olen, Rebecca Salmon, du bist ein Wunder. Wenn ich so was Einfaches nicht schaffen würd', wär' ich es nicht wert, eine Partnerin wie dich zu 'aben.«

Ein Lächeln der Erleichterung huschte über Beckys Züge.

»Und wohnst du auch 'ier?« Charlie blickte zur Treppe.

»Natürlich nicht. Ich wohne mit Daphne Harcourt-Browne, einer alten Schulfreundin, zusammen – nur ein Stück weiter in Haus Nummer siebenundneunzig.«

»Dem Mädchen, das dir das Geld für den Laden gegeben 'at?« fragte Charlie.

Becky nickte.

»Sie muß eine sehr gute Freundin sein«, meinte Charlie nachdenklich.

Bob kam die Treppe herunter. »Ich habe Mr. Trumpers Sachen in das Schlafzimmer gelegt und mich in der Wohnung umgeschaut. Es scheint alles in Ordnung zu sein.«

»Vielen Dank, Bob.« Becky lächelte ihn an. »Das wär's dann für heute. Also bis morgen.«

»Wird Mr. Trumper selbst zum Markt gehen, Miss?«

»Morgen wohl noch nicht. Also kaufen Sie wie üblich ein. Ich bin sicher, Mr. Trumper wird Sie im Lauf der Woche begleiten.«

»Covent Garden?« fragte Charlie.

»Ja, Sir«, antwortete Bob.

»Also wenn er noch ist, wo er war, dann treffen wir uns dort morgen um halb fünf.«

Becky bemerkte, wie Bob erbleichte. »Ich glaube nicht, daß Mr. Trumper von Ihnen erwartet, daß Sie jeden Morgen um halb fünf dort sind«, beruhigte sie ihn lachend. »Nur, bis er wieder alles im Griff hat. Gute Nacht, Bob.«

»Gute Nacht, Miss, gute Nacht, Sir.« Bob verließ mit verwirrter Miene den Laden.

»Was soll dieser ganze Unsinn mit ›Sir‹ und ›Miss‹?« fragte Charlie. »Ich bin 'öchstens ein Jahr älter als Bob.«

»Wie bestimmt viele Offiziere an der Westfront, zu denen du ›Sir‹ gesagt hast.«

»Aber das ist es ja. Ich bin kein Offizier.«

»Nein, aber du bist hier der Chef, Charlie. Und vor allem befindest du dich hier nicht in Whitechapel. Komm, sieh dir deine Zimmer an.«

»Zimmer?« Charlie staunte. »Ich 'ab noch nie in meinem Leben auch nur ein Zimmer für mich ge'abt. Und in letzter Zeit waren's bloß Schützengräben oder Zelte.«

»Jetzt hast du jedenfalls welche.« Becky führte ihren Partner die Holztreppe zum ersten Stock hinauf und zeigte ihm die Räumlichkeiten. »Hier ist die Küche«, erklärte sie, »zwar nur klein, aber für deine Zwecke dürfte sie genügen. Ich habe mich darum gekümmert, daß du Besteck und Geschirr für drei Personen hast, und Gladys wird die Wohnung regelmäßig für dich saubermachen. Das Wohnzimmer«, fuhr sie fort, als sie eine Tür öffnete, »wenn man so was Kleines überhaupt als Wohnzimmer bezeichnen kann.«

Charlie starrte auf ein Sofa und drei Sessel. Alles war offenbar neu. »Was ist aus meinen alten Sachen geworden?«

»Das meiste wurde am Waffenstillstandstag verbrannt«, gestand Becky. »Aber für den Roßhaarsessel habe ich einen Shilling bekommen, mit dem Bett als Zugabe.«

»Und was ist mit Großvaters Karren? Du hast ihn doch nicht auch verbrannt?«

»Natürlich nicht. Ich hab' zwar versucht, ihn zu verkaufen, aber niemand wollte mehr als fünf Shilling dafür geben. Jetzt benutzt ihn Bob für die Einkäufe auf dem Großmarkt.«

»Gut«, sagte Charlie sichtlich erleichtert. Becky drehte sich um und zeigte ihm das Badezimmer.

»Tut mir leid wegen des Flecks unter dem Kaltwasserhahn«, entschuldigte sie sich. »Wir haben nichts finden können, womit er sich entfernen ließe, so sehr wir auch gescheuert haben. Und ich muß dich warnen, die Klospülung funktioniert nicht immer.«

»Ich 'ab noch nie ein Klo im 'aus ge'abt«, sagte Charlie und pfiff anerkennend durch die Zähne. »Richtig vornehm.«

Becky ging weiter ins Schlafzimmer.

Charlie versuchte, alles gleichzeitig aufzunehmen, als sein Blick auf dem farbigen Druck zu ruhen kam, der über seinem Bett in Whitechapel gehangen und zuvor seiner Mutter gehört hatte. Das Bild kam ihm plötzlich seltsam vertraut vor. Seine Blicke wanderten weiter zu einer Herrenkommode, zwei Stühlen und einem Bett, die er noch nie zuvor gesehen hatte. So gern hätte er Becky gesagt, wie dankbar er ihr war für alles, was sie getan hatte, aber er brachte keinen Ton heraus und setzte sich statt dessen auf das Bett und probierte die Matratze aus.

»Noch was, was ich nie ge'abt 'ab'«, sagte er und blickte zum Fenster.

»Was?«

»Gardinen. Großvater wollte keine, weißt du? Er sagte immer...«

»Ja, ich erinnere mich«, unterbrach ihn Becky. »Daß man damit in der Früh zu lange schläft, was nur dazu führt, daß man die Tagesarbeit vernachlässigt.«

»Sinngemäß, ja, nur 'ätte Großvater es bestimmt nicht so vornehm formulieren können«, meinte Charlie, während er Tommys Schachtel auspackte. Beckys Blick fiel sofort auf das Madonnenbild, das Charlie neben sich auf das Bett legte. Sie hob das kleine Ölgemälde hoch und betrachtete es eingehend.

»Woher hast du das, Charlie? Es ist wunderschön.«

»Mein Freund, der an der Front gefallen ist, 'at es mir vermacht«, erklärte er ihr wahrheitsgetreu.

»Dein Freund hatte einen guten Geschmack.« Becky hielt das Gemälde immer noch in den Händen. »Weißt du, wer es gemalt hat?«

»Keine Ahnung.« Charlie starrte zu dem Farbdruck seiner

120

Mutter hoch, den Becky an die Wand gehängt hatte. »Ich werd'
verrückt!« entfuhr es ihm. »Das ist ja genau das gleiche Bild!«

»Nicht ganz«, entgegnete Becky und betrachtete den Druck
über seinem Bett. »Das Bild deiner Mutter ist eine Reproduktion
von einem Meisterwerk Bronzinos, während das Gemälde von
deinem Freund, das zwar so ähnlich aussieht, eine verdammt
gute Kopie des Originals ist.« Sie blickte auf die Uhr. »Ich muß
jetzt weg«, sagte sie übergangslos. »Ich habe versprochen, um
acht Uhr in der Queen's Hall zu sein. Mozart.«

»Mozart? Kenn' ich ihn?«

»Ich werde dich einmal mit ihm bekannt machen.«

»Dann bleibst du also nicht da und kochst mir mein erstes
Abendessen?« fragte Charlie. »Weißt du, ich 'ab' noch so viele
Fragen, soviel, was ich gern wissen möcht'. Vor allem ...«

»Tut mir leid, Charlie. Ich muß pünktlich sein. Wir sehen uns
morgen. Ich verspreche dir, daß ich deine Fragen dann alle beantworten werde.«

»Gleich in der Früh?«

»Ja, aber nicht, was du unter früh verstehst«, entgegnete
Becky lachend. »Ich würde sagen, so gegen acht Uhr.«

»Magst du diesen Mozart?« fragte Charlie, und Becky spürte,
daß er sie beobachtete.

»Um ehrlich zu sein, so gut kenne ich ihn noch nicht, aber
Guy mag ihn.«

»Guy?« fragte Charlie.

»Ja, Guy. Er ist der junge Mann, der mich ins Konzert eingeladen hat. Und ich kenne ihn noch nicht so lange, daß ich ihn
warten lassen möchte. Ich erzähle dir morgen von beiden. Auf
Wiedersehen, Charlie.«

Auf dem Rückweg zu Daphnes Wohnung drückte das Gewissen
Becky ein wenig, weil sie Charlie an seinem ersten Abend allein
ließ, und sie dachte, daß es vielleicht etwas egoistisch gewesen
war, Guys Einladung für diesen Abend anzunehmen. Aber das
Bataillon gab ihm nicht sehr oft Ausgang während der Woche,
und falls sie sich nicht mit ihm traf, wenn er frei hatte, würde es

mehrere Tage dauern, ehe sie wieder einen Abend miteinander verbringen konnten.

Als sie die Wohnungstür öffnete, hörte sie Daphne im Bad planschen.

»Hat er sich verändert?« rief ihre Freundin, als sie die Tür hörte.

»Wer?« fragte Becky und ging direkt in ihr Zimmer.

»Charlie, natürlich.« Daphne schob die Badezimmertür auf und lehnte sich dagegen. Sie hatte sich ein Handtuch um den Kopf geschlungen und war von einer Dampfwolke umgeben.

Becky überlegte kurz. »Ja, er hat sich verändert, sehr sogar, außer was seinen Anzug und seine Stimme betrifft.«

»Wie meinst du das?«

»Nun ja, die Stimme ist dieselbe – ich würde sie überall erkennen. Der Anzug ist derselbe – auch ihn würde ich überall erkennen. Aber Charlie Trumper ist nicht derselbe.«

»Und das soll ich verstehen?« fragte Daphne und frottierte sich kräftig das Haar.

»Wie er selbst gesagt hat, ist Bob Makins nur ein Jahr jünger als er, aber Charlie wirkt um zehn Jahre älter als wir beide. Es muß etwas mit dem zu tun haben, was er an der Westfront erlebt hat.«

»Das hätte dich aber wirklich nicht überraschen dürfen, doch was mich viel mehr interessiert: Hat er sich über den Laden gefreut?«

»O ja, das kann man wohl sagen.« Becky schlüpfte aus dem Kleid. »Könntest du mir vielleicht ein paar Strümpfe leihen?«

»Dritte Lade von unten«, sagte Daphne. »Aber als Gegenleistung hätte ich gern deine Beine.«

Becky lachte.

»Wie sieht er aus?« fragte Daphne weiter und warf ihr nasses Badetuch auf den Boden.

Wieder überlegte Becky. »Etwa eins siebenundsiebzig, so kräftig gebaut wie sein Vater, nur sind es bei ihm Muskeln, nicht Fett. Er ist zwar nicht gerade ein Douglas Fairbanks, aber es gibt bestimmt Mädchen, die ihn gutaussehend finden.«

»Hört sich allmählich an, als wäre er ganz mein Typ«, meinte Daphne, während sie in ihrem Schrank nach etwas Passendem zum Anziehen kramte.

»Wohl kaum.« Becky lachte. »Ich kann mir nicht vorstellen, daß Brigadegeneral Harcourt-Browne Mr. Charlie Trumper zu einem Morgensherry vor der Fuchsjagd einlädt.«

»Du bist ein richtiger Snob, Rebecca Salmon.« Nun lachte auch Daphne. »Wir teilen uns zwar eine Wohnung, aber vergiß nicht, daß ihr, du und Charlie, aus dem gleichen Stall kommt. Und wenn man's recht bedenkt, hast du Guy nur durch mich kennengelernt.«

»Stimmt natürlich«, gab Becky zu. »Aber ein bißchen Ehre gebührt mir doch für St. Paul's und die Universität von London, oder etwa nicht?«

»Nicht da, wo ich herkomme«, entgegnete Daphne und begutachtete ihre Fingernägel. »Aber ich habe jetzt keine Zeit, mich mit der arbeitenden Bevölkerung zu unterhalten, Darling. Ich muß weg. Henry Bromsgrove geht mit mir zu einem Tanzabend in Chelsea. Und so grün der gute Henry auch ist, möchte ich mich doch nicht um die jährliche Pirsch auf den Ländereien seiner Familie in Schottland im August bringen.«

Während Becky sich ein Bad einließ, dachte sie über Daphnes Worte nach, die wirklich humorvoll gemeint und nicht auf sie gemünzt gewesen waren. Aber sie erinnerten sie wieder an das Problem, dem sie sich gegenübersah, wenn sie es wagte, die traditionellen gesellschaftlichen Schranken mehr als nur ein paar Augenblicke zu übertreten.

Daphne hatte sie tatsächlich mit Guy bekannt gemacht, vor ein paar Wochen erst, als Daphne sie überredet hatte, mit ein paar Freunden in *La Bohème* im Covent Garden zu gehen. Ganz genau konnte sich Becky an diese erste Begegnung erinnern. Sie hatte sich so bemüht, ihn nicht zu mögen, weil Daphne sie vor seinem Ruf als Frauenheld gewarnt hatte. Sie hatte versucht, den schlanken jungen Mann nicht zu offensichtlich anzustarren. Sein dichtes blondes Haar, die tiefblauen Augen und sein ungezwungener Charme hatten an diesem Abend wahrscheinlich schon scharenweise die Herzen junger Mädchen erobert, aber da Becky annahm, daß er jeder die gleichen Komplimente machte, weigerte sie sich, sich davon geschmeichelt zu fühlen.

Am nächsten Abend fragte Daphne sie, was sie von dem jungen Offizier von den Royal Fusiliers hielt.

»Mußt du von ihm reden?« fragte Becky.

»Ich verstehe«, sagte Daphne. »So sehr hat er dich beeindruckt?«

»Ja«, gab Becky zu. »Aber was soll's? Könntest du dir vorstellen, daß sich ein junger Offizier aus einer vornehmen Familie für ein Mädchen aus Whitechapel interessiert?«

»Kann ich, obwohl ich befürchte, daß er nur auf eines aus ist.«

»Dann solltest du ihn warnen, daß ich nicht diese Art von Mädchen bin.«

»Ich glaube nicht, daß ihn das bisher abgeschreckt hat«, entgegnete Daphne. »Doch wie auch immer, er läßt dich fragen, ob du mit ihm ins Theater gehen würdest, in Begleitung einiger Freunde aus seinem Regiment. Was hältst du davon?«

»Oh, liebend gern.«

»Das habe ich mir gedacht, also habe ich für dich zugesagt, ohne dich vorher zu fragen.«

Becky lachte, mußte jedoch noch volle fünf Tage warten, bis sie den jungen Offizier wiedersah. Nachdem er sie abgeholt hatte, schlossen sie sich einer Gesellschaft junger Offiziere und Debütantinnen im Haymarket Theater an, um sich *Pygmalion* von George Bernard Shaw anzusehen, der gerade *en vogue* war. Becky genoß das Stück, obwohl Amanda Ponsonby, die Begleiterin der Offiziere, während des ganzen ersten Akts kicherte und sich dann weigerte, sich während der Pause mit ihr zu unterhalten.

Beim Dinner im Café Royal saß Becky neben Guy und erzählte ihm alles über sich, angefangen von ihrer Geburt in Whitechapel, bis zum Stipendium, das sie für das Bedford College bekommen hatte.

Als Becky sich von den übrigen verabschiedet hatte, fuhr Guy sie zurück nach Chelsea, und nachdem er »Gute Nacht, Miss Salmon« gesagt hatte, schüttelte er ihr die Hand. Becky nahm an, daß sie den jungen Füsilier nie wiedersehen würde.

Aber Guy schickte ihr bereits am nächsten Tag ein Billett, in dem er sie zu einem Empfangsabend im Offizierskasino einlud; in der Woche darauf folgte eine Einladung zum Dinner, dann zu einem Ball und schließlich, am Ende des Monats, eine Wochenendeinladung zu seinen Eltern in Berkshire.

Daphne tat ihr Bestes, ihr alles über die Familie Trentham zu erzählen. Der Major, Guys Vater, war ein liebenswerter Mensch, versicherte sie Becky. Er bewirtschaftete dreihundert Hektar, hauptsächlich Weideland, in Berkshire und war auch Jagdherr der Buckhurst Hunt.

Daphne nahm mehrere Anläufe, ihrer Freundin zu erklären, was eine Parforcejagd war, mußte jedoch zugeben, daß selbst Eliza Doolittle sich schwergetan hätte zu verstehen, wozu sie gut sein sollte.

»Guys Mutter ist allerdings nicht so natürlich und großzügig in ihrer Einstellung wie der Major«, warnte Daphne. »Sie ist ein fürchterlicher Snob.« Beckys Zuversicht sank. »Sie ist die zweite Tochter eines Baronets, den Lloyd George adelte, weil er irgendwas erfunden hat, das man hinten an einen Panzer steckt. Wahrscheinlich hatte der Gute auch zuvor den Liberalen großzügige Spenden gemacht. Zweite Generation. Das sind immer die Schlimmsten.« Daphne sah nach, ob ihre Strumpfnähte gerade saßen. »Meine Familie hat ihren Titel schon seit siebzehn Generationen, also brauchen wir uns nicht mehr viel hervorzutun. Wir wissen, daß wir keine Intelligenzbonzen sind, aber, bei Gott, wir sind reich, und, bei Harry, wir sind uralter Adel. Ich fürchte, das kann man von Guy Trentham nicht unbedingt behaupten.«

---

## 8

Becky erwachte am nächsten Morgen, noch ehe der Wecker klingelte, und war schon aus dem Haus, ehe Daphne sich überhaupt in ihrem Bett gerührt hatte. Sie war schon sehr gespannt darauf, wie Charlie an seinem ersten Tag zurechtkam. Als sie sich dem Haus Nummer 147 näherte, sah sie, daß der Laden bereits offen war und daß sich eine einsame Kundin Charlies ungeteilter Aufmerksamkeit erfreuen durfte.

»Guten Morg'n, Partnerin«, rief Charlie hinter dem Ladentisch, als Becky eintrat.

»Guten Morgen. Ich sehe schon, du bist entschlossen, an deinem ersten Tag alles aus vorderster Front zu beobachten«, begrüßte sie ihn lächelnd.

Charlie hatte, wie sie erfuhr, bereits begonnen, Kundinnen zu bedienen, bevor Gladys und Patsy gekommen waren. Und der arme Bob Makins sah jetzt schon aus, als hätte er einen schweren Tag hinter sich.

»'ab keine Zeit, mit der Klasse der Müßiggänger zu ratschen.« Charlies Cockney-Akzent war noch stärker als sonst. »Besteht die 'offnung, 'eut abend über alles mit dir zu red'n?«

»Natürlich«, versicherte ihm Becky. Sie schaute auf die Uhr, winkte Charlie zu und begab sich zu ihrer ersten Vorlesung an diesem Tag. Es fiel ihr heute jedoch schwer, sich auf die Geschichte der Renaissance zu konzentrieren, und nicht einmal die Bilder von Raphaels Werken, die von einer Laterna magica auf eine weiße Leinwand geworfen wurden, konnten ihr volles Interesse wecken. Ihre Gedanken schweiften von ihrer Angst vor dem Wochenende mit Guys Eltern zu dem Problem, ob Charlie auch genug Gewinn machen konnte, um Daphne den Kredit zurückzubezahlen. Becky mußte sich eingestehen, daß ihr letzteres weniger Sorgen machte. Erleichtert sah sie schließlich, daß die schwarzen Zeiger der großen Uhr auf halb fünf standen. Becky rannte zur Straßenbahnhaltestelle Ecke Portland Place, und als das schwerfällige Gefährt die Ecke Chelsea Terrace erreicht hatte, rannte sie die Straße hinauf zu Charlies Laden.

In der Gemüsehandlung standen Kundinnen Schlange, und Becky hörte Charlies vertraute alte Verkaufsparolen, noch ehe sie die Tür erreicht hatte.

»Ein 'albes Pfund von Ihr'm König Eduard, 'ne saftige Pampelmuse aus Südafrika, und wie wär's, wenn ich noch 'nen ganz ausgezeichneten Cox Orange dazuleg', alles für 'nen Shilling, Luv.« Vornehme Damen, Zofen, Kindermädchen, alle hätten sie die Nase gerümpft, wenn jemand anderer sie »Luv«, also ›Liebchen‹, genannt hätte, wie es im East End üblich war, doch wenn Charlie es sagte, gurrten sie. Erst als die letzte Kundin gegangen war, konnte Becky die Veränderungen richtig würdigen, die Charlie durchgeführt hatte.

»War die 'albe Nacht auf«, erwiderte er auf ihre Feststellung. »'ab die 'alb leeren Kisten und das unverkäufliche Zeugs weg. 'ab das ganze frische Gemüs', die Tomaten, die Erbsen, alles Weiche 'inten aufgebaut und die 'arten, festen Sorten vorn'in. Kartoffeln, Steckrüb'n, bald auch Kohlrabi. Is' 'ne gold'ne Regel.«

Becky lächelte. »Großpapa Charlie...«, hob sie an, unterbrach sich jedoch rasch. Sie betrachtete die umgestellten Regale und den Ladentisch und mußte Charlie beipflichten, daß es so viel praktischer war. Und das zufriedene Lächeln der Kundinnen war unübersehbar.

Innerhalb eines Monats wurde die Schlange, die bis auf den Bürgersteig reichte, alltäglich, und innerhalb von zwei Monaten sprach Charlie bereits von einer Erweiterung des Ladens.

»Wie soll das gehen?« fragte Becky. »Willst du dein Schlafzimmer aufgeben?«

»Da ist kein Platz für Gemüse«, antwortete Charlie grinsend. »Nicht seit wir Schlangen vor dem Laden 'aben, die länger sind als vor der Theaterkasse, wenn sie *Pygmalion* spielen, und während die dort mal auf'ören damit, geht's bei uns immer weiter.«

Als Becky die Erträge des ersten Vierteljahrs durchging und nochmals nachprüfte, konnte sie kaum glauben, welchen Umsatz sie gemacht hatten, und fand, daß es Zeit wäre, diesen Erfolg zu feiern.

»Was haltet ihr davon, wenn wir alle in dem italienischen Restaurant essen gehen?« schlug Daphne vor, nachdem sie einen weit größeren Scheck für die nächsten drei Monate bekommen hatte als erwartet.

Becky hielt es für eine großartige Idee, wunderte sich jedoch, daß Guy nur zögernd zusagte und wieviel Mühe Daphne sich machte, als sie sich für den Abend herrichtete.

»Wir haben nicht vor, unseren ganzen Gewinn an einem Abend auszugeben«, sagte Becky zu ihr.

»Das ist schade«, entgegnete Daphne. »Denn es sieht ganz so aus, als wäre das die einzige Chance, doch noch von meiner Klausel zu profitieren. Nicht daß ich mich beklage. Immerhin wird Charlie eine angenehme Abwechslung zu den üblichen weichlichen Vikarsöhnen und den Sprößlingen des Landadels sein, mit denen ich gezwungenermaßen die meisten Wochenenden zubringen muß.«

»Paß bloß auf, daß er nicht dich als Nachtisch vernascht«, warnte Becky.

Becky hatte Charlie gesagt, daß der Tisch für zwanzig Uhr reserviert war, und sich von ihm versprechen lassen, daß er seinen besten Anzug tragen würde. »Ich 'ab' nur einen«, hatte er sie erinnert.

Guy holte die beiden jungen Damen pünktlich um zwanzig Uhr von ihrer Wohnung ab, war jedoch ungewohnt schweigsam, als er sie zum Restaurant begleitete, wo sie fünf Minuten nach der verabredeten Zeit ankamen. Charlie saß bereits an dem Ecktisch und sah aus, als wäre er zum erstenmal in einem Restaurant.

Becky stellte Charlie zuerst Daphne vor, dann machte sie ihn mit Guy bekannt. Die Männer standen jedoch nur steif da und starrten einander wie Ringkämpfer an.

»Richtig, Sie waren ja beide im gleichen Regiment«, sagte

Daphne. »Aber ich nehme an, Sie sind einander wohl nie begegnet«, fügte sie hinzu und blickte erst Charlie und dann Trentham an, doch keiner der beiden Männer sagte etwas.

So ungut der Abend auch begann, er sollte noch schlimmer werden, denn offenbar fanden die vier kein Thema, für das sie sich alle interessiert hätten. Von Charlies Charme und Schlagfertigkeit gegenüber seinen Kundinnen war absolut nichts zu bemerken. Er saß mürrisch auf seinem Stuhl und sagte kaum ein Wort, und wenn der Abstand geringer gewesen wäre, hätte ihm Becky unter dem Tisch einen Tritt verpaßt, und zwar nicht nur, weil er sich seine Erbsen ständig mit dem Messer in den Mund schob.

Guys eigene Art von verdrossenem Schweigen trug auch nicht gerade dazu bei, die Stimmung zu verbessern. Nur Daphne gab sich Mühe, plauderte und lachte zustimmend, wenn doch einmal jemand außer ihr etwas sagte. Als endlich die Rechnung gebracht wurde, war Becky überfroh, daß der Abend sein Ende fand. Sie mußte sogar unauffällig ein Trinkgeld auf den Tisch legen, weil Charlie offenbar nicht wußte, daß das zum guten Ton gehörte.

Sie verließ das Restaurant an Guys Seite und verlor Daphne und Charlie auf dem Weg nach Hause aus den Augen. Sie nahm an, daß die beiden nur ein paar Schritte hinter ihnen gingen, dachte jedoch nicht mehr an sie, als Guy sie in die Arme nahm, sie sanft küßte und sagte: »Gute Nacht, mein Liebling. Und vergiß nicht, wir fahren am Wochenende nach Ashurst.«

Wie hätte sie das vergessen können? Sie bemerkte, daß Guy verstohlen in die Richtung blickte, wo er Daphne und Charlie vermutete, so als hätte er über etwas nachgedacht, doch dann winkte er ohne ein weiteres Wort eine Droschke herbei und wies den Kutscher an, ihn zur Kaserne in Hounslow zu bringen.

Becky öffnete die Wohnungstür und setzte sich ins Wohnzimmer, während sie überlegte, ob sie nicht zu Charlies Haus hinüberlaufen und ihm gründlich die Meinung sagen sollte. Als Daphne schließlich kam, entschuldigte sich Becky bei ihr, bevor ihre Freundin ein Wort sagen konnte. »Charlie ist normalerweiser wirklich unterhaltsamer«, versicherte sie ihr. »Ich weiß nicht, was in ihn gefahren ist.«

»Es war wohl nicht so leicht für ihn, mit einem Offizier seines alten Regiments beim Essen zusammenzusitzen«, sagte Daphne.

»Ich bin sicher, daß die beiden noch gute Freunde werden«, entgegnete Becky.

Daphne blickte nachdenklich auf ihre Freundin hinunter.

Am folgenden Samstag morgen holte Guy Becky in der Chelsea Terrace 97 ab, um mit ihr nach Ashurst zu fahren. Kaum hatte er sie erblickt, in ihrem eleganten roten Kleid, das sie sich von Daphne ausgeliehen hatte, versicherte er ihr, wie bezaubernd sie aussah. Und er war die ganze Reise nach Berkshire über so fröhlich und unterhaltsam, daß sich Beckys Aufregung legte. Kurz vor drei Uhr kamen sie in Ashurst an, und Guy zwinkerte ihr zu, als er auf die eineinhalb Kilometer lange Einfahrt zum Herrenhaus einbog.

Becky hatte nicht erwartet, daß das Haus so riesig sein würde. Ein Butler, ein Lakai und drei Diener warteten auf der obersten Stufe, um sie willkommen zu heißen. Guy parkte seinen Wagen auf der Kieseinfahrt, und der Butler trat heran, hob Beckys zwei kleine Koffer aus dem Kofferraum und gab sie dem Lakai, der sie ins Haus trug. Der Butler führte Becky gemessenen Schrittes die steinerne Freitreppe hinauf, geleitete sie durch die Eingangshalle und dann die breite Holztreppe hinauf zu einem Zimmer im ersten Stock.

»Das Wellingtonzimmer, Madam«, sagte er, als er ihr die Tür öffnete.

»Wellington hat angeblich eine Nacht hier verbracht«, erklärte Guy, der soeben den Treppenabsatz erreichte. »Übrigens, du brauchst dich nicht allein zu fühlen. Ich bin gleich im nächsten Zimmer und viel lebendiger als der alte General.«

Becky trat in ein großes, gemütliches Zimmer, wo sie ein junges Mädchen in einem langen schwarzen Kleid mit weißem Kragen vorfand, das bereits die beiden Koffer auspackte. Das Mädchen drehte sich um, knickste und sagte: »Ich bin Nellie, Ihre

Zofe. Bitte lassen Sie es mich wissen, wenn Sie etwas brauchen, Ma'am.«

Becky dankte ihr, ging zu dem Erkerfenster und blickte über die welligen Felder und Wiesen, die sich bis an den Horizont erstreckten. Als sie ein Klopfen an der Tür hörte, drehte sie sich um und sah, daß Guy eintrat, noch ehe sie Gelegenheit gehabt hatte, »herein« zu sagen.

»Ist das Zimmer in Ordnung, Liebling?«

»Es ist wunderbar«, versicherte ihm Becky, als die Zofe Guy Trentham mit einem Knicks begrüßte. Becky vermeinte, einen Hauch von Angst in den Augen des jungen Mädchens zu bemerken, als Guy durch das Zimmer ging.

»Bist du bereit, Papa kennenzulernen?« fragte er.

»So bereit, wie ich wohl je sein werde«, antwortete Becky und begleitete Guy die Treppe hinunter zum kleinen Salon, wo ein Herr Anfang Fünfzig vor einem prasselnden Kaminfeuer darauf wartete, sie zu begrüßen.

»Willkommen in Ashurst Hall«, sagte Major Trentham.

»Danke«, antwortete Becky und lächelte ihren Gastgeber an.

Der Major war etwas kleiner als sein Sohn, hatte jedoch die gleiche schlanke Figur und das blonde Haar, das allerdings an den Schläfen mit Silber durchzogen war. Doch damit endete die Ähnlichkeit. Im Gegensatz zu Guys vornehmer Blässe, hatte Major Trenthams Gesicht die Farbe eines Mannes, der den größten Teil seiner Zeit im Freien verbrachte, und als Becky ihm die Hand gab, spürte sie, daß sie fest und schwielig war, was nur bedeuten konnte, daß er selbst mit anpackte.

»Diese eleganten Londoner Schuhe sind nicht gerade geeignet für das, was ich mit Ihnen vorhabe«, erklärte der Major. »Sie werden sich ein Paar Reitstiefel meiner Gattin ausborgen müssen oder vielleicht Nigels Gummistiefel.«

»Nigel?« fragte Becky.

»Der jüngste Trentham. Hat Guy Ihnen denn nicht von ihm erzählt? Er macht sein letztes Jahr in Harrow und will dann nach Sandhurst – um seinen Bruder zu übertrumpfen, wenn ich's recht verstehe.«

»Ich wußte gar nicht, daß du einen ...«

»Das Balg ist es auch gar nicht wert, daß man es erwähnt«, unterbrach Guy sie mit einem schwachen Lächeln. Sein Vater führte sie zurück in die Halle und öffnete einen Schrank unter der Treppe. Becky starrte auf eine Reihe lederner Reitstiefel, die sogar noch mehr glänzten als ihre Schuhe.

»Suchen Sie sich ein Paar aus«, forderte Major Trentham sie auf.

Nachdem Becky zwei Paar anprobiert hatte, fand sie eines, das gut paßte. Dann folgte sie Guy und seinem Vater hinaus in den Garten. Fast der ganze Nachmittag verging damit, daß Major Trentham seinem jungen Gast seinen Dreihunderthektarbesitz zeigte, und als sie ins Haus zurückkehrten, war Becky froh über den heißen Punsch, der sie in einer riesigen Bowle im kleinen Salon erwartete.

Der Butler richtete aus, daß Mrs. Trentham im Pfarrhaus aufgehalten worden sei und deshalb den Tee nicht mit ihnen einnehmen könne.

Als Becky am frühen Abend auf ihr Zimmer zurückkehrte, um ein Bad zu nehmen und sich zum Dinner umzuziehen, hatte Mrs. Trentham sich immer noch nicht blicken lassen.

Daphne hatte Becky für diesen Anlaß zwei Kleider geliehen und dazu sogar eine Brillantbrosche, derentwegen Becky jedoch Bedenken gehabt hatte. Aber als sie sich jetzt im Spiegel betrachtete, fand sie, daß sich der Schmuck recht gut machte.

Beim Glockenschlag acht der zahlreichen Uhren im Haus begab sie sich wieder hinunter in den kleinen Salon. Ihr entging die Wirkung nicht, die das Kleid und die Brosche auf beide Männer hatte. Immer noch prasselte das Feuer im Kamin und verbreitete eine wohlige Wärme, doch von Mrs. Trentham war auch jetzt nichts zu sehen.

»Welch ein entzückendes Kleid, Miss Salmon«, sagte der Major.

»Oh, danke, Major Trentham«, entgegnete Becky, während sie die Hände vor dem Kamin wärmte und sich im Zimmer umsah.

132

»Meine Gattin wird gleich kommen«, versicherte ihr der Major, als der Butler Sherry auf einem Silbertablett anbot.

»Es war reizend von Ihnen, mir Ihren riesigen Besitz zu zeigen«, meinte Becky. »Ich habe den Ausflug sehr genossen.«

»Ach, so riesig ist er gar nicht«, wehrte der Major mit herzlichem Lächeln ab, »aber ich freue mich, daß Ihnen der kleine Marsch Spaß gemacht hat«, fügte er hinzu und blickte plötzlich über ihre Schulter.

Becky drehte sich um und sah eine große, elegante Dame, die von Kopf bis Fuß in Schwarz gekleidet war, den Salon betreten. Sie ging gemessenen Schrittes auf die drei Anwesenden zu.

»Mutter«, sagte Guy. Er eilte der Dame entgegen und küßte sie auf die Wange. »Ich möchte dich mit Becky Salmon bekannt machen.«

»Freut mich, Sie kennenzulernen«, sagte Becky.

»Darf ich fragen, wer ein Paar meiner besten Reitstiefel aus dem Schrank unter der Treppe genommen hat?« fragte Mrs. Trentham scharf und ignorierte die Hand, die Becky ihr entgegengestreckt hatte. »Und sie dann einfach von oben bis unten voll Schlamm zurückgestellt hat?«

»Ich«, gestand der Major. »Sonst hätte sich Miss Salmon die Farm in ihren eleganten Halbschuhen mit mir ansehen müssen, was nicht sehr ratsam gewesen wäre.«

»Es wäre ratsamer gewesen, wenn Miss Salmon gleich mit dem richtigen Schuhwerk gekommen wäre«, meinte Guys Mutter spitz.

»Es tut mir leid ...«, begann Becky.

»Wo warst du denn den ganzen Tag, Mutter?« versuchte Guy das Thema zu wechseln. »Wir hatten gehofft, dich schon viel früher zu sehen.«

»Ich mußte ein paar Probleme lösen, die unseren neuen Vikar offenbar völlig überfordern«, antwortete Mrs. Trentham. »Er hat von der Organisation eines Ostergottesdienstes nicht die geringste Ahnung. Ich möchte wissen, was man den jungen Leuten heutzutage in Oxford beibringt.«

»Vielleicht Theologie«, meinte Major Trentham.

Der Butler räusperte sich. »Das Dinner kann aufgetragen werden, Madam.«

Mrs. Trentham drehte sich ohne ein weiteres Wort um und führte die anderen raschen Schrittes ins Eßzimmer. Sie wies Becky den Platz rechts vom Major und ihr direkt gegenüber an, und das an einem Tisch, an dem bequem zwölf Personen hätten sitzen können. Drei silberne Messer, vier Gabeln und zwei Löffel funkelten Becky entgegen. Sie hatte keine Schwierigkeiten, das richtige Besteck für den ersten Gang zu wählen, da es Suppe gab, doch von da an würde ihr nichts übrigbleiben, als Mrs. Trenthams Beispiel zu folgen.

Ihre Gastgeberin richtete das Wort nicht ein einziges Mal an sie, bis der Hauptgang serviert war. Sie sprach nur zu ihrem Gatten und beklagte sich über die schlechten Leistungen ihres Sohnes Nigel in Harrow; auch an dem neuen Vikar ließ sie sich wieder aus; und Lady Lavinia Malin, die Witwe eines Richters, die erst vor kurzem hierhergezogen war und durch die es zu noch mehr Unfrieden gekommen war, als man es hier schon gewohnt war, schien auch nicht gerade ihre Freundin zu sein.

Becky hatte den Mund gerade voll Fasan, als Mrs. Trentham sich unerwartet an sie wandte. »Und womit beschäftigt sich Ihr Vater, Miss Salmon?«

»Er ist tot«, entgegnete Becky, bevor sie den Bissen ganz hinunterschlucken konnte.

»Oh, das tut mir leid. Dann ist er wohl im Dienst seines Regiments im Krieg gefallen?«

»Nein.«

»Oh. Was hat er dann während des Krieges gemacht?«

»Er hatte eine Bäckerei. In Whitechapel«, fügte Becky hinzu, der Worte ihres Vaters eingedenk: ›Wenn du je versuchst, deine Herkunft zu verleugnen, kann es nur mit Tränen enden.‹

»Whitechapel?« fragte Mrs. Trentham. »Ist das nicht das malerische Städtchen in der Nähe von Worcester?«

»Nein, Mrs. Trentham, Whitechapel liegt mitten im Londoner East End.« Becky hoffte, Guy würde einspringen und ihr helfen, doch er interessierte sich offenbar mehr für seinen Rotwein.

»Oh!« Mrs. Trenthams Lippen wurden schmal. »Ich erinnere mich, daß ich einmal die Gemahlin des Bischofs von Worcester in einem Städtchen namens Whitechapel besucht habe, aber ich muß gestehen, daß ich nie eine Veranlassung hatte, mich ins Londoner East End zu begeben. Ich nehme an, es gibt dort keinen Bischof.« Sie legte Gabel und Messer nieder. »Mein Vater jedoch«, fuhr sie fort. »Sir Raymond Hardcastle – Sie haben vielleicht von ihm gehört, Miss Salmon ...«

»Leider nicht«, entgegnete Becky ehrlich.

Wieder verzog Mrs. Trentham abfällig das Gesicht, was aber ihren Redeschwall nicht beeinträchtigte, »... er wurde für seine Verdienste unter König George V. zum Baronet erhoben ...«

»Und was waren diese Verdienste?« erkundigte sich Becky ohne Hintergedanken.

Diese Frage brachte Mrs. Trentham kurz ins Stocken. »Er spielte eine kleine Rolle in den Bemühungen Seiner Majestät, nicht von den Deutschen überrannt zu werden.«

»Er war ein Waffenfabrikant«, murmelte Major Trentham kaum verständlich.

Mrs. Trentham ignorierte seine Bemerkung.

»Hatten Sie in diesem Jahr Ihr Debüt, Miss Salmon?« fragte sie statt dessen.

»Nein«, antwortete Becky. »Aber ich habe mich dieses Jahr an der Universität eingeschrieben.«

»Ich halte von so etwas gar nichts. Damen sollten nicht über die drei großen Ks hinaus ausgebildet werden, aber natürlich auch lernen, Dienstboten zu führen und sich beim Kricket zu behaupten.«

»Aber wenn man keine Dienstboten hat ...«, begann Becky und hätte weitergesprochen, wenn Mrs. Trentham nicht mit einer Silberglocke, die neben ihr stand, geklingelt hätte. Zu dem Butler, der sofort herbeieilte, sagte sie: »Bitte lassen Sie den Tisch abräumen, Gibson. Wir werden den Kaffee im kleinen Salon zu uns nehmen.«

Der Butler wirkte ein wenig überrascht, als Mrs. Trentham sich erhob und die anderen über einen langen Korridor in das

135

vertraute Zimmer zurückbrachte, wo das Feuer jetzt allerdings fast niedergebrannt war.

»Darf ich Ihnen einen Port oder einen Cognac einschenken, Miss Salmon?« fragte Major Trentham, als Gibson mit dem Kaffee kam.

»Nein, danke«, lehnte Becky ab.

»Bitte entschuldigt mich«, sagte Mrs. Trentham und erhob sich aus dem Sessel, auf dem sie eben erst Platz genommen hatte. »Ich habe leider etwas Kopfschmerzen und werde mich in mein Zimmer zurückziehen.«

»Ja, natürlich, meine Liebe«, meinte der Major ohne großes Mitgefühl.

Kaum hatte seine Mutter den Salon verlassen, setzte Guy sich neben Becky und nahm ihre Hand. »Mutter wird morgen netter sein, wenn ihre Migräne vorbei ist, du wirst schon sehen.«

»Das bezweifle ich«, flüsterte Becky. Sie wandte sich Major Trentham zu. »Würden Sie auch mich bitte entschuldigen? Es war ein langer Tag, und sicher haben Sie und Ihr Sohn sich viel zu erzählen.«

Beide Männer erhoben sich, als Becky zur Tür ging und die Treppe zu ihrem Zimmer hinaufstieg. Sie zog sich rasch aus, wusch sich in einer Schüssel mit eiskaltem Wasser und huschte durch den ungeheizten Raum, um sich in die Decken ihres kalten Bettes zu kuscheln. Sie fand, daß Guy sich keine große Mühe gemacht hatte, ihr am Abend beizustehen. Er war in London immer viel aufmerksamer gewesen.

Sie lag im Halbschlaf, als sie hörte, wie die Türklinke heruntergedrückt wurde. Sie blinzelte verschlafen und blickte zur Tür, die sich jetzt langsam öffnete. Aber sie sah nur die Umrisse einer Männergestalt, die ins Zimmer huschte. Dann schloß sich die Tür wieder.

»Wer ist da?« fragte Becky.

»Ich bin es nur«, antwortete Guy. »Ich dachte mir, ich schaue kurz rein und sage dir gute Nacht.«

Becky zog sich ihre Decke bis zum Hals. »Gute Nacht«, sagte sie knapp.

»Das war aber nicht sehr freundlich.« Guy hatte das Zimmer durchquert und setzte sich auf die Bettkante. »Ich möchte mich nur vergewissern, daß alles in Ordnung ist. Das war kein sehr schöner Abend für dich.«

»Danke, es ist alles in Ordnung«, versicherte ihm Becky kühl. Als er sich über sie beugte, um sie zu küssen, wich sie aus, so daß er nur ihr linkes Ohr streifte.

»Vielleicht ist es nicht die richtige Zeit.«

»Und der richtige Ort«, fügte Becky hinzu und wich so weit zur Seite, daß sie fast aus dem Bett gefallen wäre.

»Bekomme ich denn keinen Gutenachtkuß?« Guy ließ sich nicht abschütteln.

Becky gestattete ihm, sie in die Arme zu nehmen und auf die Lippen zu küssen, aber er hielt sie viel länger fest als erwartet, und sie mußte ihn schließlich wegstoßen.

»Gute Nacht, Guy«, sagte sie mit fester Stimme.

Zuerst rührte Guy sich nicht, aber schließlich stand er langsam auf und sagte beim Hinausgehen: »Ich verstehe. Na ja, vielleicht ein anderes Mal.«

Becky wartete kurz, dann stand sie auf, ging zur Tür und drehte den Schlüssel im Schloß, ja, sie zog ihn sogar heraus und nahm ihn mit zum Bett. Es dauerte lange, bis sie einschlafen konnte.

Als sie am nächsten Tag zum Frühstück hinunterkam, erfuhr sie von Major Trentham, daß seine Gattin unruhig geschlafen hätte und ihre Migräne nicht besser geworden sei. Sie hatte deshalb beschlossen, im Bett zu bleiben, bis die Kopfschmerzen ganz vergangen waren.

Als der Major und Guy zur Kirche gegangen waren und Becky mit der Sonntagszeitung im kleinen Salon zurückgelassen hatten, entging ihr nicht, daß die Dienstboten miteinander flüsterten und verstohlen zu ihr herüberblickten, wenn sie glaubten, sie bemerke es nicht.

Mrs. Trentham erschien zum Mittagessen, nahm jedoch nicht an der Unterhaltung teil. Aber als die flüssige Sahne über den

Sommerpudding gegossen wurde, fragte sie unerwartet: »Und worüber hat der Vikar heute gepredigt?«

»»Und wie ihr wollt, daß euch die Menschen tun, so sollt auch ihr ihnen tun««, antwortete der Major mit leichter Schärfe in der Stimme.

Mrs. Trentham wandte sich zum erstenmal an Becky. »Und wie hat Ihnen der Gottesdienst in unserer Kirche gefallen, Miss Salmon?«

»Ich war nicht ...«, begann Becky.

»Ah ja, natürlich, eine des auserwählten Volkes.«

»Nein, ich bin römisch-katholisch«, berichtigte Becky.

»Oh«, sagte Mrs. Trentham und spielte die Überraschte. »Ich nahm natürlich an, bei dem Namen Salmon ... In dem Fall hätte es Ihnen in der St.-Michaels-Kirche sicher nicht gefallen. Wissen Sie, da gibt es keinen unnötigen Prunk.«

Becky hatte den Eindruck, daß jedes Wort von Mrs. Trentham wohl berechnet war und sie ihre Auftritte wahrscheinlich vorher geprobt hatte.

Nachdem der Tisch abgeräumt war, verschwand Mrs. Trentham wieder, und Guy schlug Becky einen Spaziergang vor. Becky ging zu ihrem Zimmer hinauf und zog ihre flacheren Schuhe an. Auf keinen Fall wollte sie noch einmal Mrs. Trenthams Reitstiefel ausleihen.

»Ich bin soweit«, erklärte Becky, als sie wieder unten war, und sie öffnete den Mund nicht mehr, bis sie sicher sein konnte, daß Mrs. Trentham weit außer Hörweite war.

»Was erwartet deine Mutter eigentlich von mir?« fragte Becky schließlich.

»Oh, so schlimm ist es doch gar nicht«, meinte Guy. »Du reagierst zu heftig. Papa ist überzeugt, daß sie dich schon noch anerkennen wird, wenn man ihr nur Zeit gibt. Und außerdem, falls ich zwischen dir und ihr wählen muß, weiß ich genau, wer mir wichtiger ist.«

Becky drückte seine Hand. »Danke, Liebling, aber ich bin trotzdem nicht sicher, ob ich einen solchen Abend wie den gestrigen noch einmal durchstehen möchte.«

»Wir können ja schon früher zurückfahren und die Nacht bei dir verbringen«, schlug Guy vor. Becky blickte ihn an, weil sie nicht wußte, ob er das tatsächlich ernst gemeint hatte. So fügte er hastig hinzu: »Kehren wir lieber ins Haus zurück, sonst beklagt sich Mutter noch, daß wir sie den ganzen Nachmittag allein gelassen haben.« Sie beschleunigten den Schritt.

Ein paar Minuten später stiegen sie die Freitreppe hinauf. Becky zog ihre Hausschuhe wieder an, warf einen Blick in den Garderobenspiegel und folgte Guy ins Wohnzimmer. Überrascht stellte sie fest, daß bereits groß für den Tee gedeckt war. Ein Blick auf die Uhr verriet ihr, daß es erst Viertel nach drei war.

»Wie gedankenlos von dir, uns so lange warten zu lassen, Guy«, waren Mrs. Trenthams erste Worte.

»Kann mich nicht erinnern, daß wir je schon so früh Tee getrunken haben«, warf der Major ein, der neben dem Kamin saß.

»Trinken Sie Tee, Miss Salmon?« Mrs. Trentham brachte es fertig, selbst das abfällig klingen zu lassen.

»Ja, bitte«, antwortete Becky.

»Vielleicht könntest du Becky beim Vornamen nennen«, schlug Guy vor.

Mrs. Trentham blickte ihren Sohn streng an. »Ich kann diese neue Unsitte nicht billigen, jedermann beim Vornamen zu rufen, schon gar nicht, wenn einem die Person eben erst vorgestellt wurde. Darjeeling, Lapsang oder Earl Grey, Miss Salmon?« fragte sie und blickte Becky ungeduldig an, erhielt jedoch keine Antwort, weil Becky sich noch nicht von der vorherigen abfälligen Bemerkung erholt hatte. »Offenbar gibt es in Whitechapel keine große Auswahl«, fügte Mrs. Trentham nun hinzu.

Becky hatte gute Lust, die Kanne zu nehmen und sie über der Dame auszuleeren, aber es gelang ihr, ihre Selbstbeherrschung zu bewahren, schon deshalb, weil sie wußte, daß Mrs. Trentham genau das provozieren wollte.

Nach weiterem Schweigen fragte Mrs. Trentham: »Haben Sie Geschwister, Miss Salmon?«

»Nein, ich bin ein Einzelkind.«

»Erstaunlich.«

»Wieso?« erkundigte sich Becky.

»Ich dachte immer, die unteren Schichten vermehren sich wie die Kaninchen.« Mrs. Trentham gab ein zweites Stück Zucker in ihre Tasse.

»Also Mutter, wirklich …«, begann Guy.

»Es war nur ein kleiner Scherz«, entgegnete Mrs. Trentham rasch. »Guy nimmt mich manchmal so ernst, Miss Salmon. Aber ich erinnere mich sehr gut, was mein Vater, Sir Raymond, einmal sagte …«

»Nicht schon wieder!« stöhnte der Major.

»Daß die gesellschaftlichen Klassen wie Wasser und Wein sind. Man sollte auf keinen Fall versuchen, sie zu mischen.«

»Aber hat nicht Jesus Wasser in Wein verwandelt?« fragte Becky schlagfertig.

Mrs. Trentham ignorierte diesen Einwurf. »Genau deshalb haben wir Offiziere und niedrige Ränge; weil Gott es so gewollt hat.«

»Und Sie glauben, Gott wollte auch den Krieg, damit diese Offiziere und niedrigen Ränge mehrerer Nationen einander wahllos niedermetzeln können?« fragte Becky.

»Das weiß ich nicht, Miss Salmon«, erwiderte Mrs. Trentham. »Ich bin ja auch keine Intellektuelle wie Sie, sondern nur eine einfache, biedere Frau, die ihre Meinung offen ausspricht. Aber etwas weiß ich, wir haben während des Krieges *alle* Opfer gebracht.«

»Und welche Opfer haben Sie gebracht, Mrs. Trentham?« erkundigte sich Becky.

»Viele, junge Dame.« Mrs. Trentham richtete sich zur vollen Größe auf. »Angefangen damit, daß ich auf vieles verzichten mußte, was für ein normales Leben wesentlich ist.«

»Wie ein Arm oder ein Bein?« entgegnete Becky und bereute es sofort, als ihr bewußt wurde, daß sie sich von Mrs. Trentham hatte provozieren lassen.

Guys Mutter erhob sich und schritt gemessen zum Kamin, wo sie heftig an der Kordel der Dienstbotenklingel zog. »Ich muß es mir nicht gefallen lassen, in meinem eigenen Haus beleidigt zu werden!« Kaum trat Gibson ein, befahl sie ihm: »Schikken Sie Alfred in Miss Salmons Zimmer, und lassen Sie ihre Sachen packen. Sie kehrt eher als vorgesehen nach London zurück.«

Becky blieb stumm am Kamin sitzen und wußte nicht recht, was sie als nächstes tun sollte. Mrs. Trentham starrte sie herausfordernd an, bis sie aufstand, zum Major hinüberging und ihm die Hand gab. »Ich möchte mich von Ihnen verabschieden, Major Trentham. Ich habe das Gefühl, daß wir uns nicht wiedersehen werden.«

»Das bedauere ich ehrlich, Miss Salmon«, versicherte ihr der alte Herr galant und küßte ihr die Hand. Dann verließ Becky, ohne Mrs. Trentham eines Blickes zu würdigen, das Zimmer. Guy folgte ihr auf den Gang.

Auf der Rückfahrt nach London versuchte Guy, das Benehmen seiner Mutter mit allen möglichen Gründen zu entschuldigen, aber Becky war sich bewußt, daß er selbst nicht an seine Worte glaubte.

Als der Wagen vor Nummer 97 anhielt, sprang Guy hinaus, öffnete die Beifahrertür und begleitete Becky zur Haustür.

»Darf ich mit hinaufkommen?« bat er. »Ich muß dir noch etwas sagen.«

»Nicht heute abend«, wehrte Becky ab. »Ich möchte jetzt lieber allein sein und nachdenken.«

Guy seufzte. »Ich wollte dir nur sagen, wie sehr ich dich liebe, und mich mit dir über unsere Zukunftspläne unterhalten.«

»Eine Zukunft, die deine Mutter mit einschließt?«

»Zur Hölle mit meiner Mutter«, entgegnete er. »Weißt du denn nicht, was ich für dich empfinde?«

Becky zögerte.

»Geben wir unsere Verlobung in der *Times* bekannt, und soll meine Mutter doch denken, was sie will. Was meinst du?«

Becky drehte sich um und schlang die Arme um ihn. »O Guy, ich liebe dich so sehr und werde dich immer lieben, aber geh jetzt besser. Daphne könnte jeden Augenblick heimkommen.«

Guy machte ein enttäuschtes Gesicht, aber er küßte sie noch einmal und hielt sie fest, bis sie sich aus seinen Armen löste, die Haustür öffnete und die Treppe hinaufrannte.

Daphne war noch nicht vom Landsitz ihrer Eltern zurück und kam erst zwei Stunden später heim.

»Wie ist es gegangen?« waren ihre ersten Worte, als sie das kleine Wohnzimmer betrat und Becky zu ihrer Überraschung schon wieder da war.

»Es war eine Katastrophe.«

»Dann ist es also vorbei?«

»Nein, eigentlich nicht«, erwiderte Becky. »Im Gegenteil, ich glaube, Guy hat mir einen Heiratsantrag gemacht.«

»Und hast du ja gesagt?« fragte Daphne.

»Auf gewisse Weise schon.«

»Hat er auch etwas von Indien gesagt?« erkundigte sich Daphne.

Als Becky am nächsten Morgen ihre Koffer auspackte, stellte sie entsetzt fest, daß die kostbare Brosche fehlte, die Daphne ihr fürs Wochenende geliehen hatte. Sie konnte sie nur in Ashurst Hall gelassen haben.

Da sie kein Bedürfnis hatte, sich deshalb mit Mrs. Trentham in Verbindung zu setzen, schickte sie Guy ein paar Zeilen darüber in sein Regimentskasino. Er schrieb ihr am gleichen Abend zurück und versicherte ihr, daß er sich selbst darum kümmern würde, wenn er am Wochenende wieder nach Hause fuhr.

Becky machte sich die ganze Woche Sorgen, ob Guy die Brosche auch finden würde, und war nur froh, daß Daphne sie offenbar noch gar nicht vermißt hatte. So konnte Becky hoffen, sie würde die Brosche in Daphnes Schatulle zurücklegen können, bevor Daphne sie wieder tragen wollte.

Von Guy erhielt sie am darauffolgenden Montag einen Brief, in dem er schrieb, daß er die Brosche nicht hatte finden können, obwohl er das Gästezimmer sorgfältig durchsucht hatte. Außerdem hatte Nellie ihm versichert, sie erinnere sich genau, daß sie das Schmuckstück in Miss Salmons Koffer gepackt hatte.

Das verwunderte Becky, denn sie wußte genau, daß nach ihrem Hinauswurf weder Nelly noch dieser Alfred, der es hätte tun sollen, ihre Koffer gepackt hatte, sondern sie selbst. Voll Bangen wartete sie bis spät in die Nacht auf Daphnes Rückkehr vom Land, um ihr zu gestehen, was passiert war. Sie befürchtete, daß es Monate oder gar Jahre dauern würde, bis sie das Kleinod, das bestimmt ein Familienerbstück war, ersetzen konnte.

Bis ihre Freundin schließlich gegen Mitternacht heimkam, hatte Becky mehrere Tassen Kaffee getrunken und sich fast eine von Daphnes Zigaretten angezündet.

»Du bist aber noch spät auf, Liebes«, meinte Daphne. »Stehen wieder Examen bevor?«

»Nein«, antwortete Becky und sprudelte die ganze Geschichte von der verschwundenen Brosche hinaus. Ohne ihrer Freundin die Gelegenheit zu geben, ein Wort einzuwerfen, fragte sie, wie lange sie wohl brauchen würde, bis sie ihr einen gleichwertigen Ersatz abstottern könne.

»Eine Woche etwa«, sagte Daphne nun.

»Eine Woche?« Becky blickte sie verwirrt an.

»Ja, es war nur Modeschmuck, der letzte Schrei. Ich glaube, ich habe ganze drei Shilling dafür bezahlt.«

Erleichtert erzählte Becky am Donnerstag Guy beim Dinner, weshalb die fehlende Brosche nicht mehr so wichtig war.

Am folgenden Montag brachte Guy das Schmuckstück zur Chelsea Terrace und erklärte, daß Nellie es unter dem Bett im Wellingtonzimmer gefunden hätte.

## 9

Becky fiel auf, daß sich Charlies Umgangsformen besserten, zunächst unmerklich, dann immer auffälliger.

Daphne versuchte gar nicht zu verheimlichen, daß sie etwas damit zu tun hatte. Sie nannte es: »Die gesellschaftliche Entdeckung des Jahrzehnts, mein höchstpersönlicher Charlie Doolittle. Am vergangenen Wochenende habe ich ihn mit nach Harcourt Hall genommen«, erzählte sie. »Er war ein voller Erfolg. Sogar Mutter fand ihn phantastisch!«

»Deine Mutter mag Charlie Trumper?« staunte Becky.

»O ja, Liebes. Aber Mutter weiß ja auch, daß ich nicht die Absicht habe, Charlie zu heiraten.«

»Na, na. Ich habe auch nicht die Absicht gehabt, Guy zu heiraten.«

»Meine Liebe, du kommst aus den romantischeren Klassen, während ich aus einer etwas praktischer denkenden Schicht stamme – darum hat die Aristokratie auch so lange überlebt. Nein, ich werde Percy Wiltshire heiraten, und das hat nichts mit Bestimmung oder den Sternen zu tun, es ist lediglich gute altmodische Vernunft.«

»Aber weiß Percy denn überhaupt etwas von deinen Plänen für seine Zukunft?«

»Natürlich nicht. Nicht einmal seine Mutter hat es ihm gesagt.«

»Aber was ist, wenn sich Charlie in dich verliebt?«

»Ausgeschlossen. Weißt du, es gibt da eine andere Frau in seinem Leben.«

»Großer Gott! Davon hat er mir nie etwas gesagt.« Becky schwieg kurz, dann fügte sie hinzu: »Ich würde sie gern kennenlernen.«

Die Bilanz des Halbjahres war noch wesentlich besser als die des ersten Quartals, wie Daphne feststellte, als sie den nächsten Rückzahlungsscheck erhielt. Sie beklagte sich bei Becky, daß sie auf diese Weise keinen langfristigen Gewinn von ihrem Darlehen haben würde. Becky jedoch dachte immer weniger an Daphne, Charlie und den Laden, je näher Guys Abreise nach Indien rückte.

Indien ... Becky hatte die ganze Nacht nicht geschlafen, nachdem sie von Guys dreijähriger Stationierung erfahren hatte, und es wäre ihr lieber gewesen, wenn sie etwas, das auch ihre Zukunft betraf, aus seinem Mund erfahren hätte und nicht von Daphne.

Bisher hatte Becky sich klaglos damit abgefunden, daß sie Guy aufgrund seiner Pflichten beim Regiment nicht regelmäßig sehen konnte; doch je näher der Abschied rückte, desto unglücklicher wurde sie über seine Wachteinteilung, Nachtübungen und vor allem über die häufigen Wochenendeinsätze, an denen er teilnehmen mußte.

Sie hatte befürchtet, daß Guys Aufmerksamkeiten nach ihrem schrecklichen Besuch in Ashurst Hall nachlassen würden, aber er wurde im Gegenteil noch stürmischer und betonte immer wieder, wie anders alles werden würde, wenn sie erst verheiratet waren.

Wie im Flug wurden aus den Monaten Wochen, aus den Wochen Tage, und mit einemmal war der auf Beckys Kalender rot umringte 3. Februar 1920 da.

»Gehen wir zum Dinner ins Café Royal, wo wir an unserem ersten gemeinsamen Abend waren«, schlug Guy an dem Montag vor seiner Abreise vor.

»Nein«, wehrte Becky ab. »Ich möchte dich an unserem letzten Abend nicht mit hundert anderen teilen müssen.« Sie zögerte und fuhr fort: »Wenn du mit meinen Kochkünsten vorliebnehmen würdest, könnten wir in der Wohnung zu Abend essen, da wären wir wenigstens unter uns.«

Guy lächelte.

Jetzt, da der Laden gut lief, hörte Becky auf, sich dort jeden Tag sehen zu lassen, warf jedoch immer einen Blick durchs Fenster, wenn sie daran vorbeikam. Sie wunderte sich, als Charlie an diesem Montag nicht wie sonst hinter dem Ladentisch stand.

»Hier bin ich!« hörte sie eine Stimme. Als sie sich umdrehte, sah sie, daß Charlie auf der Bank auf der gegenüberliegenden Straßenseite saß, wo sie ihn am Tag seiner Heimkehr entdeckt hatte. Sie überquerte die Straße und setzte sich neben ihn.

»Was soll das? Willst du schon in den Ruhestand gehen, noch bevor wir das Darlehen zurückbezahlt haben?«

»Ganz sicher nicht. Ich arbeite.«

»Du arbeitest? Bitte erklären Sie, Mr. Trumper, wieso es Arbeit ist, wenn Sie an einem Montag morgen auf einer Parkbank herumsitzen.«

»Henry Ford hat uns gelehrt, daß jeder Minute des Handelns eine Stunde des Überlegens vorhergehen sollte«, dozierte Charlie mit nur noch einer Spur seines Cockneyakzents; Becky war auch nicht entgangen, daß er das H jetzt deutlich aussprach.

»Und wohin führt dich dieses von Ford angeregte Überlegen?« fragte sie.

»Zu der Reihe von Geschäften da drüben.«

»Zu allen?« Becky blickte auf die Ladenzeile. »Und darf ich fragen, zu welchem Ergebnis Mr. Ford gekommen wäre, säße er an deiner Statt auf dieser Bank?«

»Daß sie sechsunddreißig verschiedene Arten darstellen, Geld zu verdienen.«

»Ich habe die Läden nie gezählt, aber ich glaube es dir.«

»Und was siehst du noch, wenn du hinüberschaust?«

Beckys Blick kehrte zur Chelsea Terrace zurück. »Viele Passanten, vor allem Damen mit Sonnenschirmen, Kindermädchen, die ihre Pflegebefohlenen ausfahren, aber auch ein paar Kinder, die Seilhüpfen und Reifen treiben.« Sie machte eine Pause. »Wieso, was siehst du?«

»Zwei Schilder, auf denen ›Zu verkaufen‹ steht.«

»Ich gebe zu, daß sie mir nicht aufgefallen sind.« Becky blickte erneut über die Straße.

»Das kommt daher, daß du es mit anderen Augen siehst«, erklärte Charlie. »Also, da ist zuerst einmal die Metzgerei von Kendrick. Nun, wir wissen, warum er verkauft, nicht wahr? Herzanfall, sein Arzt hat ihm geraten, nicht mehr zu arbeiten, wenn er noch länger leben möchte.«

»Und das andere ist Mr. Rutherfords Laden«, stellte Becky fest, als sie das zweite Schild entdeckt hatte.

»Der Antiquitätenhändler. O ja, der liebe Julian möchte verkaufen, um Partner seines Freundes in New York zu werden, wo die Gesetze etwas toleranter sind, wenn es um seine besondere Affinität geht – gefällt dir das Wort?«

»Woher weißt du das alles?«

»Information«, sagte Charlie und tippte sich an die Nase, »ist ein Muß bei jedem Geschäft.«

»Noch ein Fordsches Prinzip?«

»Nicht ganz so weit hergeholt. Ein Daphne Harcourt-Brownsches«, entgegnete Charlie.

Becky lächelte. »Also, was hast du vor?«

»Ich werde beide Geschäfte bekommen.«

»Und wie stellst du dir das vor?«

»Daß du mir dabei hilfst.«

»Ist das dein Ernst, Charlie Trumper?«

»Hab' nie was ernster gemeint.« Charlie blickte sie an. »Warum sollte es in der Chelsea Terrace anders sein als in Whitechapel?«

»Vielleicht, weil es um die Stellen vor dem Komma geht«, meinte Becky.

»Dann versetz das Komma, Miss Salmon. Es ist nämlich an der Zeit, daß du aufhörst, ein stiller Teilhaber zu sein, und selbst was tust.«

»Und was ist mit meinen Prüfungen?«

»Nutz die Extra-Zeit, die du jetzt haben wirst, nachdem dein Freund ja nach Indien versetzt wurde.«

»Guy fährt erst morgen.«

»Dann sei dir noch ein Tag Frist gestattet. Aber ich möchte, daß du dich morgen wieder in die Maklerfirma John D. Wood

begibst und einen Termin mit diesem jungen Bleichgesicht
machst – wie heißt er doch gleich?«

»Palmer.«

»Ja, Palmer. Weis ihn an, für uns einen Preis für beide Geschäfte auszuhandeln, und sag ihm, daß wir auch an allen anderen Objekten in der Chelsea Terrace interessiert sind, die in
Zukunft zum Verkauf angeboten werden.«

»Alle anderen Objekte in der Chelsea Terrace?« vergewisserte
sich Becky, die sich auf der Rückseite ihres Lehrbuchs Notizen
gemacht hatte.

»Ja, und wir werden Darlehen für fast den gesamten Kaufpreis brauchen, also geh zu mehreren Banken und sieh zu, daß
du sie zu möglichst günstigen Konditionen bekommst. Und zieh
gar nicht erst etwas über vier Prozent Zinsen in Betracht.«

»Nichts über vier Prozent«, wiederholte Becky. Sie blickte auf
und fügte hinzu: »Aber sechsunddreißig Geschäfte, Charlie? Ist
das nicht ein bißchen vermessen?«

»Ich weiß, das so etwas nicht von heute auf morgen geht.«

In der Bibliothek des Bedford Colleges versuchte Becky, Charlies
Traum, der nächste Mr. Selfridge zu werden, einstweilen zu vergessen, und bemühte sich, ihren Aufsatz über den Einfluß Berni-
nis auf die Bildhauerei des siebzehnten Jahrhunderts fertig zu
schreiben. Aber immer wieder schweiften ihre Gedanken von
Bernini zu Charlie und dann weiter zu Guy. Als ihr klar wurde,
daß sie sich einfach nicht konzentrieren konnte, beschloß sie widerstrebend, die Fertigstellung ihres Essays zu verschieben und
sich gedanklich der Zukunft zu widmen, bis sie mehr Muße fand,
sich mit der Vergangenheit zu beschäftigen.

Während der Mittagspause setzte sie sich auf die rote Ziegel-
mauer vor der Bibliothek, kaute einen Apfel und überlegte.
Schließlich warf sie das Kerngehäuse in einen nahen Papierkorb,
packte ihre Bücher in die Aktenmappe und kehrte zur Chelsea
Terrace zurück. Dort angekommen, betrat sie die Metzgerei, wo
sie eine kleine Lammkeule kaufte und Mrs. Kendrick mitfühlend
sagte, sie habe gehört, daß ihr Mann einen Herzanfall gehabt

habe und daß sie ihm gute Besserung wünsche. Als sie bezahlte, fiel ihr auf, daß die Verkäuferinnen zwar gut ausgebildet waren, aber nicht gerade Eigeninitiative bewiesen. Kundinnen verließen das Geschäft nur mit dem, was sie verlangt hatten, was Charlie nie zugelassen hätte. Dann stellte sich Becky bei Trumpers Obst- und Gemüseladen an und ließ sich von Charlie bedienen.

»Etwas Besonderes, Madam?«

»Zwei Pfund Kartoffeln, ein Pfund Tomaten, einen Weißkohl und eine Zuckermelone.«

»Sie haben Glück, Madam. Die Melone ist ganz reif und saftig und sollte heute abend noch gegessen werden«, erklärte Charlie, nachdem er ganz leicht neben dem Stiel darauf gedrückt hatte. »Könnte ich Madam für sonst noch etwas interessieren?«

»Nein, danke, guter Mann.«

»Das macht drei Shilling und vier Pence, Madam.«

»Aber bekomme ich denn nicht auch einen Cox-Orange-Apfel als Draufgabe, wie alle anderen Mädchen?«

»Bedaure, Madam, das ist nur bei Stammkundinnen üblich. Aber ich ließe mich vielleicht überreden, wenn Sie mich für heute abend zu dieser Melone einladen. Dann könnte ich Ihnen in allen Einzelheiten meinen Plan für Chelsea Terrace erklären, den größten …«

»Heute abend geht es nicht, Charlie. Guy reist morgen nach Indien ab.«

»Natürlich, hab' ich vergessen, entschuldige.« Charlies Stimme klang ungewohnt nervös. »Morgen, vielleicht?«

»Ja, warum nicht?«

»Dann führ' ich dich zur Abwechslung mal zum Essen aus. Ich hol' dich um acht Uhr ab.«

»Einverstanden, Partner.« Becky hoffte, daß sie ein bißchen wie Mae West klang.

Charlie wurde abgelenkt, als eine dicke Frau Beckys Platz einnahm.

»Ah, Lady Nourse«, sagte Charlie und kehrte wieder zu seinem Cockney zurück. »Rüben, wie gewöhnlich, und Kohlrabi, oder 'aben wir 'eut was ganz Besonderes vor, M'lady?«

149

Becky blickte über die Schulter und sah, wie Lady Nourse, die bestimmt nicht jünger als sechzig war, errötete und ihr Busen wogte.

In der Wohnung schaute Becky rasch nach, ob das Wohnzimmer aufgeräumt und sauber war. Die Putzfrau hatte gute Arbeit geleistet, und da Daphne noch nicht von einem ihrer verlängerten Wochenenden in Harcourt Hall zurück war, brauchte sie nichts weiter zu tun, als die Sofakissen aufzuschütteln und die Vorhänge zuzuziehen.

Becky beschloß, soviel wie möglich für das Abendessen vorzubereiten und dann erst in die Wanne zu steigen. Sie bedauerte schon fast, daß sie Daphnes Angebot, ihr mit einer Köchin und zwei Mädchen aus dem Haus am Lowndes Square auszuhelfen, abgelehnt hatte, aber sie wollte Guy einmal für sich allein haben, obwohl sie wußte, daß ihre Mutter nicht damit einverstanden gewesen wäre, daß ihre Tochter mit einem Mann allein in der Wohnung zu Abend aß.

Melone, gefolgt von Lammkeule mit Kartoffeln, Kohl und einer Tomate, das hätte ihre Mutter bestimmt gebilligt, aber gewiß nicht, daß sie schwerverdientes Geld für die Flasche 1912er Nuit-St.-George ausgegeben hatte, den sie von Mr. Cuthbert in Nummer 101 gekauft hatte.

Sie schälte die Kartoffeln, übergoß die Lammkeule und vergewisserte sich, daß sie Minze für die Soße hatte, dann schnitt sie den Strunk aus dem Kohlkopf.

Als sie den Korken aus der Flasche zog, beschloß Becky, in Zukunft alles in der Terrace zu kaufen, damit auch sie sich so auf dem laufenden halten konnte, was hier vorging, wie Charlie. Ehe sie aus ihren Kleidern schlüpfte, schaute sie nach der Flasche Cognac, die sie zu Weihnachten geschenkt bekommen hatte. Es war noch genug übrig.

Sie lag lange in der Wanne und überlegte, zu welchen Banken sie gehen konnte und vor allem, wie sie ihre Bitte um den Kredit vortragen sollte. Sie würde genaue Angaben brauchen, sowohl über die Erträge des Ladens, als auch über die Zeitspanne der Kreditrückzahlung ... Ihre Gedanken wanderten zu Charlie und

Guy, und sie fragte sich zum wiederholten Mal, weshalb keiner von beiden über den anderen reden wollte.

Als Becky die Schlafzimmeruhr die halbe Stunde schlagen hörte, sprang sie erschrocken aus der Wanne, weil sie für ihre Überlegungen viel mehr Zeit gebraucht hatte als angenommen, und ganz bestimmt würde Guy Punkt acht Uhr vor der Tür stehen. Wenn man bei Soldaten bei überhaupt etwas sicher sein konnte, hatte Daphne gesagt, dann, daß sie pünktlich waren.

Sie probierte ein Kleid nach dem anderen und entschied sich schließlich für eines, das Daphne nur ein einziges Mal auf dem Füsilierball und dann nie wieder getragen hatte. Kaum hatte sie den letzten Knopf geschlossen und noch einen Blick in den Spiegel geworfen, schlug die Uhr acht. Gleichzeitig läutete die Türglocke.

Guy kam in doppelreihigem Regimentsblazer und Gabardinehose mit einer weiteren Flasche Rotwein und einem Dutzend roter Rosen herein. Nachdem er beides zum Tisch gebracht hatte, nahm er Becky in die Arme.

»Welch wunderschönes Kleid«, sagte er. »Ich glaube, ich kenne es noch gar nicht.«

»Ich trage es auch zum erstenmal«, sagte Becky und hatte ein schlechtes Gewissen, weil sie Daphne nicht gefragt hatte, ob sie es sich überhaupt ausleihen durfte.

»Gar niemand, der dir hilft?« Guy sah sich um.

»Nun, Daphne hat sich zwar erboten, den Anstandswauwau zu machen, aber ich lehnte ab, weil ich unseren letzten Abend mit niemandem teilen wollte.«

Guy lächelte. »Kann ich etwas tun?«

»Ja, schenk bitte den Wein ein, während ich die Kartoffeln aufstelle.«

»Trumper-Kartoffeln?«

»Natürlich«, antwortete Becky. Sie ging in die Küche und gab den Kohlkopf in das inzwischen kochende Wasser. Sie zögerte kurz, dann rief sie ins Wohnzimmer: »Du magst Charlie nicht, habe ich recht?«

Guy schenkte Wein für sie beide ein und antwortete nicht,

entweder, weil er sie nicht gehört hatte, oder weil er nicht auf das Thema eingehen wollte.

»Wie war dein Tag?« fragte Becky, als sie ins Wohnzimmer zurückkehrte und das Weinglas nahm, das er ihr reichte.

»Ich mußte die ganze Zeit Koffer packen«, erwiderte er. »Es wird erwartet, daß man in dem verdammten Land alles vierfach hat.«

»Alles?« Becky nippte am Wein. »Mhm, gut.«

»Alles. Und was hast du gemacht?«

»Mit Charlie gesprochen, über seine Pläne, halb London zu besetzen, ohne den Krieg zu erklären; hab' Caravaggio als zweitklassig abgelehnt; ein paar Tomaten ausgesucht, ganz zu schweigen von Trumpers Angebot des Tages.« Sie stellte eine Melonenhälfte an Guys Platz und die andere an ihren, und er schenkte Wein nach.

Bei dem ausgedehnten Dinner wurde Becky immer mehr bewußt, daß dies wahrscheinlich ihr letzter gemeinsamer Abend in den nächsten drei Jahren sein würde. Sie unterhielten sich über Theaterstücke, das Regiment, die Probleme Irlands, Daphne, sogar über den Preis für Melonen, aber nicht über Indien.

»Du könntest mich jederzeit besuchen«, sagte Guy schließlich und brachte so das Tabuthema selbst zur Sprache, als er Beckys Glas wieder füllte.

»Auf einen Tagesausflug, vielleicht?« fragte sie. Sie räumte den Tisch ab und trug das Geschirr in die Küche.

»Ich glaube, selbst das wird in gar nicht so ferner Zukunft möglich sein.«

Guy goß sein Glas wieder voll und öffnete die Flasche, die er mitgebracht hatte.

»Wie meinst du das?«

»Mit dem Flugzeug. Immerhin haben Alcock und Brown den Atlantic nonstop überquert, also dürfte Indien das nächste Ziel irgendwelcher Pioniere sein.«

»Vielleicht könnte ich mich auf eine Tragfläche setzen«, meinte Becky, als sie aus der Küche zurückkam.

Guy lachte. »Keine Angst, drei Jahre vergehen wie im Flug,

und sobald ich zurück bin, heiraten wir.« Er hob sein Glas und sah ihr zu, wie sie trank. Eine Weile schwiegen sie.

Becky stand vom Tisch auf und fühlte sich ein wenig schwindelig. »Muß den Kessel aufstellen«, erklärte sie.

Als sie zurückkam, fiel ihr nicht auf, daß ihr Glas wieder voll war. »Danke für den wundervollen Abend«, sagte Guy, und einen Augenblick lang befürchtete sie, daß er schon gehen wollte.

»Jetzt müssen wir wohl das Geschirr abwaschen, da die Bediensteten heute Ausgang haben«, scherzte er.

»Aber nein, ich kann ein ganzes Jahr abspülen«, ein Schluckauf unterbrach Beckys Protest, »dann ein ganzes Jahr abtrocknen und das dritte Jahr das Geschirr wegräumen.«

Guys Lachen wurde durch das schrille und hartnäckige Pfeifen des Wasserkessels unterbrochen.

»Bin gleich wieder da. Schenk dir doch schon mal einen Cognac ein.« Becky verschwand in der Küche. Sie suchte nach zwei Tassen ohne Sprung, dann trug sie sie voll dampfend heißem Kaffee ins Wohnzimmer. Sie fragte sich, ob sie es wagen sollte, das Gaslicht ein wenig niedriger zu drehen, entschied sich dann jedoch dagegen. Sie stellte die beiden Tassen auf das Beistelltischchen neben dem Sofa. »Der Kaffee ist so heiß«, warnte sie, »daß er erst ein bißchen abkühlen muß.«

Guy reichte ihr einen halbvollen Cognacschwenker, hob sein Glas und wartete. Sie zögerte, doch dann nahm sie einen kleinen Schluck und setzte sich neben ihn. Eine Zeitlang schwiegen sie beide, plötzlich stellte er sein Glas ab und nahm sie in die Arme. Und diesmal küßte er sie leidenschaftlich, erst auf die Lippen, dann auf den Hals und ihre bloßen Schultern. Becky wehrte sich erst, als sie seine Hand von ihrem Rücken zur Brust wandern spürte.

Guy ließ sie los und sagte: »Ich habe eine ganz besondere Überraschung für dich, die ich für heute aufgehoben habe.«

Sie blickte ihn fragend an.

»Unsere Verlobung wird morgen in der *Times* stehen.«

Einen Moment war Becky so benommen, daß sie ihn nur anstarren konnte. »O Liebling, das ist ja wundervoll!« Nun schlang sie die Arme um ihn und widersetzte sich nicht, als seine Hand zu ihrer Brust zurückwanderte. »Aber was wird deine Mutter dazu sagen?«

»Das ist mir völlig egal«, versicherte ihr Guy. Und wieder küßte er ihren Hals, und seine Hand glitt zu ihrer anderen Brust, während ihre Lippen sich öffneten und ihre Zungen sich berührten.

Becky spürte, wie Guy die Knöpfe am Rücken ihres Kleides öffnete, langsam zunächst, dann sicherer und schneller, ehe er sie wieder losließ. Sie errötete, als er seinen Regimentsblazer und die Krawatte abnahm und über die Sofalehne warf. Becky begann sich zu fragen, ob sie ihm nun nicht klarmachen mußte, daß sie bereits zu weit gegangen waren.

Als Guy die Hemdknöpfe öffnete, befiel sie einen Augenblick Panik. Die Dinge gerieten außer Kontrolle.

Guy beugte sich vor und zog das Oberteil von Beckys Kleid über ihre Schultern hinab. Als er sie wieder küßte, spürte sie, wie er versuchte, ihren Büstenhalter zu öffnen.

Becky schöpfte neue Hoffnung aus der Möglichkeit, daß er mit dem Verschluß nicht zurechtkam. Ihr wurde jedoch klar, daß Guy in solchen Dingen Erfahrung hatte, da er den Verschluß ohne Schwierigkeiten fand und öffnete. Er zögerte nur einen Augenblick, dann wandte er seine Aufmerksamkeit ihren Beinen zu. Ganz plötzlich, als er den Rand ihrer Strümpfe erreicht hatte, hielt er inne, blickte Becky in die Augen und murmelte: »Ich konnte es mir bisher nur ausmalen, wie es sein würde, aber ich hatte nicht geahnt, daß du so wunderschön bist.«

»Danke«, murmelte Becky. Guy setzte sich auf und reichte ihr den Cognacschwenker. Sie nahm einen kleinen Schluck und dachte, ob es nicht besser wäre, wenn sie den Kaffee als Vorwand nähme und sich in die Küche zurückzöge.

»Aber eine Enttäuschung hat es für diesen Abend für mich leider gegeben«, gestand Guy, dessen Hand immer noch auf ihrem Schenkel ruhte.

»Eine Enttäuschung?« Becky stellte das Glas ab. Es fiel ihr schwer, klar zu denken, und sie fühlte sich etwas seltsam.

»Ja. Dein Verlobungsring.«

»Verlobungsring?«

»Ich habe ihn schon vor über einem Monat bei Garrard bestellt, und der Juwelier versprach mir höchstpersönlich, daß ich ihn heute abholen könne. Und dann vertröstete mich sein Verkäufer heute nachmittag, daß ich ihn morgen in aller Früh bekommen würde.«

»Das macht doch nichts«, versicherte ihm Becky.

»O doch, das macht schon was!« entgegnete Guy. »Ich wollte ihn dir heute abend an den Finger stecken. Jetzt kann ich nur hoffen, daß du morgen ein bißchen eher als geplant am Bahnhof sein kannst. Dann werde ich vor dir auf die Knie fallen und ihn dir überreichen.«

Becky stand auf. Sie lächelte, als auch Guy sich sofort erhob und sie in die Arme schloß. Daphnes Kleid glitt von ihren Schultern und fiel auf den Boden. Guy nahm sie bei der Hand, und sie führte ihn in ihr Zimmer.

Er schlug rasch die Decke zurück, warf sich aufs Bett und streckte Becky die Arme entgegen. Nachdem sie sich zu ihm gelegt hatte, zog ihr Guy die restlichen Kleider aus und begann sie am ganzen Körper zu küssen. Und die Art und Weise, wie er sie dann liebte, verriet ihr, daß er bereits reiche Erfahrung gesammelt haben mußte.

Obwohl der Akt als solcher schmerzhaft war, wunderte sich Becky, wie rasch das so verheißungsvolle Gefühl vorüber war, und sie klammerte sich an Guy, eine Ewigkeit, wie ihr schien. Er versicherte ihr immer wieder, wie sehr er sie liebte, was ihr Schuldgefühl ein bißchen milderte – immerhin waren sie ja verlobt.

Im Halbschlaf glaubte Becky eine Tür zufallen zu hören, nahm jedoch an, daß das Geräusch von der oberen Wohnung kam. Guy rührte sich nicht. Plötzlich wurde die Tür geöffnet, und Daphne stand vor ihnen.

»Oh, tut mir leid, ich hatte keine Ahnung«, flüsterte sie und schloß die Tür ganz leise rasch hinter sich. Becky blickte ängstlich auf ihren Liebsten.

Er lächelte und nahm sie in die Arme. »Mach dir keine Gedanken wegen Daphne. Sie wird niemandem etwas sagen.« Er zog Becky an sich, und sie liebten sich aufs neue.

Waterloo Station war bereits voll von Soldaten, als Becky zu Bahnsteig 1 ging. Sie hatte sich um ein paar Minuten verspätet, um so mehr überraschte es sie, daß Guy noch nicht da war. Da erinnerte sie sich, daß er ja zuerst noch in die Albermarle Street gemußt hatte, um den Ring abzuholen.

Sie schaute auf das Bahnsteigschild. In Großbuchstaben stand da: SOUTHAMPTON BOAT TRAIN, und darunter: Abfahrt 11.30. Becky blickte besorgt den Bahnsteig auf und ab, bis ihr Blick auf eine Schar Mädchen fiel, die hilflos unter der Bahnhofsuhr standen und sich mit schrillen, nervösen Stimmen über Jagdbälle und Polo unterhielten und wer in diesem Jahr Debütantin sein würde – und jede war sich nur zu schmerzhaft bewußt, daß sie sich am Bahnhof von ihrem Liebsten verabschieden mußte, weil es nicht schicklich war, daß ein Mädchen einen Offizier bis Southampton begleitete, wenn es nicht mit ihm verheiratet oder offiziell verlobt war. Aber die heutige *Times* würde beweisen, daß sie und Guy verlobt waren, dachte Becky, also konnte sie vielleicht mit ihm bis Southampton mitfahren ...

Sie blickte wieder auf die Uhr: einundzwanzig Minuten nach elf. Nun regte sich zum erstenmal Unsicherheit in ihr. Doch da sah sie Guy plötzlich über den Bahnsteig auf sie zukommen.

Er entschuldigte sich, erklärte jedoch nicht, weshalb er sich so verspätet hatte. Er befahl lediglich seinem Burschen, seine sämtlichen Koffer ins Abteil zu bringen und dort auf ihn zu warten. Die nächsten Minuten unterhielten sie sich über allgemeine Dinge, und Becky hatte sogar das Gefühl, daß er etwas distanziert war, aber sie sah, daß noch andere Offiziere auf dem Bahnsteig standen und sich verabschiedeten.

Eine Pfeife schrillte, und Becky bemerkte, daß ein diensthabender Sergeant auf seine Uhr schaute. Guy beugte sich vor, hauchte einen Kuß auf Beckys Wange und drehte sich abrupt um. Sie sah ihm nach, als er rasch einstieg, ohne noch einmal zu ihr zurückzublicken, während sie an nichts anderes denken konnte als an ihre nackten Körper, die sich in ihrem schmalen Bett umschlungen hatten, und an Guys Worte: »Ich werde dich immer lieben. Das weißt du doch, nicht wahr?«

Schließlich pfiff auch noch der Schaffner, und das Abfahrtssignal wurde gegeben. Becky stand ganz allein und fröstelte unter einem kalten Windstoß, während die Lokomotive Richtung Southampton dampfte.

Als der Zug nicht mehr zu sehen war, ging sie langsam den Bahnsteig zurück zu dem Kiosk an der Ecke von Bahnsteig 7. Sie kaufte sich für zwei Pence die *Times*, dann überflog sie die Liste der Verlobungen und studierte sie wieder und wieder.

Von Arbuthnot bis Yelland war weder ein Trentham noch eine Salmon aufgeführt.

---

## 10

Noch ehe der erste Gang serviert worden war, bereute Becky, daß sie Charlies Einladung zum Dinner bei Scallini angenommen hatte, dem einzigen Restaurant, das er kannte. Charlie bemühte sich sehr, aufmerksam zu sein, doch gerade das verschlimmerte ihr schlechtes Gewissen noch.

»Mir gefällt dein Kleid«, sagte er und bewunderte das pastellfarbige Deux-pièces, das sie sich aus Daphnes Schrank entliehen hatte.

»Danke.«

Eine längere Pause setzte ein.

»Es tut mir leid«, meinte Charlie schließlich. »Ich hätte wissen sollen, daß es keine so gute Idee ist, dich ausgerechnet für den Tag einzuladen, an dem Captain Trentham nach Indien abgereist ist.«

»Unsere Verlobung wird in der morgigen Ausgabe der *Times* bekanntgegeben.« Becky blickte nicht von ihrer unberührten Suppe auf.

»Meinen Glückwunsch«, erwiderte Charlie tonlos.

»Du magst Guy nicht, habe ich recht?«

»Ich hab’ mich in der Gesellschaft von Offizieren nie sonderlich wohl gefühlt«, wich Charlie aus.

»Aber du kennst ihn vom Krieg, nicht wahr? Du hast ihn schon gekannt, bevor Daphne ihn mir vorgestellt hat«, sagte ihm Becky nun auf den Kopf zu. Charlie schwieg, so fügte sie hinzu: »Ich habe es an dem Abend gespürt, als wir hier miteinander gegessen haben.«

»Kennen wäre eine Übertreibung«, antwortete Charlie. »Wir waren im selben Regiment, aber bis zu dem Abend hatten wir noch nie am gleichen Tisch gegessen.«

»Aber ihr habt im gleichen Krieg gekämpft.«

Charlie ließ sich nicht aus der Reserve locken. »Mit viertausend anderen vom Regiment«, sagte er nur.

»Aber er war ein tapferer und geachteter Offizier.«

Ein Kellner kam ungebeten an ihren Tisch. »Was möchten Sie zum Fisch trinken, Sir?«

»Champagner«, sagte Charlie. »Schließlich haben wir etwas zu feiern.«

»Wirklich?« fragte Becky und kam gar nicht auf den Gedanken, daß er sich dieses Drehs nur bedient hatte, um das Thema zu wechseln.

»Die Jahresbilanz. Oder hast du etwa vergessen, daß wir Daphne bereits über die Hälfte des Darlehens zurückbezahlen konnten?«

Becky gelang ein Lächeln. Während sie sich nur Gedanken über Guys Versetzung nach Indien gemacht hatte, war Charlie damit beschäftigt gewesen, ihr anderes Problem zu lösen. Doch trotz seiner Erklärung kam keine freudige Stimmung auf. Sie konnte sich kaum ein Wort abringen, und die Bemerkungen Charlies, die die Stille zwischen ihnen hin und wieder brachen, erhielten nicht immer eine Entgegnung. Becky rührte den Champagner kaum an, stocherte in ihrem Fisch, lehnte eine Nachspeise ab und verhehlte kaum ihre Erleichterung, als Charlie die Rechnung verlangte.

Er bezahlte und gab dem Kellner ein großzügiges Trinkgeld. Daphne wäre stolz auf ihn, dachte Becky.

Als sie aufstand, merkte sie, wie der Raum sich um sie zu drehen begann.

»Fühlst du dich nicht gut?« fragte Charlie und legte rasch den Arm um ihre Schulter.

»Doch, doch«, versicherte ihm Becky. »Ich bin es nur nicht gewöhnt, an zwei Abenden hintereinander soviel Wein zu trinken.«

»Und du hast auch kaum etwas gegessen.« Charlie führte sie aus dem Restaurant in die kalte Nachtluft.

Arm in Arm gingen sie die Chelsea Terrace entlang, und man hätte sie leicht für ein Liebespaar halten können. An der Haustür von Nummer 97 blieb Charlie nichts anderes übrig, als tief in Beckys Handtasche zu kramen, um die Schlüssel zu finden. Irgendwie gelang es ihm, die Tür aufzuschließen und gleichzeitig Becky zu stützen. Doch da gaben ihre Beine plötzlich nach, und er mußte sie festhalten, damit sie nicht auf den Boden sackte. Er hob sie auf die Arme und trug sie die Treppe hinauf. Vor der Wohnungstür mußte er einem Schlangenmenschen Konkurrenz machen, um die Tür öffnen zu können, ohne Becky fallen zu lassen. Schließlich stolperte er ins Wohnzimmer und legte Becky auf das Sofa. Er richtete sich auf und sah sich um, weil er nicht recht wußte, ob er sie auf dem Sofa liegen lassen oder lieber in ihr Zimmer bringen sollte, dem er nicht wußte, wo es war.

Gerade als er gehen wollte, rutschte sie vom Sofa auf den Boden und murmelte etwas Unverständliches, aus dem er nur das Wort »verlobt« heraushören konnte.

Er ging zu Becky zurück, und diesmal hob er sie auf die Schulter und trug sie zu einer Tür, hinter der sich ein Schlafzimmer befand, wie er beim Öffnen feststellte. Behutsam legte er sie auf das Bett, dann schlich er auf Zehenspitzen zur Tür zurück. In diesem Moment drehte Becky sich unruhig um, und Charlie eilte zurück, um sie mehr in die Mitte des Bettes zu ziehen. Er zögerte kurz, dann beugte er sich über sie, hob sie an den Schultern hoch und öffnete mit der freien Hand die Knöpfe am Rükken ihres Kleides. Als auch der unterste offen war, legte er sie wieder auf das Bett, schob eine Hand unter ihre Beine und zog mit der anderen ihr Kleid Zentimeter um Zentimeter herunter, bis er sie davon befreit hatte. Er drehte sich nur einen Moment um, um das Kleid ordentlich über eine Stuhllehne zu hängen.

»Charlie Trumper«, murmelte er zu sich, als er sich wieder Becky zuwandte, »du bist blind, und zwar schon eine verdammt lange Zeit.«

Er zog die Decke zurück und bettete Becky zwischen die Laken, wie es die Krankenschwestern in den Zeltlazaretten mit Verwundeten gemacht hatten.

Er vergewisserte sich, daß sie gut eingewickelt war und in der Mitte lag, damit sie nicht noch einmal über die Bettkante rutschen würde, dann beugte er sich über sie und küßte sie auf den Mund.

»Du bist nicht nur blind, Charlie Trumper, du bist auch ein Dummkopf«, sagte er zu sich, als er die Haustür hinter sich schloß und langsamen Schrittes zur Nummer 147 zurückging.

»Ich hab's gleich«, sagte Charlie und legte ein paar Kartoffeln auf die Waage, während Becky geduldig in der hinteren Ecke wartete.

»Darf's sonst noch was sein, Madam?« fragte er die Kundin am Kopf der Schlange. »Ein paar Mandarinen, vielleicht? Oder Äpfel? Ich 'ab auch köstliche Pampelmusen aus Südafrika, die erst 'eut' auf den Markt gekommen sind.«

»Nein, danke, Mr. Trumper, für heute habe ich alles.«

»Dann macht es zwei Shilling und fünf Pence, Mrs. Symonds. Bob, könnten Sie die nächste Kundin bedienen? Ich muß was mit Miss Salmon besprechen.«

»Sergeant Trumper!«

»Sir!« entgegnete Charlie automatisch, als er die kräftige Stimme hörte. Er drehte sich um und sah plötzlich einen hochgewachsenen Mann in straffer Haltung vor sich, der eine Tweedjacke, eine Hose aus festem Tuch und einen braunen Filzhut trug.

»Ich vergesse nie ein Gesicht«, sagte der Mann, während Charlie sich seinerseits nicht hätte erinnern können, woher er ihn kannte, wenn nicht das Monokel gewesen wäre.

»Großer Gott!« entfuhr es ihm, und er stand sofort stramm.

»Nein, Colonel genügt.« Der andere lachte. »Und hören Sie um Himmels willen auf strammzustehen. Diese Zeit ist längst vorbei. Es ist lange her, seit wir uns das letzte Mal gesehen haben, Trumper.«

»Fast zwei Jahre, Sir.«

»Mir kommt es noch länger vor«, sagte der Colonel fast wehmütig. »Sie hatten wahrhaftig recht, was Prescott betraf, nicht wahr? Und Sie waren sein bester Freund.«

»Er war mein bester Freund!«

»Und er war ein beispielhafter Soldat. Hat seine Auszeichnung verdient.«

»Da kann ich Ihnen nur beipflichten, Sir.«

»Sie hätten sie auch verdient, Trumper, aber nach Prescott war unsere Quote erschöpft. Tut mir leid, daß Sie nur noch lobend erwähnt werden konnten.«

»Der Richtige 'at die Tapferkeitsmedaille bekommen.«

»Aber es war schrecklich, daß Prescott auf diese Weise sterben mußte. Der Gedanke macht mir immer noch zu schaffen, wissen Sie«, sagte der Colonel. »Nur wenige Meter vor unseren Gräben.«

»War doch nicht Ihre Schuld, Sir. Wenn, dann meine.«

»Wenn es jemandes Schuld war, jedenfalls gewiß nicht die Ihre«, entgegnete der Colonel mit fester Stimme. »Wahrscheinlich am besten, wir vergessen es«, fügte er ohne Erklärung hinzu.

»Und was macht das Regiment?« fragte Charlie. »Kommt es ohne mich zurecht?«

»Auch ohne mich, leider«, entgegnete der Colonel und packte ein paar Äpfel in die Einkaufstasche, die er mitgebracht hatte. »Es ist auf dem Weg nach Indien, und zuvor haben sie mich abgehalftert und geben mir jetzt das Gnadenbrot.«

»Tut mir leid, das zu 'ören, Sir. Das Regiment war Ihr ganzer Lebensinhalt, nicht wahr?«

»Stimmt. Aber um ehrlich zu sein, ich bin Infanterist, war es immer, und mit diesen neumodischen Panzern bin ich ohnehin nicht zurechtgekommen.«

»Wenn wir sie nur ein paar Jahre früher ge'abt 'ätten, Sir. Sie 'ätten so manches Leben retten können.«

»Die Dinger haben ihren Teil beigetragen.« Der Colonel nickte. »Aber ich möchte glauben, daß auch ich meinen Teil getan habe.« Er zog am Knoten seines gestreiften Binders. »Lassen Sie sich beim Regimentsabend sehen, Trumper?«

»Ich wußte nicht einmal, daß es so was gibt, Sir.«

»Zweimal im Jahr. Im Januar, ein reiner Herrenabend, und im Mai ein Ball mit den Memsahibs. Gibt den Kameraden die Gelegenheit, sich wieder mal zusammenzusetzen und sich über alte Zeiten zu unterhalten. Wäre nett, wenn Sie kommen könnten, Trumper. Wissen Sie, ich bin in diesem Jahr der Vorsitzende des Ballkomitees, und ich hoffe natürlich, daß sich recht viele alte Kameraden sehen lassen.«

»Dann dürfen Sie mit mir rechnen, Sir.«

»Freut mich. Ich kümmere mich darum, daß Sie Ihre Eintrittskarten umgehend kriegen. Zehn Shilling das Stück, alle Getränke inbegriffen. Sieht nicht so aus, als müßten Sie's sich vom Mund absparen«, fügte der Colonel hinzu und blickte sich in dem Laden um, in dem reger Betrieb herrschte.

»Kann ich Ihnen noch irgendwas einpacken, Sir?« fragte Charlie, der plötzlich bemerkte, daß sich eine lange Schlange hinter dem Colonel gebildet hatte.

»Nein, danke, Ihr sehr fähiger Gehilfe hat mich bereits gut bedient, und ich habe alles, was mir die Memsahib aufgeschrieben hat.« Er schwenkte einen Einkaufszettel, auf dem alles abgehakt war.

»Dann also auf Wiedersehen am Ballabend, Sir«, sagte Charlie. Der Oberst nickte und verließ den Laden.

Becky ging hinüber zu ihrem Geschäftspartner, da er ganz offensichtlich vergessen hatte, daß sie mit ihm reden wollte. »Du stehst ja immer noch stramm, Charlie«, zog sie ihn auf.

»Das war mein Kommandeur, Colonel Sir Danvers Hamilton«, sagte Charlie großspurig. »'at uns an die Front geführt, ein echter Gentleman, und er 'at sich an meinen Namen erinnert.«

»Charlie, wenn du dich nur selbst hören könntest! Er mag ja ein Gentleman sein, aber jetzt ist er arbeitslos, während du ein florierendes Geschäft führst. Ich wüßte, wer ich lieber wäre.«

»Aber er ist der Regimentskommandeur. Verstehst du das denn nicht?«

»Er war«, korrigierte Becky. »Und er hat auch gleich gesagt, daß das Regiment ohne ihn nach Indien gegangen ist.«

»Das ändert für mich nichts.«

»Glaub mir, Charlie Trumper, es kommt noch so weit, daß der Colonel dich ›Sir‹ nennen wird.«

163

Guy war schon fast eine Woche weg, und manchmal brachte Becky es fertig, eine ganze Stunde nicht an ihn zu denken.

Sie war die vergangene Nacht lange aufgeblieben und hatte versucht, einen Brief an ihn zu schreiben, doch als sie am Morgen zu den Vorlesungen ging, blieb sie nicht am Briefkasten stehen. Den Brief hatte sie immer noch nicht geschrieben.

Sie war enttäuscht gewesen, daß ihre Verlobung auch am Tag nach Guys Abreise nicht in der *Times* gestanden hatte. Ihre Enttäuschung wandelte sich in Bestürzung, als sie auch die ganze übrige Woche nichts darüber in der Zeitung fand. Als sie in ihrer Verzweiflung am Montag schließlich das Juweliergeschäft Garrard anrief, behauptete man dort, nichts von einem Ring zu wissen, der von einem Captain Trentham von den Royal Fusiliers bestellt worden sei. Becky beschloß, noch eine Woche zu warten, bevor sie an Guy schrieb. Sie war überzeugt, daß es eine ganz einfache Erklärung gab.

Guy spukte ihr immer noch im Kopf herum, als sie die Maklerfirma John D. Wood am Berkeley Square betrat. Sie drückte auf die Klingel am Schalter, der das Büro von den Kunden trennte. Als ein Angestellter sich nach ihren Wünschen erkundigte, fragte sie nach Mr. Palmer.

»Mr. Palmer? Er arbeitet bereits seit einem Jahr nicht mehr bei uns, Miss. Darf ich Ihnen behilflich sein?«

»Ja, könnten Sie mich vielleicht einem der Inhaber melden?«

»Darf ich fragen, in welcher Sache?«

»Ich möchte Näheres über die Objekte Chelsea Terrace 131 und 135 erfahren.«

»Gern. Dürfte ich bitte Ihren Namen wissen?«

»Miss Rebecca Salmon.«

»Ich bin sofort zurück«, versprach der junge Mann. Becky mußte jedoch mehrere Minuten warten, bis er mit einem viel älteren Herrn zurückkehrte, der ein langes schwarzes Jackett und eine Hornbrille trug. Aus seiner Westentasche hing eine Silberkette.

»Guten Morgen, Miss Salmon«, grüßte der Ältere. »Mein Name ist Crowther. Wenn Sie vielleicht die Liebenswürdigkeit hätten, in mein Büro zu kommen?« Er hob die Klappe der Tischschranke und ging ihr voraus. Becky folgte ihm.

»Gutes Wetter für diese Jahreszeit, finden Sie nicht, Madam?«

Becky blickte durchs Fenster und beobachtete die Regenschirme, die auf dem Bürgersteig vorbeigetragen wurden, und beschloß, nicht auf Mr. Crowthers Gesprächsthema einzugehen.

Als sie ein schäbiges kleines Zimmer an der Hinterfront des Gebäudes erreichten, sagte er mit unverkennbarem Stolz: »Das ist mein Büro. Bitte nehmen Sie doch Platz, Miss Salmon.« Er bot ihr einen Stuhl an, der unbequem niedrig aussah und dem Schreibtisch gegenüber an der Wand lehnte. Dann setzte er sich in seinen hochlehnigen Sessel. »Ich bin Mitinhaber der Firma«, erklärte er. »Aber ich muß gestehen, nur ein Juniorpartner.« Unwillkürlich mußte er über seine Formulierung lachen. »Entschuldigen Sie, wie kann ich Ihnen helfen?«

»Mein Geschäftspartner und ich möchten die Objekte Chelsea Terrace 131 und 135 erwerben«, antwortete Becky.

»Ah ja.« Mr. Crowther blickte in einen Aktenordner. »Und wird Miss Daphne Harcourt-Browne . . .«

»Miss Harcourt-Browne wird mit diesem Kauf nicht das geringste zu tun haben. Wenn Sie sich jedoch nicht in der Lage sehen, mit Mr. Trumper oder mir selbst ins Geschäft zu kommen, werde ich mich gern an die Verkäufer direkt wenden.« Becky hielt den Atem an.

»Oh, Sie haben mich mißverstanden, Madam. Ich bin überzeugt, daß wir keine Schwierigkeiten haben werden, unsere Geschäftsverbindung mit Ihnen fortzusetzen.«

»Danke.«

»Dann fangen wir doch mit Nummer 135 an.« Mr. Crowther schob seine Brille die Nase hoch und blätterte in der Akte, die vor ihm lag. »Ah ja, der gute Mr. Kendrick, ein hervorragender Metzger, wissen Sie. Bedauerlicherweise möchte er seinen Ruhestand vorziehen.«

Becky seufzte, und Mr. Crowther blickte sie über die Brille hinweg an.

165

»Sein Arzt hat ihm gesagt, daß er keine andere Wahl hat, wenn er noch länger als ein paar Monate leben will«, erklärte Becky.

»Stimmt.« Mr. Crowther wandte sich wieder der Akte zu. »Nun, er hat einen Verkaufspreis von einhundertfünfzig Pfund für das Haus angegeben und zusätzliche hundert Pfund für das Geschäft mit Kundenstamm.«

»Und um wieviel wird er verkaufen?«

»Ich fürchte, ich verstehe nicht, was Sie meinen?«

»Mr. Crowther, bevor wir auch noch eine weitere Minute unserer Zeit vergeuden, möchte ich Ihnen im Vertrauen mitteilen, daß wir beabsichtigen, jedes Objekt in der Chelsea Terrace zu kaufen, das im Lauf der Zeit zu haben ist, sofern der Preis stimmt. Unser langfristiges Ziel ist der Erwerb des gesamten Blocks, auch wenn das vielleicht noch in weiter Ferne liegt. Und ich habe nicht vor, jedesmal, wenn ich in den nächsten zwanzig Jahren mit Ihnen verhandle, erst alles aus Ihnen herauszukitzeln. Bis dahin werden Sie vermutlich ein Seniorteilhaber sein, und ich bin sicher, daß wir beide dann Besseres zu tun haben. Habe ich mich klar ausgedrückt?«

»Durchaus.« Mr. Crowther blickte auf die Notiz, die von Palmer an die Verkaufsunterlagen von Objekt Chelsea Terrace 147 geheftet worden war. Der Junge hatte in seiner unverblümten Einschätzung der Kundin wahrhaftig nicht übertrieben. Mr. Crowther schob die Brille wieder den Nasenrücken hoch.

»Ich könnte mir vorstellen, daß Mr. Kendrick sich mit hundertfünfundzwanzig Pfund zufriedengäbe, wenn Sie sich mit einer zusätzlichen Leibrente von jährlich fünfundzwanzig Pfund einverstanden erklärten.«

»Aber er kann noch eine Ewigkeit leben!«

»Vielleicht gestatten Sie mir, Madam, Sie darauf aufmerksam zu machen, daß Sie, nicht ich, Mr. Kendricks Gesundheitszustand erwähnten.« Der Juniorteilhaber lehnte sich jetzt zum erstenmal in seinem Sessel zurück.

»Ich möchte Mr. Kendrick nicht um seine Leibrente bringen«, sagte Becky. »Bitte bieten Sie ihm hundert Pfund für das gesamte Objekt, Haus und Geschäft, und zwanzig Pfund Leibrente, befristet auf acht Jahre. Über letzteres lasse ich, wenn nötig, mit mir reden, über ersteres nicht. Ist das klar, Mr. Crowther.«

»Durchaus, Madam.«

»Und wenn ich Mr. Kendrick schon eine Rente bezahlen soll, erwarte ich von ihm, daß er uns, soweit es sein ehemaliges Geschäft betrifft, für einen Rat zur Verfügung steht, wann immer wir ihn benötigen sollten.«

»Ich notiere es.« Mr. Crowther schrieb rasch ihre Bedingung auf.

»Und was können Sie mir über 131 sagen?«

»Das ist ein etwas verzwicktes Problem.« Mr. Crowther schlug einen anderen Ordner auf. »Ich weiß nicht, ob und inwieweit Sie mit den Umständen vertraut sind, Madam, aber ...«

Becky beschloß, ihm in diesem Fall nicht zu helfen, und lächelte nur freundlich.

»Hm, nun ja«, fuhr der Juniorteilhaber fort. »Mr. Rutherford ist nach New York gereist, um mit einem Freund ein Antiquitätengeschäft in einem Stadtteil zu eröffnen, der ›The Village‹ genannt wird.« Er zögerte, bevor er fortfuhr: »Und ihre Partnerschaft ist, wie soll ich's sagen, von etwas ungewöhnlicher Art ...«

Da Mr. Crowther ihr nun ein bißchen leid tat, half Becky ihm aus der Verlegenheit. »Mr. Rutherford würde also lieber den Rest seiner Tage in einer Wohnung in New York verbringen als in einer Zelle in Brixton.«

»Durchaus«, bestätigte Mr. Crowther. Auf seiner Stirn glitzerten Schweißperlen. »In diesem besonderen Fall möchte der Besitzer ohne das Inventar verkaufen, da er erwartet, in Manhattan einen guten Preis für die Ware zu erhalten. Es steht demnach nur das leere Haus zum Verkauf.«

»Ich darf wohl annehmen, daß er nicht an einer Leibrente interessiert ist?«

»Ja, ich glaube, das dürfen Sie.«

»Und wenn man den Druck bedenkt, unter dem er steht, können wir gewiß auch erwarten, daß das Objekt etwas billiger ist.«

167

»Das sieht nicht so aus«, entgegnete Mr. Crowther, »da das Geschäft bedeutend größer ist als die meisten anderen in der Chelsea ...«

»Einhundertundzweiunddreißig Quadratmeter, um genau zu sein«, unterbrach Becky, »zum Vergleich mit den dreiundneunzig Quadratmetern von Nummer 147, für das wir ...«

»Ein niedriger Preis zu der Zeit, wenn ich so sagen darf, Miss Salmon.«

»Vielleicht, aber in diesem Fall ...«

»Durchaus.« Noch mehr Schweißperlen glitzerten auf Mr. Crowthers Stirn.

»Also, da wir nun wissen, daß er keine Leibrente haben will, wieviel will er für das Haus?«

»Sein geforderter Preis«, Mr. Crowthers Blick wanderte zu der Akte zurück, »ist zweihundert Pfund. Aber ich glaube«, fügte er hinzu, bevor Becky ihn unterbrechen konnte, »wenn Sie bereit sind, umgehend zu kaufen, würde er vielleicht auf einhundertundfünfundsiebzig heruntergehen.« Crowther zog die Brauen hoch. »Wie ich es verstanden habe, möchte er so schnell wie möglich zu seinem Freund.«

»Wenn er es so eilig hat, wird er den Preis bei einem umgehenden Kauf bestimmt auf hundertfünfzig senken und, falls es doch ein paar Tage länger dauern sollte, mit hundertsechzig zufrieden sein.«

»Durchaus«, sagte Mr. Crowther automatisch. Er brachte ein Taschentuch zum Vorschein und wischte sich den Schweiß von der Stirn. Ein Blick durchs Fenster zeigte Becky, daß es immer noch regnete. »Kann ich sonst noch etwas für Sie tun, Madam?« erkundigte sich der Juniorteilhaber und steckte sein Taschentuch wieder ein.

»Ja«, antwortete Becky. »Ich möchte, daß Sie die Augen offenhalten, was die Objekte in der Chelsea Terrace betrifft, und daß Sie sich, sobald Sie von irgendwelchen zum Verkauf stehenden Geschäften hören, umgehend entweder mit Mr. Trumper oder mir in Verbindung setzen.«

»Vielleicht würde es Ihnen helfen, wenn ich eine Schätzung

jedes einzelnen Objekts des gesamten Blocks vornähme und eine detaillierte Aufstellung für Sie und Mr. Trumper anfertige?«

»Das wäre sehr nützlich.« Becky konnte ihre Überraschung über diese plötzliche Initiative nicht verbergen.

Sie stand auf und beendete damit die Besprechung.

Während Mr. Crowther sie zum Schalter im Vorzimmer zurückbegleitete, sagte er: »Die Obst- und Gemüsehandlung erfreut sich großer Beliebtheit in Chelsea.«

Damit überraschte er Becky nun schon ein zweites Mal. »Woher wissen Sie das?« fragte sie.

»Meine Gattin«, erklärte Mr. Crowther, »kauft das Obst und Gemüse für uns nur dort ein, obwohl wir in Fulham wohnen.«

»Eine kluge Frau, Ihre Gattin.«

»Durchaus«, sagte Mr. Crowther auch jetzt.


Becky nahm an, daß die Banken mit der gleichen Begeisterung reagieren würden wie der Makler, doch nachdem sie elf Institute aufgesucht hatte, die in Frage kamen, mußte sie rasch feststellen, daß es einen beachtlichen Unterschied machte, ob man sich als interessierter Käufer vorstellte oder als möglicher Kreditnehmer. Jedesmal wenn sie ihre Vorhaben dargelegt hatte – in den meisten Fällen Angestellten, die gar nicht eigenmächtig Entscheidungen treffen konnten –, erhielt sie lediglich ein ablehnendes Kopfschütteln als Antwort, und das sogar in der Bank, die bereits das Trumpersche Konto verwaltete. Sie erzählte Daphne an diesem Abend verärgert, daß ein kleiner Angestellter der Penny Bank sich sogar die Unverschämtheit erlaubt hatte, ihr zu versichern, wenn sie einmal verheiratet wäre, würde die Bank gewiß gern in Geschäftsverbindung mit ihrem Gatten treten.

»Du bist wohl zum erstenmal mit der Welt der Männer konfrontiert worden?« fragte Daphne und ließ ihre Zeitschrift sinken. »Weißt du denn nichts von ihren Cliquen, ihren Clubs? Der Platz der Frau ist in der Küche, und wenn sie einigermaßen attraktiv ist, manchmal auch im Bett.«

Becky nickte düster.

»Das ist eine Einstellung, die mich eigentlich nie weiter gestört hat, wie ich zugeben muß«, gestand Daphne und plagte sich in modisch spitze Schuhe. »Aber ich war ja im Gegensatz zu dir auch nie übermäßig ehrgeizig, meine Liebe. Vielleicht ist es an der Zeit, daß ich dir wieder einmal einen Rettungsring zuwerfe.«

»Einen Rettungsring?«

»Ja. Was du zur Lösung deines Problems brauchst, ist eine alte Schulkrawatte.«

»Würde sie an mir nicht etwas albern aussehen?«

»Wahrscheinlich würde sie dir sogar sehr gut stehen, aber darum geht es nicht. Das Dilemma ist offenbar dein Geschlecht, und von Charlies Cockney-Akzent wollen wir gar nicht erst reden, obwohl ich den lieben Jungen davon schon fast befreit habe. Etwas ist jedenfalls sicher, es gibt noch keine Möglichkeit, jemandes Geschlecht zu ändern.«

»Worauf willst du hinaus?« fragte Becky ahnungslos.

»Du bist so ungeduldig, Liebes; genau wie Charlie. Du mußt uns gewöhnlichen Sterblichen schon ein bißchen mehr Zeit gönnen, unsere Gedanken in Worte zu fassen.«

Becky setzte sich in die Sofaecke und legte die Hände in den Schoß.

»Erst mußt du dir bewußt werden, daß alle Bankiers schreckliche Snobs sind«, fuhr Daphne fort. »Wenn nicht, wären sie da draußen wie du und würden ihre eigenen Geschäfte führen. Damit sie dir aus der Hand fressen, brauchst du einen respektablen Strohmann.«

»Strohmann?«

»Ja. Jemanden, der dich zur Bank begleitet, wann immer es erforderlich ist.« Daphne stand auf und musterte sich im Spiegel, dann fuhr sie fort. »Dieser Jemand braucht nicht unbedingt deinen gesegneten Verstand, solange er keine Frau ist und nicht Charlies Dialekt hat. Was er jedoch unbedingt braucht, ist die Krawatte einer vornehmen Schule und möglicherweise einen Adelstitel. Bankiers haben gern adlige Kunden. Wichtig ist aber vor allem, daß du dir jemanden suchst, der Geld gut brauchen kann. Für geleistete Dienste, verstehst du?«

170

»Solche Leute gibt es?« fragte Becky ungläubig.

»Und ob! Tatsächlich gibt es mehr von ihrer Sorte als von der, die regelmäßig arbeitet.« Daphne lächelte sie zuversichtlich an. »Warte ein oder zwei Wochen, dann habe ich drei zur Auswahl für dich.«

»Du bist einmalig!«

»Dafür erwarte ich allerdings einen kleinen Gefallen von dir.«

»Ich tue alles für dich.«

»Versprich das nie jemandem wie mir, Liebes. In diesem Fall ist es allerdings nichts, was dir schwerfallen dürfte. Wenn Charlie dich bittet, ihn zu seinem Regimentsdinner und Ball zu begleiten, dann sag ja.«

»Warum?«

»Weil Reggie Arbuthnot so dumm gewesen war, mich dazu einzuladen, und ich kann nicht nein sagen, wenn ich im November zur Pirsch auf seinem Landsitz in Schottland eingeladen werden möchte.« Becky lachte, als Daphne hinzufügte: »Ich habe ja nichts dagegen, mit Reggie auf den Ball zu gehen, aber viel, ihn mit ihm zu verlassen. Also, wenn wir uns einig sind, besorge ich dir den nötigen Baron, und du brauchst bloß ja zu sagen, wenn Charlie dich einlädt.«

Charlie war nicht überrascht, als Becky sich ohne Zögern einverstanden erklärte, mit ihm den Ball zu besuchen. Immerhin hatte Daphne ihm bereits die Einzelheiten der Transaktion erklärt. Aber es gefiel ihm überhaupt nicht, daß die anderen Sergeanten, mit denen sie am Tisch saßen, Becky den ganzen Abend mit den Blicken fast verschlangen.

Das Dinner fand in einem riesigen Turnsaal statt, was dazu führte, daß Charlies Kameraden eine Geschichte nach der anderen von ihrer Grundausbildung in Edinburgh zum besten gaben. Doch damit endete der Vergleich, denn das Essen war viel besser, als Charlie es je in Schottland bekommen hatte.

»Wo ist Daphne?« fragte Becky, als ein großes Stück Apfelkuchen mit viel Sahne vor sie gestellt wurde.

»Am oberen Tisch mit den 'öheren Offizieren.« Charlie deutete mit dem Daumen über die Schulter. »Kann sich's wohl nicht leisten, mit unseresgleichen gesehen zu werden, hm?«

Nach dem Dinner folgte eine Reihe von Trinksprüchen; alle möglichen Leute ließ man hochleben, wie Becky schien, nur den König nicht. Charlie erklärte ihr, daß König William IV. das Regiment 1835 vom Pflichttrunk auf den König entbunden hatte, da die Treue der Füsiliere gegenüber der Krone außer Zweifel stand. Die Gläser wurden auf die Truppen gehoben, auf jedes Bataillon einzeln und schließlich auf das ganze Regiment und seinen früheren Kommandeur, und jeder Trinkspruch endete mit tosendem Beifall. Becky beobachtete die Reaktionen der Männer an ihrem Tisch, und ihr wurde zum erstenmal bewußt, wie viele von ihnen sich glücklich schätzen konnten, daß sie mit dem Leben davongekommen waren.

Der ehemalige Regimentskommandeur, Sir Danvers Hamilton, Baronet, Träger des Kriegsverdienstordens und Komtur des Ordens vom Britischen Empire, angetan mit seinem unvermeidlichen Monokel, hielt eine ergreifende Rede über alle Kameraden, die aus verschiedenen Gründen an diesem Abend nicht teilnehmen konnten. Becky entging nicht, daß Charlie bei der Erwähnung seines Freundes Tommy Prescott erstarrte. Schließlich erhoben sich alle und tranken auf abwesende Freunde. Becky stellte überrascht fest, daß sie gerührt war.

Sobald der Colonel wieder Platz genommen hatte, wurden die Tische an eine Seite gerückt, damit getanzt werden konnte. Und als die Regimentskapelle den ersten Akkord anschlug, kam Daphne vom anderen Ende der Halle herbei.

»Komm, Charlie. Ich hatte keine Lust zu warten, bis du dich am oberen Tisch sehen läßt.«

»Es ist mir eine Ehre, Madam.« Charlie stand auf. »Aber was ist mit Reggie Wie-'eißt-er-doch-gleich?«

»Arbuthnot. Er klebt an einer Debütantin aus Chelmsford. Und sie ist schrecklich, das darfst du mir glauben.«

»Was ist denn so schrecklich an ihr?« fragte Charlie.

»Ich hätte nie gedacht, daß ich den Tag erleben muß«, antwortete Daphne, »an dem Seine Majestät zuläßt, daß jemand aus Essex am Hof vorgestellt wird! Aber schlimmer noch ist ihr Alter!«

»Warum? Wie alt ist sie denn?« fragte Charlie, während er Daphne beim Walzer drehte.

»Ich bin mir nicht ganz sicher, aber sie hatte den Nerv, mir ihren verwitweten Vater vorzustellen.«

Charlie lachte laut auf.

»Du sollst es nicht komisch finden, Charles Trumper, sondern Mitgefühl zeigen! Du hast wirklich noch eine Menge zu lernen!«

Becky beobachtete Charlie, der Daphne gewandt im Dreivierteltakt führte. »Diese Daphne is' in Ordnung«, sagte der Mann neben ihr, der sich ihr als Sergeant Mike Parker vorgestellt hatte und, wie sie noch erfuhr, ein Metzger aus Camberwell war, der mit Charlie an der Marne gekämpft hatte. Sie akzeptierte seine Bemerkung kommentarlos, und als er sich kurz danach vor ihr verbeugte und um die Ehre des nächsten Tanzes bat, wollte sie ihm keinen Korb geben. Er schwang sie auf der Tanzfläche herum, als wäre sie eine Hammelkeule auf dem Weg in die Kühlkammer. Das einzige, was ihm wirklich gelang, war, ihr im Rhythmus der Musik in regelmäßigen Abständen auf die Zehen zu trampeln. Becky war froh, als er sie an den bierüberschwemmten Tisch zurückbrachte. Stumm beobachtete sie, wie alle anderen sich amüsierten, und sie hoffte, daß nicht noch einmal jemand sie um die Ehre eines Tanzes bitten würde. Ihre Gedanken waren bei Guy und dem Termin, den sie nicht länger aufschieben durfte, wenn nicht in den nächsten zwei Wochen ...

Glücklicherweise waren Charlies Freunde mehr an endlosen Runden Bier interessiert als am Tanzen, so hatte Becky ihre Ruhe, bis ein hochgewachsener Mann sich vor ihr verbeugte und fragte: »Darf ich um die Ehre dieses Tanzes bitten, Miss?«

Alle rund um den Tisch sprangen auf und nahmen Haltung an, bis der ehemalige Regimentskommandeur Becky auf die Tanzfläche geführt hatte.

Sie stellte fest, daß Colonel Hamilton ein ausgezeichneter Tänzer war und amüsant zu plaudern verstand, ohne daß er irgendwie gönnerhaft gewirkt hätte wie alle diese Bankiers, mit

173

denen sie kürzlich verhandelt hatte. Als der Tanz endete, lud er Becky an den oberen Tisch ein, um sie mit seiner Gemahlin bekannt zu machen.

»Ich muß dich warnen«, sagte Daphne zu Charlie und blickte über die Schulter zu Colonel und Lady Hamilton, »du wirst dich auf die Hinterbeine stellen müssen, wenn du mit der ehrgeizigen Miss Salmon Schritt halten willst. Doch solange du dich an mich hältst und auf mich hörst, werden wir es ihr schon zeigen.«

Nach zwei weiteren Tänzen fand Daphne, daß sie mehr als ihre Schuldigkeit getan hatten und sich zurückziehen könnten. Becky kam nur zu gern mit, um der Aufmerksamkeit der jungen Offiziere zu entgehen, die den Colonel mit ihr hatten tanzen sehen.

»Ich habe eine gute Neuigkeit für euch«, wandte Daphne sich an Becky und Charlie, während sie in einem Hansom die King's Road in Richtung Chelsea Terrace fuhren.

Charlie hielt seine halbvolle Sektflasche in der Hand. »Und das wäre, mein Mädchen?« fragte er aufstoßend.

»Ich bin nicht dein Mädchen«, rügte ihn Daphne. »Ich mag zwar bereit sein, in die unteren Klassen zu investieren, Charlie Trumper, aber vergiß nie, welche Kinderstube ich hatte.«

»Also, was ist deine Neuigkeit?« fragte nun auch Becky.

»Du hast deinen Teil der Abmachung erfüllt, also muß ich auch meinen erfüllen.«

»Wovon redest du?« fragte Charlie, der schon halb schlief.

»Ich habe jetzt drei Kandidaten zur Auswahl, die für euch den Strohmann machen und auf diese Weise, wie ich hoffe, euer Kreditproblem lösen können.«

Charlie war sofort wieder nüchtern.

»Der erste, der in Frage käme, ist der zweite Sohn eines Herzogs«, begann Daphne. »Er ist mittellos, aber präsentabel. Der zweite ist ein Baronet, der die Sache für ein Honorar übernehmen würde. Aber mein Prunkstück ist ein Viscount, den sein Glück an den Spieltischen verlassen hat und der sich jetzt gezwungen sieht, sich zu ein wenig gewöhnlicher, kommerzieller Arbeit herabzulassen.«

So schwer Charlies Zunge auch war, bemühte er sich doch um eine deutliche Aussprache: »Wann lernen wir die drei kennen?«

»Sobald ihr wollt«, versicherte ihm Daphne. »Morgen ...«

»Das wird nicht notwendig sein«, sagte Becky ruhig.

»Wieso?« fragte Daphne überrascht.

»Weil ich bereits den Richtigen für uns gefunden habe.«

»Und der wäre, Darling? Der Prince of Wales?«

»Nein. Colonel Sir Danvers Hamilton, Baronet, Träger des Kriegsverdienstordens und Komtur des Britischen Empire.«

»Aber er war der Regimentskommandeur!« rief Charlie. Die Sektflasche entglitt ihm und rollte über den Boden des Hansoms. »Unmöglich! Das würd' er nie tun!«

»Ich versichere dir, er wird.«

»Wieso bist du davon so überzeugt?« fragte Daphne.

»Weil wir bereits morgen um elf einen Termin bei ihm haben.«

## 11

Daphne winkte mit dem Sonnenschirm eine Droschke herbei. Der Kutscher hielt an und zog den Hut. »Wohin, Miss?«

»Harley Street 172«, antwortete Daphne, dann stiegen die beiden Damen ein. Der Mann zog wieder den Hut und lenkte den Gaul mit einem behutsamen Peitschenschlag in die Richtung Knightsbridge.

»Hast du es Charlie schon gesagt?« fragte Becky.

»Nein, bisher habe ich mich noch davor gedrückt«, gestand Daphne.

Sie schwiegen, während der Kutscher die Richtung wechselte und das Pferd zur Marble Arch lenkte.

»Vielleicht wird es gar nicht nötig sein, ihm etwas zu sagen.«

»Hoffen wir es«, meinte Becky.

Wieder setzte längeres Schweigen ein, bis das Pferd in die Oxford Street trottete.

»Ist dein Arzt ein verständnisvoller Mann?«

»Zumindest war er es bisher immer.«

»Ich habe solche Angst.«

»Es wird schnell vorbei sein, dann haben wir wenigstens Gewißheit.«

Die Droschke hielt vor dem Haus Nummer 172 in der Harley Street, und die beiden Damen stiegen aus. Während Daphne dem Kutscher sechs Pence bezahlte, tätschelte Becky den Hals des Pferdes. Als sie den Messingklopfer hörte, drehte sie sich um und stieg die drei Stufen zu ihrer Freundin hinauf.

Eine Schwester in gestärkter blauer Tracht mit weißem Kragen und weißem Häubchen öffnete und bat die beiden Damen, mit ihr zu kommen. Sie führte sie durch einen dämmerigen Korridor, in dem nur ein Gaslicht brannte, in ein leeres Wartezimmer, wo auf einem Tisch in Zimmermitte viele Nummern von

*Punch* und *Tatler* in ordentlichen Stapeln lagen. Rings um den Tisch standen bequeme Sessel in verschiedener Ausführung. Die Damen setzten sich, doch keine sagte etwas, bevor die Schwester das Zimmer verlassen hatte.

»Ich …«, begann Daphne.

»Wenn …«, sagte Becky zur gleichen Zeit.

Beide lachten, aber es klang gezwungen in dem hohen, hallenden Raum.

»Du zuerst«, forderte Becky Daphne auf.

»Ich wollte nur wissen, wie der Colonel sich macht.«

»Also seiner Einweisung hat er sich wie ein Mann gestellt. Wir machen morgen unseren ersten offiziellen Besuch, bei Child & Co. in der Fleet Street. Ich habe ihm gesagt, er soll das Ganze als Generalprobe ansehen, da ich erst nächste Woche zu der Bank will, bei der wir, wie ich glaube, eine echte Chance haben werden.«

»Und Charlie?«

»Es ist ein bißchen zuviel für ihn. Für ihn ist der Colonel immer noch sein Kommandeur.«

»Dir ginge es bestimmt nicht anders, wenn Charlie vorgeschlagen hätte, daß dein Lehrer in Buchführung wöchentlich eure Kasse prüfen sollte.«

»Ich gehe diesem Herrn momentan aus dem Weg«, gestand Becky. »Ich mache nur gerade so viel, daß ich mir keine Rüge hole. Wo ich zuvor Lob eingeheimst habe, komme ich nur eben noch durch. Wenn ich mein Diplom nicht schaffe, bin ich selbst schuld.«

»Dann reiß dich am Riemen! Vergiß nicht, du wirst eine der wenigen weiblichen Bakkalaurei sein.«

Plötzlich stand die Schwester wieder an der Tür. »Der Herr Doktor läßt bitten.«

»Darf ich auch mitkommen?« fragte Daphne.

»Ich bin sicher, daß er nichts dagegen hat.«

Beide Frauen standen auf und folgten der Schwester den Korridor entlang zu einer weißen Tür mit Messingschild, auf dem FERGUS GOULD, M.D. stand. Auf ein sanftes Klopfen der

Schwester ertönte ein Herein, und Daphne betrat mit Becky das Sprechzimmer.

»Guten Morgen, Miss Harcourt-Browne, Mrs. Salmon«, begrüßte der Arzt sie gut gelaunt mit schottischem Akzent und gab beiden die Hand. »Bitte setzen Sie sich doch. Die Tests sind ausgewertet, und ich habe eine sehr erfreuliche Neuigkeit für Sie.« Er kehrte zu seinem Stuhl hinter dem Schreibtisch zurück und griff nach einer Karte vor sich auf dem Tisch. Die beiden Damen lächelten, und die größere der beiden entspannte sich zum erstenmal seit Tagen.

»Ja, ich freue mich, Ihnen sagen zu dürfen, daß Ihre körperliche Verfassung ausgezeichnet ist, doch da es Ihr erstes Kind ist« – er sah, wie beide Frauen erbleichten und ihn fast flehentlich anstarrten –, »Ihr erstes Kind ist«, wiederholte er, »müssen Sie sich in den nächsten Monaten einer vernünftigen Lebensweise befleißigen. Und wenn Sie sich danach richten, sehe ich keinen Grund, weshalb es zu Komplikationen kommen sollte. Darf ich der erste sein, der Ihnen gratuliert?«

»O Gott, nein«, entgegnete sie, und ihre Beine gaben fast unter ihr nach. »Ich dachte, Sie sagten, Sie hätten eine erfreuliche Neuigkeit.«

»Ja«, antwortete Dr. Gould, »denn ich nahm natürlich an, daß Sie sich freuen würden.«

Ihre Freundin warf ein: »Wissen Sie, Herr Doktor, es gibt da ein Problem. Sie ist nicht verheiratet.«

»Oh, ich verstehe.« Der Arzt klang nun ehrlich besorgt. »Es tut mir leid, das wußte ich nicht. Vielleicht, wenn Sie es mir gleich bei der Untersuchung gesagt hätten ...«

»Es ist allein meine Schuld, Dr. Gould. Ich hatte eben gehofft ...«

»Nein, ich muß mich entschuldigen. Das war sehr taktlos von mir.« Dr. Gould hielt nachdenklich inne. »Es ist zwar in unserem Land immer noch gegen das Gesetz, doch in Schweden gibt es ausgezeichnete Ärzte, die ...«

»Danke, aber das kommt für mich nicht in Frage«, unterbrach ihn die Schwangere. »Sie müssen wissen, das würde gegen

178

alles verstoßen, was meine Eltern früher als ›anständig‹ bezeichnet hätten.«

»Guten Morgen, Hadlow«, sagte der Colonel, als er in die Bank marschierte und dem Bankier seinen Mantel, Hut und Spazierstock reichte.

»Guten Morgen, Sir Danvers«, antwortete der Bankier und reichte Hut, Mantel und Spazierstock an einen Angestellten weiter. »Darf ich Ihnen versichern, wie geehrt wir uns fühlen, daß Sie unser bescheidenes Haus Ihrer Beachtung würdig finden.«

Becky dachte, daß das nicht gerade die Aufnahme war, die sie vor nur wenigen Wochen bei dem Besuch einer Bank von ähnlichem Ansehen gefunden hatte.

»Würden Sie so freundlich sein, in mein Büro zu kommen?« fuhr der Bankier fort und streckte die Arme aus, als regulierte er den Verkehr.

»Gewiß, doch darf ich Sie zuerst mit Mr. Trumper und Miss Salmon bekannt machen, die meine Geschäftspartner in diesem Unternehmen sind.«

»Sehr erfreut«, sagte der Bankier und schob die Brille erst die Nase wieder hoch, bevor er Charlie und Becky die Hand gab.

Becky bemerkte, daß Charlie ungewöhnlich still war und immer wieder an seinem Kragen zog, der aussah, als wäre er einen Zentimeter oder mehr zu eng, um bequem zu sein. Doch nachdem sie in Begleitung von Daphne in der vergangenen Woche fast einen ganzen Vormittag in der Savile Row damit zugebracht hatten, daß Charlie von Kopf bis Fuß Maß für einen neuen Anzug genommen wurde, hatte er sich geweigert, selbst nur einen Augenblick länger zu bleiben, um sich auch noch ein Hemd anmessen zu lassen. Daphne war deshalb nichts anderes übriggeblieben, als seine Kragenweite zu schätzen.

»Darf ich Ihnen Kaffee bringen lassen?« erbot sich der Bankier, als sie alle in seinem Büro saßen.

»Nein, danke«, sagte der Colonel. Becky hätte gern Kaffee gehabt, aber ihr war klar, daß der Bankier annahm, Sir Danvers hätte für sie alle drei gesprochen. Sie biß sich auf die Lippe.

»Nun, wie kann ich Ihnen von Diensten sein, Sir Danvers?«
Der Bankier ruckte nervös am Knoten seiner Krawatte herum.

»Meine Geschäftspartner und ich sind die Eigentümer eines
Geschäfts in der Chelsea Terrace Nummer 147. Es ist zwar zur
Zeit noch ein kleines, aber gut florierendes Unternehmen.« Am
zuvorkommenden Lächeln des Bankiers änderte sich nichts.
»Wir kauften das Haus vor achtzehn Monaten für einhundert
Pfund, und diese Investition hat in diesem Jahr einen Gewinn
von über dreiundvierzig Pfund eingebracht.«

»Sehr zufriedenstellend«, sagte der Bankier. »Natürlich habe
ich Ihren Brief gelesen und die Bilanz, die Sie mir freundlicherweise per Boten zuschickten.«

Charlie hatte gute Lust, ihm zu sagen, wer der Bote gewesen
war.

»Wir finden nun, daß eine Expansion angebracht wäre«, fuhr
der Colonel fort. »Dazu brauchen wir eine Bank mit ein bißchen
mehr Initiative als unsere bisherige, und unsere neue Bank soll
auch zukunftsorientiert sein, denn ich habe manchmal das Gefühl, daß unsere gegenwärtige sich noch im neunzehnten Jahrhundert zu befinden glaubt. Um ehrlich zu sein, sie ist nicht viel
mehr als ein Gelddepot. Wir sind jedoch auf der Suche nach
einer Bank, die uns mit Rat und Tat zur Seite steht.«

»Ich verstehe.«

»Ich überlege schon die ganze Zeit ...«, murmelte der Colonel und klemmte das Monokol ins linke Auge.

»Was überlegen Sie?« Mr. Hadlow blickte ihn besorgt an.

»Ihre Krawatte.«

»Meine Krawatte?« Wieder betastete der Bankier nervös den
Knoten seines Binders.

»Ja, Ihre Krawatte. Sagen Sie nichts – die Buffs?«

»Stimmt, Sir Danvers, das East Kent Regiment.«

»Waren Sie im Einsatz, Hadlow?«

»Nun, nicht direkt, Sir Danvers. Meine Augen, wissen Sie.«
Mr. Hadlow fummelte an seiner Brille.

»Tut mir leid, alter Junge.« Des Colonels Monokel rutschte
nach unten. »Nun, zurück zum Thema. Wie gesagt, meine Kolle-

180

gen und ich wollen expandieren, aber ich halte es für fair, Ihnen nicht zu verschweigen, daß wir am kommenden Donnerstag auch einen Termin mit einem anderen Bankhaus haben.«

»Kommenden Donnerstag«, echote der Bankier, nachdem er seinen Federhalter wieder im Tintenfaß auf dem Schreibtisch eingetaucht hatte, und fügte diese Information seinen Notizen hinzu.

»Ich erwähne das nur, um Sie darauf aufmerksam zu machen, daß wir es vorgezogen haben, zuerst zu Ihnen zu kommen.«

»Ich fühle mich geschmeichelt«, versicherte ihm Hadlow. »Und welche Konditionen, hoffen Sie, könnte unsere Bank Ihnen im Gegensatz zu Ihrer bisherigen bieten?«

Der Colonel hielt einen Moment inne, und Becky blickte ihn bestürzt an, denn sie konnte sich nicht erinnern, ob sie Konditionen überhaupt mit ihm durchgegangen war. Sie hatten beide nicht damit gerechnet, daß sie bereits bei diesem ersten Bankbesuch soweit kommen würden.

Der Oberst räusperte sich. »Wenn wir eine Geschäftsverbindung mit Ihnen eingehen, erwarten wir natürlich aufgrund der langfristigen Auswirkungen flexible Bedingungen, wie sie im freien Wettbewerb üblich sind.«

Diese Antwort schien Hadlow zu beeindrucken. Er blickte auf die Zahlen in seinen Unterlagen und sagte: »Ich sehe, daß Sie an ein Darlehen von zweihundertundfünfzig Pfund für den Kauf der Objekte Chelsea Terrace 131 und 135 denken, was bei dem gegenwärtigen Stand Ihres Kontos eines Kreditrahmens« – er hielt inne und rechnete es offenbar aus – »von wenigstens einhundertundsiebzig Pfund bedürfte.«

»Richtig, Hadlow. Ich sehe, daß Sie die Dinge richtig einschätzen.«

Der Bankier lächelte. »Unter den gegebenen Umständen, Sir Danvers, glaube ich, daß wir Ihnen und Ihren Partnern ein solches Darlehen gewähren können, und zwar würde sich die Bank mit einem Jahreszins von vier Prozent begnügen.«

Wieder zögerte der Colonel, bis er sah, daß Becky unmerklich nickte.

»Der Zinssatz bei unserer gegenwärtigen Bank liegt bei nur dreieinhalb Prozent«, gab der Colonel zu bedenken. »Wie Sie sicher wissen.«

»Aber sie geht kein Risiko ein«, entgegnete Mr. Hadlow, »und gewährt Ihnen obendrein keinen größeren Kreditrahmen. Aber ich meine, in diesem besonderen Fall könnten wir ebenfalls auf dreieinhalb Prozent heruntergehen. Was sagen Sie dazu?«

Der Colonel drehte sich rasch zu Becky um. Sie lächelte strahlend.

»Ich denke, ich spreche auch für meine Partner, wenn ich sage, daß Ihr Angebot durchaus annehmbar ist, Hadlow, o ja, durchaus.«

Becky und Charlie nickten bestätigend.

»Dann werde ich dafür sorgen, daß der nötige Papierkram erledigt wird. Das wird natürlich ein paar Tage dauern.«

»Natürlich«, echote der Colonel. »Und wir rechnen mit einer langen und für beide Teile gewinnbringenden Zusammenarbeit mit Ihrer Bank.«

Dem Bankier gelang es irgendwie, in einer fließenden Bewegung aufzustehen und sich gleichzeitig zu verbeugen; etwas, das sogar Sir Henry Irving schwergefallen wäre, dachte Becky, ein so guter Schauspieler er auch war.

Dann geleitete Mr. Hadlow seine neuen Kunden zurück zur Halle.

»Ist der alte Chubby Duckworth noch bei diesem Verein?« erkundigte sich der Colonel.

»Lord Duckworth ist sogar unser Vorsitzender«, antwortete Mr. Hadlow mit fast ehrfürchtiger Miene.

»Guter Mann – hab' mit ihm in Südafrika gedient. Royal Rifles. Ihr Einverständnis vorausgesetzt, Hadlow, werde ich unser Treffen erwähnen, wenn ich ihn wieder im Club sehe.«

»Das wäre sehr freundlich von Ihnen, Sir Danvers.«

An der Tür ließ der Bankier sich des Colonels Sachen von seinem Angestellten geben, half Sir Danvers persönlich in den Mantel und reichte ihm Hut und Stock. »Bitte wenden Sie sich jederzeit an mich, wenn ich Ihnen irgendwie helfen kann«, sagte er zum Abschied und verbeugte sich noch einmal. Er wartete, bis die drei außer Sicht waren.

Der Colonel marschierte schnell um die Ecke und lehnte sich an den nächsten Baum. Becky und Charlie rannten ihm nach, ohne so recht zu wissen, was los war.

»Fühlen Sie sich nicht gut, Sir?« fragte Charlie, als er ihn eingeholt hatte.

»Es geht mir gut, Trumper«, erwiderte der Colonel. »Wirklich gut. Aber ich sage Ihnen eines, ich würde mich lieber einer Schar plündernder Eingeborener in Afghanistan gegenübersehen, als das noch einmal mitzumachen. Trotzdem, wie war ich?«

»Einfach großartig!« lobte Becky. »Ich wette, wenn Sie Ihre Schuhe ausgezogen und Hadlow befohlen hätten, sie zu polieren, würde er sein Einstecktuch herausgezogen und gleich angefangen haben, sie auf Hochglanz zu bringen.«

Der Colonel lächelte. »Oh. Dann meinen Sie also, daß alles gutging?«

»Sie hätten es gar nicht besser machen können«, versicherte ihm Becky. »Ich werde gleich heute nachmittag zur Maklerfirma gehen und die Anzahlung für beide Häuser hinterlegen.«

»Dem Himmel sei Dank für Ihre ›Einsatzbesprechung‹, Miss Salmon.« Der Colonel richtete sich wieder hoch auf. »Wissen Sie was, Sie hätten einen verdammt guten Stabsoffizier abgegeben.«

Becky lächelte. »Ein großes Kompliment, Colonel.«

»Finden Sie nicht auch, Trumper? Sie hätten keine bessere Partnerin finden können«, fügte Sir Danvers hinzu und begann vergnügt seinen Schirm zu schwingen.

»O ja«, versicherte ihm Charlie, während der Colonel weitermarschierte. »Aber darf ich Sie etwas fragen, das mir keine Ruhe läßt?«

»Nur heraus damit, Trumper.«

»Wenn Sie mit dem Vorsitzenden der Bank befreundet sind«, sagte Charlie und marschierte nun im Gleichschritt neben ihm, »warum 'aben wir uns dann nicht gleich direkt an ihn gewendet?«

Der Colonel blieb stehen. »Mein lieber Trumper«, erklärte er,

»man belästigt nicht den Vorsitzenden einer Bank, wenn man lediglich ein Darlehen von zweihundertfünfzig Pfund haben möchte. Trotzdem, ich bin ziemlich zuversichtlich, daß wir ihn in vielleicht gar nicht so ferner Zukunft aufsuchen werden. Momentan jedoch habe ich ein dringenderes Bedürfnis.«

Charlie blickte ihn fragend an.

»Trumper, ich brauche einen Whisky!« Der Colonel entdeckte ein baumelndes Schild über einem Pub auf der anderen Straßenseite. »Am besten gleich einen doppelten.«

»Im wievielten Monat bist du?« fragte Charlie, als Becky ihn am nächsten Tag nach Ladenschluß aufsuchte und in ihr Geheimnis einweihte.

»Im dritten.« Sie vermied es, ihn direkt anzusehen.

»Warum 'ast du's mir nicht schon früher gesagt?« Es klang ein bißchen gekränkt.

»Ich hatte gehofft, daß es nicht nötig sein würde«, antwortete Becky, während sie anfing aufzuräumen, damit sie sich ihm nicht zuwenden mußte.

»Du 'ast es Trentham natürlich geschrieben?«

»Nein. Ich werde es selbstverständlich, aber ich bin einfach noch nicht dazu gekommen.«

»Du hättest es dem Bastard schon vor Wochen schreiben müssen. Er ist der erste, der es wissen sollte. Schließlich ist er verantwortlich dafür, daß du jetzt in der Patsche sitzt!«

»So einfach ist es nicht, Charlie.«

»Und warum nicht, um 'immels willen?«

»Es würde das Ende seiner Karriere bedeuten, und Guy lebt für das Regiment. Er ist wie dein Colonel: Es wäre unfair, von ihm zu verlangen, daß er mit vierundzwanzig aufhört, Soldat zu sein.«

»Er ist ganz und gar nicht wie mein Colonel«, entgegnete Charlie. »Aber wie auch immer, er ist noch jung genug, seßhaft zu werden und zu arbeiten wie andere auch.«

»Er ist mit der Armee verheiratet, Charlie, nicht mit mir. Warum soll ich uns beiden das Leben ruinieren?«

184

»Trotzdem muß er erfahren, was los ist, du mußt ihm wenigstens die Möglichkeit geben, sich zu entscheiden.«

»Er würde keine Wahl haben, Charlie, das siehst du doch ein? Er würde das nächste Schiff nach England nehmen und mich heiraten. Er ist ein Ehrenmann.«

»Ein Ehrenmann, tatsächlich?« entgegnete Charlie und trug ein paar Kisten nach hinten. »Also, wenn er so ein Ehrenmann ist, dann kannst du dir auch leisten, mir was zu versprechen.«

»Was?«

»Daß du ihm noch 'eut' abend schreibst und ihm die Wahr'eit sagst!«

Becky zögerte ein paar Sekunden. »Na gut.«

»'eut' abend?«

»Ja, heute abend.«

»Und du solltest auch seinen Eltern Bescheid geben.«

»Nein, das kannst du von mir nicht verlangen, Charlie.«

»Welchen Grund 'ast du diesmal? Auch Angst, daß du ihre Karriere ruinieren würdest?«

»Nein, aber wenn ich es täte, würde sein Vater darauf bestehen, daß Guy umgehend heimkommt und mich heiratet.«

»Und was ist daran auszusetzen?«

»Daß seine Mutter dann behaupten würde, ich hätte ihren Sohn hereingelegt, oder noch schlimmer ...«

»Was?«

»Daß es gar nicht sein Kind ist.«

»Wer würde ihr schon glauben?«

»Jeder, der es will.«

»Aber das ist doch nicht gerecht!« empörte sich Charlie.

»Das ist das Leben auch nicht, um meinen Vater zu zitieren. Ich mußte ja mal erwachsen werden, Charlie. Du hattest dazu die Westfront.«

Charlie schwieg. »Also«, sagte er schließlich, »was werden wir jetzt tun?«

»Wir?«

»Ja, wir. Wir sind nach wie vor Partner, oder 'ast du das vergessen?«

»Also als erstes werde ich mir eine eigene Wohnung suchen müssen. Es wäre nicht fair gegenüber Daphne ...«

»Sie 'at sich als wahre Freundin erwiesen«, sagte Charlie.

»Für uns beide«, bestätigte Becky. Charlie stand auf, schob die Hände in die Hosentaschen und marschierte hin und her. Das erinnerte Becky an ihre gemeinsame Schulzeit.

»Du könntest dich wohl nicht ...«, begann Charlie. Und nun brachte er es nicht fertig, ihr ins Gesicht zu blicken.

»Was? Was könnte ich nicht?«

»Du könntest dich wohl nicht entschließen ...«, versuchte er es noch einmal.

»Was denn?«

»Entschließen, mich zu 'eiraten?«

Becky war so überrascht, daß sie kein Wort herausbrachte. »Aber was ist mit Daphne?« fragte sie dann.

»Daphne? Du 'ast doch nie wirklich gedacht, daß wir diese Art von Beziehung 'atten, oder? Es stimmt, daß sie mir Abendunterricht gegeben 'at, aber nicht von der Art, wie du offensichtlich meinst. Jedenfalls 'at es in Daphnes Leben immer nur einen Mann gegeben, und der 'eißt bestimmt nicht Charlie Trumper. Schon aus dem Grund, weil sie schon die ganze Zeit weiß, daß es für mich nur eine Frau gibt.«

»Aber ...«

»Und ich liebe dich schon so lange, Becky.«

»O mein Gott!« Becky vergrub das Gesicht in den Händen.

»Tut mir leid«, murmelte Charlie. »Ich 'ab gedacht, daß du es weißt. Daphne 'at mir gesagt, daß Frauen so was immer spüren.«

»Ich hatte keine Ahnung, Charlie. Ich war nicht nur dumm, sondern auch blind!«

»Ich 'ab keine andere Frau mehr angeschaut, seit ich von Edinburgh zurückgekommen bin. Ich glaub', ich 'ab eben ge'offt, daß du mich auch wenigstens ein kleines bißchen liebst.«

»Ich werde dich immer ein bißchen lieben«, versicherte ihm Becky. »Aber ich fürchte, meine große Liebe ist Guy.«

»Der Glückspilz. Dabei kenn' ich dich viel länger. Dein Vater 'at mich mal aus seinem Laden gejagt, weißt du, wie er ge'ört 'at, daß ich dich 'inter deinem Rücken ›Schickidickie‹ genannt 'ab'.«

Becky lächelte. »Weißt du, es ist mir immer gelungen, alles im Leben zu kriegen, was ich wirklich gewollt 'ab. Also wie konnt' ich dich bloß durch die Maschen schlüpfen lassen?«

Becky sah zu Boden.

»Er ist ein Offizier, natürlich, und ich war keiner. Das würde es erklären.« Charlie hatte aufgehört umherzumarschieren und blieb direkt vor ihr stehen.

»Und du bist ein General, Charlie.«

»Doch das ist nicht dasselbe, nicht wahr?«

»Ich könnte keinen besseren Freund haben als dich.«

»Verstehst du denn nicht, daß ich dir mehr als nur ein Freund sein möchte?«

## 12

Chelsea Terrace 97
London SW3

20. Mai 1920

Mein geliebter Guy,

das ist der schwerste Brief, den ich je schreiben mußte. Um ganz ehrlich zu sein, ich weiß nicht so recht, wo ich überhaupt anfangen soll.

Mehr als drei Monate sind vergangen, seit Du nach Indien versetzt wurdest, und es ist etwas passiert, das Du bestimmt wissen möchtest.

Ich war vor ein paar Tagen bei Daphnes Arzt in der Harley Street und ...

Becky hielt inne, las jeden Satz noch einmal bedächtig, stöhnte und zerknüllte das Papier, dann warf sie es in den Papierkorb neben sich.

Sie stand auf, streckte sich, ging im Zimmer hin und her und hoffte, ihr würde eine Ausrede einfallen, damit sie nicht weiterschreiben müßte. Es war schon halb eins und höchste Zeit, ins Bett zu kommen, sie könnte sich ja vormachen, daß sie zu müde war weiterzumachen – nur war sie sicher, daß sie nicht schlafen konnte, ehe der Brief nicht im Umschlag steckte.

Also kehrte sie zu ihrem Schreibtisch zurück und versuchte, ihre Gedanken wieder zu sammeln und einen neuen Anfang zu finden.

Sie griff nach dem Federhalter.

Chelsea Terrace 97
London SW3

20. Mai 1920

Mein lieber Guy,

ich fürchte, dieser Brief wird Dich überraschen, vor allem nach den belanglosen Neuigkeiten, die ich dir in meinem letzten Brief vor einem Monat berichtet habe. Ich muß gestehen, ich hatte es aufgeschoben, Dir von meiner Befürchtung zu schreiben, weil ich hoffte, sie würde sich als unbegründet erweisen. Bedauerlicherweise ist das nicht der Fall, und nun darf ich wohl nicht länger schweigen.

Nachdem ich in der Nacht, ehe Du nach Indien aufbrechen mußtest, unendlich glücklich mit Dir war, blieb meine Periode aus. Ich habe dir über das Problem nicht gleich geschrieben, weil ich hoffte ...

O nein! dachte Becky und zerriß das Blatt, bevor sie auch diesen Versuch in den Papierkorb warf. Dann schlurfte sie in die Küche, um sich Tee aufzubrühen. Nach der dritten Tasse kehrte sie widerstrebend zum Schreibtisch zurück.

Chelsea Terrace 97
London SW3

20. Mai 1920

Lieber Guy,

ich hoffe, es gefällt Dir in Indien und Du mußt Dich nicht allzusehr abplagen. Ich vermisse Dich mehr, als ich sagen kann, aber durch die bevorstehenden Prüfungen und da Charlie sich als der nächste Mr. Selfridge sieht, sind diese ersten drei Monate seit Deiner Abreise wie im Flug vergangen. Ich glaube, es wird Dich interessieren zu erfahren, daß Dein ehemaliger Kommandeur, Colonel Sir Danvers Hamilton ...

»Und übrigens bin ich schwanger«, sagte Becky laut und zerriß ihren dritten Versuch. Vielleicht würde ihr ein Spaziergang um den Block helfen. Sie nahm ihren Mantel vom Garderobenhaken in der Diele, rannte die Treppe hinunter und verließ das Haus.

Ziellos schlenderte sie die menschenleere Straße auf und ab, ohne sich der späten Stunde bewußt zu sein. Sie freute sich, daß an den Schaufenstern von Nummer 131 und 135 jetzt Schilder hingen, die darauf hinwiesen, daß die Anwesen verkauft waren. Vor dem alten Antiquitätenladen blieb sie stehen, legte die Hände um die Augen und bemühte sich, durch die Glasscheibe etwas zu sehen. Zu ihrer Bestürzung stellte sie fest, daß Mr. Rutherford absolut alles entfernt hatte, sogar die Gasarmaturen und die Kaminumrandung, von denen sie angenommen hatte, daß sie fest an der Wand angebracht gewesen waren. Das wird mich lehren, das nächste Mal ein Kaufangebot sorgfältiger zu studieren, dachte sie. Sie starrte immer noch in den leeren Raum, als eine Maus über die Dielen huschte. »Vielleicht sollten wir eine Zoohandlung aufmachen«, sagte sie halblaut zu sich selbst.

»Was meinten Sie, Miss?«

Becky wirbelte herum und sah einen Schutzmann, der am Türknopf von 133 rüttelte, um sich zu vergewissern, daß auch wirklich zugesperrt war.

»Oh, guten Abend, Wachtmeister«, grüßte Becky verlegen und grundlos schuldbewußt.

»Es ist fast zwei Uhr morgens, Miss.«

»Oh, wirklich?« Becky blickte auf ihre Uhr. »Tatsächlich. Wissen Sie, ich wohne hier.« Sie hielt eine Erklärung für angebracht und fügte hinzu: »Ich konnte nicht schlafen und dachte, vielleicht würde mir ein Spaziergang guttun.«

»Dann sollten Sie zur Polizei gehen. Da wird man Sie gern die ganze Nacht auf Streife schicken.«

Becky lachte. »Nein, danke. Ich gehe lieber zurück und versuche noch einmal zu schlafen. Gute Nacht.«

»Gute Nacht, Miss.« Der Polizist berührte seinen Helm in einem angedeuteten Salut, ehe er nachsah, ob auch der Hutladen zugesperrt war.

190

Becky drehte sich um und marschierte entschlossen die Chelsea Terrace zurück, öffnete ihre Haustür, stieg die Treppe zur Wohnung hinauf, zog den Mantel aus und ging direkt zu dem kleinen Schreibtisch zurück. Sie überlegte nur einen Augenblick, bevor sie nach dem Federhalter griff und zu schreiben anfing.

Jetzt flossen die Worte, weil sie nun genau wußte, was gesagt werden mußte.

Chelsea Terrace 97
London SW3

21. Mai 1920

Lieber Guy,

ich habe mir hunderterlei verschiedene Fassungen dieses Briefs ausgedacht, um Dich wissen zu lassen, was mit mir geschehen ist, seit Du nach Indien abgereist bist. Schließlich wurde mir klar, daß ich Dir am besten die Wahrheit sage, ohne groß drum herum zu reden.

Ich bin inzwischen fünfzehn Wochen mit Deinem Kind schwanger. Das erfüllt mich mit Glück, aber wie ich gestehen muß, habe ich auch ein ungutes Gefühl dabei. Glück, weil Du der einzige Mann bist, den ich je liebte, und das ungute Gefühl, weil diese Neuigkeit Deiner Zukunft im Regiment abträglich sein könnte.

Ich möchte Dir versichern, daß ich nicht die Absicht habe, Deiner Laufbahn zu schaden, indem ich darauf bestehe, daß Du mich heiratest. Eine Verpflichtung, die möglicherweise nur aus einem Schuldgefühl heraus eingehalten würde und Dich zwänge, aufgrund dessen, was sich bei einer einzigen Gelegenheit zwischen uns ergeben hat, den Rest Deines Lebens zu heucheln, wäre gewiß untragbar für uns beide.

Ich mache kein Geheimnis aus meiner Liebe zu Dir, aber wenn Du sie nicht erwiderst, möchte ich nicht daran schuld sein, daß eine so vielversprechende Laufbahn auf dem Altar der Heuchelei geopfert wird.

Aber, mein Liebling, sei meiner uneingeschränkten Liebe zu Dir versichert und meines bleibenden Interesses an Deinem künftigen Wohlergehen, selbst wenn ich Deine Vaterschaft verleugnen muß, falls es das sein sollte, was Du möchtest.

Guy, ich werde Dich immer lieben, egal, welche Entscheidung Du treffen magst.

Alles Liebe
Becky

Sie konnte ihre Tränen nicht mehr zurückhalten, als sie den Brief wieder und wieder durchlas. Sie war dabei, ihn zusammenzufalten, als die Schlafzimmertür aufschwang und Daphne verschlafen herauskam.

»Ist dir nicht gut?« fragte sie besorgt.

»Nur ein bißchen übel«, erklärte Becky. »Ich dachte, ein kurzer Spaziergang in der frischen Luft würde mir helfen.« Sie steckte den Brief in einen noch unadressierten Umschlag.

»Trinkst du eine Tasse Tee mit mir, da ich schon mal auf bin?« fragte Daphne.

»Nein, danke, lieber nicht, ich habe bereits drei Tassen getrunken.«

»Schade. Aber ich werde mir welchen machen.« Daphne verschwand in der Küche. Sofort langte Becky wieder nach dem Federhalter und adressierte den Umschlag an:

Captain Guy Trentham
2nd Battalion Royal Fusiliers
Wellington Barracks
Poona
India

Sie hatte die Wohnung verlassen, den Brief in dem Briefkasten an der Ecke der Chelsea Terrace eingeworfen und war zurück, noch ehe das Wasser im Kessel kochte.

Von seiner Schwester Sal in Kanada erhielt Charlie dann und wann einen Brief, vor allem, wenn sie ihm mitteilte, daß er wieder eine Nichte oder einen Neffen bekommen hatte; und hin und wieder, wenn ihr Dienst im Krankenhaus es erlaubte, besuchte ihn Grace – doch ein Besuch von Kitty war eine Seltenheit. Und wenn sie kam, dann immer aus dem gleichen Grund.

»Ich brauch' bloß zwei Pfund, Charlie, nur um über die Runden zu kommen«, sagte sie, als sie sich, gleich nachdem sie eingetreten war, in den einzigen bequemen Sessel fallen ließ.

Charlie starrte seine Schwester an. Obwohl sie nur knapp zwei Jahre älter war als er, sah sie bereits wie Mitte Dreißig aus. Unter dem weiten Pullover war nichts mehr von der Figur zu erkennen, die einst die Blicke jedes Mannes im East End auf sich gezogen hatte, und ohne Make-up sah man, daß ihr Gesicht fleckig war und sich Falten einzuschleichen begannen.

»Das letzte Mal war es auch nur ein Pfund«, erinnerte Charlie sie. »Und das ist noch gar nicht so lange her.«

»Aber seither hat mich mein Freund verlassen, Charlie. Ich steh' wieder allein da, hab' nicht einmal ein Dach über dem Kopf. Tu mir den Gefallen.«

Er starrte sie immer noch an und war froh, daß Becky noch nicht von den Vorlesungen zurück war, obwohl er vermutete, daß Kitty ohnehin nur kam, wenn sie sicher sein konnte, daß die Kasse voll und Becky nicht in der Nähe war.

»Ich bin gleich zurück«, sagte er nach längerem Schweigen. Er stand auf und ging hinunter in den Laden. Sobald die Verkäuferinnen nicht hersahen, nahm er zwei Pfund und zehn Shilling aus der Kasse. Resigniert stieg er damit wieder hinauf zur Wohnung.

Kitty wartete bereits an der Tür, und Charlie händigte ihr die vier Scheine aus. Sie entriß sie ihm fast, steckte sie in ihren Handschuh und ging ohne ein weiteres Wort.

Charlie folgte ihr die Treppe hinunter und sah, wie sie sich einen Pfirsich von der Spitze einer ordentlich aufgebauten Pyramide in der Ecke des Ladens nahm, bevor sie auf den Bürgersteig trat und die Straße hinuntereilte.

Charlie mußte am Abend die Kasse selbst machen, damit niemand dahinterkam, wieviel er seiner Schwester gegeben hatte.

»Du wirst diese Parkbank noch kaufen müssen, Charlie Trumper«, scherzte Becky, während sie sich neben ihn setzte.

»Nicht ehe mir nicht jeder Laden im Block gehört, meine Hübsche«, entgegnete er und drehte sich zu ihr um. »Und wie sieht's mir dir aus? Wann soll das Baby kommen?«

»Der Doktor meint, in fünf Wochen.«

»Du hast die Wohnung schon dafür hergerichtet, nicht wahr?«

»Ja. Gott sei Dank läßt mich Daphne weiter dort wohnen bleiben.«

»Ich vermisse sie«, sagte Charlie.

»Ich auch, obwohl ich sie noch nie so glücklich gesehen habe wie seit Percys Entlassung aus der Armee.«

»Ich wette, es wird nicht lange dauern, dann sind sie verlobt.«

»Hoffen wir es.« Becky blickte über die Straße.

Drei Trumper-Schilder, alle Gold auf Blau, blitzten ihr entgegen. Das Obst- und Gemüsegeschäft machte weiterhin gute Einnahmen, und Bob Makins schien gewachsen zu sein, seit er vom Militärdienst zurück war. Die Metzgerei hatte ein wenig Kundschaft verloren, nachdem Mr. Kendrick in den Ruhestand gegangen war, doch neue war dazugekommen, seit Mike Parker, als Charlies Geschäftsführer, Kendricks Nachfolge angetreten hatte. Mike Parker war der Sergeant von Camberwell, der Becky beim Regimentsball ständig auf die Zehen getreten war.

»Hoffen wir, daß er ein besserer Metzger als Tänzer ist«, hatte Becky gesagt, als Charlie ihr erzählt hatte, daß er ihn einstellen würde. Was den Lebensmittelladen betraf, der florierte vom ersten Tag an. Er war Charlies letzte Errungenschaft und sein ganzer Stolz, wenngleich er seine anderen Läden darum keineswegs vernachlässigte, ja, bei seinen Angestellten sogar im Ruf stand, in allen dreien gleichzeitig anwesend zu sein.

»Ein genialer Einfall«, sagte Charlie, »aus dem alten Antiquitätengeschäft einen Lebensmittelladen zu machen.«

»Du siehst dich also jetzt auch als Lebensmittelhändler, nicht wahr?«

»Ganz sicher nicht, ich bin nach wie vor ein Obst- und Gemüsehändler.«

»Ich frage mich, ob du das auch zu den Angestellten sagen wirst, wenn dir der ganze Block gehört.«

»Das dürfte noch eine Zeitlang dauern. Wie sieht die Bilanz für die neuen Läden aus?«

»Nun, während des ersten Jahres weisen sie beide Verluste auf.«

Charlies Stimme hob sich protestierend. »Aber sie könnten beide Gewinn machen! Und der Lebensmittelladen ist ...«

»Nicht so laut. Ich möchte, daß Mr. Hadlow und seine Kollegen in der Bank feststellen, daß wir uns viel besser machen, als wir ursprünglich vorhersagten.«

»Du bist eine schlimme Frau, Rebecca Salmon, das steht fest!«

»Das solltest du nicht sagen, wenn ich dir auch den nächsten Kredit erbetteln soll.«

»Wenn du so geschickt bist, dann erklär mir, warum ich an die Buchhandlung nicht rankomme.« Charlie deutete über die Straße auf Nummer 141, wo ein einsames Licht brannte, der einzige Beweis, daß das Haus überhaupt bewohnt war. »Soviel ich sehen konnte, hat seit Wochen kein einziger Kunde die Buchhandlung betreten, und wenn sich doch jemand hineinverirrte, dann nur, weil er fragen wollte, wie man zurück zur Brompton Road kommt.«

»Ich habe keine Ahnung.« Becky lachte. »Ich habe mich mit Mr. Sneddles lange darüber unterhalten, aber er ist an einem Verkauf einfach nicht interessiert. Weißt du, seit seine Frau tot ist, ist die Buchhandlung der einzige Grund für ihn weiterzumachen.«

»Weiterzumachen womit?« fragte Charlie. »Alte Bücher abzustauben und vergilbte Manuskripte aufzustapeln?«

»Er ist damit zufrieden, über William Blake und seinen geliebten Kriegsdichtern zu sitzen. Solange er ein oder zwei Bücher
im Monat verkauft, ist das Grund genug für ihn, den Laden zu
betreiben. Nicht jeder will Millionär werden, weißt du.«

»Möglich. Wie wär's, wenn wir Mr. Sneddles hundertfünfzig
Guineen dafür bieten und ihn dann Miete bezahlen lassen, sagen
wir zehn Guineen im Jahr? Auf diese Weise fällt uns das Ganze
zu, sobald er stirbt.«

»Du kannst nicht genug kriegen, Charlie Trumper. Aber
wenn du willst, versuche ich es.«

»Ja – das will ich, Rebecca Salmon, also klemm dich dahinter.«

»Ich werde mein Bestes tun, nur scheinst du vergessen zu
haben, daß ich in Kürze ein Baby bekomme und außerdem versuche, meine Abschlußprüfung zu schaffen.«

»Ich weiß nicht, irgendwie paßt das nicht so recht zusammen.
Wie auch immer, ich brauche dich für eine weitere Sache, hinter
der ich her bin.«

»Noch eine Sache?«

»Fothergill.«

»Der Eckladen?«

»Genau der«, erwiderte Charlie. »Und du weißt ja, was ich
von Eckläden halte, Miss Salmon.«

»Allerdings, Mr. Trumper. Ebenso weiß ich, daß du nichts
vom Handel mit Kunstgegenständen verstehst und schon gar
keine Ahnung hast, was ein Auktionator überhaupt macht.«

»Na ja, ich bin nicht gerade ein Sachverständiger«, gab Charlie zu. »Aber ich war ein paarmal in der Bond Street und hab'
zugesehen, was bei Sotheby's vorgeht, und dann bin ich zu
St. James's spaziert und habe mir auch ein Bild von Christie's
gemacht, dem einzigen Konkurrenten. Daraufhin dachte ich mir,
daß wir uns dein Kunstgeschichte-Studium früher oder später
zunutze machen sollten.«

Becky zog die Brauen hoch. »Ich kann es kaum erwarten, daß
du mir verrätst, wie du den Rest meines Lebens verplant hast.«

»Sobald du deinen Abschluß hast«, fuhr Charlie fort, ohne

auf ihren Einwand zu achten, »möchte ich, daß du dich bei Sotheby's oder Christie's bewirbst – bei welchem ist mir egal –, du könntest ihnen alle ihre Tricks abgucken, vielleicht so drei bis fünf Jahre lang. Und sobald du glaubst, daß du soweit bist, dich selbständig zu machen, könntest du die Leute abwerben, die du für geeignet hältst, und Chelsea Terrace Nummer 1 selbst führen.«

»Ich bin ganz Ohr, Charlie Trumper.«

»Weißt du, Rebecca Salmon, du hast den Geschäftssinn und die Geschäftstüchtigkeit deines Vaters geerbt. Wenn du das mit dem verbindest, wofür du schon immer eine Vorliebe und auch eine Naturbegabung hast, wie könnte da was schiefgehen?«

»Danke für die Blumen, aber dürfte ich vielleicht auch fragen, da wir gerade bei dem Thema sind, wie Mr. Fothergill in deinen Gesamtplan paßt?«

»Gar nicht.«

»Was soll das heißen?«

»Seit drei Jahren macht er laufend Verlust«, erklärte Charlie. »Wie es jetzt steht, würde der Wert seines Eigentums und der Verkauf seiner Lagerware gerade seine Verluste decken, aber dabei wird es nicht mehr lange bleiben.«

Nachdem der September gekommen und vergangen war, wurde sogar Becky klar, daß Guy nicht die Absicht hatte, auf ihren Brief zu antworten.

Bereits gegen Ende August hatte Daphne ihnen berichtet, daß sie Mrs. Trentham begegnet war. Guys Mutter hatte erzählt, ihr Sohn gehe nicht nur ganz in seinen Pflichten in Indien auf, sondern erwarte auch, in Kürze zum Major befördert zu werden. Daphne hatte sich sehr beherrschen müssen, ihr Versprechen zu halten und über Beckys Zustand zu schweigen.

Als Beckys Niederkunft immer näher rückte, sorgte Charlie dafür, daß sie keine Einkäufe mehr tätigen mußte, und wies sogar eine der Verkäuferinnen von Nummer 147 an, ihr die Wohnung sauberzuhalten. Das ging so weit, daß Becky die beiden scherzhaft beschuldigte, sie zu verhätscheln.

Ab dem achten Monat schaute Becky gar nicht mehr nach der Morgenpost, denn an Daphnes schon früher bekundeter Meinung über Captain Trentham war kaum noch zu zweifeln. Becky staunte selbst, wie wenig sie noch an Guy dachte, obwohl es sein Kind war, das sie bald auf die Welt bringen würde. Es machte sie auch verlegen, daß die meisten Charlie für den Vater hielten, schon gar, weil er es nie verneinte, wenn man ihn fragte.

Unterdessen hatte Charlie wieder ein Auge auf zwei Läden geworfen, deren Besitzer, wie er fand, bald zum Verkauf bereit sein würden, aber Daphne wollte von weiteren Transaktionen nichts wissen, ehe nicht das Kind geboren war.

»Ich will nicht, daß Becky in irgendwelche deiner dubiosen Geschäfte verwickelt wird, bevor nicht das Kind da ist und sie ihre Prüfungen geschafft hat, ist das klar?«

»Jawohl, Madam«, sagte Charlie und schlug die Hacken zusammen. Er erwähnte nicht, daß Becky erst vergangene Woche einen Vertrag mit Mr. Sneddles abgeschlossen hatte, wonach ihm die Buchhandlung nach dem Tod des Alten gehören würde. Da war nur eine Klausel, über die er absolut nicht begeistert war, denn er hatte keine Ahnung, wie er die vielen Bücher loswerden sollte.


»Miss Becky hat gerade angerufen«, flüsterte Bob eines Nachmittags seinem Chef ins Ohr, als Charlie im Laden bediente. »Sie bittet, daß Sie gleich hinüberkommen. Sie glaubt, daß es losgeht.«

Charlie zog seine Schürze aus. »Aber das Baby soll doch erst in zwei Wochen kommen!«

»Ich kann bloß sagen, daß sie gesagt hat, Sie sollen sich beeilen.«

»Hat sie schon nach einer Hebamme geschickt?« Charlie ließ seine Kundin stehen und langte nach seinem Mantel.

»Ich habe keine Ahnung, Sir.«

»Kümmern Sie sich um den Laden, ich komme vielleicht heute nicht mehr her.« Charlie achtete nicht auf die anstehenden Kunden, die alle lächelten, als er hinausstürmte. Er raste die

Straße hinunter zu Nummer 97 und die Treppe hinauf, stieß die Tür auf und marschierte in Beckys Schlafzimmer.

Er setzte sich neben sie auf das Bett und hielt ihre Hand. Und eine Zeitlang schwiegen sie beide.

Schließlich fragte er: »Hast du nach der Hebamme geschickt?«

»Sie ist schon da«, ertönte eine Stimme hinter ihm, und eine dicke Frau betrat das Zimmer. Sie trug einen alten schwarzen Regenmantel, der ihr zu klein war, und hielt eine große schwarze Ledertasche in der Hand. Nach ihrem wogenden Busen zu schließen, hatte das Treppensteigen sie angestrengt. »Ich bin Mrs. Westlake vom St. Stephen's Hospital«, stellte sie sich vor. »Hoffentlich habe ich's noch rechtzeitig geschafft.« Becky nickte, und die Hebamme wandte sich an Charlie. »Kochen Sie Wasser, schnell!« Ihre Stimme klang, als wäre sie es gewöhnt, daß man ihr nicht widersprach. Wortlos sprang Charlie vom Fußende des Bettes auf und verließ das Zimmer.

Mrs. Westlake stellte ihre Tasche auf den Boden und nahm Beckys Puls. »In welchem Abstand kommen die Wehen?« erkundigte sie sich.

»Zuletzt etwa zwanzig Minuten«, antwortete Becky.

»Ausgezeichnet. Dann brauchen wir nicht mehr lange zu warten.«

Charlie kehrte mit einer Schüssel heißen Wassers zurück. »Kann ich sonst noch was tun?« fragte er.

»Aber ja. Ich brauche jedes saubere Handtuch, das Sie auftreiben können, und ich hätte nichts gegen eine Tasse Tee.«

Charlie rannte wieder aus dem Zimmer.

»Werdende Väter sind schrecklich aufgeregt«, sagte Mrs. Westlake. »Das beste ist, sie auf Trab zu halten.« Becky wollte sie gerade über Charlie aufklären, als die Wehen wieder einsetzten. »Atmen Sie tief und langsam, meine Liebe«, riet ihr Mrs. Westlake mit sanfterer Stimme.

In diesem Moment kam Charlie mit drei Handtüchern und einem Kessel dampfenden Wassers herein.

Ohne sich nach ihm umzudrehen, befahl Mrs. Westlake: »Legen Sie die Handtücher auf die Kommode und gießen Sie das Wasser in die größte Schüssel, die Sie finden können. Stellen Sie den Kessel dann gleich wieder auf, damit immer genügend heißes Wasser da ist, wenn ich danach rufe.«

Charlie verschwand wieder wortlos.

»Ich wollte, *ich* könnte ihn dazu bringen«, keuchte Becky bewundernd.

»Oh, denken Sie sich nichts dabei, meine Liebe. Bei meinem eigenen Mann schaffe ich es auch nicht, dabei haben wir sieben Kinder.«

Zwei Minuten später stieß Charlie die Tür mit dem Fuß auf und schleppte eine Schüssel mit dampfendem Wasser zum Bett.

»Auf das Tischchen!« Mrs. Westlake deutete neben sich. »Und vergessen Sie meinen Tee nicht. Danach brauche ich noch mehr Handtücher.«

Becky stöhnte laut.

»Halten Sie meine Hand, und atmen Sie weiter ganz tief«, sagte die Hebamme. Charlie kehrte bald mit einem neuen Kessel voll heißem Wasser zurück und wurde angewiesen, die Schüssel erst auszuleeren, ehe er das neue Wasser hineingoß. »Sie dürfen draußen warten, bis ich Sie rufe«, gestattete ihm Mrs. Westlake großmütig, nachdem er seine Aufgabe erfüllt hatte.

Charlie verließ das Zimmer und schloß die Tür hinter sich.

Ihm schien, als mache er unzählige Tassen Tee und schleppe unzählige Kessel Wasser hin und her und käme immer mit dem falschen zur falschen Zeit an, bis er offenbar nicht mehr gebraucht wurde und nichts mehr zu tun blieb, als in der Küche hin und her zu laufen und das Schlimmste zu befürchten. Dann hörte er einen kurzen, kläglichen Schrei.

Becky beobachtete die Hebamme, als diese ihr Kind an den Beinen hochhob und ihm einen sanften Klaps auf den Po versetzte. »Das tu' ich immer gern«, sagte Mrs. Westlake. »Ist ein gutes Gefühl, wenn man weiß, daß man was Neuem auf die Welt geholfen hat.« Sie wickelte das Kind in ein Handtuch und legte das kleine Bündel der Mutter in die Arme.

»Ist es ...?«

»Ein Junge, leider«, meinte die Hebamme. »Das wird der Welt wahrscheinlich kein bißchen weiterhelfen. Das nächste Mal müssen Sie schon ein Mädchen zuwege bringen.« Sie grinste. »Falls er noch dazu imstand ist.« Sie deutete mit dem Daumen zur geschlossenen Tür.

»Aber er ist ...«, versuchte es Becky noch einmal.

»Nutzlos, ich weiß. Wie alle Männer.« Mrs. Westlake öffnete die Schlafzimmertür und rief: »Es ist überstanden, Mr. Salmon. Sie können aufhören, Löcher in den Boden zu treten, und sich Ihren Sohn ansehen!«

Charlie rannte so schnell herbei, daß er die Hebamme fast umgeworfen hätte. Dann stellte er sich ans Ende des Bettes und starrte auf das kleine Bündel in Beckys Armen.

»Er ist ein häßlicher kleiner Bursche, nicht wahr?« murmelte Charlie.

»Na ja, wir wissen ja, an wem das liegt«, entgegnete die Hebamme. »Hoffen wir, daß der Kleine sich nicht auch eine gebrochene Nase einhandelt. Auf jeden Fall brauchen Sie als nächstes eine Tochter, das hab' ich Ihrer Frau schon gesagt. Ach übrigens, wie wollen Sie ihn denn nennen?«

»Daniel George«, antwortete Becky ohne Zögern. »Nach meinem Vater«, erklärte sie und blickte zu Charlie hoch.

»Und meinem«, sagte Charlie und legte den Arm um Becky und das Baby.

»Ich geh' jetzt, Mrs. Salmon. Aber ich komm' morgen, ganz früh, wieder.«

»Nicht Salmon, sondern Trumper«, sagte Becky. »Salmon war mein Mädchenname.«

»Oh«, murmelte die Hebamme und wirkte zum erstenmal etwas verwirrt. »Sie müssen die Namen auf meinem Auftragsblatt durcheinandergebracht haben. Also gut, dann bis morgen, Mrs. Trumper.« Sie schloß die Tür hinter sich.

»Mrs. Trumper?« fragte Charlie.

Becky nickte. »Es hat ja, weiß Gott, lange genug gedauert, bis ich zur Einsicht gekommen bin, finden Sie nicht, Mr. Trumper?«

# Daphne

## 1918–1921

—

## 13

ℨ Ich muß gestehen, als ich den Brief öffnete, wußte ich nicht sofort, wer Becky Salmon war. Doch dann erinnerte ich mich, daß es im St. Paul's ein ungewöhnlich gescheites, etwas rundliches Mädchen dieses Namens mit einem schier unerschöpflichen Vorrat an Windbeuteln gegeben hatte. Wenn ich mich recht entsinne, war das einzige, womit ich mich je dafür revanchiert hatte, ein Kunstbuch gewesen, das mir eine Tante aus Cumberland zu Weihnachten geschenkt hatte.

Jedenfalls, bis ich die obere sechste Klasse erreicht hatte, war das kluge kleine Ding bereits in der unteren sechsten, obwohl sie gute zwei Jahre jünger war als ich.

Nachdem ich ihren Brief zum zweitenmal gelesen hatte, konnte ich mir immer noch nicht vorstellen, warum sie mich überhaupt sprechen wollte, und ich dachte mir, daß ich es am ehesten herausfinden würde, wenn ich sie zum Tee in meine kleine Wohnung in Chelsea einlud.

Als ich Becky da zum erstenmal wiedersah, erkannte ich sie kaum noch. Sie hatte nicht nur ganz ordentlich abgenommen, sondern hätte auch das ideale Modell für die Pepsodent-Werbung abgegeben, die einem von jeder Straßenbahn entgegensprang – Sie wissen schon, das nette junge Mädchen, das beim Lächeln strahlend weiße, perfekte Zähne zeigt. Ich muß zugeben, ich war richtig neidisch.

Becky erklärte mir, daß sie für ihre Universitätszeit ein Zimmer in London brauchte. Ich freute mich, daß ich sie bei mir unterbringen konnte. Immerhin hatte meine alte Dame mir schon des öfteren klargemacht, wie sehr es ihr mißfiel, daß ich allein hier wohnte, und daß sie einfach nicht verstehen könne, was ich an unserem Stadthaus am Lowndes Square 26 auszusetzen hatte. Ich konnte es kaum erwarten, Mama und natürlich auch Papa die Neuigkeit mitzuteilen, daß ich jetzt, wie sie es immer wieder verlangten, eine passende Mitbewohnerin gefunden hatte.

»Aber wer ist dieses Mädchen?« fragte Mutter, als ich übers Wochenende heim nach Harcourt Hall fuhr. »Kennen wir sie?«

»Ich glaube nicht, Mama. Sie ist eine Schulkameradin vom St. Paul. Der akademische Typ.«

»Blaustrumpf, meinst du?« warf Vater ein.

»Du hast es erfaßt, Papa. Sie geht auf die Hochschule, Bedford College heißt sie, glaube ich, um die Geschichte der Renaissance oder so was Ähnliches zu studieren.«

»Wußte gar nicht, daß sie auch Mädchen zulassen«, brummte Vater. »Gehört wohl ebenfalls zu den Ideen dieses verdammten kleinen Walisers von einem neuen Britannien.«

»Du mußt aufhören, so von Lloyd George zu reden!« rügte ihn meine Mutter. »Immerhin ist er unser Premierminister!«

»Deiner vielleicht, meine Liebe, aber ganz bestimmt nicht meiner. Schuld sind diese Suffragetten«, wartete Vater mit einem seiner üblichen Trugschlüsse auf.

»Liebling, du gibst den Suffragetten die Schuld für fast alles«, erinnerte ihn Mutter. »Sogar für die Mißernte im vergangenen Jahr. Aber«, fuhr sie fort, »kommen wir zu diesem Mädchen zurück. Nach deiner Beschreibung könnte sie einen guten Einfluß auf dich ausüben, Daphne. Was sagtest du, woher sind ihre Eltern?«

»Das habe ich noch gar nicht gesagt. Aber ich glaube, ihr Vater war Geschäftsmann irgendwo im Osten, und ich bin nächste Woche bei ihrer Mutter zum Tee eingeladen.«

»Singapur, vielleicht?« überlegte Vater. »Da drüben sind gute Geschäfte zu machen, mit Gummi und dergleichen.«

»Nein, ich glaube nicht, daß er im Gummigeschäft war, Papa.«

»Nun ja, was auch immer, bring das Mädchen mal nachmittags mit«, forderte Mutter mich auf. »Oder komm mit ihr übers Wochenende hierher. Jagt sie?«

»Nein, das glaube ich nicht, Mama, aber ich werde sie bestimmt bald zum Tee einladen, damit ihr beide sie begutachten könnt.«

Ich muß gestehen, ebenso wie Mutters Aufforderung amüsierte mich der Gedanke, zum Tee zu Beckys Mutter zu kommen, damit sie sich vergewissern könne, daß *ich* die richtige Art von Mädchen für *ihre* Tochter war. Immerhin war ich ziemlich sicher, daß ich das nicht war. Soviel ich mich erinnern konnte, war ich noch nie östlich des Aldwychs gewesen, und so fand ich die Idee, nach Essex zu fahren, noch aufregender als eine Reise ins Ausland.

Glücklicherweise verlief die Fahrt nach Romford glatt, hauptsächlich wohl, weil Hoskins, der Chauffeur meines Vaters, die Strecke gut kannte. Er erzählte mir, daß er von Dagenham kam, das noch tiefer in diesem Essexer Dschungel lag.

Ich hatte bisher keine Ahnung gehabt, daß es solche Leute überhaupt gab. Sie waren weder Dienstboten, noch gehörten sie den höheren Berufsständen an, und sie waren auch keine Angehörigen des Landadels. Ich könnte nicht behaupten, daß ich viel an Romford fand, das, wie sich herausstellte, eine ganz schöne Strecke vom Lowndes Square entfernt war. Aber Mrs. Salmon und ihre Schwester Miss Roach hätten nicht gastfreundlicher sein können. Mrs. Salmon erwies sich als praktische, vernünftige, gottesfürchtige Frau, die ein köstliches, selbstgemachtes Gelee zum Teegebäck anbot; somit war die Fahrt auf keinen Fall ganz umsonst gewesen.

Becky zog in der folgenden Woche bei mir ein, und ich war entsetzt, als ich feststellte, wie schwer das Mädchen arbeitete. Sie verbrachte offenbar den ganzen Tag im College, und wenn sie heimkam, aß sie bloß ein Sandwich und trank ein Glas Milch dazu, dann vertiefte sie sich in ihre Lehrbücher, bis sie einschlief, lange nachdem ich längst zu Bett gegangen war. Ich konnte nie so recht ergründen, wem das Ganze nützen sollte. Jedenfalls nicht jemandem namens Charlie Trumper.

Von Charlie Trumper und seinen Ambitionen hörte ich zum erstenmal kurz nach ihrem törichten Besuch bei John D. Wood. Dieses ganze Getue, bloß weil sie seinen Karren verkauft hatte, ohne ihn zuvor zu fragen. Ich hielt es für angebracht, sie darauf aufmerksam zu machen, daß zwei meiner Ahnen enthauptet worden waren, weil sie versucht hatten, Counties zu stehlen, und ein anderer Vorfahr wegen Hochverrats in den Tower geworfen worden war; ich mußte unwillkürlich lächeln, weil ich dachte, daß ich mich dadurch zumindest eines Verwandten brüsten konnte, der seine letzten Tage in der Nähe des East Ends zugebracht hatte.

Wie immer war Becky überzeugt, daß sie recht hatte. »Aber es sind doch nur hundert Pfund«, sagte sie.

»Die du nicht hast!«

»Ich habe vierzig, und es ist eine so gute Anlage, daß ich die restlichen sechzig bestimmt ohne Probleme zusammenkriege. Charlie brächte es fertig, den Eskimos Blockeis zu verkaufen.«

»Und wie beabsichtigst du den Laden in seiner Abwesenheit zu führen? Etwa zwischen den Vorlesungen?«

»Sei nicht so sarkastisch, Daphne. Charlie wird den Laden selbst führen, sobald er aus dem Krieg zurück ist. Und das kann jetzt nicht mehr lange dauern.«

»Der Krieg ist schon seit mehreren Wochen aus«, erinnerte ich sie. »Und von deinem Charlie ist nichts zu sehen.«

»Er soll am 20. Februar heimkommen«, sagte sie.

Jedenfalls behielt ich Becky während dieser dreißig Tage im Auge, und es wurde bald offensichtlich, daß sie es nicht schaffen würde. Jedoch war sie viel zu stolz, es zuzugeben. Ich fand daher, daß es Zeit für einen neuerlichen Besuch in Romford war.

»Das ist eine unerwartete Freude, Miss Harcourt-Browne«, versicherte mir Beckys Mutter, als ich unangemeldet in ihrem Häuschen in der Bellevue Road erschien. Zu meiner Verteidigung sollte ich erwähnen, daß ich Mrs. Salmon über meinen bevorstehenden Besuch informiert hätte, wenn sie telefonisch zu erreichen gewesen wäre. Da die Zeit knapp war, ich aber gewisse Auskunft brauchte, die ich nur von ihr bekommen konnte, ehe die dreißigtägige Frist vorüber war – Auskunft, die nicht nur das Gesicht ihrer Tochter, sondern auch ihr Geld retten würde –, wollte ich mich nicht auf die Post verlassen.

»Becky steckt doch hoffentlich nicht in Schwierigkeiten?«
sagte Mrs. Salmon als erste Reaktion, als sie mich vor der Haustür stehen sah.

»Ganz bestimmt nicht«, versicherte ich ihr. »Ich habe das
Mädchen nie in besserer Form gesehen.«

»Es ist nur, daß ich mir seit dem Tod ihres Vaters Sorgen um
sie mache«, erklärte mir Mrs. Salmon. Sie hinkte eine Spur, als
sie mich in das Wohnzimmer führte, das so piekssauber war wie
an dem Tag, als ich mit Becky zum Tee hiergewesen war. Ich
konnte nur hoffen, daß Mrs. Salmon nie nach Nummer 97 kommen würde, ohne sich mindestens schon ein Jahr vorher anzumelden.

»Kann ich Ihnen irgendwie helfen?« fragte Mrs. Salmon,
nachdem sie Miss Roach in die Küche geschickt hatte, um Tee
zu kochen.

»Ich überlege, ob ich in einer kleinen Obst- und Gemüsehandlung in Chelsea investieren soll«, erklärte ich ihr. »Der
Makler, John D. Wood, meint, daß es eine sichere Anlage wäre,
trotz der gegenwärtigen Lebensmittelknappheit und des wachsenden Problems mit den Gewerkschaften – das heißt, wenn ich
einen wirklich tüchtigen Geschäftsführer dafür fände.«

Mrs. Salmons Lächeln wich Verwirrung.

»Becky hat das Loblied eines gewissen Charlie Trumper gesungen, und ich bin hier, weil ich gern Ihre Meinung über diesen
Gentleman hören möchte.«

»Ein Gentleman ist er ganz bestimmt nicht«, erwiderte Mrs.
Salmon ohne Zögern. »Ungebildeter Lümmel wäre zutreffen-
der.«

»Oh, was für eine Enttäuschung«, sagte ich. »Vor allem, da
ich Beckys Worten entnahm, daß Ihr verstorbener Gatte sehr
viel von ihm hielt.«

»Als Obst- und Gemüsehändler ganz sicher. Tatsächlich
würde ich so weit gehen zu sagen, daß mein Mann meinte, er
würde vielleicht eines Tages so tüchtig sein wie sein Großvater.«

»Und wie tüchtig war der?«

»Wissen Sie, ich hatte nichts mit dieser Sorte von Leuten zu tun, aber ich hörte, über Ecken natürlich, daß er der Beste war, den Whitechapel je gehabt hat.«

»Gut.« Ich nickte. »Aber ist er auch ehrlich?«

»Ich habe nie etwas Gegenteiliges gehört«, gestand Mrs. Salmon. »Und der Himmel weiß, er ist bereit, zu jeder Tages- und Nachtzeit zu arbeiten, aber er dürfte kaum die Art von Mann sein, die Ihnen vorschwebt, Miss Harcourt-Browne.«

»Meine Überlegung ist, den Mann als Geschäftsführer einzustellen, Mrs. Salmon, nicht ihn in die königliche Loge in Ascot einzuladen.« In diesem Moment kehrte Miss Roach nicht nur mit Tee zurück, sondern auch mit einer Platte voll Obsttörtchen und Eclairs, aus denen die Sahne quoll. Es schmeckte alles so köstlich, daß ich länger als beabsichtigt blieb.

Am nächsten Vormittag suchte ich das Maklerbüro John D. Wood auf und überreichte einen Scheck für die restlichen neunzig Pfund. Dann ließ ich mir von meinem Anwalt einen Vertrag aufsetzen.

Nachdem Becky von meiner Einmischung erfahren hatte und um zu verhindern, daß die Kleine es mir übelnahm, mußte ich ihr die kühle Rechnerin vorspielen, um sie zu dem Glauben zu bringen, ich hätte es getan, weil ich mir Gewinn davon versprach.

Sobald sie davon überzeugt war, händigte sie mir sofort dreißig Pfund aus, um die Schuld zu verringern. Und man muß sagen, daß sie sich sofort ernsthaft mit ihrem neuen Unternehmen befaßte; sie warb sogar einen jungen Mann aus einem Laden in Kensington ab, der Trumpers Obst- und Gemüsehandlung bis Charlies Heimkehr führen sollte. Und sie arbeitete wie eine Besessene, sogar während der unmöglichsten Stunden. Ich brachte sie nie dazu, mir zu erklären, welchen Sinn es machte, vor der Sonne aufzustehen.

Als Becky sich in ihren neuen Tagesablauf gefunden hatte, lud ich sie sogar mal ein, mit in die Oper zu gehen – es gab *La Bohème*. Bisher hatte sie nie Neigung gezeigt, irgendwohin mit auszugehen, insbesondere jetzt, angesichts ihrer neuen Verantwortung für den Laden, aber diesmal überredete ich sie, weil eine Bekannte in letzter Minute abgesagt hatte und ich unbedingt noch eine Begleiterin brauchte, um wenigstens vier Leute zusammenzubekommen.

»Aber ich habe nichts anzuziehen!« meinte sie.

»Du kannst dir was von meinen Sachen aussuchen – was du willst«, versicherte ich ihr und schob sie in mein Schlafzimmer. Ich sah, daß sie diesem Angebot nicht widerstehen konnte. Eine Stunde später erschien sie in einem langen türkisfarbenen Kleid, das Erinnerungen daran weckte, wie es ursprünglich an der Vorführdame gewirkt hatte.

»Wer sind deine anderen Gäste?« erkundigte sich Becky.

»Algernon Fitzpatrick. Er ist der beste Freund von Percy Wiltshire – du erinnerst dich, dem Mann, der noch nicht weiß, daß ich ihn heiraten werde.«

»Und wer ist der letzte des Gespanns?«

»Guy Trentham. Er ist Captain bei den Royal Fusiliers, die Offiziere des Regiments sind gesellschaftsfähig; gerade noch«, fügte ich hinzu. »Er ist vor kurzem von der Westfront zurückgekommen, wo er eine recht gute Figur gemacht hat, wie man sich erzählt. Militärverdienstkreuz und so weiter. Wir kommen aus der gleichen Ortschaft in Berkshire und sind miteinander aufgewachsen. Ich muß allerdings zugeben, daß wir nicht viel gemein haben. Er sieht sehr gut aus, aber er hat einen Ruf als Frauenheld, also paß auf.«

Ich fand, daß *La Bohème* ein großer Erfolg gewesen war, auch wenn Algernon mir nicht viel Neues über Percys Absichten erzählen konnte. Guy konnte seine Augen während des ganzen zweiten Akts nicht von Becky nehmen – nicht daß sie das geringste Interesse an ihm zu zeigen schien.

Um so größer war meine Überraschung, als Becky, kaum daß wir wieder zu Hause waren, gar nicht mehr aufhören konnte, von Guy zu reden – seinem Aussehen, seiner Kultiviertheit, seinem Charme, und wie zuvorkommend er den ganzen Abend gewesen sei. Endlich gelang es mir, mich ins Bett zurückzuziehen, aber erst, nachdem ich Becky zu ihrer Befriedigung versichert hatte, daß ihre Gefühle zweifellos erwidert wurden.

Tatsächlich wurde ich unbeabsichtigt zum Postillion d'amour bei dieser knospenden Romanze. Guy bat mich am nächsten Tag, Miss Salmon einzuladen, ihn in ein West-End-Stück zu begleiten. Becky nahm natürlich an, aber das hatte ich Guy bereits versichert.

Nach ihrem Besuch des Haymarket Theaters begegnete ich den beiden mehrmals und befürchtete allmählich, daß die Beziehung, wenn sie noch ernster wurde, nur in Tränen enden konnte, wie meine Kinderfrau gern gesagt hatte. Ich bedauerte bereits, die beiden überhaupt miteinander bekannt gemacht zu haben, obwohl es keinen Zweifel gab, um den modernen Ausdruck zu zitieren, daß Becky sich total in ihn verknallt hatte.

Trotz alledem kehrte ein paar Wochen für die Bewohner von Nummer 97 wieder Ruhe ein – und dann kam Charlie.

Becky stellte ihn mir erst geraume Zeit nach seiner Rückkehr vor, und da mußte ich mir eingestehen: Männer wie ihn gab es in Berkshire nicht. Der Anlaß war ein gemeinsames Abendessen in dem gräßlichen italienischen Restaurant nicht weit von meiner Wohnung.

Genau gesehen war der Abend nicht gerade ein Riesenerfolg, teils weil Guy sich keine Mühe gab, gesellig zu sein, hauptsächlich aber, weil Becky gar nicht versuchte, Charlie ins Gespräch zu ziehen. Ich stellte Fragen und mußte die meisten selbst beantworten. Und was Charlie betraf, erschien er mir auf den ersten Blick ein wenig linkisch.

Als wir nach dem Essen alle zu meiner Wohnung zurückspazierten, meinte ich zu ihm, ob wir Becky und Guy nicht ein bißchen sich selbst überlassen sollten. Daraufhin lud Charlie mich ein, seinen Laden zu besichtigen, und als er mich herumführte, hörte er gar nicht auf, mir zu erklären, was er seit der Übernahme alles geändert hatte. Sein Enthusiasmus hätte bestimmt selbst den zynischsten Anleger überzeugt; was mich jedoch am meisten beeindruckte, war seine Beschlagenheit in einem Geschäft, dem ich bisher nicht einen Gedanken gewidmet hatte. In diesem Augenblick beschloß ich, Charlie in den beiden Angelegenheiten, die ihm so am Herzen lagen, zu helfen.

Es wunderte mich nicht im geringsten, als ich entdeckte, was er für Becky empfand; sie dagegen war so in Guy verknallt, daß sie sich Charlies Existenz offenbar nicht einmal bewußt war. Während eines seiner endlosen Monologe über die guten Eigenschaften des Mädchens regte sich ein Plan in mir für Charlies Zukunft. Er mußte sich eine Art Bildung erwerben, nicht auf dieselbe Weise wie Becky, gewiß, aber nicht minder bedeutend für die Zukunft, die er anstrebte.

Ich versicherte Charlie, daß Guy von Becky bald genug haben würde, denn so war es bisher bei allen Mädchen gewesen, die seinen Weg gekreuzt hatten. Ich sagte Charlie, er müsse Geduld haben, dann würde ihm der Apfel schließlich in den Schoß fallen. Dabei erklärte ich ihm auch, wer Isaac Newton war.

Ich vermutete, daß jene Tränen, von denen meine Kinderfrau so oft gesprochen hatte, bald nach Beckys Wochenendeinladung bei Guys Eltern in Ashurst fließen würden. Ich sorgte dafür, daß ich von den Trenthams zum Tee am Sonntag gebeten wurde, um Becky die möglicherweise benötigte moralische Unterstützung zu geben.

Ich kam kurz nach halb vier an, denn ich hielt diese Zeit schon immer für die passende Teestunde, fand jedoch nur Mrs. Trentham, umgeben von Silber und Porzellan, ganz allein vor.

»Wo ist das erdentrückte Liebespaar?« fragte ich, als ich den Salon betrat.

»Wenn du auf deine drastische Weise damit meinen Sohn und Miss Salmon meinst, Daphne – sie sind bereits nach London zurückgekehrt.«

»Miteinander, nehme ich an?«

»Ja, obwohl ich wahrhaftig nicht verstehen kann, was der liebe Junge in ihr sieht.« Mrs. Trentham goß mir eine Tasse Tee ein. »*Ich* fand sie jedenfalls ausgesprochen gewöhnlich.«

»Vielleicht liegt es an ihrem Verstand und ihrem Aussehen«, meinte ich, gerade als der Major eintrat. Ich lächelte dem Mann zu, den ich seit meiner frühesten Kindheit als Onkel sah und gut kannte. Nur eines war mir an ihm rätselhaft: Was konnte ihn bloß bewogen haben, Ethel Hardcastle zu heiraten?

»Guy ist auch weg?« fragte er.

»Ja, er ist mit Miss Salmon nach London zurück«, sagte Mrs. Trentham zum zweitenmal.

»Oh. Wirklich schade. Sie war so ein tolles Mädchen.«

»Auf eine ordinäre Weise«, sagte Mrs. Trentham, »könnte man sie vielleicht so bezeichnen.«

»Ich habe den Eindruck, daß Guy ziemlich verliebt in sie ist«, sagte ich und hoffte auf eine Reaktion.

»Gott bewahre!«

»Ich bezweifle, daß Gott sich da einmischt.« Jetzt machte mir die Herausforderung richtig Spaß.

»Dann werde *ich* es!« erklärte Mrs. Trentham. »Ich lasse nicht zu, daß mein Sohn die Tochter eines Straßenhändlers aus dem East End heiratet!«

»Warum nicht?« warf der Major ein. »Das war dein Großvater doch auch.«

»Gerald, also wirklich! Mein Großvater gründete und baute ein außerordentlich erfolgreiches Geschäft in Yorkshire auf, nicht im East End.«

»Dann betrifft dies wohl nur die Lage«, meinte der Major. »Ich erinnere mich gut, wir mir dein Vater erzählt hat – voll Stolz, wie ich betonen möchte –, daß sein Alter Herr die Firma Hardcastle von einem Schuppen in der Nähe von Huddersfield aus angefangen hat.«

»Gerald – er hat ganz gewiß übertrieben!«

»Ich hatte nie das Gefühl, daß er zum Übertreiben neigte«, entgegnete der Major. »Ganz im Gegenteil, er war von schonungsloser Offenheit, und schlau, fand ich.«

»Dann muß das eine sehr lange Zeit her sein«, murmelte Mrs. Trentham.

»Außerdem vermute ich stark, daß es die Kinder einer Rebecca Salmon einmal verdammt viel besser machen werden als unsereins«, fügte der Major hinzu.

»Gerald, ich wünschte wirklich, du würdest nicht so oft ›verdammt‹ sagen. Offenbar werden alle von diesem sozialistischen Stückeschreiber Shaw und seinem gräßlichen *Pygmalion* beeinflußt, das mir nicht viel mehr zu sein scheint, als ein Stück über Miss Salmon.«

»Wohl kaum«, widersprach ich. »Immerhin wird Becky auf der Universität von London ihr Bakkalaureat machen, und das ist mehr, als meine ganze Familie zusammen in elf Jahrhunderten geschafft hat.«

»Das mag ja sein«, gestand Mrs. Trentham zu, »doch das sind wohl kaum die passenden Voraussetzungen, Guy in seiner militärischen Laufbahn weiterzuhelfen, schon gar nicht jetzt, da sein Regiment nach Indien versetzt wird.«

Diese Neuigkeit kam wie ein Blitz aus heiterem Himmel. Ich war auch ziemlich sicher, daß Becky nichts davon wußte.

»Und wenn er nach England zurückkommt«, fuhr Mrs. Trentham fort, »werde ich ein Mädchen aus gutem Haus, mit genügend Geld und vielleicht sogar ein bißchen Intelligenz für ihn suchen. Gerald mag wegen kleinlicher Vorurteile nicht Colonel und Regimentskommandeur geworden sein, aber ich lasse nicht zu, daß es Guy ebenso geht, das versichere ich dir!«

»Ich war ganz einfach nicht gut genug«, sagte der Major schroff. »Sir Danvers war für den Posten viel besser qualifiziert. Außerdem wolltest sowieso nur du, daß ich Colonel werde.«

»Trotzdem. Ich finde, nach Guys Abschluß in Sandhurst ...«

»Es gelang ihm, einigermaßen gut abzuschneiden – als einer von vielen«, erinnerte der Major sie. »Das heißt noch lange nicht, daß er der Beste war, meine Liebe.«

»Aber an der Front hat er das Militärverdienstkreuz bekommen, und seine lobende Erwähnung ...«

Der Major brummte etwas auf eine Weise, die schließen ließ, daß er das schon viele Male hatte hören müssen.

»Ihr seht also«, fuhr Mrs. Trentham fort, »ich kann durchaus zuversichtlich sein, daß Guy einmal Regimentskommandeur werden wird. Und ich will euch auch nicht verheimlichen, daß ich das Mädchen bereits ausgewählt habe, das ihm dabei von Nutzen sein kann. Schließlich können Frauen ihren Männern zur Karriere verhelfen oder sie ihnen kaputtmachen, das weißt du doch, Daphne.«

»Da kann ich dir allerdings nicht widersprechen, meine Liebe«, brummte ihr Gatte.

Ich kehrte ein wenig erleichtert nach London zurück, denn ich war sicher, daß Beckys Beziehung mit Guy nach dieser Begegnung zu einem baldigen Ende kommen mußte. Je mehr ich den Kerl in letzter Zeit gesehen hatte, desto weniger traute ich ihm.

Als ich am Abend in die Wohnung zurückkam, saß Becky mit verheulten Augen und zitternd auf dem Sofa. Sie erzählte mir ihre Version dessen, was an dem Wochenende geschehen war, das sie im nachhinein als total verunglückt ansah, fügte aber hinzu, daß Guy ihr so etwas wie einen Antrag gemacht hatte.

Ich wollte gerade auf Indien zu sprechen kommen, als sie sagte: »Sie haßt mich.«

»Sie weiß dich noch nicht zu schätzen«, formulierte ich meine Antwort, soweit ich mich entsinne. »Aber ich kann dir versichern, daß der Major dich für ein großartiges Mädchen hält.«

»Wie lieb von ihm«, sagte Becky. »Er hat mich auf dem Landsitz herumgeführt, weißt du.«

»Liebes, man bezeichnet dreihundert Hektar nicht als Landsitz. Besitz vielleicht, aber nicht Landsitz.«

»Meinst du, daß Guy sich jetzt nicht mehr sehen lassen wird, nach dem, was in Ashurst passiert ist?«

Ich hätte fast »hoffentlich« gesagt, aber es gelang mir, meine Zunge zu zügeln. »Wenn er Charakter hat, läßt er sich nicht beeinflussen«, antwortete ich diplomatisch.

Tatsächlich kam Guy sie in der folgenden Woche wieder besuchen, und soweit ich es in Erfahrung bringen konnte, brachte er das Thema Mutter nie wieder zur Sprache, auch nicht das mißglückte Wochenende.

Ich hatte nun jedenfalls das Gefühl, daß mein langfristiger Plan für Charlie und Becky gut vorankam – bis ich nach einem langen Wochenende zurückkehrte und zu meiner Bestürzung eines meiner Lieblingskleider achtlos auf den Wohnzimmerboden geworfen vorfand. Ich folgte der Spur aus Kleidungsstücken zu Beckys Tür, die ich vorsichtig einen Spalt öffnete, und sah zu meinem Entsetzen weitere meiner Kleidungsstücke nebst einigen von Guy vor dem Bett liegen. Dabei hatte ich so sehr gehofft, Becky würde den Kerl längst durchschaut haben, ehe es soweit kommen könnte.

Guy brach am nächsten Tag bereits nach Indien auf, und Becky erzählte Gott und der Welt, daß sie mit ihm verlobt sei, obwohl sie weder seinen Ring trug, noch die Gesellschaftsspalte irgendeiner Zeitung ihre Version der Geschichte bestätigte. »Mir genügt Guys Wort«, erklärte sie mir. Da konnte man nur sprachlos sein.

Als ich an jenem Abend heimkam, fand ich sie schlafend in meinem Bett. Beim Frühstück erzählte Becky mir, Charlie habe sie dorthin gelegt – ohne weitere Erklärung.

Am folgenden Sonntag lud ich mich wieder zum Tee bei den Trenthams ein und erfuhr von Guys Mutter, daß ihr Sohn ihr versichert habe, er hätte Miss Salmon seit ihrem etwas überstürzten Aufbruch von Ashurst vor einigen Monaten nicht mehr gesehen.

»Aber das ist nicht ...«, begann ich, redete jedoch nicht weiter, weil mir einfiel, daß ich Becky versprochen hatte, Guys Mutter nichts davon zu sagen, daß sie sich weiterhin trafen.

Ein paar Wochen später gestand mir Becky, daß ihre Periode ausgeblieben war. Ich schwor, ihr Geheimnis für mich zu behalten, zögerte jedoch nicht, Charlie noch am selben Tag einzuweihen. Als er es hörte, fuhr er fast aus der Haut. Und das schlimmste war, daß er Becky gegenüber nun auch noch so tun müßte, als wäre alles in Ordnung.

»Wenn dieser Bastard Trentham noch in England wäre, ich schwöre, ich würde ihn umbringen!« knirschte Charlie immer wieder, während er im Wohnzimmer hin und her stapfte.

»Mir fallen wenigstens drei Mädchen ein, deren Väter das nur zu gern für dich besorgten, wenn er in England wäre«, gab ich zurück.

»Also was soll ich tun?« fragte mich Charlie schließlich.

»Nicht viel«, riet ich ihm. »Ich vermute, daß sich die Zeit –

und zwölftausend Kilometer – als deine besten Verbündeten erweisen werden.«

Der Colonel gehörte zu der Kategorie jener, die Guy Trentham mit Freude erschossen hätten, wenn man ihnen nur die Gelegenheit dazu gegeben hätte. In seinem Fall wegen der Ehre seines Regiments und dergleichen. Er murmelte sogar grimmig, daß er gute Lust habe, zu Major Trentham zu gehen und ihm zu sagen, wie die Sache stehe. Ich wollte ihm klarmachen, daß der Major nicht das Problem war, nur war ich mir nicht sicher, ob der Colonel, trotz seiner Erfahrung mit den verschiedensten Arten von Feinden, es je mit einem so verschlagenen wie Mrs. Trentham zu tun gehabt hatte.

Etwa zu dieser Zeit wurde Percy Wiltshire endlich aus den Scots Guards entlassen. Ich hörte auf, jedesmal Angst zu kriegen, wenn seine Mutter anrief. Während dieser schrecklichen Jahre hatte ich immer befürchtet, sie könnte mir mitteilen, daß Percy an der Westfront gefallen sei wie bereits sein Vater und sein älterer Bruder. Erst viele Jahre später gestand ich der Marquise, welchen Schrecken ich jedesmal bekommen hatte, sobald ich erfuhr, daß sie am Telefon war und mit mir sprechen wollte.

Dann bat Percy mich urplötzlich, seine Frau zu werden. Ich fürchte, von diesem Augenblick an war ich so mit unserer gemeinsamen Zukunft beschäftigt und all den Besuchen bei seiner Familie, daß ich meine Pflicht gegenüber Becky vernachlässigte, obwohl ich ihr meine Wohnung überlassen hatte. Dann, ehe ich mich versah, hatte sie bereits den kleinen Daniel auf die Welt gebracht.

Einige Monate nach der Taufe beschloß ich auf dem Rückweg von einem Wochenende auf dem Land bei Percys Mutter, einen Überraschungsbesuch in der Wohnung zu machen.

Als die Wohnungstür aufging, wurde ich von Charlie begrüßt, der eine Zeitung unter den Arm geklemmt hatte, während Becky auf dem Sofa saß und Socken flickte. Ich blickte hinunter und sah, daß Daniel wieselflink auf mich zukrabbelte. Ich hob ihn auf den Arm, ehe er die Treppe hinunter und in die weite Welt verschwinden konnte.

»Wie schön, dich wiederzusehen!« rief Becky und sprang auf.
»Es ist schon eine Ewigkeit her! Nimm bitte Platz, ich mache uns
rasch Tee.«

»Danke«, sagte ich abwesend. »Ich bin nur gekommen, um
dich zu fragen, ob du Zeit hast …« Meine Augen blieben an dem
kleinen Ölgemälde hängen, das über dem Kamin hing.

»Ein wundervolles Bild!« hauchte ich.

»Aber du mußt es doch schon oft gesehen haben«, wunderte
sich Becky. »Es hing doch in Charlies …«

»Nein, ich sehe es zum erstenmal«, entgegnete ich und war
mir nicht sicher, was sie gemeint hatte. ❧

## 14

Als die Karte mit dem Goldrand am Lowndes Square ankam, stellte Daphne sie zwischen die Einladung in die Königliche Loge in Ascot und die zu einem Gartenfest im Buckingham Palace. Sie fand, daß diese ganz besondere Einladung auf dem Kaminsims stehenbleiben sollte, damit alle sie sehen konnten, noch lange nachdem die beiden anderen in den Papierkorb gewandert waren.

Daphne war für eine Woche nach Paris gereist und hatte sich für diese drei Anlässe ausstaffiert; das schönste Kostüm war für Beckys Bakkalaureatsverleihung, die sie Percy nun als das große Ereignis beschrieb.

Ihr Verlobter – sie hatte sich allerdings immer noch nicht ganz daran gewöhnt, Percy in diesem Licht zu sehen – gestand, daß auch er noch nie zu einer solchen Feier eingeladen gewesen war.

Brigadegeneral Harcourt-Browne schlug vor, daß seine Tochter sich von Hoskins im Rolls zum Senatshaus der Universität fahren lassen sollte, und machte kein Hehl daraus, daß er ein bißchen neidisch war, weil er nicht eingeladen war.

Als der Tag endlich gekommen war, begleitete Percy Daphne zum Lunch ins Ritz, und nachdem sie zum x-tenmal ihre Gästeliste durchgegangen waren und die Liste der Lieder, die während der Trauung gesungen werden sollten, wandten sie ihre Aufmerksamkeit den Details der Nachmittagsveranstaltung zu.

»Ich hoffe, man fragt uns nicht irgendwas, wovon wir nichts verstehen«, seufzte Daphne.

»Oh, ich bin sicher, daß man uns nicht in Verlegenheit bringen wird, altes Mädchen«, beruhigte Percy sie. »Nicht, daß ich schon jemals bei so einer Veranstaltung dabeigewesen wäre. Wir Wiltshires sind nicht gerade dafür bekannt, die Obrigkeit in solchen Dingen zu bemühen«, fügte er hinzu und lachte, was sich, wie so oft, wie Husten anhörte.

»Du mußt dir das abgewöhnen, Percy. Wenn du lachen willst, dann lach. Wenn du husten mußt, dann huste!«

»Was immer du sagst, altes Mädchen.«

»Und hör auf, mich ›altes Mädchen‹ zu nennen. Ich bin erst dreiundzwanzig, und meine Eltern bedachten mich mit einem durchaus annehmbaren Vornamen.«

»Was immer du sagst, altes Mädchen.«

»Du hast mir überhaupt nicht zugehört!« Daphne schaute auf die Uhr. »Ich glaube, es ist Zeit, daß wir uns auf den Weg machen. Ich möchte mich gerade heute nicht verspäten.«

»Ganz sicher nicht«, pflichtete er ihr bei und rief nach der Rechnung.

»Haben Sie eine Ahnung, wohin es geht, Hoskins?« fragte Daphne, als er die Tür des Rolls für sie öffnete.

»Ja, Mylady. Ich nahm mir die Freiheit, mir die Route anzusehen, als Sie und Seine Lordschaft vergangenen Monat in Schottland waren.«

»Eine gute Idee, Hoskins«, lobte Percy. »Sonst würden wir möglicherweise den Rest des Nachmittags im Kreis umherirren.«

Als Hoskins den Wagen startete, blickte Daphne den Mann an, den sie liebte, und dachte unwillkürlich, wie gut ihre Wahl ausgefallen war. Tatsächlich hatte sie ihn schon mit sechzehn auserkoren und seither nie daran gezweifelt, daß er der Richtige war – sogar als er selbst noch völlig ahnungslos war. Sie hatte Percy schon immer wundervoll gefunden, gütig, zuvorkommend und sanft, und wenn auch vielleicht nicht auffallend gutaussehend, so doch ganz bestimmt distinguiert. Jede Nacht dankte sie dem lieben Gott, daß er heil aus dem schrecklichen Krieg zurückgekehrt war. Von dem Tag an, als Percy ihr erzählt hatte, daß er mit den Scots Guards nach Frankreich ginge, hatte Daphne die schlimmsten Jahre ihres Lebens verbracht. Sie hatte bei jedem Brief, jeder Nachricht, jedem Anruf befürchtet, man würde sie von seinem Heldentod informieren. Andere Männer machten ihr in seiner Abwesenheit den Hof, doch sie erhörte keinen, während sie, ähnlich wie dereinst Penelope, auf die Heimkehr ihres Erwählten wartete. Daß er noch lebte, konnte sie erst wirklich glauben, als sie ihn in Dover die Gangway herunterstapfen sah. Nie würde sie seine ersten Worte vergessen, als er sie da entdeckte:

»Wie schön, dich hier zu treffen, altes Mädchen. So ein Zufall.«

Percy sprach nie von der Heldentat seines Vaters, obwohl die *Times* dem gefallenen Marquis eine halbe Seite gewidmet hatte. In ihrem Nachruf nannte sie seinen Einsatz an der Marne, bei dem er allein eine deutsche Batterie überrannt hatte, ›einen der großen Siege des Krieges‹. Als einen Monat später Percys älterer Bruder bei Ypern fiel, wurde Daphne bewußt, wie vielen Familien ähnliches Leid widerfuhr. Percy hatte den Titel geerbt, er war zum zwölften Marquis von Wiltshire geworden. Vom zehnten zum zwölften in wenigen Wochen!

»Sind Sie sicher, daß wir in die richtige Richtung fahren?« fragte Daphne, als der Rolls in die Shaftesbury Avenue einbog.

»Jawohl, Mylady«, versicherte ihr Hoskins, der sich entschlossen hatte, Daphne mit diesem Titel anzureden, obwohl sie und Percy noch nicht verheiratet waren.

Percy hüstelte wieder. »Er will dir nur helfen, dich daran zu gewöhnen, altes Mädchen.«

Es hatte Daphne glücklich gemacht, als Percy ihr seinen Entschluß mitteilte, die Schottische Garde zu verlassen, um selbst die Leitung des Familienbesitzes zu übernehmen. So sehr sie ihn auch immer bewundert hatte in der dunkelblauen Uniform mit den vier Messingknöpfen im gleichen Abstand, den Stiefeln mit den Sporen und der komischen rot-weiß-blau karierten Mütze, wollte sie doch einen Gutsherrn, keinen Soldaten als Ehemann. Ein Leben in Indien, Afrika, den Kolonien hatte sie nie gereizt.

Als sie in die Malet Street einbogen, sahen sie eine Menge Leute die steinerne Freitreppe eines imposanten Baus hinaufsteigen. »Das muß das Senatshaus der Universität sein!« rief sie, als hätte sie eine neue Pyramide entdeckt.

»Jawohl, Mylady«, bestätigte Hoskins.

»Und vergiß nicht, Percy …«, begann Daphne.

»Ja, altes Mädchen?«

»Rede nicht unaufgefordert. Wir sind hier nicht gerade auf vertrautem Parkett, und ich möchte nicht, daß wir uns eine Blöße geben. Hast du die Einladungen eingesteckt und die Platzkarten?«

»Ich habe sie hier irgendwo.« Er kramte in seinen Taschen.

»Sie sind in der linken Brusttasche Ihres Jacketts, Eure Lordschaft«, sagte Hoskins und hielt den Wagen an.

»Ja, natürlich!« sagte Percy. »Danke, Hoskins.«

»Gern geschehen, Eure Lordschaft«, entgegnete Hoskins.

»Folge jetzt einfach der Menge«, wies Daphne Percy an. »Und mach ein Gesicht, als würdest du jede Woche an so was teilnehmen.«

Sie kamen an mehreren livrierten Türhütern und Platzanweisern vorbei, ehe sie ihre Karten herzeigen mußten und zur Reihe M geführt wurden.

»So weit hinten habe ich noch nie gesessen«, sagte Daphne.

»Und ich habe nur einmal versucht, mich so weit zurückzuhalten«, gestand Percy. »Und das war, als die Deutschen die Bühne für sich beanspruchten.« Wieder hüstelte er.

Die beiden saßen ganz still und blickten geradeaus, während sie warteten, daß sich etwas tat. Die Bühne war, von vierzehn Stühlen abgesehen, leer, und zwei davon, die in der Mitte standen, hätte man fast als Throne bezeichnen können.

Um vierzehn Uhr fünfundfünfzig kamen zehn Männer und zwei Frauen in Talaren – die, wie Daphne fand, wie lange schwarze Morgenröcke aussahen – und langen purpurnen Stolen auf die Bühne und schritten in einer Zweierreihe zu ihren Plätzen. Nur die beiden Throne blieben leer. Um Punkt drei Uhr wurde Daphnes Aufmerksamkeit auf den Innenbalkon gelenkt, wo Fanfarenschmettern die Ankunft der hohen Gäste ankündigte. Alle erhoben sich, als der König und die Königin eintraten, um ihre Plätze in der Mitte des Universitätssenats einzunehmen. Alle, außer dem Königspaar, blieben stehen, bis die Nationalhymne zu Ende war.

»Bertie macht sich ganz gut da oben«, bemerkte Percy, als er sich wieder setzte.

»Bitte, sei still«, wisperte Daphne. »Hier kennt ihn sonst niemand.«

Ein älterer Herr in langer schwarzer Robe, der einzige, der stehengeblieben war, wartete, bis sich alle gesetzt hatten, dann machte er einen Schritt vorwärts, verbeugte sich vor dem Königspaar und begann mit seiner Ansprache.

Als der Vizekanzler, Sir Russell Russell-Wells, bereits eine geraume Weile sprach, flüsterte Percy seiner Verlobten ins Ohr: »Wie soll jemand wie ich, der Latein als Wahlfach schon im vierten Semester aufgegeben hat, diesen ganzen Quatsch verstehen?«

»Ich habe selber nicht länger als ein Jahr durchgehalten.«

»Dann bist du mir keine große Hilfe, altes Mädchen«, wisperte Percy.

In der Reihe vor ihnen drehte sich jemand um und blickte sie ungehalten an.

Während der weiteren Zeremonie bemühten Daphne und Percy sich, still zu sein. Daphne hielt es jedoch mehrmals für nötig, die Hand fest auf Percys Knie zu legen, wenn er immer wieder unruhig auf dem unbequemen Holzstuhl hin und her rutschte.

»Der König hat es da leichter«, wisperte Percy. »Er sitzt auf einem verdammt großen Kissen.«

Endlich kam der Augenblick, auf den sie gewartet hatten. Der Vizekanzler, der die Namen der Graduierenden auf seiner Liste aufrief, war endlich zu den Ts gekommen. Er rief: »Bakkalaureus, Mrs. Charles Trumper vom Bedford College.« Der Applaus verdoppelte sich fast, wie jedesmal, wenn eine Frau die Stufen hinaufstieg, um ihr Diplom vom König entgegenzunehmen. Becky machte einen Knicks vor dem König, der ihr – wie das Programm es nannte – einen »purpurnen Talar« über ihre Robe legte und das zusammengerollte Dokument übergab. Wieder knickste sie und machte zwei Schritte rückwärts, ehe sie zu ihrem Platz zurückkehrte.

»Hätte es selber nicht besser machen können«, lobte Percy und klatschte ebenfalls. »Ich brauche wohl nicht zu raten, wer ihr das so gut beigebracht hat«, fügte er hinzu, und Daphne errötete. Sie mußten noch sitzen bleiben, bis die restlichen Graduierten ihre Diplome erhalten hatten, ehe sie in den Garten zum Tee entweichen konnten.

Percy stand mitten auf der Rasenfläche und schaute sich im Kreis um. »Kann sie nirgends sehen.«

»Ich auch nicht«, sagte Daphne. »Aber halt weiter Ausschau. Sie müssen ja hier sein.«

»Guten Tag, Miss Harcourt-Browne.«

Daphne drehte sich um. »Oh, guten Tag, Mrs. Salmon, wie reizend, Sie wiederzusehen. Das ist ja ein bezaubernder Hut. Guten Tag, Miss Roach. Percy, das ist Beckys Mutter, Mrs. Salmon, und das Beckys Tante, Miss Roach. Mein Verlobter ...«

»Sehr erfreut, Sie kennenzulernen, Eure Lordschaft.« Mrs. Salmon fragte sich, ob man ihr in ihrem Damenkränzchen in Romford glauben würde, wenn sie davon erzählte.

»Sie müssen sehr stolz auf Ihre Tochter sein«, sagte Percy.

»O ja, das bin, Eure Lordschaft«, versicherte ihm Mrs. Salmon.

Miss Roach stand still und stumm wie eine Statue.

»Und wo ist unsere kleine Gelehrte?« wollte Daphne wissen.

»Hier bin ich«, sagte Becky. »Aber wo warst du?« fragte sie, indem sie sich aus einer Gruppe frisch Graduierter löste.

»Auf der Suche nach dir.«

Die beiden jungen Frauen umarmten sich.

»Hast du meine Mutter gesehen?«

Daphne drehte sich um. »Sie war soeben noch da.«

»Sie holt nur rasch ein paar Sandwiches«, erklärte Miss Roach.

Becky lachte. »Typisch Mama.«

»Hallo, Percy«, rief Charlie. »Wie geht's?«

»Gut«, sagte Percy hüstelnd. »Meinen Glückwunsch, Becky«, fügte er hinzu, gerade als Mrs. Salmon mit einem großen Teller voll Sandwiches zurückkam.

»Wenn Becky die praktische Veranlagung ihrer Mutter geerbt hat«, sagte Daphne zu Mrs. Salmon, während sie ein Sandwich mit frischen Gurkenscheiben für Percy auswählte, »müßte sie es im Leben weit bringen. Ich glaube, in spätestens fünfzehn Minuten ist kein einziges Sandwich mehr zu haben.« Sie nahm eines mit Räucherlachs für sich selbst. »Warst du sehr nervös, als du auf die Bühne marschiert bist?« wandte sie sich wieder an Becky.

»Und wie!« antwortete Becky. »Und als der König mir den Überwurf umlegte, waren meine Knie wie aus Gummi. Dann, als ich zu meinem Platz zurückkam, sah ich auch noch, daß Charlie zu Tränen gerührt war.«

»Stimmt gar nicht!« protestierte ihr Gatte.

Becky sagte nichts, aber schob den Arm unter seinen.

»Dieses purpurne Schal-Dings hat es mir angetan«, gestand Percy. »Was denkt ihr, wie gut ich damit aussehen würde, wenn ich nächstes Jahr beim Jägerball damit prunken könnte. Was meinst du, altes Mädchen?«

»Sie müßten erst einmal ziemlich schwer arbeiten, ehe Sie das Recht bekämen, sich damit zu schmücken, Percy.«

Alle drehten sich um, um zu sehen, von wem diese Worte gekommen waren.

Percy neigte den Kopf. »Eure Majestät haben wie immer recht. Ich befürchte, wenn ich meinen gegenwärtigen Wissensstand bedenke, daß ich wohl nie mit einer solchen Auszeichnung rechnen kann.«

Der König lächelte, dann sagte er: »Ich muß gestehen, Percy, es überrascht mich, Sie so fern von Ihren gewohnten Jagdgründen anzutreffen.«

»Eine Freundin von Daphne«, erklärte Percy.

»Daphne, meine Liebe, wie schön, Sie zu sehen«, sagte der König. »Und ich hatte noch nicht die Gelegenheit, Ihnen zur Verlobung zu gratulieren.«

»Ich erhielt gestern einen reizenden Brief von der Königin, Eure Majestät. Es ist uns eine große Ehre, daß Sie beide an der Hochzeitsfeier teilnehmen können.«

»Ja, wir freuen uns sehr«, bestätigte Percy. »Dürfte ich Ihnen

Mrs. Trumper vorstellen, der Sie heute das Diplom übergaben?« Becky schüttelte dem König zum zweitenmal die Hand. »Ihr Gatte, Mr. Charles Trumper, und Mrs. Trumpers Mutter, Mrs. Salmon; ihre Tante, Miss Roach.«

Der König gab allen vieren die Hand, ehe er sagte: »Gut gemacht, Mrs. Trumper. Ich hoffe, Sie nutzen Ihren Titel sinnvoll.«

»Ich fange bei Sotheby's an, Eure Majestät. Als Praktikantin in der Gemäldeabteilung.«

»Ausgezeichnet. Dann wünsche ich Ihnen weiterhin viel Erfolg, Mrs. Trumper. Ich freue mich, Sie bei der Hochzeit wiederzusehen, Percy, wenn nicht früher.« Mit einem Nicken ging der König zu einer anderen Gruppe weiter.

»Feiner Kerl«, sagte Percy. »Nett von ihm, zu uns herüberzukommen.«

»Ich hatte keine Ahnung, daß du ihn so gut kennst«, sagte Becky.

»Na ja, um ehrlich zu sein«, erklärte Percy, »*mein* Ur-ur-ur-ur-großvater hat versucht, *seinen* Ur-ur-ur-ur-großvater umzubringen. Und wenn es ihm gelungen wäre, könnten die Rollen jetzt leicht umgekehrt sein. Trotzdem war er immer recht verständnisvoll gewesen, was die Sache betrifft.«

»Und was ist mit deinem Urururgroßvater passiert?« fragte Charlie.

»Wurde ins Exil geschickt«, antwortete Percy. »Und zu Recht, wie ich sagen muß. Sonst hätte er es bloß noch mal versucht.«

»Großer Gott.« Becky lachte.

»Was hast du?« fragte Charlie.

»Mir ist gerade klar geworden, wer Percys Urururgroßvater war.«

Daphne hatte keine Gelegenheit mehr, Becky vor der Hochzeitsfeier wiederzusehen, da die letzten Wochen davor mit Vorbereitungen völlig ausgefüllt waren. Aber es gelang ihr, über die Lage in der Chelsea Terrace auf dem laufenden zu bleiben, da sie dem Colonel und seiner Gemahlin bei Lady Denhams Empfang am

Onslow Square begegnete. Der Colonel erzählte ihr *sotto voce*, daß Charlies Konto bei der Bank einen ziemlichen Überziehungsbetrag aufzuweisen beginne – »auch wenn er alle anderen größeren Gläubiger inzwischen abgefunden hat«. Daphne lächelte, denn sie erinnerte sich, daß Charlie den Rest des Geldes, das sie noch zu bekommen gehabt hatte, auf seine typische Weise schon Monate vor Fälligkeit zurückgezahlt hatte. »Und ich habe soeben erfahren, daß der Mann ein Auge auf einen weiteren Laden geworfen hat«, fügte der Colonel hinzu.

»Welchen denn jetzt?«

»Die Bäckerei – Nummer 145.«

»Beckys Vater hatte eine Bäckerei«, sagte Daphne. »Glauben Sie, daß sie den Laden bekommen werden?«

»Ich denke schon – ich fürchte nur, daß Charlie diesmal ein bißchen mehr bezahlen muß, als er wert ist.«

»Wieso das?«

»Der Bäcker befindet sich direkt neben der Obst- und Gemüsehandlung, und Mr. Reynolds weiß nur zu gut, wie versessen Charlie auf seinen Laden ist. Aber Charlie hat ihm ein verlockendes Angebot gemacht: Er ist bereit, Mr. Reynolds als Geschäftsführer zu übernehmen und ihm einen Gewinnanteil zu geben.«

»Hmmm. Von welcher Dauer wird diese Abmachung sein? Was meinen Sie?«

»Gerade so lange, wie Charlie braucht, das Bäckerhandwerk wieder zu beherrschen.«

»Was ist mit Becky?«

»Sie hat bei Sotheby's angefangen. Hinter der Theke.«

»Als Ladenangestellte?« rief Daphne ungläubig. »Wozu da die ganze Mühe, ein Diplom zu erarbeiten, wenn sie nur im Laden steht?«

»Offenbar muß bei Sotheby's jeder ganz unten anfangen, gleichgültig welche Qualifikationen er mitbringt. Becky hat mir das alles erklärt«, fuhr der Colonel fort. »Ganz egal, ob man Sohn des Vorsitzenden ist; ob man mehrere Jahre in einer größeren Kunstgalerie im West End gearbeitet hat; ob man einen akademischen Grad hat oder nicht; jeder fängt erst einmal hinter dem Ladentisch an. Sobald man sich bewährt hat, kommt man in die Kunstabteilungen. Eigentlich so ähnlich wie bei der Armee.«

»Und auf welche Abteilung hat Becky es abgesehen?«

»Ich glaube, sie möchte unter jemand namens Pemberton arbeiten, ein anerkannter Experte für Renaissancegemälde.«

»Ich wette, daß sie nicht länger als ein paar Wochen hinter dem Ladentisch bleiben wird«, prophezeite Daphne.

»Da ist Charlie anderer Ansicht«, sagte der Colonel.

»Oh, wie lange meint er?«

Der Colonel lächelte. »Zehn Tage, höchstens.«

## 15

Wenn morgens die Post am Lowndes Square ankam, legte Wentworth, der Butler, die Briefe auf ein silbernes Tablett und trug sie zum Arbeitszimmer, wo der General die an ihn adressierten herunternahm und das Tablett mit den übrigen dem Butler zurückgab. Daraufhin brachte Wentworth die restlichen den Damen des Hauses.

Doch seit die Verlobung seiner Tochter in der *Times* bekanntgegeben worden war, und erst recht, nachdem über fünfhundert Einladungen zur bevorstehenden Hochzeit versandt worden waren, hatte der General genug davon, die Briefe auszusortieren. Er hatte deshalb Wentworth angewiesen, die Post erst zu den Damen zu bringen, die konnten dann die Briefe zur Seite legen, die wirklich für ihn bestimmt waren.

So kam es, daß Wentworth an einem Montag morgen im Juni 1921 an Miß Daphnes Schlafzimmertür klopfte, auf das Herein eintrat und ihr ein dickes Bündel Briefe aushändigte. Daphne behielt die an sie und ihre Mutter gerichteten und gab die paar übriggebliebenen Wentworth zurück, der sich knapp verbeugte und seine umgekehrte Tour fortsetzte.

Kaum hatte Wentworth die Tür hinter sich geschlossen, schwang sich Daphne aus dem Bett, legte den Stoß Briefe auf ihren Frisiertisch und verschwand im Badezimmer. Kurz nach halb elf Uhr kehrte sie, gestärkt für die Anstrengungen des Tages, an den Frisiertisch zurück und machte sich daran, die Umschläge aufzuschlitzen. Zunächst mußte sie Zusagen und Absagen auf getrennte Haufen legen, ehe sie die Absender auf ihrer Einladungsliste abhaken bzw. ausstreichen konnte. Ihre Mutter würde dadurch bald die Anzahl abschätzen und mit der Tischordnung anfangen können. Unter den neunundzwanzig Briefen dieses Vormittags waren zweiundzwanzig Zusagen, u. a. von einer Prinzessin, einem Vicomte, zwei anderen Lords, einem Botschafter und von Colonel und Lady Hamilton. Es waren auch vier Absagen: zwei der Absender bedauerten, daß sie zu dem Zeitpunkt leider im Ausland sein würden; ein älterer Onkel litt an schwerer Diabetes; und die vierte Absenderin hatte eine Tochter, die so töricht gewesen war, für ihre Hochzeit dasselbe Datum wie Daphne anzusetzen. Als alle abgehakt bzw. ausgestrichen waren, wandte sich Daphne den fünf übrigen Briefen zu.

Einer war von ihrer siebenundachtzigjährigen Tante Agatha, die in Cumberland wohnte und schon früher erklärt hatte, daß sie an der Hochzeitsfeier nicht teilnehmen könne, da sie befürchtete, die Reise nach London würde sich als zu anstrengend erweisen. Nun schlug Tante Agatha Daphne vor, sie doch gleich nach ihrer Hochzeitsreise mit Percy zu besuchen, da sie ihn gern kennenlernen wollte.

»Ganz bestimmt nicht!« sagte Daphne laut. »Wenn ich wieder in England zurück bin, habe ich weit Wichtigeres zu tun, als greise Tanten zu besuchen.« Dann las sie das P. S.:

Und während du in Cumberland bist, mein Liebling, wäre es eine gute Gelegenheit, mich bei meinem Testament zu beraten, weil ich nicht so recht weiß, welches Gemälde ich wem vermachen soll. Ich möchte vor allem den Canaletto in guten Händen sehen.

Raffinierte alte Dame, dachte Daphne. Sie zweifelte nicht im geringsten daran, daß Tante Agatha an alle, auch die entferntesten Verwandten das gleiche Postskript schrieb, denn das garantierte ihr, daß sie selten ein Wochenende allein zubringen mußte.

Das zweite Schreiben war von Michael Fishlock und Co., dem Spezialisten für das Ausrichten und die Versorgung von Festlichkeiten. Er hatte einen Voranschlag gemacht für Tee für etwa achthundert Gäste auf dem Vincent Square, unmittelbar vor der kirchlichen Trauung. Dreihundert Pfund erschienen Daphne exorbitant. Sie legte das Schreiben zur Seite, damit Vater sich später darum kümmern konnte. Auch zwei andere Briefe von Freundinnen an ihre Mutter legte sie zur Seite.

Den fünften Brief hob sie sich bis zuletzt auf, denn die farbenprächtigsten Marken schmückten den Umschlag, und in der rechten oberen Ecke befand sich über *10 Anna* die Königskrone in einem Oval.

Sie öffnete den Umschlag und holte mehrere Blatt schweren Briefpapiers heraus; das oberste wies die Insignien der Königlichen Füsiliere auf.

»Liebe Daphne«, begann der Brief. Sie blätterte rasch zur letzten Seite und las: »Dein ergebener Freund Guy«.

Sie kehrte zur ersten Seite zurück und begann Guys Brief mit ungutem Gefühl zu lesen.

2. Bataillon
Royal Fusiliers
Wellington-Kaserne
Poona
Indien

15. Mai 1921

Liebe Daphne,

ich hoffe, Du verzeihst mir, wenn ich mich aus langjähriger Freundschaft unserer Familien an Dich wende. Es hat sich ein Problem ergeben, von dem Du zweifellos weißt, und dessentwegen ich mich jetzt leider an Dich um Hilfe und Rat wenden muß.

Vor einiger Zeit erhielt ich einen Brief von Deiner Freundin Rebecca Salmon ...

Daphne legte die ungelesenen Seiten auf ihren Frisiertisch und wünschte sich, der Brief wäre erst angekommen, nachdem sie bereits auf Hochzeitsreise war, statt ein paar Tage zuvor. Sie beschäftigte sich noch einige Zeit mit der Gästeliste, aber ihr war klar, daß sie schließlich den Brief doch weiterlesen müßte, um herauszufinden, was Guy von ihr wollte. Also griff sie wieder danach.

... die mir mitteilte, daß sie schwanger sei und ich der Vater ihres Kindes wäre.

Ich möchte Dir von Anfang an versichern, daß nichts der Wahrheit ferner sein könnte, denn das einzige Mal, als ich in Deiner Wohnung übernachtete, hatten Rebecca und ich keine körperliche Berührung.

Ich möchte klarstellen, daß sie es war, die darauf beharrte, daß wir an diesem Tag in Deiner Wohnung zu Abend essen, obwohl ich bereits einen Tisch im Ritz für uns reserviert hatte.

Im Verlauf des Abends wurde es offensichtlich, daß sie versuchte, mich betrunken zu machen, und ich muß gestehen, daß ich tatsächlich nicht mehr ganz fest auf den Beinen war, als ich mich verabschieden wollte, und deshalb bezweifelte, daß ich es, ohne unliebsames Aufsehen zu erregen, zurück zu meiner Kaserne schaffen würde.

Rebecca schlug sogleich vor, daß ich über Nacht bliebe und »meinen Rausch ausschlafe«. Ich benutze hier ihre genauen Worte. Natürlich lehnte ich ab, bis sie darauf hinwies, daß ich in Deinem Zimmer schlafen könne, da Du ja erst am Nachmittag des nächsten Tages von Eurem Landsitz zurückkommen würdest – was Du auch später bestätigt hast.

So nahm ich Rebeccas freundliches Angebot an und fiel, gleich nachdem ich mich niedergelegt hatte, in tiefen Schlaf, aus dem mich ein lautes Klopfen weckte. Zu meiner Bestürzung sah ich Dich vor mir stehen. Und noch entsetzter war ich, als ich feststellen mußte, daß Rebecca ohne mein Wissen zu mir unter die Decke gekrochen war.

Das war Dir verständlicherweise sehr peinlich und Du bist gleich wieder gegangen. Ich stand sofort, ohne ein Wort auf, zog mich an und kehrte in meine Kaserne zurück, wo ich etwa um Viertel nach eins ankam.

Als ich am Morgen am Waterloo-Bahnhof eintraf, wo ich meine Reise nach Indien antrat, war ich, wie Du Dir vorstellen kannst, etwas überrascht, als ich sah, daß Rebecca auf dem Bahnsteig auf mich wartete. Ich verbrachte nur wenige Augenblicke mit ihr, erklärte ihr jedoch unmißverständlich, was ich von dem Streich hielt, den sie mir in der vergangenen Nacht gespielt hatte. Dann gab ich ihr die Hand und stieg in den Zug nach Southampton, ohne damit zu rechnen, daß ich je wieder von ihr hören würde. Doch wenige Monate später erhielt ich diesen ungerechtfertigten, skurrilen Brief, der der Grund ist, weshalb ich jetzt Deine Hilfe brauche ...

Daphne drehte die Seite um und warf einen Blick in den Spiegel. Sie hatte nicht die geringste Lust zu erfahren, was Guy von ihr wollte. Er hatte ja sogar vergessen, in wessen Zimmer sie ihn ertappt hatte. Doch Sekunden später wandten ihre Augen sich der nächsten Seite zu und sie las weiter.

... Die Sache wäre abgetan gewesen, hätte sich nicht Colonel Sir Danvers Hamilton bemüßigt gefühlt, meinem Kommandeur, Colonel Forbes, zu schreiben und ihm Miss Salmons Version der Geschichte mitzuteilen, was dazu führte, daß ich von einem Sonderausschuß aus Offizieren meines Regiments zur Rede gestellt wurde.

Natürlich erklärte ich ihnen genau, was sich in jener Nacht in Deiner Wohnung wirklich zugetragen hatte. Doch aufgrund von Colonel Hamiltons nachhaltigem Einfluß auf das Regiment wollten einige meine Version nicht wahrhaben. Glücklicherweise schrieb meine Mutter ein paar Wochen später Colonel Forbes, daß Miss Salmon ihren langjährigen Liebhaber Charlie Trumper geheiratet habe und er nicht leugne, daß er der Vater des vor der Eheschließung geborenen Kindes sei. Wenn der Colonel meiner Mutter nicht geglaubt hätte, wäre ich gezwungen gewesen, meinen Abschied zu nehmen. Zu meinem Glück blieb mir das erspart.

Doch vor kurzem erfuhr ich von meiner Mutter, daß Du beabsichtigst, während Deiner Flitterwochen (übrigens meinen herzlichen Glückwunsch) Indien zu besuchen. Du wirst dabei höchstwahrscheinlich Colonel Forbes kennenlernen, der, wie ich befürchte, diese Sache zur Sprache bringen könnte, da Dein Name in dieser Angelegenheit natürlich genannt wurde.

Ich bitte Dich, sag nichts, was meiner Laufbahn schaden könnte. Wenn Du aber andererseits meine Worte bestätigen könntest, würde die ganze häßliche Geschichte endlich vergessen sein.

Dein ergebener Freund<br>Guy

Daphne legte den Brief auf den Frisiertisch und überlegte, was sie als nächstes tun sollte. Unentschlossen begann sie ihr Haar zu bürsten. Sie wollte das Problem weder mit ihrer Mutter noch ihrem Vater besprechen, und auf keinen Fall hatte sie Lust, Percy hineinzuziehen. Und natürlich durfte Becky nichts von Trenthams Brief erfahren, ehe sie sich nicht genau im klaren war, was sie zu unternehmen hatte. Sie staunte, welch kurzes Gedächtnis ihr Guy zutraute, nur weil er sich selbst von der Wirklichkeit entfernte.

Sie legte die Haarbürste hin und sah sich selbst im Spiegel an. Schließlich steckte sie den Brief in den Umschlag zurück und bemühte sich, nicht mehr daran zu denken. Doch womit sie sich auch abzulenken versuchte, Guys Worte schlichen sich immer wieder ein. Es ärgerte sie besonders, daß er sie für so leichtgläubig hielt.

Pötzlich fiel Daphne ein, bei wem sie Rat suchen konnte. Sie griff nach dem Telefon, und nachdem sie das Amt um eine Nummer in Chelsea gebeten hatte, stellte sie erfreut fest, daß der Colonel noch zu Hause war.

»Ich wollte gerade zum Mittagessen in meinen Club, Daphne. Aber sagen Sie es ruhig, wenn ich irgendwas für Sie tun kann.«

»Ich muß dringend mit Ihnen sprechen, doch es geht um etwas, das ich nicht dem Telefon anvertrauen möchte«, erklärte sie ihm.

»Ich verstehe«, sagte der Colonel und machte eine kleine Pause, bevor er fortfuhr: »Wenn Sie nichts anderes vorhaben, dann essen Sie doch mit mir im *In and Out* zu Mittag. Ich werde meine Reservierung auf das Damenzimmer umändern.«

Daphne nahm die Einladung dankbar an, und nachdem sie ihr Make-up überprüft hatte, fuhr Hoskins sie zum Piccadilly, so daß sie nur wenige Minuten nach ein Uhr im *Naval and Military* ankam.

Der Colonel stand in der Eingangshalle und wartete auf sie. »Das ist eine angenehme Überraschung«, sagte Sir Danvers. »Es kommt nicht jeden Tag vor, daß ich mit einer schönen jungen Dame speise. Das wird mein Ansehen im Club heben. Ich werde jedem Admiral und General zuwinken.«

Als er sah, daß Daphne nicht über seinen kleinen Witz lachte, wurde seine Miene unvermittelt ernst. Er nahm sanft ihren Arm und führte sie zum Damenspeisezimmer. Kaum hatte er ihre Bestellung der Bedienung schriftlich aufgegeben, holte Daphne Guys Brief aus der Tasche und reichte ihn wortlos dem Colonel.

Sir Danvers klemmte sein Monokel in das gute Auge und las. Hin und wieder blickte er zu Daphne hinüber und bemerkte, daß sie die inzwischen servierte Suppe nicht anrührte.

»Unangenehme Sache«, sagte er, als er den Brief in den Umschlag zurücksteckte und ihn Daphne wiedergab.

»Was soll ich tun?«

»Nun, eines ganz bestimmt nicht: mit Charlie oder Becky darüber reden. Ich wüßte auch nicht, wie es sich vermeiden ließe, daß Sie Trentham mitteilen, Sie würden sich gezwungen sehen, die Wahrheit zu sagen, falls man Ihnen die direkte Frage stellte, wer das Kind gezeugt hat.« Er machte eine Pause und hob die Suppentasse an die Lippen. »Ich schwöre, ich werde nie wieder mit Mrs. Trentham reden«, fügte er ohne Erklärung hinzu.

Die Bemerkung verblüffte Daphne; sie hatte bisher nicht einmal gewußt, daß der Colonel der Frau je begegnet war.

»Vielleicht bringen wir mit vereinten Kräften eine passende Antwort zustande.« Der Colonel unterbrach sich, als die Bedienung den Hauptgang servierte.

»Wenn Sie mir helfen könnten, wäre ich Ihnen unendlich dankbar«, sagte Daphne nervös. »Doch zuerst sollte ich Ihnen wohl alles erzählen, was ich weiß.«

Der Colonel nickte.

»Wie Sie sich bestimmt denken können, ist es meine Schuld, daß die beiden sich überhaupt kennenlernten ...«

Als Daphne mit ihrer Geschichte zu Ende war, war der Teller des Colonels leer.

»Ich wußte das meiste davon bereits.« Der Colonel betupfte mit einer Serviette die Lippen. »Aber Sie haben die eine oder andere Lücke gefüllt. Ich muß gestehen, ich hatte keine Ahnung, daß Trentham ein solcher Schuft ist. Wenn ich es jetzt bedenke, hätte ich mich genauer über ihn informieren müssen, ehe ich zustimmte, daß er für das Militärverdienstkreuz vorgeschlagen wurde.« Er erhob sich. »Wären Sie so lieb und entschuldigen mich ein paar Minuten – vielleicht blättern Sie in einer Zeitschrift im Kaffeezimmer –, dann bemühe ich mich um einen ersten Entwurf.«

»Tut mir leid, daß ich Sie so belästige«, entschuldigte sich Daphne.

»Im Gegenteil, ich fühle mich geschmeichelt, daß Sie mich Ihres Vertrauens würdig erachten.« Er ging hinüber ins Schreibzimmer. Es dauerte fast eine Stunde, ehe er wiederkam. Daphne las inzwischen schon zum zweitenmal die Stellenangebote für Kindermädchen in der *Lady*.

Hastig legte sie die Zeitschrift auf den Tisch zurück und straffte die Schultern. Der Colonel reichte ihr das Ergebnis seiner Mühe, und Daphne studierte es mehrere Minuten, ehe sie etwas sagte.

»Gott weiß, was Guy tun würde, wenn ich ihm einen solchen Brief schickte«, murmelte sie schließlich.

»Er wird sein Offizierspatent abgeben, meine Liebe, so einfach ist das. Und alles andere als zu früh, würde ich meinen.« Der Colonel runzelte die Stirn. »Es ist höchste Zeit, daß man Trentham die Konsequenzen seines schuftigen Benehmens klarmacht, und nicht nur wegen der Verpflichtungen, die er immer noch gegenüber Becky und dem Kind hat.«

»Aber jetzt, da sie glücklich verheiratet ist, wäre das Charlie gegenüber nicht fair!« gab Daphne zu bedenken.

Der Colonel senkte die Stimme. »Haben Sie Daniel in letzter Zeit gesehen?«

»Vor ein paar Monaten, wieso?«

» Dann sehen Sie ihn sich am besten noch mal an, denn es gibt nicht viele Trumpers oder Salmons, die blondes Haar, eine klassische Nase und tiefblaue Augen haben. Ich fürchte, die offenkundigeren Ebenbilder finden sich in Ashurst in Berkshire. Jedenfalls werden Becky und Charlie dem Kind die Wahrheit nicht auf die Dauer vorenthalten können, wenn sie nicht Schwierigkeiten für später schaffen wollen. Ich kann Ihnen nur raten, schicken Sie den Brief so ab.« Er tippte mit den Fingern auf das Beistelltischchen.

Als Daphne wieder zu Haus am Lowndes Square war, begab sie sich direkt in ihr Zimmer. Sie setzte sich an den Sekretär und schrieb nach kurzem Zögern den Entwurf des Colonels ins reine.

Nachdem sie mit ihrer eigenen Version fertig war, las Daphne noch einmal den Absatz des Entwurfs, den sie ausgelassen hatte, und hoffte, daß die düstere Prophezeiung des Colonels sich nicht als richtig erweisen würde. Dann zerriß sie den Entwurf und klingelte Wentworth.

»Geben Sie diesen Brief für mich auf«, bat sie.

Bei der Hektik der Hochzeitsvorbereitungen vergaß Daphne das Problem Guy Trentham, kaum daß sie Wentworth den Brief mitgegeben hatte. Die Brautjungfern mußten ausgewählt werden, ohne die Hälfte der Verwandtschaft zu kränken; ihre Schneiderin bestand auf endlosen Anproben, die immer länger dauerten als angenommen; die Sitzordnung mußte noch einmal sorgfältig überprüft werden, um sicherzugehen, daß die Verwandten, die seit Jahren nicht mehr miteinander redeten, auch wirklich nicht am gleichen Tisch saßen – und natürlich auch nicht in derselben Reihe in der Kirche. Und schließlich mußte sie sich auch noch taktvoll gegen ihre zukünftige Schwiegermutter, die Marquise, behaupten, die, da sie bereits drei eigene Töchter verheiratet hatte, bei fast allem mit drei verschiedenen Meinungen aufwartete. So fühlte sich Daphne regelrecht erschöpft.

Eine Woche vor der großen Feier schlug Daphne Percy vor, einfach zum nächsten Standesamt zu gehen und die ganze Sache so rasch wie möglich hinter sich zu bringen – am besten ohne irgend jemandem ein Sterbenswörtchen zu sagen.

»Was immer du meinst, altes Mädchen«, sagte Percy, der es längst aufgegeben hatte, irgend jemandem zuzuhören, wenn es um das Thema Hochzeit ging.

Am 16. Juli 1921 wachte Daphne um fünf Uhr dreiundvierzig erschöpft auf, doch als sie um dreizehn Uhr fünfundvierzig auf den Lowndes Square in den Sonnenschein hinaustrat, war sie munter und bester Laune und freute sich auf den großen Augenblick.

Ihr Vater half ihr das Trittbrett in die offene Kalesche hinauf, in der schon ihre Großmutter und Mutter am Hochzeitstag gefahren waren. Eine Schar von Dienstboten und Gratulanten ließen die Braut hochleben, als sie ihre Fahrt nach Westminster antrat, Passanten winkten vom Bürgersteig, Offiziere salutierten, Burschen bliesen ihr Küsse zu, und Möchtegernbräute seufzten, als sie vorüberfuhr.

Wenige Minuten nachdem Big Ben zwei Uhr geschlagen hatte, betrat Daphne an ihres Vaters Arm die Kirche durch den Nordeingang und schritt zu den Klängen von Mendelssohns Hochzeitsmarsch feierlich den Mittelgang entlang. Ehe sie zu Percy trat, hielt sie nur kurz an, um einen Knicks vor dem König und der Königin zu machen, die allein auf ihren Privatbänken neben dem Altar saßen. Nach diesen langen Monaten der Vorbereitungen, schien die Trauung in Minuten vorüberzusein. Als von der Orgel die Schlußakkorde erklangen und die frisch Vermählten in einen Nebenraum gebeten wurden, um sich ins Kirchenbuch einzutragen, hätte Daphne am liebsten die ganze Zeremonie noch einmal mitgemacht.

Doch obwohl sie zu Hause am Lowndes Square heimlich die Unterschrift geübt hatte, zögerte sie, ehe sie mit »Daphne Wiltshire« unterzeichnete.

Das Brautpaar verließ die Kirche unter dröhnender Glockenbegleitung und schritt im strahlenden Sonnenschein durch die

Straßen von Westminster. Als sie in dem riesigen Pavillon ankamen, der in der Anlage am Vincent Square aufgestellt worden war, machten sie sich daran, ihre Gäste zu begrüßen.

Dadurch, daß sie mit jedem zumindest ein paar verbindliche Worte wechseln wollte, kam Daphne fast nicht dazu, ein Stück ihrer eigenen Hochzeitstorte zu kosten. Sie hatte gerade einen Bissen genommen, als die Marquise herbeieilte und mahnte, daß sie kaum noch mit der letzten Flut auslaufen konnten, wenn sie nicht rasch zu den Ansprachen kamen.

Algernon Fitzpatrick pries die Brautjungfern und brachte einen Toast auf Braut und Bräutigam aus, was Percy mit einer überraschend witzigen Entgegnung quittierte, die begeistert aufgenommen wurde. Dann wurde Daphne rasch zum Vincent Square 45 gebracht, dem Haus eines entfernten Onkels, damit sie in ihr Reisekostüm schlüpfen konnte.

Unzählige Zuschauer drängten sich auf dem Bürgersteig und warfen Reis und Rosenblüten, während Hoskins wartete, um die Neuvermählten nach Southampton zu bringen.

Dreißig Minuten später kutschierte Hoskins sie gemächlich über die A 30, vorbei an Kew Gardens, während die Hochzeitsgäste ohne das Brautpaar weiterfeiern mußten.

»Jetzt hast du mich den Rest deines Lebens am Hals, Percy Wiltshire!« sagte Daphne zu ihrem frischgebackenen Ehemann.

»Ich vermute, das wurde von unseren Müttern schon geplant, ehe wir uns kennenlernten«, entgegnete Percy. »Verrückt, wirklich!«

»Verrückt?«

»Ja. Ich hätte ihre Verschwörung schon vor Jahren beenden können, indem ich ihnen versicherte, daß ich ohnehin keine andere als dich heiraten würde.«

Daphne dachte zum erstenmal ernsthaft über ihre Flitterwochen nach, als Hoskins den Rolls am Hafen anhielt – gute zwei Stunden, ehe die *Mauretania* auslaufen würde. Mit Hilfe mehrerer Träger lud Hoskins zwei riesige Koffer aus dem Rolls – vierzehn waren bereits am vergangenen Tag vorausgeschickt worden –, und Daphne und Percy begaben sich zur Gangway, wo der Zahlmeister auf sie wartete. In dem Moment, als er ihnen entgegenging, um den Marquis und seine Braut zu begrüßen, rief jemand aus der Menge:

»Viel Glück, Eure Lordschaft! Und ich möcht' für meine Frau und mich selbst sagen, daß die Marquise recht gut aussieht.«

Beide drehten sich um und lachten laut heraus, als sie Charlie und Becky, noch im Festtagsstaat, unter der Menge stehen sahen.

Der Zahlmeister führte die vier die Gangway hinauf und in die Nelson-Kabine, wo eine weitere Flasche Champagner auf sie wartete.

»Wie habt ihr es geschafft, vor uns hier zu sein?« fragte Daphne.

»Nun«, antwortete Charlie in übertriebenem Cockneydialekt: »Wir 'ab'n vielleicht kein' Rolls-Royce, M'lady, aber wir 'ab'n 'oskins trotzdem mit uns'rm klein' Zweisitzer über'olt, außer'alb von Winchester.«

Als das Nebelhorn dreimal tutete, meinte der Zahlmeister, daß die Trumpers vielleicht das Schiff verlassen sollten, da er annahm, es sei nicht ihre Absicht, die Wiltshires nach New York zu begleiten.

»Dann auf Wiedersehen in etwa einem Jahr!« rief Charlie auf der Gangway und winkte noch einmal.

»Bis dahin sind wir rund um die Welt gereist, altes Mädchen«, sagte Percy zu seiner Frau.

Daphne winkte. »Ja. Und der Himmel weiß, was die beiden bis dahin alles ausgeheckt haben.«

# Colonel Hamilton

## 1920–1922

—————

## 16

ℳ Ich habe ein ziemlich gutes Personengedächtnis, deshalb erkannte ich ihn auch gleich, als er die Kartoffeln abwog. Da fiel mir das Schild über der Ladentür ein. Natürlich, Trumper, Corporal C. Nein, wenn ich mich nicht irrte, war er zuletzt Sergeant. Und wie hieß doch gleich sein Freund, der die Tapferkeitsmedaille verliehen bekommen hatte? Ah, ja, Prescott, Private T. Todesursache nicht ganz zufriedenstellend geklärt.

Als ich zum Mittagessen nach Hause kam, erzählte ich der Memsahib, daß ich Sergeant Trumper wiedergesehen hatte, doch sie zeigte kein sonderliches Interesse, bis ich ihr das Obst und Gemüse übergab. Da fragte sie mich, wo ich es gekauft habe. »In Trumpers Laden«, sagte ich. Sie nickte und notierte sich Namen und Adresse ohne weitere Erklärung.

Am nächsten Tag beauftragte ich den Regimentsschreiber, Trumper zwei Karten für das Jahrestreffen zu senden, und dachte nicht mehr an den Mann, bis ich die zwei beim Ball am Sergeantentisch sitzen sah. Ich sage »die zwei«, weil sich Trumper in Begleitung eines äußerst attraktiven Mädchens befand. Er aber ignorierte die junge Dame den größten Teil des Abends einer anderen wegen, deren Namen ich nicht erfahren konnte, die jedoch, wie ich hinzufügen sollte, zuvor nur wenige Plätze von mir entfernt am Offizierstisch gesessen hatte. Als der Adjutant Elizabeth zum Tanz aufforderte, nutzte ich meine Chance, das dürfen Sie mir glauben. Ich marschierte quer über die Tanzfläche – und war mir natürlich bewußt, daß mir die Augen des halben Bataillons folgten –, verbeugte mich vor der jungen Dame und bat sie um die Ehre eines Tanzes.

Sie war, wie ich erfuhr, eine Miss Salmon, und sie tanzte wie eine Offiziersgattin. Gescheit war sie auch und putzmunter. Ich konnte mir einfach nicht vorstellen, weshalb Trumper sie so vernachlässigte, und wenn es mich etwas angegangen wäre, hätte ich ihm meine Meinung gesagt.

Nach dem Tanz nahm ich Miss Salmon mit an unseren Tisch, um sie mit Elizabeth bekannt zu machen, die sie offenbar ebenso bezaubernd fand. Später erzählte die Memsahib mir, sie habe erfahren, das Mädchen sei mit einem Captain Trentham vom Regiment verlobt, der jetzt in Indien stationiert war. Trentham, Trentham ... Ich erinnerte mich, daß es einen jungen Offizier dieses Namens im Bataillon gab – hatte an der Marne das Militärverdienstkreuz bekommen –, aber da war noch etwas mit ihm, was mir momentan nicht einfiel. Armes Mädchen, dachte ich, denn ich hatte Elizabeth so was Ähnliches zugemutet, als sie mich 1882 nach Afghanistan versetzt hatten. Hat mich ein Auge gekostet durch die verdammten Afghanen und fast auch die einzige Frau, die ich je geliebt habe. Es wird nun mal nicht gern gesehen, wenn man heiratet, ehe man Captain ist – und nachdem man Major ist, auch nicht.

Auf dem Heimweg eröffnete mir Elizabeth, daß sie Miss Salmon und Trumper am folgenden Morgen in die Tregunter Road eingeladen habe.

»Warum?« fragte ich.

»Es sieht aus, als hätten sie dir einen Vorschlag zu machen.«

Sie kamen in unserem Häuschen in der Tregunter Road an, während meine Standuhr noch dabei war, zehn Uhr zu schlagen. Ich bot ihnen Platz im Wohnzimmer an, dann fragte ich Trumper: »Nun, worum geht es, Sergeant?« Er machte keine Anstalten zu antworten, denn wie sich herausstellte, war Miss Salmon die Sprecherin für sie beide. Ohne ein überflüssiges Wort lud sie mich auf sehr überzeugende Weise ein, in ihrem kleinen Unternehmen einzusteigen, als stiller Teilhaber sozusagen, gegen eine Vergütung von hundert Pfund pro Jahr. Obwohl das Ganze nicht gerade meine Kragenweite war, rührte mich ihr Vertrauen und ich versprach, ich würde mir ihr Angebot durch den Kopf gehen lassen. Tatsächlich versprach ich, ich würde ihnen schreiben und sie meine Entscheidung in Kürze wissen lassen.

Elizabeth pflichtete meiner Meinung in dieser Sache voll bei, riet mir jedoch, erst einmal selbst ein bißchen die Lage auszukundschaften, ehe ich das Ansinnen ausschlug.

Die nächsten paar Tage hielt ich mich häufiger in der Nähe von Chelsea Terrace 147 auf. Ich saß meist auf der Bank gegenüber dem Laden, von wo aus ich, ohne selbst gesehen zu werden, beobachten konnte, wie sie ihrem Geschäft nachgingen. Aus verständlichen Gründen wählte ich verschiedene Tageszeiten für meine Beobachtungen. Manchmal erschien ich gleich in der Früh, an anderen Tagen während der Stoßzeit, dann wieder am Spätnachmittag. Einmal wartete ich sogar, bis sie den Laden schlossen; dabei wurde mir klar, daß Sergeant Trumper nicht zu denen gehörte, die es nicht erwarten konnten, bis Feierabend war. Nummer 147 erwies sich in dieser Straße als das Geschäft, das am längsten für seine Kundschaft offenhielt. Ich will nicht verhehlen, daß ich sowohl von Trumper wie von Miss Salmon einen sehr guten Eindruck gewann. Ein fleißiges Paar, versicherte ich Elizabeth nach meinem letzten Beobachtungstag.

Vor einigen Wochen hatte der Kurator des Imperial War Museum vorsichtig bei mir angeklopft, ob ich nicht dem Museumsausschuß beitreten wolle, und um ehrlich zu sein, waren Salmon-Trumper die einzigen anderen, die an mich herangetreten waren, seit ich im vergangenen Jahr meine Sporen an den Nagel gehängt hatte. Da der Kurator keine Bezahlung erwähnt hatte, nahm ich an, daß keine vorgesehen war, und aus den Aufzeichnungen der letzten Ausschußsitzung zu schließen, die man mir zum Durchblättern geschickt hatte, würde mich dieser Ehrenposten kaum mehr als eine Stunde meiner Zeit die Woche kosten.

Nach eingehendster Überlegung, einem Plausch mit Miss Daphne Harcourt-Browne und so manchen ermutigenden Tönen von Elizabeth – die gar nicht so erfreut war, wenn ich den ganzen Tag nur im Haus herumhockte –, schrieb ich Miss Salmon ein paar Zeilen auf Clubbriefpapier, um sie wissen zu lassen, daß ich einverstanden war.

Am folgenden Morgen wurde mir klar, worauf ich mich eingelassen hatte, denn die junge Dame erschien in der Tregunter Road, um mich in meinen ersten Auftrag einzuweisen. Sie war verdammt gut, ich wüßte nicht, welcher meiner früheren Stabsoffiziere es hätte besser machen können.

Becky – sie hatte mich gebeten, aufzuhören, sie »Miss Salmon« zu nennen, da wir ja nun »Partner« waren – sagte, ich sollte unseren ersten Besuch bei Child's in der Fleet Street als »Trockenübung« betrachten, weil der Fisch, den sie tatsächlich an Land ziehen wollte, nicht vor nächster Woche zu haben sei. Dann aber würden wir zuschlagen. Sie benutzte laufend Ausdrücke, aus denen ich mir keinen Reim machen konnte.

Sie dürfen mir glauben, daß mir am Vormittag unserer Besprechung mit dieser ersten Bank das Hemd auf dem Rücken klebte, und ich muß gestehen, ich war nahe daran, den Rückzug anzutreten, noch ehe der Angriffsbefehl kam. Hätte ich nicht diese beiden erwartungsvollen jungen Gesichter gesehen, die mir vertrauten, ich schwöre, ich hätte mich vielleicht aus der ganzen Kampagne zurückgezogen.

Nun, trotz meiner Zweifel verließen wir die Bank eine knappe Stunde später, nachdem wir unseren ersten Angriff erfolgreich durchgeführt hatten. Und ich glaube, ich kann ehrlich sagen, daß ich meine Partner nicht enttäuschte. Nicht daß ich viel von Hadlow hielt, den ich ein wenig merkwürdig fand, aber die Buffs waren nie ein erstklassiges Regiment gewesen. Vor allem aber war der Mann nie in der vorderen Reihe gewesen, und das sagt für mich schon viel über einen aus.

Von diesem Augenblick an hielt ich mich auf dem laufenden über Trumpers Unternehmen und bestand auf einer wöchentlichen Besprechung, um das Neuste zu erfahren. Ich konnte sogar hin und wieder mit Rat aufwarten oder auch mit ein paar Worten der Ermutigung. Schließlich wollte ich ja kein Geld einstecken, wenn ich nicht etwas dafür tat.

Nun, alles schien großartig zu gehen und die vierteljährlichen Abrechnungen waren beeindruckend. Da ersuchte mich Trumper Ende Mai 1920 um ein privates Treffen. Ich wußte, daß er ein Auge auf ein anderes Geschäft in der Chelsea Terrace geworfen hatte und sein Bankkonto nicht gar so gut aussah; deshalb nahm ich an, daß er darüber mit mir sprechen wollte.

Ich erklärte mich einverstanden, in seine Wohnung zu kommen, da er sich offenbar nie so ganz wohl in seiner Haut fühlte, wenn ich ihn in meinen Club oder in die Tregunter Road einlud. Als ich an diesem Abend bei ihm ankam, war er sichtlich erregt, und ich vermutete, daß er Probleme mit einem unserer drei Läden hatte, doch er versicherte mir, daß dem nicht so war.

»Nun, dann heraus damit, Trumper«, forderte ich ihn auf.

»Das ist nicht so leicht, Sir«, antwortete er. Ich schwieg, weil ich hoffte, daß er sich dann eher ein wenig entspannen könnte und sich von der Seele reden würde, was ihn bedrückte.

»Es geht um Becky, Sir«, platzte er schließlich heraus.

»Ein großartiges Mädchen«, versicherte ich ihm.

»Ja, Sir, das stimmt. Aber ich fürchte, sie ist in anderen Umständen.«

Ich muß gestehen, daß ich das bereits seit ein paar Tagen von Becky selbst wußte, doch da ich der jungen Dame versprochen hatte, es niemandem zu erzählen, auch Charlie nicht, tat ich überrascht. Obgleich mir klar ist, daß die Zeiten sich geändert haben, wußte ich doch, daß Becky streng erzogen worden war, außerdem hatte sie nie den Eindruck einer solchen Art von Mädchen auf mich gemacht, wenn Sie wissen, was ich meine.

»Sicher werden Sie wissen wollen, wer der Vater ist«, fügte Charlie hinzu.

»Ich hatte angenommen ...«, begann ich, doch Charlie schüttelte sofort den Kopf.

»Nicht ich, auch wenn ich es mir wünschte. Dann könnte ich sie heiraten und brauchte Sie nicht mit dem Problem zu belästigen.«

»Wer ist dann der Verantwortliche?« fragte ich und tat immer noch so, als wäre ich ahnungslos.

Er zögerte, ehe er antwortete: »Guy Trentham, Sir.«

»Captain Trentham? Aber er ist doch in Indien, wenn ich mich recht entsinne.«

»Das stimmt, Sir. Und ich hatte größte Mühe, Becky dazu zu bringen, ihm mitzuteilen, was passiert ist. Sie sagt, das würde seine Laufbahn ruinieren.«

»Aber wenn sie ihm nicht die Wahrheit sagt, könnte es ihr ganzes Leben ruinieren«, sagte ich leicht verärgert. »Denken Sie nur an das Stigma, eine unverheiratete Mutter zu sein, ganz abgesehen davon, ein uneheliches Kind großziehen zu müssen. Wie dem auch sei, Trentham wird es ja irgendwann doch erfahren.«

»Nicht von ihr«, sagte Charlie. »Auch nicht von mir.«

»Verschweigen Sie mir irgend etwas, das ich wissen sollte, Trumper?«

»Nein, Sir.«

Das kam ein wenig zu schnell, als daß er mich ganz überzeugt hätte. »Dann werden Sie das Problem Trentham mir überlassen müssen«, erklärte ich. »Kümmern Sie sich nur weiterhin um Ihre Läden. Aber lassen Sie mich sofort wissen, wenn es bekannt ist, damit ich dann nicht mehr so tun muß, als hätte ich keine Ahnung.« Ich stand auf.

»Die ganze Welt wird es in Kürze wissen«, murmelte Charlie.

Ich hatte gesagt: »Überlassen Sie das Problem mir«, ohne die leiseste Ahnung, was ich unternehmen sollte. Aber später an diesem Abend sprach ich mit Elizabeth über die ganze Sache. Sie riet mir, mich mit Daphne zusammenzusetzen, die bestimmt mehr darüber wußte, was vorging, als Charlie. Ich vermutete, daß sie recht hatte.

Elizabeth und ich luden Daphne zwei Tage später zum Tee bei uns ein. Sie bestätigte alles, was Charlie gesagt hatte, und konnte auch noch ein paar fehlende Stücke in dieses Puzzle einfügen. Daphne war sicher, daß Trentham Beckys erste große Liebe war, und gewiß hatte sie noch nie zuvor mit irgendeinem anderen Mann geschlafen und mit Trentham auch nur das einzige Mal. Während Trentham alles andere denn ein unbeschriebenes Blatt gewesen war, wie sie uns versicherte.

Die restlichen Neuigkeiten versprachen zudem keine einfache Lösung des Problems, denn es konnte nicht damit gerechnet werden, daß Guys Mutter darauf bestand, daß ihr Sohn Becky heiratete. Im Gegenteil, Daphne wußte, daß die Frau bereits jetzt dafür sorgte, daß niemand Trentham auf irgendeine Weise dafür für verantwortlich halten würde.

»Aber was ist mit Trenthams Vater?« fragte ich. »Meinen Sie, ich sollte mit ihm reden? Obwohl wir im gleichen Regiment dienten, waren wir doch nie im selben Bataillon, müssen Sie wissen.«

»Er ist der einzige der Familie, den ich wirklich mag«, gestand Daphne. »Er ist der Abgeordnete für Berkshire West im Unterhaus, ein Liberaler.«

»Dann werde ich das als Ausgangspunkt nehmen«, überlegte ich laut. »Ich kann zwar die Partei dieses Mannes nicht ausstehen, doch das ist kein Grund, daß er den Unterschied zwischen Recht und Unrecht nicht kennen sollte.«

Ein weiterer Brief auf Clubpapier brachte eine umgehende Antwort des Majors mit einer Einladung zum Chester Square auf einen Drink.

Ich traf pünktlich um sechs Uhr ein und wurde in den Salon gebeten, wo mich eine äußerst charmante Dame begrüßte, die sich als Mrs. Trentham vorstellte. Sie war ganz anders, als ich nach Daphnes Beschreibung erwartet hatte, ja, tatsächlich eine gutaussehende Frau. Sie entschuldigte sich auf reizendste Weise, daß ihr Gemahl im Unterhaus aufgrund einer *three-line whip*, wie sie sagte, aufgehalten wurde. Sogar ich wußte, das bedeutete, daß er eine höchstdringliche Aufforderung zu einer Sitzung erhalten hatte, vor deren Ende er den Palace of Westminster unter keinen Umständen verlassen dürfe. Ich traf einen sofortigen Entschluß – einen falschen, wie ich rückblickend weiß; diese Angelegenheit durfte keine Minute länger hinausgeschoben werden, und ich mußte dem Major die Botschaft durch seine Gemahlin übermitteln lassen.

»Ich finde das alles sehr peinlich«, begann ich.

»Bitte sprechen Sie ruhig ganz offen, Colonel. Ich darf Ihnen versichern, daß mein Gemahl mich voll in sein Vertrauen zieht. Wir haben keine Geheimnisse voreinander.«

»Nun, um offen zu sein, Mrs. Trentham, die Angelegenheit, über die ich sprechen möchte, betrifft Ihren Sohn Guy.«

»Ich verstehe«, sagte Mrs. Trentham.

»Und seine Verlobte, Miss Salmon.«

»Sie ist nicht seine Verlobte und war es auch nie«, sagte Mrs. Trentham in einem Ton, der mir bis zu diesem Augenblick fremd gewesen war.

»Aber man hat mir gesagt ...«

»Daß mein Sohn Miss Salmon die Ehe versprach? Ich versichere Ihnen, Colonel, daß nichts der Wahrheit ferner sein könnte.«

Ich war so betroffen, daß mir einfach nicht einfiel, wie ich der Dame auf diplomatische Weise den eigentlichen Grund erklären könnte, weshalb ich ihren Gemahl hatte sprechen wollen. Deshalb sagte ich nun: »Zu welchen Versprechen es auch kam oder nicht, Madam, ich finde, daß Sie und Ihr Gemahl wissen sollten, daß Miss Salmon ein Kind erwartet.«

»Und was hat das mit jemandem von uns zu tun?« Mrs. Trentham blickte mich hart und ohne jegliche Bestürzung an.

»Lediglich, daß Ihr Sohn zweifellos der Vater ist.«

»Das behauptet sie, Colonel.«

»Das, Mrs. Trentham, ist Ihrer unwürdig. Ich kenne Miss Salmon und weiß, daß sie ein durch und durch anständiges und ehrliches Mädchen ist. Ganz abgesehen davon, wenn es nicht Ihr Sohn war, wer hätte es dann sein können?«

»Weiß der Himmel«, entgegnete Mrs. Trentham, »diverse Männer, würde ich annehmen, nach ihrem Ruf zu schließen. Immerhin war ihr Vater ein Einwanderer.«

»Das war auch der Vater des Königs, Madam«, erinnerte ich sie. »Trotzdem hätte er gewußt, was sich gehört, wäre er in die gleiche Lage gekommen.«

»Ich fürchte, ich habe wirklich keine Ahnung, was Sie meinen, Colonel.«

»Ich meine, Madam, daß Ihr Sohn entweder Miss Salmon heiraten oder zumindest angemessene Vorkehrungen für den Unterhalt des Kindes treffen muß.«

»Offenbar muß ich Ihnen noch einmal klarmachen, Colonel, daß diese Angelegenheit meinen Sohn nicht im geringsten betrifft. Ich kann Ihnen versichern, daß Guy, schon Monate ehe er nach Indien abreiste, mit diesem Mädchen Schluß machte.«

249

»Ich weiß, daß das nicht stimmt, Madam, denn ...«

»O wirklich, Colonel? Dann frage ich Sie, was Sie diese Sache überhaupt angeht?«

»Miss Salmon und Mr. Trumper sind Geschäftsfreunde«, erklärte ich.

»Ich verstehe«, sagte sie. »Dann würde ich meinen, daß Sie nicht lange zu suchen haben, wer der Vater wirklich ist.«

»Madam, das war unangebracht! Charlie Trumper ist nicht ...«

»Ich sehe keinen Grund, dieses Gespräch fortzusetzen, Colonel«, unterbrach mich Mrs. Trentham und stand auf. Sie begann zur Tür zu gehen, ohne mich noch eines Blickes zu würdigen. »Ich muß Sie warnen, Colonel. Falls ich höre, daß Sie diese Verleumdung irgendwo verbreiten, beauftrage ich meine Anwälte, die nötigen Schritte zu unternehmen, daß der gute Ruf meines Sohnes keinen Schaden erleidet.«

Obwohl ich erschüttert war, folgte ich ihr in die Eingangshalle, entschlossen, die Sache nicht auf sich beruhen zu lassen. Major Trentham war nun meine einzige Hoffnung. Als Mrs. Trentham die Haustür für mich öffnete, sagte ich fest: »Darf ich annehmen, Madam, daß Sie Ihren Gemahl von diesem Gespräch unterrichten werden?«

»Sie dürfen nichts annehmen, Colonel!« waren Mrs. Trenthams letzte Worte, als sie die Tür knapp hinter mir zuschmetterte. Das letzte Mal war mir eine solche Behandlung durch eine Dame in Indien zuteil geworden, und ich möchte nicht verschweigen, daß sie bedeutend mehr Grund hatte, gekränkt zu sein.

Als ich Elizabeth eingehend von diesem Gespräch erzählte – so wortgetreu ich konnte –, sagte meine Frau auf ihre klare, überlegte Weise, daß mir nur drei Möglichkeiten blieben. Die erste sei, direkt an Captain Trentham zu schreiben und von ihm zu verlangen, daß er sich mit Anstand aus der Affäre ziehe. Die zweite, seinem Kommandeur alles mitzuteilen, was ich wußte.

»Und die dritte?« fragte ich.

»Die Angelegenheit nie wieder zu erwähnen.«

Ich ließ mir ihre Worte durch den Kopf gehen und entschied mich schließlich für die mittlere Möglichkeit: Ich schrieb an Colonel Ralph Forbes, einen großartigen Kameraden, der mich als Regimentskommandeur abgelöst hatte, und legte ihm die Tatsachen dar, soweit sie mir bekannt waren. Ich wählte die Worte wohlüberlegt, weil mir durchaus bewußt war, daß es dem guten Namen des Regiments schaden könnte, würde Mrs. Trentham ihre Drohung wahr machen, Anklage wegen Verleumdung zu erheben. Aber ich hatte beschlossen, ein väterliches Auge auf Becky zu haben, da sie jetzt, wenn Sie mir einen bildhaften Vergleich gestatten, die Kerze nicht nur an beiden Enden brennen ließ, sondern auch noch in der Mitte. Immerhin bereitete sie sich auf ihr Examen vor, fungierte als unbezahlte Sekretärin und Buchhalterin für ein florierendes kleines Unternehmen und würde, wie jeder sah, in wenigen Wochen niederkommen.

Während diese Wochen vergingen, bereitete es mir Sorgen, daß sich an der Trentham-Front offenbar nichts tat, obwohl mir Forbes postwendend versichert hatte, daß er einen Untersuchungsausschuß einberufen hatte. Auch Daphne und Charlie hatten in dieser Hinsicht nichts Neues erfahren.

Mitte Oktober kam Daniel George auf die Welt, und ich war gerührt, daß Becky mich bat, gemeinsam mit Bob Makins und Daphne den Taufpaten zu machen. Noch mehr freute ich mich, als Becky mich wissen ließ, daß sie und Charlie in der kommenden Woche heiraten würden.

Elizabeth und ich nahmen, nebst Daphne, Percy, Mrs. Salmon, Miss Roach und Bob Makins, an der einfachen Trauung im Standesamt von Chelsea teil, danach an einer kleinen Feier in Charlies Wohnung über dem Laden.

Ich dachte bereits, daß sich vielleicht alles zum Besten entwickelt hatte, als mich einige Monate später Daphne anrief und sagte, daß sie mich gern in einer dringenden Sache sprechen möchte. Ich lud sie zum Mittagessen im Club ein, wo sie mir einen Brief von Captain Trentham zu lesen gab, den sie am Morgen erhalten hatte. Mir wurde sogleich bewußt, daß Mrs. Trentham von meinem Brief an Forbes erfahren haben mußte, in dem ich vor den Folgen eines gebrochenen Heiratsversprechens warnte, und die Sache sogleich in die Hand genommen hatte. Ich fand nun, daß es an der Zeit war, ihren Sohn wissen zu lassen, daß er damit nicht durchkam.

Ich überließ Daphne sich selbst und einer Tasse Kaffee, um mich in das Schreibzimmer zurückzuziehen und bei einem starken Cognac einen noch stärkeren Brief aufzusetzen. Ich fand, daß ich ihn unter den gegebenen Umständen so diplomatisch und realistisch wie nur möglich formulierte und keinen Punkt außer acht ließ. Daphne dankte mir und versprach, den Brief wörtlich zu übernehmen und Trentham zu schicken.

Ich traf sie nicht mehr, bis wir uns einen Monat später bei ihrer Hochzeit wiedersahen, und das war kaum der geeignete Zeitpunkt, das Thema Trentham anzuschneiden.

Nach der Trauung spazierte ich um die Anlage am Vincent Square herum, wo der Empfang stattfinden sollte. Ich hielt wachsam nach Mrs. Trentham Ausschau, die wahrscheinlich auch eingeladen war, denn ich hatte keine Sehnsucht nach einem zweiten Gespräch mit dieser Dame.

Ich freute mich jedoch, als ich in dem riesigen Pavillon, der extra für diese Feier aufgebaut worden war, auf Charlie und Becky stieß. Ich hatte das Mädchen nie zuvor so strahlend gesehen, und Charlie war regelrecht elegant in einem Cut, grauer Krawatte und Zylinder. Die goldene Taschenuhr, die von seiner Weste hing, war, wie ich erfuhr, ein Hochzeitsgeschenk von Becky. Sie hatte sie von ihrem Vater geerbt, wie sie erzählte, doch der Rest des Staates, erklärte Charlie, müsse am nächsten Morgen zu den Gebrüdern Moss zurück.

»Wäre es nicht an der Zeit, daß Sie sich einen eigenen Cut leisten? Es wird in Zukunft sicherlich noch so manche ähnliche Anlässe geben, wozu Sie einen brauchen.«

»Ganz sicher nicht«, erwiderte er. »Das wäre reine Vergeudung.«

»Aber wieso?« fragte ich. »Gewiß sind die Kosten ...«

»Weil ich beabsichtige, ein eigenes Schneidergeschäft zu kaufen. Ich habe schon geraume Zeit ein Auge auf Nummer

127, und wie Mr. Crowther meint, dürfte es bald zum Verkauf kommen.«

Gegen diese Logik konnte ich nichts einwenden. Seine nächste Frage verblüffte mich ungemein.

»Haben Sie je von Marshall Field gehört, Colonel?«

»War er im Regiment?« fragte ich und dachte nach.

»Nein.« Charlie grinste. »Marshall Field ist ein Kaufhaus in Chicago, in dem man alles bekommen kann, was man je im Leben braucht oder sich wünscht. Mehr noch, Field hat hundertfünfundachtzigtausend Quadratmeter Verkaufsfläche, alles unter einem Dach!«

Eine grauenvolle Vorstellung! Aber ich versuchte nicht, den Wortschwall des begeisterten Jungen zu dämpfen. »Das Gebäude nimmt einen ganzen Häuserblock ein!« gab er mir zu verstehen. »Können Sie sich einen Laden mit achtundzwanzig Eingängen vorstellen? Den Anzeigen nach gibt es bei Field vom Apfel bis zum Automobil alles, und er hat vierundzwanzig verschiedene Arten von beidem. Stellen Sie sich vor, er hat den Einzelhandel in den Staaten revolutioniert, indem er als erstes Geschäft den Ratenkauf eingeführt hat. Er behauptet in seiner Werbung auch, daß er alles, was er nicht vorrätig hat, innerhalb einer Woche beschaffen kann.«

»Soll das heißen, daß wir Field im Austausch für Chelsea Terrace 147 kaufen sollen?« fragte ich naiv.

»Nicht gleich, Colonel. Aber wenn es mir gelingt, nach und nach jedes Geschäft in der Chelsea Terrace aufzukaufen, könnten wir etwas Ähnliches in London aufziehen und ihm vielleicht sogar die erste Zeile seiner frechen Anzeigen stehlen.«

Ich wußte, daß er es erwartete, darum fragte ich, was diese erste Zeile besagte.

»Der größte Laden der Welt«, antwortete Charlie.

»Und was sagen *Sie* dazu?« wandte ich mich an Becky.

»In Charlies Fall«, entgegnete sie, »müßte es der größte Karren der Welt sein.«

## 17

Trumpers erste Jahreshauptversammlung wurde über der Obst-
und Gemüsehandlung im Wohnzimmer von Chelsea Terrace 147
abgehalten. Der Colonel, Charlie und Becky saßen um einen
kleinen runden Tisch und wußten nicht so recht, wie es angehen
sollte, bis der Colonel die Versammlung eröffnete.

»Ich weiß, daß wir nur zu dritt sind; trotzdem bin ich der
Meinung, daß wir all unsere künftigen Versammlungen auf professionelle Weise durchführen.« Charlie zog die Brauen hoch,
versuchte jedoch nicht, des Colonels Redefluß zu unterbrechen.
»Ich habe mir deshalb die Freiheit genommen, Punkte für die
Tagesordnung zusammenzustellen, denn sonst kann man leicht
vergessen, Wichtiges zur Sprache zu bringen.« Der Colonel
schob seinen beiden Partnern ein Blatt zu, auf dem er mit fein-
säuberlicher Schrift fünf Punkte auflistete. »Der erste Punkt auf
der Tagesordnung ist der Geschäftsbericht, und ich möchte
Becky bitten, uns zu sagen, wie sie die gegenwärtige finanzielle
Lage sieht.«

Becky hatte ihren Bericht sorgfältig Wort für Wort niedergeschrieben, nachdem sie im vergangenen Monat zwei große,
ledergebundene Geschäftsbücher, eines rot, eines blau, in der
Schreibwarenhandlung in Nummer 137 gekauft hatte und während der vergangenen vierzehn Tage, nur jeweils Minuten nachdem Charlie zum Covent Garden aufgebrochen war, aufgestanden war, um dafür zu sorgen, daß sie jedwede Frage beantworten
konnte, die vielleicht bei ihrer ersten Versammlung aufgeworfen
würde. Sie schlug das rote Buch auf und begann langsam zu
lesen, wobei sie hin und wieder auf das blaue Buch verwies, das
ebenso groß und beeindruckend war, und auf dessen Einband in
Gold das Wort JOURNAL geprägt war.

»Bei Ende des Geschäftsjahres am 31. Dezember 1921 hatten

die sieben Läden einen Umsatz von eintausenddreihundertund-
elf Pfund und vier Shilling, woraus wir einen Gewinn von zwei-
hundertneunzehn Pfund und elf Shilling erklärten und siebzehn
Prozent vom Umsatz aufwiesen. Unsere Schulden bei der Bank
betragen momentan siebenhunderteinundsiebzig Pfund; darin
sind unsere Steuerabgaben für das Jahr enthalten. Aber der Wert
der sieben Läden bleibt im Buch mit eintausendzweihundert-
neunzig Pfund, der exakte Preis, den wir für sie bezahlten. Das
ist jedoch nicht ihr gegenwärtiger Marktwert.

Ich habe eine separate Kostenaufgliederung für jedes Geschäft gemacht«, sagte Becky und reichte Charlie und dem Colonel Kopien ihrer Arbeit. Beide studierten sie mehrere Minuten
eingehend, ehe sie etwas sagten.

»Das Lebensmittelgeschäft bringt immer noch die meisten
Erträge, wie ich sehe«, stellte der Colonel fest, während sein
Monokel die Gewinn- und Verlustspalten auf und ab wanderte.
»Das Haushaltsgeschäft macht endlich keine Verluste mehr, und
die Schneiderei frißt einen Teil unserer Gewinne auf.«

»Ja«, bestätigte Charlie. »Da bin ich an einen schönen Heiligen geraten, als ich sie kaufte.«

»Einen was?« fragte der Colonel verwirrt.

»Einen Schwindler«, brummte Becky, ohne vom Buch aufzublicken.

»Ich fürchte ja.« Charlie nickte. »Ich mußte für das Geschäft
verdammt tief in die Tasche greifen, habe obendrein zuviel für
den Bestand bezahlt und stand schließlich mit Personal da, das
nicht richtig ausgebildet war und nichts taugte. Aber es geht aufwärts, seit Ihr Major Arnold den Laden übernommen hat.«

Der Colonel lächelte. Es war erfreulich, daß die Einstellung
eines seiner ehemaligen Stabsoffiziere sich als solcher Erfolg erwies. Tom Arnold war bald nach dem Krieg in die Savile Row
zurückgekehrt und hatte feststellen müssen, daß seine alte Stellung als zweiter Geschäftsführer bei Hawkes mit einem Veteran
besetzt worden war, den man ein paar Monate eher als ihn entlassen hatte, und man von ihm erwartete, daß er mit der eines
Substituten zufrieden war. Aber das war er nicht. Als der Colo-

nel ihm von der Möglichkeit erzählte, ein Geschäft in Chelsea zu führen, hatte er sofort zugegriffen.

»Es ist schon merkwürdig«, sagte Becky, mit dem Blick noch im Buch, »daß die Moral der Leute, wenn es um die Begleichung von Schneiderrechnungen geht, ganz anders ist, als in jedem anderen Geschäft. Seht euch doch bloß die Schuldnerliste an!«

»Stimmt«, bestätigte Charlie. »Aber ich fürchte, das wird erst besser werden, wenn es Major Arnold gelungen ist, tüchtigen Ersatz für mindestens drei Leute von seinem gegenwärtigen Personal zu finden. Ich rechne nicht damit, daß er während der nächsten zwölf Monate Gewinn machen wird, allerdings hoffe ich, daß er bis Ende 1923 zumindest nicht mehr in den roten Zahlen ist.«

»Gut«, sagte der Colonel. »Was ist mit dem Haushaltswarengeschäft? Ich sehe hier, daß Nummer 129 im letzten Jahr einen recht anständigen Gewinn gemacht hat. Weshalb ist es in diesem Jahr so tief gesunken? Es hat über sechzig Pfund weniger als 1920 und weist zum erstenmal einen Verlust auf.«

»Das ist leicht erklärt«, erwiderte Becky. »Das Geld wurde gestohlen.«

»Gestohlen?«

»Ich fürchte ja«, bestätigte Charlie. »Becky war bereits im vergangenen Oktober aufgefallen, daß die wöchentlichen Einnahmen zurückgingen, zuerst nur gering, doch dann wurde es schlimmer, und eine gewisse Regelmäßigkeit wurde erkennbar.«

»Hat man den Schuldigen gefunden?«

»Das war nicht schwierig. Wir tauschten Bob Makins vom Lebensmittelladen aus, als einer der Verkäufer im Haushaltswarengeschäft auf Urlaub war. Er hat den falschen Fuffziger rasch aufgespürt ...«

»Hör auf, Charlie«, mahnte Becky. »Entschuldigen Sie, Colonel, er meint den Dieb.«

»Na ja, jedenfalls hat sich herausgestellt, daß Reg Larkins, der Geschäftsführer, ein Spieler ist«, fuhr Charlie fort. »Er hat mit unserem Geld seine Spielschulden bezahlt. Je höher sie wurden, desto mehr mußte er stehlen.«

»Sie haben Larkins natürlich hinausgeworfen?«

»Noch am selben Tag«, versicherte ihm Charlie. »Er wurde ziemlich ausfallend und versuchte zu leugnen, daß er je auch nur einen Penny genommen hatte. Aber seither haben wir nichts mehr von ihm gehört, und in den letzten drei Wochen hat sich bereits wieder ein kleiner Gewinn abgezeichnet. Aber ich suche immer noch nach einem Geschäftsführer, der so schnell wie möglich den Laden übernehmen kann. Ich habe da ein Auge auf einen jungen Mann geworfen, der bei Cudsons arbeitet, ganz in der Nähe der Charing Cross Road.«

»Gut«, sagte der Colonel wieder. »Damit wäre das vergangene Jahr erledigt, Charlie. Jetzt dürfen Sie uns mit Ihren Plänen für die Zukunft erschrecken.«

Charlie öffnete eine elegante lederne Aktentasche, die ihm Becky am 20. Januar geschenkt hatte, und holte den letzten Bericht von der Maklerfirma John D. Wood heraus. Er räusperte sich theatralisch, und Becky legte rasch die Hand vor den Mund, um nicht zu lachen.

»Mr. Crowther«, begann Charlie, »hat uns eine umfassende Schätzung aller Immobilien in der Chelsea Terrace zusammengestellt.«

»Für die er uns eine Rechnung über zwanzig Guineen geschickt hat«, warf Becky ein.

»Dagegen ist nichts einzuwenden, falls es sich als eine gute Investition erweist«, sagte der Colonel.

»Hat es bereits«, versicherte ihm Charlie. Er schob ihm Kopien von Crowthers Bericht zu. »Soviel wir wissen, gibt es sechsunddreißig Geschäfte in der Chelsea Terrace, von denen uns momentan sieben gehören. Nach Crowthers Meinung sind vielleicht weitere fünf im Lauf der nächsten zwölf Monate zu haben. Doch er gibt zu bedenken, daß alle Geschäftsinhaber in der Chelsea Terrace von meinem Interesse wissen, was nicht gerade hilft, die Preise niedrig zu halten.«

»Damit war früher oder später zu rechnen.«

»Das schon, Colonel«, entgegnete Charlie, »aber es ist viel früher, als ich gehofft hatte. Tatsächlich hat Syd Wrexall, der

Vorsitzende der Vereinigung der Geschäftsinhaber, bereits ein wachsames Auge auf uns.«

»Wieso ausgerechnet Mr. Wrexall?« fragte der Colonel.

»Ihm gehört *The Musketeer*, ein Pub an der anderen Ecke der Chelsea Terrace, und er erzählt seinen Gästen, daß ich die ganzen kleinen Ladenbesitzer rausschmeißen will und keine Ruhe geben werde, bis mir der ganze Block gehört.«

»Er hat da nicht so unrecht«, warf Becky ein.

»Möglich, aber ich hatte nicht erwartet, daß er einen eigenen Verein gründet, nur um mich daran zu hindern, diese Immobilien erwerben zu können. Ich hatte eigentlich gehofft, irgendwann mal auch den ›Musketier‹ zu kriegen, aber jedesmal wenn das Thema zur Sprache kommt, sagte Wrexall: ›Nur über meine Leiche!‹«

»Das ist ein ziemlicher Schlag«, meinte der Colonel.

»Keineswegs«, entgegnete Charlie. »Niemand kann erwarten, durchs Leben zu gehen, ohne nicht irgendwann einmal in eine Krise zu geraten. Das Geheimnis wird darin liegen, Wrexalls Krise zu erkennen, wenn sie eintritt, und dann rasch einzugreifen. Das ändert jedoch nichts daran, daß ich jetzt hin und wieder mehr als vorgesehen bezahlen muß, wenn einer der Geschäftsinhaber meint, daß es die richtige Zeit zum Verkaufen wäre.«

»Dagegen läßt sich wohl nicht viel tun, fürchte ich«, sagte der Colonel.

»Außer sie dann und wann zu zwingen, Farbe zu bekennen«, erwiderte Charlie.

»Zwingen, Farbe zu bekennen?« echote der Colonel. »Ich fürchte, ich verstehe nicht ganz.«

»Nun, vor kurzem sind zwei Ladenbesitzer mit der Absicht zu verkaufen an uns herangetreten, aber ich habe mich nicht interessiert gezeigt.«

»Wieso?«

»Ganz einfach, weil sie einen unverschämten Preis verlangt haben – ganz abgesehen davon, daß mich Becky wegen unseres überzogenen Kontos nervt.«

»Und haben sie es sich inzwischen anders überlegt?«

»Ja und nein«, antwortete Charlie. »Einer ist bereits mit etwas realistischeren Vorstellungen wiedergekommen, während der andere nicht mit dem Preis heruntergehen, sondern lieber bleiben will, wie er behauptet.«

»Wer ist das?«

»Cuthbert, Nummer 101. Der Spirituosenhändler. Aber es ist unnötig, momentan etwas in dieser Richtung zu unternehmen, denn Crowther sagt, Mr. Cuthbert habe sich bereits einige Objekte in Pimlico angesehen. Crowther wird uns auf dem laufenden halten, und sobald der Mann sich festgelegt hat, können wir ihm ein vernünftiges Angebot machen.«

»Ein guter Mann, dieser Crowther! Übrigens, woher bekommen Sie diese ganzen Informationen?« fragte der Colonel.

»Durch Mr. Bales, den Zeitschriftenhändler, und durch Syd Wrexall.«

»Aber sagten Sie nicht, Syd Wrexall sei uns nicht besonders wohlgesinnt?«

»Ist er auch nicht.« Charlie nickte. »Trotzdem hält er mit seiner Meinung, egal worüber, nicht zurück, wenn ihn ein Gast danach fragt. Also ist Bob Makins Stammgast bei ihm geworden und hat gelernt, sich nie darüber zu beklagen, daß etwa schlecht eingeschenkt sei. Ich bekomme sogar noch vor den Vereinsmitgliedern eine Kopie der Tagesordnung für ihre nächste Zusammenkunft.«

Der Colonel lachte. »Und was ist mit dem Auktionshaus in Nummer 1? Haben wir noch unser Auge darauf?«

»Und ob. Mr. Fothergill, der Inhaber, hat wieder ein schlechtes Jahr gehabt und versinkt immer tiefer in Schulden. Irgendwie gelingt es ihm gerade noch, den Kopf über Wasser zu halten, aber ich nehme an, daß er irgendwann nächstes oder spätestens übernächstes Jahr untergehen wird. Und dann werde ich am Ufer stehen und ihm einen Rettungsring zuwerfen. Vor allem, wenn Becky bis dahin bereit ist, Sotheby's zu verlassen.«

»Ich lerne immer noch so viel«, gestand Becky. »Ich möchte solange wie möglich bleiben. Ich habe ein Jahr bei den alten Meistern hinter mir«, fügte sie hinzu, »und nun versuche ich zu den modernen oder Impressionisten, wie sie diese Abteilung nennen, versetzt zu werden. Wißt ihr, ich muß noch viel mehr Erfahrung sammeln, ehe sie dahinterkommen, was ich vorhabe. Ich nehme an jeder Auktion teil, an der ich nur kann, von Bestecken zu alten Büchern, aber ich wäre sehr froh, wenn ihr mir noch etwas mehr Zeit lassen könntet.«

»Nur was ist, wenn Fothergill zum drittenmal untergeht? Becky, du bist unser Rettungsboot. Was tun, falls das Geschäft plötzlich zum Verkauf angeboten wird?«

»Ich nehme an, ich würde es gerade schaffen. Ich wüßte auch schon jemanden, den wir als Hauptgeschäftsführer übernehmen können. Simon Matthews. Er ist seit zwölf Jahren bei Sotheby's und ist nicht gerade glücklich, weil er schon zu oft übergangen wurde. Außerdem gibt es einen jungen Mann in der Ausbildung. Er ist seit drei Jahren dort und wird meines Erachtens einer der Besten in der nächsten Generation von Auktionatoren sein. Er ist bloß zwei Jahre jünger als der Sohn des Direktors und dürfte nur zu gern zugreifen, wenn wir ihm ein gutes Angebot machen.«

»Andererseits könnte es ganz gut für uns sein, wenn Becky zumindest noch ein Jahr bei Sotheby's bleiben würde«, meinte Charlie. »Mr. Crowther ist nämlich auf ein weiteres Problem gestoßen, dem wir uns in nicht allzu ferner Zeit gegenübersehen werden.«

»Und das wäre?« erkundigte sich der Colonel.

»Auf Seite neun seines Berichts weist Crowther darauf hin, daß Nummer 25 bis 99, ein Gebäude mit siebenunddreißig Wohnungen mitten in der Chelsea Terrace – Daphne und Becky teilten sich bis vor zwei Jahren dort eine –, möglicherweise in naher Zukunft zum Verkauf angeboten wird. Sie werden von den Treuhändern einer wohltätigen Stiftung verwaltet, die mit den Erträgen nicht mehr zufrieden sind; und Crowther sagt, sie überlegen, ob sie sie nicht abstoßen sollen. Und wenn wir unseren langfristigen Plan bedenken, wäre es vielleicht angebracht, das Gebäude so schnell wie möglich zu kaufen, statt Jahre zu warten, bis wir viel mehr dafür bezahlen müssen, oder schlimmer noch, es überhaupt nicht mehr bekommen.«

»Siebenunddreißig Wohnungen!« sagte der Colonel. »Was schätzt Crowther, daß sie kosten werden?«

»Um die zweitausend Pfund. Sie bringen momentan nur zweihundertundzehn Pfund im Jahr, und wenn man Unterhaltskosten und Reparaturen berechnet, bleibt wahrscheinlich überhaupt kein Gewinn. Falls das Objekt angeboten wird, und wir es uns leisten können, schlägt Crowther vor, daß wir in Zukunft Mietverträge nur für zehn Jahre abschließen und versuchen, die leeren Wohnungen an Botschaftsangehörige oder ausländische Besucher zu vermieten, die nie Schwierigkeiten machen, wenn sie ohne lange Kündigungsfrist ausziehen müssen.«

»Also würde der Gewinn aus den Läden für den Kauf der Wohnungen draufgehen«, sagte Becky.

»Ich fürchte ja«, antwortete Charlie. »Aber mit ein bißchen Glück würde es mich nur ein paar Jahre – allerhöchstens drei – kosten, bis ich auch daraus einen Gewinn machen könnte. Außerdem könnte es bei einer wohltätigen Stiftung eine ganze Weile dauern, bis der Vertrag abgeschlossen werden kann.«

»Trotzdem dürfte angesichts unseres Überziehungskredits bei einer solchen Summe wieder ein Mittagessen mit Hadlow fällig sein«, meinte der Colonel. »Aber wenn wir diese Wohnungen kaufen wollen, wird mir wohl nichts anderes übrigbleiben. Es wäre sogar zu überlegen, ob ich nicht im Club auf Chubby Duckworth treffen und mit ihm darüber reden sollte.« Der Colonel machte eine Pause. »Doch um fair zu sein, Hadlow hat auch selbst zwei gute Ideen gehabt, und ich finde, daß beide unsere Aufmerksamkeit wert sind, deshalb habe ich sie als nächsten Punkt auf die Tagesordnung gesetzt.«

Becky hörte zu schreiben auf und blickte hoch.

»Ich möchte zuerst sagen, daß Hadlow außerordentlich zufrieden mit unserer Bilanz der ersten zwei Jahre ist, trotzdem hält er es für angebracht, daß wir uns aus Steuergründen als Gesellschaft eintragen lassen.«

»Warum?« fragte Charlie. »Was könnte uns das schon für einen Vorteil bringen?«

»Es ist die neue Steuervorlage, die eben erst vom Unterhaus

ratifiziert worden ist«, erklärte Becky. »Die neuen Steuergesetze könnten sich durchaus zu unserem Vorteil erweisen, denn gegenwärtig werden wir als die Inhaber von sieben verschiedenen Läden geführt und entsprechend besteuert. Wenn wir aber unsere Geschäfte zu einer Firma zusammenschließen, könnten wir beispielsweise die Verluste der Schneiderei und der Haushaltswarenhandlung von den Gewinnen des Lebensmittelladens und der Metzgerei abziehen und würden dadurch weniger Steuern bezahlen müssen. Das könnte sich in einem schlechten Jahr als besonders vorteilhaft erweisen.«

»Klingt sehr vernünftig«, sagte Charlie. »Gehen wir's an.«

»Ganz so einfach ist es nicht.« Der Colonel klemmte sein Monokel ins gute Auge. »Mr. Hadlow rät uns in diesem Fall, als erstes ein paar neue Direktoren für die Ressorts zu ernennen, in denen wir wenig oder noch keine Erfahrung haben.«

»Wieso will Hadlow das?« entgegnete Charlie scharf. »Wir haben noch nie jemand gebraucht, der sich in unsere Angelegenheiten mischt!«

»Weil wir so rasch wachsen, Charlie. Wir brauchen Fachleute, die uns in Zukunft bei Dingen beraten können, in denen wir kein Sachverständnis haben. Ein gutes Beispiel ist der Kauf der Wohnungen.«

»Aber dafür haben wir doch Mr. Crowther.«

»Und vielleicht würde er sich noch stärker einsetzen, wenn wir ihn im Direktorium aufnähmen.« Charlie runzelte die Stirn. »Ich verstehe Ihre Einstellung«, versicherte ihm der Colonel. »Es ist Ihr Unternehmen und Sie meinen, daß Sie keine Außenstehenden brauchen, um Ihnen zu sagen, wie Sie es führen sollen. Aber wenn wir eine Gesellschaft bilden würden, bliebe es nach wie vor Ihr Unternehmen, denn die gesamten Anteile würden in Ihrem und Beckys Namen eingetragen. Dadurch würde das gesamte Betriebsvermögen völlig unter Ihrer Kontrolle bleiben, und Sie hätten zusätzlich den Vorteil, sich von nominellen Direktoren beraten zu lassen.«

»Die uns Geld kosten und uns überstimmen«, brummte Charlie. »Ich lasse mir nicht gern von Außenstehenden dreinreden.«

»Du siehst es nicht richtig«, sagte Becky.

»Es würde überhaupt nicht funktionieren!«

»Charlie, du solltest dich mal reden hören! Wie ein Maschinenstürmer. Du sträubst dich gegen etwas, das dir Vorteile bringt!«

»Vielleicht sollten wir abstimmen«, meinte der Colonel, um die Gemüter zu beruhigen. »Damit wir wissen, wo wir stehen.«

»Abstimmen? Worüber? Warum? Die Läden gehören mir!«

Becky blickte auf. »Uns beiden, Charlie. Und der Colonel hat sein Recht auf eine eigene Meinung in dieser Sache mehr als verdient!«

»Tut mir leid, Colonel, ich wollte Sie nicht ...«

»Das weiß ich, Charlie, aber Becky hat recht. Wenn Sie Ihre langfristigen Pläne verwirklichen wollen, brauchen Sie ein wenig Hilfe von außen. Sie können einen solchen Traum unmöglich allein verwirklichen.«

»Aber mit der Einmischung von Außenstehenden kann ich es«, sagte Charlie sarkastisch.

»Betrachten Sie sie als hilfreiche Vertraute«, riet der Colonel.

»Also, worüber sollen wir abstimmen?« erkundigte sich Charlie gereizt.

»Nun«, begann Becky, »jemand sollte den Vorschlag machen, daß wir eine Gesellschaft bilden. Wenn darüber abgestimmt und der Vorschlag angenommen ist, können wir den Colonel bitten, den Vorsitz zu übernehmen, dann kann er seinerseits dich zum ersten Direktor ernennen und mich zum kaufmännischen Direktor und zur Schriftführerin. Wir sollten auch Mr. Crowther in den Vorstand bitten, ebenso einen Vertreter der Bank.«

»Ich sehe, daß du dir das gründlich durch den Kopf hast gehen lassen«, sagte Charlie.

»Das war meine Bedingung, wenn du dich noch an unsere ursprüngliche Abmachung erinnerst, Mr. Trumper«, entgegnete Becky.

»Wir sind nicht Marshall Field, wie ihr zu glauben scheint.«

Der Colonel lächelte. »Noch nicht. Vergessen Sie nicht, daß Sie uns dazu gebracht haben, in diesen Größen zu denken.«

263

»Wußte ich's doch, daß schließlich ich an allem schuld sein würde.«

»Also schlage ich vor, Trumpers Läden als Gesellschaft eintragen zu lassen«, sagte Becky. »Wer ist dafür?«

Sie selbst und der Colonel hoben die Hand. Ein paar Sekunden später folgte Charlie, wenn auch widerstrebend, ihrem Beispiel und fragte: »Was jetzt?«

»Mein zweiter Vorschlag ist, Colonel Sir Danvers Hamilton zu unserem ersten Vorsitzenden zu ernennen.«

Diesmal flog Charlies Hand sofort hoch.

»Danke«, sagte der Colonel. »Als meine erste Amtshandlung als Vorsitzender ernenne ich Mr. Trumper zum ersten Direktor und Mrs. Trumper zum kaufmännischen Direktor und zur Schriftführerin. Und mit Ihrer Erlaubnis werde ich Mr. Crowther und Mr. Hadlow fragen, ob sie interessiert wären, Vorstandsmitglieder zu werden.«

»Einverstanden«, sagte Becky, die hastig kritzelte, um alles ins Protokoll aufzunehmen.

»Noch irgendwelche Punkte?« fragte der Colonel.

»Dürfte ich vorschlagen, Herr Vorsitzender«, sagte Becky – der Colonel konnte ein Lächeln nicht unterdrücken –, »daß wir einen Zeitpunkt festsetzen für unsere erste monatliche Sitzung des kompletten Vorstands.«

»Mir ist jeder recht«, erklärte Charlie. »Aber ihr könnt Gift drauf nehmen, daß es unmöglich sein wird, alle gleichzeitig an diesen Tisch zu kriegen, außer natürlich, ihr schlagt vor, daß wir die Sitzung um halb fünf in der Früh halten. Das würde uns vielleicht auch zeigen, wer wirklich arbeitet.«

Der Colonel lachte. »Das wäre eine andere Möglichkeit, dafür zu sorgen, daß Ihre eigenen Beschlüsse durchgehen, ohne daß wir je dahinterkommen, Charlie. Aber ich muß Sie warnen, einer allein ist kein Quorum.«

»Ein Quorum?« Charlie blickte die beiden fragend an.

»Eine Mindestzahl von beschlußfähigen Mitgliedern«, erklärte Becky.

»Das war bisher ich«, sagte Charlie kläglich.

»Und vermutlich auch Mr. Marks, bevor er Mr. Spencer begegnete«, entgegnete der Colonel. »Wie wäre es, wenn wir unsere nächste Sitzung auf den Tag genau in einem Monat abhalten?«

Becky und Charlie nickten.

»Wenn es keine weiteren Punkte gibt, erkläre ich die Sitzung für geschlossen.«

»Ich hätte noch einen«, sagte Becky, »aber er gehört nicht ins Protokoll.«

Der Vorsitzende wirkte verwirrt, sagte jedoch: »Sie haben das Wort.«

Becky lehnte sich über den Tisch und nahm Charlies Hand. »Es fällt unter unvorhergesehene Ausgaben. Ich bekomme wieder ein Baby.«

Ausnahmsweise war Charlie einmal sprachlos. Es war der Colonel, der schließlich fragte, ob sie nicht eine Flasche Sekt im Haus hätten.

»Ich fürchte nein«, antwortete Becky. »Charlie will nicht, daß wir etwas aus dem Spirituosenladen kaufen, ehe er nicht uns gehört.«

»Verständlich.« Der Colonel nickte. »Dann werden wir uns eben zu uns begeben.« Er stand auf und griff nach seinem Schirm. »Auf diese Weise kann Elizabeth ebenfalls mitfeiern. Und jetzt erkläre ich die Sitzung für geschlossen.«

Sie traten in dem Augenblick auf die Chelsea Terrace, da der Postbote den Laden betreten wollte. Als er Becky sah, händigte er ihr einen Brief aus.

»Bei diesen vielen Marken kann er nur von Daphne sein«, sagte sie zu ihren Begleitern. Sie riß den Umschlag auf und las im Gehen.

»Red schon, was schreibt sie?« fragte Charlie, während sie zur Tregunter Road schlenderten.

»Sie haben sich Amerika und China angesehen und werden als nächstes nach Indien reisen«, antwortete Becky. »Sie schreibt, daß sie gut drei Kilo zugenommen hat und einen Mr. Calvin Coolidge kennengelernt hat, wer immer das sein mag.«

»Der Vizepräsident der Vereinigten Staaten«, sagte Charlie.

»Ach ja? Und sie hoffen, irgendwann im August zu Hause zu sein; somit wird es nicht mehr lange dauern, bis wir aus erster Hand etwas von ihnen erfahren können.« Als Becky aufblickte, bemerkte sie, daß nur noch der Colonel neben ihr ging. »Wo ist Charlie?« Beide drehten sich um und sahen, daß er zu einem kleinen Stadthaus hochschaute, an dessen Mauer ein Schild befestigt war. »Zu verkaufen« stand darauf.

Sie kehrten zu Charlie um. »Was denkst du?« fragte Charlie Becky, ohne den Blick von dem Haus zu nehmen.

»Was meinst du damit, was ich denke?«

»Ich glaube, meine Liebe«, warf der Colonel ein, »Charlie möchte wissen, was Sie von dem Haus halten.«

Becky betrachtete das von wildem Wein umrankte, zweistökkige Haus.

»Es ist wundervoll, ganz wundervoll.«

»Es ist mehr als das«, sagte Charlie, mit den Händen in den Westentaschen. »Es gehört uns. Es ist ideal für jemanden mit einer Frau und drei Kindern, der Direktor eines expandierenden Unternehmens in Chelsea ist.«

»Aber ich habe noch kein zweites Kind, geschweige denn ein drittes.«

»Ich bin nur vorausschauend«, erwiderte Charlie. »Das hast du mir beigebracht.«

»Können wir es uns denn leisten?«

»Nein, natürlich nicht. Aber ich bin ziemlich sicher, daß die Immobilienpreise in dieser Gegend bald steigen werden, wenn die Leute hier erst erfahren, daß sie nur einen Katzensprung entfernt ein Kaufhaus haben werden. Außerdem ist es jetzt zu spät, weil ich heute früh bereits die Anzahlung auf den Tisch gelegt habe.« Er schob die Hand in die Jackentasche und holte einen Schlüssel heraus.

»Warum hast du es nicht zuvor mit mir besprochen?« fragte Becky.

»Weil ich wußte, daß du nur sagen würdest, wir könnten es uns nicht leisten, genau wie beim zweiten, dritten, vierten, fünften und jedem weiteren Laden.«

266

Er ging zur Haustür und Becky einen Meter hinter ihm her. »Aber ...«

»Ich lasse Sie jetzt allein, dann können Sie es unter sich ausmachen«, sagte der Colonel. »Kommen Sie auf das Glas Sekt zu uns, sobald Sie sich Ihr neues Zuhause angeschaut haben.«

Der Colonel schwenkte den Schirm in der Vormittagssonne, während er weiter die Tregunter Road entlangging. Er war sehr zufrieden mit sich und der Welt und gönnte sich, als er daheim war, den ersten Whisky des Tages.

Er weihte Elizabeth in all die Neuigkeiten ein, und sie stellte viele Fragen, aber viel mehr über das Baby und das Haus als über die neue Gesellschaft und die Ernennung ihres Gatten zum Vorsitzenden. Sobald er sie so gut wie möglich beantwortet hatte, rief er seinen Diener, eine Flasche Sekt in einen Eiskübel zu stellen. Dann zog er sich in sein Arbeitszimmer zurück und beschäftigte sich mit seiner Morgenpost, während er auf die Trumpers wartete.

Drei Briefe lagen noch ungeöffnet auf seinem Schreibtisch: eine Rechnung von seinem Schneider – was ihn an Beckys Bemerkung über die Zahlungsmoral bei Schneiderrechnungen erinnerte –, eine Einladung zum Jahrestreffen der Ashburton Shield in Bisley, darauf freute er sich jedesmal, und ein Brief von Daphne, von dem er annahm, daß er etwa den gleichen Inhalt hatte wie der, den Becky bekommen hatte.

Der Umschlag war in Delhi abgestempelt. Der Colonel schlitzte ihn erwartungsvoll auf. Tatsächlich schrieb Daphne auch ihm, wie sehr sie die Reise genoß, erwähnte jedoch ihr Gewichtsproblem nicht. Dafür schrieb sie, daß sie beunruhigende Neuigkeiten, Guy Trentham betreffend, hatte. Als sie in Poona gewesen waren, hatte Percy ihn eines Abends im Offiziersclub getroffen. Trentham war in Zivil gewesen und hatte so stark abgenommen, daß ihr Gatte ihn kaum wiedererkannt hatte. Er hatte Percy erzählt, daß man ihn gezwungen habe, aus der Armee auszuscheiden, und daß es einen gebe, der an allem schuld sei: ein Corporal, der schon früher Lügen über ihn verbreitet hätte, ein Mann, der mit bekannten Kriminellen verkehrte und selbst schon gestohlen hätte. Wenn er erst in England zurück sei, würde Trentham ...

Die Haustürklingel läutete.

»Kannst du bitte aufmachen, Danvers?« rief Elizabeth und beugte sich über das Treppengeländer. »Ich bin oben, beim Blumenarrangieren.«

Der Colonel kochte noch vor Wut, als er die Haustür öffnete und Charlie und Becky erwartungsvoll vor sich stehen sah. Er mußte überrascht gewirkt haben, denn Becky sagte: »Sekt, Herr Vorsitzender. Oder haben Sie bereits vergessen?«

»Nein, nein, entschuldigen Sie. Ich war nur geistesabwesend.« Der Colonel stopfte Daphnes Brief in seine Jackentasche. »Der Sekt dürfte inzwischen genau die richtige Temperatur haben«, fügte er hinzu, als er seine Gäste ins Wohnzimmer bat.

»Zweieinviertel Trumpers sind gekommen!« rief er die Treppe hinauf zu seiner Frau.

## 18

Es amüsierte den Colonel immer, wie Charlie von einem Laden zum anderen rannte und versuchte, sein gesamtes Personal im Auge zu behalten, während er sich gleichzeitig bemühte, seine Kraft auf das jeweilige Geschäft zu konzentrieren, mit dessen Einnahmen er nicht zufrieden war. Doch es entging dem Colonel nicht, daß Charlie, welchen Problemen er sich auch jeweils gegenübersah, es nicht unterlassen konnte, zumindest dann und wann in der Obst- und Gemüsehandlung zu bedienen, die nach wie vor sein ganzer Stolz war. Bob Makins ließ zu, daß Charlie mit aufgekrempelten Hemdsärmeln und stärkstem Cockneydialekt tat, als verkaufe er noch an der Ecke Whitechapel Road aus dem Karren seines Großvaters.

»'albes Pfund Tomaten, ein paar Stangenbohnen und Ihr übliches Pfund Karotten, Mrs. Symonds, wenn ich mich nicht irr'.«

»Oh, vielen Dank, Mr. Trumper. Und wie geht es Mrs. Trumper?«

»Könnt' nicht besser geh'n.«

»Und wann kommt das Baby?«

»In etwa drei Monaten, meint der Doktor.«

»Ich sehe Sie gar nicht mehr soviel im Laden, Mr. Trumper.«

»Ich komm' nur, wenn ich weiß, daß so nette Kundinnen wie Sie da sind, meine Liebe«, entgegnete Charlie. »Sie war'n immer'in eine meiner erst'n.«

»O ja, das war ich tatsächlich. Haben Sie das Wohngebäude schon gekauft, Mr. Trumper?«

Charlie starrte Mrs. Symonds verblüfft an, während er ihr das Wechselgeld gab. »Das Wohngebäude?«

»Sie wissen schon, Mr. Trumper. Nummer 25 bis 99.«

Charlie vergaß den Dialekt. »Wieso fragen Sie, Mrs. Symonds?«

»Weil Sie nicht der einzige sind, der sich offenbar dafür interessiert.«

»Woher wissen Sie das?«

»Weil der Makler am Sonntag vormittag vor dem Haus auf einen Kunden gewartet hat.«

Da fiel Charlie ein, daß die Symonds auf der anderen Straßenseite, unmittelbar gegenüber dem Haupteingang des Gebäudes, wohnten.

»Und haben Sie ihn gekannt?«

»Ich habe ihn nicht gesehen, nur den Wagen, der anhielt, aber dann hat mein Mann sein Frühstück für wichtiger gehalten als meine Neugier, darum weiß ich nicht, wer ausgestiegen ist.«

Charlie starrte Mrs. Symonds immer noch an, als sie nach ihrer Einkaufstasche griff, freundlich auf Wiedersehen winkte und den Laden verließ.

Trotz Mrs. Symonds unerwarteter Neuigkeit und Syd Wrexalls Bemühungen, ihm Steine in den Weg zu legen, plante Charlie den Erwerb eines neuen Objekts. Mit Hilfe von Major Arnolds Rührigkeit, Mr. Crowthers Insiderwissen und Mr. Hadlows Krediten konnte Charlie Ende Juli einen weiteren Laden in der Terrace erstehen – Nummer 133, Damenmoden. Bei der nächsten Vorstandssitzung schlug Becky vor, Major Arnold zum stellvertretenden Direktor der Gesellschaft zu befördern, mit der Aufgabe, sich mit allem, was in der Chelsea Terrace vorging, auf dem laufenden zu halten.

Charlie brauchte schon seit geraumer Zeit ein extra Augen- und Ohrenpaar, und da Becky tagsüber immer noch bei Sotheby's arbeitete, hatte Arnold diese Rolle übernommen und zur Perfektion gebracht. Der Colonel war glücklich, als er Becky bat, die bestätigte Ernennung des Majors zu protokollieren. Die monatliche Sitzung verlief ruhig, bis der Colonel fragte: »Noch irgendwelche Punkte?«

»Ja«, antwortete Charlie. »Wie sieht es mit den Wohnungen aus?«

»Wie angewiesen habe ich ein Angebot von zweitausend

270

Pfund gemacht«, erklärte Crowther. »Savills Büro versicherte mir, daß sie ihrem Kunden empfehlen würden, es anzunehmen, aber ich konnte die Sache noch nicht zum Abschluß bringen.«

»Warum nicht?« fragte Charlie.

»Savill hat mich heute morgen angerufen und mir mitgeteilt, daß für dieses Objekt ein viel höheres Angebot gemacht wurde, als sie erwartet hatten. Sie meinten, ich soll die Angelegenheit vor den Vorstand bringen.«

»Damit hatten sie recht.« Charlie nickte. »Wie hoch ist dieses andere Angebot? Das würde mich schon interessieren.«

»Zweitausendfünfhundert«, antwortete Crowther.

Es vergingen mehrere Sekunden, ehe jemand am Sitzungstisch etwas sagte.

»Wer in aller Welt erwartet bei einer solchen Investition einen Gewinn?« fragte Hadlow schließlich.

»Niemand«, erklärte Crowther.

»Bieten Sie dreitausend Pfund.«

»Was haben Sie gesagt?« fragte der Vorsitzende ungläubig, als sich aller Augen Charlie zuwandten.

»Bieten Sie ihnen dreitausend«, wiederholte Charlie.

»Aber Charlie! Erst vor ein paar Wochen waren wir uns einig, daß zweitausend schon ziemlich viel dafür ist«, gab Becky zu bedenken. »Wie können die Wohnungen da plötzlich um dreiunddreißig Prozent mehr wert sein?«

»Sie sind das wert, was jemand dafür zu bezahlen bereit ist«, entgegnete Charlie. »Uns bleibt keine Wahl.«

»Aber Mr. Trumper …«, begann nun auch Hadlow.

»Wenn wir schließlich den übrigen Block haben, aber diese Wohnungen nicht bekommen können, ist alles, wofür ich gearbeitet habe, im Eimer.«

»Können wir uns diese hohe Auslage denn im Augenblick leisten?« fragte der Colonel.

Becky konsultierte ihr Buch. »Fünf der Läden arbeiten gewinnbringend, und nur ein Geschäft macht laufend Verlust.«

»Dann sollten wir den Mut haben, es anzugehen«, meinte Charlie. »Wir kaufen die Wohnungen, reißen sie ab, dann können wir an ihrer Stelle ein halbes Dutzend Läden bauen. Wir werden mit ihnen im Handumdrehen Gewinn machen.«

Crowther gestattete allen einen Augenblick, Charlies Vorschlag zu überdenken, ehe er fragte: »Was sind die Anweisungen des Vorstands?«

»Ich schlage vor, daß wir ein Angebot von dreitausend Pfund machen«, sagte der Colonel. »Wie der leitende Direktor ausführte, müssen wir auf lange Sicht planen. Doch erst würde ich gern wissen, ob uns die Bank in dieser Sache unterstützen wird. Mr. Hadlow?«

Der Bankfachmann überprüfte die Aufstellungen. »Momentan können Sie sich dreitausend Pfund gerade leisten. Doch das würde Ihren Kreditrahmen ausschöpfen. Ebenso würde es bedeuten, daß Sie in vorhersehbarer Zukunft keine weiteren Läden mehr kaufen können.«

»Wir haben keine Wahl.« Charlie blickte Crowther an. »Jemand ist hinter diesen Wohnungen her, und wir dürfen es jetzt nicht zulassen, daß ein Konkurrent sie in die Hände kriegt.«

»Gut, wenn das die Anweisung des Vorstands ist, werde ich versuchen, den Kauf heute noch perfekt zu machen.«

»Ich glaube, das ist genau, was der Vorstand möchte«, bestätigte der Vorsitzende, nachdem er jeden einzelnen fragend angesehen hatte. »Gut, wenn es keine weiteren Punkte gibt, erkläre ich diese Sitzung für geschlossen.«

Nach der Sitzung zog der Colonel Crowther und Hadlow zur Seite. »Mir gefällt diese Sache mit den Wohnungen absolut nicht. So ein Angebot aus heiterem Himmel hat doch etwas zu bedeuten!«

»Da kann ich Ihnen nur beipflichten«, sagte Crowther. »Mein Instinkt tippt auf Syd Wrexall und seine ›Vereinigung der Geschäftsinhaber‹. Sie wollen versuchen, ehe es zu spät ist, zu verhindern, daß Charlie den ganzen Block bekommt.«

»Nein«, widersprach Charlie, als er sich zu ihnen gesellte. »Es kann nicht Syd sein, weil er kein Auto hat«, fügte er nachdenklich hinzu. »Außerdem würden Wrexall und seine Kumpel nie zweitausendfünfhundert Pfund zusammenkriegen.«

272

»Sie glauben also, daß es jemand von außerhalb ist, der seine eigenen Pläne mit Chelsea Terrace hat?« fragte Hadlow.

»Eher ein Spekulant, der sie läßt, wie sie ist, und nur darauf wartet, daß er sie uns schließlich zu einem Wucherpreis verkaufen kann«, vermutete Crowther.

»Ich weiß nicht, wer oder was er ist«, brummte Charlie, »aber ich bin sicher, daß es richtig ist, ihn zu überbieten.«

»Ich pflichte Ihnen bei«, sagte der Colonel. »Und, Crowther, geben Sie mir bitte gleich Bescheid, wenn Sie den Verkauf abgeschlossen haben. Tut mir leid, ich kann nicht länger bleiben. Ich führe heute nämlich eine ganz besondere junge Dame zum Essen im Club aus.«

»Eine, die wir kennen?« fragte Charlie.

»Daphne Wiltshire.«

»Bitte grüßen Sie sie herzlich von uns«, bat Becky. »Sagen Sie ihr, daß wir uns schon sehr auf das gemeinsame Dinner kommenden Mittwoch freuen.«

Der Colonel lüpfte den Hut vor Becky und verließ die vier Vorstandsmitglieder, die weiter über ihre Vermutungen diskutierten, wer es sein könnte, der sich so für die Wohnungen interessierte.

Da die Vorstandssitzung länger als vorhergesehen gedauert hatte, kam der Colonel nur dazu, sich einen Whisky zu gönnen, ehe Daphne zu dem bestellten Tisch im Damenzimmer geführt wurde. Sie hatte tatsächlich ein paar Pfund zugenommen, aber er fand, daß ihr das ganz gut stand.

Er bestellte Gin Tonic für seinen Gast, während sie über das vergnügungsreiche Amerika und das heiße Afrika plauderte, aber er vermutete, daß Daphne eigentlich über einen ganz anderen Kontinent mit ihm sprechen wollte.

So fragte er schließlich: »Und wie war Indien?«

»Nicht so erfreulich, fürchte ich«, antwortete Daphne und nahm einen Schluck von ihrem Gin Tonic. »Um ehrlich zu sein, schrecklich.«

»Komisch«, sagte der Colonel. »Ich fand die Inder eigentlich immer recht nett.«

»Es waren nicht die Inder, die sich als Problem erwiesen«, entgegnete Daphne.

»Trentham?«

»Leider ja.«

»Hat er Ihren Brief denn nicht bekommen?«

»O doch, aber das war durch die Ereignisse längst überholt. Ich wünschte jetzt nur, ich hätte Ihren Rat befolgt und Ihren Entwurf wortwörtlich übernommen und Trentham gewarnt, daß ich die Wahrheit über Daniel sagen müßte, wenn man mir diese Frage direkt stellte.«

»Wieso? Was hat Sie zu diesem Sinneswandel gebracht?«

Daphne leerte ihr Glas in einem Zug. »Entschuldigen Sie, Colonel, aber das brauchte ich. Nun, als Percy und ich in Poona ankamen, erzählte uns Ralph Forbes, der Regimentskommandeur, daß Trentham aus der Armee ausgeschieden sei.«

»Ja, das haben Sie in Ihrem Brief erwähnt«, sagte der Colonel. Er legte Messer und Gabel nieder. »Aber ich wüßte gern, warum.«

»Irgendein Problem mit der Gattin des Adjutanten, wie Percy später herausbekam, doch niemand wollte ins Detail gehen. Offenbar ist das Thema tabu – nichts, worüber sie in der Offiziersmesse sprechen möchten.«

»Dieser Hundsfott. Wenn ich nur ...«

»Ich teile Ihre Meinung völlig, Colonel, aber es kommt noch schlimmer.«

Der Colonel bestellte noch einen Gin Tonic für seinen Gast und einen Whisky für sich, ehe Daphne fortfuhr.

»Als ich vergangenes Wochenende in Ashurst war, zeigte mir Major Trentham den Brief, den Guy seiner Mutter geschrieben hat. Er erklärt darin, wieso er gezwungen wurde, seinen Abschied von den Füsilieren zu nehmen. Er behauptet, Sie seien daran schuld, weil Sie Colonel Forbes mitteilten, daß er, Guy, ›dieses Flittchen aus Whitechapel‹ geschwängert habe. Ich habe mir die Formulierung gemerkt.«

Der Colonel lief vor Zorn tiefrot an.

»Dabei habe die Zeit unmißverständlich bewiesen, daß es

Trumper gewesen sei. Jedenfalls ist es das, was Trentham überall herumerzählt.«

»Hat der Mann denn absolut kein Ehrgefühl?«

»Offenbar nicht das geringste«, antwortete Daphne. »Er schrieb weiter, daß Charlie Trumper Sie nur angestellt hat, damit Sie den Mund halten. ›Dreißig Silberlinge‹ war der genaue Ausdruck.«

»Er verdient es, mit der Reitpeitsche traktiert zu werden!«

»Dagegen hätte nicht einmal Major Trentham etwas einzuwenden. Aber meine größte Sorge gilt nicht Ihnen, nicht einmal Becky, sondern Charlie selber.«

»Wieso?«

»Bevor wir Indien verließen, schwor Trentham Percy, als sie allein im Überseeclub waren, daß Trumper das den Rest seines Lebens bereuen würde.«

»Aber warum gibt er Charlie die Schuld?« wunderte sich der Colonel.

»Percy hat Trentham die gleiche Frage gestellt und erhielt als Antwort, daß es doch ganz offensichtlich sei, daß Trumper Becky zu der Verleumdung angestiftet habe, um eine alte Rechnung zu begleichen.«

»Aber das ist nicht wahr.«

»Das hat Percy ihm auch gesagt, aber er wollte nicht zuhören.«

»Und überhaupt, was meinte er mit ›eine alte Rechnung zu begleichen‹?«

»Keine Ahnung, außer daß mich Guy später am Abend mehrfach nach einem Madonnenbild fragte.«

»Etwa das, das in Charlies Wohnzimmer hängt?«

»Genau, und als ich schließlich zugab, daß ich es gesehen hatte, ließ er das Thema fallen.«

»Der Mann muß völlig den Verstand verloren haben.«

»Mir erschien er relativ normal«, sagte Daphne.

»Jedenfalls sollten wir froh sein, daß er noch in Indien festsitzt, das gibt uns Zeit zu überlegen, was wir tun können.«

»Aber nicht viel Zeit, fürchte ich.«

»Wie das?«

»Major Trentham erzählte mir, daß er irgendwann im nächsten Monat zurückerwartet wird.«

Nach dem Mittagessen mit Daphne kehrte der Colonel in die Tregunter Road zurück. Er kochte vor Wut, als sein Butler ihm die Haustür öffnete, aber er wußte immer noch nicht, was er tatsächlich unternehmen könnte. Der Butler sagte ihm, daß ein Mr. Crowther auf ihn warte; er habe ihn ins Arbeitszimmer geführt.

»Crowther? Was kann er wollen?« murmelte der Colonel zu sich, bevor er das Arbeitszimmer betrat.

»Guten Tag, Herr Vorsitzender«, grüßte Crowther, als er sich aus dem Sessel des Colonels erhob. »Sie baten mich, Ihnen sogleich Bescheid über die Wohnungen zu geben.«

»Ah ja«, sagte der Colonel. »Haben sie unser Angebot angenommen?«

»Nein, Sir. Wie angewiesen machte ich Savill unser Angebot über dreitausend Pfund, doch dann erhielt ich etwa eine Stunde später einen Rückruf, daß der andere Interessent sein Angebot auf viertausend Pfund erhöht hat.«

»Viertausend!« rief der Colonel ungläubig. »Aber wer …?«

»Ich sagte Savill, daß wir nicht beabsichtigen, höherzugehen, und erkundigte mich sogar, wer denn dieser Interessent sei. Man informierte mich, daß sie kein Geheimnis daraus machen müßten, wen sie vertraten. Ich dachte, ich gebe Ihnen am besten umgehend Bescheid, da mir der Name Mrs. Gerald Trentham nicht das geringste sagt.«

# Charlie

## 1919–1926

## 19

ℜ Während ich allein auf der Bank in der Chelsea Terrace saß und auf den Laden gegenüber starrte, auf dessen Markise groß TRUMPER stand, gingen mir tausend Fragen durch den Kopf. Da sah ich Rebecca Salmon – oder genauer gesagt, ich dachte, daß sie es sein müßte; allerdings, wenn dem so war, hatte sie sich inzwischen zu einer jungen Frau entwickelt. Wo waren der flache Busen, die dünnen Beine geblieben, ganz zu schweigen von den Pickeln im Gesicht? Wenn mir nicht die blitzenden braunen Augen aufgefallen wären, hätte ich vielleicht immer noch gezweifelt.

Sie betrat den Laden und redete zu dem Mann, der wahrscheinlich der Geschäftsführer war. Ich sah, daß er den Kopf schüttelte, woraufhin sie sich den beiden Mädchen hinter dem Ladentisch zuwandte, die dann ebenfalls den Kopf schüttelten. Sie zuckte die Schultern, ehe sie zur Kasse ging und sich die Tageseinnahmen vornahm.

Ich hatte den Geschäftsführer über eine Stunde lang bei seinen Pflichten beobachtet, bevor Becky kam, und ich muß zugeben, er machte seine Sache recht gut. Allerdings war mir dabei auch allerlei aufgefallen, was sich verbessern ließe, um den Kaufanreiz zu erhöhen. Dazu gehörte, den Ladentisch an die hintere Wand zu verlegen und die Ware davor gefällig auszubreiten, einen Teil auch vor dem Laden auf dem Bürgersteig, damit Kundschaft davon angelockt würde. »Du mußt die Ware zur Schau stellen und nicht bloß hoffen, daß die Leute sie finden«, hatte Großvater immer gesagt. Ich blieb jedoch geduldig auf der Bank sitzen, bis die drei Angestellten die Regale leerten und den Laden dichtmachten.

Ein wenig später kam Becky auf den Bürgersteig und blickte die Straße auf und ab, als wartete sie auf jemand. Da trat der junge Mann, der jetzt ein Vorhängeschloß und einen Schlüssel in der Hand hielt, neben sie und deutete mit dem Kopf in meine Richtung. Da blickte Becky zum erstenmal über die Straße zur Bank.

Als ich sah, daß sie mich entdeckt hatte, sprang ich auf und ging auf sie zu. Ein paar Sekunden sagte keiner was. Ich hätte sie gern umarmt, aber schließlich schüttelten wir uns bloß ziemlich förmlich die Hand, dann fragte ich: »Was ist aus Schickidikkie geworden?«

»Habe niemanden mehr gefunden, der mich kostenlos mit Windbeuteln versorgte«, antwortete sie. Dann erfuhr ich, wieso sie die Bäckerei verkauft hatte und wie es dazu gekommen war, daß uns nun Chelsea Terrace 147 gehörte. Als das Personal gegangen war, zeigte sie mir die Wohnung. Ich traute meinen Augen nicht – ein Badezimmer mit Klo, eine volleingerichtete Küche, sogar mit Geschirr und Besteck, ein kleines Zimmer mit Tisch und Stühlen und ein Schlafzimmer – ganz zu schweigen von einem Bett, das nicht so aussah, als würde es zusammenkrachen, wenn man sich darauf setzte.

Wieder wollte ich sie umarmen, statt dessen fragte ich nur, ob sie nicht bleiben und mit mir zu Abend essen könnte, da ich Hunderte von Fragen hatte.

»Tut mir leid, heute abend geht's nicht«, antwortete sie, während ich meinen Koffer öffnete und auszupacken begann. »Ich gehe mit einem Freund in ein Konzert.« Sie bewunderte nur noch kurz Tommys Gemälde, lächelte und verließ mich. Plötzlich war ich wieder allein.

Ich zog meine Jacke aus, krempelte die Ärmel hoch, ging hinunter in den Laden und stellte ein paar Stunden lang um, bis ich alles genau da hatte, wo ich es wollte. Als ich die letzte Kiste weggeräumt hatte, war ich so erschöpft, daß ich knapp davor war, mich angezogen auf das Bett fallen zu lassen und gleich einzuschlafen. Die Vorhänge ließ ich offen, damit ich um vier aufwachen würde.

Am Morgen zog ich mich rasch an und konnte es kaum erwarten, auf den Markt zu kommen, den ich seit fast zwei Jahren nicht mehr gesehen hatte. Ich kam ein paar Minuten vor Bob Makins in Covent Garden an und stellte rasch fest, daß der Junge sich auskannte, aber wohl doch nicht alles in Betracht zog. Mir war klar, daß ich ein paar Tage brauchen würde, bis ich dahinterkam, welche Händler von den verläßlichsten Farmern beliefert wurden, wer gute Verbindung zu den Häfen hatte, wer regelmäßig zu vernünftigen Preisen anbot, mit wem man rechnen konnte, auch wenn einmal etwas allgemein knapp war. Bob schienen keine dieser Probleme zu interessieren, während er über den Markt schlenderte und seine Waren einkaufte.

Ich war vom ersten Morgen an – meinem ersten Morgen –, als wir öffneten, in den Laden verliebt. Es dauerte eine Zeitlang, mich daran zu gewöhnen, daß Bob und die Mädchen mich mit »Sir« anredeten, aber sie brauchten zumindest ebenso lang, sich an den neuen Platz des Ladentischs zu gewöhnen und daran, daß sie Ware in Kisten vor den Laden stellen sollten, ehe die Kundschaft noch wach war. Doch sogar Becky gab mir recht, daß es eine gute Idee war, ein Anreiz für Passanten, nur wußte sie nicht so recht, wie die Aufsichtsbehörde des Stadtteils darauf reagieren würde, wenn sie davon erfuhr.

»Hat Chelsea etwa noch nie etwas von Straßenverkauf gehört?« fragte ich.

Innerhalb eines Monats kannte ich den Namen jedes Stammkunden, innerhalb von zweien wußte ich, was sie mochten und was nicht, und kannte ihre Eigenheiten und Spleens, die sie wahrscheinlich für einmalig hielten. Nachdem das Personal Feierabend gemacht hatte, setzte ich mich gern auf die Bank gegenüber dem Laden und beobachtete, was in der Chelsea Terrace SW3 vorging. Ich erkannte bald, daß ein Apfel ein Apfel war, egal wer davon abbeißen wollte, und Chelsea Terrace unterschied sich nicht von Whitechapel, wenn es darum ging, Kundenbedürfnisse zu verstehen. Ich glaube, das war der Augenblick, als ich daran dachte, mir einen zweiten Laden zuzulegen. Warum auch nicht? Trumper war das einzige Geschäft in der Chelsea Terrace, bei dem die Kundschaft regelmäßig bis auf den Bürgersteig Schlange stand.

Becky ging weiterhin fleißig ihrem Studium nach und versuchte immer wieder, mich zu einem gemeinsamen Dinner mit ihr und ihrem vornehmen Freund zu überreden. Um ehrlich zu sein, ich legte nicht den geringsten Wert darauf, Trentham zu begegnen, weil ich nach wie vor überzeugt war, daß er Tommy erschossen hatte.

Aber schließlich gingen mir die Ausreden aus, und ich nahm die Einladung an.

Als Becky mit ihrer Freundin, bei der sie wohnte, und Trentham das Restaurant betrat, wünschte ich, ich hätte es mir doch noch anders überlegt. Trentham ging es wohl genauso, denn sein Gesicht verriet ebensolche Abneigung, wie ich sie empfand. Beckys Freundin dagegen, Daphne Harcourt-Browne mit Namen, war sehr nett. Sie war ein hübsches Mädchen, und ich konnte mir vorstellen, daß sich viele Männer in ihr herzhaftes Lachen verliebten. Aber blauäugige, lockenköpfige Blondinen waren nie mein Typ gewesen.

Jedenfalls versuchte ich, mir nichts anmerken zu lassen, und tat, als wären Trentham und ich uns noch nie begegnet.

Es war einer der schlimmsten Abende meines Lebens, und ich hätte Becky gern alles erzählt, was ich über diesen Hundesohn wußte, aber so verliebt, wie sie sichtlich in ihn war, hätte wahrscheinlich nichts sie beeinflussen können. Es trug auch nicht zu meiner Stimmung bei, daß Becky mich mißbilligend anblickte. Ich senkte den Kopf und schaufelte mit dem Messer noch ein paar Erbsen auf die Gabel.

Beckys Zimmergenossin, Daphne, tat ihr Bestes, aber mit uns dreien als Publikum hätte sogar Charlie Chaplin keinen Erfolg gehabt.

Kurz nach elf ließ ich mir die Rechnung geben, und Minuten später verließen wir das Restaurant. Ich sorgte dafür, daß Becky und Trentham vorausgingen, weil ich hoffte, das würde mir Gelegenheit geben, mich davonzustehlen, doch zu meiner Überraschung blieb Daphne an meiner Seite und behauptete, es interessiere sie, welche Veränderungen ich im Laden vorgenommen hatte.

Gleich aus ihrer ersten Frage, als ich die Ladentür aufschloß, wurde mir klar, daß ihr nicht viel entging.

»Sie lieben Becky, nicht wahr?« fragte sie ruhig.

»Ja«, antwortete ich offen und gab meine Gefühle zu, wie ich es jemandem gegenüber, den ich besser kannte, nie getan hätte.

Ihre zweite Frage erstaunte mich noch mehr. »Und wie lange kennen Sie Guy Trentham schon?«

Als wir die Treppe zu meiner kleinen Wohnung hinaufstiegen, erzählte ich ihr, daß wir gemeinsam an der Westfront gekämpft, daß sich unsere Wege aber des Rangunterschieds wegen selten gekreuzt hatten.

»Warum hassen Sie ihn dann so sehr?« fragte sie, nachdem sie sich mir gegenüber niedergesetzt hatte.

Wieder zögerte ich, doch da wurde die Erinnerung zu lebendig und in meiner plötzlich unbeherrschbaren Wut beschrieb ich ihr, was Tommy und mir geschehen war, als wir versuchten, in die Sicherheit unserer eigenen Linie zu gelangen, und daß ich überzeugt war, daß Guy Trentham meinen besten Freund umgebracht hatte.

Als ich geendet hatte, saßen wir eine Weile schweigend, bis ich bat: »Sie dürfen Becky auf keinen Fall davon erzählen, denn ich habe keinen echten Beweis.«

Sie nickte und gestand, daß es ihre Schuld war, daß die beiden sich überhaupt kennengelernt hatten, und sie dies schon die ganze Zeit bereue. »Aber ehrlich gesagt«, fuhr sie fort, »wäre ich nie auf den Gedanken gekommen, daß jemand, der so vernünftig ist wie Becky, auf einen Angeber wie Guy hereinfallen könnte.«

Und dann erzählte sie mir von dem einzigen Mann in ihrem Leben, als wolle sie mit diesem Geheimnisaustausch unsere Freundschaft besiegeln. Ihre Liebe zu diesem Mann war so unverkennbar, daß es mich rührte. Und als Daphne gegen Mitternacht ging, versprach sie, alles in ihrer Macht Stehende zu tun, Guy Trentham zu eliminieren.

Ich erinnere mich genau, daß sie das Wort »eliminieren« benutzte, weil ich sie fragen mußte, was es bedeutete. Sie erklärte es, und ich erhielt meine erste Unterrichtsstunde von ihr, nachdem sie mich darauf hingewiesen hatte, daß ich viel lernen müsse, um aufzuholen, denn Becky hatte die letzten zehn Jahre nicht geschlafen.

Bei meiner zweiten Unterrichtsstunde wurde mir klar, weshalb Becky mich im Restaurant so oft mißbilligend angesehen hatte. Ich hätte mich geärgert, wenn mir nicht bewußt geworden wäre, daß sie recht hatte.

Während der nächsten Monate waren Daphne und ich viel zusammen, ohne daß Becky den wirklichen Grund dafür auch nur ahnen konnte. Daphne brachte mir soviel über die Welt meiner neuen Kunden bei und führte mich sogar in Modegeschäfte, Kinos und in ein West-End-Theater zu Stücken wie *Lady Windermere's Fächer* und *Volpone*. Bei keinem kamen Revuegirls auf die Bühne, aber sie gefielen mir trotzdem. Zu einem ließ ich mich allerdings nicht überreden: daß ich an den Samstagnachmittagen wegen eines Teams, das sie die Harlequins nannte, West Ham sausen ließ. Daß sie mich mit der National Gallery und ihren fünftausend Gemälden bekanntmachte, führte zu einer Leidenschaft, die sich als nicht weniger kostspielig erweisen sollte als die zu einer Frau. Und schon wenige Monate später zerrte ich Daphne zu den neuesten Ausstellungen: Renoir, Manet und sogar zu der eines jungen Spaniers namens Picasso, der gerade anfing, in Londons feiner Gesellschaft Beachtung zu finden. Ich hoffte, Becky würde auffallen, daß ich mich veränderte, doch für sie gab es nur Captain Trentham.

Daphne bestand auch darauf, daß ich zwei Tageszeitungen las. Sie wählte den *Daily Express* und die *News Chronicle* für mich aus, und hin und wieder, wenn sie mich in den Lowndes Square eingeladen hatte, vertiefte ich mich auch in ihre Magazine, wie *Punch* oder *Strand*. Ich erfuhr allmählich, wer wer und was war und wer was wem tat. Ich ging zum erstenmal zu Sotheby's und war dabei, als ein früher Constable unter den Hammer kam und den Rekordpreis von neunhundert Guineen erzielte. Das war mehr Geld, als Trumper mitsamt seinem ganzen Inventar wert war. Ich muß jedoch gestehen, daß ich weder diese herrliche Landschaft noch irgendwelche anderen Gemälde in irgendeiner

Galerie oder einem Auktionshaus für Tommys Madonnenbild eingetauscht hätte, das immer noch über meinem Bett hing.

Als Becky im Januar 1920 den Jahresabschluß mit mir durchging, erkannte ich, daß meine Ambition, einen zweiten Laden dazuzukaufen, kein Wunschtraum mehr bleiben mußte. Dann standen unerwartet gleich zwei Geschäfte in einem Monat zum Verkauf. Ich wies Becky an, das Geld dafür irgendwie herzubekommen.

Daphne teilte mir vertraulich mit, daß Becky große Schwierigkeiten hatte, die erforderliche Summe aufzutreiben, und obwohl ich nichts sagte, rechnete ich doch damit, daß Becky erklären würde, es sei einfach unmöglich, vor allem, da ich das Gefühl hatte, sie sei in Gedanken völlig bei Trentham und der Tatsache, daß er in Kürze nach Indien verlegt würde. Als sie dann am Tag seiner Abreise erklärte, sie hätten sich offiziell verlobt, hätte ich ihm ohne Zaudern die Kehle durchschneiden können – und danach mir –, aber Daphne versicherte mir, daß es mehrere junge Damen in London gab, die sich zur einen oder anderen Zeit der Illusion hingegeben hätten, Captain Guy Trentham würde sie in Kürze heiraten. Doch Becky blieb so überzeugt von Trenthams ehrlicher Absicht, daß ich nicht wußte, welchem der beiden Mädchen ich glauben sollte.

In der folgenden Woche kam mein alter Kommandeur mit einer Einkaufsliste seiner Gattin in den Laden. Ich werde nie den Augenblick vergessen, als er eine Geldbörse aus seiner Jackentasche holte und darin nach Kleingeld kramte. Bis dahin war ich nie auf den Gedanken gekommen, daß auch ein Colonel in der wirklichen Welt leben könnte. Jedenfalls verließ er den Laden erst, nachdem er versprochen hatte, mir zwei Zehnshillingkarten für den Regimentsball zu schicken; das hat er auch getan.

Meine Euphorie – ein weiteres Harcourt-Browne-Wort – über die Wiederbegegnung mit dem Colonel dauerte etwa vierundzwanzig Stunden. Dann vertraute mir Daphne an, daß Becky in anderen Umständen war. Als erste Reaktion wünschte ich, ich hätte Trentham an der Westfront umgebracht, statt zu helfen, das Leben des Schufts zu retten. Ich nahm an, daß er sofort von

Indien zurückkehren würde, um sie zu heiraten, ehe das Kind zur Welt kam. Mir wurde allein schon bei dem Gedanken übel, daß er sich wieder in unser Leben drängen würde, aber es war das einzige, was ein Gentleman unter diesen Umständen tun konnte, andernfalls hätte Becky ein Leben als Ausgestoßene der Gesellschaft zu gewärtigen.

Etwa zu dieser Zeit erklärte Daphne, daß wir unbedingt ein Aushängeschild, einen Strohmann, brauchten, wenn wir einen größeren Kredit von der Bank bekommen wollten. Becky würde da nichts erreichen, weil sie eine Frau war, ihr Geschlecht würde sie von vornherein disqualifizieren – wieder eines von Daphnes Wörtern –, aber sie war so taktvoll, nicht zu sagen, daß mich wiederum mein Akzent »disqualifizieren« würde.

Auf dem Rückweg vom Regimentsball erklärte Becky Daphne vergnügt, daß der Colonel genau der richtige Mann sei, uns zu vertreten, wann immer es darum ging, von einer Bank ein Darlehen zu erbitten. Ich war nicht sehr optimistisch, aber Becky hatte bereits bei der Gattin des Colonels vorgefühlt und bestand darauf, daß wir uns zumindest an ihn wenden und ihm erklären sollten, was wir uns vorgestellt hatten.

Das taten wir, und zu meiner Überraschung erhielten wir zehn Tage später einen Brief von ihm, in dem er zusagte.

Ein paar Tage später gab Becky zu, daß sie ein Kind erwartete. Von diesem Augenblick an interessierte ich mich nur noch dafür, herauszufinden, was sie von Trenthams Absichten gehört hatte. Zu meiner Bestürzung erfuhr ich, daß sie es dem Kerl noch nicht einmal mitgeteilt hatte, obwohl sie inzwischen bereits fast vier Monate schwanger war. Ich ließ sie schwören, daß sie ihm noch in dieser Nacht schreiben würde, allerdings weigerte sie sich, ihm mit einer Klage wegen gebrochenen Eheversprechens zu drohen. Am nächsten Tag versicherte mir Daphne, daß sie vom Küchenfenster aus gesehen hatte, wie Becky den Brief einwarf.

Ich bat den Colonel um ein Gespräch und klärte ihn über Beckys Zustand auf, bevor es die ganze Welt wußte. Er meinte etwas geheimnisvoll: »Überlassen Sie Trentham mir!«

Sechs Wochen später sagte mir Becky, daß sie immer noch keine Antwort von Trentham bekommen habe, und ich spürte zum erstenmal, daß ihre Gefühle für den Mann erkalteten.

»Gut«, sagte ich, »dann können wir das Thema Guy Trentham vielleicht abhaken.«

Ich bat sie sogar, mich zu heiraten, aber sie nahm meinen Antrag nicht ernst, obwohl ich in meinem ganzen Leben nichts ernster gemeint habe. Ich lag die ganze Nacht wach, weil ich überlegte, was ich sonst tun könnte, um ihr das Gefühl zu geben, daß ich ihrer würdig war.

Die Wochen vergingen, und Daphne und ich kümmerten uns immer mehr um Becky, die von Tag zu Tag einem gestrandeten Wal immer ähnlicher wurde. Von Indien war immer noch keine Post gekommen, doch schon lange vor der Niederkunft hatte sie aufgehört, Trenthams Namen auch nur zu erwähnen.

Als ich Becky zum erstenmal Daniel in den Armen halten sah, wünschte ich mir, sein Vater zu sein, und war überglücklich, als sie sagte, sie hoffte, daß ich sie noch liebe.

Und ob ich sie noch liebte!

Eine Woche später ließen wir uns trauen, und der Colonel, Bob Makins und Daphne erklärten sich einverstanden, Taufpaten zu werden. Im Sommer darauf heirateten auch Daphne und Percy, nicht wie wir auf dem Standesamt von Chelsea, sondern in der St. Margaret's Church in Westminster. Ich hielt dort die Augen nach Mrs. Trentham offen, nur weil es mich interessierte, wie sie aussah, doch dann erinnerte ich mich, daß Percy erwähnt hatte, daß sie nicht eingeladen worden war.

Daniel wuchs und gedieh, und ich war gerührt, daß sein erstes Wort, das er laufend wiederholte, »Papa« war. Trotzdem fragte ich mich, wieviel Zeit uns noch blieb, ehe wir dem Jungen die Wahrheit sagen mußten. »Bastard« ist ein so gemeines Wort für ein unschuldiges Kind, und an dem Makel, unehelich geboren zu sein, würde er sein Leben lang tragen müssen.

»Darüber brauchen wir uns noch lange nicht den Kopf zu zerbrechen«, sagte Becky immer wieder. Doch das hielt mich nicht davon ab, mir Sorgen über die möglichen Folgen zu machen, wenn wir noch viel länger warteten. Schließlich kannten die meisten Leute in Chelsea Terrace die Wahrheit.

Sal schrieb aus Toronto, um uns zu gratulieren und mir mitzuteilen, daß sie selbst keine weiteren Kinder mehr haben wolle. Drei Mädchen – Susan, Maureen und Babs – und zwei Jungen – David und Rex – erschienen ihr genug, selbst für eine gute Katholikin. Ihr Mann, schrieb sie, war zum Bezirksvertreter von E. P. Taylor befördert worden, und es ging ihnen im großen und ganzen recht gut. In ihren Briefen stand nie, daß sie Heimweh oder Sehnsucht nach ihrem Geburtsland hätte, ja, sie erwähnte England überhaupt nicht. Das konnte ich ihr nicht einmal verdenken, denn ihre einzige wirkliche Erinnerung an zu Hause war wohl, daß sie mit zwei Schwestern in einem Bett hatte schlafen müssen, daß ihr Vater ein Trinker gewesen und daß nie genug zu essen dagewesen war, daß man hätte nachfassen können.

Sie schalt mich, weil ich ihr nicht halb sooft schrieb wie Grace. Ich könnte ihr nicht mit der Ausrede kommen, daß ich zuviel arbeiten mußte, fügte sie hinzu, denn als Stationsschwester in einem Londoner Lehrkrankenhaus hatte Grace bestimmt noch weniger Freizeit als ich. Nachdem Becky den Brief gelesen hatte und dem zustimmte, schrieb ich Sal in den nächsten Monaten tatsächlich öfter.

Kitty besuchte mich regelmäßig, doch nur, damit ich ihr Geld gab, und jedesmal wollte sie mehr. Und sie achtete immer darauf, daß Becky nicht in der Nähe war, wenn sie unangemeldet erschien. Die Beträge, die sie mir entlockte, waren zwar unverschämt, aber gerade tragbar.

Ich bat Kitty, sich einen Job zu suchen, ja bot ihr selbst einen an, aber sie erklärte mir, daß Arbeit und sie einfach nicht zusammenpaßten. Unsere Gespräche dauerten selten länger als ein paar Minuten, denn kaum hatte ich ihr Geld gegeben, war sie schon wieder verschwunden. Mir wurde klar, daß es mit jedem Laden, den ich eröffnete, schwerer werden würde, Kitty zu überzeugen, daß sie eine Familie gründen und ein normales Leben führen sollte. Und als Becky und ich in unser neues Haus in der Gilston Road gezogen waren, überfiel sie mich sogar noch öfter.

Trotz Syd Wrexalls Anstrengungen, mir einen Strich durch mein Vorhaben zu machen, jedes Geschäft aufzukaufen, das in der Terrace zu haben war, glückte es mir, sieben zu erstehen, ehe es zu wirklichem Widerstand kam. Ich hatte jetzt mein Auge auf Nummer 25 bis 99 geworfen – ein riesiges Wohngebäude, das ich zu kaufen beabsichtigte, ehe Wrexall herausbekommen würde, was ich vorhatte –, ganz zu schweigen von meinem Wunsch, Chelsea Terrace 1 zu erstehen, das durch seine Lage für meinen langfristigen Plan, Besitzer des gesamten Blocks zu werden, entscheidend war.

Während des Jahres 1922 ging alles glatt, und ich freute mich schon auf Daphnes Rückkehr aus ihren Flitterwochen, damit ich ihr erzählen konnte, was ich während ihrer Abwesenheit alles unternommen hatte.

Eine Woche nachdem sie nach England zurückgekehrt war, lud sie Becky und mich zum Dinner in ihrem neuen Zuhause am Eaton Square ein. Ich konnte es kaum erwarten zu hören, was sie alles erlebt hatte, und ich wußte, es würde sie beeindrucken, daß uns inzwischen acht Läden und ein Haus in der Gilston Road gehörten und daß wir in Kürze dem Trumper-Besitz ein Wohngebäude hinzufügen würden. Aber ich wußte auch, was sie mich als erstes fragen würde, wenn ich durch ihre Tür trat, also hatte ich die Antwort bereit: »Ich werde noch etwa zehn Jahre brauchen, ehe mir der ganze Block gehört – solange du mir garantieren kannst, daß es keine Überschwemmungen, Seuchen oder Krieg geben wird.«

Kurz bevor Becky und ich uns auf den Weg zum Wiedersehensdinner machten, fiel ein Brief durch den Postschlitz in der Gilston Road 11.

Schon während er noch auf der Matte lag, erkannte ich die ausgeprägte Schrift. Ich riß den Umschlag auf und las die Worte des Colonels. Als ich damit fertig war, wurde mir plötzlich flau im Magen; denn ich konnte mir einfach nicht denken, weshalb er seinen Rücktritt einreichen wollte. ❧

## 20

Charlie stand allein in der Diele und beschloß, mit Becky erst nach ihrer Rückkehr von Daphne über den Brief des Colonels zu reden. Becky freute sich schon so lange auf diesen Abend, daß er ihr nicht mit der Nachricht von dem unerwarteten Rücktritt des Colonels die Stimmung verderben wollte.

»Fühlst du dich nicht gut, Liebling?« fragte Becky, als sie die Treppe herunterkam. »Du bist so blaß.«

»Nein, nein, alles in Ordnung.« Nervös steckte Charlie den Brief in die Brusttasche. »Komm, wir wollen uns doch nicht verspäten, das wäre unentschuldbar.« Er blickte seine Frau an und jetzt erst bemerkte er, daß sie das rosa Kleid mit der riesigen Schleife unter der Brust trug. Er erinnerte sich, daß er es mit ihr ausgewählt hatte. »Du siehst umwerfend aus!« sagte er. »Daphne wird grün vor Neid werden, wenn sie das Kleid sieht.«

»Du machst auch eine gute Figur.«

»Jedesmal, wenn ich so einen Pinguinanzug trage, komme ich mir wie ein Kellner im Ritz vor«, brummte Charlie, während Becky seine weiße Fliege zurechtrückte.

»Wie kannst du das wissen, wenn du noch nie im Ritz warst?« entgegnete Becky lachend.

»Zumindest ist dieser Frack in meinem eigenen Geschäft geschneidert«, sagte Charlie und öffnete die Tür für seine Frau.

»Ah, und hast du die Rechnung schon bezahlt?«

Auf der Fahrt zum Eaton Square fiel es Charlie schwer, sich auf Beckys Geplauder zu konzentrieren, während er sich den Kopf zerbrach, weshalb der Colonel aussteigen wollte, wenn doch alles so gut ging.

»Also, was meinst du? Wie sollte ich es angehen?« fragte Becky.

»So wie du es für richtig hältst.«

»Du hast mir überhaupt nicht zugehört, Charlie Trumper. Wenn ich bedenke, daß wir erst zwei Jahre verheiratet sind!«

»Entschuldige«, bat Charlie, als er seinen kleinen Austin 7 hinter dem Silver Ghost parkte, der direkt vor dem Eingang von Eaton Square 14 stand. »Hätte nichts dagegen, auch hier zu wohnen«, meinte Charlie, als er seiner Frau aus dem Wagen half.

»Das wäre noch zu früh«, entgegnete Becky.

»Warum?«

»Weil ich so das Gefühl habe, daß Mr. Hadlow den dafür erforderlichen Kredit nicht billigen würde.«

Ein Butler öffnete ihnen die Tür, noch ehe sie die oberste Stufe erreicht hatten. »Gegen einen wie ihn hätte ich auch nichts«, murmelte Charlie.

»Sei vernünftig«, mahnte Becky.

»Natürlich. Ich darf nicht vergessen, wohin ich gehöre.«

Der Butler führte sie in den Salon, wo Daphne einen trockenen Martini nippte.

»Ihr Lieben!« rief sie und sprang auf. Becky rannte auf sie zu und umarmte sie heftig.

»Warum hast du es mir nicht verraten?« fragte Becky.

»Mein kleines Geheimnis.« Daphne tätschelte ihren Bauch. »Trotzdem bist du mir offensichtlich wieder weit voraus.«

»So weit auch nicht«, entgegnete Becky. »Wann erwartest du es?«

»Dr. Gould rechnet mit Januar«, sagte sie. »Clarence, wenn es ein Junge, Clarissa, wenn es ein Mädchen ist.« Ihre beiden Gäste lachten.

»Wagt es nicht, euch darüber lustig zu machen. Das sind die Namen von Percys distinguiertesten Ahnen«, erklärte sie gerade, als ihr Gemahl eintrat.

»Stimmt«, bestätigte Percy. »Obwohl ich mich beim besten Willen nicht erinnern kann, was sie verbrochen haben.«

»Willkommen zu Haus.« Charlie schüttelte ihm die Hand.

»Danke, Charlie«, sagte Percy und küßte Becky auf beide Wangen. »Ich muß zugeben, ich freue mich riesig, euch wiederzusehen.« Ein Diener reichte ihm einen Whisky Soda. »So,

Becky, jetzt mußt du mir alles erzählen, was ihr inzwischen gemacht habt, und daß du mir keine Einzelheiten ausläßt.«

Sie setzten sich zusammen aufs Sofa, während sich Daphne Charlie anschloß, der langsam rundum ging und die großen Porträts begutachtete, die an allen Wänden hingen.

»Percys Vorfahren«, erklärte Daphne. »Alle von zweitklassigen Malern verewigt. Ich würde sie alle miteinander für das Madonnenbild in eurem Salon hergeben.«

»Aber das da bestimmt nicht.« Charlie blieb vor dem zweiten Marquis von Wiltshire stehen.

»Ah ja, der Holbein.« Daphne nickte. »Du hast recht. Aber ich fürchte, von da an ging es bergab.«

»Kann nicht mitreden, M'lady«, sagte Charlie grinsend. »Sie müssen wissen, meine Vorfahren waren nicht so versessen darauf, porträtiert zu werden. Wenn ich's recht bedenk', glaub' ich nicht, daß Holbein für viele Straßenhändler im East End gearbeitet hat.«

Daphne lachte. »Das erinnert mich an was, Charlie. Wo ist dein Cockney-Akzent geblieben?«

»Was 'ätt'n Sie gern, Marquise? Tomat'n, ein Pfund? Un' 'ne 'albe Pampelmus'? Od'r bloß 'ne tolle Nacht?«

»So ist es schon besser. Wir wollen uns doch nicht ein paar Abendkurse zu Kopf steigen lassen.«

»Psst!« mahnte Charlie und blickte rasch zu seiner Frau auf dem Sofa. »Becky weiß nichts davon, und ich werde ihr auch nichts sagen, bis …«

»Ich verstehe. Und ich verspreche dir, von mir wird sie nichts erfahren. Ich habe es nicht einmal Percy erzählt.« Auch sie schaute zu Becky, die noch tief im Gespräch mit ihm versunken war. »Übrigens, wann wird es soweit sein, bis …?«

»In zehn Jahren, schätze ich«, wartete Charlie nun mit seiner lang vorbereiteten Antwort auf.

»Oh, und ich dachte immer, so was dauert gewöhnlich neun Monate.« Daphne lächelte. »Außer natürlich bei Elefanten.«

Als ihm klar wurde, daß er ihre Frage mißverstanden hatte, mußte Charlie grinsen. »Ungefähr noch zwei Monate, würde ich sagen. Tommy, wenn's ein Junge ist, und Debbie, wenn's ein Mädchen ist. So könnte mit etwas Glück Becky den idealen Spielgefährten für Clarence oder Clarissa auf die Welt bringen.«

»So wie die Welt jetzt aussieht«, meinte Daphne, »würde es mich nicht überraschen, wenn mein Sproß einmal als dein Angestellter enden würde.«

Obwohl Daphne ihn weiterhin mit Fragen bombardierte, konnte Charlie den Blick kaum von dem Holbein nehmen. Schließlich zog ihn Daphne mit den Worten fort: »Komm, Charlie, essen wir. Ich bin in letzter Zeit scheinbar immer am Verhungern.«

Percy und Becky standen auf und folgten den beiden.

Daphne führte ihre Gäste durch einen langen Korridor zum Speisezimmer, das von der gleichen Größe war wie das Zimmer, aus dem sie kamen. Die sechs lebensgroßen Portraits an den Wänden waren alle von Reynolds.

»Und hier ist nur die Häßliche eine Verwandte«, erklärte Percy und deutete auf die graue Frauengestalt an der Wand hinter ihm. »Wenn sie nicht eine beachtliche Mitgift gehabt hätte, wäre es ihr bestimmt nicht leichtgefallen, sich einen Wiltshire zu angeln.«

Aber Charlie interessierte sich mehr für das Gemälde als für Percys Familiengeschichte.

Sie setzten sich an die Tafel, die für vier gedeckt war, an der jedoch bequem acht Platz gefunden hätten, und aßen ein Dinner von vier Gängen, von dem bestimmt sechzehn satt geworden wären. Livrierte Diener standen hinter jedem Stuhl, um dem leisesten Begehr sogleich nachzukommen. »Jedes gute Heim sollte einen haben«, flüsterte Charlie seiner Frau über den Tisch hinweg zu.

Die Unterhaltung während des Essens gab den vieren die Chance, alles voneinander zu erfahren, was sich in den vergangenen zwei Jahren zugetragen hatte. Nachdem ein zweiter Kaffee eingeschenkt worden war, ließen Daphne und Becky die beiden Männer bei einer guten Zigarre zurück. Charlie hatte das Gefühl, die Wiltshires wären überhaupt nie weggewesen.

»Bin froh, daß uns die Mädchen allein gelassen haben«, sagte Percy. »Ich fürchte, es gibt da etwas Unerfreuliches, worüber wir vielleicht reden sollten.«

Charlie paffte seine erste Zigarre und fragte sich, wie man so was jeden Tag aushielt.

»Als Daphne und ich in Indien waren«, fuhr Percy fort, »begegneten wir diesem Schuft Trentham.« Charlie hustete, denn ein wenig Rauch ging die falsche Kehle hinunter, und nun schenkte er seinem Gastgeber volle Aufmerksamkeit. Percy zitierte das Gespräch zwischen Trentham und ihm. »Seine Drohung, daß er dich ›kriegen‹ würde, komme was wolle, war vermutlich nur müßige Angeberei, doch Daphne fand, daß wir dich voll ins Bild setzen sollten.«

»Aber was könnte ich denn dagegen tun?« Charlie streifte ein längeres Stück Zigarrenasche in einen silbernen Aschenbecher, der gerade noch rechtzeitig vor ihm hingestellt wurde.

»Nicht viel, fürchte ich«, antwortete Percy. »Aber gewarnt ist gewappnet. Er wird in Kürze in England zurückerwartet, und seine Mutter erzählt jedem, der sich überhaupt noch nach ihm erkundigt, daß Guy ein so unwiderstehliches Angebot in der City unterbreitet worden sei, daß er nicht gezögert habe, seinen Abschied einzureichen. Ich kann mir nicht vorstellen, daß ihr wirklich jemand glaubt; abgesehen davon halten anständige Leute die City ohnehin für den richtigen Ort für jemanden wie Trentham.«

»Meinst du, ich soll Becky davon erzählen?«

»Lieber nicht. Tatsächlich habe ich nicht einmal Daphne von meiner zweiten Begegnung mit Trentham im Überseeclub erzählt. Warum also Becky damit das Herz schwermachen? Nach allem, was ich heute abend von ihr erfahren habe, hat sie auch so schon genug auf dem Hals.«

»Ganz zu schweigen davon, daß sie bald niederkommen wird«, fügte Charlie hinzu.

»Eben. Also lassen wir das einstweilen. Wollen wir uns jetzt den Damen anschließen?«

Bei einem großen Cognac in einem weiteren Zimmer voll

Vorfahren, darunter ein kleines Ölporträt von »Bonnie Prince Charlie«, lauschte Becky dem, was Daphne zu erzählen hatte. Daphne beschrieb die Amerikaner, von denen sie sehr angetan war, und meinte, daß man sie nie hätte hergeben dürfen; die Afrikaner, die sie amüsant fand, die aber sobald wie möglich abgegeben werden sollten; und die Inder, die es offenbar gar nicht erwarten konnten, abgegeben zu werden, wenn man dem kleinen Mann glauben konnte, der immer in einem Geschirrtuch beim Gouverneur auftauchte.

»Meinst du damit etwa Gandhi?« fragte Charlie, der seine Zigarre nun bereits etwas selbstsicherer paffte. »Ich finde ihn sehr beeindruckend.«

Auf der Rückfahrt zur Gilston Road plauderte Becky aufgekratzt und wiederholte den ganzen Klatsch, den sie von Daphne erfahren hatte. Charlie schloß daraus, daß die beiden Damen das Thema Trentham überhaupt nicht zur Sprache gebracht hatten und Becky infolgedessen auch nichts von der Bedrohung wußte, die er gegenwärtig darstellte.

Charlie schlief sehr unruhig, teils weil er zu üppig gegessen und dann auch noch getrunken hatte, hauptsächlich aber, weil seine Gedanken ständig von dem Rätsel, weshalb der Colonel sich zurückziehen wollte, zu dem Problem der bevorstehenden Rückkehr Trenthams hin und her schweiften.

Um vier Uhr früh stand er auf und zog seine ältesten Sachen an, dann machte er sich auf den Weg zum Markt. Das versuchte er immer noch wenigstens einmal die Woche zu schaffen, denn er war überzeugt, daß keiner seiner Leute auf dem Markt so gut zurechtkam wie er. Das heißt, zumindest bis vor kurzem, als es ein Händler namens Ned Denning doch glatt fertiggebracht hatte, ihm zwei überreife Avocados unterzujubeln und am nächsten Tag eine Kiste Orangen anzudrehen, die er gar nicht hatte kaufen wollen. Charlie beschloß am dritten Tag, sehr früh aufzustehen und zu sehen, ob er diesen Mann nicht ein für allemal aus dem Verkehr ziehen könnte.

Am folgenden Montag fing Ned Denning als der erste Hauptgeschäftsführer des Lebensmittelladens bei Trumper an.

Charlie war an diesem Morgen sehr zufrieden mit seinen Einkäufen für Nummer 21 wie 147, und Bob Makins holte ihn und Ned ab, um sie in ihrem neuen Lieferwagen zur Chelsea Terrace zurückzufahren.

An der Obst- und Gemüsehandlung angekommen, half Charlie beim Ausladen und dann beim Aufbauen des Obstes und Gemüses, ehe er kurz nach sieben zum Frühstück nach Hause zurückkehrte. Er fand jedoch, daß es immer noch etwas früh sei, den Colonel anzurufen.

Die Köchin richtete ihm Eier mit Speck zum Frühstück, das er mit Daniel und dem Kindermädchen einnahm. Becky war noch nicht aufgestanden. Offenbar machten auch ihr die Nachwirkungen von Daphnes Dinnerparty zu schaffen.

Charlie verbrachte den Großteil seines Frühstücks damit, geduldig den endlosen Strom von Daniels unzusammenhängenden Fragen zu beantworten, bis das Kindermädchen das protestierende Kind packte und es zurück nach oben ins Kinderzimmer trug. Charlie öffnete den Deckel seiner Taschenuhr. Es war zwar noch nicht ganz acht, aber er wollte nicht länger warten. Er ging hinaus in die Diele, griff nach dem Stabtelefon und ließ sich vom Amt mit Kensington 1279 verbinden. Kurz darauf wurde er durchgestellt.

»Dürfte ich mit dem Colonel sprechen?«

»Ich sage ihm, daß Sie am Apparat sind, Mr. Trumper«, kam die Antwort. Charlie mußte bei dem Gedanken lächeln, daß es ihm offenbar nie gelingen würde, seinen Akzent am Telefon ganz loszuwerden.

»Guten Morgen, Charlie«, vernahm er einen anderen Akzent, der für ihn unverkennbar war.

»Ich wollte nur fragen, ob ich bei Ihnen vorbeikommen dürfte, Sir.«

»Selbstverständlich«, versicherte ihm der Colonel. »Aber könnten Sie bis zehn Uhr warten, alter Junge? Bis dahin wird Elizabeth unterwegs zu ihrer Schwester nach Camden Hill sein!«

»Ich werde Punkt zehn bei Ihnen sein«, versprach Charlie.

Nachdem er aufgehängt hatte, beschloß er, die zwei Stunden für eine volle Runde durch seine Läden zu nutzen. Ein zweites Mal an diesem Morgen, während Becky immer noch schlief, begab er sich zur Chelsea Terrace.

Charlie holte sich Mr. Arnold aus dem Haushaltswarengeschäft, um sich mit ihm kurz in allen elf Geschäften umzusehen. Er erklärte seinem Stellvertreter die Einzelheiten seiner Pläne, das Wohngebäude durch sechs neue Läden zu ersetzen.

Als sie aus Nummer 129 herauskamen, sagte Charlie, daß er sich Sorgen wegen des Spirituosengeschäfts machte, weil es noch immer keinen Gewinn einbrachte, obwohl sie auch hier den neuen Zustelldienst eingeführt hatten, der ursprünglich nur für Obst und Gemüse gedacht gewesen war.

Charlie war stolz darauf, daß seine Läden zu den ersten gehörten, die telefonisch Bestellungen entgegennahmen und noch am selben Tag lieferten. Auch das war eine Idee, die er den Amerikanern abgeschaut hatte, und je mehr er über die Geschäftsmethoden in den Staaten las, desto interessierter wurde er an einem Besuch dort, um mit eigenen Augen zu sehen, wie man es da drüben anging.

Er konnte sich gut an seinen ersten Lieferdienst erinnern, als sein Gefährt Großvaters Karren gewesen war und sein Bote Kitty. Jetzt hatte er einen schönen blauen 3-PS-Lieferwagen, an dessen beiden Seiten die Aufschrift in blauen Buchstaben prangte: ›TRUMPER, DER EHRLICHE HÄNDLER. Gegründet 1823.‹

An der Ecke der Chelsea Terrace blieb er stehen und blickte auf das eine Geschäft, das Chelsea mit seinem wuchtigen Erkerfenster und der großen Flügeltür immer dominieren würde. Er glaubte nicht, daß er noch lange warten müßte, ehe er Mr. Fothergill einen großen Scheck vorlegen könnte, der die Schulden des Auktionators decken würde. Ein ehemaliger Angestellter von Nummer 1 hatte ihm erst vor kurzem erzählt, daß sich die Schulden bereits auf über zweitausend Pfund beliefen.

Charlie marschierte hinein, um eine viel kleinere Rechnung zu bezahlen, und fragte das Mädchen hinter dem Ladentisch, ob sein Madonnenbild fertig sei. Er hatte es zum Neurahmen hergebracht, und es hätte bereits vor drei Wochen fertig sein sollen.

Er beschwerte sich nicht über die Verzögerung, denn das gab ihm die Möglichkeit, sich unauffällig umzusehen. Die Tapete neben dem Eingang löste sich, und außer dem Mädchen war kein Personal zu sehen, woraus Charlie schloß, daß kein Geld für Gehälter da war.

Mr. Fothergill brachte schließlich persönlich das kleine Ölgemälde im neuen vergoldeten Rahmen und händigte es Charlie aus.

»Vielen Dank«, sagte Charlie, als er auf die kühnen Pinselstriche in Rot- und Blautönen blickte, und ihm wurde bewußt, wie sehr es ihm gefehlt hatte.

»Ich frage mich, was es wert ist«, sagte er beiläufig zu Fothergill, während er mit einem Zehnshillingschein bezahlte.

»Ein paar Pfund im Höchstfall«, antwortete der Sachverständige und zupfte an seiner Fliege. »Drüben auf dem Kontinent gibt es unzählige Bilder mit diesem Motiv von unbekannten Malern.«

»Ich weiß nicht«, murmelte Charlie. Er warf einen Blick auf seine Taschenuhr und schob die Quittung in die Hosentasche. Er hatte sich genug Zeit für einen gemächlichen Spaziergang durch Princess Gardens und weiter zum Haus des Colonels gelassen, um wenige Minuten vor zehn dort anzukommen. Er wünschte Mr. Fothergill »guten Morgen« und ging.

Obgleich es noch verhältnismäßig früh war, herrschte reges Leben in Chelsea, und Charlie lüpfte den Hut vor mehreren Kunden, denen er begegnete.

»Guten Morgen, Mr. Trumper.«

»Guten Morgen, Mrs. Symonds«, bedankte sich Charlie, während er die Straße überquerte, um die Abkürzung durch den Park zu nehmen.

Er versuchte genau zu formulieren, was er zum Colonel sagen würde, wenn er erst erfahren hatte, aus welchem Grund er gekündigt hatte. Doch was es auch sein mochte, Charlie war entschlossen, seinen wertvollen Mitarbeiter nicht zu verlieren. Er schloß das Tor der Parkanlage hinter sich und folgte dem schmalen Kiesweg.

Er machte einer jungen Frau mit einem Kinderwagen Platz und salutierte einem alten Soldaten, der auf einer Parkbank saß und sich eine Zigarette drehte. Nachdem er die kleine Anlage durchquert hatte, trat er auf die Gilston Road und schloß auch dieses Tor hinter sich.

Charlie spazierte weiter zur Tregunter Road und beschleunigte den Schritt. Er lächelte, als er an seinem kleinen Haus vorbeimarschierte, und vergaß völlig, daß er das Bild noch unter dem Arm hatte. Seine Gedanken beschäftigten sich ausschließlich mit der Kündigung des Colonels.

Als der Schrei und gleich darauf das Zuschlagen einer Tür hinter ihm erklang, geschah es mehr aus Reflex denn aus Neugier, daß Charlie sich umdrehte. Er blieb jedoch stehen, weil er jemanden auf die Straße stürmen und dann in seine Richtung laufen sah.

Charlie blieb gebannt stehen, als der Jemand, der wie ein Vagabund aussah, näher kam und schließlich etwa einen Meter vor ihm abrupt anhielt. Ein paar Sekunden lang starrten die beiden sich nur an. Die Bartstoppeln verbargen ein Gesicht, das weder einem Landstreicher noch einem Gentleman gehörte. Und dann folgte dem Erkennen Bestürzung.

Charlie konnte nicht glauben, daß dieser unrasierte, heruntergekommene Mann vor ihm, der einen alten Armeemantel und zerbeulten Filzhut trug, wahrhaftig der gleiche war, den er zum erstenmal vor etwa sechs Jahren in einem Lager in Edinburgh gesehen hatte.

Woran sich Charlie an diesen Augenblick in der Gilston Road vor allem erinnern würde, waren die drei sauberen runden Stellen an beiden Schulterklappen von Trenthams Mantel, wo die drei Sterne eines Captain erst kürzlich entfernt worden sein mußten.

Trenthams Blick fiel auf das Bild unter Charlies Arm, und plötzlich, übergangslos, warf er sich auf Charlie und entriß ihm das Gemälde. Dann drehte er sich um und rannte in die Richtung zurück, aus der er gekommen war. Charlie nahm sofort die Verfolgung auf und holte auch rasch auf, da Trentham der schwere Mantel und das Bild, das er an sich drückte, behinderten.

Charlie war nur noch einen knappen Meter hinter ihm und setzte zum Sprung an, um Trentham um die Mitte zu fassen, als er die Schreie hörte. Er zögerte, weil sie aus seinem Haus zu kommen schienen. Ihm blieb nichts übrig, als Trentham mit dem Bild entkommen zu lassen, während er herumwirbelte und ins Haus raste. Im Salon fand er Köchin und Kindermädchen über Becky gebeugt stehen. Sie lag auf dem Sofa und brüllte vor Schmerzen.

Als sie ihn sah, leuchteten ihre Augen auf. »Das Baby kommt«, sagte sie.

»Schieben Sie die Arme unter ihre Achseln«, wies Charlie die Köchin an, »und helfen Sie mir, sie in den Wagen zu bringen.«

Gemeinsam trugen sie Becky aus dem Haus und den Weg entlang, während das Kindermädchen an ihnen vorbeirannte, um die Wagentür zu öffnen, damit sie Becky auf den Rücksitz heben konnten. Charlie starrte auf seine Frau hinunter. Ihr Gesicht hatte jegliche Farbe verloren, und ihre Augen wirkten glasig. Als er die Wagentür schloß, war sie offenbar nicht mehr bei Bewußtsein.

Charlie sprang ins Auto und rief der Köchin zu, die den Wagen bereits ankurbelte: »Rufen Sie meine Schwester im Krankenhaus an. Sagen Sie, wir sind unterwegs, und sie soll alles für den Notfall vorbereiten.«

Der Motor sprang an, und die Köchin hüpfte hastig zur Seite, als Charlie auf die Straße hinausfuhr und in südlicher Richtung, zur Themse hin, losraste, so rasch es Fußgänger, Radfahrer, Straßenbahnen, Pferde und andere Automobile zuließen.

Alle paar Minuten blickte er über die Schulter auf seine Frau und war sich nicht einmal sicher, ob sie noch lebte. »Laß sie beide leben!« schrie er gequält. Er fuhr die Uferstraße entlang, so schnell es nur ging, hupte ohne Unterlaß und brüllte hin und wieder ahnungslose Fußgänger an, die gemächlich die Straße überquerten. Als er über die Southwark Bridge fuhr, hörte er Becky zum erstenmal stöhnen.

»Wir sind gleich da, mein Liebling«, versprach er. »Halt noch ein bißchen durch.«

Nach der Brücke nahm er die erste Straße links und behielt sein Tempo bei, bis das Eisentor des Krankenhauses in Sicht kam. Als er auf den Vorplatz einbog und an dem runden Blumenbeet vorbeifuhr, sah er Grace und zwei Männer in langen weißen Kitteln mit einer Tragbahre warten. Charlie hielt den Wagen fast vor ihren Zehen an.

Die beiden Männer hoben Becky behutsam heraus, legten sie auf die Tragbahre und eilten mit ihr die Rampe hinauf ins Haus. Charlie folgte ihnen dichtauf und hielt Beckys Hand, als sie eine Treppe hinaufstiegen. Grace, die neben ihm herrannte, erklärte, daß Dr. Armitage, der Chefarzt der Geburtshilfe, bereits im Operationssaal im ersten Stock wartete.

Becky wurde hineingebracht, dann schloß man die Tür hinter ihr. Charlie blieb auf dem Korridor zurück. Er stapfte auf und ab, ohne die Schwestern und Pfleger wahrzunehmen, die um ihn herum ihrer Arbeit nachgingen.

Wenige Minuten später kam Grace heraus, um ihm zu versichern, daß Dr. Armitage alles unter Kontrolle hatte und Becky sich in keinen besseren Händen befinden könnte. Das Baby mußte jeden Moment da sein. Sie drückte beruhigend die Hand ihres Bruders, dann verschwand sie wieder im Operationssaal.

Charlie stapfte weiter hin und her und dachte nun nur noch an seine Frau und ihrer beider Kind. Trentham war momentan vergessen. Er betete, daß es ein Junge sein würde, ein Bruder für Daniel, einer, der vielleicht eines Tages Trumper übernehmen würde. Lieber Gott, dachte er, laß Becky nicht zu große Schmerzen haben, während sie unseren Sohn auf die Welt bringt! Er schritt den langen grünen Korridor auf und ab und redete mit sich selbst, sich einmal mehr der Tatsache bewußt, wie sehr er sie liebte.

Es dauerte noch eine Stunde, ehe ein großer kräftiger Mann aus dem Operationssaal herauskam, gefolgt von Grace. Charlie wandte sich ihnen zu, aber da der Chirurg eine Maske vor dem Gesicht trug, konnte er nicht in seinem Gesicht lesen. Doch als Dr. Armitage seine Maske abnahm, beantwortete sein Gesichtsausdruck Charlies stummes Gebet.

»Es gelang mir, das Leben Ihrer Frau zu retten«, erklärte er, »aber es tut mir so leid, daß ich nichts für Ihre Tochter tun konnte, Mr. Trumper. Sie wurde tot geboren.«

## 21

Noch Tage nach der Operation war Becky an ihr Krankenhaus-
bett gefesselt.

Charlie erfuhr später von Grace, daß Dr. Armitage Becky
zwar das Leben gerettet hatte, aber es Wochen dauern mochte,
ehe sie ganz wiederhergestellt war; denn zu allem anderen hatte
man ihr auch noch sagen müssen, daß sie keine Kinder mehr
bekommen dürfte, wollte sie nicht ihr Leben aufs Spiel setzen.

Jeden Morgen und Abend besuchte Charlie sie, aber es dauerte über zwei Wochen, ehe Becky imstande war, ihm zu erzählen, wie Guy Trentham ins Haus eingedrungen war und ihr ge-
droht hatte, sie zu töten, wenn sie nicht sagte, wo das Bild war.

»Wieso? Ich verstehe einfach nicht, wieso«, gestand Charlie.
»Ist das Bild irgendwo wieder aufgetaucht?«

»Bisher keine Spur davon«, antwortete er, gerade als Daphne
mit einem riesigen Korb voll Früchten hereinkam. Sie küßte
Becky auf die Wange, bevor sie bestätigte, daß sie das Obst am
Vormittag selbstverständlich bei Trumper gekauft hatte. Becky
aß einen Pfirsich und bemühte sich um ein Lächeln. Daphne
setzte sich auf die Bettkante und erzählte alle ihre Neuigkeiten.

Bei ihrem letzten Besuch bei den Trenthams hatte sie erfahren, daß Guy nach Australien verschwunden war. Seine Mutter
behauptete nun, daß er überhaupt nicht in England gewesen sei,
sondern von Indien aus direkt nach Sydney gefahren war.

»Über die Gilston Road«, sagte Charlie.

»Die Polizei denkt da anders«, erklärte Daphne. »Sie ist nur
sicher, daß er England 1920 verließ, und hat keine Beweise gefunden, daß er je zurückkam.«

»Nun, von mir wird sie nichts Gegenteiliges hören.« Charlie
nahm die Hand seiner Frau.

»Weshalb nicht?« fragte Daphne.

»Weil ich finde, daß Trentham in Australien weit genug von uns weg ist. Es wäre auch nichts gewonnen, wenn wir ihn strafrechtlich verfolgen ließen. Wer weiß, ob er sich dort nicht selbst einen Strick dreht.«

»Aber warum Australien?« wunderte sich Becky.

»Mrs. Trentham erzählt jedem, ob er es nun hören will oder nicht, daß man Guy eine Partnerschaft in einer großen Viehhandelsgesellschaft angeboten hat – eine viel zu gute Position, als daß er hätte ablehnen können, obwohl er deshalb natürlich den Abschied einreichen mußte. Der Vikar ist der einzige, von dem ich weiß, daß er das Märchen glaubt.« Aber auch Daphne hatte keine Ahnung, weshalb Trentham so erpicht darauf gewesen war, das Madonnenbild an sich zu bringen.

Der Colonel und Elizabeth besuchten Becky mehrmals, und da er ständig über die Zukunft der Gesellschaft redete und kein einziges Mal auf seinen Kündigungsbrief zu sprechen kam, erwähnte auch Charlie dieses Thema nicht.

Es war Crowther, der Charlie schießlich darüber aufklärte, wer die Wohnungen gekauft hatte.


Sechs Wochen später fuhr Charlie seine Frau nach Hause in die Gilston Road – in etwas bedächtigerem Tempo. Dr. Armitage hatte allerdings geraten, daß sie sich noch einen Monat daheim erhole, ehe sie ihre Arbeit wieder aufnahm. Charlie versprach dem Arzt, er würde darauf achten, daß Becky sich schonte, bis er sicher sein konnte, daß sie ganz wiederhergestellt war.

An dem Vormittag, als er Becky heimbrachte – und nachdem er dafür gesorgt hatte, daß sie mit vielen Kissen im Rücken bequem im Bett saß –, kehrte Charlie in die Chelsea Terrace zurück und begab sich umgehend in das Juweliergeschäft, das er während Beckys Abwesenheit erworben hatte.

Im Laden nahm er sich viel Zeit bei der Auswahl einer Halskette aus Zuchtperlen, eines goldenen Armbands und einer viktorianischen Damenuhr und erteilte einem Boten den Auftrag, die drei Geschenke ins Guy-Krankenhaus zu bringen: zu Grace, zu der Stationsschwester und zu der Krankenschwester, die

Becky versorgt hatte. Als nächstes ging er in seine Obst- und Gemüsehandlung, wo er Bob beauftragte, einen Korb mit den besten Früchten zu füllen, während er selbst eine Flasche ausgezeichneten Weines in Nummer 101 auswählte und Bob gab. »Schicken Sie beides mit meinen Empfehlungen zu Dr. Armitage, Cadogan Square 7, London SW1«, bat er.

»Wird sogleich erledigt«, versicherte ihm Bob. »Sonst noch was?«

»Ja. Ich möchte das zum Dauerauftrag machen. Schicken Sie Dr. Armitage jeden Montag, solange er lebt, einen Früchtekorb und Wein.«

Bei seinem wöchentlichen Treffen mit Tom Arnold, nach Beckys Heimkehr im November 1922, erfuhr Charlie von den Kopfschmerzen, die sich Arnold bei der einfachen Aufgabe machte, neues Personal zu finden. Tatsächlich war die Auswahl in letzter Zeit zum zeitraubendsten Problem für Arnold geworden, denn für jede Stelle, die frei wurde, gab es jetzt fünfzig bis hundert Bewerber. Von denen, die in Frage kamen, fertigte er eine Liste für Charlie an, der darauf bestand, sie selbst zu interviewen, ehe jemand eingestellt wurde.

An diesem Montag hatte Arnold bereits mehreren Mädchen auf den Zahn gefühlt, die sich als Verkäuferin im Blumengeschäft beworben hatten, wo eine langjährige Angestellte in den Ruhestand gegangen war.

»Ich habe zwar nur drei in die engere Wahl gezogen«, sagte Arnold, »aber ich dachte, Sie würden sich vielleicht für eine Bewerberin interessieren, die ich ablehnen mußte, weil sie für diese Stellung nicht die nötigen Qualifikationen hat. Aber ...«

Charly warf einen Blick auf das Blatt, das ihm Arnold reichte. »Joan Moore. Warum sollte ich ...?« begann er, doch dann überflog er ihre Bewerbung. »Ah, ich verstehe«, sagte er. »Wie aufmerksam von Ihnen, Tom.« Er las ein paar weitere Zeilen. »Aber ich brauche doch keine – na ja, vielleicht.« Er schaute auf. »Ich möchte mir das Mädchen irgendwann nächste Woche ansehen.«

Am folgenden Donnerstag interviewte Charlie Miss Moore über eine Stunde lang bei sich zu Haus in der Gilston Road, und sein erster Eindruck war der eines munteren Mädchens mit guten Manieren, wenn auch vielleicht noch etwas unreif. Doch bevor er ihr die Stelle als Zofe für seine Frau anbot, fand er es notwendig, zwei Fragen zu klären.

»Haben Sie sich für die Stellung beworben, weil Sie die Beziehung zwischen meiner Frau und Ihrer früheren Arbeitgeberin kannten?« wandte sich Charlie an sie.

Das Mädchen blickte ihn offen an. »Ja, Sir.«

»Hat Ihre frühere Arbeitgeberin Sie gefeuert?«

»Nicht direkt, Sir, aber als ich ging, hat sie sich geweigert, mir ein Zeugnis zu geben.«

»Welchen Grund nannte sie dafür?«

Plötzlich fiel das Mädchen in Cockneydialekt. »Ich bin mit'm zweiten Lakai ausgang'n und 'ab dem Butler nichts gesagt, der für den 'aus'alt verantwortlich ist.«

»Und gehen Sie immer noch mit dem zweiten Lakai aus?«

Das Mädchen zögerte. »Ja, Sir. Wir woll'n 'eiraten, sobald wir genügend Geld beisamm'n 'ab'n.«

»Gut«, sagte Charlie. »Sie können am nächsten Montag anfangen. Mr. Arnold wird sich um alles kümmern.«

Als Charlie Becky erzählte, daß er eine Zofe für sie angestellt hatte, lachte sie zuerst, dann fragte sie: »Und was sollte ich mit so einer wollen?« Charlie erklärte ihr genau, weshalb sie ›so eine‹ wollen würde. Nachdem er fertig war, sagte Becky lediglich: »Du bist ein Schlimmer, Charlie Trumper, das steht fest.«

Bei der Vorstandssitzung im Februar 1924 sagte Crowther, daß Chelsea Terrace 1 vielleicht rascher zum Verkauf käme, als sie gerechnet hatten.

»Wieso?« fragte Charlie ein wenig besorgt.

»Ihre Schätzung, daß Fothergill spätestens nach zwei Jahren aufgeben müßte, erweist sich als prophetisch«, fuhr Crowther fort. »Er will dem anscheinend zuvorkommen.«

»Also, wieviel verlangt er?«

»So einfach ist es leider nicht.«

»Wieso?«

»Weil er beschlossen hat, seinen Besitz selbst zu versteigern.«

»Versteigern?« rief Becky.

»Ja«, antwortete Crowther. »Auf diese Weise braucht er keine Maklergebühren zu bezahlen.«

»Ich verstehe. Und wieviel, glauben Sie, wird der Laden erbringen?« erkundigte sich der Colonel.

»Das ist nicht so leicht zu beantworten«, meinte Crowther. »Das Geschäft ist viermal so groß wie die anderen in der Terrace, es hat fünf Stockwerke und ist sogar größer als Syd Wrexalls Pub an der anderen Ecke. Außerdem hat es die größte Ausstellfläche auf die Straße in Chelsea und eine Flügeltür zur Fulham Road. Aus all diesen Gründen läßt sich der Wert nicht so ohne weiteres schätzen.«

»Könnten Sie es trotzdem versuchen?« bat der Vorsitzende.

»Grob geschätzt, um die zweitausend«, sagte Crowther, »aber es könnte auch auf dreitausend steigen, falls es noch andere Interessenten gibt.«

»Was ist mit dem Bestand?« fragte Becky. »Soll er mitversteigert werden?«

»Ja.«

»Was ist das wert?« wollte Charlie wissen. »Ungefähr?«

»Das ist eher Mrs. Trumpers Ressort als meines«, entgegnete Crowther.

»Irgend etwas sehr Wertvolles dürfte nicht mehr dasein«, meinte Becky. »Viele von Fothergills besten Sachen gingen bereits durch Sotheby's, und ich vermute, er hat im vergangenen Jahr ebensoviel zu Christie's gebracht. Aber ich nehme an, was übrig ist, dürfte unter dem Hammer immer noch um die tausend Pfund bringen.«

»Also dürften Haus und Inventar insgesamt etwa dreitausend Pfund wert sein«, meinte Hadlow.

»Aber Nummer 1 wird für viel mehr versteigert werden«, sagte Charlie.

»Wieso?« fragte Hadlow erstaunt.

»Weil Mrs. Trentham mitsteigern wird.«

»Wie können Sie da so sicher sein?« fragte der Vorsitzende.

»Weil unsere Zofe immer noch mit ihrem zweiten Lakai ausgeht.«

Die anderen Vorstandsmitglieder lachten, doch der Vorsitzende stöhnte. »Nicht schon wieder! Erst die Wohnungen, jetzt das. Wann wird das aufhören?«

»Nicht ehe sie im Grab liegt, vermute ich.« Charlies Stimme hob sich bei jedem Wort.

»Vielleicht nicht einmal dann«, murmelte Becky.

»Wenn Sie damit den Sohn meinen«, sagte der Colonel, »ich bezweifle, daß er uns achtzehntausend Kilometer entfernt viel Schwierigkeiten machen kann. Aber was die Mutter betrifft, so kennt selbst die Hölle nicht die Wut...«, sagte er verdrossen.

»Das wird allgemein falsch zitiert«, warf Charlie ein.

»Wie bitte?« Der Colonel blickte ihn an.

»Congreve, Colonel. Es heißt richtig: ›Der Himmel kennt keinen Grimm gleich dem Haß, der aus Liebe gebor'n, noch kennt die Hölle eine Wut gleich eines verschmähten Weibes Zorn‹.« Die anderen starrten Charlie sprachlos an. Er hatte den Vorstand schon oft verblüfft, doch noch nie so wie jetzt. »Aber wichtiger ist jetzt, daß ich weiß, wie hoch ich für Nummer 1 steigern darf. Bitte die Meinung des Vorstands.«

»Ich halte fünftausend Pfund für notwendig, unter diesen besonderen Umständen«, sagte Becky.

»Aber nicht mehr!« Hadlow studierte die Bilanzaufstellung, die vor ihm lag.

»Vielleicht noch ein Gebot darüber?« schlug Becky vor.

»Tut mir leid, das verstehe ich nicht«, gestand Hadlow. »Was heißt, ›ein Gebot darüber‹?«

»Der Zuschlag auf Gebote erfolgt selten zu der genauen Summe, die man erwartet, Mr. Hadlow. Die meisten Leute, die zu einer Versteigerung gehen, haben einen bestimmten Betrag im Kopf, der unweigerlich in einer runden Zahl endet. Wenn man über diese Summe geht, passiert es nicht selten, daß man den Zuschlag erhält.«

Sogar Charlie nickte, als Hadlow bewundernd sagte: »Dann erkläre ich mich mit ›einem Gebot darüber‹ einverstanden.«

»Darf ich vorschlagen«, warf der Colonel ein, »daß Mrs. Trumper das Bieten übernimmt, denn bei ihrer Erfahrung ...«

»Wie freundlich von Ihnen, Colonel, aber ich werde trotzdem die Hilfe meines Mannes brauchen.« Becky lächelte. »Und die des gesamten Vorstands. Wissen Sie, ich habe bereits einen Plan ausgearbeitet.« Und sie erklärte ihnen, wie sie sich die Sache gedacht hatte.

»Das wird ein Spaß«, freute sich der Colonel, als sie geendet hatte. »Aber darf ich bei der Versteigerung mit dabei sein?«

»Natürlich«, versicherte ihm Becky. »Sie alle werden dabei sein, doch von Charlie und mir abgesehen müssen Sie, schon ein paar Minuten ehe die Versteigerung beginnt, in der Reihe unmittelbar hinter Mrs. Trentham Platz genommen haben.«

»Verdammtes Weib!« entfuhr es dem Colonel, dann sagte er hastig: »Entschuldigen Sie bitte.«

»Stimmt.« Becky fuhr fort: »Aber vor allem dürfen wir nicht vergessen, daß sie eine Amateurin ist.«

»Was hat das zu besagen?« erkundigte sich Hadlow.

»Manchmal lassen sich Amateure vom Auktionsfieber mitreißen. In einem solchen Fall haben Profis keine Chance, denn der Amateur erhält häufig den Zuschlag, weil er ein Gebot zu hoch geht. Wir müssen bedenken, daß dies möglicherweise die erste Versteigerung ist, bei der Mrs. Trentham selbst mitbietet oder auch nur teilnimmt, und da sie auf das Objekt so versessen ist wie wir und obendrein über höhere Mittel verfügt, bleibt uns nur die List, um das Objekt an uns zu bringen.« Alle Anwesenden waren anscheinend derselben Meinung.

Sobald die Sitzung vorbei war, ging Becky ihren Plan mit Charlie im Detail durch und veranlaßte ihn sogar dazu, bei einer von Sotheby's Auktionen teilzunehmen und Gebote für ein silbernes Teeservice zu machen. Er führte die Anweisungen seiner Frau durch, bekam jedoch den Zuschlag für ein Senffaß aus der Regency-Zeit, das er überhaupt nicht hatte haben wollen.

»Aus Fehlern lernt man«, versicherte ihm Becky. »Ärgere

dich nicht, sondern sei froh, daß du keinen Rembrandt ersteigert hast.«

Während des Abendessens erklärte sie Charlie feinere Nuancen, die bei Auktionen zu beachten waren, als sie es bei der Sitzung für nötig erachtet hatte. Er erfuhr, daß es Zeichen gab, die man mit dem Auktionator vereinbaren konnte, so daß man mitbieten konnte, ohne daß andere auf einen aufmerksam wurden, während man selbst herausfinden konnte, wer dagegen bot.

»Aber wird denn Mrs. Trentham nicht auf dich aufmerksam?« wunderte sich Charlie und schnitt seiner Frau ein Stück Brot ab. »Immerhin werdet schließlich nur ihr beide als Bieter übrigbleiben.«

»Nicht, wenn du sie bereits aus der Fassung gebracht hast, bevor ich mich überhaupt ins Gefecht stürze«, versicherte ihm Becky.

»Aber der Vorstand war sich einig, daß du ...«

»Daß ich ein Gebot über fünftausend gehen dürfte.«

»Aber ...«

»Kein Aber, Charlie.« Sie gab ihrem Mann noch Irish Stew nach. »Am Morgen der Versteigerung möchte ich, daß du richtig auffällst. Du wirst dich in deinem besten Anzug in die siebte Reihe am Quergang setzen und ungeheuer zufrieden mit dir selbst aussehen. Dann wirst du ostentativ bis zu einem Gebot über dreitausend Pfund mitsteigern. Wenn Mrs. Trentham das nächste Gebot macht, was sie zweifellos tun wird, stehst du auf und stürmst mit verärgerter Miene hinaus, und ich biete in deiner Abwesenheit weiter.«

Charlie halbierte eine Kartoffel. »Klingt nicht schlecht. Aber bestimmt wird Mrs. Trentham rasch dämmern, was du vorhast.«

»Bestimmt nicht«, widersprach Becky. »Weil ich einen Code mit dem Auktionator vereinbart haben werde, den sie unmöglich erkennen, geschweige denn entschlüsseln kann.«

»Aber würde *ich* denn verstehen, was du machst?« Charlie stand auf und räumte die Teller weg.

»O ja«, versicherte ihm Becky, »denn du wirst genau wissen, was ich tue, wenn ich den Brillencode benutze.«

»Brillencode? Aber du trägst doch gar keine Brille.«

»Am Auktionstag schon, und solange ich sie aufhabe, wirst du wissen, daß ich noch biete. Sobald ich sie abnehme, biete ich nicht weiter. Wenn du den Saal verläßt, wird der Auktionator sehen, sobald er in meine Richtung blickt, daß ich meine Brille noch trage. Mrs. Trentham wird glauben, daß du ausgestiegen bist, und wird gar nichts dagegen haben, daß jemand anders weiterbietet, solange sie sicher ist, daß er es nicht für dich tut.«

Charlie schenkte Becky eine Tasse Kaffee ein. »Du bist phantastisch, Mrs. Trumper. Aber was ist, wenn sie dich mit dem Auktionator reden sieht oder, schlimmer noch, hinter deinen Code kommt, noch ehe Mr. Fothergill zum ersten Gebot auffordert?«

»Kann sie nicht«, beruhigte ihn Becky. »Ich vereinbare den Code mit Fothergill erst wenige Minuten vor der Auktion. Jedenfalls wirst du in diesem Augenblick bombastisch hereinstolzieren, und zwar nur Sekunden nachdem die anderen Vorstandsmitglieder ihre Plätze unmittelbar hinter Mrs. Trentham eingenommen haben. Mit ein bißchen Glück dürfte sie durch alles, was um sie herum vorgeht, so abgelenkt sein, daß sie mich nicht einmal bemerkt.«

»Ich habe ein sehr kluges Mädchen geheiratet«, stellte Charlie fest.

»Das hast du nie zugegeben, als wir noch in die Grundschule in der Sutton Street gegangen sind.«

Am Morgen der Auktion gestand Charlie beim Frühstück, daß er schrecklich nervös war, obwohl Becky erstaunlich ruhig zu sein schien, vor allem, nachdem Joan ihr erzählt hatte, daß der zweite Lakai durch die Köchin erfahren hatte, Mrs. Trentham habe nicht vor, mehr als viertausend Pfund zu bieten.

»Ich weiß nicht ...«, murmelte Charlie. »Ob sie das nicht mit voller Absicht zur Köchin gesagt hat?«

Becky zuckte die Schultern. »Es wäre möglich. Immerhin ist sie genauso trickreich wie du. Aber solange wir uns an unseren Plan halten – und denk daran, jeder hat sein Limit, auch Mrs. Trentham –, können wir sie schon schlagen.«

Die Auktion war für zehn Uhr angesetzt. Zwanzig Minuten bevor das Bieten anfangen sollte, betrat Mrs. Trentham den Saal und schritt majestätisch durch den Mittelgang. Sie nahm in der Mitte der dritten Reihe Platz und legte eine Handttasche auf den Stuhl links und ihre Unterlagen auf den rechts von ihr, um sicherzugehen, daß sich niemand neben sie setzte.

Der Colonel und die beiden anderen Vorstandsmitglieder betraten den halbvollen Raum um neun Uhr fünfzig und setzten sich auf die Plätze direkt hinter ihrer Gegnerin. Mrs. Trentham schenkte ihnen offenbar keine Beachtung.

Fünf Minuten später hatte Charlie seinen großen Auftritt. Er schlenderte durch den Mittelgang, lüpfte den Hut vor einer Bekannten, schüttelte einer Stammkundin die Hand und nahm schließlich am Ende der siebten Reihe Platz. Und während der Minutenzeiger der Standuhr hinter dem Auktionatorstand sich allmählich der vollen Stunde näherte, unterhielt er sich unüberhörbar mit seinem Nachbarn über die Tour des englischen Kricket-Teams durch Australien, wobei er lautstark erklärte, daß er nicht mit dem großen australischen Schlagmann verwandt sei, dessen Namen er trug.

Obwohl der Saal nicht viel größer war als Daphnes Salon am Eaton Square, hatte man es doch geschafft, über hundert Stühle der unterschiedlichsten Form und Größe hineinzuzwängen. Die Wände waren mit verschossenem grünem Filz tapeziert, wo diverse Haken darauf hinwiesen, daß hier einst Gemälde gehangen hatten; und der Teppich war so fadenscheinig, daß stellenweise die Dielen durchschimmerten. Charlie befürchtete, daß die Renovierung von Nummer 1 auf das Niveau aller Trumper-Geschäfte viel mehr als erwartet kosten würde.

Er schaute sich um und schätzte, daß inzwischen über hundert Personen in dem Saal saßen, und er fragte sich, wie viele wohl gar nicht die Absicht hatten mitzubieten, sondern nur bei dem Showdown zwischen Trumper und Mrs. Trentham dabeisein wollten.

Syd Wrexall, als Vertreter der Vereinigung der Geschäftsinhaber, bemühte sich, gelassen zu wirken. Er saß mit verschränkten

Armen in der vordersten Reihe und brauchte bei seiner Korpulenz fast zwei Plätze. Charlie vermutete, daß er nicht viel weiter als bis zum zweiten oder dritten Gebot mitgehen würde. Gleich darauf entdeckte er Mrs. Trentham in der dritten Reihe, ihr Blick war auf die Standuhr gerichtet.

Als sich Becky zwei Minuten vor zehn hereinstahl, saß Charlie bereits auf der Stuhlkante, bereit, seine Anweisungen aufs genaueste durchzuführen. Er stand auf und marschierte entschlossen in Richtung Ausgang. Diesmal drehte sich Mrs. Trentham um, um festzustellen, was Charlie vorhatte. Aber er holte sich nur eine weitere Auktionsliste von hinten und kehrte dann gemessenen Schrittes zu seinem Platz zurück, nicht ohne kurz ein paar verbindliche Worte mit einem anderen Ladenbesitzer zu wechseln, der sich eine Stunde Zeit genommen hatte, um bei der Versteigerung dabeizusein.

Als Charlie zu seinem Platz zurückging, schaute er nicht in die Richtung seiner Frau, die nun irgendwo ziemlich weit hinten sitzen mußte. Auch Mrs. Trentham widmete er keinen Blick, obwohl er ihren auf sich gerichtet spürte.

Punkt zehn stieg Mr. Fothergill – ein großer, hagerer Mann mit gepflegtem Silberhaar – die vier Stufen zu seinem kreisrunden, hölzernen Auktionatorstand hinauf. Charlie fand, daß er sehr beeindruckend wirkte, wie er so auf sie herunter schaute. Er legte eine Hand auf den Rand des Standes, lächelte strahlend sein dichtgedrängtes Publikum an, griff nach dem Hammer und sagte: »Guten Morgen, meine Damen und Herren.« Atemlose Stille setzte ein. Mr. Fothergill zupfte verlegen an seiner Fliege, ehe er fortfuhr.

»Wir beginnen nun mit der Auktion des als Chelsea Terrace 1 bekannten Objekts, einschließlich des gesamten Inventars, das während der vergangenen zwei Wochen zur allgemeinen Besichtigung freigegeben worden war. Der höchste Bieter hat sofort nach Beendigung der Auktion zehn Prozent Anzahlung zu leisten und muß die gesamte Summe innerhalb von neunzig Tagen erbracht haben. Diese Bedingungen finden Sie auf dem Formular Ihrer Auktionsliste. Ich wiederhole das nur, damit es zu keinen Mißverständnissen kommen kann, sollten sich zu einem späteren Zeitpunkt irgendwelche Probleme ergeben.«

Mr. Fothergill räusperte sich, und Charlie spürte, wie sein Herz immer schneller pochte. Er sah, daß der Colonel eine Hand zur Faust ballte, als Becky eine Brille aus ihrer Handtasche holte und sie auf den Schoß legte.

»Ich habe ein Ausgangsgebot von eintausend Pfund«, sagte Fothergill zu seinem Publikum, von dem viele an der Saalseite standen oder sich an die Wand lehnten, da kaum noch Stühle frei waren. Charlie hielt den Blick auf den Auktionator gerichtet. Mr. Fothergill lächelte in Mr. Wrexalls Richtung, der mit verschränkten Armen eine sichtlich entschlossene Haltung angenommen hatte. »Bietet jemand mehr?«

»Eintausendfünfhundert«, rief Charlie gerade eine Spur zu laut. Einige, die nicht in die Intrige verwickelt waren, drehten sich um, um zu sehen, wer geboten hatte. Mehrere wandten sich ihren Nachbarn zu und flüsterten.

»Eintausendfünfhundert«, wiederholte der Auktionator. »Höre ich zweitausend?«

Mr. Wrexall löste die Arme und hob eine Hand wie ein Schüler, der seinem Lehrer zeigen will, daß er die Antwort weiß.

»Zweitausendfünfhundert«, rief Charlie, noch ehe Wrexall die Hand gesenkt hatte.

»Zweitausendfünfhundert in der Mitte des Saales. Höre ich dreitausend?«

Mr. Wrexalls Hand hob sich ein paar Zentimeter von seinem Knie, fiel jedoch wieder zurück. Er hatte die Stirn tief gerunzelt.

»Höre ich dreitausend?« fragte Mr. Fothergill ein zweites Mal.

Charlie konnte seinem Glück nicht trauen. Er würde Nummer 1 für zweitausendfünfhundert Pfund kriegen! Jede Sekunde schien ihm eine Minute, als er darauf wartete, daß der Hammer herunterfallen würde.

Enttäuschung schwang aus Mr. Fothergills Stimme, als er fragte: »Höre ich irgendwo im Saal dreitausend? Nun, dann also für Chelsea Terrace 1 zweitausendfünfhundert zum ersten ...«
Charlie hielt den Atem an. »Zum zweiten?« Der Auktionator hob

den Hammer ... »Dreitausend Pfund«, verkündete Mr. Fothergill mit einem erleichterten Seufzer, als Mrs. Trenthams Hand auf den Schoß zurückkehrte.

»Dreitausendfünfhundert«, erhöhte Charlie, als Mr. Fothergill lächelnd in seine Richtung blickte, doch kaum schaute er zu Mrs. Trentham zurück, nickte sie auf des Auktionators Frage nach viertausend Pfund.

Charlie ließ ein oder zwei Sekunden verstreichen, ehe er aufstand, seine Krawatte gerade rückte und langsam, mit grimmiger Miene durch den Mittelgang und hinaus auf die Straße schritt. Er sah weder, wie Becky die Brille aufsetzte, noch Mrs. Trenthams hämisches Lächeln.

»Höre ich viertausendfünfhundert?« fragte der Auktionator, und nach einem flüchtigen Blick in Beckys Richtung. »Ja. Viertausendfünfhundert.« Dann wandte er sich an Mrs. Trentham und erkundigte sich: »Fünftausend, Madam?« Ihr Blick schweifte suchend durch den Saal, aber offensichtlich entdeckte sie nicht, von wem das letzte Gebot gekommen war. Gemurmel wurde zum Geschnatter, als nun alle nach dem Bieter Ausschau hielten. Nur Becky auf ihrem Platz in der letzten Reihe verzog keine Miene.

»Ruhe bitte!« rief der Auktionator. »Ich habe ein Gebot für viertausendfünfhundert Pfund. Höre ich fünftausend?« Sein Blick kehrte zu Mrs. Trentham zurück. Sie hob zögernd die Hand, drehte sich dabei jedoch schnell um, um vielleicht feststellen zu können, wer gegen sie bot. Doch niemand hatte sich gerührt, als Mr. Fothergill sagte: »Fünftausendfünfhundert. Ich habe nun ein Gebot von fünftausendfünfhundert.« Er blickte sein Publikum an. »Höre ich mehr?« Er schaute Mrs. Trentham an, die sichtlich verwirrt dasaß und die Hände auf dem Schoß behielt.

»Dann ist es fünftausendfünfhundert zum ersten«, erklärte der Auktionator. »Fünftausendfünfhundert zum zweiten« – Becky preßte die Lippen zusammen, um nicht zu grinsen – und zum dritten und letzten ...« Er hob den Hammer.

»Sechstausend!« sagte Mrs. Trentham deutlich und fuchtelte

dabei mit der Hand. Ein Aufstöhnen ging durch den Saal. Becky nahm seufzend die Brille ab. Ihr so sorgfältig ausgearbeiteter Plan war fehlgeschlagen, auch wenn Mrs. Trentham nun dreimal soviel bezahlen mußte, als bisher für ein Geschäft in der Terrace hingeblättert worden war.

Der Auktionator blickte kurz zum hinteren Saalende, doch Becky hielt die Brille nun in der gesenkten Hand, deshalb wandte er sich wieder Mrs. Trentham zu, die ihre Schadenfreude nicht verbergen konnte.

»Sechstausend zum ersten«, sagte Mr. Fothergill, während sein Blick durch den Saal wanderte. »Sechstausend zum zweiten, und wenn es keine weiteren Gebote gibt, sechstausend zum ...« Wieder hob er den Hammer.

»Siebentausend Pfund«, ertönte eine Stimme hinten im Saal. Alle drehten sich um und sahen, daß Charlie zurückgekommen war und nun mit erhobener Rechten auf dem Mittelgang stand.

Auch der Colonel hatte sich umgedreht, und als er sah, daß Charlie der neue Bieter war, trat ihm Schweiß aus, was ihm in der Öffentlichkeit sehr peinlich war. Er zog ein Taschentuch hervor und wischte sich die Stirn.

»Ich habe ein Gebot von siebentausend Pfund«, erklärte Mr. Fothergill sichtlich überrascht.

»Achttausend!« rief Mrs. Trentham und starrte Charlie herausfordernd an.

»Neuntausend«, bläffte Charlie.

Die Aufregung im Saal wurde ohrenbetäubend. Becky wäre am liebsten aufgesprungen, um ihren Mann auf die Straße hinauszuzerren.

»Ruhe, bitte!« rief Mr. Fothergill. Und als das nichts nützte, schrie er nun fast: »Ruhe!« Der Colonel wischte sich noch die Stirn; Mr. Crowthers Mund stand für jede vorbeischwirrende Fliege verlockend offen; und Mr. Hadlow hatte das Gesicht in den Händen begraben.

»Zehntausend!« sagte Mrs. Trentham, und Becky sah, daß der Rausch sie nun ebenso gepackt hatte wie Charlie.

Der Auktionator fragte: »Höre ich elftausend?«

Charlie wirkte besorgt, aber er furchte nur die Stirn, schüttelte den Kopf und steckte die Hände in die Taschen.

Becky seufzte erleichtert, öffnete die verkrampften Hände und setzte nervös die Brille wieder auf.

»Elftausend«, sagte Mr. Fothergill und schaute zu Becky, während aufs neue die Hölle losbrach. Sie riß die Brille von den Augen und sprang auf, um zu protestieren. Charlie war sichtlich benommen.

Mrs. Trentham starrte nun Becky an, die sie endlich entdeckt hatte. Mit einem Lächeln tiefer innerer Befriedigung sagte Mrs. Trentham: »Zwölftausend Pfund!«

Der Auktionator blickte wieder zu Becky, doch die hatte inzwischen die Brille in ihre Handtasche gesteckt und diese laut klickend geschlossen. Dann sah er Charlie an, der die Hände in den Taschen behielt.

»Es sind nun zwölftausend geboten. Höre ich mehr?« fragte Mr. Fothergill. Wieder wanderte sein Blick von Becky zu Charlie, ehe er zu Mrs. Trentham zurückkehrte. »Dann zwölftausend zum ersten« – noch einmal schaute er sich um –, »zwölftausend zum zweiten«, sagte er bedächtig. »Und zwölftausend zum dritten und letzten ...«

Sein Hammer schlug dumpf auf. »Das Objekt geht für zwölftausend Pfund an Mrs. Gerald Trentham.«

Becky rannte auf die Tür zu, doch Charlie stand bereits auf dem Bürgersteig.

»Charlie, was hast du dir dabei gedacht?« fragte sie heftig, noch ehe sie ihn erreicht hatte.

»Ich wußte, daß sie bis zehntausend gehen würde«, erklärte er, »denn soviel hat sie noch auf der Bank.«

»Wie kannst du das wissen?«

»Mr. Trenthams zweiter Lakai teilte es mir heute morgen mit. Er wird übrigens als Butler zu uns kommen.«

In diesem Moment trat der Colonel zu ihnen auf den Bürgersteig hinaus. »Ich muß schon sagen, Rebecca, Ihr Plan war brillant. Er hat sogar mich verwirrt.«

»Mich auch«, gestand Charlie.

»Du bist ein erschreckendes Risiko eingegangen, Charlie Trumper«, rügte Becky.

»Vielleicht, aber ich kannte zumindest ihr Limit. Dagegen habe ich keine Ahnung, was du noch im Ärmel hattest.«

»Ich beging einen echten Fehler«, gestand Becky. »Als ich die Brille wieder aufsetzte … Worüber lachst du, Charlie Trumper?«

»Dem Himmel sei Dank für echte Amateure!«

»Was meinst du damit?«

»Mrs. Trentham glaubte, du würdest wirklich bieten und sie sei hereingelegt worden, also ging sie ein Gebot zu weit. Tatsächlich war sie nicht die einzige, die vom Auktionsfieber mitgerissen wurde. Ich kann bereits ein gewisses Mitleid nicht verhehlen …«

»Für Mrs. Trentham?«

»Ganz sicher nicht«, antwortete Charlie heftig. »Für Mr. Fothergill. Er wird neunzig Tage im Himmel schweben, ehe er mit einem gewaltigen Plumps wieder auf der Erde landet.«

# Mrs. Trentham

## 1919–1927

## 22

১৯ Ich glaube nicht, daß mich jemand als Snob bezeichnen könnte. Allerdings bin ich der Meinung, daß die Maxime: »Alles hat seinen Platz, und dorthin gehört es«, auch auf Personen zutrifft.

Ich wurde in der Blüte des viktorianischen Empires in Yorkshire geboren, und ich glaube nicht zu übertreiben, wenn ich feststelle, daß meine Familie in dieser Epoche unserer Insel eine beachtliche Rolle spielte.

Mein Vater, Sir Raymond Hardcastle, war nicht nur ein Erfinder und Industrieller von großem Ideenreichtum und Können, er gründete auch eine der erfolgreichsten Firmen des Landes. Und er behandelte seine Arbeiter stets, als gehörten sie zur Familie; dieses Beispiel, das er gab, wann immer er mit jenen zu tun hatte, die das Leben stiefmütterlicher behandelte als ihn, war mein Vorbild, nach dem ich mein eigenes Leben zu richten versuchte.

Ich habe keine Brüder, nur eine ältere Schwester, Amy. Obwohl nur wenige Jahre zwischen uns liegen, könnte ich nicht behaupten, daß wir uns je sehr nahe gestanden haben. Vielleicht, weil ich ein sehr aufgeschlossenes, sogar lebhaftes Kind war, sie dagegen schüchtern und zurückhaltend, ja abweisend, vor allem gegenüber dem anderen Geschlecht. Vater und ich bemühten uns, einen passenden Gemahl für sie zu finden, doch das erwies sich als unmöglich, und sogar Vater gab schließlich auf, als Amy ihren vierzigsten Geburtstag hinter sich hatte. Doch seit Mutters viel zu frühem Tod kümmert sie sich ganz um das Wohlergehen meines geliebten, nun greisen Vaters – was, wie ich hinzufügen möchte, beiden zum Nutzen gereicht.

Ich andererseits hatte keinerlei Schwierigkeiten, einen Gatten zu finden. Wenn ich mich recht entsinne, war Gerald der vierte oder der fünfte Verehrer, der sich vor mich hinkniete und mich anflehte, ihn zu heiraten. Gerald und ich begegneten uns zum erstenmal, als ich auf dem Landsitz von Lord und Lady Fanshaw in Norfolk zu Gast war. Die Fanshaws waren alte Freunde meines Vaters, und ihr jüngerer Sohn Anthony hofierte mich bereits eine geraume Weile. Wie sich herausstellte, bestand keine Chance, daß er den Landbesitz oder den Titel seines Vaters erben würde, deshalb sah ich keinen Grund, dem jungen Mann Hoffnung zu machen, unsere bisherige Beziehung könne zu einer dauerhaften werden. Wenn ich mich nicht irre, war Vater nicht sehr erfreut über mein Verhalten, möglicherweise hat er mir damals sogar eine Predigt gehalten. Aber ich versuchte jedenfalls, ihm klar und deutlich zu machen, daß Gerald zwar vielleicht nicht der aufregendste meiner Verehrer sein mochte, er jedoch die unleugbaren Vorteile hatte, aus einer Familie zu kommen, die Land in drei Grafschaften besaß und bewirtschaftete und außerdem einen Landsitz in Aberdeen ihr eigen nannte.

Unsere Vermählung fand im Juli 1894 in St. Mary's Church in Great Ashton statt, und die Empfängnis unseres ältesten Sohnes Guy ein Jahr später; schließlich ist es gut, eine angemessene Zeit abzuwarten, ehe man seinen Erstgeborenen in die Welt setzt, denn so gibt man keinen Grund für müßiges Gerede.

Mein Vater behandelte meine Schwester und mich gleich, doch hatte ich oft das Gefühl, daß er mich lieber hatte. Wäre nicht sein Gerechtigkeitssinn gewesen, hätte er bestimmt mir alles vererbt; denn er war ganz vernarrt in Guy. Aber so bekommt Amy nach dem Tod meines Vaters die Hälfte seines riesigen Vermögens. Weiß der Himmel, was sie damit machen wird; denn ihre einzigen Interessen sind Gärtnern, Häkeln und ein gelegentlicher Besuch des Scarborough-Festivals.

Aber um zu Guy zurückzukommen: Jeder, der ihn sah, bemerkte, welch schönes Kind er sei; und obwohl ich nie zuließ, daß er verzogen wurde, hielt ich es für meine Pflicht, dafür zu sorgen, daß er den Start im Leben bekam, der ihn auf die Rolle vorbereiten würde, die er, meiner festen Überzeugung nach, eines Tages spielen würde. Mit diesem Ziel vor Augen meldete ich ihn noch vor seiner Taufe in der Vorbereitungsschule Asgarth und dann in Harrow an, von wo aus er, wie ich annahm, in die Königliche Militärakademie übertreten würde. Sein Großvater geizte mit nichts, wenn es um seine Erziehung und Bildung ging, und tatsächlich war er bei seinem ältesten Enkel großzügig bis zum Übermaß.

Sechs Jahre später kam mein zweiter Sohn, Nigel, als Frühgeburt auf die Welt, woran es liegen mag, daß er länger für seine Entwicklung brauchte als sein älterer Bruder. Guy hatte inzwischen verschiedene Hauslehrer, von denen ein oder zwei ihn für zu ungestüm hielten. Aber welches Kind steckt nicht zumindest einmal eine Kröte ins Badewasser oder schneidet Schnürsenkel durch?

Mit neun ging Guy wie geplant nach Asgarth, und von dort weiter nach Harrow. Der hochwürdige Präbendarius Anthony Wood war zu der Zeit sein Rektor, und ich machte ihn darauf aufmerksam, daß Guy die siebente Generation von Trenthams war, die diese Schule besuchte.

In Harrow tat sich Guy sowohl in der Kadettenvereinigung hervor – er wurde im letzten Jahr Hauptfeldwebel –, als auch im Boxring, wo er jeden seiner Gegner besiegte, ausgenommen gegen Radley, wo er einem Nigerianer gegenübergestellt wurde, der, wie ich später erfuhr, bereits Mitte Zwanzig war.

Es betrübte mich, daß er während des letzten Semesters nicht zum Vertrauensschüler ernannt wurde. Aber man sagte mir, er sei bereits bei so vielen anderen Schulaktivitäten maßgeblich beteiligt, daß man ihm das in seinem eigenen Interesse nicht zugemutet habe. Ich hatte zwar vielleicht gehofft, daß seine Prüfungsergebnisse etwas besser ausfallen würden, aber ich hatte schon lange erkannt, daß er zu den Kindern gehörte, die ungemein intelligent sind, aber keinen schulischen Ehrgeiz haben. Trotz der Bemerkung eines voreingenommenen Klassenlehrers im Abschlußzeugnis, daß einige Noten, die Guy in den Prüfungen erzielte, sehr überraschend für ihn gekommen seien, gelang es meinem Sohn, in Sandhurst aufgenommen zu werden.

Auf der Akademie machte er mit dem Boxen weiter und wurde Mittelgewichtsmeister der Kadetten. Zwei Jahre später, im Juli 1916, machte er seinen Abschluß als überdurchschnittlicher Schüler und wurde danach im alten Regiment seines Vaters aufgenommen.

Ich sollte nicht versäumen zu erwähnen, daß Gerald nach dem Tod seines Vaters seinen Abschied bei den Füsilieren nahm, um die Leitung der bewirtschafteten Ländereien seiner Familie zu übernehmen. Er war zum Zeitpunkt seines durch die Umstände bedingten Ausscheidens Major im Titularrang eines Colonels, und viele hatten es für selbstverständlich erachtet, daß er Regimentskommandeur würde. Wie sich jedoch erwies, wurde er wegen eines anderen übergangen, eines gewissen Danvers Hamilton, der nicht einmal dem 1. Bataillon angehörte. Ich hatte diesen Mann nicht selbst kennengelernt, aber mehrere Offizierskameraden meines Gemahls machten kein Hehl daraus, daß sie diese Ernennung für ungerecht fanden. Ich glaubte jedoch fest daran, daß Guy die Familienehre wiederherstellen und das Regiment schließlich befehligen würde.

Obgleich Gerald nicht als Militär am Weltkrieg teilnahm, diente er seinem Vaterland während dieser schweren Jahre, indem er sich dazu bereit erklärte, daß man ihn als Abgeordneten für Berkshire West aufstellte, ein Wahlbezirk, den sein Großvater Mitte des vergangenen Jahrhunderts für die Liberalen unter Palmerstone vertreten hatte. Er wurde für drei Wahlperioden ohne Opposition gewählt und arbeitete fleißigst für seine Partei als Hinterbänkler, nachdem er von vorherein klargemacht hatte, daß er kein Interesse an einem Amt habe.

Nachdem Guy sein Offizierspatent erhalten hatte, kam er als Leutnant nach Aldershot, wo er seine weitere Ausbildung erhielt, ehe er zu seinem Regiment an der Westfront geschickt werden konnte. Als er nach nicht einmal ganz einem Jahr seinen zweiten Stern auf der Achselklappe tragen durfte, wurde er nach Edinburgh versetzt und als Adjutant dem 5. Bataillon zugeteilt, ein paar Wochen bevor sie den Befehl erhielten, sich nach Frankreich einzuschiffen.

Nigel war inzwischen gerade nach Harrow in die Schule gekommen und versuchte, in die Fußstapfen seines Bruders zu treten, was ihm jedoch offenbar nicht so recht gelang. Tatsächlich beklagte er sich während einer dieser endlosen Ferien, die Kinder jetzt bekommen, daß man ihn herumschubse. Ich sagte ihm, er solle sich auf die Hinterbeine stellen und daran denken, daß wir Krieg hätten. Ich erklärte ihm auch, daß Guy, soweit ich mich erinnerte, nie solche Schwierigkeiten gehabt hatte.

Während dieses langen Sommers von 1917 beobachtete ich meine beiden Söhne aufmerksam und kann nicht behaupten, daß Guy, als er auf Urlaub zu Hause war, in Nigel einen angenehmen Gefährten fand, weshalb er seine Gesellschaft auch kaum ertrug. Ich mahnte Nigel immer wieder, sich den Respekt seines großen Bruders zu erringen, doch er rannte immer nur weg und versteckte sich im Garten, manchmal viele Stunden lang.

Während seines Urlaubs in diesem Sommer riet ich Guy, seinen Großvater in Yorkshire zu besuchen, und entdeckte sogar eine Erstausgabe von *Songs of Innocence*, die mein Vater schon lange für seine Sammlung suchte. Guy kehrte nach einer Woche wieder nach Hause zurück und versicherte mir, daß er jetzt durch diesen William Blake, den Großpapa noch nicht gehabt hatte, einen noch größeren Stein im Brett bei ihm hatte.

Natürlich wünschte ich mir, wie jede Mutter während dieser besonders hehren Zeit in unserer Geschichte, daß Guy sich vor dem Feind auszeichne und schließlich, nach Gottes Willen, heil heimkehre. Wie sich erwies, kann ich sicher ohne Übertreibung behaupten, daß keine noch so stolze Mutter von einem Sohn mehr hätte erwarten können.

Guy wurde noch sehr jung zum Captain befördert und nach der zweiten Schlacht an der Marne mit dem MC, dem Militärverdienstkreuz, ausgezeichnet. Andere, die die dazugehörende Anerkennung lasen, fanden, daß er ein bißchen Pech gehabt hatte, denn man hätte auch um das Viktoriakreuz für ihn einreichen können. Ich habe mich zurückgehalten und nicht darauf hingewiesen, daß eine solche Empfehlung von seinem Kommandeur gegengezeichnet hätte werden müssen, und da dies ein gewisser Danvers Hamilton war, bedurfte diese Ungerechtigkeit keiner näheren Erklärung.

Bald nach der Unterzeichnung des Waffenstillstands kehrte Guy nach Hause zurück und wurde zum Regimentstandort in Hounslow versetzt. Während er auf Urlaub war, ließ ich bei Spinks in seine beiden Militärverdienstkreuze – den Orden und die kleinere Ausführung davon – seine Initialen eingravieren. Inzwischen war sein Bruder Nigel als Kadett in der Königlichen Militärakademie aufgenommen worden, allerdings nicht ganz ohne daß Gerald seinen Einfluß geltend machte.

Ich zweifle nicht daran, daß sich Guy während der Zeit, da er wieder in London war, gründlich die Hörner abstieß – welcher junge Mann in seinem Alter tut das nicht –, aber er wußte natürlich, daß er nicht heiraten durfte, ehe er dreißig war, wenn er sich nicht seine Chancen auf weitere Beförderung verderben wollte.

Er brachte zwar an Wochenenden mehrmals junge Damen mit nach Ashurst, doch ich wußte, daß es nie etwas Ernsthaftes war; außerdem hatte ich bereits eine Frau für ihn im Auge, ein Mädchen aus der nächsten Ortschaft, deren Familie wir bereits längere Zeit kannten. Sie gehörte zwar nicht zum Landadel, konnte aber ihre Vorfahren bis zur Zeit Wilhelm des Eroberers zurück belegen. Wichtiger noch war jedoch, daß sie auf eigenem Grund und Boden von Ashurst bis Hastings schreiten konnte.

Deshalb war es ein besonders unangenehmer Schock für mich, als Guy an einem Wochenende mit einer gewissen Rebecca Salmon daherkam, die sich, wie ich kaum glauben konnte, eine Wohnung mit der Harcourt-Browne-Tochter teilte.

Wie ich bereits deutlich genug zu erkennen gab, bin ich kein Snob. Aber ich fürchte, Miss Salmon gehört zu dem Typ Mädchen, das meine schlimmste Seite weckt. Mißverstehen Sie mich nicht. Ich habe nichts gegen Frauen, nur weil sie sich bilden wollen. Tatsächlich bin ich dafür – in vernünftigem Maß natürlich –, aber deshalb brauchen sie sich nicht gleich einzubilden, das gäbe ihnen automatisch das Recht auf einen Platz in der Gesellschaft. Wissen Sie, ich kann es einfach nicht ausstehen, wenn jemand etwas vortäuscht, was er ganz offenbar nicht ist, und ich fühlte bereits, ehe ich Miß Salmon persönlich kennenlernte, daß sie nur in einer Absicht nach Ashurst kam.

Wir wußten, daß Guy, während er in London stationiert war, seine Liebeleien hatte – immerhin war Miss Salmon diese Art von Mädchen. Ich warnte Guy, als ich ihn das folgende Wochenende ein paar Minuten allein hatte, darauf zu achten, daß ihn jemand wie Miss Salmon auf keinen Fall an die Angel bekam, weil ihm doch klar sein müsse, was er für ein Fang für eine aus ihrem Milieu wäre.

Guy lachte über diese Vorstellung und versicherte mir, daß er keine ernsten Absichten auf die Bäckerstochter habe. Außerdem, erinnerte er mich, würde er bald nach Poona versetzt, also käme eine Heirat überhaupt nicht in Frage. Er mußte jedoch gespürt haben, daß ich noch nicht völlig beruhigt war, denn nach kurzer Überlegung fügte er hinzu: »Es interessiert dich vielleicht, Mama, daß Miss Salmon mit einem Sergeanten vom Regiment geht, der offenbar ernste Absichten hat.«

Und tatsächlich erschien Guy zwei Wochen später mit einer Miss Victoria Berkeley in Ashurst, die viel besser zu ihm paßte und deren Mutter ich seit Jahren kannte. Mit der Zeit hätte vielleicht sogar etwas Ernstes daraus werden können, wenn das Mädchen nicht noch vier Schwestern und einen verarmten Archidiakon zum Vater gehabt hätte.

Um fair zu sein, nach diesem einen bedauerlichen Mal erwähnte Guy den Namen Rebecca Salmon in meiner Gegenwart nie wieder, und als er ein paar Wochen später nach Indien abreiste, nahm ich an, daß dieses Thema damit beendet sei.

Als Nigel Sandhurst verließ, folgte er Guy nicht in das Regiment; denn es war inzwischen, während seiner zwei Jahre auf der Akademie, mehr als klar geworden, daß er für eine militärische Laufbahn nicht geeignet war. Doch Gerald gelang es, ihm eine Stellung bei einer Börsenmaklerfirma in der City zu verschaffen, deren Seniorpartner einer seiner Vettern war. Was ich hin und wieder von dort über ihn hörte, war nicht sehr ermutigend, aber nachdem ich Geralds Vetter gegenüber erwähnt hatte, daß ich später einmal jemanden für die Verwaltung von Großvaters Anlagen brauchen würde, stieg Nigel die Erfolgsleiter in der Firma doch allmählich hoch.

Es dürfte etwa sechs Monate später gewesen sein, daß Lieutenant-Colonel Sir Danvers Hamilton einen Brief für Gerald in den Kasten von Chester Square 19 steckte. Kaum hatte Gerald mir erzählt, daß Hamilton ihn in einer privaten Angelegenheit sprechen wollte, ahnte ich Böses. Im Lauf der Jahre hatte ich viele Offizierskameraden von Gerald kennengelernt, deshalb wußte ich, wie man sie nehmen mußte. Gerald andererseits war sehr naiv in persönlichen Dingen und stets bereit, anderen in Zweifelsfällen zu glauben. Ich schaute sofort nach, wann mein Gemahl in der kommenden Woche an Unterhaussitzungen teilnehmen mußte, und sorgte dafür, daß er Sir Danvers für Montag um achtzehn Uhr einlud, denn ich wußte natürlich, daß er die Einladung in letzter Minute wegen der Unterhaussitzung würde absagen müssen.

Kurz nach siebzehn Uhr an dem Tag rief Gerald mich an und erklärte mir, daß er nicht wegkönne, und ich möchte ihn doch entschuldigen. Eine Stunde später kam Sir Danvers am Chester Square an. Nachdem ich die Abwesenheit meines Gemahls entschuldigt und erklärt hatte, gelang es mir, Hamilton dazu zu bringen, mir zur Übermittlung an Gerald anzuvertrauen, was er ihm hatte sagen wollen. Er sagte, daß Miss Salmon ein Kind bekäme, und natürlich fragte ich, wieso das Gerald oder mich interessieren sollte. Nach kurzem Zögern ließ er durchblicken, daß Guy der Vater wäre. Mir wurde sofort bewußt, daß solche Verleumdungen, falls sie je Guys Offizierskameraden in Poona zu Ohren kämen, seiner Laufbahn ungemein schaden könnten. Ich erklärte Hamilton, wie lächerlich das sei, und ersuchte ihn, das Haus zu verlassen.

Beim Bridge in Celia Littlechilds Haus ein paar Wochen später erwähnte sie, daß sie ihren ersten Mann, von dem sie sicher gewesen war, daß er sie betrog, von einem Privatdetektiv namens Harris hatte überwachen lassen. Danach war ich einfach nicht mehr imstande, mich auf das Spiel zu konzentrieren, sehr zum Ärger meiner Partnerin.

Zu Hause angekommen, suchte ich den Namen im Londoner Telefonbuch heraus. »Max Harris, Privatdetektiv, ehemals Scot-

327

land Yard – diskrete Ermittlungen.« Nachdem ich das Telefon ein paar Minuten nur angestarrt hatte, griff ich endlich nach dem Hörer und bat das Amt, mich mit Paddington 3720 zu verbinden. Ich mußte einige Sekunden warten, ehe sich jemand meldete.

»Harris«, sagte eine mürrische Stimme ohne weitere Angaben.

»Ist dort die Detektei?« erkundigte ich mich und war nahe daran aufzuhängen, ehe der Mann Gelegenheit zu einer Antwort hatte.

»Ja, Madam.« Jetzt klang die Stimme erfreuter.

»Ich brauche vielleicht Ihre Dienste – für eine Freundin, wissen Sie.« Ich kam mir ziemlich albern vor.

»Eine Freundin«, murmelte die Stimme. »Ja, natürlich. Dann sollten wir uns mal zusammensetzen und darüber reden«, schlug er vor.

»Aber nicht in Ihrem Büro«, sagte ich fest.

»Ich verstehe, Madam. Wäre es Ihnen morgen um sechzehn Uhr recht, im Hotel St. Agnes in der Bury Street in South Kensington?«

»Ja.« Ich hängte ein, ehe mir bewußt wurde, daß ich meinen Namen nicht genannt hatte und nicht wußte, wie dieser Harris aussah.

Als ich am St. Agnes ankam, einem heruntergekommenen Haus unweit der Brompton Road in South Kensington, ging ich erst ein paarmal um den Block, bevor ich mich bereit fühlte, die Eingangshalle zu betreten. Ein Mann von etwa dreißig bis fünfunddreißig lehnte am Empfang. Er richtete sich sofort auf, als er mich sah.

»Suchen Sie vielleicht einen Mr. Harris?« fragte er.

Ich nickte, da führte er mich rasch in das Café und zu einem Ecktisch. Sobald er sich mir gegenübergesetzt hatte, musterte ich ihn eingehender. Er war etwa eins fünfundsiebzig groß, korpulent und hatte dunkelbraunes Haar und einen noch dunkleren Schnurrbart. Er trug eine braunkarierte Harris-Tweed-Jacke, ein cremefarbenes Hemd und einen schmalen gelben Binder. Ich begann zu erklären, wozu ich ihn beauftragen wollte, wurde jedoch immer wieder abgelenkt, weil er seine Fingerknöchel knacken ließ, erst die der Linken, dann der Rechten. Ich wollte aufstehen und gehen, und hätte es auch getan, wenn ich sicher gewesen wäre, daß ich ein weniger abstoßendes Individuum für meinen Auftrag finden würde.

Er brauchte eine Weile, bis er begriff, daß ich nicht vorhatte, mich scheiden zu lassen. Bei diesem ersten Treffen erklärte ich ihm soviel von meinem Dilemma, wie ich mich imstande fühlte. Ich war entsetzt, als er die exorbitante Summe von fünf Shilling die Stunde verlangte, bloß um mit seiner Ermittlung auch nur zu beginnen. Bedauerlicherweise hatte ich keine große Wahl in dieser Sache. Ich sagte, er solle am nächsten Tag anfangen, und wir würden uns in einer Woche wieder treffen.

Mr. Harris' erster Bericht lief darauf hinaus, daß nach Meinung derer, die den größten Teil ihrer Arbeitsstunden im »Musketier«, einem Pub in Chelsea, zubrachten, Charlie Trumper der Vater von Rebecca Salmons Kind war, und er das auch nie leugnete, wenn man ihm die Frage direkt stellte. Und fast als Beweis heirateten er und Miss Salmon kurz nach der Geburt des Kindes standesamtlich.

Mr. Harris hatte keine Schwierigkeiten, an eine Kopie der Geburtsurkunde zu kommen. Sie bestätigte, daß das Kind, Daniel George Trumper, der Sohn von Rebecca Salmon und Charlie George Trumper, wohnhaft Chelsea Terrace 147, war.

In meinem nächsten Brief an Guy legte ich eine Kopie des Geburtsscheins und ein paar Notizen über Harris' Ermittlungsergebnisse bei, alles, was er über die Hochzeit erfahren hatte und über Colonel Hamiltons Ernennung zum Vorstandsvorsitzenden von Trumpers Firma. Ich nahm an, damit wäre die Sache erledigt.

Zwei Wochen später jedoch erhielt ich einen Brief von Guy – ich nahm an, daß er sich mit meinem gekreuzt hatte. Er schrieb, daß Sir Danvers Hamilton sich mit seinem Kommandeur, Colonel Forbes, in Verbindung gesetzt hatte, und da Forbes befürchtete, es könne zu einer Anklage wegen gebrochenen Heiratsversprechens kommen, hatte Guy vor einen Ausschuß seiner Offizierskameraden erscheinen und sein Verhältnis zu Miss Salmon erklären müssen.

Daraufhin schrieb ich sogleich einen langen Brief an Colonel Forbes – Guy war offenbar nicht in der Lage, alles vorzubringen, was ich hatte eruieren können. Ich legte eine weitere Kopie der Geburtsurkunde bei, um Forbes zu überzeugen, daß mein Sohn nichts mit dem Salmon-Mädchen zu tun gehabt hatte. Ich erwähnte auch so nebenbei, daß Colonel Hamilton nun Vorsitzender von Trumpers Vorstand sei, eine Stellung, die doch sicherlich nicht ehrenhalber war. Ich muß gestehen, daß Mr. Harris' wöchentliche Berichte sich nun als sehr nützlich erwiesen.

Eine Zeitlang nahm alles wieder seinen normalen Gang. Gerald beschäftigte sich mit seinen Abgeordnetenpflichten, und ich brauchte mich auf nichts Dringlicheres zu konzentrieren als die Ernennung des neuen Kirchenvorstehers und auf meinen Bridgezirkel.

Doch das Problem reichte tiefer, als ich geahnt hatte; denn durch Zufall erfuhr ich, daß wir nicht auf die Gästeliste für die Vermählung von Daphne Harcourt-Browne mit dem Marquis von Wiltshire gesetzt wurden. Natürlich wäre Percy nie der zwölfte Marquis geworden, hätten nicht sein Vater und Bruder ihr Leben an der Westfront geopfert. Und später hörte ich von anderen, die dabei gewesen waren, daß sowohl Colonel Hamilton wie die Trumpers in der St. Margarets Kirche und danach bei dem Empfang gesehen worden waren.

Während dieser Zeit berichtete Mr. Harris laufend Wissenswertes über die Trumpers und ihr wachsendes Ladenimperium. Ich muß gestehen, daß mich ihre geschäftlichen Transaktionen nicht interessierten – das war eine mir völlig fremde Welt –, aber ich hielt Harris auch nicht davon ab, denn es gab mir einen nützlichen Einblick in die Angelegenheiten von Guys Gegnern.

Ein paar Wochen später erhielt ich einen Brief von Colonel Forbes, der meinen bestätigte, doch ansonsten hörte ich nichts über das bedauerliche Mißverständnis, dessentwegen man Guy an den Pranger gestellt hatte. Ich nahm deshalb an, daß alles wieder in Ordnung war und man Colonel Hamiltons Behauptung mit der Geringschätzung abgetan hatte, die sie verdiente.

Dann, im Juni des folgenden Jahres, wurde Gerald eines Morgens ins War Office gerufen, wegen einer, wie er zunächst annahm, routinemäßigen Unterhaussache.

Als mein Gemahl am Nachmittag in unser Stadthaus am Chester Square zurückkehrte, sagte er, ich solle mich setzen und einen großen Whisky trinken, denn er habe mir sehr Unerfreuliches mitzuteilen. Ich hatte ihn selten so grimmig gesehen, also tat ich, was er verlangte, und fragte mich, was denn so wichtig sein könnte, daß er schon am Nachmittag heimkam.

»Guy hat seinen Abschied eingereicht«, erklärte er scharf. »Er wird nach England zurückkehren, sobald der erforderliche Papierkram erledigt ist.«

»Warum?« fragte ich, wie vor den Kopf geschlagen.

»Mir wurde kein Grund genannt«, erwiderte Gerald. »Ich wurde heute morgen ins War Office gerufen, und Billy Cuthbert, ein alter Regimentskamerad, teilte es mir vertraulich mit. Er machte auch kein Hehl daraus, daß Guy, wenn er nicht von sich aus um seinen Abschied gebeten hätte, aus der Armee ausgestoßen worden wäre.«

Während ich auf Guys Rückkehr wartete, ging ich jedes bißchen Information durch, das mir Mr. Harris über Trumpers immer noch wachsendes Ladenimperium besorgt hatte, so unbedeutend es auch sein mochte. Unter den zahllosen Seiten Material, die der Detektiv schickte, zweifellos um sein unverschämtes Honorar zu rechtfertigen, stieß ich auf eine Sache, von der ich vermutete, daß sie für Trumper fast ebenso wichtig war wie der Ruf meines Sohnes für mich.

Ich nahm in diesem Fall die nötigen Ermittlungen selbst vor, und nachdem ich mir das Objekt eines Sonntags vormittags angesehen hatte, rief ich daraufhin am Montag die Maklerfirma Savill an und machte ein Angebot über zweitausendfünfhundert Pfund für dieses Objekt. Savill rief mich während der Woche zurück und teilte mir mit, daß jemand anderes dreitausend dafür geboten hatte. »Dann biete ich eben viertausend«, erklärte ich und hängte auf.

Am Nachmittag dieses Tages teilte mir Savill mit, daß ich jetzt Eigentümerin des Wohngebäudes Chelsea Terrace 25-99 sei. Ich versicherte ihm, daß ich nichts dagegen hatte, wenn er Trumpers Vertreter mitteilte, wer sein neuer Nachbar sein würde. ✎

## 23

Guy Trentham kam an einem kalten Nachmittag im September 1922 am Chester Square 19 an, gerade nachdem Gibson das Teegeschirr abgeräumt hatte. Seine Mutter würde diesen Augenblick nie vergessen, denn als Guy den Salon betrat, erkannte sie ihn beinahe nicht. Mrs. Trentham war beim Briefschreiben gewesen, als Gibson: »Captain Guy!« meldete.

Sie drehte sich um und sah, wie ihr Sohn hereinkam, direkt zum Kamin ging und mit dem Rücken zur Glut stehenblieb. Seine Augen stierten glasig geradeaus, und er sagte kein Wort. Mrs. Trentham war froh, daß Gerald an diesem Nachmittag an einer Unterhaussitzung teilnahm und erst nach der Abstimmung um zweiundzwanzig Uhr heimkommen würde.

Guy hatte sich offensichtlich seit Tagen nicht mehr rasiert und sah aus, als könnte ein Bad vertragen. Sein Anzug war kaum noch als der erkennbar, den Gieves vor drei Jahren für ihn angefertigt hatte. Trotz der molligen Wärme, die vom Kamin ausstrahlte, zitterte er am ganzen Leib. Er wandte den Blick und sah seine Mutter an. Zum erstenmal bemerkte Mrs. Trentham, daß ihr Sohn ein flaches, in braunes Packpapier gewickeltes Paket unter dem Arm trug.

Obwohl ihr nicht kalt war, schauderte Mrs. Trentham ebenfalls. Sie blieb jedoch an ihrem Sekretär sitzen; denn sie verspürte nicht das geringste Verlangen, ihren Sohn zu umarmen oder vor ihm das Schweigen zu brechen.

»Was hat man dir erzählt, Mutter?« fragte Guy endlich mit bebender Stimme.

»Nichts wirklich Wesentliches.« Sie blickte ihn mit hochgezogener Braue an. »Außer, daß du um deinen Abschied gebeten hast und man dich aus der Armee gestoßen hätte, wenn du es nicht getan hättest.«

»Ja, soweit entspricht es der Wahrheit.« Er legte das Päckchen, das er so verkrampft festgehalten hatte, auf das Tischchen neben sich. »Aber nur, weil sie sich gegen mich verschworen haben.«

»Sie?«

»Ja, Colonel Hamilton, Trumper und das Mädchen.«

»Colonel Forbes glaubte die Behauptung des Mädchens auch noch, nachdem ich ihm geschrieben hatte?« fragte Mrs. Trentham eisig.

»Ja – ja, allerdings. Colonel Hamilton hat immer noch eine Menge alte Kumpane im Regiment, und einige taten nur zu gern, worum er sie bat, schließlich ging es ja darum, einen Rivalen auszuschalten.«

Sie beobachtete ihn kurz, während er sein Gewicht nervös von einem Fuß auf den anderen verlagerte. »Aber ich dachte, diese Sache wäre ein für allemal geklärt. Der Geburtsschein ...«

»Hätte sicher geholfen, wenn er nicht nur von dem Mädchen, sondern auch von Charlie Trumper unterschrieben gewesen wäre. Aber da war nur eine Unterschrift – ihre. Und was noch schlimmer war, Colonel Hamilton hatte Miss Salmon geraten, mich wegen gebrochenen Eheversprechens anzuklagen und mich als Vater des Kindes anzugeben. Wenn sie das täte, würde der gute Ruf des Regiments darunter leiden, so falsch die Anklagen auch wären. Ich fand deshalb, daß mir keine Wahl blieb, denn als Ehrenmann sofort meinen Abschied einzureichen.« Noch verbitterter fuhr Guy fort. »Und das alles, weil Trumper befürchtet, die Wahrheit könnte an den Tag kommen.«

»Wovon sprichst du, Guy?«

Er wich dem Blick seiner Mutter aus, indem er vom Kamin zu dem Getränkeschrank ging und sich einen großen Whisky eingoß. Die Siphonflasche ließ er unberührt und nahm einen tiefen Schluck. Seine Mutter wartete stumm, daß er fortfuhr.

»Nach der zweiten Schlacht an der Marne befahl mir Colonel Hamilton, Erkundigungen im Fall Trumper einzuziehen, der der Feigheit vor dem Feind verdächtigt wurde. Viele fanden, daß er vor das Kriegsgericht gestellt gehörte, aber der einzige andere

Zeuge, der Schütze Prescott, wurde nur wenige Meter vor unseren eigenen Gräben von einer verirrten Kugel getötet. Ich war so dumm gewesen und hatte Prescott und Trumper selbst zu unseren Linien zurückgeführt; wie auch immer, als Prescott fiel, schaute ich über die Schulter und sah Trumper hämisch grinsen. Er sagte: ›Zu dumm, Captain, jetzt haben Sie Ihren Zeugen verloren, nicht wahr?‹«

»Hast du das damals gemeldet?«

Guy kehrte zum Getränkeschrank zurück und schenkte sich nach. »Wem denn, nachdem ich meinen einzigen Zeugen verloren hatte? Nachdem Prescott tot war, war das einzige, was ich für ihn tun konnte, dafür zu sorgen, daß er postum die Tapferkeitsmedaille bekam, selbst wenn das bedeutete, daß ich nichts mehr gegen Trumper unternehmen konnte. Später mußte ich feststellen, daß Trumper meine Version des Geschehens auf dem Schlachtfeld zu dementieren versucht hatte. Dadurch hätte er mich fast um das Verdienstkreuz gebracht.«

»Und jetzt, da es ihm gelungen ist, dich zu zwingen, dein Offizierspatent abzugeben, steht also nur noch dein Wort gegen seines.«

»Das wäre der Fall, wenn Trumper nicht einen törichten Fehler begangen hätte, der ihn noch jetzt teuer zu stehen kommen könnte.«

»Wovon redest du?«

»Nun«, setzte Guy jetzt ein wenig gefaßter fort, »während die Schlacht tobte, eilte ich zur Rettung der beiden Männer. Sie hatten sich in einer ausgebombten Kirche verkrochen. Ich beschloß, bis zum Anbruch der Dunkelheit dort zu bleiben und sie dann zu unseren Schützengräben und in Sicherheit zurückzuführen. Während wir auf dem Dach auf den Sonnenuntergang warteten, dachte Trumper offenbar, daß ich schlief. Jedenfalls sah ich, wie er in die Kirche zurückkletterte und ein Madonnenbild von der Wand hinter dem Altar hob. Dann steckte er das kleine Ölgemälde in seinen Tornister. Ich sagte zu dem Zeitpunkt nichts, weil mir bewußt wurde, daß dies der Beweis für seine Unehrlichkeit sein würde. Und das Bild konnte ja später immer noch an seinen rechtmäßigen Ort zurückgebracht werden. Sobald wir hinter unseren eigenen Linien zurück waren, ließ ich sofort Trumpers Sachen durchsuchen, um ihn wegen des Diebstahls arrestieren zu lassen. Aber zu meiner Überraschung war es nirgendwo zu finden.«

»Und wie kann dir das jetzt nutzen?«

»Das Bild ist wieder zum Vorschein gekommen.«

»Wieder?«

»Ja.« Guys Stimme wurde lauter. »Daphne Harcourt-Browne erzählte, daß sie das Gemälde im Salon von Trumpers Haus gesehen hat, und sie beschrieb es mir sogar. Ich zweifelte nicht im geringsten, daß es sich um das Madonnenbild handelt, das er damals aus der Kirche gestohlen hat.«

»Aber solange es dort hängt, kann man doch nichts unternehmen.«

»Es hängt nicht mehr dort. Darum laufe ich ja in diesem Aufzug herum.«

»Du mußt aufhören, in Rätseln zu reden, Guy«, rügte seine Mutter. »Erkläre es mir genau.«

»Heute vormittag ging ich zu Trumpers Haus und erzählte der Haushälterin, daß ich mit ihrem Dienstherrn an der Westfront gekämpft habe.«

»War das klug, Guy?«

»Ich habe behauptet, daß ich Fowler heiße, Korporal Denis Fowler, und daß ich Charlie gern wiedersehen wollte. Ich wußte, daß er nicht zu Hause war, weil ich ihn nur wenige Minuten zuvor in einen seiner Läden in der Chelsea Terrace gehen sah. Die Haushälterin – die mich ziemlich mißtrauisch anstarrte – bat mich, in der Diele zu warten, sie wollte Mrs. Trumper oben Bescheid geben. Dadurch hatte ich genug Zeit, mich in den Salon zu stehlen, wo, wie Daphne sagte, das Bild hing, und es von der Wand zu nehmen. Ich war aus dem Haus, ehe sie ahnen konnte, was ich getan hatte.«

»Aber sie werden den Diebstahl bei der Polizei melden, und dann wird man dich verhaften.«

»Ganz bestimmt nicht«, versicherte ihr Guy, während er nach

dem braunen Päckchen griff und es auswickelte. »Daß die Polizei das in die Hand kriegt, ist das letzte, was Trumper will!« Er reichte seiner Mutter das Bild.

Mrs. Trentham betrachtete das kleine Ölgemälde. »Von jetzt an kannst du Mr. Trumper mir überlassen«, sagte sie ohne nähere Erklärung. Guy lächelte zum erstenmal, seit er das Haus betreten hatte. »Doch«, fuhr sie fort, »müssen wir uns zunächst auf deine unmittelbare Zukunft konzentrieren. Ich bin sicher, daß du auch jetzt noch eine Stellung in der City bekommen kannst. Ich habe bereits …«

»Nein, das würde nicht gutgehen, Mutter, und das weißt du. Im Moment gibt es in England keine Zukunft für mich. Zumindest nicht, ehe mein Name nicht wieder einen guten Klang hat. Wie auch immer, ich habe keine Lust, in London herumzusitzen und deinem Bridgezirkel zu erklären, weshalb ich nicht mehr bei meinem Regiment in Indien bin. Nein, ich werde ins Ausland gehen müssen, bis die Gemüter sich beruhigt haben.«

»Dann brauche ich noch etwas mehr Zeit zum Überlegen«, entgegnete Guys Mutter. »Geh hinauf, nimm ein Bad und such dir was Sauberes zum Anziehen, und ich lasse mir inzwischen etwas einfallen.«

Kaum hatte Guy den Salon verlassen, kehrte Mrs. Trentham zu ihrem Sekretär zurück und schloß das kleine Gemälde in der linken unteren Schublade ein. Den Schlüssel steckte sie in ihre Handtasche. Dann beschäftigte sie sich mit dem unmittelbareren Problem, was im Interesse des guten Namens der Trenthams getan werden mußte.

Während sie aus dem Fenster starrte, nahm ein Plan Form an, zu dessen Ausführung sie zwar noch mehr ihrer schrumpfenden Mittel opfern müßte, doch er würde ihr zumindest den Freiraum geben, den sie brauchte, um aufzudecken, welch ein Dieb und Lügner Trumper war, und somit ihren Sohn zu entlasten.

Mrs. Trentham schätzte, daß nicht mehr als ungefähr fünfzig Pfund in ihrem kleinen Safe im Schlafzimmer waren, aber sie hatte auf ihrem Bankkonto noch etwa sechzehntausend von den zwanzigtausend Pfund, die ihr Vater ihr an ihrem Hochzeitstag zugesteckt hatte. »Für unvorhergesehene Fälle«, hatte er prophetisch gesagt.

Sie holte ein Blatt Papier aus der Schublade und machte sich ein paar Notizen. Ihr war nur allzusehr bewußt, daß sie ihren Sohn wahrscheinlich längere Zeit nicht mehr wiedersehen würde, wenn er heute abend Chester Square verließ. Vierzig Minuten später studierte sie ihre Notizen.

£ 50 (bar)
Sydney
Max Harris
Mantel
£ 5000 (Scheck)
Bentley
Bild
Polizeiwache

Die Rückkehr Guys unterbrach ihren Gedankengang. Er sah jetzt etwas mehr so aus, wie sie ihn in Erinnerung gehabt hatte. Er trug nun statt des verwahrlosten Anzugs einen Blazer und eine graue Flanellhose und war zwar noch blaß im Gesicht, aber wenigstens rasiert. Mrs. Trentham faltete das Blatt Papier zusammen; denn sie wußte jetzt genau, was zu tun war.

»Setz dich«, sagte sie, »und hör gut zu.«

Guy Trentham verließ Chester Square kurz nach einundzwanzig Uhr, eine Stunde ehe sein Vater aus dem Unterhaus zurückkehren sollte. Er hatte dreiundfünfzig Pfund in bar in der Tasche und einen Scheck über fünftausend Pfund. Er hatte versprochen, daß er seinem Vater sogleich nach seiner Ankunft in Sydney schreiben und ihm erklären würde, weshalb er direkt nach Australien gefahren war. Und seine Mutter hatte versprochen, daß sie während seiner Abwesenheit alles in ihrer Macht Stehende tun würde, ihn zu rehabilitieren, damit er schließlich hocherhobenen Hauptes nach England zurückkehren und eines Tages seinen rechtmäßigen Platz als Familienoberhaupt einnehmen könne.

Die beiden Dienstboten, die Captain Trentham an diesem Tag gesehen hatten, wurden von ihrer Herrin angewiesen, diesen Besuch niemandem, nicht einmal Major Trentham gegenüber zu erwähnen, wenn sie nicht ihre Stellung verlieren wollten.

Das letzte, was Mrs. Trentham tat, ehe ihr Gemahl an diesem Abend heimkehrte, war, das Polizeirevier anzurufen. Ein Wachtmeister Wrigley nahm eine Anzeige wegen Diebstahls auf.

Während der Wochen, in denen Mrs. Trentham auf den Brief ihres Sohnes wartete, blieb sie nicht müßig. Gleich am Tag nach Guys Abreise machte sie ihren regelmäßigen Besuch im Hotel St. Agnes – mit einem sorgfältig eingewickelten Päckchen unter dem Arm –, wo sie Mr. Harris ihre Beute übergab, ehe sie ihm eine Reihe detaillierter Anweisungen erteilte.

Zwei Tage später versicherte ihr der Detektiv, daß sich das Madonnenbild nun im Leihhaus Bentley befand und zumindest fünf Jahre nicht verkauft werden konnte. Er übergab ihr ein Foto des Bildes und die Quittung des Pfandleihers. Mrs. Trentham steckte das Foto in ihre Handtasche und machte sich nicht die Mühe, ihn zu fragen, was aus den fünf Pfund geworden war, die er für das Bild bekommen hatte.

»Gut«, sagte sie nur und stellte ihre Handtasche neben ihren Stuhl. »Ausgezeichnet.«

»Möchten Sie, daß ich dem richtigen Mann in Scotland Yard einen Hinweis auf Bentley gebe?« fragte Harris.

»Auf keinen Fall«, entgegnete Mrs. Trentham. »Ich möchte, daß Sie zunächst einige Nachforschungen über das Bild anstellen, bevor irgend jemand sonst es zu Gesicht bekommt, und dann, wenn meine Vermutung sich als richtig erweist, wird das Gemälde erst wieder das Licht der Öffentlichkeit erblicken, wenn es bei Sotheby's unter den Hammer kommt.«

## 24

»Guten Morgen, Madam. Tut mir leid, daß ich Sie belästigen muß.«

»Sie belästigen mich nicht«, versicherte Mrs. Trentham dem Kriminalbeamten, den Gibson ihr als Inspektor Richards gemeldet hatte.

»Ich wollte auch gar nicht Sie sprechen, Mrs. Trentham«, erklärte ihr der Inspektor, »sondern Ihren Sohn, Captain Guy Trentham.«

»Dann haben Sie aber eine weite Reise vor sich, Inspektor.«

»Ich fürchte, ich weiß nicht, was Sie meinen, Madam.«

»Mein Sohn«, erklärte Mrs. Trentham, »vertritt die Interessen unserer Familie in Australien, wo er Partner in einer großen Viehmaklerfirma ist.«

Richards konnte seine Überraschung nicht verbergen. »Wie lange ist er bereits dort, Madam?«

»Oh, schon längere Zeit, Inspektor.«

»Könnten Sie bitte präziser sein?«

»Nun, Captain Trentham verließ England, als er im Februar 1920 nach Indien zu seinem Regiment versetzt wurde. Er erhielt das Militärverdienstkreuz nach der zweiten Schlacht an der Marne, wissen Sie.« Sie deutete mit einem Kopfnicken zum Kaminsims. Wie erwartet, wirkte der Inspektor nun beeindruckt. »Selbstverständlich war es nie seine Absicht, bei der Armee zu bleiben, da schon immer geplant war, daß er sich eine Zeitlang in den Kolonien umsehen würde, ehe er heimkehrte, um unsere Ländereien in Berkshire zu leiten.«

»Aber er kam erst nach England zurück, ehe er diese Stellung in Australien annahm?«

»Leider nicht, Inspektor. Er reiste gleich, nachdem ihm sein Abschied genehmigt wurde, nach Australien, da man ihn ersucht hatte, seinen verantwortlichen Posten sofort zu übernehmen. Mein Gemahl, der, wie Sie sicher wissen, der Abgeordnete von Berkshire West im Unterhaus ist, wird Ihnen sicher die genauen Daten sagen können.«

»Ich halte es nicht für notwendig, auch ihn noch zu belästigen, Madam.«

»Dürfte ich Sie fragen, weshalb Sie meinen Sohn sprechen wollten?«

»Wir führen Ermittlungen im Fall eines aus Chelsea gestohlenen Gemäldes durch.«

Mrs. Trentham blickte ihn nur an, deshalb fuhr der Kriminalbeamte fort: »Jemand, auf den die Beschreibung Ihres Sohnes zutrifft und der einen alten Militärmantel trug, wurde in der Nähe gesehen. Wir hofften deshalb, daß er uns bei unserer Untersuchung helfen könnte.«

»Und wann wurde dieser Diebstahl begangen?«

»Anfang September, Madam, und da das Gemälde inzwischen noch nicht wieder aufgetaucht ist, verfolgen wir den Fall immer noch ...« Mrs. Trentham hielt den Kopf leicht gesenkt, als sie diese Neuigkeit erfuhr, und hörte aufmerksam weiter zu. »... aber wir haben nun erfahren, daß der Besitzer keine Anklage erheben wird, also nehme ich an, daß dieser Fall bald zu den Akten gelegt werden kann. Ist das Ihr Sohn?« Der Inspektor deutete auf ein Bild Guys in Paradeuniform auf einem Beistelltischchen.

»Ja, das ist er.«

»Ich würde sagen, die Beschreibung, die wir erhielten, paßt nicht so ganz auf ihn«, stellte der Inspektor fest und wirkte ein wenig verwirrt. »Jedenfalls, wie Sie sagten, muß er zu diesem Zeitpunkt in Australien gewesen sein. Ein hieb- und stichfestes Alibi.« Der Inspektor lächelte gewinnend, aber Mrs. Trentham verzog keine Miene.

»Sie wollen doch nicht etwa andeuten, daß Sie meinen Sohn für den Dieb hielten?« fragte sie kühl.

»Gewiß nicht, Madam. Wir stießen nur auf einen alten Uniformmantel, der für einen Captain Trentham angefertigt wurde, wie uns der Herrenschneider Gieves in der Savile Row versicherte. Ein Veteran trug ihn, der ...«

»Dann haben Sie ja Ihren Dieb«, sagte Mrs. Trentham abfällig.

»Wohl kaum, Madam, Sie müssen wissen, daß dieser Mann ein Bein verloren hat.«

Mrs. Trentham verriet immer noch nicht die geringste Bestürzung. »Dann würde ich vorschlagen, daß Sie das Polizeirevier in Chelsea anrufen, da ich überzeugt bin, daß man Ihnen dort einen nützlichen Hinweis in dieser Sache geben kann.«

»Aber ich komme vom Chelsea-Revier«, entgegnete der Inspektor mit schiefem Lächeln.

Mrs. Trentham erhob sich vom Sofa, ging gemessenen Schrittes zu ihrem Sekretär, öffnete eine Lade und holte ein Blatt Papier heraus. Sie händigte es dem Inspektor aus. Er bekam einen roten Kopf, während er las. Als er fertig war, gab er das Papier zurück.

»Ich möchte mich entschuldigen, Madam. Ich hatte keine Ahnung, daß Sie den Verlust des Uniformmantels am selben Tag anzeigten. Ich werde mir den jungen Wrigley vorknöpfen, sobald ich im Revier zurück bin.« Auch auf die Verlegenheit des Kriminalbeamten zeigte Mrs. Trentham keine Reaktion. »Ich werde Sie nicht länger aufhalten«, sagte er. »Ich finde selbst zur Tür.«

Mrs. Trentham wartete, bis sie hörte, wie er sie hinter sich schloß, dann griff sie nach dem Telefon und verlangte eine Nummer in Paddington.

Sie sagte nur ein paar rasche Worte zu dem Detektiv, dann hängte sie wieder ein.

Mrs. Trentham wußte, daß Guy gut in Australien angekommen war, als Coutts & Co., ihr Bankhaus, ihr mitteilte, der Scheck, den sie ihm mitgegeben hatte, sei bei einer Bank in Sydney eingelöst worden. Der versprochene Brief an seinen Vater traf erst sechs Wochen später ein. Als Gerald ihr den Brief zu lesen gab, täuschte sie vor, sich über Guys uncharakteristisches Benehmen zu wundern, doch ihr Gatte zeigte kein sonderliches Interesse.

Während der folgenden Monate verrieten Harris' Berichte, daß sich Trumpers Gesellschaft laufend vergrößerte, doch Mrs. Trentham lächelte spitz, als sie daran dachte, daß sie Charlie Trumper für lumpige viertausend Pfund einen Strich durch die Rechnung hatte machen können.

Dasselbe Lächeln zog erst wieder über Mrs. Trenthams Gesicht, als sie einige Zeit später ein Schreiben von Savill erhielt, durch das sie von der Gelegenheit erfuhr, auch Rebecca Trumper einen Strich durch die Rechnung machen zu können, so wie Charlie Trumper zuvor, selbst wenn sie in diesem Fall vielleicht etwas mehr dafür würde bezahlen müssen. Sie konsultierte ihr Bankkonto und stellte befriedigt fest, daß ihre Mittel noch weit höher waren, als sie für den beabsichtigten Zweck brauchen würde.

Seit einigen Jahren hielt Savill sie stets auf dem laufenden, welche Geschäfte in der Chelsea Terrace zum Verkauf kamen, aber sie versuchte nicht, Trumper daran zu hindern, sie zu erstehen. Sie fand, es genügte, daß ihr Besitz der Wohnungen ihm jeglichen langfristigen Plan ruinierte, den er für die gesamte Terrace haben mochte. Doch als sie die Einzelheiten über das Objekt Chelsea Terrace 1 zugeschickt bekam, erkannte sie, daß die Sachlage hier völlig anders war. Nicht nur handelte es sich bei Nummer 1 um das Eckgeschäft, das zur Fulham Road schaute und die größte Immobilie des Blocks war, es war auch eine etablierte, wenngleich etwas heruntergewirtschaftete Kunstgalerie sowie Auktionshaus. Es war das offensichtlich ideale Objekt für Mrs. Trumper, nach all den Jahren der Vorbereitung am Bedford College und danach bei Sotheby's.

Ein Brief begleitete das Exposé, in dem Savill sich erkundigte, ob Mrs. Trentham durch einen Bevollmächtigten an der Auktion teilnehmen wolle, die der jetzige Besitzer, Mr. Fothergill, selbst durchzuführen beabsichtigte.

Sie schrieb am gleichen Tag zurück, dankte Savill, erklärte jedoch, daß sie die Gebote selbst machen wollte. Gleichzeitig bat sie, ihr mitzuteilen, wieviel das Objekt schätzungsweise bringen würde.

Savills Antwort enthielt mehrere Wenn und Aber, da dieser Besitz seiner Meinung nach mit nichts zu vergleichen war. Man bedauerte auch, daß man nicht qualifiziert war, einen Schätzwert für das Inventar abzugeben. Als oberster Schätzwert für das gesamte Objekt wurde jedoch eine Summe von fünftausend Pfund genannt.

Während der nächsten Wochen saß Mrs. Trentham bei Auktionen von Christie's regelmäßig in der hinteren Reihe und beobachtete aufmerksam, wie die Versteigerungen durchgeführt wurden. Sie selbst hob nie die Hand oder gab sonst ein Zeichen, daß sie sich beteiligte. Sie wollte sich lediglich genauestens informieren, wie eine Auktion vorging, damit sie bereit war, wenn Chelsea Terrace 1 unter den Hammer kam.

Am Morgen dieser Versteigerung betrat Mrs. Trentham das Auktionshaus in einem langen dunkelroten Kleid, dessen Saum fast den Boden streifte. Sie wählte einen Platz in der dritten Reihe und machte es sich dort bereits zwanzig Minuten vor Beginn bequem. Ihre Augen kamen kaum zur Ruhe, denn sie beobachtete aufmerksam alle, die eintraten, nachdem sie sich vergewissert hatte, wer bereits anwesend war. Mr. Wrexall kam wenige Minuten nach ihr und setzte sich in die Mitte der ersten Reihe. Er wirkte grimmig und entschlossen und sah genauso aus, wie Mr. Harris ihn beschrieben hatte: ein Mittvierziger, sehr korpulent und bereits erkahlend. Sie fand, daß sein Übergewicht ihn älter machte, als er war. Er hatte eine dunkle Gesichtsfarbe, und wenn er den Kopf senkte, bildete sich ein Mehrfachkinn. Da dachte Mrs. Trentham, daß sich ein Gespräch mit ihm vielleicht lohnen würde, falls es ihr nicht gelang, Chelsea Terrace 1 zu ersteigern.

Um neun Uhr fünfzig führte Colonel Hamilton seine beiden Mitdirektoren den Mittelgang entlang und in die Reihe hinter Mrs. Trentham, wo sie sich auf den leeren Plätzen unmittelbar hinter ihr niederließen. Obwohl sie ihn anblickte, tat er, als sähe er sie nicht.

Um neun Uhr fünfzig war von Mr. und Mrs. Trumper immer noch nichts zu sehen.

Savill hatte Mrs. Trentham gewarnt, daß Trumper sich viel- leicht vertreten ließe, aber nach allem, was sie im Lauf der Jahre über ihn erfahren hatte, glaubte sie nicht, daß er jemand anderes für sich steigern ließe. Und sie behielt recht. Die Uhr hinter dem Auktionatorstand zeigte vier Minuten vor zehn an, als er herein- schritt.

Obwohl er jetzt ein paar Jahre älter war als auf dem Foto, das sie in der Hand hielt, bestand kein Zweifel, daß er Charlie Trum- per war. Er trug einen teuren, gut geschnittenen Anzug, der sei- nen Bauchansatz vertuschte, und hatte fast ständig ein Lächeln um die Lippen. Doch das würde sie ihm austreiben. Offenbar wollte er, daß alle Notiz von seiner Anwesenheit nahmen, denn er schüttelte Hände und plauderte mit mehreren Personen, ehe er einen reservierten Platz, vier Reihen hinter ihr, einnahm. Mrs. Trentham rückte ihren Stuhl so, daß sie in der Lage sein würde, sowohl Trumper wie den Auktionator im Auge zu behalten, ohne sich wirklich umdrehen zu müssen.

Plötzlich stand er auf und ging nach hinten, doch sie sah, daß er sich nur noch eine Inventarliste vom Tisch neben dem Ein- gang holte. Mrs. Trentham war überzeugt, daß er das aus einem ganz bestimmten Grund getan hatte. Sie schaute sich forschend um und hatte ein ungutes Gefühl.

Als Mr. Fothergill das Podest des Auktionators betrat, waren alle Plätze belegt, aber Mrs. Trentham hatte Mrs. Trumper im- mer noch nicht entdecken können.

Vom Augenblick an, da Mr. Fothergill zum ersten Gebot auf- rief, verlief die Auktion nicht so, wie Mrs. Trentham es sich vor- gestellt, und schon gar nicht, wie sie es geplant gehabt hatte. Nichts, was sie während des vergangenen Monats bei Christie's erlebt hatte, hätte sie auf den Ausgang vorbereiten können – nur sechs Minuten später erklärte Mr. Fothergill: »Verkauft an Mrs. Trentham für zwölftausend Pfund.«

Sie zog finster die Brauen zusammen, wenn sie daran dachte, was sie da öffentlich aufgeführt hatte, auch wenn sie die Kunst- galerie erworben und Rebecca Trumper damit einen befriedigen- den Schlag versetzt hatte. Aber zu welchem Preis! Sie war sich nicht einmal sicher, ob sie genug Geld hatte, um die volle Summe aufbringen zu können, auf die sie sich eingelassen hatte.

Nach achtzig Tagen Gewissensqualen, während der sie überlegte, ob sie ihren Gemahl oder gar ihren Vater um den fehlenden Betrag bitten sollte, entschied sich Mrs. Trentham schließlich, die eintausendzweihundert Pfund Anzahlung abzuschreiben und von dem Kauf zurückzutreten. Die Alternative wäre gewesen, ihrem Gatten gegenüber zuzugeben, was genau in Chelsea Terrace 1 an jenem Tag geschehen war.

Doch wenigstens einen Vorteil hatte es. Sie würde Sotheby's nicht mehr brauchen, wenn es an der Zeit war, sich des vermißten Gemäldes zu entledigen.

Im Lauf der Monate erhielt Mrs. Trentham regelmäßig Briefe von ihrem Sohn, zuerst aus Sydney, später aus Melbourne, in denen er ihr von seinen Fortschritten berichtete. Häufig bat er sie, ihm Geld zu schicken. Je mehr die Firma wuchs, erklärte Guy, desto mehr Kapital benötigte er, um seine persönliche Investition zu sichern. Insgesamt wanderten innerhalb von vier Jahren gut sechstausend Pfund über den Pazifik zu einer Bank in Sydney. Mrs. Trentham tat kein Pfund davon leid, denn Guy hatte offenbar großen Erfolg in seinem neuen Beruf. Sie war auch überzeugt, daß ihr Sohn völlig rehabilitiert – selbst in den Augen seines Vaters – nach England zurückkehren konnte, wenn es ihr erst gelungen war, Charlie Trumper als den Dieb und Lügner zu entlarven, der er war.

Doch gerade in dem Augenblick, als Mrs. Trentham fand, daß die Zeit reif sei, ihren Plan durchzuführen, erhielt sie eine Depesche aus Melbourne. Und die Absenderadresse ließ Mrs. Trentham keine Wahl, als so schnell wie möglich dorthin zu reisen.

Auf ihre Mitteilung beim Dinner an diesem Abend, daß sie beabsichtige, mit dem nächsten Schiff zu den Antipoden zu fahren, reagierte Gerald mit höflichem Desinteresse. Das verwunderte sie nicht, denn seit der Vorladung zum War Office vor mehr als vier Jahren war Guys Name nur selten über die Lippen ihres

Gemahls gekommen. Tatsächlich war der einzige Beweis der Existenz ihres Ältesten, sowohl in Ashurst Hall wie am Chester Square, das Bild von ihm in Paradeuniform, das nun auf ihrem Nachtkästchen stand; außerdem hatte Gerald zugelassen, daß das Militärverdienstkreuz am Kaminsims stehen blieb.

Aber soweit es Gerald betraf, war Nigel ihr einziges Kind.

Gerald Trentham war durchaus bewußt, daß seine Gattin allen seinen und ihren Bekannten erzählte, Guy sei ein erfolgreicher Partner einer großen Viehbörse, die Büros in ganz Australien hatte. Er selbst hatte jedoch längst aufgehört, diese Geschichten zu glauben, ja überhaupt noch zuzuhören, wenn sie sie erzählte. Wenn hin und wieder ein Kuvert mit der nur zu vertrauten Handschrift durch den Briefschlitz an der Haustür fiel, erkundigte sich Gerald Trentham nie, wie es Guy ging.

Das nächste Schiff nach Australien war die SS *Orontes*, die am darauffolgenden Montag von Southhampton in See stach. Mrs. Trentham sandte ein Telegramm an eine Melbourner Adresse, in dem sie die vorhersehbare Ankunftszeit mitteilte.

Die fünfwöchige Fahrt über zwei Ozeane erschien Mrs. Trentham endlos, vor allem, weil sie es vorzog, den größten Teil der Reise in ihrer Kabine zu bleiben, denn sie hatte kein Bedürfnis, neue Bekanntschaften an Bord zu machen oder, schlimmer noch, etwa gar jemandem zu begegnen, der sie kannte. Sie lehnte mehrere Einladungen zum Dinner am Kapitänstisch ab.

Als das Schiff in Sydney eingelaufen war, verbrachte Mrs. Trentham eine Nacht in dieser Stadt, ehe sie nach Melbourne weiterreiste. Am Bahnhof Spencer Street angekommen, nahm sie sogleich ein Taxi zum Royal Victoria Hospital, wo man ihr die Eröffnung machte, daß ihr Sohn nur noch eine Woche zu leben hatte.

Man gestattete ihr, ihn sofort zu besuchen, und ein Polizeibeamter brachte sie in den Isolationsflügel. Sie stand an seinem Bett und blickte ungläubig auf ein Gesicht, das sie kaum wiedererkannte. Die Furchen, die es durchzogen, waren so tief und Guys Haare so gelichtet und grau, daß Mrs. Trentham das Gefühl hatte, sie könnte am Sterbebett ihres Gemahls stehen.

Der Arzt sagte, daß ein derartiger Zustand bei Verurteilten nicht ungewöhnlich sei, sobald ihnen klargeworden war, daß sie mit einer Begnadigung nicht rechnen konnten. Nachdem sie fast eine Stunde am Bett gestanden hatte, ging sie, ohne ein Wort aus ihrem Sohn herausgebracht zu haben. Zu keiner Zeit ließ sie irgend jemanden vom Krankenhauspersonal ihre wahren Gefühle erkennen.

An diesem Abend nahm Mrs. Trentham ein Zimmer in dem ruhigen Country Club am Stadtrand von Melbourne. Sie stellte Mr. Sinclair-Smith, dem jungen englischen Wirt, nur eine Frage, bevor sie sich für die Nacht zurückzog.

Am nächsten Morgen begab sie sich zu Asgarth, Jenkins & Co., der ältesten und angesehensten Anwaltsfirma in Melbourne. Ein junger Mann, den sie viel zu anbiedernd fand, fragte sie nach ihrem Problem.

»Ich möchte mit Ihrem Seniorsozius sprechen«, antwortete sie kühl.

»Dann müssen Sie einstweilen im Wartezimmer Platz nehmen, Madam.«

Mrs. Trentham saß eine Zeitlang allein, bis Mr. Asgarth zu sprechen war.

Der Seniorsozius, ein ältlicher Herr, der seinem Äußeren nach seine Kanzlei ebenso gut in Lincoln's Inn Fields wie in Melbourne hätte betreiben können, hörte ihr schweigend zu und erklärte sich schließlich bereit, sich aller Probleme anzunehmen, die sich durch Guy Trenthams Nachlaß ergeben mochten. Er versicherte Mrs. Trentham, daß er sofort um die Genehmigung einreichen würde, die Leiche nach England zu überführen.

Mrs. Trentham besuchte ihren Sohn jeden Tag dieser Woche, bis zu seinem Tod. Obwohl sie kaum ein paar Worte wechselten, erfuhr sie doch von einem Problem, dessen sie sich würde annehmen müssen, ehe sie nach England zurückkehren konnte.

Am Mittwoch nachmittag suchte Mrs. Trentham wieder die Anwaltspraxis Asgarth, Jenkins & Co. auf, um ihren Anwalt in der Angelegenheit zu konsultieren, die sie selbst eben erst erfahren hatte. Der ältere Herr hörte ihren Ausführungen aufmerksam zu und machte sich einige Notizen. Als Mrs. Trentham geendet hatte, schwieg er eine geraume Weile, während er sich alles durch den Kopf gehen ließ.

»Der Name wird geändert werden müssen«, sagte er schließlich, »wenn sonst niemand erfahren soll, was Sie beabsichtigen.«

»Und wir müssen sichergehen, daß auch später einmal niemand instande sein wird herauszufinden, wer ihr Vater war«, sagte Mrs. Trentham.

Der alte Anwalt runzelte die Stirn. »Das bedeutet, daß Sie sich weitgehend auf ...« Er blickte auf seine Notizen. »... Miss Bensons Stillschweigen verlassen müssen.«

»Bezahlen Sie Miss Benson, was immer dafür nötig ist«, wies ihn Mrs. Trentham an. »Coutts in London wird sich um die finanzielle Abwicklung kümmern.«

Der Seniorsozius nickte. Indem er die nächsten vier Tage seinen Schreibtisch nie vor Mitternacht verließ, gelang es ihm, alles nach Wunsch seiner Mandantin zu ordnen und sämtliche Papiere zusammenzubekommen und fertigzumachen, ehe Mrs. Trenthams Schiff ablegte.

Guy Trenthams Totenschein wurde von dem anwesenden Arzt drei Minuten nach sechs Uhr früh am 23. April 1927 ausgestellt, und am nächsten Tag trat Mrs. Trentham mit dem Sarg die Rückreise nach England an. Sie war erleichtert, daß auf dem ganzen Kontinent nur zwei Personen soviel wußten wie sie: ein älterer Herr, der in Kürze in den Ruhestand gehen würde, und eine Frau, die nun für den Rest ihrer Tage ein Leben führen konnte, wie sie es sich noch vor wenigen Tagen nicht hätte vorstellen können.

Mrs. Trentham teilte ihrem Gatten telegrafisch das Wenige mit, was sie für notwendig hielt, bevor sie so unauffällig nach Southampton zurücksegelte, wie sie gekommen war. Sobald sie ihren Fuß auf englischen Boden gesetzt hatte, ließ sie sich direkt nach Hause zum Chester Square fahren. Sie informierte ihren Gemahl über die Einzelheiten der Tragödie, und er erklärte sich widerstrebend einverstanden, eine Todesanzeige in der *Times* aufzugeben. Sie erschien am nächsten Tag mit folgendem Wortlaut:

Captain Guy Trentham, Militärverdienstkreuzträger, starb nach langem Leiden an Tuberkulose. Die Trauerfeier findet am 15. Juni 1927 in St. Mary in Ashurst, Berkshire, statt.

Der Vikar der Gemeinde hielt die Trauerfeier und Abschiedsrede für den teuren Dahingeschiedenen. Sein Tod, versicherte er den Trauergästen, sei eine Tragödie für alle, die ihn gekannt hätten.

Guy Trentham fand seine letzte Ruhestätte in der Grabstelle, die ursprünglich für seinen Vater vorgesehen gewesen war. Verwandte, Freunde der Familie, Gemeindemitglieder und Dienstboten verließen den Friedhof mit gesenkten Köpfen.

In den nächsten Tagen erhielt Mrs. Trentham über hundert Kondolenzbriefe, von denen ihr ein paar ein wenig Trost zu spenden suchten, indem sie erwähnten, wie gut es war, daß sie noch einen zweiten Sohn habe, der Guys Platz einnehmen könne.

Am nächsten Tag hatte Nigels Foto das seines älteren Bruders auf ihrem Nachttisch abgelöst.

# Charlie

## 1926–1945

## 25

🏵 Ich ging mit Tom Arnold auf unserer üblichen Montagmorgenrunde die Chelsea Terrace entlang, als er zum erstenmal sagte, wie er die Lage einschätzte.

»Es wird nie dazu kommen«, behauptete ich.

»Sie könnten recht haben, Sir, aber viele Ladenbesitzer bekommen es mit der Angst.«

»Eine Meute Feiglinge«, entgegnete ich. »Bei fast einer Million Arbeitsloser wird höchstens eine Handvoll so dumm sein, an einen Generalstreik zu denken.«

»Vielleicht, aber die Vereinigung der Ladeninhaber rät ihren Mitgliedern, die Fenster zu verschlagen.«

»Das würde Syd Wrexall seinen Mitgliedern schon raten, wenn ein Pekinese am Eingang zum Musketier bloß das Bein hebt. Der Köter brauchte nicht mal zu pissen.«

Ein Lächeln huschte über Toms Lippen. »Sie sind also bereit zu kämpfen, Mr. Trumper?«

»Darauf können Sie Gift nehmen. Ich stehe in dieser Sache hundertprozentig zu Mr. Churchill.« Ich blieb stehen, um das Schaufenster des Hutgeschäfts zu begutachten. »Wie viele Angestellte haben wir zur Zeit?«

»Einundsiebzig.«

»Und wie viele, glauben Sie, wollen bei dem Streik mitmachen?«

»Sechs bis zehn höchstens, würde ich sagen – und auch nur die Mitglieder der Einzelhandelsgewerkschaft. Aber da wäre immer noch das Problem, daß einige andere nicht zur Arbeit kommen können, weil ja auch keine Busse und Züge fahren werden.«

»Machen Sie mir bis heute abend eine Liste von allen, bei denen Sie nicht sicher sind, dann werde ich mich im Lauf der Woche mit jedem einzelnen persönlich unterhalten. Auf diese

Weise kann ich vielleicht den einen oder anderen von seiner langfristigen Zukunft bei unserer Firma überzeugen.«

»Und was ist mit der langfristigen Zukunft der Firma, wenn es zu dem Streik kommt?«

»Wann geht das je in Ihren Kopf, Tom, daß nichts geschehen wird, was Trumper in Mitleidenschaft ziehen könnte?«

»Syd Wrexall denkt ...«

»Ich versichere Ihnen, das ist etwas, was er bestimmt nicht tut.«

»... denkt, daß im nächsten Monat wenigstens drei Läden zum Verkauf kommen werden. Und wenn es wirklich einen Generalstreik gibt, könnten möglicherweise mit einem Schlag noch mehr zu haben sein. Die Bergarbeiter überreden ...«

»Charlie Trumper überreden sie ganz bestimmt nicht«, versicherte ich ihm. »Also geben Sie mir sofort Bescheid, wenn Sie von jemand hören, der verkaufen will, denn ich bin immer noch ein Käufer!«

»Während alle anderen verkaufen?«

»Das ist genau der Zeitpunkt, zu dem man kaufen *soll*«, erwiderte ich. »Die richtige Zeit, in die Trambahn zu steigen, ist, wenn alle anderen aussteigen. Besorgen Sie mir die Namen, Tom. Ich werde jetzt zur Bank gehen.« Ich marschierte in Richtung Knightsbridge davon.

Als wir allein in seinem neuen Büro in der Brompton Road waren, informierte mich Hadlow, daß wir jetzt über zwölftausend Pfund auf dem Konto zur Verfügung hatten. Ein gutes Kissen, meinte er, falls es zum Generalstreik kam.

»Nicht auch Sie!« sagte ich gereizt. »Es wird nicht zum Streik kommen. Und wenn doch, wird er in wenigen Tagen vorbei sein.«

»Wie der letzte Krieg?« Mr. Hadlow blickte mich über seine Brille hinweg an. »Ich bin von Natur aus ein vorsichtiger Mann, Mr. Trumper ...«

»Ich nicht«, unterbrach ich ihn. »Also halten Sie das Geld bereit, um es anzulegen.«

»Ich habe bereits etwa die Hälfte der Summe reserviert für

den Fall, daß Mrs. Trentham auf ihre Option für Nummer 1 verzichtet«, erinnerte er mich. »Sie hat noch «, er drehte sich zu dem Wandkalender um, »zweiunddreißig Tage.«

»Dann sollten wir in diesem Monat die Nerven behalten, würde ich sagen.«

»Wenn der Markt zusammenbricht, wäre es ratsam, nicht alles zu riskieren. Meinen Sie nicht, Mr. Trumper?«

»Nein, mein' ich nicht, aber deshalb bin ich …« Es gelang mir gerade noch, mich zurückzuhalten, ehe ich mit meinen wahren Gefühlen hinausplatzte.

»Stimmt«, bestätigte Hadlow und machte mich noch verlegener. »Und das ist auch der Grund, weshalb ich Sie immer so bedenkenlos unterstützt habe«, fügte er großherzig hinzu.

Im Lauf der Tage mußte ich zugeben, daß ein Generalstreik doch immer wahrscheinlicher wurde. Diese Unsicherheit und der Mangel an Vertrauen in die Zukunft führte dazu, daß erst ein Laden, dann ein anderer zum Verkauf angeboten wurde.

Ich erstand die ersten beiden zu Schleuderpreisen, und dank der Schnelligkeit, mit der Crowther den Papierkram erledigte und Hadlow das Geld freigab, konnte ich der Firma noch das Schuhgeschäft und die Apotheke hinzufügen.

Als der Generalstreik schließlich begann – das war am 4. Mai 1926, einem Dienstag – machten der Colonel und ich uns schon im Morgengrauen auf den Weg. Wir kontrollierten jedes unserer Geschäfte von Nord bis Süd. Syd Wrexalls Vereinsmitglieder hatten schon alle ihre Läden verschlagen; ich fand, daß das bereits ein Zugeständnis an die Streikenden war. Ich erklärte mich jedoch mit des Colonels Plan »Operation Dichtmachen« einverstanden, der vorsah, daß Tom Arnold auf ein Zeichen von mir alle dreizehn Geschäfte innerhalb von drei Minuten geschlossen und verriegelt hatte. Am vergangenen Samstag hatte ich zugesehen, wie Tom zur Erheiterung der Passanten mehrere, wie er es nannte, »Schließübungen« veranstaltete.

Obwohl am ersten Morgen des Streiks die Sonne schien und die Straßen sich ziemlich füllten, war die einzige Konzession, die ich an die wogende Menschenmenge machte, daß ich vor Num-

mer 147 und 131 nicht wie sonst die übliche Frischware aus-
stellte.

Um acht Uhr meldete Tom Arnold, daß nur fünf Angestellte
nicht zur Arbeit erschienen waren – und das, obwohl auch die
öffentlichen Verkehrsmittel durch ungeheure Staus stundenlang
aufgehalten wurden – und daß einer der fünf noch dazu wirklich
krank war.

Während der Colonel und ich die Chelsea Terrace auf und ab
schlenderten, wurden wir zwar hin und wieder mal angepöbelt,
aber ich hatte nicht das Gefühl, daß Gewalt in der Luft lag, und
wenn man die Umstände bedachte, waren die meisten Leute
überraschend gut gelaunt. Einige der Jüngeren fingen sogar auf
der Straße an Fußball zu spielen.

Das erste Zeichen wirklicher Unruhen gab es am Morgen des
zweiten Tages, als ein Ziegelstein das Schaufenster von Nummer
5, dem Juweliergeschäft, zertrümmerte. Ich sah, wie sich zwei
oder drei Burschen aus der Auslage schnappten, was sie konnten, und die Terrace hinunter flohen. Die Menge wurde unruhig
und fing an, Schlagworte zu brüllen, also gab ich das Signal, und
Tom Arnold, der etwa fünfzig Meter von uns entfernt war, blies
sechsmal in seine Trillerpfeife. Innerhalb der drei Minuten, die
der Colonel als Grenze gesetzt hatte, waren alle unsere Geschäfte
geschlossen und verriegelt. Ich blieb, wo ich war, während die
Polizei einschritt und mehrere Personen festnahm. Obwohl die
Gemüter noch erhitzt waren, wies ich Tom schon nach einer
knappen Stunde an, die Läden wieder zu öffnen und die Kundschaft zu bedienen, als wäre nichts geschehen. Und innerhalb
von drei Stunden war die Scheibe von Nummer 5 ersetzt – nicht
daß es der passende Tag für Uhren- oder Schmuckkäufe gewesen
wäre.

Am Donnerstag waren nur drei unserer Leute nicht zur Ar-
beit gekommen, aber ich sah vier weitere Läden in der Terrace
mit Brettern vernagelt. Auf den Straßen ging es viel ruhiger zu.
Als ich mir ein paar Minuten zum Frühstücken gönnte, sagte mir
Becky, daß es heute keine *Times* gäbe, weil die Drucker streikten.
Aber dafür hatte die Regierung ihr eigenes Blatt herausgegeben,

die *British Gazette*, ein Gegenschlag Churchills. Es informierte seine Leser, daß die Eisenbahner und andere Transportarbeiter scharenweise an ihre Arbeitsplätze zurückkehrten.

Trotzdem sprach mich Norman Cosgrave, der Fischhändler von Nummer 1, an. Es reichte ihm, sagte er, und fragte, wieviel ich ihm für seinen Laden geben würde. Wir einigten uns noch am Vormittag auf den Preis und gingen schon am Nachmittag zur Bank, um das Geschäft abzuschließen. Auf meinen Anruf hin hatte Crowther sofort die nötigen Papiere fertiggemacht und Hadlow den Scheck ausgestellt, so daß bei unserer Ankunft nur noch meine Unterschrift nötig war.

Als ich in der Chelsea Terrace zurück war, übergab ich Tom Arnold sogleich die Leitung der Fischhandlung, bis er den richtigen Geschäftsführer dafür gefunden hatte. Ich verlor die ganze Zeit nie ein Wort darüber, aber es dauerte noch Wochen, nachdem Tom einem Burschen aus Billingsgate die Leitung übertragen hatte, bis er selbst den hartnäckigen Fischgestank losgeworden war.

Der Generalstreik endete offziell am neunten Morgen, und bis zum Letzten des Monats hatte ich noch sieben Läden erstanden. Ich schien mehr und mehr Zeit in der Bank zu verbringen, aber wenigstens war jede meiner Neuerwerbungen zu einem Preis gewesen, der sogar Hadlow ein zufriedenes Lächeln entlockte, wenngleich er mich warnend darauf hinwies, daß unser Kapital dahinschmolz.

Bei unserer nächsten Vorstandssitzung konnte ich melden, daß Trumper nun zwanzig Geschäfte in der Chelsea Terrace gehörten, das waren mehr als die der Mitglieder von Wrexalls Vereinigung der Geschäftsinhaber. Hadlow wies darauf hin, daß wir uns nun auf eine längere Zeit der Konsolidierung einstellen sollten, wenn wir Qualität und Standard der Neuerwerbungen unseren ursprünglichen elf Geschäften anpassen wollten. Ich brachte nur noch einen weiteren nennenswerten Antrag bei dieser Sitzung vor, der einstimmig angenommen wurde: daß wir Tom Arnold in den Vorstand nahmen.

Ich konnte es immer noch nicht lassen, mich hin und wieder auf die Bank gegenüber Nummer 147 zu setzen und die Verwandlung der Chelsea Terrace zu beobachten. Ich konnte nun den Unterschied ausmachen zwischen meinen Geschäften und jenen, die ich noch erstehen mußte; dazu gehörten die vierzehn im Besitz der Mitglieder von Wrexalls Vereinigung – und nicht zu vergessen die renommierte Nummer 1 und der »Musketier«.

Zweiundsiebzig Tage waren seit der Auktion vergangen, und obwohl Mr. Fothergill immer noch sein Obst und Gemüse in Nummer 147 erstand, ließ er nie ein Wort darüber verlauten, ob Mrs. Trentham den Vertrag inzwischen erfüllt hatte. Joan Moore erzählte mir, daß ihre frühere Herrin vor kurzem bei Mr. Fothergill gewesen war; die Köchin hatte zwar nicht viel des Gesprächs mitbekommen, sagte jedoch, daß die Stimmen erregt gewesen seien.

Als Daphne mich in der nächsten Woche im Laden besuchte, fragte ich sie, ob sie Näheres über Mrs. Trenthams Absicht wisse.

»Hör doch auf, dir Sorgen wegen dieser verdammten Frau zu machen«, riet mir Daphne. »Die neunzig Tage sind bald genug um, und ich finde, daß du dir mehr Gedanken über dein persönliches Fortkommen machen solltest als über Mrs. Trenthams finanzielle Probleme.«

»Stimmt. Wenn ich in diesem Tempo weitermache, werde ich es nicht schaffen, bevor ich dreißig bin.« Ich hatte zwölf makellose Pflaumen ausgesucht und legte sie auf die Waage.

»Dir pressiert alles so, Charlie. Weshalb muß denn immer alles zu einem bestimmten Termin geschafft sein?«

»Weil mich das in Schwung hält.«

»Aber Becky wird von deiner Leistung genauso beeindruckt sein, wenn du erst zu deinem einunddreißigsten Geburtstag fertig wirst.«

»Es wäre nicht dasselbe«, entgegnete ich. »Ich werde ganz einfach schwerer arbeiten müssen.«

»Der Tag hat nur vierundzwanzig Stunden«, erinnerte mich Daphne. »Selbst für dich.«

»Zumindest dafür kann man mir nicht die Schuld geben.«

Daphne lachte. »Wie kommt Becky mit ihrer Arbeit über Luini voran?« Sie reichte mir einen Zehnshillingschein.

»Sie hat das verdammte Ding fertig, muß nur noch den letzten Entwurf von etwa achtzig Seiten redigieren; sie ist mir also immer noch voraus. Aber durch den Generalstreik und die Neuerwerbungen, ganz zu schweigen von Mrs. Trentham, habe ich in dieser Spielsaison nicht einmal geschafft, mit Daniel zu West Ham ins Stadion zu gehen.« Ich begann ihr Obst in eine große braune Papiertüte zu packen.

»Ist dir Becky schon auf die Schliche gekommen?«

»Nein. Ich passe gut auf, daß ich nur dann ganz verschwinde, wenn sie Überstunden bei Sotheby's macht oder unterwegs ist, eine größere Sammlung zu katalogisieren. Ihr ist immer noch nicht aufgefallen, daß ich jeden Tag um halb fünf aufstehe. Um die Zeit schaffe ich das meiste.« Ich reichte ihr die Tüte und gab ihr sieben Shilling und Tenpence heraus.

»Wir sind richtige Verschwörer, nicht wahr?« Daphne lachte. »Übrigens habe ich Percy noch nicht in unser kleines Geheimnis eingeweiht, aber ich kann es nicht erwarten, ihre Gesichter zu sehen, wenn ...«

»Psst, kein Wort!«

Wenn man hinter etwas sehr lange her war, kann es mitunter vorkommen, daß es einem in den Schoß fällt, wenn man es am wenigsten erwartet.

Ich arbeitete an diesem Vormittag in Nummer 147. Es ärgert Bob Makins jedesmal, wenn ich die Ärmel hochkremple, aber ich halte eben gern ein Schwätzchen mit meinen alten Kunden, und in letzter Zeit war das die einzige Gelegenheit, den neuesten Klatsch zu erfahren und hin und wieder auch einen Einblick zu bekommen, was die Kunden wirklich von meinen anderen Geschäften hielten. Ich muß jedoch gestehen, daß sich die Schlange, als Mr. Fothergill an die Reihe kam, bis fast zum Lebensmittelladen erstreckte, den Bob, wie ich wußte, immer noch als Konkurrenz ansah.

»Guten Morgen«, sagte ich, als mir Mr. Fothergill gegenüber-

stand. »Was darf es heute sein, Sir? Wir haben ausgezeichnete …«

»Ich möchte gern privat mit Ihnen reden, Mr. Trumper, wenn
das möglich wäre.«

Ich war so verblüfft, daß ich nicht sofort reagierte. Mrs.
Trentham hatte noch neun Tage, ehe sie den Vertrag erfüllen
mußte, und ich hatte nicht erwartet, daß sich zuvor etwas tun
würde. Schließlich hatte sie bestimmt ihre eigenen Hadlows und
Crowthers, die den Kram für sie erledigten.

»Ich fürchte, der einzige Ort, wo wir uns hier unter vier Augen unterhalten können, ist der Lagerraum«, sagte ich. Ich zog
meinen grünen Overall aus, rollte meine Ärmel hinunter und
schlüpfte in mein Jackett. »Wissen Sie, mein Geschäftsführer
wohnt jetzt über dem Laden«, erklärte ich, während ich den
Auktionator durch die hintere Tür führte.

Ich bot ihm einen Platz auf einer umgedrehten Apfelsinenkiste an und zog mir selbst eine andere heran. So saßen wir uns wie
Schachspieler gegenüber. Eine ungewöhnliche Umgebung für
das größte Geschäft meines Lebens, dachte ich. Ich versuchte,
ruhig zu bleiben.

»Ich will direkt zur Sache kommen«, begann Fothergill.
»Mrs. Trentham hat seit Wochen nichts von sich hören und sich
in letzter Zeit am Telefon verleugnen lassen. Von Savill erfuhr
ich, daß man dort keine Anweisungen hat, den Vertrag für sie zu
erfüllen, und man sagte sogar, sie habe durchblicken lassen, daß
sie an dem Objekt nicht mehr interessiert sei.«

»Aber Sie haben auf jeden Fall Ihre eintausendzweihundert
Pfund Anzahlung, die Sie nicht zurückgeben müssen«, erinnerte
ich ihn und bemühte mich, nicht zu grinsen.

»Das mag sein«, erwiderte Fothergill. »Aber ich bin inzwischen andere Verpflichtungen eingegangen, und dann kam auch
noch der Generalstreik …«

»Ja, schwere Zeiten«, bestätigte ich. Ich spürte, wie meine
Hände zu schwitzen begannen.

»Aber Sie haben doch nie ein Hehl daraus gemacht, daß Sie
Nummer 1 kaufen möchten.«

»Stimmt, aber seit der Auktion habe ich mit dem Geld, das ich dafür gedacht hatte, mehrere andere Objekte erstanden.«

»Ich weiß, Mr. Trumper. Doch ich wäre durchaus bereit, zu einem niedrigeren Preis zu verkaufen.«

»Und ich war bereit, dafür dreitausendfünfhundert Pfund zu bezahlen, wie Sie sich bestimmt erinnern.«

»Ihr letztes Gebot war neuntausend, wenn ich mich nicht irre.«

»Reine Taktik, Mr. Fothergill, nichts weiter. Ich hatte nie die Absicht, so viel auszugeben, wie Ihnen bestimmt klar ist.«

»Aber selbst wenn wir Mrs. Trumpers letztes Gebot von elf-tausend Pfund nicht rechnen, war sie bereit, fünftausendfünf-hundert zu bezahlen.«

»Da kann ich Ihnen nicht widersprechen. Aber ich war es nicht.«

»Ich würde Ihnen das Ganze für siebentausend Pfund über-lassen«, versicherte er mir. »Aber nur Ihnen.«

»Sie würden es jedem, der wirklich bezahlt, für fünftausend geben.«

»Nie!« entrüstete sich Fothergill.

»Ich würde wetten, schon in neun Tagen. Aber ich sage Ih-nen, was ich tun werde«, fügte ich hinzu und beugte mich so weit vor, daß ich fast von meiner Kiste gerutscht wäre. »Ich lasse das Gebot meiner Frau über fünftausendfünfhundert gelten. Das war, wie ich zugebe, das Limit, das uns der Vorstand gesetzt hatte. Aber nur, wenn Sie den ganzen Papierkram fertig haben, daß ich noch vor Mitternacht unterschreiben kann.«

Mr. Fothergill öffnete den Mund, doch ich redete weiter, ehe er protestieren konnte.

»Das dürfte keine große Arbeit für Sie sein. Schließlich haben Sie den Vertrag seit einundachtzig Tagen auf Ihrem Schreibtisch. Sie brauchen bloß den Namen und den Betrag zu ändern. Wenn Sie mich jetzt bitte entschuldigen würden? Ich muß mich wieder um meine Kunden kümmern.«

»So ungentlemanlike hat sich mir gegenüber noch niemand benommen, Sir!« entrüstete sich Mr. Fothergill. Er sprang verärgert auf, drehte sich um und marschierte hinaus, so daß ich allein in meinem Lagerraum sitzen blieb.

»Ich habe mich auch nie für einen Gentleman gehalten«, erklärte ich der umgedrehten Apfelsinenkiste.

Nachdem ich Daniel vor dem Schlafengehen ein weiteres Kapitel von *Alice im Wunderland* vorgelesen hatte, ging ich hinunter zum Abendessen. Über einem Teller Suppe erzählte ich Becky von dem Gespräch mit Fothergill.

»Schade«, bedauerte sie. »Ich wünschte, er wäre an mich herangetreten. Jetzt bekommen wir Nummer 1 wahrscheinlich nie.« Sie wiederholte ihre Worte noch einmal, ehe wir zu Bett gingen. Ich drehte die Gaslampe neben mir kleiner und dachte, daß Becky vielleicht recht hatte. Ich wurde gerade schläfrig, als ich die Haustürklingel horte.

»Es ist schon nach halb zwölf«, murmelte Becky. »Wer kann das noch sein?«

»Jemand, der was von Fristen versteht?« meinte ich, während ich das Gaslicht wieder höherdrehte. Ich stand auf, schlüpfte in meinen Morgenrock und ging hinunter, um zu öffnen.

»Bitte kommen Sie mit in mein Arbeitszimmer, Peregrine«, forderte ich Fothergill auf, nachdem ich ihn begrüßt hatte.

»Danke, Charles.«

Es glückte mir, nicht herauszulachen, als ich *Mathematik, Teil 2* vom Schreibtisch nahm, um an die Schublade mit den Firmenschecks heranzukommen.

»Fünftausendfünfhundert, wenn ich mich nicht irre.« Als ich meinen Füllhalter aufschraubte, blickte ich auf die Uhr am Kaminsims. Um dreiundzwanzig Uhr siebenunddreißig händigte ich Mr. Fothergill den vollen Kaufpreis für Chelsea Terrace Nummer 1 aus und er mir den Vertrag.

Wir schüttelten uns die Hand, dann brachte ich den ehemaligen Auktionator zur Tür. Ich stieg die Treppe wieder hinauf und stellte erstaunt fest, daß Becky an ihrem Sekretär saß.

»Was machst du?« fragte ich.

»Ich schreibe meine Kündigung für Sotheby's.«

Tom Arnold nahm sich Nummer 1 gründlich vor, um alles für Becky bereit zu haben, die in einem Monat als Hauptgeschäftsführerin die Leitung von Trumpers Kunstgalerie und Auktionshaus übernehmen würde. Ihm war klar, daß ich unsere Neuerwerbung zum Flaggschiff des gesamten Trumperschen Imperiums machen wollte – selbst wenn die Kosten, zu Hadlows Entsetzen, denen eines Schlachtschiffs bereits nahekamen.

Beckys letzter Tag bei Sotheby's war Freitag der 16. Juli 1926. Am folgenden Morgen um sieben Uhr betrat sie Trumpers – ehemals Fothergills – Kunstgalerie, um sie zu einer neuen Größe zu führen – und um Tom die Arbeit abzunehmen, damit er zu seinen normalen Pflichten zurückkehren konnte. Sie machte sich sofort daran, das Kellergeschoß von Nummer 1 in das Lager zu verwandeln, die Galerie blieb im Parterre, und den Auktionssaal verlegte sie in den ersten Stock.

Becky und ihr Spezialistenteam bekamen ihre Räumlichkeiten im zweiten und dritten Stock, und das Obergeschoß, in dem Mr. Fothergill gewohnt hatte, wurde in Büros aufgeteilt; und der eine Raum, der übrig blieb, war ideal als Sitzungszimmer für zukünftige Vorstandssitzungen.

Die erste Sitzung des vollständigen Vorstands in der Chelsea Terrace 1 fand am 17. Oktober 1926 statt.

Innerhalb von drei Monaten, nachdem Becky von Sotheby's weggegangen war, hatte sie sieben von Sotheby's elf Angestellten abgeworben und sich noch vier von Bonham und Phillips geholt. Bei ihrer ersten Sitzung warnte sie uns, daß es bis zu drei Jahre dauern könnte, bis der Kredit für den Kauf, die Renovierung und die Neuanschaffungen für Nummer 1 zurückgezahlt sein würde, und vielleicht sogar noch weitere drei Jahre, ehe sie einen ernsthaften Beitrag zum Gesellschaftsgewinn leisten könne.

»So gar nicht wie mein erster Laden«, erklärte ich dem Vorstand. »Hat innerhalb von drei Wochen Profit gemacht.«

»Hör auf, so selbstzufrieden dreinzuschauen, Charlie Trumper, und versuch daran zu denken, daß ich nicht Kartoffeln verkaufe!« mahnte meine Frau.

»Oh, ich weiß nicht«, antwortete ich. Und am 21. Oktober

1926, zur Feier unseres sechsten Hochzeitstags, schenkte ich meiner Frau ein Ölgemälde von Van Gogh mit dem Titel *Die Kartoffelesser*.

Mr. Reed von der Lefevre-Galerie, der ein persönlicher Freund des Künstlers gewesen war, meinte, es sei fast so gut wie die Fassung im Rijksmuseum. Dem mußte ich beipflichten, wenn ich auch den Ausgangspreis etwas übertrieben fand; aber nach ein wenig Handeln einigten wir uns auf sechshundert Guineen.

Längere Zeit war alles ruhig an der Mrs.-Trentham-Front. Gerade das beunruhigte mich, weil ich annahm, daß sie etwas im Schilde führte. Jedesmal, wenn ein Geschäft zum Verkauf kam, erwartete ich, daß sie gegen mich bieten würde; und wenn es irgendwelche Schwierigkeiten in der Terrace gab, fragte ich mich, ob etwa sie dahintersteckte. Becky und Daphne meinten, daß ich anfinge, unter Verfolgungswahn zu leiden, bis mir Arnold erzählte, daß er im »Musketier« gesessen habe, als Wrexall einen Anruf von Mrs. Trentham bekam. Leider konnte er nichts Näheres darüber erfahren, weil der Wirt ihn im Hinterzimmer entgegengenommen hatte. Danach sah meine Frau ein, daß die Zeit Mrs. Trenthams Rachedurst wohl doch nicht gestillt hatte.

Irgendwann im März berichtete uns Joan, daß ihre frühere Herrin zwei Tage lang gepackt hätte, ehe sie nach Southampton gefahren worden sei, wo sie an Bord eines Schiffes nach Australien ging. Diese Neuigkeit konnte Daphne bestätigen, als sie die Woche darauf zum Dinner in die Gilston Road kam.

»Man kann nur annehmen, meine Lieben, daß sie ihren schrecklichen Sohn besucht.«

»Bisher hat sie allen immer nur zu gern lang und breit erklärt, was er alles erreicht hat, also warum schweigt sie diesmal?«

»Keine Ahnung«, antwortete Daphne.

»Meinst du, er beabsichtigt nach England zurückzukommen, jetzt nachdem sich alles etwas beruhigt hat?«

»Nein, das glaube ich nicht.« Daphne runzelte die Stirn. »Sonst hätte es doch ein Schiff in die umgekehrte Richtung sein müssen, oder? Jedenfalls so, wie ich seinen Vater kenne, würde Guy ganz bestimmt nicht wie der verlorene Sohn aufgenommen, falls er es wagen sollte, sich in Ashurst Hall sehen zu lassen.«

»Irgend etwas ist faul«, sagte ich überzeugt. »Mrs. Trenthams Geheimnistuerei in letzter Zeit muß ihren Grund haben.«

Etwa drei Monate später, im Juni 1927, machte mich der Colonel auf Guy Trenthams Todesanzeige in der *Times* aufmerksam. »Welch ein schrecklicher Tod«, war seine einzige Bemerkung.

Daphne nahm an der Beerdigung in Ashurst teil, weil sie, wie sie später erklärte, sehen mußte, wie der Sarg ins Grab gelassen wurde, bevor sie überzeugt sein konnte, daß Guy Trentham wirklich nicht mehr unter uns weilte.

Percy erzählte mir später, daß er sie gerade noch davon hatte abhalten können, den Totengräbern zu helfen, als sie das Grab mit guter englischer Erde zuschütteten. Daphne sagte, daß sie nach wie vor skeptisch war, was die angegebene Todesursache betraf, auch wenn sie keine Beweise hatte.

»Zumindest werden wir aus dieser Richtung keine Unannehmlichkeiten mehr haben«, meinte Percy abschließend.

Ich runzelte die Stirn. »Das kann ich erst glauben, wenn sie Mrs. Trentham neben ihn gelegt haben.« ❧

## 26

1929 zogen die Trumpers in ein größeres Haus in Little Boltons
um. Daphne versicherte ihnen, auch wenn es »Little« hieß, sei es
doch ein Schritt in die richtige Richtung. Mit einem Blick auf
Becky fügte sie hinzu: »Aber es ist immer noch ein gutes Stück
bis zum Eaton Square, meine Lieben.«

Die Einstandsfeier der Trumpers hatte eine doppelte Bedeutung für Becky, denn sie würde am nächsten Tag ihr Magister
Artium-Diplom erhalten. Als Percy sie aufzog, weil sie so lange
für die Diplomarbeit über ihre große Liebe, Bernardino Luini,
gebraucht hatte, sagte sie, daß ihr Mann daran nicht ganz unschuldig gewesen sei.

Charlie versuchte gar nicht, sich zu verteidigen, sondern
schenkte Percy noch einen Cognac ein, ehe er eine Zigarre abschnitt.

»Hoskins wird uns zur Feier fahren«, erklärte Daphne, »wir
werden uns also dort sehen. Das heißt, wenn sie diesmal so nett
sind, uns einen Platz in den vorderen dreißig Reihen zuzuteilen.«

Charlie freute sich, als er sah, daß Daphne und Percy nur
eine Reihe hinter ihnen und so nahe genug an der Bühne saßen,
um die ganze Zeremonie verfolgen zu können.

»Wer ist das?« fragte Daniel, als vierzehn würdevolle ältere
Herren in schwarzen Talaren und purpurnen Stolen auf die
Bühne traten und dort ihre Plätze einnahmen.

»Der Universitätssenat«, erklärte Becky ihrem achtjährigen
Sohn. »Er bestimmt, wer ein Diplom bekommt. Aber du darfst
jetzt nicht so viele Fragen stellen, Daniel, sonst beschweren sich
die Leute.«

In diesem Augenblick erhob sich der Vizepräsident, um die
Urkunden zu verleihen.

»Ich fürchte, wir werden erst die ganzen Bakkalaureate über

uns ergehen lassen müssen, bevor ich aufgerufen werde«, meinte Becky.

»Tu nicht, als ob du über den Dingen stündest, Liebes.« Daphne lachte. »Einige von uns erinnern sich noch gut, daß du den Tag, an dem du dein Diplom bekommen hast, für den wichtigsten deines Lebens gehalten hast.«

»Warum hat Daddy kein Diplom?« fragte Daniel, als er Beckys Programm vom Boden aufhob. »Er ist genauso klug wie du, Mami.«

»Das stimmt. Aber sein Daddy ließ ihn nicht so lange zur Schule gehen wie mich meiner.«

Charlie beugte sich hinüber. »Dafür hat sein Großvater ihm beigebracht, Obst und Gemüse zu verkaufen, damit er den Rest seines Lebens etwas Nützliches tun kann.«

Daniel schwieg einen Augenblick und wägte offenbar die beiden so verschiedenen Argumente ab.

»Wenn sie in diesem Tempo weitermachen, wird die Zeremonie noch entsetzlich lange dauern«, flüsterte Becky, als sie nach einer halben Stunde erst bei den Ps angelangt waren.

»Wir können warten«, flüsterte Daphne ungerührt zurück. »Percy und ich haben viel Zeit.«

»Oh, schau, Mami«, sagte Daniel. »Ich habe einen Arnold im Programm gefunden und einen Moore und sogar noch einen Trumper.«

»Das sind alles ziemlich verbreitete Namen«, entgegnete Becky, ohne selbst ins Programm zu schauen, als sie Daniel auf ihr Knie hob.

»Wie er wohl aussieht?« überlegte Daniel laut. »Sehen alle Trumpers gleich aus, Mami?«

»Natürlich nicht, Dummerchen, es gibt sie in allen Ausführungen.«

»Aber er hat auch ein C. für den Vornamen wie Dad«, sagte Daniel laut genug, daß sich alle in den ersten drei Reihen angesprochen fühlten.

»Psst!« mahnte Becky, denn einige warfen ihnen mißbilligende Blicke zu.

»Bakkalaureus«, rief da soeben der Vizepräsident, »Mathematik, Charles George Trumper.«

»Und er sieht sogar wie dein Dad aus«, sagte Charlie, als er aufstand und auf die Bühne hinaufstieg, um sein Diplom entgegenzunehmen.

Der Beifall wuchs, als das Publikum sich des Alters dieses Bakkalaureus bewußt wurde. Becky öffnete ungläubig den Mund, Percy rieb seine Brillengläser, während Daphne keinerlei Überraschung zeigte.

»Wie lange weißt du das schon?« zischte Becky durch die Zähne.

»Einen Tag nachdem du dein Diplom bekommen hast, hat er sich am Birkbeck College immatrikuliert.«

»Aber wann hat er denn die Zeit für sein Studium gefunden?«

»Er hat fast acht Jahre gebraucht und eine Menge Morgenstunden, während du noch tief und fest geschlafen hast.«

Gegen Ende ihres zweiten Jahres sah Beckys finanzielle Vorhersage für Nummer 1 allmählich etwas optimistischer aus. Monat um Monat schien die Überziehung gleichzubleiben, und ab dem siebenundzwanzigsten Monat konnte sie mit der Tilgung beginnen.

Sie beklagte sich beim Vorstand, daß ihr Geschäftsführer zwar laufend half, den Umsatz zu steigern, doch nicht, den Gewinn zu erhöhen, weil er sich immer einbildete, er könnte ihre gesuchtesten Kunstgegenstände zum Einkaufspreis erwerben.

»Aber dadurch kommen wir zu einer großen Kunstsammlung, Mrs. Trumper!« rechtfertigte er sich.

»Und sparen viel an Steuern, während wir gleichzeitig eine gute Investition machen«, erklärte Hadlow. »Das könnte sich später einmal sogar als zusätzliche Sicherheit erweisen.«

»Schon möglich, aber es hilft meiner Bilanz absolut nicht, Vorsitzender, wenn der Geschäftsführer ausgerechnet die Ware aus dem Verkehr zieht, die sich am besten verkaufen ließe – und erst recht hilft es nicht, daß er den Auktionatorcode geknackt hat und so immer weiß, was unser Mindestpreis ist.«

»Sie müssen sich als Teil der Gesellschaft sehen, nicht als Individuum, Mrs. Trumper«, mahnte Charlie grinsend, dann fügte er hinzu: »Ich muß allerdings zugeben, daß es uns viel billiger gekommen wäre, wenn wir Sie gleich bei Sotheby's gelassen hätten.«

»Wird nicht protokolliert«, sagte der Vorsitzende streng. »Übrigens, was ist dieser Auktionatorcode?«

»Eine Reihe von Buchstaben eines oder mehrerer Wörter, die Zahlen bedeuten. Beispielsweise, Charlie wäre C-1, H-2, A-3 etc., also wenn man erst einmal hinter die Wörter gekommen ist, durch die wir die Ziffern von 0 bis 9 ersetzen, und ein Exemplar des Hauptkatalogs in die Hand bekommt, weiß man den Mindestpreis, den wir für ein Gemälde angesetzt haben.«

»Warum wechseln Sie dann nicht hin und wieder die Wörter?«

»Weil man auch hinter neue Wörter rasch kommt, wenn man den Code einmal entschlüsselt hat. Jedenfalls muß man viele Stunden lernen, damit man, wenn man Q,N,HHH sieht, gleich weiß, daß es ...«

»Eintausenddreihundert Pfund bedeutet«, unterbrach Charlie sie mit zufriedenem Grinsen.

Während Becky damit beschäftigt gewesen war, Nummer 1 aufzubauen, war es Charlie gelungen, weitere vier Geschäfte, darunter die Zeitschriftenhandlung und den Friseursalon, zu erstehen, ohne daß sich Mrs. Trentham eingemischt hätte. Zu seinen Direktoren sagte er: »Ich glaube, sie hat nicht mehr die nötigen Mittel, uns ins Handwerk zu pfuschen.«

»Bis ihr Vater stirbt«, gab Becky zu bedenken. »Wenn sie erst sein Vermögen geerbt hat, könnte sie sogar Mr. Selfridge persönlich herausfordern, und Charlie wird nichts dagegen tun können.«

Charlie pflichtete ihr bei, versicherte dem Vorstand jedoch, daß er Pläne hatte, den Rest des Blocks lange davor in seinen Besitz zu bringen. »Es besteht kein Anlaß anzunehmen, daß der Mann so bald sterben wird.«

»Das erinnert mich«, sagte der Colonel, »ich werde im nächsten Mai fünfundsechzig. Ich halte das für einen guten Zeitpunkt, mich vom Vorsitz der Gesellschaft zurückzuziehen.«

Charlie und Becky waren bestürzt über diese unerwartete Mitteilung, denn sie hatten nie einen Gedanken daran verschwendet, wann der Colonel in den Ruhestand gehen würde.

»Könnten Sie denn nicht wenigstens noch bleiben, bis Sie siebzig sind?« fragte Charlie leise.

»Nein, Charlie, obwohl es nett von Ihnen ist, es vorzuschlagen. Aber wissen Sie, ich habe Elizabeth versprochen, daß wir unseren Lebensabend auf ihrer geliebten Isle of Skye verbringen werden. Außerdem ist es sowieso an der Zeit, daß Sie Vorsitzender werden.«

Im folgenden Mai ging der Colonel offiziell in den Ruhestand. Charlie gab eine Party für ihn im Savoy, zu der auch alle seine Angestellten mit ihren Ehepartnern eingeladen waren. Er ließ ein Dinner mit fünf Gängen und drei Weinsorten auftischen und hoffte, daß dem Colonel dieser Abend ewig in Erinnerung bleiben würde.

Am Ende des Dinners erhob sich Charlie und brachte einen Toast auf den ersten Vorsitzenden von Trumper aus. Dann überreichte er ihm einen silbernen Verkaufskarren, in dem eine Flasche von des Colonels Lieblingswhisky lag. Die Gäste klopften auf ihre Tische und forderten den Colonel zu ein paar Worten auf.

Der Colonel erhob sich stramm und gerade wie immer und begann, indem er den Anwesenden für ihre guten Wünsche dankte. Dann erzählte er, daß die Firma Trumper, als er sich Mr. Trumper und Miss Salmon 1920 angeschlossen hatte, nur aus einem Laden, dem in Nummer 147, bestanden habe, der Obst und Gemüse verkaufte und den sie für die stattliche Summe von einhundert Pfund erworben hätten. Charlie, der seinen Blick über die Tische schweifen ließ, hatte den Eindruck, daß viele der jüngeren Leute – unter ihnen Daniel, der zum erstenmal eine lange Hose trug – dem alten Herrn nicht glaubten.

»Jetzt«, fuhr der Colonel fort, »haben wir vierundzwanzig

Geschäfte und einhundertzweiundsiebzig Mitarbeiter. Ich sagte damals zu meiner Gattin, ich hoffte, ich würde es noch erleben, daß Charlie«, unterdrücktes Lachen unterbrach ihn, »daß Mr. Trumper der ganze Block gehört und er ihn in den größten Verkaufskarren der Welt verwandelt. Jetzt bin ich überzeugt, daß ich es noch erlebe.« Er wandte sich Charlie zu, hob das Glas und sagte: »Und ich wünsche Ihnen Glück, Sir.«

Alle klatschten, als er – zum letztenmal als Vorsitzender – wieder Platz nahm.

Charlie erhob sich, um zu antworten: »Herr Vorsitzender«, sagte er, »jeder in diesem Saal soll wissen, daß Becky und ich die Firma Trumper ohne Ihre Unterstützung nicht zu dem hätten machen können, was sie jetzt ist. Um ehrlich zu sein, ohne Sie hätten wir nicht einmal den zweiten und dritten Laden kaufen können. Es ist mir eine Ehre, daß ich Ihre Nachfolge als Vorsitzender der Gesellschaft antreten kann, und wann immer es eine große Entscheidung zu treffen gilt, werde ich mir vorstellen, daß Sie mir über die Schulter schauen. Der letzte Antrag, den Sie als Vorsitzender stellten, wird morgen in Wirkung treten. Tom Arnold wird Geschäftsführendes Vorstandsmitglied, und Ned Denning sowie Bob Makins werden in den Vorstand aufgenommen. Denn es wird immer Trumpers Politik sein, Führungskräfte aus den eigenen Reihen zu wählen.

Sie sind die neue Generation«, sagte Charlie, während er über den Saal auf sein Personal blickte, »und dies ist das erste Mal, daß wir alle unter einem Dach zusammengekommen sind. So wollen wir heute ein Datum nennen, an dem wir alle unter einem Dach arbeiten werden, bei Trumpers Chelsea Terrace. Ich sage – 1940.«

Alle standen auf und riefen: »1940!« und klatschten ihrem neuen Vorsitzenden Beifall. Als Charlie sich setzte, hob der Kapellmeister den Taktstock zum Beginn der Tanzmusik.

Der Colonel stand auf, um Becky um den ersten Tanz zu bitten, und trat mit ihr auf die leere Tanzfläche.

»Erinnern Sie sich, als Sie mich zum erstenmal zum Tanzen aufforderten?« fragte Becky.

»Wie könnte ich das vergessen«, antwortete der Colonel. »Und um Oliver Hardy zu zitieren: ›Ich kann nur sagen, du hast uns wieder mal eine schöne Suppe eingebrockt.‹«

»Alles seine Schuld«, sagte Becky, als Charlie mit Elizabeth Hamilton an ihnen vorbeitanzte.

Der Oberst lächelte. »Was wird man erst für eine Rede halten, wenn Charlie sich einmal zurückzieht! Ich kann mir nicht vorstellen, wer soviel Mut aufbringen könnte, sein Nachfolger zu werden.«

»Vielleicht eine Frau?«

## 27

Das silberne Regierungsjubiläum von König George V. und Königin Mary im Jahre 1935 wurde bei Trumper von allen gefeiert. In jedem Schaufenster waren farbige Plakate und Bilder des Königspaars zu sehen, und Tom Arnold veranstaltete einen Wettbewerb aller Trumper-Geschäfte für die einfallsreichste Dekoration zu diesem Anlaß.

Charlie übernahm Nummer 147, das er nach wie vor als sein höchstpersönliches Reich betrachtete, und fabrizierte mit der Hilfe von Bob Makins' Tochter, die seit einigen Monaten die Kunsthochschule in Chelsea besuchte, ein Porträt des Königs und der Königin aus Früchten aus allen Teilen des Britischen Empires.

Charlie war wütend, als die Preisrichter – der Colonel sowie der Marquis und die Marquise von Wiltshire – Nummer 147 nur den zweiten Platz gaben, den ersten aber dem Blumenladen, der im wahrsten Sinne des Wortes ein blühendes Geschäft mit rot-weißblauen Chrysanthemensträußen machte. Was ihm aber den Sieg verschafft hatte, war die riesige Weltkarte ganz aus Blumen, aus der das Britische Empire in roten Rosen herausstach.

Charlie gab dem gesamten Personal den Tag frei, und er ging mit Becky und Daniel bereits um halb fünf Uhr zur Mall, damit sie einen guten Platz fanden, von dem aus sie sehen konnten, wie der König und die Königin sich vom Buckingham-Palast zur St.-Paul's-Kathedrale begaben, wo ein Dankgottesdienst abgehalten werden sollte.

Als sie an der Mall ankamen, mußten sie feststellen, daß bereits Tausende von Menschen jeden Zentimeter des Bürgersteigs mit Schlafsäcken, Decken, ja sogar Zelten belegt hatten. Einige waren dabei, an Ort und Stelle zu frühstücken, während andere nur dastanden oder -saßen und sich nicht vom Fleck rührten.

Die stundenlange Wartezeit verging jedoch schnell, denn Charlie unterhielt sich mit Besuchern, die aus aller Welt herbeigeströmt waren. Als der Festzug endlich begann, war Daniel sprachlos vor Staunen und Begeisterung über die vorbeimarschierenden Soldaten in den unterschiedlichsten Uniformen aus Indien, Afrika, Australien, Kanada und sechsunddreißig anderen Ländern. Während das Königspaar in der Kutsche vorüberfuhr, stand Charlie stramm und nahm den Hut ab, und aufs neue, als die Royal Fusiliers unter den Klängen der Regimentshymne vorbeimarschierten. Nachdem der Zug außer Sicht war, dachte er neidisch an Daphne und Percy, die eine Einladung zum Gottesdienst in St. Paul's erhalten hatten.

Sobald das Königspaar in den Buckingham-Palast zurückgekehrt war – rechtzeitig zum Mittagessen, wie Daniel allen ringsum erklärte –, machten sich auch die Trumpers auf den Heimweg. Sie kamen dabei durch die Chelsea Terrace, und Daniel entdeckte die Auszeichnung »2. Platz« auf dem Schaufenster von Nummer 147.

»Was bedeutet das, Dad?« fragte er. Seine Mutter erklärte ihm ausführlich, wie der Wettbewerb vor sich gegangen war.

»Und welchen Platz hast du gemacht, Mama?«

»Den sechzehnten von sechsundzwanzig«, antwortete Charlie. »Und den auch nur, weil alle drei Preisrichter alte Freunde waren.«


Acht Monate später war der König tot. Charlie dachte, daß mit der Thronbesteigung von Edward VIII. eine neue Ära beginnen würde und eine Reise nach Amerika längst überfällig war.

Bei der nächsten Sitzung informierte er den Vorstand darüber.

»Ist in nächster Zeit mit etwas Wichtigem zu rechnen?« fragte der Vorsitzende seinen Hauptgeschäftsführer.

»Ich suche immer noch nach einem neuen Geschäftsführer für den Juwelierladen und außerdem nach zwei Verkäuferinnen für Damenmoden«, antwortete Arnold. »Ansonsten ist alles recht ruhig.«

Charlie zweifelte nicht daran, daß Tom Arnold und der Vorstand einen Monat lang auch ohne ihn zurechtkommen würden, und entschloß sich endlich zu der Reise, als er von den Vorbereitungen zur Jungfernfahrt der *Queen Mary* las. Er buchte zwei Kabinen.

Becky verbrachte herrliche fünf Tage an Bord und war glücklich, daß sogar ihr Mann sich endlich entspannte, nachdem er sich damit abgefunden hatte, daß es keine Möglichkeit gab, sich mit Tom Arnold in Verbindung zu setzen, auch nicht mit Daniel, der jetzt in seine erste Internatsschule ging. Tatsächlich begann Charlie, nachdem er eingesehen hatte, daß er niemanden behelligen konnte, selbst die Fahrt zu genießen, als er die vielen Möglichkeiten entdeckte, die das Schiff einem etwas übergewichtigen Mann mittleren Alters zu bieten hatte, der seinen Körper nicht gerade fit hielt.

Die große *Queen* lief am Montag morgen im Hafen von New York ein und wurde von Tausenden stürmisch begrüßt. Unwillkürlich mußte Charlie denken, wie anders es doch für die Pilgerväter gewesen sein mußte, die in ihrem kleinen Schiff dahingeschaukelt waren, ohne von einem Empfangskomitee begrüßt zu werden und ohne zu wissen, was sie von den Eingeborenen zu erwarten hatten. In Wahrheit wußte auch Charlie nicht genau, was ihn selbst hier erwartete.

Er hatte auf Daphnes Empfehlung im Waldorf Astoria reserviert, und nachdem sie ihre Koffer ausgepackt hatten, sah er keinen Grund mehr, herumzusitzen und zu faulenzen. Er stand am nächsten Morgen um halb fünf auf, und als er die *New York Times* durchblätterte, stieß er zum erstenmal auf den Namen Mrs. Wallis Simpson. Er las die Zeitungen aufmerksam, dann verließ er das Hotel und spazierte die Fifth Avenue auf und ab und studierte die Schaufenster. Interessiert stellte er fest, um wieviel die Manhattaner einfallsreicher und origineller waren als die Inhaber ähnlicher Geschäfte in der Oxford Street.

Sobald die Läden um neun Uhr geöffnet hatten, konnte er sich alles näher ansehen. Jetzt schlenderte er durch die vornehmen Geschäfte, begutachtete die Ware, beobachtete die Verkäufer, ja folgte sogar manchen Kunden durch den Laden, um zu sehen, was sie kauften. Die ersten drei Tage in New York kehrte er jeden Abend erschöpft ins Hotel zurück.

Erst am vierten Morgen, nachdem Charlie mit der Fifth Avenue und Madison durch war, begab er sich weiter zur Lexington, wo er Bloomingdale's entdeckte. Becky erkannte, daß sie ihren Mann von diesem Augenblick an bis zum Ende ihres Aufenthalts in New York hier verloren hatte.

Während der ersten zwei Stunden fuhr Charlie nur die Rolltreppen hinauf und hinunter, bis er sich den Plan des Gebäudes eingeprägt hatte. Dann nahm er sich jedes Stockwerk einzeln vor, Abteilung um Abteilung, und machte sich reichlich Notizen. Im Parterre war eine Parfümerie-, eine Lederwaren- und eine Schmuckabteilung; im ersten Stock gab es Tücher, Hüte, Handschuhe, Schreibwaren; im zweiten Stock Herrenmoden; im dritten Damenmoden; im vierten Haushaltswaren; und so weiter, immer höher, bis er entdeckte, daß sich die Büros auf dem zwölften Stock befanden, versteckt hinter einem Schild ›UNBEFUGTEN ZUTRITT VERBOTEN‹. Zu gern hätte Charlie gewußt, wie dieses Geschoß angelegt war, aber er hatte keine Möglichkeit, es herauszufinden.

Am vierten Tag informierte er sich genauestens, wie die Verkaufstische angeordnet waren, und begann einen detaillierten Plan zu zeichnen. Als er am späten Vormittag mit der Rolltreppe zum dritten Stock hinauffuhr, versperrten ihm plötzlich zwei sehr athletisch gebaute junge Männer den Weg.

»Stimmt was nicht?«

»Wir sind uns nicht sicher, Sir«, erwiderte einer der muskulösen Burschen. »Wir sind Hausdetektive und möchten Sie bitten, mit uns zu kommen.«

»Mit Vergnügen«, antwortete Charlie. Er konnte sich nicht denken, was ihr Problem war.

Er wurde in einem Aufzug zu dem Stockwerk gebracht, das er sich nie allein hatte ansehen können, und durch einen langen Korridor und eine Tür ohne Aufschrift zu einem fast kahlen Zimmer an seinem Ende. Es hingen keine Bilder an den Wänden, auf dem Boden lag kein Teppich, und die einzigen Möbelstücke waren drei hölzerne Stühle und ein Tisch. Dort ließen sie ihn allein. Einen Augenblick später kamen zwei etwas ältere Herren zu ihm.

»Wären Sie so freundlich, uns ein paar Fragen zu beantworten, Sir?« begann der größere der beiden.

»Selbstverständlich«, versicherte ihnen Charlie, verwundert über dieses seltsame Benehmen.

»Woher kommen Sie?« erkundigte sich der erste.

»Aus England.«

»Und wie sind Sie hierhergekommen?« fragte der zweite.

»Mit der *Queen Mary* auf ihrer Jungfernfahrt.« Ihm entging nicht, wie sehr diese Auskunft die beiden verblüffte.

»Aber warum spazieren Sie dann seit zwei Tagen im ganzen Kaufhaus herum und machen sich Notizen, ohne daß Sie auch nur einen Artikel gekauft hätten?«

Charlie lachte laut. »Weil mir sechsundzwanzig Läden in London gehören«, erklärte er. »Ich will nur sehen, wie Sie es hier in Amerika machen und Ihre Geschäftsmethoden mit meinen in England vergleichen.«

Die beiden Männer flüsterten nervös miteinander. »Dürften wir bitte Ihren Namen erfahren, Sir?«

»Trumper. Charlie Trumper.«

Einer der zwei stand auf und ging. Charlie hatte das dumpfe Gefühl, daß sie ihm nicht glaubten. Das erinnerte ihn an damals, als er Tommy von seinem ersten Laden erzählt hatte. Der andere Mann schwieg, also saßen sie einander mehrere Minuten stumm gegenüber, bis die Tür aufschwang und ein großer, eleganter Herr in braunem Anzug, braunen Schuhen und einer goldenen Krawatte hereinkam. Er rannte fast auf Charlie zu und breitete zur Begrüßung die Arme aus.

»Entschuldigen Sie, Mr. Trumper«, bat er. »Wir hatten keine Ahnung, daß Sie in New York sind, geschweige denn in unserem Haus. Ich bin John Bloomingdale, und das ist mein kleines Kaufhaus, das Sie sich näher angesehen haben, wie ich hörte.«

»Das stimmt«, bestätigte Charlie. Doch ehe er ein weiteres

Wort sagen konnte, fügte Mr. Bloomingdale hinzu: »Das ist nur fair, denn auch ich habe mir Ihre Läden in der Chelsea Terrace angeschaut und ein paar gute Ideen von dort mit nach Hause genommen.«

»Von Trumper?« vergewisserte sich Charlie ungläubig.

»Ja, natürlich. Haben Sie in unserem Schaufenster denn nicht die amerikanische Flagge gesehen, auf der die achtundvierzig Staaten durch verschiedenfarbige Blumen repräsentiert werden?«

»Schon«, antwortete Charlie, »aber ...«

»Eine Idee, die wir von Ihnen gestohlen haben, als meine Frau und ich zum Silberjubiläum drüben waren. Und nun stehe ich Ihnen ganz zur Verfügung, Sir.«

Die beiden anderen Herren lächelten nun.

An diesem Abend waren Becky und Charlie zum Abendessen in das Sandsteinhaus der Bloomingdales Ecke Sixty-first und Madison eingeladen, und John Bloomingdale beantwortete Charlies Fragen bis früh in den Morgen hinein.

Am nächsten Tag führte Mr. Bloomingdale Charlie höchstpersönlich durch sein »kleines Kaufhaus«, während Patty Bloomingdale Becky das Metropolitan Museum und die Frick Collection zeigte und sie mit Fragen über Mrs. Simpson löcherte, die Becky jedoch beim besten Willen nicht beantworten konnte, weil sie überhaupt erst in Amerika von dieser Frau gehört hatte.

Die Trumpers verabschiedeten sich mit Bedauern von den Bloomingdales, bevor sie mit dem Zug nach Chicago weiterfuhren, wo sie ein Zimmer im Stevens bestellt hatten. Doch bei ihrer Ankunft in der windigen Stadt stellten sie fest, daß aus ihrem Zimmer eine Suite geworden war und Mr. Joseph Field von Marshall Field ein paar persönliche Zeilen hinterlassen hatte, in denen er die Hoffnung ausdrückte, sie würden ihm die Ehre geben, am nächsten Tag mit ihm zu Abend zu speisen.

Beim Dinner im Haus der Fields am Lake Shore Drive wies Charlie auf die Fieldsche Werbung hin, daß das Kaufhaus eines der größten der Welt sei. Die Chelsea Terrace, sagte er, sei um fast zweieinhalb Meter länger.

»Ah«, entgegnete Mr. Field, »aber wird man Sie einundzwanzig Stockwerke hoch bauen lassen, Mr. Trumper?«

»Zweiundzwanzig!« konterte Charlie, ohne eine Ahnung zu haben, wie es mit der amtlichen Genehmigung dafür in London aussah.

Am nächsten Tag bereicherte Charlie seine Kenntnisse über Kaufhäuser durch seine eingehende Besichtigung des Hauses von Mr. Field. Er bewunderte, wie das gesamte Personal offenbar als Team zusammenarbeitete. Die Verkäuferinnen trugen alle gutsitzende, schicke Kittel mit einem goldfarbenen »MF« an den Revers, die Abteilungsleiter graue Anzüge und die Geschäftsführer dunkle, zweireihige Blazer.

»Das erleichtert es den Kunden, meine Leute zu finden, wenn sie sich ratsuchend oder aus sonst einem Grund an jemanden wenden möchten«, erklärte Mr. Field, »vor allem, wenn Gedränge herrscht.«

Während sich Charlie in die Methoden von Marshall Field vertiefte, verbrachte Becky viele Stunden im Art Institute, wo sie besonders von Wyeth' und Remingtons Werken angetan war, und sie fand, daß sie auch in London ausgestellt werden sollten. Tatsächlich kehrte sie mit einer Landschaft von Wyeth und einer Bronzestatuette von Remington in einem neuerstandenen Koffer nach England zurück, doch das britische Publikum bekam sowohl das eine wie das andere erst Jahre später zu sehen, denn als sie ausgepackt waren, wollte Charlie sie nicht mehr aus dem Haus lassen.

Am Ende des Monats waren die Trumpers erschöpft, doch fest entschlossen, noch oft nach Amerika zu reisen, obwohl sie befürchteten, daß sie nie imstande sein würden, die hier empfangene Gastfreundschaft zu vergelten, sollten die Fields oder die Bloomingdales sie je in London besuchen. Und um den einzigen kleinen Gefallen, um den John Field Charlie bat, versprach dieser sich selbst und sofort nach ihrer Heimkehr zu kümmern.

Die Gerüchte von des Königs Verhältnis zu Mrs. Simpson, das, wie Charlie gesehen hatte, von der amerikanischen Presse in solchen Einzelheiten behandelt wurde, gelangten jetzt erst allmählich ans Ohr der Öffentlichkeit in England, und Charlie fand es traurig, als der König es schließlich für nötig erachtete abzudanken. Die unerwartete Verantwortung wurde dem darauf unvorbereiteten Herzog von York auferlegt, der König George VI. wurde.

Die andere Neuigkeit, die Charlie mit ziemlicher Sorge verfolgte, war die wachsende Macht Adolf Hitlers in Deutschland, und er konnte einfach nicht verstehen, weshalb der Premierminister, Mr. Chamberlain, nicht ein bißchen gesunden Menschenverstand benutzte und einsah, daß dieser Mann ordentlich eins auf die Nase brauchte.

»Er ist kein Straßenhändler im East End«, erklärte Becky ihrem Mann beim Frühstück. »Er ist das Oberhaupt eines Staates.«

»Um so schlimmer«, brummte Charlie. »Denn wenn Herr Hitler es je wagte, sich in Whitechapel sehen zu lassen, würde ihm genau das passieren.«

Tom Arnold hatte Charlie nach dessen Rückkehr nichts Umwälzendes zu berichten, doch er erkannte rasch, welche Auswirkungen der Amerika-Besuch auf seinen Vorsitzenden gehabt hatte, als ihn Charlie in den nächsten Tagen mit Anweisungen und Ideen nur so überschüttete.

»Die vereinigten Geschäftsinhaber«, warnte Arnold den Vorsitzenden bei ihrem Montagstreffen, nachdem Charlie wieder einmal die Vorzüge Amerikas in den Himmel gehoben hatte, »reden jetzt ernsthaft von den Auswirkungen, die ein Krieg mit Deutschland auf das Geschäft haben würde.«

»Das sieht ihnen ähnlich«, sagte Charlie abfällig und setzte sich hinter seinen Schreibtisch. »Beschwichtigungspolitiker alle miteinander. Ganz abgesehen davon, daß Deutschland irgendeinem von Britanniens Verbündeten sowieso nicht den Krieg erklären wird – sie würden es nicht wagen. Schließlich können sie nicht vergessen haben, was das letzte Mal passiert ist. Also, was gibt es sonst für Probleme?«

»Weniger weltbewegende«, antwortete Tom von der anderen Seite des Schreibtisches. »Ich habe immer noch nicht den richtigen Geschäftsführer für das Juweliergeschäft gefunden, nachdem Norman Slade in den Ruhestand gegangen ist.«

»Annoncieren Sie in den Fachblättern, und lassen Sie es mich wissen, sobald sich etwas ergibt. Noch was?«

»Ja. Ein Herr Ben Schubert hat gebeten, Sie sprechen zu dürfen.«

»Und was will er von mir?«

»Er ist ein jüdischer Flüchtling aus Deutschland, aber er weigert sich, mir zu sagen, weshalb er mit Ihnen sprechen will.«

»Dann geben Sie ihm einen Termin, wenn er wieder an Sie herantritt.«

»Er sitzt in diesem Augenblick in Ihrem Vorzimmer.«

»Im Vorzimmer?« fragte Charlie ungläubig.

»Ja. Er kommt jeden Morgen und sitzt nur stumm da.«

»Haben Sie ihm denn nicht gesagt, daß ich in Amerika war?«

»Natürlich«, versicherte ihm Tom, »aber das änderte nicht das geringste an seinem Entschluß.«

»Bitten Sie ihn herein.«

Ein kleiner, gekrümmter, müde aussehender Mann, der, wie Charlie annahm, nicht viel älter war als er, betrat das Büro des Vorsitzenden und wartete, daß ihm ein Stuhl angeboten würde. Charlie kam hinter seinem Schreibtisch hervor und schob einen Sessel für seinen Besucher heran, ehe er sich erkundigte, was er für ihn tun könne.

Mr. Schubert schilderte Charlie, wie er mit seiner Gemahlin und seinen beiden Töchtern aus Hamburg geflohen war, nachdem so viele seiner Bekannten von den Schlägertrupps der SA mißhandelt worden und selbst seine Kinder in der Schule vor Übergriffen nicht mehr sicher waren.

Charlie lauschte Mr. Schuberts Erlebnissen unter den Nazis, ohne ihn zu unterbrechen. Die Flucht des Mannes und seine Beschreibung der Vorgänge in Deutschland hätten geradewegs aus einem Roman von John Buchan kommen können und waren viel anschaulicher als irgendwelche Zeitungsberichte in den vergangenen Monaten.

»Wie kann ich Ihnen helfen?« fragte Charlie schließlich, als

380

Mr. Schubert mit seiner traurigen Geschichte zu Ende zu sein schien.

Der Flüchtling lächelte zum erstenmal, wobei er zwei Goldzähne entblößte. Er griff nach dem Köfferchen, das er neben sich abgestellt hatte, und öffnete es. Charlie starrte auf die schönste Kollektion von Steinen, die er je gesehen hatte, Brillanten und Amethyste, einige davon in prächtigen Fassungen. Dann hob sein Besucher das Fach heraus, und darunter füllten lose Steine – Rubine, Topase, weitere Brillanten, Perlen und Jade – jeden Zentimeter des tieferen Kofferfachs.

»Sie sind nur ein geringer Teil dessen, was ich in unserem Geschäft zurücklassen mußte, das mein Großvater und mein Vater aufbauten. Jetzt muß ich alles, was uns blieb, verkaufen, um meine Familie am Leben zu erhalten.«

»Sie waren Juwelier?«

»Sechsundzwanzig Jahre lang«, antwortete Mr. Schubert. »Von frühester Jugend an.«

»Und wieviel möchten Sie für das alles?« Charlie deutete auf das offene Köfferchen.

»Dreitausend Pfund«, antwortete Mr. Schubert, ohne zu zögern. »Das ist weit unter dem eigentlichen Wert, aber ich habe nicht mehr die Zeit, noch den Willen, zu handeln.«

Charlie öffnete die rechte Schublade, zog ein Scheckbuch heraus und stellte einen Scheck über dreitausend Pfund auf Mr. Schubert aus. Er schob ihn über den Schreibtisch.

»Aber Sie haben doch noch nicht einmal den Wert schätzen lassen!«

»Nicht nötig«, antwortete Charlie und stand auf. »Denn Sie selbst werden sie verkaufen – als der neue Geschäftsführer meines Juwelierladens. Was auch bedeutet, daß Sie es mir persönlich erklären müssen, wenn sie nicht den Preis einbringen, den sie Ihrer Behauptung nach wert sind. Nachdem Sie den Kredit, den ich Ihnen hiermit gewähre, zurückbezahlt haben, unterhalten wir uns über Ihre Provision.«

Ein Lächeln zog über Mr. Schuberts Gesicht. »Sie müssen im East End eine gute Schule durchgemacht haben, Mr. Trumper.«

»Es gibt dort eine Menge Leute wie Sie, die dafür sorgen.«
Charlie grinste. »Mein Schwiegervater war einer davon.«

Ben Schubert stand auf und umarmte seinen neuen Chef.

Womit Charlie nicht gerechnet hatte, war, daß viele jüdische
Flüchtlinge ihren Weg zu Trumpers Juwelierladen fanden und
Geschäfte mit Mr. Schubert machten, die dazu führten, daß
Charlie sich nie wieder Sorgen wegen dieses Ladens machen
mußte.

Etwa eine Woche später stürmte Tom Arnold, ohne anzuklopfen,
in das Büro des Vorsitzenden. Charlie sah, wie erregt er war,
deshalb fragte er nur: »Wo ist das Problem?«

»Ladendiebstahl.«

»Wo?«

»Nummer 133 – Damenmoden.«

»Was wurde gestohlen?«

»Zwei Paar Schuhe und ein Rock.«

»Dann unternehmen Sie die üblichen Schritte nach unseren
Firmenregeln. Als erstes rufen Sie die Polizei.«

»Das ist nicht so einfach.«

»Natürlich ist es so einfach. Eine Diebin ist eine Diebin.«

»Aber sie behauptet ...«

»Daß ihre Mutter neunzig ist und unter Krebs leidet, ganz
davon zu schweigen, daß ihre Kinder alle Krüppel sind?«

»Nein, daß sie Ihre Schwester ist.«

Charlie rutschte in seinem Sessel zurück und seufzte schwer.
»Was haben Sie getan?«

»Noch nichts. Ich sagte dem Geschäftsführer, er soll sie festhalten, bis ich mit Ihnen geredet habe.«

»Dann wollen wir uns darum kümmern«, sagte Charlie. Er
stand auf und marschierte zur Tür.

Keiner der beiden Männer sagte ein Wort, bis sie Nummer
133 erreicht hatten, wo der Geschäftsführer sie schon aufgeregt
am Eingang erwartete.

»Tut mir leid, Mr. Trumper«, sagte er.

»Schon gut, Jim«, beruhigte ihn Charlie, als der Geschäftsführer ihn zu dem Hinterzimmer führte. Kitty saß mit einer Puderdose in der Hand an einem Tisch und überprüfte ihren Lippenstift im Spiegel.

Als sie Charlie sah, klappte sie die Puderdose zu und ließ sie in ihre Handtasche fallen. Vor ihr auf dem Tisch lagen zwei paar modische Lederschuhe und ein violetter Plisseerock. Offenbar hatte Kitty immer noch einen teuren Geschmack. Sie lächelte zu ihrem Bruder hoch, aber auch der Lippenstift machte das Lächeln nicht sympathischer.

»Jetzt, wo der 'ohe Chef persönlich gekommen is', werden Sie schon 'ören, wer ich bin.« Kitty funkelte Jim Grey an.

»Eine Diebin«, sagte Charlie. »Du bist eine Diebin.«

»Ah, komm schon, Charlie, du kannst es dir leisten.« Aus ihrer Stimme schwang keine Spur von Reue.

»Darauf kommt es nicht an, Kitty. Wenn ich …«

»Wenn du mich der Polente übergibst und be'auptest, ich 'ätt' dich beklaut, wird die Presse begeistert sein. Du würdest es nich' wagen, mich ver'aften zu lassen, Charlie, das weißt du genau!«

»Diesmal lasse ich dich noch laufen«, entgegnete Charlie, »aber ein zweites Mal bestimmt nicht, das darfst du mir glauben.« Er drehte sich zu dem Geschäftsführer um und sagte: »Wenn diese Dame je wieder versuchen sollte, das Geschäft zu verlassen, ohne bezahlt zu haben, dann rufen Sie sofort die Polizei, und sorgen Sie dafür, daß Anklage erhoben wird, ohne Hinweis auf mich. Ist das klar, Mr. Grey?«

»Ja, Sir.«

»Ja, Sir, nein, Sir. Keine Angst, Charlie, ich werd' dich nich' mehr belästigen.«

Charlie wirkte nicht sehr überzeugt.

»Weißt du, ich reise nächste Woche nach Kanada, wo offenbar wenigstens eine von unserer Familie ist, die sich was aus mir macht.«

Noch ehe Charlie darauf etwas sagen konnte, hatte Kitty den Rock und die zwei paar Schuhe in ihrer großen Tasche verstaut und ging an den drei Männern vorbei.

»Einen Moment!« rief Tom Arnold.

»Ach, rutsch mir doch 'n Buckel runter«, sagte Kitty, während sie bereits durch den Laden marschierte.

Tom blickte Charlie an, der seiner Schwester nachschaute, bis sie auf dem Bürgersteig war und verschwand.

»Schon gut, Tom. Das ist es mir wert.«

Am 30. September 1938 kehrte der Premierminister von München zurück, wo eine Konferenz mit dem Reichskanzler stattgefunden hatte. Charlie konnte Chamberlains »Frieden-in-unserer-Zeit,-Frieden-in-Ehren«-Dokument nicht überzeugen, das dieser vor den Kameras schwenkte, denn seit er durch Ben Schuberts Beschreibung aus erster Hand wußte, was im Dritten Reich vorging, zweifelte er nicht mehr daran, daß ein Krieg mit Deutschland unvermeidbar war. Im Unterhaus war bereits über die Einberufung von Wehrpflichtigen über Zwanzig debattiert worden. Und da Daniel jetzt sein letztes Jahr im St. Paul absolvierte und kurz vor der Aufnahmeprüfung für die Universität stand, konnte Charlie den Gedanken nicht ertragen, einen Sohn an einen neuen Krieg gegen die Deutschen zu verlieren. Als Daniel dann wenige Wochen später ein Stipendium fürs Trinity College in Cambridge erhielt, verstärkte dies allenfalls noch Charlies Ängste.

Als Hitler am 1. September 1939 in Polen einmarschierte, wurde Charlie klar, daß Ben Schubert keineswegs übertrieben hatte. Zwei Tage später befand sich England im Krieg.

Die ersten paar Wochen nach der Kriegserklärung herrschte trügerische Ruhe, und wenn nicht immer mehr Männer in Uniform in der Chelsea Terrace zu sehen gewesen wären bei gleichzeitigem Rückgang der Einnahmen, hätte man Charlie verzeihen können, daß er nicht so recht an Englands Verwicklung in den Krieg glauben wollte.

Zu dieser Zeit kam nur das Restaurant zum Verkauf, und Charlie bot einen angemessenen Preis dafür. Mr. Scallini akzeptierte, ohne zu feilschen, und floh heim in seine Vaterstadt Florenz. Dadurch entging er einer Internierung, im Gegensatz zu manchen anderen, die sie nur deshalb über sich ergehen lassen mußten, weil sie einen deutschen oder italienischen Namen hatten. Charlie schloß das Lokal sofort, weil er noch nicht wußte, was er mit diesem Besitz machen sollte – die Londoner hatten zur Zeit andere Sorgen, als zum Essen auszugehen. Nachdem das Restaurant nun auf ihn überschrieben war, befanden sich nur noch die Geschäfte von Mr. Wrexalls Vereinigung in anderen Händen, und Mr. Sneddle führte sein Antiquariat weiterhin selbst. Aber die Bedeutung von Mrs. Trenthams Komplex leerstehender Wohnungen wurde von Tag zu Tag offensichtlicher.

Am 7. September 1940 endete die trügerische Ruhe, als die Luftwaffe ihren ersten Großangriff auf die britische Hauptstadt flog. Von da an wanderten die Londoner in Scharen aufs Land ab. Charlie jedoch dachte gar nicht daran, sich von der Stelle zu rühren. Er befahl sogar, daß an allen Läden Schilder angebracht wurden, auf denen stand: »Öffnungszeiten unverändert«. Tatsächlich war das einzige Zugeständnis, das er an Adolf Hitler machte, das Schlafzimmer in den Keller zu verlegen und alle Gardinen gegen schwarze Vorhänge auszutauschen.

Zwei Monate später wurde Charlie mitten in der Nacht von einem Polizeiwachtmeister aus dem Schlaf gerissen. Der Mann berichtete ihm, daß eine Bombe auf die Chelsea Terrace gefallen sei. Charlie rannte in Morgenrock und Hausschuhen den ganzen Weg von den Little Boltons über die Tregunter Road, um zu sehen, welcher Schaden entstanden war.

»Ist irgend jemand verletzt oder getötet worden?« fragte er im Laufen.

»Nicht daß wir wüßten«, antwortete der Wachtmeister, der Mühe hatte, mit ihm Schritt zu halten.

»Welches Geschäft hat es erwischt?«

»Weiß ich leider nicht, Mr. Trumper. Ich kann nur sagen, daß es so aussieht, als würde die ganze Chelsea Terrace brennen.«

Als Charlie um die Ecke der Fulham Road bog, züngelten ihm helle Flammen entgegen, und dunkler Rauch quoll in den Himmel empor. Die Bombe war mitten in Mrs. Trenthams Wohnungen gekracht und hatte sie ausnahmslos zerstört, während bei Charlies Läden nur drei Schaufensterscheiben zersplittert und das Dach des Hutgeschäfts abgedeckt war.

Bis die Feuerwehr schließlich aus der Terrace abzog, war von dem Wohngebäude nur noch eine graue, schwelende Ruine mitten im Block übrig. Bald wurde es offensichtlich, daß Mrs. Trentham nicht die Absicht hatte, etwas hinsichtlich dieses Trümmerhaufens zu unternehmen, der nun das Zentrum der Chelsea Terrace verschandelte.

Im Mai 1940 löste Mr. Churchill Mr. Chamberlain als Premierminister ab, was Charlie ein wenig mehr Hoffnung für die Zukunft gab. Er überlegte sogar, ob er sich nicht wieder zur Armee melden sollte.

»Hast du in letzter Zeit in den Spiegel geschaut?« fragte ihn Becky lachend, als er mit ihr darüber sprach.

»Ich könnte mich wieder in Form bringen. Ich weiß, daß ich es kann«, versicherte ihr Charlie und zog seinen Bauch ein. »Außerdem werden ja nicht nur Truppen für die vorderste Front gebraucht.«

»Du kannst viel Nützlicheres leisten, indem du dafür sorgst, daß die Läden offen bleiben.«

»Das kann Arnold genausogut«, entgegnete Charlie. »Außerdem ist er fünfzehn Jahre älter als ich.«

Doch Charlie mußte widerstrebend zugeben, daß Becky recht hatte, als Daphne sie besuchte und ihnen erzählte, daß Percy sich zu seinem alten Regiment zurückgemeldet hatte. »Gott sei Dank haben sie ihm gesagt, daß er jetzt zu alt für die Front ist«, vertraute sie ihnen an. »Darum haben sie ihn hinter einen Schreibtisch im War Office gesetzt.«

Am nächsten Tag, während Charlie die Reparaturarbeiten nach einer neuerlichen Bombardierung begutachtete, berichtete ihm Tom Arnold, daß Syd Wrexall und seine Vereinigung durchblicken ließen, sie würden die restlichen elf Geschäfte einschließlich des »Musketier« verkaufen.

»Es besteht keine Eile«, meinte Charlie. »In einem Jahr werden sie sie für ein Butterbrot hergeben.«

»Aber bis dahin kann Mrs. Trentham sie schon billig erstanden haben.«

»Solange Krieg ist, wird sie nicht daran interessiert sein. Außerdem weiß das verdammte Weib nur zu gut, daß ich nichts tun kann, solange dieser verfluchte Riesenkrater mitten in der Chelsea Terrace existiert.«

»Oh, verdammt«, fluchte nun auch Tom, als ihn das durchdringende Heulen der Sirene zusammenzucken ließ. »Sie müssen schon wieder unterwegs sein.«

»Das sind sie allerdings«, brummte Charlie, während er zum Himmel schaute. »Sehen Sie zu, daß Sie das Personal in den Keller kriegen – rasch!« Charlie rannte auf die Straße, wo gerade ein Luftschutzwart mitten über die Straße radelte und brüllte, alle sollten umgehend den nächsten Luftschutzkeller aufsuchen. Tom Arnold hatte seinen Geschäftsführern beigebracht, die Läden zu schließen und Personal wie Kundschaft mit Taschenlampen innerhalb von fünf Minuten in den Keller zu schaffen, was Charlie an den Generalstreik erinnerte. Während sie in dem Lagerraum unter Nummer 1 auf die Entwarnung warteten, schaute sich Charlie unter den Anwesenden um, und ihm wurde bewußt, wie viele seiner besten jungen Männer Trumper verlassen und sich zur Armee gemeldet hatten und daß er nun nur noch etwa zwei Drittel seines Stammpersonals hatte, wovon die meisten Frauen waren.

Einige hielten Kinder in den Armen, andere versuchten zu schlafen. Zwei Männer spielten in einer Ecke Schach, als wäre der Krieg nichts weiter als eine lästige Unbequemlichkeit. Zwei junge Mädchen übten den neuesten Tanz auf dem freien Fleckchen in der Mitte des Kellerraums.

Sie konnten alle hören, wie die Bomben über ihnen fielen, und Becky sagte zu Charlie, sie sei sicher, daß eine in der Nähe eingeschlagen hatte. »Auf Syd Wrexalls Pub vielleicht?« entgegnete Charlie und unterdrückte ein Grinsen. »Das wird ihn lehren, besser einzuschenken.« Die Entwarnung schrillte schließlich, und sie traten hinaus in die mit Staub und Asche gefüllte Abendluft.

»Du hattest recht mit Syd Wrexalls Pub«, sagte Becky, die zum Ende des Blocks schaute. Aber Charlies Blick galt nicht dem »Musketier«.

Als Becky es bemerkte, drehte sie sich in die Richtung um, in die Charlie starrte. Eine Bombe hatte mitten in der Obst- und Gemüsehandlung eingeschlagen.

»Diese verdammten Hundesöhne!« knirschte Charlie. »Diesmal sind sie zu weit gegangen. Jetzt melde ich mich!«

»Was soll das nützen?«

»Ich weiß nicht«, gestand Charlie, »aber zumindest wird es mir das Gefühl geben, daß ich am Krieg teilnehme und nicht bloß zuschaue.«

»Und was ist mit den Läden? Wer soll sich um sie kümmern?«

»Arnold kann solange die Gesamtleitung übernehmen.«

Beckys Stimme hob sich. »Aber was ist mit Daniel und mir? Soll Tom sich auch um uns kümmern, während du weg bist?«

Charlie schwieg einen Augenblick und dachte über Beckys Worte nach. »Daniel ist alt genug, sich um sich selbst zu kümmern, und du wirst die Hände voll zu tun haben, dafür zu sorgen, daß Trumper sich über Wasser hält. Also kein Wort mehr, Becky Trumper, denn mein Entschluß steht fest!«

Danach hielt nichts, was Becky sagen oder tun konnte, Charlie davon ab, sich zu melden. Zu ihrer Überraschung waren die Füsiliere sogar richtiggehend erfreut, ihren alten Sergeant zurück in ihren Reihen zu haben, und schickten ihn sogleich in ein Ausbildungslager bei Cardiff.

Während Tom Arnold besorgt dreinblickte, küßte Charlie seine Frau, umarmte seinen Sohn und schüttelte seinem geschäftsführenden Direktor die Hand, ehe er in den Zug einstieg und ihnen noch aus dem Fenster zuwinkte.

In dem Waggon voll junger Rekruten, die kaum älter als Daniel waren – und die es sich auch nicht nehmen ließen, ihn mit »Sir« anzureden –, kam sich Charlie wie ein alter Mann vor. Ein klappriger Lastwagen wartete vor dem Bahnhof auf sie und brachte sie zur Kaserne.

»Schön, Sie wieder bei uns zu haben, Trumper«, sagte jemand, als Charlie zum erstenmal seit mehr als zwanzig Jahren wieder einen Exerzierplatz betrat.

»Stan Russell! Großer Gott, sind Sie jetzt etwa der Feldwebel der Kompanie? Sie waren doch damals Obergefreiter, als ...«

»Stimmt, Sir.« Stan senkte die Stimme. »Und ich werde dafür sorgen, daß Sie nicht so geschunden werden wie die anderen, alter Kamerad.«

»Nein, Stan, tun Sie das lieber nicht. Ich fürchte, Sie müssen mich sogar noch mehr drannehmen als die anderen.« Charlie tippte auf seinen Bauch.

Obwohl die Ausbilder mit Charlie etwas sanfter umsprangen als mit den grünen Rekruten, wurde ihm in der ersten Grundausbildungswoche doch nur allzu bewußt, wie wenig er in den vergangenen zwanzig Jahren für seine körperliche Fitness getan hatte, und er stellte auch bald fest, daß die NAAFI, die für die Truppenbetreuung zuständig war, sich nicht gerade Mühe machte, ihnen etwas Anständiges vorzusetzen. Und während er wie gerädert auf den Sprungfedern schlafen wollte, von denen ihn nur eine fünf Zentimeter starke Matratze schützte, wuchs seine Begeisterung über Adolf Hitler auch nicht gerade.

Am Ende der zweiten Woche wurde Charlie zum Corporal befördert, und wenn er als Ausbilder in Cardiff bleiben wollte, versicherte man ihm, würde man ihn sofort zum Ausbildungsoffizier mit dem Rang eines Captains ernennen.

»Werden die Deutschen denn in Cardiff erwartet?« entgegnete Charlie daraufhin. »Ich wußte gar nicht, daß sie Rugby spielen.«

Dieser genaue Wortlaut seiner Antwort wurde dem Kommandeur übermittelt, und Charlie machte seine Grundausbildung als Corporal weiter. Nach der achten Woche bekam er als Sergeant seinen eigenen Zug zum Ausbilden und ihn auf den Einsatz, wo auch immer, vorzubereiten. Von diesem Augenblick an gab es keinen Wettkampf, vom Schießen bis zum Boxen, wo seine Männer verlieren durften, und »Trumpers Terrier« setzten während der restlichen vier Ausbildungswochen ein Beispiel für das übrige Bataillon.

Zehn Tage vor dem Abschluß informierte Stan Russell Charlie, daß das Bataillon in Afrika unter Wavell zum Einsatz kommen sollte. Charlie war begeistert, denn er bewunderte den Dichter-General schon lange.

Sergeant Trumper half seinen Jungs den größten Teil der letzten Woche beim Aufsetzen von Briefen an ihre Familien und Freundinnen. Er selbst wollte erst im letzten Augenblick nach Hause schreiben. Stan gestand er in dieser letzten Woche, daß er noch nicht so weit war, daß er den Deutschen mehr als ein Wortgefecht liefern könnte.

Er war mit seinem Zug bei der Demonstration einer Schnellfeuerpistole und erklärte gerade, wie sie nachgeladen wurde, als ein Leutnant mit rotem Gesicht herbeigelaufen kam.

»Trumper.«

»Sir.« Charlie sprang auf und stand stramm.

»Sie möchten sofort zum Kommandeur kommen.«

»Jawohl, Sir.« Charlie befahl seinem Corporal, mit der Anleitung weiterzumachen, und rannte hinter dem Leutnant her.

»Warum laufen wir eigentlich so?« fragte Charlie.

»Weil der Kommandeur rannte, als er mich suchte.«

»Dann muß es mindestens um Hochverrat gehen«, meinte Charlie.

»Weiß der Himmel, was los ist, Sergeant, aber Sie werden es gleich herausfinden«, sagte der Leutnant, als sie vor der Tür des Kommandeurs ankamen. Ohne anzuklopfen, betrat er das Büro des Colonels, dicht gefolgt von Charlie.

»Sergeant Trumper, 7312087 ...«

»Schon gut, Trumper«, unterbrach ihn der Colonel, der hin und her marschierte und dabei mit seinem Stöckchen auf den Oberschenkel schlug. »Mein Wagen wartet am Tor auf Sie. Sie sollen sofort nach London fahren.«

»Nach London, Sir?«

»Ja, London, Trumper. Mr. Churchill hat angerufen. Möchte, daß Sie so schnell wie möglich zu ihm kommen.«

## 28

Der Fahrer des Colonels tat alles, was in seiner Macht stand, um Sergeant Trumper, so rasch er nur konnte, nach London zu bringen. Immer wieder trat er das Gaspedal bis zum Anschlag durch, bis die Tachometernadel über hundertdreißig kletterte. Aber das war schwierig, denn wiederholt hielten Wagenkolonnen mit Truppen und einmal sogar ein Panzerzug sie auf. Als sie endlich Chiswick am Stadtrand von London erreichten, gab es Fliegeralarm, dem ein Luftangriff folgte, dem wiederum die Entwarnung, und danach wurden sie durch zahllose Straßensperren den ganzen Weg zur Downing Street aufgehalten.

Obwohl er sechs Stunden Zeit gehabt hatte, darüber nachzudenken, was Mr. Churchill von ihm wollen könnte, vermochte Charlie es sich, als der Wagen vor Nummer 10 hielt, genausowenig vorzustellen wie bei seiner Abfahrt aus der Kaserne.

Nachdem er dem Wachtpolizisten an der Tür erklärt hatte, wer er war, sah der Konstabler auf seiner Liste nach; dann griff er nach dem Messingklopfer und pochte laut, ehe er Sergeant Trumper in die Eingangshalle bat.

Charlies erste Reaktion im Innern war Erstaunen darüber, wie klein das Haus war, verglichen etwa mit dem Daphnes am Eaton Square.

Eine junge Marinehelferin im Offiziersrang führte ihn in ein Vorzimmer.

»Der amerikanische Botschafter ist gerade beim Premierminister«, erklärte sie. »Aber Mr. Churchill nimmt nicht an, daß die Besprechung mit Mr. Kennedy noch lange dauern wird.«

»Vielen Dank«, sagte Charlie.

»Möchten Sie eine Tasse Tee?«

»Nein, danke.« Charlie war zu nervös, jetzt an Teetrinken zu denken. Nachdem sie die Tür hinter sich geschlossen hatte,

nahm er sich eine Nummer von *Lilliput* von einem Beistelltischchen und blätterte sie durch, ohne daß auch nur ein Wort haften
blieb.

Nachdem er das gleiche mit jeder Zeitschrift auf dem Tischchen gemacht hatte – und nicht einmal in Nummer 10 waren es
die neuesten –, wandte er sich den Bildern an der Wand zu. Wellington, Palmerson und Disraeli: alles minderwertige Porträts,
die Becky in Nummer 1 bestimmt nicht angeboten hätte. Becky!
Großer Gott, dachte er, sie weiß nicht einmal, daß ich in London
bin. Er starrte auf das Telefon auf dem Sideboard, aber er konnte
sie doch von hier aus nicht anrufen! Vor Nervosität begann er auf
und ab zu stapfen und kam sich vor wie ein Patient, der auf einen
möglicherweise schlimmen Befund wartet. Plötzlich schwang die
Tür auf, und die Marinehelferin kam zurück.

»Der Premierminister bittet Sie jetzt zu sich, Mr. Trumper«,
sagte sie und ging ihm voraus, eine schmale Treppe hinauf, vorbei an den gerahmten Fotografien früherer Premierminister. Als
er bei Chamberlain angelangt war, hatte er auch schon den Fuß
der Treppe erreicht und stand einem Mann von etwa einsdreiund-
siebzig gegenüber, der ihm mit den Händen an den Hüften und
leicht gespreizten Beinen herausfordernd entgegenblickte.

»Trumper«, sagte Churchill und streckte ihm die Hand entgegen. »Schön, daß Sie so schnell kommen konnten. Ich hoffe, ich
habe Sie nicht von etwas Wichtigem weggerissen.«

Nur von einer MP-Demonstration, dachte Charlie, erwähnte
es aber natürlich nicht, während er der untersetzten Gestalt in
das Arbeitszimmer folgte. Churchill bot ihm einen bequemen
Ohrensessel neben dem prasselnden Kaminfeuer an, und Charlie blickte auf das brennende Holz und erinnerte sich an den
Aufruf des Premierministers, sparsam mit Kohle umzugehen.

»Sie fragen sich bestimmt, worum es geht«, sagte Churchill,
während er sich eine Zigarre anzündete und eine Akte aufschlug,
die auf seinen Knien lag. Er fing zu an zu lesen.

»Ja, Sir«, antwortete Charlie, doch seine Antwort brachte
ihm keine Erklärung ein. Churchill las unbeirrt in dem dicken
Hefter weiter.

»Ich sehe, wir haben etwas gemein.«

»Ja?«

»Wir kämpften beide im Großen Krieg.«

»Dem Krieg, der ein Ende mit allen Kriegen machen sollte.«

»Ja, auch da hat er sich getäuscht, nicht wahr? Aber er war ja schließlich ein Politiker.« Der Premierminister lächelte, ehe er weiter in der Akte las. Plötzlich blickte er auf. »Aber in *diesem* Krieg haben wir beide eine viel wichtigere Rolle zu spielen, Trumper, und ich kann nicht zulassen, daß Sie Ihre Zeit damit vergeuden, Rekruten in Cardiff Schnellfeuerwaffen zu demonstrieren.«

Er wußte es also die ganze Zeit, dachte Charlie.

»Wenn eine Nation im Krieg ist, Trumper«, der Premierminister klappte den Ordner zu, »bilden sich die Leute ein, daß der Sieg garantiert ist, solange man mehr Truppen und bessere Ausrüstung hat als der Feind. Aber Schlachten können durch etwas verloren werden, worüber die Generale an der Front keine Kontrolle haben. Ein kleines Rädchen im Getriebe, das alles blockieren kann. Erst heute mußte ich zwei neue Abteilungen im War Office einrichten, die sich mit der Entschlüsselung von Codes beschäftigen sollen. Ich habe Cambridge die zwei besten Professoren mit ihren Assistenten gestohlen, damit sie helfen, das Problem zu lösen. Unschätzbare Rädchen, Trumper.«

»Ja, Sir«, sagte Charlie und wußte immer noch nicht, worauf der alte Mann aus war.

»Ich habe ein Problem mit einem anderen dieser Rädchen, Trumper, und meine Berater sind der Meinung, daß Sie am besten geeignet sind, die Lösung zu finden.«

»Vielen Dank, Sir.«

»Nahrungsmittel, Trumper, und wichtiger noch, ihre Verteilung. Der zuständige Minister, Lord Woolton, erklärte mir, daß die Vorräte rasch schwinden. Wir können nicht einmal genügend Kartoffeln aus Irland herüberbekommen. Also ist eines der größten Probleme, denen ich momentan gegenüberstehe, wie ich verhindern kann, daß unser Volk hungert, während unsere Soldaten an den Küsten des Feindes stehen, und wie wir sowohl den

Nachschub sichern als auch unser Versorgungsnetz aufrechterhalten können. Der Minister sagte, daß es manchmal Wochen dauert, bis die Nahrungsmittel weitergeleitet werden, nachdem sie in den Häfen angekommen sind, und selbst dann oft nicht den richtigen Empfänger erreichen.

Außerdem klagen unsere Bauern«, fuhr der Premierminister fort, »daß die Möglichkeiten nicht voll ausgeschöpft werden können, weil die Armee ihnen die besten Leute wegholt und von der Regierung keine Unterstützung kommt.« Er machte eine Pause, um seine Zigarre neu anzuzünden. »Ich suche daher einen Mann, der sein Leben mit dem Einkauf, Verkauf und Vertrieb von Lebensmitteln zugebracht hat; jemand, der auf dem Markt aufgewachsen ist, und den die Bauern und Lieferanten gleichermaßen respektieren. Kurzum, Trumper, ich brauche Sie. Ich möchte, daß Sie Wooltons rechte Hand werden und sich darum kümmern, daß die nötigen Lieferungen hereinkommen und richtig verteilt werden. Ich kann mir keinen wichtigeren Job vorstellen und kann nur hoffen, daß Sie die Herausforderung annehmen.«

Der Premierminister mußte wohl das Verlangen, es gleich anzugehen, in Charlies Augen gelesen haben, denn er wartete gar nicht erst auf seine Antwort. »Gut, ich sehe, daß Sie wissen, was ich meine. Ich möchte, daß Sie gleich morgen um acht Uhr ins Ernährungsministerium kommen. Ein Wagen wird Sie um Viertel vor acht von zu Hause abholen.«

»Vielen Dank, Sir.« Charlie hielt es nicht für notwendig, dem Premierminister zu erklären, daß ein Wagen, der ihn um sieben Uhr fünfundvierzig abholen wollte, ihn um mindestens drei Stunden verfehlen würde.

»Und, Trumper, ich werde Sie zum Brigadegeneral ernennen, damit Ihr Wort das nötige Gewicht hat.«

»Ich möchte lieber ganz einfach nur Charlie Trumper bleiben.«

»Warum?« fragte der Premierminister.

»Es könnte sich vielleicht einmal als nötig erweisen, daß ich etwas grob zu einem General sein muß.«

Der Premierminister nahm die Zigarre aus dem Mund und lachte schallend. Dann begleitete er seinen Gast zur Tür. »Und, Trumper«, sagte er und legte die Hand auf Charlies Schulter, »sollte es nötig sein, dann zögern Sie keinen Augenblick, sich direkt an mich zu wenden. Wenn Sie es für dringend halten, auch zu jeder Nachtstunde. Ich schlafe nicht viel, wissen Sie.«

»Vielen Dank, Sir«, sagte Charlie. Er war bereits auf der Treppe.

»Viel Glück, Trumper, und sehen Sie zu, daß die Leute zu essen kriegen.«

Die Marinehelferin brachte Charlie zum Wagen zurück und salutierte, als er sich vorn zum Fahrer setzte, was Charlie überraschte, denn er trug immer noch die Streifen eines Sergeant.

Er bat den Fahrer, ihn zu Little Boltons über die Chelsea Terrace zu bringen. Es betrübte ihn, während sie langsam durch die Straßen von West End fuhren, zu sehen, welchen Schaden die Luftwaffe angerichtet hatte, obwohl er natürlich gewußt hatte, daß so gut wie niemand in London von den gnadenlosen Bombardierungen der Deutschen ganz verschont geblieben war.

Als er zu Hause ankam, öffnete Becky selbst die Tür. Sie schlang die Arme um ihren Mann. »Was hat Mr. Churchill von dir gewollt?« fragte sie sogleich.

»Woher weißt du, daß ich beim Premierminister war?«

»Nummer 10 hat zuerst hier angerufen und sich erkundigt, wo sie dich finden könnten. Also, was wollte er?«

»Jemanden, der ihm Obst und Gemüse liefern kann, und zwar verläßlich.«

Charlie mochte seinen neuen Chef vom ersten Augenblick an. Obwohl James Woolton mit dem Ruf eines brillanten Geschäftsmanns zum Ernährungsministerium gekommen war, gab er zu, daß er kein Fachmann in Charlies speziellem Ressort war. Aber, sagte er, seine Abteilung sei da, um dafür zu sorgen, daß Charlie jede Hilfe bekam, die er benötigte.

Charlie erhielt ein großes Büro auf demselben Korridor wie dem des Ministers und vierzehn Mitarbeiter, die von Arthur Selwyn, einem jungen Assistenten, geleitet wurden, der erst vor kurzem aus Oxford gekommen war.

Charlie erkannte bald, daß Selwyn über einen messerscharfen Verstand verfügte, und obwohl er keinerlei Erfahrung in Charlies Welt hatte, genügte es, ihm etwas nur ein einziges Mal zu sagen.

Die Marine teilte ihm eine Privatsekretärin zu, Jessica Allen, die bereit war, ebenso viele Stunden wie Charlie zu arbeiten. Charlie fragte sich, weshalb ein so attraktives und intelligentes Mädchen offenbar kein Privatleben hatte, bis er sich ihre Personalakte näher ansah und las, daß ihr Verlobter gefallen war.

Charlie kehrte rasch zu seiner alten Routine zurück, um halb fünf ins Büro zu kommen, noch ehe die Putzfrauen dagewesen waren. Dadurch konnte er seine Zeitungen lesen, ohne befürchten zu müssen, daß er gestört wurde.

Aufgrund der besonderen Art seiner Arbeit und der offensichtlichen Unterstützung durch seinen Minister öffneten sich ihm überall die Türen. Innerhalb eines Monats kamen die meisten seiner Leute bereits ebenfalls um fünf zur Arbeit, allerdings erwies sich Selwyn als einziger mit genügend Durchhaltevermögen, der auch bis spät in die Nacht hinein blieb.

In diesem ersten Monat tat Charlie kaum etwas anderes, als Berichte zu studieren und sich Selwyns detaillierte Einschätzung der Probleme anzuhören, mit denen sie schon fast ein Jahr lang zu kämpfen hatten, und hin und wieder suchte er den Minister auf, um sich über den einen oder anderen Punkt, der ihm noch nicht recht klar war, genauer zu informieren.

Im zweiten Monat machte sich Charlie daran, jeden größeren Hafen der Insel unter die Lupe zu nehmen, um dem Verteilungsproblem bei Lebensmitteln auf den Grund zu kommen, denn die Nahrungsmittellieferungen blieben manchmal tagelang in den Lagerhäusern am Hafen liegen und verrotteten, ehe sie weitergeleitet wurden. Als er Liverpool erreichte, konnte er leicht feststellen, daß Panzer und Truppen, wenn es um die Beförderung ging, Priorität gegenüber Lebensmitteln hatten. Er erklärte, daß das Ernährungsministerium eigene Lastkraftwagen brauchte, die nur zur Verteilung der Lebensmittellieferungen im ganzen Land eingesetzt werden durften.

Irgendwie gelang es Woolton, siebzig Lastwagen zu organisieren, die meisten, wie er gestand, ausgemustert: für den Fronteinsatz untauglich. »Ähnlich wie ich«, meinte Charlie. Aber die nötigen Männer, um sie zu fahren, konnte der Minister nicht abstellen.

»Wenn keine Männer zu bekommen sind, Minister, brauche ich zweihundert Frauen«, erklärte Charlie. Und trotz der spöttischen Anzüglichkeiten von Karikaturisten über Frauen am Steuer dauerte es nur einen knappen Monat, ehe alle Lieferungen innerhalb von wenigen Stunden nach ihrer Ankunft weitertransportiert werden konnten.

Die Hafenarbeiter kamen gut mit den Fahrerinnen aus, und die Gewerkschaftsführer ahnten nicht, daß Charlie direkt mit ihnen auf eine Weise redete, wie er es dann im Ministerium nicht mehr tat.

Als Charlie dabei war, das Verteilungsproblem zu lösen, sah er sich zwei weiteren Dilemmas gegenüber: Die Bauern beschwerten sich, daß sie nicht genug anbauen und ernten konnten, weil man ihre besten Leute einzog; und es kam nicht genug Ware aus dem Ausland herein, weil die Deutschen mit ihren U-Boot-Einsätzen zu erfolgreich waren.

Er kam mit zwei Lösungen zu Woolton. »Sie haben mir Mädchen für die LKWs beschafft«, sagte er, »jetzt brauche ich auch noch welche für die Landwirtschaft, und zwar muß ich Sie bitten, mir fünftausend zu besorgen, denn so viele Hilfskräfte fehlen ihnen, sagen die Bauern.«

Am nächsten Tag hatte Woolton ein Radiointerview und rief Mädchen und junge Frauen zum freiwilligen Landdienst auf. Fünfhundert meldeten sich in den ersten vierundzwanzig Stunden, und innerhalb von zehn Wochen hatte der Minister die von Charlie verlangten fünftausend beisammen. Charlie wies weitere Bewerberinnen jedoch nicht zurück, bis er insgesamt siebentausend Landhelferinnen hatte, was ihm ein zufriedenes Lächeln des Vorsitzenden der National Farmers Union dankte.

Was das zweite Problem, den Lebensmittelmangel, betraf, riet Charlie dem Minister, wegen der Kartoffelknappheit Reis als Ersatzgrundnahrungsmittel zu kaufen. »Aber wo sollen wir ihn herbekommen?« entgegnete Woolton. »Ihn uns aus China und dem Fernen Osten zu holen, dazu sind die Meere jetzt viel zu unsicher.«

»Das ist mir klar«, sagte Charlie, »aber ich kenne einen Lieferanten in Ägypten, der uns monatlich eine Million Tonnen beschaffen könnte.«

»Kann man ihm trauen?«

»Mit Sicherheit nicht«, antwortete Charlie, »aber sein Bruder arbeitet immer noch im East End. Wenn wir ihn ein paar Monate internieren, könnte ich sicher ein Geschäft mit seiner Familie aushandeln.«

»Wenn die Presse je dahinterkommt, was wir da vorhaben, Charlie, kann ich gleich abdanken.«

»Von *mir* erfährt es bestimmt niemand, Minister.«

Am nächsten Tag wurde Eli Calil im Brixtoner Gefängnis interniert, und Charlie flog nach Kairo und schloß mit seinem Bruder einen Liefervertrag über eine Million Tonnen Reis per Monat, der ursprünglich für die Italiener bestimmt gewesen war.

Charlie kam mit Nasim Calil überein, daß die Bezahlung zur Hälfte in Pfund Sterling und zur anderen in Piaster erfolgen sollte und daß keinerlei Unterlagen über das Geld am Kairoer Ende erforderlich seien, solange die Lieferungen immer zuverlässig eintrafen. Sollte das jedoch nicht der Fall sein, würde Calils Regierung über den genauen Wortlaut des Vertrags informiert werden.

»Eine faire Abmachung, Charlie, aber fair waren Sie ja immer. Nur was ist mit meinem Bruder Eli?« fragte Nasim Calil.

»Wir entlassen ihn bei Kriegsende, aber nur, wenn jede Lieferung pünktlich eintraf.«

»Ebenfalls sehr umsichtig«, meinte Nasim. »Ein oder zwei Jahre im Gefängnis werden Eli nicht schaden. Er ist sowieso einer der wenigen unserer Familie, der so was nicht bereits selbst durchgemacht hat.«

Charlie versuchte, sich wenigstens zwei Stunden in der Woche mit Tom Arnold zusammenzusetzen, um sich auf dem laufenden zu halten, was sich in der Chelsea Terrace tat. Tom mußte zugeben, daß Trumper sich gerade über Wasser halten konnte, obwohl er bereits fünf Läden geschlossen und vier weitere verschlagen hatte. Charlie war nicht sehr glücklich darüber, denn Syd Wrexall hatte ihm geschrieben und die gesamten Läden der Vereinigung, einschließlich des ausgebombten Pubs, für nur sechstausend Pfund angeboten; eine Summe, wie Wrexall behauptete, die Charlie ihm einmal als festes Angebot genannt hatte. Charlie brauchte, wie er Arnold in einem Begleitbrief geschrieben hatte, nur noch den Scheck zu unterschreiben.

Charlie studierte den Vertrag, den Wrexall beigelegt hatte, und sagte: »Dieses Angebot habe ich ihm lange vor Kriegsbeginn gemacht. Senden Sie ihm die Papiere zurück. Ich bin sicher, daß er das Ganze spätestens in einem Jahr für viertausend hergeben wird. Aber versuchen Sie, ihn bei Laune zu halten, Tom.«

»Das könnte ein bißchen schwierig werden«, antwortete Tom. »Seit die Bombe im Musketier eingeschlagen ist, lebt Syd in Cheshire. Er ist jetzt der Wirt eines Landpubs in Hatherton, einem kleinen Nest.«

»Um so besser«, meinte Charlie. »Dann werden wir ihn bestimmt nie wiedersehen. Jetzt bin ich sogar noch sicherer, daß er bereit ist, innerhalb eines Jahres herunterzugehen. Also ignorieren Sie sein Schreiben einstweilen; die Post ist ja auch derzeit nicht sehr zuverlässig.«

Charlie mußte von Tom aus nach Southampton fahren, wo Calils erste Reislieferung eingetroffen war. Seine Fahrerinnen hatten die Säcke abholen wollen, doch der Beamte der Hafenaufsicht hatte sich geweigert, sie ohne die erforderliche Unterschrift freizugeben. Das war eine Fahrt, auf die Charlie gern verzichtet hätte und die er ganz gewiß nicht jeden Monat zu machen gedachte.

Als er im Hafen ankam, stellte er rasch fest, daß es keinerlei Schwierigkeiten mit den Gewerkschaften gab, die durchaus bereit waren, die gesamte Ladung zu löschen, und auch nicht mit den Mädchen, die wartend auf den Kotflügeln ihrer Laster herumsaßen.

Über einem Krug Bier im Hafenpub warnte Alf Redwood, der Vormann der Hafenarbeiter, Charlie, daß Mr. Simkins, der Leiter der Hafenaufsicht, ein Paragraphenreiter war, bei dem alles genau nach Vorschrift gehen mußte.

»Oh, wirklich?« sagte Charlie. »Dann werde ich mich danach richten.« Nachdem er die Runde bezahlt hatte, marschierte er zum Hafenamt hinüber, wo er nach Mr. Simkins fragte.

»Er ist im Moment sehr beschäftigt«, erklärte ihm eine Vorzimmertypistin, die sich gar nicht die Mühe machte, ihre Bemalung der Nägel zu unterbrechen. Charlie ging an ihr vorbei, direkt in Simkins Büro, wo ein hagerer, fast glatzköpfiger Mann hinter einem riesigen Schreibtisch gerade dabei war, einen Zwieback in seinen Tee zu tunken.

»Wer sind Sie?« fragte der Aufsichtsbeamte so verdutzt, daß er den Zwieback in den Tee fallen ließ.

»Charlie Trumper. Und ich will wissen, weshalb Sie meinen Reis nicht freigeben.«

»Dazu habe ich nicht die erforderlichen Unterlagen«, antwortete Simkins, während er versuchte, seinen Zwieback zu retten, der jetzt auf dem Tee schwamm. »Es sind keine offiziellen Frachtbriefe aus Kairo gekommen, und Ihre Formulare aus London sind völlig unzureichend, völlig unzureichend.« Er blickte Charlie mit einem selbstzufriedenen Lächeln an.

»Aber es könnte Tage dauern, bis ich den offiziellen Papierkram zusammenbekomme.«

»Das ist nicht mein Problem.«

»Aber wir sind im Krieg, Mann.«

»Deshalb müssen wir besonders auf die Bestimmungen achten. Ich bin sicher, daß die Deutschen es tun.«

»Es ist mir scheißegal, was die Deutschen tun«, fluchte Charlie. »Jeden Monat werden eine Million Tonnen Reis für mich in diesem Hafen ankommen, und ich möchte ihn bis auf das letzte Korn so schnell wie möglich verteilt haben. Habe ich mich klar genug ausgedrückt?«

»Das haben Sie, Mr. Trumper, trotzdem müssen alle Formulare komplett ausgefüllt, mit dem Amtssiegel versehen und unterzeichnet sein, ehe Sie Ihren Reis bekommen.«

Jetzt platzte Charlie der Kragen. »Ich befehle Ihnen, den Reis sofort freizugeben!« brüllte er ihn an.

»Schreien nützt Ihnen auch nichts, Mr. Trumper, denn wie ich Ihnen schon erklärte, haben Sie nicht die Befugnis, mir irgend etwas zu befehlen. Hier ist das Hafenamt, und wie Sie bestimmt wissen, untersteht es nicht dem Ernährungsministerium. Ich kann Ihnen nur empfehlen, nach London zurückzukehren und sich diesmal ein bißchen besser darum zu kümmern, daß alle nötigen Formulare richtig und vollständig ausgefüllt werden.«

Charlie beherrschte sich nur mühsam, daß er nicht Hand an den Mann legte. Statt dessen langte er einfach über Simkins Schreibtisch, nahm das Telefon und verlangte eine Nummer.

»Was erlauben Sie sich!« rief Simkins. »Das ist mein Telefon! Sie haben nicht die Befugnis, mein Telefon zu benützen!«

Charlie hielt das Telefon fest und drehte Simkins den Rücken zu. Als er die Stimme am anderen Ende der Leitung hörte, sagte er: »Hier ist Charlie Trumper. Können Sie mich bitte mit dem Premierminister verbinden?«

Simkins Gesicht lief zuerst rot an, dann wurde es weiß. »Es ist wirklich nicht nötig ...«, begann er.

»Guten Morgen, Sir«, sagte Charlie. »Ich bin in Southampton. Das Reisproblem, das ich gestern abend erwähnte. Es gibt Schwierigkeiten mit der Freigabe. Der Beamte hier ...«

Simkins wedelte nun verzweifelt mit den Händen wie ein signalisierender Matrose, um Charlies Aufmerksamkeit auf sich zu lenken, während er gleichzeitig heftig mit dem Kopf nickte.

»Es werden jeden Monat eine Million Tonnen hierherkommen, Premierminister, und die Mädchen sitzen wartend auf ihren ...«

»Es wird alles erledigt«, flüsterte Simkins. »Es wird bestimmt erledigt, glauben Sie mir.«

»Möchten Sie mit dem Beamten sprechen, Sir?«

»Nein, nein«, flehte Simkins, »das ist nicht nötig. Ich habe alle Formulare hier, alle, die Sie brauchen, alle Formulare.«

»Ja, ich werde es ihm sagen, Sir.« Charlie lauschte einen Augenblick, ehe er antwortete: »Ich werde gegen Abend in London zurück sein. Ja, Sir, ja. Ich werde es Sie wissen lassen, sobald ich zurück bin. Auf Wiederhören, Premierminister.«

»Bis später«, sagte Becky, bevor sie aufhängte. »Und du wirst mir hoffentlich erzählen, was das Ganze sollte, wenn du heute nacht endlich heimkommst.«

Der Minister schüttelte sich vor Lachen, als Charlie nach seiner Rückkehr ihm und Jessica Allen die ganze Geschichte erzählte.

»Wissen Sie«, sagte Woolton, »der Premierminister hätte dem Mann sicher nur zu gern seine Meinung gesagt, wenn Sie es gewollt hätten.«

»Ich fürchte, dann hätte dieser Simkins einen Herzanfall bekommen; und meine Reissäcke, ganz zu schweigen von meinen Fahrerinnen, hätten eine Ewigkeit in dem Hafen festgesessen. Und bei unserer Lebensmittelknappheit wollte ich nicht, daß der arme Kerl noch einen Zwieback vergeudet.«

Charlie nahm in Carlisle an einer Tagung der Landwirte teil, als er einen dringenden Anruf aus London erhielt.

»Wer will mich sprechen?« fragte er, während er sich auf einen Redner zu konzentrieren versuchte, der sich über das Problem einer Verstärkung des Rübenanbaus ausließ.

»Die Marquise von Wiltshire«, antwortete Arthur Selwyn.

»Gut, dann nehme ich den Anruf entgegen«, sagte Charlie und verließ den Konferenzsaal, um auf sein Hotelzimmer zu gehen, wohin die Hotelzentrale seinen Anruf durchstellte.

»Daphne, Liebes, was kann ich für dich tun?«

»Nein, Liebes, ich kann etwas für dich tun, wie üblich. Hast du die *Times* heute schon gelesen?«

»Nur die Schlagzeilen überflogen. Warum?« fragte Charlie.

»Dann sieh dir mal die Seite mit den Todesanzeigen genauer an. Vor allem die letzte Zeile von einer. Aber jetzt möchte ich nicht mehr deiner Zeit vergeuden, Liebes, da der Premierminister uns ja ständig daran erinnert, was du für eine wichtige Rolle spielst, damit wir diesen Krieg gewinnen.«

Charlie lachte, als sie aufhängte.

»Kann ich Ihnen irgendwie behilflich sein, Sir?« fragte Selwyn.

»Ja, Arthur, ich brauche die heutige *Times*.«

Als Selwyn mit der Zeitung zurückkehrte, blätterte Charlie sie rasch durch, bis er zu den Todesanzeigen kam:

Admiral Sir Alexander Dexter, Kommandeur mit herausragenden taktischen Leistungen im ersten Weltkrieg; J. T. Macpherson, Ballonfahrer und Schriftsteller; und Sir Raymond Hardcastle, Industrieller ...

Charlie las die kurze Biographie darunter: Geboren und aufgewachsen in Yorkshire. Baute um die Jahrhundertwende die Maschinenfabrik seines Vaters aus und machte das Hardcastle-Unternehmen in den zwanziger Jahren zu einer der Industriegrößen in Nordengland. 1938 verkaufte er seinen Aktienbesitz an John Brown & Co. für siebenhundertundachtzigtausend Pfund. Aber Daphne hatte recht – nur die letzte Zeile war wirklich von Interesse für ihn.

»Sir Raymond, dessen Gemahlin 1933 starb, hinterläßt zwei Töchter, Miss Amy Hardcastle und Mrs. Gerald Trentham.«

Charlie griff nach dem Telefon auf dem Tisch neben ihm und bat um eine Chelseaer Nummer. Wenige Sekunden später antwortete Tom Arnold.

»Wo, sagten Sie, ist Wrexall?« fragte er ohne Umschweife.

»Wie ich Ihnen bereits das letzte Mal sagte, hat er jetzt einen Pub in Cheshire, genannt ›Der Fröhliche Wildschütz‹, in einem Dorf namens Hatherton.«

Charlie dankte seinem geschäftsführenden Direktor und hängte ohne weitere Erklärung ein.

»Kann ich Ihnen helfen?« fragte Selwyn erneut trocken.

»Wie sieht mein Programm für den Rest des Tages aus, Arthur?«

»Na ja, sie sind immer noch nicht mit ihren Rüben fertig.

Dann sollen Sie den ganzen Nachmittag an den verschiedenen Sitzungen teilnehmen und heute abend beim Bankett einen Toast auf die Regierung ausbringen; morgen vormittag überreichen Sie zum Schluß die Preise für die höchsten Milcherträge des vergangenen Jahres.«

»Dann halten Sie mir den Daumen, daß ich rechtzeitig zu dem Bankett zurück bin«, sagte Charlie. Er stand auf und schlüpfte in seinen Mantel.

»Möchten Sie, daß ich mitkomme?« fragte Selwyn, der versuchte, mit dem Tempo seines Vorgesetzten Schritt zu halten.

»Nein, danke, Arthur. Es ist eine private Angelegenheit. Aber finden Sie eine Ausrede für mich, falls ich nicht rechtzeitig zurück bin.«

Charlie rannte die Treppe hinunter und auf den Hotelparkplatz, wo sein Fahrer friedlich hinter dem Lenkrad schlief.

Charlie sprang in den Wagen und weckte den Mann auf. »Fahren Sie mich nach Hatherton.«

»Hatherton, Sir?«

»Ja, Hatherton. Fahren Sie auf die Straße, die südwärts aus Carlisle hinausführt, dann kann ich Ihnen weitere Anweisungen geben.« Charlie schlug die Straßenkarte auf, suchte den Index und ließ den Finger zu den Hs wandern. Es waren fünf Hathertons aufgeführt, aber glücklicherweise nur eines in Cheshire. Das einzige andere Wort, das während dieser Fahrt über Charlies Lippen kam, war »schneller«, und das wiederholte er mehrmals. Sie kamen durch Lancaster, Preston und Warrington, ehe sie, eine halbe Stunde bevor der Pub für den Nachmittag schloß, vor dem »Fröhlichen Wildschütz« anhielten.

Syd Wrexall quollen die Augen schier aus dem Gesicht, als Charlie hereinschlenderte.

»Ein Schottenei und einen Krug Ihres besten Dunklen, Wirt, und daß Sie mir auch gut einschenken.«

»Daß man Sie in dieser Gegend sieht, Mr. Trumper«, staunte Syd, nachdem er über die Schulter gebrüllt hatte: »'ilda, ein Schottenei, und komm mal 'er und schau, wer da ist!«

»Ich bin unterwegs zu einer Landwirtstagung in Carlisle«,

erklärte Charlie. »Da dachte ich mir, ich mach' auf einen Krug und einen Bissen bei einem alten Freund kurz halt.«

»Das ist aber nett«, sagte Syd und stellte den Krug vor ihn auf die Theke. »Wir lesen natürlich jetzt viel über Sie in der Zeitung. Von der Arbeit, die Sie mit Lord Woolton leisten. Sie sind ganz schön berühmt geworden.«

»Es ist eine faszinierende Aufgabe, die mir der Premierminister da übertragen hat. Ich hoffe nur, daß ich damit auch wirklich etwas leiste«, fügte Charlie hinzu und dachte, daß das eigentlich bombastisch genug klingen müßte.

»Aber was ist mit Ihren Läden, Charlie? Wer kümmert sich um Ihre Geschäfte, wenn Sie doch soviel unterwegs sind?«

»Arnold, er tut sein Bestes in dieser Situation, aber wir mußten vier oder fünf Läden schließen, ganz zu schweigen von denen, die wir nach Fliegerangriffen verschlagen mußten. Ich sage Ihnen, Syd, ganz im Vertrauen«, Charlie senkte die Stimme, »wenn es nicht bald wieder besser wird, werde ich wohl selbst nach einem Käufer suchen müssen.« Wrexalls Frau kam mit einem Teller herbeigeeilt.

»Hallo, Mrs. Wrexall«, grüßte Charlie, als sie das bestellte Schottenei – ein in Fleisch gehülltes hartgekochtes Ei – in einem Salatnest vor ihn stellte. »Schön, Sie wiederzusehen. Darf ich Sie und Ihren Mann zu einem Drink einladen?«

»Wie freundlich von Ihnen, Charlie. Bringst du uns was, 'ilda?« sagte dieser, während er sich verschwörerisch über die Theke beugte. »Sie wissen wohl niemand, der interessiert wär', die Läden der Vereinigung zu kaufen, und den Pub auch?«

»Das kommt unerwartet, Syd«, entgegnete Charlie. »Wenn ich mich recht erinnere, wollten Sie ziemlich viel für den ›Musketier‹, der jetzt bloß noch ein Schutthaufen ist. Ganz zu schweigen von dem Zustand der paar Läden, die die Vereinigung immer noch mit Brettern vernagelt hat.«

»Ich bin auf die sechstausend 'eruntergegangen, auf die wir uns, wie ich mir eingebildet 'ab', schon den 'andschlag gegeben 'atten, aber Arnold 'at gesagt, daß Sie nicht mehr interessiert sind«, erzählte er Charlie, als Hilda ihnen zwei Krüge auf die

Theke stellte, ehe sie sich abwandte, um einen anderen Gast zu bedienen.

»Das hat er Ihnen gesagt?« Charlie bemühte sich, möglichst überrascht zu klingen.

»Und ob«, brummte Wrexall. »Ich 'ab' Ihr Angebot über sechstausend angenommen, sogar den unterschriebenen Vertrag an Sie geschickt, aber er 'at ihn einfach zurückgesandt.«

»Das kann ich nicht glauben!« behauptete Charlie. »Nachdem ich Ihnen mein Wort gegeben hatte, Syd. Warum haben Sie sich denn nicht direkt an mich gewandt?«

»Das ist gar nicht mehr so einfach«, meinte Wrexall. »Jetzt, wo Sie doch eine so hohe Stellung 'aben, 'ab' ich mir gedacht, daß Sie für jemand wie mich keine Zeit mehr 'aben.«

»Arnold hatte kein Recht, das zu tun«, sagte Charlie. »Offenbar bedenkt er nicht, wie lange wir uns schon kennen. Ich entschuldige mich, Syd, und Sie dürfen mir glauben, für Sie habe ich immer Zeit. Sie haben den Vertrag nicht zufällig noch?«

»Selbstverständlich«, versicherte ihm Wrexall. »Und er wird Ihnen beweisen, daß ich mein Wort 'alte.« Er verschwand und gab Charlie Gelegenheit, sein Schottenei zu essen und einen Schluck von dem hiesigen Gebräu zu versuchen.

Der Wirt kehrte ein paar Minuten später zurück und legte ein paar Dokumente auf die Theke. »Da, Charlie, so wahr ich 'ier stehe.«

Charlie studierte den Vertrag, den ihm Arnold vor neun Monaten gezeigt hatte. Er war bereits von Syd Wrexall unterschrieben und der Betrag von sechstausend Pfund eingetragen.

»Es 'at bloß noch das Datum und Ihre Unterschrift gefehlt«, sagte Syd. »Ich 'ätte nie gedacht, daß Sie mir das antun würden, Charlie, nicht nach all den Jahren.«

»Wie Sie sehr wohl wissen, Syd, stehe ich zu meinem Wort. Ich bedaure ehrlich, daß mein Direktor nicht in unsere persönliche Abmachung eingeweiht war.« Charlie zog die Brieftasche aus der Brusttasche, nahm das Scheckbuch heraus, füllte einen Scheck auf Syd Wrexall über die Summe von sechstausend Pfund aus und unterschrieb ihn.

»Sie sind ein Gentleman, Charlie, das 'ab' ich immer gesagt. 'ab' ich das nicht immer gesagt, 'ilda?«

Mrs. Wrexall nickte begeistert, als Charlie lächelte, nach dem Vertrag griff und die gesamten Papiere in seiner Aktenmappe verstaute, ehe er dem Wirt und seiner Frau die Hände schüttelte.

»Was macht es?« fragte er, nachdem er den Krug bis auf den letzten Tropfen geleert hatte.

»Nichts. Sie waren unser Gast«, antwortete Wrexall.

»Aber Syd ...«

»Ich bestehe darauf, ich werde doch einen alten Freund nicht bezahlen lassen! Sie waren unser Gast«, wiederholte er, als das Telefon läutete und Hilda Wrexall ging, um es zu beantworten.

»Ich muß weiter«, sagte Charlie. »Sonst komme ich zu spät zu dieser Tagung, und ich muß heute abend eine Ansprache halten. Schön, ein Geschäft mit Ihnen zu machen, Syd.«

Charlie erreichte gerade die Tür, als Mrs. Wrexall zur Theke zurückgerannt kam.

»Da will dich eine Dame sprechen, Syd. Ferngespräch. Eine Mrs. Trentham.«

Im Lauf der Monate schien Charlie allgegenwärtig zu sein. Kein Hafenaufsichtsbeamter konnte sicher sein, daß er nicht im nächsten Moment in sein Büro gestürmt kam; kein Lieferant wunderte sich, wenn er die Lieferscheine persönlich überprüfen wollte; und der Vorsitzende der National Farmers Union schnurrte regelrecht, wenn Charlies Name zur Sprache kam.

Charlie fand es nie notwendig, sich an den Premierminister zu wenden, doch Mr. Churchill rief ihn einmal an. Es war morgens um Viertel vor fünf, als das Telefon auf Charlies Schreibtisch klingelte, und Charlie hob sofort ab.

»Guten Morgen«, sagte er.

»Trumper?«

»Ja, wer spricht da?«

»Churchill.«

»Guten Morgen, Premierminister. Was kann ich für Sie tun, Sir?«

»Nichts. Ich wollte mich nur vergewissern, ob es stimmt, was man sich über Sie erzählt. Übrigens, danke.« Er legte auf.

Charlie schaffte es sogar hin und wieder, mit Daniel zu Mittag zu essen. Der Junge arbeitete jetzt im War Office, doch er sprach nie über die Arbeit, die er da machte. Als er zum Captain befördert wurde, war Charlies einzige Sorge Beckys Reaktion, wenn sie ihn einmal in Uniform sähe.

Als Charlie gegen Ende des Monats Tom Arnold aufsuchte, erfuhr er, daß Mr. Hadlow als Direktor der Bank in den Ruhestand getreten sei und sein Nachfolger, ein Mr. Paul Merrick, sich als nicht ganz so entgegenkommend erweise. »Er meint, unsere Kontoüberziehung habe unannehmbare Ausmaße erreicht und vielleicht sei es Zeit, daß wir etwas dagegen unternähmen«, erklärte Tom.

»Meint er das?« sagte Charlie. »Dann werde ich mir offensichtlich diesen Mr. Merrick einmal ansehen und ein Wörtchen mit ihm reden müssen.«

Obwohl nun alle Geschäfte in der Chelsea Terrace, abgesehen einstweilen noch von dem Antiquariat, zu Trumper gehörten, sah sich Charlie nach wie vor dem Problem mit Mrs. Trentham und ihrem ausgebombten Wohngebäude gegenüber, von der zusätzlichen Sorge wegen Adolf Hitler und seinem noch immer nicht beendeten Krieg ganz zu schweigen. Das ordnete er in etwa die gleiche Kategorie ein und fast immer in dieser Reihenfolge.

Das Problem mit Adolf Hitler entwickelte sich gegen Ende 1942 einen Schritt in die richtige Richtung, und zwar durch den Sieg der achten Armee bei El Alamein. Charlie war zuversichtlich, daß Churchill mit seinen Worten, die Wende sei gekommen, recht hatte, als den Alliierten die Invasion zuerst in Afrika glückte, dann in Italien und Frankreich und schließlich in Deutschland selbst.

Aber inzwischen war es Mr. Merrick, der darauf bestand, Charlie zu sprechen.

Als Charlie zum erstenmal in Mr. Merricks Büro trat, war er überrascht, wie jung Mr. Hadlows Nachfolger war. Er brauchte auch ein paar Augenblicke, um sich an einen Bankdirektor zu gewöhnen, der keine Weste und keinen schwarzen Schlips trug. Paul Merrick war eine Spur größer als Charlie und genauso breit in allem außer seinem Lächeln. Charlie entdeckte auch schnell, daß Mr. Merrick keine Höflichkeitsfloskeln kannte.

»Ist Ihnen bewußt, Mr. Trumper, daß das Konto Ihrer Gesellschaft ein Minus von etwa siebenundvierzigtausend Pfund aufweist und Ihre gegenwärtigen Einnahmen nicht einmal ...«

»Aber der Bestand an Grund und Immobilien muß allein das Vier- oder Fünffache wert sein.«

»Nur wenn wir jemanden finden, der es kaufen will.«

»Aber ich verkaufe nicht.«

»Sie werden vielleicht keine andere Wahl haben, wenn die Bank sich entschließt, ihre Forderungen geltend zu machen.«

»Dann werde ich mir wohl eine neue Bank suchen müssen«, meinte Charlie.

»Sie haben offensichtlich in jüngerer Zeit versäumt, Ihre eigenen Vorstandsprotokolle zu lesen, denn bei der letzten Sitzung berichtete Ihr Geschäftsführender Direktor, Mr. Arnold, daß er im Monat zuvor sechs Banken aufgesucht habe und keine davon auch nur das geringste Interesse gezeigt habe, das Firmenkonto von Trumper zu übernehmen.«

Merrick wartete auf eine Reaktion seines Kunden, aber als Charlie stumm blieb, fuhr er fort: »Mr. Crowther erklärte dem Vorstand bei der Gelegenheit auch, daß das Problem, das Ihnen nun ins Haus steht, sich daraus ergeben habe, daß die Preise für Grund- und Hausbesitz viel niedriger sind als je zuvor seit den dreißiger Jahren.«

»Aber das wird sich über Nacht ändern, sobald der Krieg vorüber ist.«

»Mag sein, aber das könnte noch mehrere Jahre dauern, und Sie könnten bis dahin längst zahlungsunfähig sein ...«

»Zwölf Monate, höchstens, wenn Sie mich fragen.«

»... insbesondere wenn Sie weiterhin Schecks über sechstausend Pfund ausschreiben für einen Gegenwert, der höchstens halb so hoch liegt.«

»Aber wenn ich nicht ...«

»Wären Sie nicht in einer so prekären Lage.«

Charlie sagte ein paar Augenblicke gar nichts. »Was also sollte ich Ihrer Meinung nach tun?« fragte er schließlich.

»Ich erwarte von Ihnen, daß Sie uns sämtlichen Besitz und alle Anteile an Ihrer Gesellschaft als Sicherheit gegen den Schuldbetrag verpfänden. Ich habe bereits die notwendigen Papiere vorbereitet.«

Merrick drehte ein Dokument zu ihm um, das auf seinem Schreibtisch lag. »Wenn Sie sich in der Lage sehen«, fügte er hinzu, »dies zu unterzeichnen«, er deutete auf eine gepunktete Linie am unteren Ende der Seite, die mit zwei Bleistiftkreuzen markiert war, »wäre ich gewillt, Ihren Kredit für weitere zwölf Monate auszusetzen.«

»Und wenn ich mich weigere?«

»Dann hätte ich keine andere Wahl, als innerhalb von achtundzwanzig Tagen ein Konkursverfahren einzuleiten.«

Charlie starrte auf das Dokument hinunter und sah, daß ein Stück höher Becky bereits unterschrieben hatte. Beide Männer saßen eine Weile, ohne etwas zu sagen, während Charlie die Alternativen abwog. Dann, ohne weiteren Kommentar, zog Charlie seinen Füllfederhalter heraus, kritzelte seine Unterschrift zwischen die beiden Bleistiftkreuze, drehte das Dokument wieder in seine Ausgangslage zurück, stand auf und ging ohne ein Wort aus dem Raum.

Am 7. Mai 1945 unterzeichnete General Jodl die Gesamtkapitulation Deutschlands, die im Namen der Alliierten von General Bedell Smith in Reims angenommen wurde.

Charlie hätte sich den Siegesfeiern auf dem Trafalgar Square gern angeschlossen, hätte ihn nicht Becky daran erinnert, daß ihre Bankschulden nun fast sechzigtausend Pfund erreicht hatten und Merrick ihnen wieder einmal mit dem Konkursverfahren drohte.

»Er hat bereits die Hand auf unserem ganzen Besitz mitsamt den Gesellschaftsanteilen gelegt. Was erwartet er denn jetzt noch von mir?«

»Er schlägt vor, daß wir das einzige verkaufen sollten, mit dessen Erlös wir unsere Schulden tilgen und sogar noch ein wenig Kapital übrig behalten würden, um uns durch die nächsten Jahre zu bringen.«

»Und was wäre das?«

»Van Goghs *Die Kartoffelesser*.«

»Niemals!«

»Aber Charlie, das Bild gehört ...«

Am folgenden Morgen bat Charlie um eine Unterredung mit Lord Woolton und erklärte dem Minister, daß er nun eigenen Problemen gegenüberstehe, die seine persönliche Aufmerksamkeit erforderten. Er bat daher darum, ob er, da jetzt der Krieg in Europa zu Ende sei, von seinen derzeitigen Pflichten entbunden werden könne.

Lord Woolton verstand sein Dilemma und versicherte ihm, wie sehr es ihm und der ganzen Abteilung leid tun würde, wenn er ging.

Als Charlie dann einen Monat später das Ministerium verließ, war das einzige, was er mitnahm, Jessica Allen.

Charlies Probleme wurden auch im weiteren Verlauf des Jahres nicht geringer, da die Grundstückspreise weiter fielen und die Inflation stieg. Dennoch war er tief gerührt, als der Premierminister, nachdem man mit Japan Frieden geschlossen hatte, ihm zu Ehren ein Dinner in Downing Street Nummer 10 gab. Daphne gestand, daß sie es noch nie von innen gesehen hatte, und sagte zu Becky, sie sei auch gar nicht sicher, ob sie es wollte. Percy gab zu, daß er es schon wollte, und daß er neidisch war.

Mehrere führende Kabinettsminister waren zu dem Anlaß anwesend. Becky saß zwischen Churchill und dem aufsteigenden Stern Rab Butler, während Charlie der Platz zwischen Mrs. Churchill und Lady Woolton zugeteilt war. Becky beobachtete ihren Mann, wie er sich völlig entspannt mit dem Premierminister und Lord Woolton unterhielt, und er hatte sogar den Nerv, Churchill eine Zigarre anzubieten, die er am Nachmittag in Nummer 139 extra dafür ausgesucht hatte. Niemand von den

Anwesenden hätte auch nur im leisesten ahnen können, daß sie am Rande des Bankrotts standen.

Als der Abend endete, bedankte sich Becky bei dem Premierminister, der seinerseits ihr dankte.

»Wofür?« fragte Becky erstaunt.

»Daß Sie Telefongespräche in meinem Namen entgegengenommen und ausgezeichnete Entscheidungen für mich getroffen haben«, sagte er, während er sie beide den langen Korridor zum Eingang begleitete.

»Ich hatte keine Ahnung, daß Sie das wußten!« sagte Charlie und bekam einen roten Kopf.

»Wußten? Woolton erzählte es am nächsten Tag dem gesamten Kabinett. Hab' sie noch nie zuvor so lachen gesehen.«

Als der Premierminister die Tür von Nummer 10 erreichte, machte er eine knappe Verbeugung vor Becky und sagte: »Gute Nacht, Lady Trumper.«

»Du weißt, was das bedeutet?« meinte Charlie, als sie aus der Downing Street Richtung Whitehall fuhren.

»Daß man dir den Ritterschlag erteilen wird?«

»Ja, aber was viel wichtiger ist, wir werden den Van Gogh verkaufen müssen.«

# Daniel

## 1931–1947

## 29

ℒ Nur zu gut erinnere ich mich immer noch an das »Bastard, Bastard, Bastard!« Ich war damals fünfdreiviertel, und die Worte brüllte ein kleines Mädchen auf der anderen Seite des Spielplatzes. Sie deutete auf mich und hüpfte dabei auf und ab. Der Rest der Klasse hielt an und starrte, bis ich zu ihr hinüberrannte und sie gegen die Wand drückte.

»Was heißt das?« fragte ich sie heftig und quetschte ihren Arm.

Sie brach in Tränen aus und sagte: »Weiß ich nicht. Ich hab' bloß gehört, wie Mami zu Dad gesagt hat, daß du ein kleiner Bastard bist.«

»Ich weiß, was das Wort heißt«, sagte jemand hinter mir. Ich drehte mich um und stellte fest, daß ich von meinen Mitschülern umgeben war, aber ich konnte nicht erkennen, wer gesprochen hatte.

»Was bedeutet es?« fragte ich jetzt lauter.

»Gib mir sechs Pence, dann sag' ich's dir.«

Ich starrte zu Neil Watson hoch, dem Klassengroßmaul und Rädelsführer, der immer in der Bankreihe hinter mir saß.

»Ich hab' bloß drei Pence.«

Er ließ es sich eine Zeitlang durch den Kopf gehen, ehe er sich großmütig einverstanden erklärte. »Na gut, dann sag' ich's dir für drei Pence.«

Er stellte sich vor mich, streckte die Hand aus und wartete, bis ich mein Taschentuch aufgeknüpft und ihm mein ganzes Taschengeld für die Woche gegeben hatte. Dann flüsterte er mir ins Ohr: »Das heißt, daß du keinen Vater hast.«

»Das ist nicht wahr!« schrie ich und boxte ihn auf die Brust. Doch er war viel größer als ich und lachte nur. Die Glocke läutete zum Pausenende, und alle rannten zurück ins Klassenzimmer. Mehrere Kinder lachten und riefen im Chor: »Bastard, Bastard, Bastard!«

Mein Kindermädchen – ich nannte sie nur Nanny, ich glaube, ihren Namen kannte ich gar nicht – holte mich von der Schule ab, und kaum war ich sicher, daß keiner meiner Klassenkameraden mich mehr hören konnte, fragte ich sie, was ›Bastard‹ bedeutete. Sie sagte nur: »So ein abscheuliches Wort, Daniel! Ich kann bloß hoffen, daß sie euch so was nicht im Unterricht lehren. Bitte nimm dieses Wort nie wieder in den Mund!«

Beim Tee in der Küche, nachdem Nanny gegangen war, um mein Badewasser einzulassen, fragte ich die Köchin, was ›Bastard‹ bedeutete. Sie sagte: »So was weiß ich nicht, Master Daniel, und ich tät' dir auch nicht raten, daß du jemand anderes fragst.«

Ich wagte es nicht, meine Eltern zu fragen, denn was wäre, wenn es tatsächlich stimmte? Aber ich lag die halbe Nacht wach und überlegte, wie ich es herausfinden könnte.

Am nächsten Tag mußte Mutter ins Krankenhaus und kam schrecklich lange nicht zurück. Ich erwähne das, weil Dad so gedankenabwesend wurde, daß er vergaß, mir die nächsten drei Wochen mein Taschengeld zu geben, und inzwischen war mein Interesse erloschen, die Bedeutung des Wortes herauszufinden. Sorgen machte es mir jedoch, weil ich Angst hatte, es könnte damit zusammenhängen, daß man mich Bastard geschimpft hatte und daß Mutter am nächsten Tag ins Krankenhaus mußte und nicht mit dem Brüderchen oder Schwesterchen zurückkkam, das sie mir versprochen hatte.

Etwa eine Woche später nahm mich Nanny zu Mami ins Guy Hospital mit, aber ich kann mich nicht recht daran erinnern, nur daß Mutter sehr blaß aussah und daß ich ihr versprach, noch fleißiger in der Schule zu sein. Wohl aber besinne ich mich, wie glücklich ich war, als sie endlich wieder nach Haus kam.

Die nächste Episode in meinem Leben, an die ich mich sehr gut erinnere, ist die, als ich mit elf in die St.-Paul's-Schule kam. Dort mußte ich mich zum erstenmal in meinem Leben wirklich anstrengen. In der Volksschule hatte ich in fast allen Fächern immer die besten Noten, ohne daß ich fleißiger war als die anderen Kinder, und es störte mich auch nicht, daß man mir den Spitznamen »Swotty« gab, was soviel wie ›Streber‹ bedeutete. In St. Paul's dagegen waren eine ganze Menge gescheite Schüler, doch in Mathematik kam keiner an mich heran. Nicht nur, daß mir dieses Fach, das so viele meiner Klassenkameraden scheuten, viel Spaß machte und Mami und Dad sich immer sehr über meine Zeugnisnoten freuten. Ich konnte es nie erwarten, bis wir die nächsten Aufgaben in Algebra und Geometrie bekamen, und sah es als Herausforderung, Rechenexempel im Kopf zu lösen, während meine Klassenkameraden noch an ihren Bleistiften kauten und über ganzen Seiten voll Zahlen brüteten.

Auch in anderen Fächern kam ich gut voran, bei Ballspielen hob ich mich dagegen nicht hervor, dafür lernte ich Cello und durfte später im Schulorchester mitspielen. Mein Klassenlehrer meinte jedoch, daß nichts davon wichtig war, weil ich ganz offensichtlich den Rest meines Lebens Mathematiker sein würde. Ich verstand damals nicht, was er meinte, da mein Dad mit vierzehn von der Schule abgegangen war, um den Obst- und Gemüsekarren meines Urgroßvaters in Whitechapel zu übernehmen, und obwohl Mami auf die Universität gegangen war, mußte sie doch in der Chelsea Terrace 1 arbeiten, damit Dad »in dem Stil, an den er sich gewöhnt hat« leben konnte. Das zumindest oder Ähnliches hörte ich sie hin und wieder beim Frühstück zu ihm sagen.

Ungefähr um diese Zeit muß es gewesen sein, daß ich entdeckte, was das Wort »Bastard« tatsächlich bedeutet. Wir lasen in der Klasse laut über König Johann I., deshalb konnte ich Mr. Quilter, meinen Englischlehrer, danach fragen, ohne daß sich irgendwer übermäßig darüber gewundert hätte; zwei Mitschüler drehten sich zwar um und kicherten, aber diesmal richtete niemand einen Finger auf mich oder tuschelte. Und als ich die Bedeutung erfahren hatte, dachte ich mir noch, daß Neil Watsons Antwort gar nicht so falsch gewesen sei. Aber natürlich traf eine solche Beschuldigung nicht auf mich zu, weil meine Eltern, solange ich mich zurückerinnern kann, immer beisammen, immer Mr. und Mrs. Trumper gewesen waren.

Wahrscheinlich hätte ich mich nie wieder an diesen Vorfall erinnert, wäre ich nicht eines Nachts in die Küche geschlichen, um mir ein Glas Milch zu holen; denn da hörte ich, wie Joan Moore sich mit Harold, dem Butler, unterhielt.

»Der junge Daniel ist sehr gut in der Schule«, sagte Harold. »Muß wohl den Grips seiner Mutter haben.«

»Bestimmt, aber wollen wir hoffen, daß er nie die Wahrheit über seinen Vater erfährt.«

Ich blieb wie erstarrt auf der Treppe stehen und lauschte gespannt.

»Eins ist ganz sicher«, sagte Harold, »Mrs. Trentham wird nie zugeben, daß der Junge ihr Enkel ist. Also weiß der Himmel, wer einmal das ganze Geld kriegen wird.«

»Captain Guy jedenfalls nicht mehr«, erwiderte John. »Also wird's wahrscheinlich dieser Nigel erben.«

Danach besprachen die beiden, wer das Frühstück auftragen sollte, und ich schlich in mein Schlafzimmer zurück, aber ich schlief nicht. Obwohl ich in den nächsten Monaten oft auf der Treppe saß und geduldig wartete, ob nicht wieder etwas für mich Wichtiges aufzuschnappen war, schnitten die beiden dieses Thema nie wieder an.

Die einzige andere Gelegenheit, bei der ich, soweit ich mich entsinne, den Namen »Trentham« gehört hatte, war, als irgendwann zuvor einmal die Marquise von Wiltshire, eine gute Freundin meiner Mutter, zum Tee kam. Zwar hatte man mich, wohl zum Spielen, hinausgeschickt, aber ich weiß noch, daß ich von der Diele aus hörte, wie Mutter fragte: »Warst du bei Guys Beerdigung?«

»Ja, aber viele Trauergäste waren nicht da«, antwortete die Marquise. »Die, die ihn gut kannten, waren offenbar eher erleichtert als traurig.«

»War Sir Raymond da?«

»Nein, er glänzte durch Abwesenheit«, kam die Antwort. »Mrs. Trentham behauptete, er fühle sich zu alt für die Reise. Was nur daran erinnerte, daß sie in nicht allzu ferner Zukunft ein gewaltiges Vermögen erben wird.«

Diese Tatsachen ergaben für mich damals wenig Sinn.

Der Name Trentham wurde dann in meiner Gegenwart noch einmal aufgeworfen, als Daddy Colonel Hamilton, nach einer Besprechung im Arbeitszimmer, zur Tür brachte. Daddy sagte: »Mrs. Trentham wird uns diese Wohnungen nie verkaufen, egal, wieviel wir ihr dafür bieten würden.«

Der Colonel bestätigte es mit einem heftigen Nicken, sagte jedoch nur: »Dieses verdammte Weib!«

Als meine Eltern einmal beide aus dem Haus waren, suchte ich im Telefonbuch nach dem Namen »Trentham«. Es war nur einer aufgeführt: Major G. H. Trentham, MP, Chester Square 14. Ich war kein bißchen schlauer.

1939 bot mir das Trinity College das Newton-Mathematik-Preis-Stipendium an. Als Dad das hörte, glaubte ich, er würde vor Stolz platzen. Alle drei fuhren wir übers Wochenende zu der Universitätsstadt, um uns mein zukünftiges Zimmer anzusehen, ehe wir durch die Anlagen der Colleges spazierten und den Great Court bewunderten.

Die einzige Wolke am ansonsten klaren Horizont war die dunkle von Nazideutschland. Im Parlament wurde über die Einberufung aller über Zwanzig diskutiert, und ich konnte es kaum erwarten, meinen Teil beizutragen, sollte Hitler es wagen, auch nur eine Zehe auf polnischen Boden zu setzen.

In meinem ersten Jahr in Cambridge lernte ich sehr viel, hauptsächlich weil Horace Bradford mein Professor war, der genau wie seine Frau zur Spitze der ausgesuchten und hochtalentierten Mathematiker zählte, die zu der Zeit an der Universität unterrichteten. Von Mrs. Bradford erzählte man sich, daß sie den Wrangler-Preis als Beste ihres Jahres geschafft, aber daß man ihn ihr nicht verliehen hatte, nur weil sie eine Frau war. Statt dessen erhielt ihn der Mann, der eigentlich nur Zweitbester gewesen war. Als Mutter das hörte, war sie außer sich vor Ärger.

Mrs. Bradford freute die Tatsache jedenfalls, daß Mutter schon 1921 ihr Diplom von der Londoner Universität bekommen hätte, während sich Cambridge noch 1939 weigerte anzuerkennen, daß ihres überhaupt existierte.

Nach Abschluß meines ersten Studienjahres meldete ich mich freiwillig, wie viele andere Trinity-Studenten, doch mein Professor fragte mich, ob ich nicht mit ihm und seiner Frau im War Office arbeiten wollte, in einer neuen Abteilung, die sich auf das Entschlüsseln militärischer Codes spezialisierte.

Ich nahm das Angebot ohne Zögern an und malte mir erfreut aus, wie ich meine Zeit in einem schäbigen kleinen Hinterzimmer irgendwo im Bletchley Park mit dem Versuch zubringen würde, deutsche Codes zu knacken. Ich hatte ein bißchen ein schlechtes Gewissen, weil ich einer der wenigen in Uniform sein würde, der den Krieg regelrecht genoß. Dad gab mir genug Geld, daß ich mir einen gebrauchten MG kaufen konnte, womit ich hin und wieder nach London fuhr, um ihn und Mama zu besuchen.

Manchmal konnte ich mir sogar eine Stunde zum Mittagessen mit Dad im Versorgungsministerium leisten, aber er bestellte sich immer nur Brot, Käse und Milch, als Vorbild für sein Team. Das füllte zwar rasch den Magen, aber sehr nahrhaft war es nicht, wie mir Mr. Selwyn versicherte, wobei er hinzufügte, daß mein Vater sogar schon den Minister so weit hätte.

»Aber nicht Mr. Churchill?« meinte ich lächelnd.

»Er ist der nächste auf der Liste, wie ich hörte.«

1943 wurde ich zum Captain befördert, was nichts weiter als die Anerkennung des War Office für die Arbeit in unserer Abteilung war, die sich recht ordentlich entwickelt hatte. Mein Vater freute sich riesig, und ich bedauerte, daß ich meinen Eltern nicht von der Begeisterung erzählen konnte, als wir den Code der deutschen U-Boot-Kommandanten gebrochen hatten. Es verblüfft mich immer noch, daß sie den Schlüssel auch lange nach unserer Entdeckung noch benutzten. Dieser Geheimcode war der Traum eines Mathematikers, und wir knackten ihn schließlich auf einer Speisekarte im Lyon's-Corner-Haus gleich neben dem Picadilly. Die Kellnerin, die uns bediente, nannte mich einen Vandalen. Ich lachte und dachte, ich könnte mir eigentlich den Rest des Tages freinehmen und Mutter in meiner neuen Captainsuniform überraschen. Ich fand, daß sie mir recht gut stand, doch mit Mutters Reaktion, als sie mir die Tür öffnete, hatte ich nicht gerechnet – sie starrte mich an, als sähe sie einen Geist. Sie fing sich zwar rasch, trotzdem wurde dieser Moment zu einem weiteren Teilchen in meinem immer komplexeren Puzzle, das ich ständig irgendwo im Hinterkopf hatte.

Der nächste Hinweis kam in der letzten Zeile eines Nachrufs, auf den ich nicht weiter achtete, bis mir daran zufällig auffiel, daß eine Mrs. Trentham zu den Hinterbliebenen gehörte und ein beachtliches Vermögen erben würde. Als solches kein wichtiger Hinweis, bis ich beim zweiten Lesen entdeckte, daß sie die Tochter eines Sir Raymond Hardcastle war, ein Name, der mir gestattete, wie bei einem Kreuzworträtsel mehrere Kästchen gleichzeitig auszufüllen. Mich verwunderte jedoch, daß kein Guy Trentham unter den Hinterbliebenen aufgeführt war.

Manchmal wünschte ich mir, ich wäre nicht mit der Art von Verstand geboren, dem es ein Bedürfnis war, Codes zu entschlüsseln und sich an mathematischen Formeln zu ergötzen. Offenbar bestand eine lineare Verbindung zwischen den Begriffen »Bastard«, »Trentham«, »Krankenhaus«, »Captain Guy«, »Wohnungen«, »Sir Raymond«, »dieser Nigel«, »Beerdigung« und der Tatsache, daß Mutter kreidebleich geworden war, als sie mich in Captainsuniform sah. Doch mir war klar, daß ich noch weitere Hinweise benötigen würde, ehe die Logik mich zur richtigen Lösung führte.

Da wurde mir plötzlich bewußt, von wessen Beerdigung die Rede gewesen sein mußte, als damals die Marquise beim Tee über »Guys Beerdigung« gesprochen hatte – der von »Captain Guy«. Aber warum war das so wichtig?

Am folgenden Samstag morgen stand ich schon sehr früh auf und fuhr nach Ashurst, der Ortschaft, in der die Marquise von Wiltshire früher zu Hause gewesen war – und das, schloß ich, war gewiß kein Zufall. Ich kam kurz nach sechs an der kleinen Kirche an, und wie erwartet, war zu dieser Zeit keine lebende Seele auf dem Friedhof. Ich sah mich um und las die Namen auf den Grabsteinen: Yardley, Baxter, Flood, Harcourt-Browne. Einige Gräber waren unkrautüberwuchert, auf anderen standen

frische Blumen. Am Grab des Großvaters meiner Taufpatin hielt
ich kurz an. Bestimmt gab es rund um den Glockenturm über
hundert Gräber, trotzdem war die gepflegte Grabstätte der Familie Trentham, nur ein paar Meter von der Sakristei entfernt,
leicht zu finden.

Als ich dann vor dem neuesten Grabstein der Familie stand,
brach mir kalter Schweiß aus.

CAPTAIN GUY TRENTHAM
Träger des Militärverdienstkreuzes
1896–1926
verschieden nach langer, schwerer Krankheit
tief betrauert von seiner Familie

Hier lag der Mann, der mir bestimmt alle Fragen hätte beantworten können. Und ich war mit meinem quälenden Rätsel in
einer Sackgasse angelangt.

Nach Kriegsende kehrte ich ins Trinity College zurück. Man gewährte mir ein zusätzliches Jahr, um mein Diplom zu machen.
Zwar fanden meine Eltern, der Höhepunkt des Jahres sei mein
Preis als Wrangler – so nennt man in Cambridge den Studenten
des Jahres, der die mathematische Abschlußprüfung mit Auszeichnung bestanden hat – mit dem Angebot einer Fellowship
am Trinity College; aber ich fand, daß es eher Dads Adelserhe-
bung im Buckingham-Palast gewesen war.

Die Zeremonie erwies sich als doppelte Freude, denn auch
mein alter Lehrer, Professor Bradford, wurde wegen seiner Verdienste auf dem Gebiet der Codeentschlüsselung zum Ritter geschlagen – seine Frau ging leer aus, wie meine Mutter sofort bemerkte. Ich war ebenso empört darüber wie sie. Dad hatte
seinen Teil dazu beigetragen, daß wir Briten nicht hungern mußten; aber wie Churchill im Unterhaus darlegte, hatten die Er-
folge unseres kleinen Teams den Krieg wahrscheinlich um ein
Jahr verkürzt.

Wir trafen uns danach alle im Ritz zum Tee, und irgendwann,

was verständlich war, wandte sich das Gespräch der Frage zu, wie ich mir meine weitere Zukunft vorstellte, nun, da der Krieg zu Ende war. Ich rechne es Vater hoch an, daß er nie vorschlug, ich solle bei Trumper einsteigen, um so mehr, da ich wußte, wie sehr er sich einen zweiten Sohn gewünscht hatte, der die Firma einmal übernehmen würde. Während der Sommerferien wurde mir das Glück, das mir zuteil geworden war, noch mehr bewußt, da Vater sehr viel geschäftliche Probleme hatte und Mutter ihre eigene Sorge um die Zukunft von Trumper nicht verbergen konnte. Aber wenn ich fragte, ob ich helfen könne, sagte sie immer nur: »Mach dir keine Sorgen, es wird schon alles gut.«

Nachdem ich nach Cambridge zurückgekehrt war, nahm ich mir vor, mir keine Gedanken mehr darüber zu machen, falls mir der Name Trentham je wieder unterkommen sollte. Doch gerade weil der Name in meiner Gegenwart nie offen erwähnt wurde, spukte er weiter in meinem Unterbewußtsein. Vater war immer mit allem so frei heraus gewesen, daß ich mir nicht erklären konnte, warum er ausgerechnet in dieser Sache geheimnistuerisch war, und zwar so sehr, daß ich es einfach nicht wagte, damit zu ihm zu kommen.

Vielleicht wären Jahre vergangen, ohne daß ich mir die Mühe gemacht hätte, noch etwas in dieser rätselhaften Angelegenheit zu unternehmen, wäre nicht dieser Anruf eines Morgens in Little Boltons gewesen – ich hatte, als es klingelte, den Nebenapparat abgehoben, während Vater fast gleichzeitig nach dem Hauptanschluß griff.

Tom Arnold, Vaters rechte Hand, war am anderen Ende und sagte: »Zumindest können wir froh sein, daß Sie Syd Wrexall vor Mrs. Trentham erreicht haben.«

Ich legte sofort auf, aber ich wußte jetzt, daß ich keine Ruhe haben würde, wenn ich dieser Sache nicht auf den Grund ging – und zwar, ohne daß meine Eltern es je erfahren würden. Warum nahm man in einer solchen Lage immer gleich das Schlimmste an? Ganz sicher würde sich die Lösung als etwas völlig Harmloses erweisen.

Obwohl ich selbst Syd Wrexall nie begegnet war, erinnerte ich mich doch, daß er der Wirt des »Musketier« gewesen war, eines Pubs, der stolz am Ende der Chelsea Terrace gestanden hatte, bis er ausgebombt worden war. Vater hatte den Besitz noch während des Krieges erworben und später, nach dem Wiederaufbau, dort ein Einrichtungshaus eröffnet.

Dick Barton brauchte nicht lange, herauszufinden, daß Mr. Wrexall London während des Krieges verlassen hatte und seither einen Pub in einem verschlafenen Nest namens Hatherton in Cheshire betrieb.

Ich brachte drei Tage damit zu, meine Strategie für Mr. Wrexall zu planen, und erst als ich überzeugt war, daß ich alle Fragen wußte, die gestellt werden mußten, wagte ich die Fahrt hinauf nach Norden. Ich mußte jede Frage, deren Antwort ich brauchte, so formulieren, daß sie nicht als Fragen zu erkennen waren. Aber ich wartete trotzdem noch einen Monat mit dieser Fahrt und ließ mir einen Bart wachsen, damit mich Wrexall nicht erkennen würde. Ich glaubte zwar nicht, daß ich ihn je gesehen hatte, aber es war ja möglich, daß er mich von irgendwoher kannte und sofort wissen würde, wer ich war, sobald ich seinen Pub betrat. Ich ersetzte sogar meine alte Brille durch ein eleganteres Modell, das ich privat bezahlte.

Für meine Fahrt wählte ich einen Montag, weil ich ihn für den ruhigsten Wochentag für ein Mittagessen in einem Pub hielt. Ehe ich mich auf den Weg machte, rief ich vorsichtshalber im »Fröhlichen Wildschütz« an, und Mrs. Wrexall versicherte mir, daß ihr Mann den ganzen Tag dasein würde. Ich hängte ein, ehe sie nachfragen konnte, weshalb ich das wissen wollte.

Während meiner Fahrt nach Cheshire paukte ich laufend eine Reihe von Nichtfragen. In Hatherton angekommen, parkte ich den Wagen in einer Seitenstraße in einiger Entfernung vom Pub und ging zu Fuß zum »Fröhlichen Wildschütz«. Vier Männer unterhielten sich an der Theke, und etwa sechs saßen mit ihren Krügen um ein gefährlich loderndes Kaminfeuer. Ich setzte mich ans Ende der Theke und bestellte mit Kartoffelpüree überbackenes Hackfleisch, das hier Hirtenauflauf genannt wurde, und ein Glas Dunkles bei einer vollbusigen Kellnerin mittleren Alters – die Frau des Wirts, wie ich später erkannte. Ich brauchte nur Augenblicke, um festzustellen, wer der Wirt war, denn die anderen Gäste riefen ihn alle Syd; aber mir war klar, daß ich mich noch eine Weile würde gedulden müssen. So lauschte ich seinem Geplauder über alle und jeden, von Lady Docker bis Richard Murdoch, und es hörte sich an, als stünde er mit allen auf du und du.

»Noch mal das gleiche?« fragte er mich schließlich, als er zu meinem Ende der Theke kam und mein leeres Glas holte.

»Ja, bitte«, sagte ich erleichtert, weil er mich offenbar nicht kannte.

Bis er mit meinem Bier zurückkam, hingen nur noch zwei Einheimische an der Theke herum.

»Sind Sie aus der Gegend?« erkundigte er sich und lehnte sich gegen den Schanktisch.

»Nein«, antwortete ich. »Ich bin nur auf ein paar Tage hier, auf Inspektion. Ich bin vom Ministerium für Landwirtschaft, Fischerei und Ernährung.«

»Und was führt Sie nach 'atherton?«

»Die Maul- und Klauenseuche. Ich sehe mir den Viehbestand an.«

»O ja, ich 'ab' in der Zeitung davon gelesen.« Er spielte mit einem leeren Glas.

»Darf ich Sie zu einem Glas einladen?« fragte ich.

»O danke, Sir, wenn es Ihnen recht ist, nehme ich einen Whisky.« Er stellte sein leeres Bierglas in das Spülbecken und schenkte sich einen Doppelten ein, für den er mir fünf Shilling berechnete, dann fragte er mich, wie es denn hier mit der Seuche aussah.

»Alles in Ordnung bisher«, antwortete ich, »aber ich muß noch zu ein paar Höfen im Norden des Bezirks.«

»Ich 'ab' mal jemand in Ihrem Ministerium gekannt«, sagte er plötzlich.

»Ja?«

»Sir Charles Trumper.«

»Vor meiner Zeit«, entgegnete ich und nahm einen Schluck von meinem Bier. »Aber im Ministerium redet man noch von ihm. Muß ein ziemlich harter Bursche gewesen sein, wenn die Geschichten stimmen, die man sich über ihn erzählt.«

»Verdammt, das war er«, fluchte Wrexall. »Wenn er mich nicht überrumpelt 'ätt', wär' ich jetzt ein reicher Mann.«

»Oh, wirklich?«

»O ja! Wissen Sie, bevor ich 'ier'ergezogen bin, 'ab' ich Eigentum in London ge'abt. Einen Pub und Beteiligung an mehreren Läden in der Chelsea Terrace, genau gesagt. Er 'at mir im Krieg das Ganze für lumpige sechstausend Pfund abgekauft. Wenn ich nur vierundzwanzig Stunden gewartet 'ätt', 'ätt' ich zwanzig- oder gar dreißigtausend dafür gekriegt.«

»Aber der Krieg war doch nicht in vierundzwanzig Stunden vorbei.«

»O nein, ich will auch gar nicht andeuten, daß er mich 'ereinlegen wollte, aber es ist mir immer als ein wenig mehr als bloßer Zufall vorgekommen, daß er ausgerechnet an dem Vormittag 'ier 'ereingeschneit ist, nachdem ich ihn jahrelang nicht gesehn hatte.«

Wrexalls Glas war leer.

»Noch mal das gleiche für uns beide?« fragte ich in der Hoffnung, daß eine Investition von weiteren fünf Shilling ihm die Zunge noch mehr lösen würde.

»Das ist sehr großzügig von Ihnen, Sir«, dankte er, und als er mit dem nachgefüllten Glas zurückkam, fragte er: »Wo war ich gleich?«

»Ausgerechnet an dem Vormittag ...«, half ich nach.

»O ja, Sir Charles – Charlie, wie ich ihn immer genannt 'ab'. Na ja, er 'at das Geschäft 'ier an dieser Theke abgeschlossen, in nicht einmal ganz zehn Minuten. Und ich will verdammt sein, aber eine Minute später 'at jemand angerufen und gefragt, ob der Pub und die Läden noch zu 'aben sind. Ich mußte der Dame sagen, daß ich sie gerade erst verkauft 'ab'.«

Ich vermied es zu fragen, wer »die Dame« gewesen war, außerdem glaubte ich, es ohnehin zu wissen. »Aber dem können Sie doch nicht entnehmen, daß sie zwanzigtausend Pfund dafür bezahlt hätte«, sagte ich statt dessen.

»O doch«, versicherte mir Wrexall. »Mrs. Trentham 'ätte jeden Betrag bezahlt, um zu ver'indern, daß Sir Charles die Läden bekommt.«

»Großer Gott!« Wieder vermied ich, nach dem Warum zu fragen.

»O ja, die Trumpers und die Trenthams sind einander schon eine Ewigkeit spinnefeind, wissen Sie. Ihr ge'ört übrigens immer noch das Wohngebäude mitten in der Chelsea Terrace. Das ist das einzige, was ihn darin 'indert, sein riesiges Mausoleum zu bauen, nicht wahr? Übrigens, einmal, als sie Chelsea Terrace 1 kaufen wollte, 'at Charlie sie ganz schön überlistet, müssen Sie wissen. Das 'ätten Sie sehen müssen!«

»Aber das muß doch schon Jahre her sein«, meinte ich. »Erstaunlich, wie nachtragend manche Leute sind.«

»Das kann man wohl sagen, denn soviel ich weiß, geht das schon seit Anfang der zwanziger Jahre so, seit ihr feiner Sohn sich in Miss Salmon verknallt hatte.«

Ich hielt den Atem an.

»Das 'at sie gar nicht gebilligt, nicht Mrs. Trentham, nein. Das 'aben wir damals im ›Musketier‹ alles mitgekriegt. Und wie ihr Sohn dann nach Indien verschwunden ist, 'at das Salmon-Mädchen plötzlich Charlie ge'eiratet.«

»Das ist eine so lange Zeit her, mich wundert, daß es da nicht längst vergeben und vergessen ist«, sagte ich und leerte mein Glas.

»Da 'aben Sie natürlich recht«, bestätigte Wrexall. »Ich 'ab' mich auch immer darüber gewundert. Aber es gibt eben solche und solche. Aber ich muß jetzt leider schließen, Sir, das Gesetz, wissen Sie.«

»Selbstverständlich. Und ich muß zu meinen Rindern.«

Ehe ich nach Cambridge zurückkehrte, schrieb ich mir im Auto jedes Wort des Wirts auf, an das ich mich erinnern konnte. Auf der langen Rückfahrt versuchte ich, die neuen Hinweise zu ordnen und zusammenzufügen. Obwohl ich eine Menge von

Wrexall erfahren hatte, kannte ich die ganze Wahrheit immer noch nicht, im Gegenteil, es hatten sich weitere Fragen ergeben, die der Klärung bedurften. Als einziges war ich mir jetzt sicher, daß ich mit meinen Nachforschungen nicht aufhören konnte.

Ich beschloß, mich am nächsten Morgen ins War Office zu begeben und Sir Horace' alte Sekretärin zu fragen, ob sie wüßte, wie man etwas über einen ehemaligen Offizier erfahren könne.

»Sein Name?« fragte die altjüngferliche Frau, die ihr Haar zu einem Knoten hochgesteckt hatte – eine Frisur, die aus der Kriegszeit übriggeblieben war.

»Guy Trentham«, sagte ich.

»Rang und Regiment?«

»Captain, bei den Royal Fusiliers, nehme ich an.«

Sie verschwand hinter einer geschlossenen Tür und war innerhalb fünfzehn Minuten mit einem dünnen braunen Ordner zurück. Sie nahm ein Blatt heraus und las laut: »Captain Guy Trentham, Militärverdienstkreuz, Teilnahme am ersten Weltkrieg, Militärdienst in Indien, 1922 aus der Armee ausgeschieden.« Sie blickte mich an. »Es ist keine Erklärung dafür angegeben, auch keine Entlassungsadresse.«

»Sie sind ein Genie«, sagte ich und küßte sie zu ihrer Verblüffung auf die Stirn. Dann kehrte ich nach Cambridge zurück.

Je mehr ich herausfand, desto mehr Fragen stellten sich. Allerdings sah es im Moment so aus, als wäre ich erneut in einer Sackgasse gelandet.


Die nächsten paar Wochen konzentrierte ich mich auf meine Aufgabe als Tutor, bis meine Studenten in die Weihnachtsferien gefahren waren.

Für die dreiwöchige Pause kehrte ich nach London zurück und verbrachte ein glückliches Weihnachtsfest im trauten Familienkreis bei meinen Eltern. Vater wirkte viel entspannter als im Sommer, und selbst Mutter schien ihre unerklärten Sorgen abgelegt zu haben.

Doch ein weiteres Rätsel tat sich während der Weihnachtsferien auf, und da ich überzeugt war, daß es in keiner Beziehung

427

mit den Trenthams verknüpft war, zögerte ich nicht, meine Mutter nach der Lösung zu fragen: »Was ist mit Vaters Lieblingsbild geschehen?«

Ihre Antwort betrübte mich zutiefst, und sie bat mich, das Thema der *Kartoffelesser* gegenüber meinem Vater nie wieder anzuschneiden.

Einige Tage bevor ich wieder nach Cambridge zurück mußte, schlenderte ich die Beaufort Street Richtung Little Boltons zurück, als ich einen alten Mann in der blauen Uniform eines Veteranen erblickte, der die Straße überqueren wollte.

»Darf ich Ihnen behilflich sein?« erbot ich mich.

»Oh, vielen Dank, Sir.« Er blickte mit mattem Lächeln zu mir auf.

»Und in welchem Regiment haben Sie gedient?« fragte ich ihn, nur um etwas zu sagen.

»Im Prince of Wales. Und Sie?«

»Bei den Royal Fusiliers.« Wir überquerten die Straße. »Davon sind sicher auch welche bei Ihnen, oder?«

»Ah ja, die Fussies. Banger Smith war im Ersten Weltkrieg bei ihnen, und Sammy Tomkins, der ist erst zweiundzwanzigdreiundzwanzig eingetreten und dann nach Tobruk als Invalide ausgemustert worden.«

»Banger Smith?«

»Ja«, sagte der Veteran. Wir hatten die andere Straßenseite erreicht. »Ein Drückeberger, wie er im Buch steht.« Er kicherte abfällig. »Jedenfalls hilft er jetzt einmal in der Woche in Ihrem Regimentsmuseum aus, wenn man ihm glauben darf.«

Gleich am nächsten Tag ging ich in das kleine Regimentsmuseum in London, aber der Kurator sagte mir, daß Banger Smith nur jeweils am Donnerstag komme, und nicht einmal darauf könne man sich verlassen.

Ich schaute mich in dem Raum um, der voll von Andenken an die Geschichte des Regiments war: zerfledderte Fahnen, die von ehrenvoll geschlagenen Schlachten zeugten; ein Glaskasten mit Uniformen; veraltete Waffen und Kriegsutensilien vergangener Tage; und riesige Karten, auf denen mit farbigen Nadelköpfen gezeigt wurde, wo und wann das Regiment seine ehrenvollen Schlachten geschlagen hatte.

Da der Kurator nur wenige Jahre älter war als ich, wäre es sinnlos gewesen, ihn mit Fragen über den Ersten Weltkrieg zu belästigen.

So kehrte ich am Donnerstag zurück und fand einen alten Soldaten in einer Ecke sitzend, der so tat, als wäre er beschäftigt.

»Banger Smith?«

Der Alte war bestimmt nicht sehr viel größer als eins fünfzig, und er dachte gar nicht daran, sich von seinem Stuhl zu erheben. Er blickte mißtrauisch zu mir hoch.

»Und wenn?«

Ich zauberte einen Zehnshillingschein vor seine Nase.

Er schaute erst den Geldschein, dann mich mit argwöhnischen Augen an. »Was woll'n Sie?«

»Können Sie sich vielleicht zufällig an einen Captain Guy Trentham erinnern?«

»Sind Sie von der Polizei?«

»Ich bin Anwalt. Sein Nachlaßverwalter.«

»Ich wett', der Schuft hat niemand nichts 'interlassen.«

»Bedaure, aber ich bin nicht befugt, darüber zu reden. Ich möchte Sie nur fragen, ob Sie wissen, was aus ihm geworden ist, nachdem er die Füsiliere verlassen hat? Das Regiment hat nach 1922 keine Unterlagen über ihn.«

»Warum auch? Die Fussies 'ab'n ihm zum Abschied nicht g'rad 'ne Parade abge'alten. Der verdammte 'undsfott 'ätt' ausgepeitscht ge'ört, sag' ich.«

»Wieso?«

»Von mir erfahr'n Sie nichts mehr. Regimentsge'eimnis«, fügte er hinzu und tupfte sich an die Nase.

»Aber haben Sie vielleicht eine Ahnung, wohin er sich begeben hat, nachdem er Indien verließ?«

»Kost' Sie mehr als zehn Bob«, sagte der alte Soldat kichernd.

Ich zog zwei weitere Zehnshillingscheine aus der Tasche.

»Is' nach Australien abgedampft, wissen Sie. Is' dort verreckt, und seine Mutter 'at ihn überführen lassen. Is' nicht schad' um ihn. Wenn's nach mir ging, tät sein verdammtes Bild nicht mehr an der Wand 'ängen.«

»Sein Bild?«

»Ja. MCs, nach den VCs und DSOs, ganz 'inten, oben links in der Ecke.« Er schaffte es sogar, den Arm zu heben, um in die Richtung zu deuten.

Ich ging langsam zu der Ecke, in die Banger Smith gewiesen hatte, vorbei an den sieben Füsilier-Viktoriakreuzträgern und mehreren Kriegsverdienstordensträgern zu den Militärverdienstkreuzträgern. Sie hingen in chronologischer Reihenfolge: 1914 – drei; 1915 – dreizehn, 1916 – zehn, 1917 – elf, 1918 – siebzehn. Captain Trentham, so war zu lesen, war das Militärverdienstkreuz nach der zweiten Schlacht an der Marne, am 21. Juli 1918, verliehen worden.

Ich starrte hinauf zu dem Bild eines jungen Offiziers in der Uniform eines Captain, und ich wußte, daß ich nach Australien fahren mußte. ೲ

## 30

»Und wann möchtest du fahren?«

»In den Sommerferien.«

»Hast du genügend Geld für eine solche Reise?«

»Ich habe fast noch die ganzen fünfhundert Pfund, die du mir zur Graduierung geschenkt hast – genau gesagt, habe ich davon bloß die hundertachtzig Pfund für den neuen MG genommen. Weißt du, ein Junggeselle mit Unterkunft im College braucht kein großes Privateinkommen.« Daniel blickte auf, als seine Mutter den Salon betrat.

»Daniel plant, im Sommer nach Amerika zu fahren.«

»Wie aufregend.« Becky stellte Blumen auf ein Beistelltischchen neben die Remingtonstatuette. »Dann mußt du unbedingt die Fields in Chicago und die Bloomingdales in New York besuchen, und wenn du genügend Zeit hast, könntest du auch ...«

Daniel, der sich an die Kamineinfassung lehnte, unterbrach sie: »Ich möchte zu Waterstone in Princeton und zu Stinstead in Berkeley.«

Becky blickte von ihrem Blumenarrangement auf. »Kenne ich sie?«

»Kann ich mir eigentlich nicht denken, Mutter. Es sind beides Mathematikprofessoren.«

Charlie lachte.

»Schon gut. Hauptsache, du schreibst uns regelmäßig«, sagte seine Mutter. »Ich wüßte immer gern, wo du bist und was du machst.«

»Natürlich werde ich schreiben, Mutter.« Daniel unterdrückte einen Seufzer. »Wenn du mir versprichst, dich daran zu erinnern, daß ich immerhin schon sechsundzwanzig bin.«

Becky blickte lächelnd zu ihm hinüber. »Ach, tatsächlich, Liebes?«

Daniel kehrte an diesem Abend nach Cambridge zurück und überlegte, wie er es anstellen könnte, Briefe von Amerika aus abzuschicken, während er unterwegs oder bereits in Australien war. Es gefiel ihm gar nicht, seine Mutter täuschen zu müssen, aber er befürchtete, es würde sie viel mehr schmerzen, wenn er sie bitten würde, ihm die Wahrheit über Captain Trentham zu erzählen.

Es erleichterte ihm die Sache nicht, als Charlie ihm ein Ticket erster Klasse auf der *Queen Mary* nach New York und zurück sandte. Es kostete einhundertunddrei Pfund und gestattete die Rückreise zu einem beliebigen Datum.

Daniel fand schließlich eine Möglichkeit. Er rechnete sich aus, wenn er die *Queen Mary* die Woche nach Semesterende nach New York nahm und mit dem Twentieth Century Limited und dem Super Chief quer durch die Staaten nach San Francisco fuhr, hatte er dort noch einen vollen Tag, ehe der Dampfer *Aorangi* nach Sydney auslief. Und für Australien blieben ihm immer noch ganze vier Wochen, bevor er die Rückreise auf demselben Weg antreten mußte, um ein paar Tage vor Beginn des Herbsttrimesters in Southampton anzukommen.

Wie bei allem, was Daniel sich vornahm, verbrachte er viele Stunden damit, alles genau zu durchdenken und zu überprüfen, und zwar schon lange, ehe er in Southampton an Bord ging. Er nahm sich drei Tage für die Informationsabteilung der australischen High Commission und achtete darauf, daß er sich jedesmal beim Dinner am Professorentisch neben Dr. Marcus Winter, einen Gastdozenten aus Adelaide, setzen konnte. Obwohl der Erste Sekretär und der Bibliothekar des Australienhauses sich aus manchen von Daniels Fragen keinen Reim machen konnten und Dr. Winter sich über die Aufmerksamkeit des jungen Mathematikers wunderte, glaubte Daniel gegen Ende des Semesters genügend erfahren zu haben, daß er keine Zeit zu vergeuden brauchte, wenn er erst Fuß auf den Subkontinent gesetzt hatte. Aber er mußte sich natürlich eingestehen, daß das Ganze im Grund genommen immer noch mit einem Glücksspiel zu vergleichen war. Es mochte immerhin sein, daß er auf die erste Frage, die er unbedingt beantwortet haben mußte, erfuhr: »Es ist absolut unmöglich, das herauszufinden.«

Vier Tage nachdem die Studenten heimgefahren waren, hatte Daniel seine Beurteilungen geschrieben und seine Sachen gepackt. Am nächsten Nachmittag holte ihn seine Mutter ab, um ihn nach Southampton zu chauffieren. Unterwegs erzählte sie ihm, daß Charlie beim Londoner Bezirksamt um die Genehmigung ersucht hatte, ein Kaufhaus zu bauen, das die gesamte Chelsea Terrace einschloß.

»Aber was ist mit den ausgebombten Wohnungen?«

»Das Amt hat den Besitzern drei Monate Frist gegeben, mit dem Wiederaufbau zu beginnen. Tun sie das nicht, kommt es zur Zwangsmaßnahme und das Bezirksamt gibt das Grundstück zum Verkauf frei.«

»Wie schade, daß wir es nicht selbst kaufen können«, sagte Daniel und versuchte wieder einmal eine seiner Nichtfragen, um auf diese Weise vielleicht ein wenig mehr von seiner Mutter zu erfahren. Doch sie ging nicht darauf ein und fuhr eine Zeitlang schweigend auf der A30 weiter.

Eine Ironie, dachte Daniel. Wenn seine Mutter ihm anvertrauen würde, weshalb Mrs. Trentham Vater nicht entgegenkommen wollte, könnte sie wenden und ihn nach Cambridge zurückbringen.

Er kehrte auf festeren Boden zurück. »Wie will Vater das Geld für ein solches Unternehmen auftreiben?«

»Er kann sich noch nicht zwischen einem Bankkredit und der Gründung einer Aktiengesellschaft entscheiden.«

»Um welche Summe geht es denn?«

»Mr. Merrick rechnet mit etwa hundertfünfzigtausend Pfund.«

Daniel pfiff durch die Zähne.

»Die Bank ist durchaus bereit, uns einen Kredit für den Gesamtbetrag zu geben, jetzt, da die Preise für Haus- und Grundbesitz angezogen haben«, fuhr Becky fort. »Sie verlangt jedoch als Sicherheit unseren gesamten Besitz, einschließlich der Geschäfte in der Chelsea Terrace, unseres Hauses und unserer

Kunstsammlung, und will obendrein, daß wir eine persönliche Haftung unterzeichnen; außerdem berechnet sie der Firma vier Prozent Überziehungszinsen.«

»Unter den Umständen wäre vielleicht doch eine Aktiengesellschaft sinnvoller.«

»So einfach ist das nicht. Wir würden in dem Fall möglicherweise nur einundfünfzig Prozent der Anteile halten können.«

»Das genügt doch für die Kontrolle.«

»Das schon«, bestätigte Becky, »aber sollten wir zu irgendeinem späteren Zeitpunkt noch mehr Kapital benötigen, könnte es sich als schwierig erweisen, die Aktienmehrheit zu bewahren. Außerdem weißt du ja, was dein Vater davon hält, wenn Außenstehende zu viel zu sagen bekommen, von einem zu großen Anteil ganz zu schweigen. Und wenn er dann auch noch regelmäßig vor noch mehr Direktoren Rechenschaft ablegen müßte, von den Aktionären gar nicht zu reden, kommt es irgendwann einmal zum Knall. Er hat die Geschäfte immer nach seinem Instinkt geführt, und die Bank von England würde zweifellos auf einer orthodoxeren Methode bestehen.«

»Wie bald muß er sich denn schon entscheiden?«

»Bis du von Amerika zurück bist, dürfte es eigentlich geklärt sein.«

»Wie sieht es mit der Zukunft von Nummer 1 aus?«

»Die Aussichten sind vielversprechend. Ich habe das richtige Personal und reichlich Beziehungen, jetzt warten wir eigentlich nur noch auf die Genehmigung unseres bereits eingereichten Plans, dann könnten wir mit der Zeit eine ernste Konkurrenz für Sotheby's und Christie's werden.«

»Nicht, wenn Dad sich weiterhin die besten Bilder unter den Nagel reißt.«

»Stimmt.« Becky lächelte. »Aber wenn er so weitermacht, wird unsere private Sammlung bald mehr wert sein als das Geschäft, wie der Rückverkauf des Van Gogh an die Lefevre-Galerie nur zu bitter bewiesen hat. Er hat den besten Amateurblick, der mir je untergekommen ist – aber verrat ihm ja nie, daß ich das gesagt habe.«

Becky begann sich auf die Hinweisschilder zum Hafen zu konzentrieren und hielt den Wagen direkt gegenüber dem Linienschiff an, doch nicht ganz so dicht, wie es Daphne einmal gelungen war, wenn sie sich recht entsann.

Daniels Schiff lief noch am gleichen Abend von Southampton aus, und seine Mutter winkte ihm von Kai aus zu.

An Bord der *Queen Mary* schrieb Daniel einen langen Brief an seine Eltern, den er fünf Tage später auf der Fifth Avenue aufgab. Dann kaufte er eine Pullman-Fahrkarte auf der Twentieth Century Limited nach Chicago. Der Zug fuhr um zwanzig Uhr von Penn Station ab, wodurch Daniel sechs Stunden Aufenthalt blieben, die er nutzte, sich Manhattan anzusehen und einen Reiseführer von Amerika zu kaufen.

In Chicago wurde sein Pullmanwagen an den Super Chief gehängt, der ihn bis Los Angeles brachte.

Während der viertägigen Reise quer durch Amerika begann Daniel zu bedauern, daß er nicht auf diesem Kontinent bleiben konnte. Als er durch Kansas City, Newton City, La Junta, Albuquerque und Barstow fuhr, erschien ihm jede neue Stadt interessanter als die vorherige. Jedesmal, wenn der Zug an einem Bahnhof hielt, sprang Daniel auf den Bahnsteig, kaufte eine Ansichtskarte und füllte sie im Zug mit ein paar interessanten Einzelheiten, die er seinem Reiseführer über die jeweilige Stadt entnahm, dann gab er sie beim nächsten Halt auf und füllte die nächste aus. Bis der Expreß am Oakland-Bahnhof ankam, hatte er siebenundzwanzig Ansichtskarten nach Little Boltons gesandt.

Als er in San Francisco aus dem Bus stieg, nahm Daniel sich ein Zimmer, das für seine Reisekasse erschwinglich war, in einem kleinen Hotel am Hafen. Da die *Aorangi* erst sechsunddreißig Stunden nach seiner Ankunft in See stechen würde, nutzte er die Zeit für einen Abstecher nach Berkeley und verbrachte den ganzen zweiten Tag mit Professor Stinstead. So sehr nahm ihn dessen Arbeit im Bereich der höheren Mathematik gefangen, daß er es einmal mehr bedauerte, nicht länger in Amerika bleiben zu können, denn er hatte das Gefühl, daß er in Berkeley viel mehr gewinnen könnte als durch alles, was er in Australien erfahren mochte.

Am Abend vor der Abreise kaufte er zwanzig weitere Ansichtskarten und war bis zum frühen Morgen damit beschäftigt. Bei der zwanzigsten war seine Phantasie erschöpft. Als er die Hotelrechnung bezahlte, bat er den Portier, alle drei Tage eine Karte aufzugeben. Er gab ihm zehn Dollar und versprach ihm weitere zehn, sobald er in San Francisco zurück war, aber nur, wenn dann die richtige Kartenanzahl übrig war. Wann genau er zurück sein würde, könne er noch nicht sagen.

Der Portier wirkte ein wenig verwundert, aber er steckte die zehn Dollar ein und sagte zu seinem jüngeren Kollegen am Empfang, daß er, seit er hier arbeitete, schon um ungewöhnlichere Gefallen für viel weniger Geld gebeten worden war.

Bis Daniel an Bord der *Aorangi* ging, war sein Bart schon tüchtig gewachsen und sein Plan so gut vorbereitet wie nur möglich, wenn man bedachte, daß er die Information auf der anderen Seite der Erdkugel zusammengetragen hatte. Während dieser Seereise saß Daniel an einem großen runden Tisch mit einer australischen Familie, die Urlaub in den Staaten gemacht hatte. Im Lauf der nächsten drei Wochen konnte er sein Wissen noch sehr aufstocken, ohne daß es der Familie bewußt wurde, daß er jedem Wort mit ungewöhnlichem Interesse lauschte.

Am ersten Montag im August 1947 legte das Schiff in Sydney an. Daniel stand an Deck und bewunderte den Sonnenuntergang jenseits der Sydney Harbour Bridge, während ein Lotsenboot den Dampfer langsam in den Hafen leitete. Plötzlich hatte er Heimweh und wünschte sich zum wiederholten Mal, er hätte diese Reise überhaupt nie angetreten. Eine Stunde später war er an Land und nahm sich ein Zimmer in einer Pension, die ihm von seinen Reisegefährten empfohlen worden war.

Die Wirtin, eine Mrs. Snell, erwies sich als eine gewichtige Frau mit gewichtigem Lächeln, die ihm, wie sie behauptete, ihr bestes Zimmer zuteilte. Daniel war froh, daß er nicht eines ihrer weniger guten bekommen hatte, denn als er sich in das Doppelbett legte, sackte die Matratze in der Mitte durch, und kaum rollte er sich herum, folgten ihm die Sprungfedern und beharrten darauf, ihm ins Kreuz zu drücken. Beide Hähne des Waschbekkens lieferten kaltes Wasser in verschiedenen Brauntönen, und die nackte Birne, die in der Zimmermitte herunterhing, war viel zu schwach, als daß er in ihrem Licht hätte lesen können, außer vielleicht auf einem Stuhl unmittelbar unter ihr stehend – wenn Mrs. Snell das Zimmer mit einem Stuhl ausgestattet hätte.

Als sie Daniel am nächsten Morgen, nach einem Frühstück aus Eiern, Speck, Kartoffeln und in der Pfanne aufgebackenem Brot, fragte, ob er im Haus oder außerhalb essen würde, antwortete er zur sichtlichen Enttäuschung der Wirtin, außerhalb.

Sein erster Besuch – der, von dem alles abhing – galt der Einwanderungsbehörde. Wenn er dort nicht eine Auskunft bekam, die ihm weiterhalf, dann konnte er genausogut gleich wieder an Bord der *Aorangi* gehen. Inzwischen dachte Daniel, daß er gar nicht mehr so traurig wäre, wenn dieser Fall einträte.

Das wuchtige braune Gebäude an der Market Street, in dem die Unterlagen über jeden Einwanderer seit 1823 abgelegt waren, öffnete seine Pforten um zehn Uhr. Obwohl Daniel schon eine halbe Stunde früher da war, warteten bereits acht Schlangen von Personen, die wie er das eine oder andere über einen bestimmten Einwanderer wissen wollten; was bedeutete, daß er gute vierzig Minuten anstehen mußte.

Als er endlich an der Reihe war, sah er sich einem rotgesichtigen Beamten in blauem Hemd mit offenen Kragen gegenüber, der halb über seinem Schalter hing.

»Ich suche einen Engländer, der zwischen 1923 und 1925 nach Australien kam.«

»Geht es nicht ein bißchen genauer, Kumpel?«

»Ich fürchte, nein.«

»Sie füchten, nein?« brummte der Beamte, aber Daniel ließ sich nicht provozieren. »Haben Sie denn nicht wenigstens den Namen?«

»O ja«, versicherte ihm Daniel. »Guy Trentham.«

»Trentham. Würden Sie das buchstabieren?«

Daniel tat es.

»Gut, Kumpel. Macht zwei Pfund.« Daniel zog seine Briefta-sche aus dem Sportjackett und reichte ihm das Geld. »Unter-schreiben Sie hier.« Der Beamte schob ihm ein Formular zu und tupfte mit dem Zeigefinger auf die untere gestrichelte Linie. »Kommen Sie am Donnerstag wieder.«

»Donnerstag? Aber das ist doch erst in drei Tagen!«

»Wie gut, daß man Ihnen in England das Rechnen bei-bringt«, sagte der Beamte. »Der nächste.«

So verließ Daniel das Gebäude statt mit Auskunft mit einer Quittung über zwei Pfund. An einem Kiosk erstand er den *Sydney Morning Herald*, dann suchte er ein Restaurant in Hafennähe, um zu Mittag zu essen. Er fand ein kleines Lokal voll junger Leute. Ein Kellner führte ihn durch das Stimmengewirr zu einem klei-nen Ecktisch. Bis eine Kellnerin die bestellte Salatplatte brachte, war er fast mit der Zeitung fertig. Zu seiner gelinden Verwunde-rung stellte er fest, daß darin nicht ein Wort darüber gestanden hatte, was sich daheim in England tat.

Beim Salat überlegte er, wie er die unplanmäßige Wartezeit nutzen könnte, als sich ein junges Mädchen vom Nachbartisch herüberbeugte und bat, ob sie den Zucker von seinem Tisch lei-hen könnte.

»Selbstverständlich.« Daniel händigte ihr den Zuckerstreuer aus und hätte dem Mädchen keinen zweiten Blick gewidmet, wenn ihm nicht aufgefallen wäre, daß sie *Principia Mathematica* von A. N. Whitehead und Bertrand Russell las.

»Studieren Sie Mathematik?« fragte er.

»Ja«, antwortete sie, ohne von ihrem Buch aufzuschauen.

Daniel befürchtete, daß sie sein Interesse mißverstanden ha-ben könnte, deshalb erklärte er: »Ich habe nur gefragt, weil ich Mathematik lehre.«

»Ach, tatsächlich«, sagte sie, ohne sich umzudrehen. »Be-stimmt in Oxford.«

»Nein, in Cambridge.«

Nun schaute das Mädchen doch herüber und musterte Da-niel eingehend. »Könnten Sie mir die Details der Simpsonschen Regel erklären?« fragte sie abrupt.

Daniel glättete seine Papierserviette, holte seinen Füllhalter heraus und zeichnete ein Diagramm, das die Regel Schritt für Schritt darstellte, etwas, das er seit St. Paul's nicht mehr getan hatte.

Sie verglich sein Werk mit dem Diagramm in ihrem Buch, lächelte und sagte: »Tatsächlich! Sie verstehen wirklich was von Mathe.« Das überraschte Daniel ein wenig. Noch mehr überraschte ihn, daß das Mädchen ihren Salatteller nahm und sich zu ihm an den Tisch setzte.

»Ich bin Jackie«, stellte sie sich vor. »Ein Bushwhacker – so nennt man bei uns die Hinterwäldler – von Perth.«

»Ich bin Daniel, und ich komme von …«

»Ein Pom aus Cambridge«, und als Daniel sie erstaunt ansah, erklärte sie: »Ein Professor der Mathematik. Das haben Sie mir ja bereits gesagt, erinnern Sie sich?«

Jetzt musterte Daniel das Mädchen eingehender. Jackie war ungefähr zwanzig, hatte kurzes blondes Haar und eine Stupsnase. Sie trug hauteng Jeans, die eine gute Handbreit über dem Knie abgeschnitten waren, und ein gelbes T-Shirt mit der Aufschrift: *PERTH! Schlaf hier und bereu es dein Leben lang!* Sie war so völlig anders als die Studentinnen im Trinity.

»Wo studieren Sie?« fragte er sie.

»Perth, drittes Semester. Was bringt Sie nach Sydney, Dan?«

Daniel fiel nicht gleich eine Antwort darauf ein, aber das spielte auch keine Rolle, denn ehe sie ihm auch nur eine Chance zur Erwiderung gegeben hatte, erklärte Jackie bereits, weshalb sie sich hier in der Hauptstadt von Neusüdwales befand. Tatsächlich bestritt Jackie die Unterhaltung fast allein, bis die Kellnerin ihre Rechnungen brachte und Daniel darauf bestand, ihre zu übernehmen.

»Nett von Ihnen«, bedankte sich Jackie. »Was machen Sie heut abend?«

»Ich habe noch nichts vor.«

»Na prima, denn ich hab' überlegt, ob ich nicht ins Theater Royal gehen soll. Kommen Sie doch mit!«

»Oh, was wird gespielt?« Daniel konnte seine Überraschung

nicht ganz verbergen, denn immerhin wurde er heute zum erstenmal in seinem Leben von einem Mädchen zum Ausgehen aufgefordert.

»Noël Cowards *Tonight at Eight-thirty* mit Cyril Richard und Madge Elliott.«

»Klingt vielversprechend«, sagte Daniel zurückhaltend.

»Prima. Dann treffen wir uns um zehn vor acht im Foyer. Und wenn's geht's pünktlich, Dan.« Sie griff nach ihrem Rucksack, warf ihn sich über die Schultern, schnallte ihn fest und ging.

Daniel blickte ihr verwirrt nach, ehe ihm eine Ausrede einfiel, warum er ihrer Aufforderung nicht nachkommen konnte. Schließlich sagte er sich, daß es rüde wäre, sie im Theater umsonst warten zu lassen, ganz abgesehen davon gestand er sich ein, daß er Jackies Gesellschaft erfrischend fand. Nach einem Blick auf die Uhr beschloß er, sich den Rest des Nachmittags die Stadt anzusehen.

Als er ein paar Minuten vor der vereinbarten Zeit im Theater Royal ankam, erstand er zwei Sperrsitzplätze im Wert von je sechs Shilling und wartete im Foyer auf seine Begleiterin – oder war er der Begleiter? Die Glocke forderte fünf Minuten vor Beginn auf, sich auf die Plätze zu begeben, aber Jackie war immer noch nicht da, und Daniel wurde bewußt, daß er sich mehr auf das Wiedersehen gefreut hatte, als er sich eingestehen wollte. Als die Glocke zwei Minuten vor Beginn wieder läutete, nahm er an, daß er sich das Stück allein anschauen mußte. Doch eine Minute ehe der Vorhang hochgehen würde, spürte er, wie sich eine Hand durch seinen Arm schob, und er hörte eine Stimme: »Hallo, Dan. Ich dachte nicht, daß Sie wirklich kommen würden.«

Daniel lächelte. Er genoß das Stück, aber mehr noch Jackies Gesellschaft während der Pause und nach dem Theater bei einem Imbiß in einem kleinen italienischen Restaurant, das sie empfohlen hatte. Er hatte noch nie jemanden gekannt, der schon nach ein paar Stunden so offen und freundlich war. Sie diskutierten über alles, von Mathematik bis Clark Gable, und Jackie hatte zu jedem Thema eine feste Meinung.

»Darf ich Sie zu Ihrem Hotel zurückbringen?« fragte Daniel, als sie schließlich das Lokal verließen.

»Ich hab' keins«, antwortete Jackie lachend. Sie schlüpfte in die Rucksackgurte und fügte hinzu: »Also kann ich genausogut Sie zu Ihrem begleiten.«

»Warum nicht?« entgegnete Daniel. »Mrs. Snell wird sicher noch ein Zimmer für die Nacht haben.«

»Hoffentlich nicht«, murmelte Jackie.

Als Mrs. Snell die Tür öffnete, nachdem Jackie mehrmals auf die Nachtglocke gedrückt hatte, sagte sie: »Ich wußte nicht, daß Sie zu zweit sind. Das kostet natürlich extra.«

»Aber wir ...«, wollte Daniel erklären.

Doch Jackie nahm der Wirtin den Schlüssel ab, ehe er dazu kam, und Mrs. Snell zwinkerte Daniel zu.

In Daniels kleinem Zimmer stellte Jackie ihren Rucksack ab und sagte: »Machen Sie sich meinetwegen keine Gedanken, Dan. Ich werde auf dem Boden schlafen.«

Er wußte nicht, was er dazu sagen sollte, deshalb ging er wortlos ins Badezimmer, schlüpfte in seinen Schlafanzug und putzte sich die Zähne, dann ging er rasch zum Bett, ohne in Jackies Richtung zu blicken. Einen Augenblick später hörte er das Schließen der Badezimmertür. Er stand rasch auf, ging auf Zehenspitzen zum Schalter und drehte das Licht aus, ehe er die Decken wieder über die Schultern zog. Es vergingen ein paar Minuten, ehe er die Badezimmertür wieder hörte. Er schloß die Augen und tat, als schlafe er. Einen Augenblick später spürte er, wie Jackie neben ihn glitt und die Arme um ihn legte.

»O Daniel« – Jackie sprach nun in der Dunkelheit mit übertrieben englischem Akzent –, »wir wollen doch diesen abscheulichen Schlafanzug entfernen.«

Als sie an der Baumwollkordel der Hose zog, drehte er sich um, um zu protestieren, und fand sich an ihren nackten Körper gedrückt. Er brachte keinen Ton heraus, während er mit geschlossenen Augen dalag und sich kaum rührte, als Jackies Hände langsam seinen Körper auf und ab wanderten. Dabei übermannten ihn nie gekannte Wonnegefühle und bald danach

Erschöpfung, und er war sich nicht ganz klar, was passiert war, außer daß er jeden Moment genossen hatte.

»Weißt du was«, sagte Jackie, nachdem er die Augen geöffnet hatte, »ich glaube, du hast es noch nie gemacht.«

»Jetzt schon«, korrigierte er sie.

»Na ja, noch nicht ganz«, entgegnete Jackie. »Wenn man's genau nimmt. Aber denk dir nichts dabei, ich verspreche dir, bis zum Morgen sieht es anders aus. Übrigens, Dan, das nächste Mal darfst du gern mitmachen.«

Daniel verbrachte an den nächsten drei Tagen die meiste Zeit im Bett und erhielt Unterricht von einer Studentin im dritten Semester. Am zweiten Morgen entdeckte er, wie schön ein Frauenkörper sein kann. In der dritten Nacht stieß sie einen Laut aus, der ihm die Hoffnung gab, daß er, auch wenn er vielleicht noch kein Diplom erworben hatte, doch wenigstens kein Studienanfänger mehr war.

Er war traurig, als Jackie ihm mitteilte, daß sie nach Perth zurückkehren mußte. Sie warf ihren Rucksack zum letztenmal über die Schultern, und nachdem er sie zum Bahnhof begleitet hatte, blickte er dem Zug nach, der sie nach Westaustralien entführte.

»Wenn ich je nach Cambridge komme, Dan, dann besuche ich dich«, waren ihre letzten Worte gewesen, wie er sich erinnerte.

»Das hoffe ich sehr«, hatte er geantwortet und gedacht, daß einige Mitglieder des Professorentischs im Trinity von ein paar Tagen von Jackies Privatunterricht nur profitieren könnten.

Am Donnerstag morgen kehrte Daniel, wie aufgefordert, wieder zur Einwandererbehörde zurück, und nachdem er eine Stunde Schlange gestanden hatte, schob er seine Quittung dem Beamten zu, der auch jetzt wieder halb über seinem Schalter lehnte.

»O ja, Guy Trentham, ich erinnere mich. Schon Minuten nachdem Sie gegangen waren, konnte ich alles über ihn herausfinden«, sagte der Beamte. »Schade, daß Sie nicht am gleichen Nachmittag wiedergekommen sind.«

»Dafür kann ich Ihnen nur danken.«

»Danken? Wofür?« Der Beamte blickte ihn mißtrauisch an. Daniel nahm die kleine grüne Karte, die der Beamte ihm aushändigte. »Für drei der glücklichsten Tage meines Lebens.«

»Was wollen Sie damit sagen?« fragte der Mann, aber Daniel war bereits außer Hörweite.

Er setzte sich auf die Freitreppe des hohen, im Kolonialstil errrichteten Gebäudes und las die Karte. Wie er befürchtet hatte, verriet sie ihm nicht viel:

Name: Guy Trentham, eingetragen am 18. November 1922
Beruf: Makler
Adresse: Manley Drive 117, Sydney

Daniel hatte keine Schwierigkeiten, den Manley Drive auf dem Stadtplan zu finden, den Jackie ihm dagelassen hatte. Er fuhr mit dem Bus in Sydneys nördlichen Stadtteil, einen begrünten Vorort, von dem man auf den Hafen blickte. Die verhältnismäßig großen Häuser wirkten alle ein wenig heruntergekommen. Daniel schloß, daß diese Gegend früher einmal ein Viertel der wohlhabenderen Bevölkerung gewesen war.

Als er an der Tür des Hauses läutete, das ein altes koloniales Gästehaus gewesen sein mochte, öffnete ein junger Mann in Shorts und T-Shirt. Daniel nahm allmählich an, daß dies offenbar quasi die Volkstracht war.

»Entschuldigen Sie, wenn ich störe, aber ich versuche jemanden zu finden, der wahrscheinlich 1922 in diesem Haus gewohnt hat.«

»Ein bißchen vor meiner Zeit«, entgegnete der junge Mann freundlich. »Kommen Sie doch herein, und fragen Sie meine Tante Sylvia, vielleicht weiß sie was.« Daniel folgte ihm durch den Gang in ein Wohnzimmer, das aussah, als hätte seit Tagen niemand mehr aufgeräumt, und auf eine Veranda hinaus, der man stellenweise immer noch ansah, daß sie früher einmal weiß gestrichen gewesen war. Eine Frau saß dort, die etwas unter Fünfzig sein mochte, doch wegen ihres gefärbten Haares und

443

des dicken Make-ups Daniel eine genauere Schätzung schwermachte. Sie lehnte in einem Korbstuhl und genoß mit geschlossenen Augen die Vormittagssonne.

»Verzeihen Sie, daß ich Sie störe ...«

»Ich schlafe nicht«, sagte die Frau. Sie öffnete die Augen und blickte mißtrauisch zu Daniel hoch. »Wer sind Sie? Sie kommen mir bekannt vor.«

»Ich bin Daniel Trumper. Ich versuche jemanden aufzuspüren, der möglicherweise 1922 hier gewohnt hat.«

Sie lachte. »Vor über zwanzig Jahren! Ich muß schon sagen, Sie sind ein Optimist.«

»Er hieß Guy Trentham.«

Sie richtete sich abrupt auf und starrte ihn an. »Sie sind sein Sohn, nicht wahr?« Daniel rann es eisig über den Rücken. »Ich könnt' das Gesicht dieses schöntuerischen Schwindlers nie vergessen, und wenn ich hundert würde!«

Die Wahrheit ließ sich nicht mehr verleugnen, nicht einmal sich selbst gegenüber.

»Dann sind Sie also nach all diesen Jahren gekommen, um seine Schulden zu bezahlen?«

»Ich verstehe nicht ...«, sagte Daniel.

»Hat sich aus dem Staub gemacht, nachdem er mir schon fast ein Jahr die Miete nicht bezahlt hat! Hat dauernd seiner Mutter geschrieben und sie um Geld gebeten, aber wenn es dann gekommen ist, hab' ich nie was davon gesehen. Er hat sich wohl gedacht, daß er mit mir ins Bett geht, genügt. Wie könnt' ich den Schuft da vergessen? Und vor allem, was dann mit ihm passiert ist.«

»Heißt das, daß Sie wissen, wohin er ist, nachdem er von hier verschwand?«

Sie zögerte eine Zeitlang, als könnte sie sich nicht zu einer Antwort entschließen. Sie schaute durch das Fenster, während Daniel wartete. »Das letzte, was ich gehört hab'«, sagte sie nach einer langen Pause, »ist, daß er in Melbourne als Laufbursche für einen Buchmacher gearbeitet hat, aber das war, bevor ...«

»Bevor was?« fragte Daniel.

Sie starrte ihn wieder nachdenklich an.

»Nein«, sagte sie schließlich. »Das müssen Sie schon selbst herausfinden, denn ich will nicht die sein, die's Ihnen sagt. Aber ich kann Ihnen bloß raten, fahren Sie mit dem nächsten Schiff nach England zurück und vergessen Sie Melbourne.«

»Aber Sie sind vielleicht die einzige, die mir helfen kann.«

»Mir reicht's, daß Ihr Vater mich hinten und vorn betrogen hat, da hab' ich wahrhaftig keine Lust mehr, mich von seinem Sohn zu was überreden zu lassen. Bring ihn zur Tür, Kevin.«

Daniel seufzte. Er bedankte sich bei der Frau, daß sie sich Zeit für ihn genommen hatte, und ging ohne ein weiteres Wort. Er fuhr mit dem Bus in die Stadt zurück und ging den Rest des Weges zur Pension zu Fuß. Er vermißte Jackie und verbrachte eine einsame Nacht mit Grübeleien darüber, weshalb sein Vater sich so schlecht benommen hatte, als er nach Sydney gekommen war, und ob er den Rat »Tante Sylvias« befolgen sollte.

Am nächsten Morgen verließ Daniel die gewichtige Mrs. Snell mit ihrem gewichtigen Lächeln, doch nicht, ehe sie ihm eine gepfefferte Rechnung präsentiert hatte. Er bezahlte sie ohne Widerspruch und stapfte zum Bahnhof.

Als der Zug an diesem Abend in den Spencer-Street-Bahnhof in Melbourne einfuhr, beschloß Daniel, als erstes das Telefonbuch zu konsultieren. Doch nicht ein einziger Trentham war aufgeführt. Als nächstes rief er jeden eingetragenen Buchmacher der Stadt an, aber erst beim neunten gelangte er an jemanden, in dem der Name offenbar eine Erinnerung weckte.

»Kommt mir irgendwie bekannt vor«, sagte die Stimme am anderen Ende. »Nur kann ich mich nicht so recht erinnern. Versuchen Sie's doch mal bei Brad Morris, der hat zu der Zeit die Firma geleitet. Vielleicht kann er Ihnen helfen. Seine Nummer steht im Buch.«

Daniel fand die Nummer, und als er zu Mr. Morris durchgestellt wurde, war sein Gespräch mit dem alten Mann so kurz, daß er keine zweite Münze einzuwerfen brauchte.

»Sagt Ihnen der Name Guy Trentham etwas?« fragte er zum x-tenmal.

445

»Der Engländer?«

»Ja«, antwortete Daniel und spürte, wie sein Puls schneller wurde.

»Redete vornehm daher und erzählte allen, daß er Major war?«

»Könnte sein.«

»Dann versuchen Sie's mal im Gefängnis, denn dort hat er geendet.« Daniel wollte fragen, wieso, aber Morris hatte bereits aufgelegt.

Er zitterte noch immer am ganzen Leib, als er seinen Koffer aus der Gepäckaufbewahrung holte und zum Bahnhofshotel schleppte. Wieder einmal lag er auf einem Bett im dunklen Zimmer und überlegte sich, ob er seine Nachforschungen nicht doch lieber abbrechen und nach England zurückkehren sollte.

Er schlief schon früh am Abend ein, wachte dafür mitten in der Nacht auf und stellte fest, daß er noch komplett angezogen war. Als die Morgensonne ins Zimmer schien, hatte er seine Entscheidung getroffen. Er wollte es nicht wissen; er brauchte es nicht zu wissen; er würde sofort abfahren.

Doch zuerst wollte er ein Bad nehmen und sich umziehen, und bis er damit fertig war, hatte er seinen Entschluß wieder geändert.

Eine halbe Stunde später ging Daniel zur Eingangshalle hinunter und fragte den Portier nach dem Weg zur Polizeidirektion. Der Mann am Empfang wies ihm dem Weg die Straße entlang zur Bourke Street. »War Ihr Zimmer so schlimm?« fragte er.

Daniel rang sich ein Lachen ab. Dann machte er sich schleppend und voll unguter Ahnungen in die angewiesene Richtung auf. Er benötigte nur wenige Minuten zur Bourke Street, aber er ging erst noch ein paarmal um den Block, bevor er endlich die Freitreppe hinaufstieg und das Polizeipräsidium betrat.

Der junge diensthabende Polizeisergeant schien den Namen Trentham offenbar noch nie gehört zu haben, er fragte Daniel lediglich, wer die Auskunft über den Mann wollte.

»Ich bin ein Verwandter aus England«, erklärte Daniel. Der Sergeant ließ ihn kurz vor der Schranke stehen und durchquerte das große Zimmer, um mit einem Vorgesetzten zu sprechen, der an einem Schreibtisch saß und Fotografien durchsah. Der Beamte unterbrach seine Arbeit, hörte dem Sergeant zu und fragte ihn dann offenbar etwas. Als Erwiderung drehte sich der Sergeant um und deutete auf Daniel. Bastard, dachte Daniel in einem Aufwallen alter Erinnerungen. Bastard, Bastard, Bastard! Einen Augenblick später kehrte der Sergeant an die Schranke zurück.

»Wir haben die Akte über Trentham geschlossen«, erklärte er. »Wenn Sie Näheres wissen wollen, müssen Sie sich an die Strafvollzugsabteilung wenden.«

Daniels Stimmbänder waren wie gelähmt, aber schließlich brachte er doch hervor: »Wo ist sie?«

»Hier im Haus, siebter Stock.«

Als Daniel im siebten Stock aus dem Aufzug trat, sah er sich dem überlebensgroßen Plakat eines Mannes mit freundlichem Gesicht gegenüber, unter dem der Name stand: Hector Watts, Generalkommissar für das Strafvollzugswesen.

Daniel trat an den Auskunftsschalter und bat, mit Mr. Watts sprechen zu dürfen.

»Sind Sie angemeldet?«

»Nein«, antwortete Daniel.

»Dann bezweifle ich …«

»Könnten Sie vielleicht so liebenswürdig sein und dem Generalkommissar erklären, daß ich eigens von England hierhergereist bin, um ihn zu sehen?«

Daniel mußte nur Sekunden warten, bis er in den achten Stock gebeten wurde. Dasselbe freundliche Lächeln wie auf dem Plakat begrüßte ihn nun hinter einem Schreibtisch, nur die Falten in dem Gesicht waren vielleicht etwas tiefer. Daniel schätzte Hector Watt auf ein wenig über Sechzig, und obwohl er Übergewicht hatte, vermittelte er den Eindruck von Kraft und Entschlossenheit.

»Aus welcher Gegend Englands kommen Sie?« fragte Watts.

»Aus Cambridge. Ich unterrichte Mathematik an der Universität.«

»Ich bin aus Glasgow«, sagte Watts, »was Sie bei meinem Namen und Akzent vermutlich nicht überrascht. Aber bitte nehmen Sie doch Platz, und verraten Sie mir, was ich für Sie tun kann.«

»Ich bin auf der Suche nach einem Guy Trentham, und man hat mich in der Polizeidirektion an Sie verwiesen.«

»O ja, ich erinnere mich an den Namen. Aber wieso?« Der Schotte stand auf und trat zu einer Reihe Aktenschränken an der Wand hinter ihm. Er öffnete den mit den Buchstaben »STV«, holte einen großen Karteikasten heraus und öffnete ihn.

»Trentham«, wiederholte er. Dann blätterte er durch die Akten und nahm schließlich zwei Seiten heraus. Damit kehrte er zu seinem Schreibtisch zurück und überflog sie. Schließlich blickte er auf und sah Daniel scharf an.

»Sie sind schon länger hier, Junge, nicht wahr?«

»Ich bin vor einer knappen Woche in Sydney angekommen«, antwortete Daniel, durch die Frage ein wenig verwirrt.

»Und Sie waren noch nie zuvor in Melbourne?«

»Nein.«

»Und welchen Grund haben Sie für Ihre Nachforschung?«

»Ich möchte alles, was ich kann, über Captain Guy Trentham herausfinden.«

»Warum?« fragte der Generalkommissar. »Sind Sie Reporter?«

»Nein«, antwortete Daniel, »ich bin Lehrer, aber ...«

»Sie müssen einen sehr guten Grund haben, wenn Sie diese weite Reise auf sich genommen haben.«

»Neugier, nehme ich an«, sagte Daniel. »Wissen Sie, ich habe ihn nie gekannt, aber Guy Trentham war mein Vater.«

Der Leiter des Strafvollzugswesens blickte auf die Angaben unter der Rubrik Angehörige auf dem Blatt: Ehefrau, Anna Helen (verstorben), eine Tochter, Margaret Ethel. Sohn war keiner aufgeführt. Er blickte wieder zu Daniel und traf nach kurzem Überlegen eine Entscheidung.

»Es tut mir leid, Ihnen sagen zu müssen, Mr. Trentham, daß Ihr Vater im Gefängnis starb.«

Daniel war wie gelähmt und begann wieder am ganzen Leib zu zittern. Watts blickte ihn über den Schreibtisch hinweg an und fügte hinzu: »Ich bedaure es wirklich, daß ich Ihnen etwas so Unangenehmes sagen mußte, vor allem, da Sie diesen weiten Weg gekommen sind.«

»Was war die Todesursache?« würgte Daniel heraus.

Der Generalkommissar drehte das Blatt um und blickte auf die letzte Zeile der Akte vor ihm: Hingerichtet durch den Strang. Er schaute wieder auf.

»Herzversagen«, sagte er.

## 31

Daniel fuhr im Schlafwagen nach Sydney zurück, aber er schlief nicht. Er wollte nur so schnell wie möglich von Melbourne fort. Mit jeder Meile entspannte er sich ein bißchen mehr, und nach einiger Zeit brachte er es sogar fertig, ein Sandwich zu essen, das er sich hatte bringen lassen.

Kaum war der Zug in den Bahnhof der größten Stadt Australiens eingefahren, sprang er aus dem Waggon, schleppte seinen Koffer zu einem Taxi und ließ sich direkt zum Hafen bringen. Er besorgte sich eine Passage auf dem ersten Schiff, das zur Westküste der USA fuhr.

Der kleine Trampdampfer, der nur für vier Passagiere zugelassen war, stach um Mitternacht nach San Francisco in See. Daniel war nicht an Bord gelassen worden, ehe er dem Kapitän nicht die volle Passage in bar bezahlt hatte, wodurch ihm nur gerade noch so viel blieb, daß er nach England zurückkehren konnte – solange er nicht irgendwo unterwegs aufgehalten wurde.

Während dieser schaukelnden, endlosen Überfahrt nach Amerika lag er meist auf seiner Koje und hatte viele Stunden Zeit zu überlegen, was er mit seinem neuen Wissen machen sollte. Er versuchte, sich die Ängste vorzustellen, die seine Mutter in all den Jahren ausgestanden haben mußte, und sagte sich, was für ein guter Mensch sein Stiefvater doch war. Wie er dieses Wort haßte! Nie würde er von Charlie als seinem Stiefvater denken. Wenn die beiden ihn nur von Anfang an in ihr Vertrauen gezogen hätten, hätte er seine ganzen Fähigkeiten einsetzen können, ihnen zu helfen, statt soviel Energie damit zu vergeuden, der Wahrheit auf die Spur zu kommen. Doch jetzt war ihm um so schmerzhafter bewußt, daß er ihnen nicht sagen durfte, was er herausgefunden hatte, da er wahrscheinlich viel mehr wußte als sie.

Daniel bezweifelte, daß seine Mutter auch nur ahnte, daß Trentham im Gefängnis gestorben war und daß er eine ganze Reihe von zornigen Gläubigern quer durch Victoria und Neu-südwales zurückgelassen hatte. Davon war auf dem Grabstein in Ashurst jedenfalls nichts zu lesen.

Während er auf Deck stand und zusah, wie das kleine Schiff unter der Golden-Gate-Brücke hindurch in die Bucht fuhr, nahm ein Plan Form an.

Nachdem er die üblichen Formalitäten hinter sich gebracht hatte, fuhr Daniel mit dem Bus zur Stadtmitte von San Francisco und nahm ein Zimmer im selben Hotel wie vor seiner Abfahrt nach Australien. Der Portier übergab ihm die beiden noch übri-gen Ansichtskarten, und Daniel händigte ihm den versprochenen Zehndollarschein aus. Die Karten gab er auf, ehe er in den Transcontinental Express nach New York stieg.

Mit jeder Stunde und jedem Tag des Alleinseins entwickelte sich seine Idee weiter, obwohl ihn der Gedanke quälte, daß seine Mutter noch einiges wissen mußte, wonach er sie nicht fragen konnte. Aber zumindest zweifelte er jetzt nicht mehr daran, daß Guy Trentham sein Vater gewesen war und daß er damals das Land unter schimpflichen Umständen verlassen hatte. Die ge-fürchtete Mrs. Trentham war demnach seine Großmutter, und sie hatte aus einem ihm unbekannten Grund Charlie die Schuld für das gegeben, was mit ihrem Sohn geschehen war.

In New York mußte er zu seiner Enttäuschung erfahren, daß die *Queen Mary* am Tag zuvor nach England abgefahren war. Er tauschte deshalb sein Ticket gegen eines für die *Queen Elizabeth* ein, wodurch ihm nur noch ein paar Dollar Bargeld blieben. Als letztes auf amerikanischem Boden sandte er seiner Mutter ein Telegramm mit seiner ungefähren Ankunftszeit in Southampton.

Obwohl Daniel sich ein wenig besser zu fühlen begann, als die Freiheitsstatue vom Heck des Linienschiffs nicht mehr zu se-hen war, ging ihm Mrs. Trentham während der fünftägigen Überfahrt nie ganz aus dem Kopf. Er konnte nicht als seine Großmutter an sie denken, und als es Zeit war, in Southampton von Bord zu gehen, fand er, daß er erst ein paar Antworten von seiner Mutter haben mußte, ehe er seinen Plan ausführen konnte.

Als er die Gangway hinunter auf englischen Boden zurückkehrte, bemerkte er, daß das Laub sich während seiner Abwesenheit von grün zu gold gefärbt hatte. Er nahm sich vor, das Problem Mrs. Trentham zu lösen, ehe die Blätter fielen.

Seine Mutter erwartete ihn am Kai, und Daniel war noch nie glücklicher gewesen, sie zu sehen. Er umarmte sie so stürmisch und drückte sie an sich, daß sie ihr Staunen nicht verbergen konnte. Auf der Fahrt nach London beantwortete er alle ihre Fragen über Amerika und die Amerikaner und erfuhr, wie sehr sie sich über die vielen Ansichtskarten gefreut hatte.

»Vermutlich sind noch mehr unterwegs«, sagte Daniel und hatte zum erstenmal ein schlechtes Gewissen.

»Kannst du ein paar Tage bei uns bleiben, bevor du wieder nach Cambridge mußt?«

»Ja. Ich bin ein bißchen früher als erwartet zurückgekommen, also fürchte ich, werdet ihr mich zwei Wochen auf dem Hals haben.«

»Oh, dein Vater wird sich sehr darüber freuen«, versicherte ihm Becky.

Daniel fragte sich, wie lange es dauern würde, bis er von irgend jemandem das Wort »Vater« hören konnte, ohne unwillkürlich an Guy Trentham denken zu müssen.

»Und für welchen Weg habt ihr euch entschieden, um Geld für den Bau aufzutreiben?«

»Für die Aktiengesellschaft«, antwortete seine Mutter. »Es war schließlich eine reine Rechenfrage. Der Architekt hat den Plan fertiggestellt, und natürlich wollte dein Vater von allem das Beste, also werden die endgültigen Kosten wohl näher an einer halben Million Pfund liegen.«

»Aber werdet ihr dann trotzdem noch die Aktienmehrheit haben?«

»Ganz knapp. Vielleicht kommt es so weit, daß wir sogar den Karren deines Urgroßvaters verpfänden müssen.«

»Und die ausgebombten Wohnungen – gibt es da etwas

Neues?« Daniel schaute scheinbar aus dem Fenster, beobachtete aber auf der Scheibe die Reaktion seiner Mutter. Sie zögerte einen Augenblick.

»Die Besitzer führen die Anweisungen der Behörde durch und haben inzwischen angefangen, die Ruine abzureißen.«

»Bedeutet das, daß Dad seine Baugenehmigung bekommen wird?«

»Ich hoffe es, aber es sieht jetzt so aus, als würde es etwas länger dauern, als wir ursprünglich angenommen hatten, da ein Ansässiger, ein Mr. Crowe, im Namen einer ›Gesellschaft zur Rettung des Einzelhandels‹ Einwand gegen unseren Plan erhoben hat. Sei so lieb und erwähne deinem Vater gegenüber das Problem nicht. Allein schon ein Wort über die Wohnungen bringt ihn einem Schlaganfall nah.«

Und ich nehme an, daß Mrs. Trentham hinter diesem Mr. Crowe steckt, hätte Daniel gern gesagt, aber statt dessen fragte er nur: »Und wie geht es Daphne?«

»Sie versucht immer noch, Clarissa an den richtigen Mann zu bringen und Clarence ins richtige Regiment.«

»Wahrscheinlich tut sie es nicht unter einem Herzog für die eine und einem Offizierspatent in den Scots Guards für den anderen, habe ich recht?«

»In etwa«, bestätigte seine Mutter. »Sie erwartet außerdem, daß Clarissa dann rasch ein Töchterchen zur Welt bringt, damit sie es mit dem zukünftigen Prince of Wales verheiraten kann.«

»Aber Prinzessin Elizabeth hat sich doch erst verlobt!«

»Natürlich, aber wir wissen schließlich alle, wie gern Daphne vorausplant.«

Daniel richtete sich nach der Bitte seiner Mutter und erwähnte die Wohnungen nicht, als er sich beim Dinner mit seinen Eltern über die Gründung der neuen Gesellschaft unterhielt. Er bemerkte auch, daß ein Bild mit dem Titel *Äpfel und Birnen* von einem Künstler namens Courbet den Van Gogh in der Diele ersetzt hatte. Auch darauf ging er mit keinem Wort ein.

Am nächsten Tag begab Daniel sich ins Planungsamt der Baubehörde des London City Council. Er konnte zwar Einblick in die gewünschten Unterlagen nehmen, aber sie durften zu seiner Enttäuschung nicht aus dem Haus gegeben werden.

Folgedessen saß er fast den ganzen Tag über den Dokumenten, machte sich genaue Notizen über alles, was er wissen wollte, und prägte es sich dann ein, damit er nichts Schriftliches mit sich herumtragen mußte; denn das Letzte, was er wollte, wäre gewesen, daß seine Eltern durch Zufall über seine Notizen stolperten. Als das Amt um siebzehn Uhr hinter ihm geschlossen wurde, war Daniel überzeugt, daß er sich an jede nötige Einzelheit erinnern würde.

Am Fluß setzte er sich auf eine niedrige Brüstung und wiederholte alle wichtigen Einzelheiten, um sich zu vergewissern.

Trumper hatte um die Genehmigung eingereicht, ein Großkaufhaus zu bauen, das den ganzen, als Chelsea Terrace bekannten Block umfassen sollte. Und zwar waren zwei Hochhäuser mit je zwölf Stockwerken geplant, jedes von vierundsiebzigtausend Quadratmeter Stellfläche, und dazwischen ein fünfstöckiger Verbindungstrakt, der die obersten Geschosse der beiden Häuser mit Einkaufspassagen verband, in dem jedoch ansonsten hauptsächlich Büros untergebracht waren. Der Plan war bereits genehmigt worden, doch hatte ein Mr. Martin Crowe von der ›Gesellschaft zur Rettung des Einzelhandels‹ Einspruch gegen den Bau des fünfstöckigen Traktes erhoben, der die beiden Hochhäuser über den jetzt freien Bauplatz in der Mitte der Terrace hinweg verbinden würde. Es gehörte keine besondere Phantasie dazu, sich zu denken, woher Mr. Crowe die nötige finanzielle Unterstützung bekam.

Gleichzeitig war Mrs. Trentham der Plan für ein Mietshaus mit billigen Wohnungen genehmigt worden. In Gedanken ging er noch einmal ihren Antrag durch, nach dem das Haus aus Beton und mit einem Minimum an Ausstattung und Aufwand erbaut werden sollte. Also eine billige Mietskaserne, dachte Daniel. Mrs. Trentham hatte vor, das häßlichste und billigste Gebäude hinzustellen, das möglich war, und zwar mitten in Charlies vorgesehenem Einkaufspalast.

Daniel warf noch einmal einen Blick auf seine Notizen. Er

hatte sich tatsächlich alles gemerkt, also zerriß er sie in kleine Fetzen, die er in den Abfallkorb an der Ecke der Westminster Brücke warf, ehe er nach Hause in die Little Boltons zurückkehrte.

Als nächsten Schritt telefonierte er mit David Oldcrest, dem Juraprofessor am Trinity College, der auf Städteplanung spezialisiert war. Oldcrest erklärte ihm über eine Stunde lang, daß durch Klagen und Gegenklagen der Fall bis zum Oberhaus gelangen könnte, wodurch sich die Genehmigung für die Trumper-Hochhäuser mehrere Jahre verzögern mochte. Und bis die Entscheidung fiel, würden nur die Anwälte profitieren, versicherte ihm Dr. Oldcrest.

Daniel dankte seinem Freund, und nachdem er sich das Problem im Licht der neuen Fakten noch einmal durch den Kopf hatte gehen lassen, kam er zu dem Schluß, daß der Erfolg oder Mißerfolg von Charlies Ambitionen einzig und allein in Mrs. Trenthams Hand ruhte. Es sei denn …

In den beiden folgenden Wochen verbrachte er viel Zeit in einer Telefonzelle an der Ecke Chester Square, ohne auch nur einen einzigen Anruf zu tätigen. Den Rest des jeweiligen Tages folgte er einer Dame von untadeliger Aufmachung, absoluter Selbstsicherheit und eigenwilliger Persönlichkeit durch die Stadt. Er bemühte sich, von ihr nicht gesehen zu werden, während er sich ein genaueres Bild von ihr und ihrer Welt zu machen versuchte.

Er erkannte bald, daß dieser Bewohnerin von Chester Square 19 nur dreierlei wichtig zu sein schien: Da waren die Unterredungen mit ihren Anwälten in Lincoln Inn Fields – zu denen es alle zwei oder drei Tage kam, doch nie zu einem regelmäßigen Zeitpunkt. Das zweite waren ihre Bridgepartien, die allerdings immer zur gleichen Zeit, nachmittags um zwei, dreimal die Woche, am Montag im Cadogan Place 9, am Mittwoch in der Sloane Avenue 117 und am Freitag bei ihr zu Hause am Chester Square stattfanden. Es waren offenbar stets dieselben älteren Damen, die in diesen drei Häusern zusammenkamen. Das dritte war der unregelmäßige Besuch eines billigen Hotels in South

Kensington, wo sie jeweils in der dunkelsten Ecke des Cafés saß und mit einem Mann sprach, den Daniel für eine außerordentlich unpassende Gesellschaft für Sir Raymond Hardcastles Tochter hielt. Jedenfalls bestand kein Zweifel, daß sie ihn nie als Freund und auch nicht als Geschäftspartner oder ähnliches behandelte, aber er konnte nicht herausfinden, worüber sie sich unterhielten.

Nach einer weiteren Woche beschloß er seinen Plan am letzten Freitag vor seiner Rückkehr nach Cambridge auszuführen. Daraufhin begab er sich an einem Vormittag zu einem Uniformschneider, schrieb sich am Nachmittag die Anweisungen mit Text für seine Rolle auf und paukte sie am Abend. Danach rief er Spink's an, das Orden- und Medaillengeschäft, wo man ihm versicherte, daß man seinen Auftrag rechtzeitig ausführen würde. An den beiden letzten Vormittagen, doch erst nachdem seine Eltern aus dem Haus waren, machte er in seinem Schlafzimmer eine Generalprobe in voller Ausstaffierung.

Daniel mußte sicher sein können, daß er Mrs. Trentham nicht nur überraschte, sondern sie wenigstens die zwanzig Minuten lang, die er für die Durchführung seines Plans brauchen würde, völlig aus dem Gleichgewicht brachte.

Am Freitag vergewisserte sich Daniel beim Frühstück, daß seine Eltern nicht vor achtzehn Uhr heimkommen würden, und erklärte sich gern bereit, noch mit ihnen zu Abend zu essen, ehe er nach Cambridge zurückkehrte. Er wartete geduldig, bis sein Vater zur Chelsea Terrace aufbrach, doch dann mußte er sich noch eine weitere halbe Stunde gedulden, weil seine Mutter, gerade als sie gehen wollte, durch einen Anruf aufgehalten wurde.

Endlich konnte sie das Telefongespräch beenden und ebenfalls zur Arbeit gehen. Zwanzig Minuten später schlenderte Daniel aus dem Haus, mit einem kleinen Koffer unter dem Arm, in den er die am Vortag bei Johns & Pegg abgeholte Uniform gepackt hatte. Vorsichtshalber spazierte er erst drei Blocks in die entgegengesetzte Richtung, ehe er ein Taxi herbeiwinkte.

Im Royal Fusiliers Museum angekommen, studierte Daniel

noch ein paar Minuten das Bild seines Vaters an der Wand. Das Haar war welliger als seines und wirkte auf dem sepiabraunen Foto auch eine Spur heller. Daniel bekam plötzlich Angst, sich später nicht an die genauen Details erinnern zu können. Er wartete, bis der Kurator ihm den Rücken zugewandt hatte, dann nahm er, nicht ohne Schuldbewußtsein, das kleine Bild ab und steckte es in seine Aktenmappe.

Er nahm wieder ein Taxi, diesmal zu einem Friseur in Kensington, der gern den Wunsch des Gentlemans erfüllte, sein Haar zu bleichen, den Scheitel zu versetzen und Wellen zu legen, damit er fast genauso aussah wie der Herr auf der alten Fotografie, die er ihm vorgelegt hatte. Alle paar Minuten begutachtete Daniel den Veränderungsprozeß im Spiegel, und als er glaubte, daß das hochstmögliche Maß an Ähnlichkeit erreicht war, bezahlte er und ging. Das nächste Taxi nahm er zu Spink's, dem Medaillenspezialisten in der King Street, St. James. Er bezahlte die telefonisch bestellten Ordensbänder in bar und war erleichtert, daß der Verkäufer sich nicht erkundigte, ob er das Recht habe, sie zu tragen. Ein weiteres Taxi brachte ihn von St. James zum Dorchester Hotel. Er ließ sich ein Einzelzimmer geben und sagte der Dame hinter dem Empfang, daß er es nur bis achtzehn Uhr benötigen würde. Sie gab ihm den Schlüssel für 309. Daniel lehnte höflich das Angebot des Portiers ab, ihm den Koffer hinaufzutragen, und bat ihn lediglich, ihm zu zeigen, wo der Fahrstuhl war.

Er sperrte sogleich seine Zimmertür von innen zu, öffnete den Koffer und breitete den Inhalt auf dem Bett aus. Die Ordensbänder befestigte er über der linken Tasche der Uniformjacke, genau nach der Fotografie, und begutachtete, nachdem er sich umgezogen hatte, die Wirkung im Spiegel, der die ganze Badezimmertür einnahm. Er war Zoll für Zoll ein Captain der Royal Fusiliers im Ersten Weltkrieg, und die Ordensbänder des Militärverdienstkreuzes und der Frontabzeichen machten das Bild perfekt.

Nachdem er jede Einzelheit mit der gestohlenen Fotografie verglichen hatte, wurde Daniel zum ersten Mal unsicher, ja machte sich sogar Sorgen, ob er das Ganze auch wirklich würde durchziehen können. Doch wenn er es nicht tat … Er setzte sich auf die Bettkante und schaute auf die Uhr.

Eine Stunde verging, bevor er aufstand, tief Atem holte und seinen langen Trenchcoat überzog – fast das einzige Kleidungsstück, das er ohne Bedenken tragen durfte –, dann verschloß er die Tür hinter sich, ging zur Eingangshalle hinunter und durch die Drehtür hinaus. Dann ließ er sich von einem Taxi zum Chester Square fahren. Er bezahlte und blickte auf die Uhr. Fünfzehn Uhr siebenundvierzig. Er schätzte, daß er wenigstens zwanzig Minuten warten mußte, ehe die Bridgepartie zu Ende ging.

Von der inzwischen vertrauten Telefonzelle an der Ecke des Platzes konnte er sehen, wie die Damen Nummer 19 verließen. Nachdem er elf gezählt hatte, konnte er ziemlich sicher sein, daß Mrs. Trentham nun allein war, von den Dienstboten natürlich abgesehen. Aus dem Sitzungsplan des Unterhauses im *Telegraph* wußte er, daß Mrs. Trenthams Gemahl nicht vor zweiundzwanzig Uhr nach Hause kommen würde. Daniel wartete noch fünf Minuten. Dann verließ er die Telefonzelle und überquerte die Straße. Ihm war bewußt, daß er den Mut verlieren würde, wenn er auch nur einen Augenblick zauderte. Er schlug den Klopfer fest an die Tür und wartete, Stunden, wie ihm schien, bis der Butler endlich öffnete.

»Kann ich Ihnen helfen, Sir?«

»Guten Tag, Gibson. Ich bin für Viertel nach vier mit Mrs. Trentham verabredet.«

»Ja, selbstverständlich, Sir.« Wie Daniel sich ausgerechnet hatte, würde der Butler annehmen, daß nur jemand, der sich angemeldet hatte, seinen Namen kannte. »Würden Sie bitte mit mir kommen, Sir?« fragte er, ehe er ihm den Trenchcoat abnahm. Als sie die Tür des Salons erreichten, fragte Gibson: »Wen darf ich melden?«

»Captain Daniel Trentham.«

Der Butler blickte ihn kurz bestürzt an, doch dann öffnete er die Salontür und sagte: »Captain Daniel Trentham, Madam.«

Mrs. Trentham stand am Fenster, als Daniel eintrat. Sie

drehte sich um, starrte den jungen Mann an, machte ein paar Schritte auf ihn zu, hielt inne und ließ sich auf das Sofa fallen.

*Um Himmels willen, werde nur nicht ohnmächtig!* dachte Daniel, während er in der Mitte des Zimmers stehenblieb.

»Wer sind Sie?« flüsterte sie schließlich.

»Wir wollen doch keine Spielchen spielen, Großmutter. Sie wissen genau, wer ich bin«, sagte Daniel und hoffte, daß es selbstsicher klang.

»Sie hat Sie geschickt, nicht wahr?«

»Wenn Sie mit ›sie‹ meine Mutter meinen, nein, das hat sie nicht. Sie hat keine Ahnung, daß ich hier bin.«

Mrs. Trentham öffnete protestierend den Mund, sagte jedoch nichts. Daniel verlagerte während des schier unerträglich langen Schweigens das Gewicht von Fuß zu Fuß. Sein Blick blieb an einem Militärverdienstkreuz hängen, das auf dem Kamin stand.

»Also, was wollen Sie?« fragte Mrs. Trentham schließlich.

»Ein Geschäft mit Ihnen machen, Großmutter.«

»Was soll das heißen, ein Geschäft?« Er bemerkte, daß sie sich ein wenig gefaßt hatte. »Sie haben nichts in der Hand, was Sie mir anbieten könnten«, fügte sie hinzu.

»O doch, Großmutter. Wissen Sie, ich bin gerade erst von einer Reise nach Australien zurückgekommen.« Er machte eine Pause. »Die sich als sehr aufschlußreich erwiesen hat.«

Mrs. Trentham zuckte kaum merklich zusammen, doch sie ließ ihn keinen Moment aus den Augen.

»Und was ich dort über meinen Vater erfuhr, war keineswegs erfreulich. Ich möchte nicht in Einzelheiten gehen, denn ich vermute, daß sie Ihnen ebenso gut bekannt sind wie mir.«

Immer noch haftete ihr Blick auf ihm und allmählich fing sie sich wieder.

»Außer natürlich, Sie möchten wissen, wo ursprünglich beabsichtigt gewesen war, meinen Vater zu beerdigen – die Familiengrabstätte in Ashurst war dafür jedenfalls nicht vorgesehen.«

»Was wollen Sie?« wiederholte sie.

»Wie schon gesagt, Großmutter, ein Geschäft mit Ihnen machen.«

»Ich höre.«

»Ich möchte, daß Sie Ihren Plan aufgeben, diese gräßliche Mietskaserne in Chelsea Terrace zu bauen, und jeglichen Einspruch gegen die Baugenehmigung zurückziehen, die Trumper bereits erteilt wurde.«

»Nie!«

»Dann, fürchte ich, wird jeder erfahren, was der wahre Grund Ihrer Vendetta gegen meine Mutter ist.«

»Aber das würde Ihrer Mutter nicht weniger schaden als mir«, gab Mrs. Trentham zurück, während sie die Sofakissen hinter sich ordnete.

»Oh, das glaube ich nicht, Großmutter«, entgegnete Daniel. »Schon gar nicht, wenn die Presse Wind bekommt, daß Ihr Sohn seinen Abschied nicht gerade freiwillig einreichte und daß er später unter noch unangenehmeren Umständen in Melbourne ums Leben kam – auch wenn er schließlich in einem verschlafenen Nest in Berkshire zur Ruhe gelegt wurde, nachdem Sie allen erzählt hatten, er wäre in Australien zu einem erfolgreichen Geschäftsmann aufgestiegen und auf tragische Weise an Tuberkulose dahingeschieden.«

»Aber das ist Erpressung!«

»O nein, Großmutter, nur die Geschichte eines unwissenden Sohnes, der verzweifelt herausfinden wollte, was aus seinem leiblichen Vater geworden ist, und den es zutiefst erschreckt hat, als er die Wahrheit hinter dem Trentham-Geheimnis erfuhr. Ich glaube, die Presse würde so was ganz einfach als ›schmutzige Familienfehde‹ bezeichnen. Etwas steht jedenfalls fest – meine Mutter würde die Leser auf ihrer Seite haben, während ich mir bei Ihnen nicht so sicher bin, wie viele Bekannte noch mit Ihnen Bridge spielen werden, wenn sie erst die Einzelheiten erfahren haben.«

Mrs. Trentham sprang auf, ballte die Fäuste und ging drohend auf ihn zu. Daniel blickte ihr unerschrocken entgegen.

»Fassen Sie sich, Großmutter. Vergessen Sie nicht, daß ich alles über Sie weiß.« Dabei mußte er sich eingestehen, daß er im Grund genommen nur ganz wenig über sie wußte.

Mrs. Trentham blieb stehen, trat sogar einen Schritt zurück. »Und wenn ich auf Ihre Forderungen eingehe?«

»Dann werde ich Sie allein lassen, und Sie werden nie wieder von mir hören, solange Sie leben. Darauf gebe ich Ihnen mein Wort.«

Sie seufzte tief und ließ etwas Zeit vergehen.

»Sie haben gewonnen«, sagte sie schließlich, und es klang erstaunlich ruhig. »Aber ich habe eine Bedingung, wenn ich auf Ihre Forderungen eingehen soll.«

Das kam unerwartet. Daniel hatte nicht damit gerechnet, daß sie Bedingungen stellen würde. »Und das wäre?« fragte er argwöhnisch.

Er hörte sich an, was sie verlangte, und obwohl er sich keinen rechten Reim darauf machen konnte, sah er keinen Grund zur Beunruhigung.

»Ich nehme Ihre Bedingung an«, sagte er schließlich.

»Schriftlich«, fügte sie hinzu, »und zwar sogleich.«

»Dann muß ich darauf bestehen, daß auch unsere kleine Vereinbarung schriftlich niedergelegt wird.«

»Einverstanden«, sagte sie nur.

Mit nicht ganz festen Schritten ging Mrs. Trantham zu ihrem Sekretär. Sie setzte sich, öffnete die mittlere Lade und nahm zwei Blatt fliederfarbenen Papiers mit Briefkopf heraus. Sorgfältig formulierte sie die beiden Erklärungen und reichte sie schließlich Daniel zur Begutachtung. Er las beide gründlich durch. Sie hatte keine seiner Forderungen ausgelassen und ihre eigene Bedingung, ziemlich langatmig, hinzugefügt. Daniel nickte und gab ihr beide Papiere zurück.

Sie unterschrieb, dann streckte sie Daniel ihren Federhalter entgegen. Er setzte auf beiden Erklärungen seine Unterschrift unter ihre. Sie händigte ihm ein Blatt aus, bevor sie aufstand, um an der Klingelschnur neben dem Kamin zu ziehen. Der Butler betrat Augenblicke später den Salon.

»Gibson, wir brauchen Sie, um unsere Unterschriften auf zwei Dokumenten zu bezeugen. Sobald Sie das getan haben, bringen Sie den Herrn zur Tür.«

Wortlos und mit unbewegter Miene setzte der Butler seine Unterschrift ebenfalls auf die beiden Papiere.

Augenblicke später stand Daniel mit dem unbehaglichen Gefühl auf der Straße, daß nicht alles genauso gegangen war, wie er es erwartet hatte. Sobald er auf dem Rückweg zum Dorchester Hotel im Taxi saß, studierte er die Erklärung, die sie beide unterschrieben hatten. Er hätte nicht mehr erwarten können, aber ihn verwirrte immer noch die Bedingung, auf deren Hinzufügung Mrs. Trentham bestanden hatte. Er verdrängte das unbehagliche Gefühl in den Hinterkopf.

In seinem Hotelzimmer zog er die Uniform rasch aus und schlüpfte wieder in seine Zivilkleidung. Jetzt fühlte er sich zum erstenmal an diesem Tag sauber. Die Uniform mit Mütze packte er wieder in den Koffer, dann ging er zur Rezeption hinunter, wo er den Schlüssel abgab und die Rechnung bar bezahlte.

Mit einem Taxi kehrte er zu dem Friseur in Kensington zurück, der enttäuscht wirkte, als sein Kunde ihm auftrug, seinem Haar die vorherige Farbe zurückzugeben, die Wellen zu glätten und den Scheitel zurückzuversetzen.

Ehe Daniel nach Hause zurückkehrte, hielt er an einer verlassenen Baustelle in Pimlico an. Dort entledigte er sich der Uniform mitsamt Mütze und verbrannte die Fotografie.

Fröstelnd sah er zu, wie sein Vater in einer roten Flamme verschwand.

# Mrs. Trentham

## 1938–1948

**32** »Ich habe dich dieses Wochenende nach Yorkshire eingeladen, um dir zu sagen, wie mein Testament aussieht, soweit es dich betrifft.«

Mein Vater saß hinter seinem Schreibtisch und ich davor in dem Ledersessel, in dem früher meine Mutter so gern gesessen hatte. Er hatte mich nach ihr genannt, Margaret Ethel, aber da endete die Ähnlichkeit, wie er nicht müde wurde, mich zu erinnern. Ich beobachtete ihn, wie er Tabak in seine Bruyèrepfeife stopfte, und fragte mich, was er mir so feierlich mitteilen wollte. Er ließ sich Zeit, ehe er aufblickte und sagte: »Ich habe beschlossen, Daniel Trumper mein gesamtes Kapital zu vermachen.«

Ich war durch diese Eröffnung wie gelähmt, so daß ich mehrere Sekunden brauchte, bis ich etwas sagen konnte.

»Aber Vater, jetzt, da Guy tot ist, müßte doch Nigel der rechtmäßige Erbe sein!«

»Daniel wäre der rechtmäßige Erbe, wenn dein Sohn ehrenhaft gehandelt hätte. Guy hätte sofort aus Indien zurückkehren und Miss Salmon heiraten müssen, als er davon erfuhr, daß sie sein Kind trug!«

»Aber Trumper ist Daniels Vater!« protestierte ich. »Das hat er auch immer zugegeben. Die Geburtsurkunde ...«

»Er hat es nie bestritten, das stimmt. Aber halt mich nicht für einen Idioten, Ethel. Der Geburtsschein beweist lediglich, daß Charlie Trumper Verantwortungsgefühl hat, ganz im Gegensatz zu meinem verstorbenen Enkel. Jedenfalls können wir, die wir Guy in seinen Entwicklungsjahren kannten und auch Daniels Fortschritte verfolgten, nicht im geringsten an ihrem Verwandtschaftsverhältnis zweifeln.«

Ich war mir nicht sicher, ob ich meinen Vater richtig gehört hatte. »Du hast Daniel Trumper selbst gesehen?«

»O ja«, erwiderte er gleichmütig und langte nach einer Streichholzschachtel auf seinem Schreibtisch. »Ich besuchte St. Paul zweimal. Einmal, als der Junge in einem Konzert mitspielte, konnte ich ihn zwei Stunden lang aus nächster Nähe beobachten – er war übrigens recht gut. Und das zweite Mal, ein Jahr später am Gründungstag, als er den Newton-Mathematikpreis verliehen bekam, beschattete ich ihn, während er seine Eltern zum Tee im Garten des Rektors begleitete. Ich kann dir folgedessen versichern, daß er nicht nur wie Guy aussieht, sondern auch einige seiner Verhaltensweisen geerbt hat.«

»Aber gewiß verdient es Nigel doch, gleichberechtigt behandelt zu werden«, sagte ich, während ich verzweifelt hin und her überlegte, wie ich meinen Vater veranlassen könnte, es sich noch einmal zu überlegen.

»Nigel kann sich nicht mit ihm messen und wird es auch nie können«, antwortete mein Vater. Er zündete ein Streichholz an und begann mit diesem endlosen Saugen am Pfeifenstiel, das seinem Versuch, den Tabak zum Aufglühen zu bringen, immer vorausgeht. »Machen wir uns nichts vor, Ethel. Wir wissen beide schon eine ganze Weile, daß der Junge nicht einmal als Mitglied im Hardcastle-Vorstand geeignet ist, geschweige denn, mein Nachfolger zu werden.«

Während mein Vater dahinpaffte, starrte ich blind zu dem Gemälde mit zwei Pferden auf einer Koppel hoch, das an der Wand hinter ihm hing, und versuchte meine Gedanken zu sammeln.

»Ich bin sicher, du hast nicht vergessen, meine Liebe, daß Nigel nicht einmal seinen Abschluß in Sandhurst schaffte, wozu, wie ich hörte, heutzutage nicht mehr viel gehört. Vor kurzem erfuhr ich auch, daß er seine gegenwärtige Stellung bei Kitcat & Aitken nur hat, weil du Mr. Kitcat gegenüber durchblicken hast lassen, daß sie nach meinem Tod die Vermögensverwaltung von Hardcastle übertragen bekommen. Ich kann dir schon jetzt versichern, daß es dazu nicht kommen wird.« Er unterstrich es mit einem langen Zug an seiner Pfeife.

Ich brachte es nicht fertig, ihn anzusehen, und ließ statt dessen den Blick von dem Stubbs an der Wand zu den Reihen um Reihen von Büchern schweifen, die er seit seiner Jugend zusammengetragen hatte. Dickens, jede Erstausgabe; Henry James, ein moderner Schriftsteller, den er bewunderte, und zahllose Blakes jeder Art, von unschätzbaren handgeschriebenen Briefen bis zu Jubiläumsausgaben. Dann kam der zweite Schlag.

»Da es offensichtlich kein Familienmitglied gibt, das fähig wäre, meine Nachfolge in der Firma anzutreten«, fuhr er fort, »bin ich, wenngleich zögernd, zu dem Schluß gekommen, daß ich, vor allem aufgrund des bevorstehenden Krieges, die Zukunft von Hardcastle neu überdenken muß.« Der beißende Geruch von Tabak hing in der Luft.

»Aber du würdest doch nie zulassen, daß das Geschäft in andere Hände kommt?« sagte ich ungläubig. »Dein Vater hätte ...«

»Mein Vater hätte getan, was für alle Betroffenen am besten ist, und zweifellos hätten erbgierige Verwandte ganz unten auf seiner Liste gestanden.« Seine Pfeife verweigerte den Dienst, also zündete er ein zweites Streichholz an. Er sog noch einmal, ehe ein Ausdruck der Zufriedenheit in sein Gesicht trat und er weitersprach. »Ich habe mehrere Jahre lang an Vorstandssitzungen von Harrogate Haulauge und der Yorkshire Bank teilgenommen und kürzlich erst von John Brown Engineering, wo ich, wie ich denke, meinen Nachfolger gefunden habe. Sir Johns Sohn mag ja nicht gerade ein begnadeter Vorsitzender sein, aber er ist tüchtig und, was noch wichtiger ist, er ist ein Yorkshiremann. Wie auch immer, ich bin nun überzeugt, daß eine Fusion mit dieser Firma das beste für alle Betroffenen ist.«

Ich konnte ihn noch immer nicht direkt ansehen, während ich mich bemühte, ihm zuzuhören.

»Man hat mir ein sehr gutes Angebot für meine Anteile geboten.« Dann fügte er hinzu: »Die Dividenden werden mit der Zeit ein ordentliches Einkommen für dich und Amy bringen, das für mehr als nur eure Bedürfnisse sorgt.«

»Aber Vater, wir hoffen beide, daß du noch sehr viele Jahre lebst.«

»Mach dir nicht die Mühe, einem Greis um den Bart zu streichen, der sehr wohl weiß, daß der Tod nicht mehr fern sein kann. Ich mag ja alt sein, aber senil bin ich sicher noch nicht.«

»Vater!« protestierte ich, doch er wandte sich wieder seiner Pfeife zu und zeigte sich von meiner Erregung in keiner Weise betroffen. Also versuchte ich es auf andere Weise.

»Bedeutet das, daß Nigel gar nichts erbt?«

»Nigel bekommt, was ich unter den Umständen für richtig und angemessen halte.«

»Ich fürchte, ich weiß nicht recht, was du damit meinst, Vater.«

»Dann werde ich es dir erklären. Ich habe ihm fünftausend Pfund vermacht, mit denen er nach meinem Tod machen kann, was er will.« Er hielt inne, als überlege er, ob er noch etwas hinzufügen solle. »Ich habe dir zumindest eine Peinlichkeit erspart«, sagte er schließlich. »Auch wenn Daniel Trumper nach deinem Tod mein gesamtes Vermögen erbt, wird er das erst an seinem dreißigsten Geburtstag erfahren. Inzwischen wirst du weit über siebzig sein, und es wird dir möglicherweise leichterfallen, dich mit meiner Entscheidung abzufinden.«

Noch zwölf Jahre, dachte ich, und eine Träne rann mir die Wange hinab.

»Gib dir keine Mühe mit Tränen, Ethel, oder mit Hysterie, ja nicht einmal mit scheinbar vernünftigen Argumenten.« Er stieß eine lange Rauchwolke aus. »Mein Entschluß ist gefaßt, und nichts, was du sagen oder tun könntest, wird daran etwas ändern.«

Er paffte nun wie ein Schnellzug, der aus dem Bahnhof fährt. Ich holte ein Taschentuch aus meinem Handtäschchen, in der Hoffnung, dadurch ein klein wenig Zeit zum Nachdenken zu gewinnen.

»Und solltest du auf die Idee kommen, später einmal das Testament anzufechten mit der Behauptung, ich sei unzurechnungsfähig gewesen« – ich blickte entsetzt auf –, »wozu du durchaus fähig bist, sollst du wissen, daß ich das Testament von Mr. Baverstock aufsetzen und von einem Richter im Ruhestand bezeugen ließ, außerdem von einem Kabinettsminister und, was vielleicht noch relevanter ist, von einem Arzt von Sheffield, einem Spezialisten für Geisteskrankheiten.«

Ich wollte gerade solche Verdächtigungen empört von mir weisen, als es leise an die Tür klopfte und Amy hereinkam.

»Bitte entschuldige, wenn ich störe, Papa. Ich wollte nur fragen, ob ich für den Tee im Salon decken lassen soll oder ob du lieber hierbleiben möchtest?«

Mein Vater lächelte seine älteste Tochter an. »Der Salon ist mir sehr recht, mein Liebes«, sagte er mit viel sanfterer Stimme, als er je zu mir gesprochen hat. Er erhob sich ein wenig wacklig hinter seinem Schreibtisch, leerte seine Pfeife in den nächsten Aschenbecher und folgte meiner Schwester ohne ein weiteres Wort langsam aus dem Zimmer.

Während des Tees war ich ziemlich schweigsam, weil ich mir alles durch den Kopf gehen ließ, was mein Vater mir eröffnet hatte. Amy andererseits plapperte unbeirrt über die Auswirkung der anhaltenden Trockenheit auf ihre Sommerblumen. »Aber die Petunien im Beet unter Vaters Fenster bekommen überhaupt keine Sonne ab«, sagte sie, als ihre Katze auf das Sofa sprang und sich auf ihren Schoß kuschelte. Ich konnte dieses rotgestromte Tier, dessen Namen mich noch nie interessiert hatte, nie ausstehen, ließ es mir aber nicht anmerken, weil es offenbar in Amys Herzen nach Vater an zweiter Stelle kam. Sie streichelte die Kreatur, anscheinend ohne daß ihr die Spannung zwischen uns auffiel, die sich durch das Gespräch im Arbeitszimmer ergeben hatte.

Ich ging an diesem Abend früh zu Bett, schlief jedoch nur wenig und schlecht, weil ich darüber nachgrübelte, welcher Weg mir noch offenstand. Ich gebe zu, daß ich ohnehin nicht erwartet hatte, daß mein Vater mich oder Amy zu Haupterben einsetzen würde, da wir beide bereits in den Sechzigern waren und keinen wirklichen Bedarf an einem zusätzlichen Einkommen hatten. Aber ich hatte doch sehr damit gerechnet, daß wir das Haus und den Landbesitz erben würden, während die Firma an Guy beziehungsweise nach seinem Tod an Nigel überginge.

Gegen Morgen mußte ich einsehen, daß es wenig gab, was

ich gegen meines Vaters Entscheidung unternehmen konnte. Wenn Mr. Baverstock, sein langjähriger Anwalt und Freund, das Testament aufgesetzt hatte, wäre nicht einmal F. E. Smith imstande, ein Hintertürchen zu finden. Meine einzige Hoffnung, an Nigels rechtmäßiges Erbe heranzukommen, war, etwas in bezug auf Daniel Trumper zu unternehmen.

Mein Vater würde schließlich nicht ewig leben.

Wir saßen wie üblich in der dunkelsten Ecke, wo man uns von der Tür aus kaum sehen konnte. Er ließ wieder die Knöchel seiner Rechten knacken, einen Finger nach dem anderen.

»Wo ist es momentan?« fragte ich und blickte den Mann mir gegenüber an, dem ich Tausende von Pfund gezahlt hatte, seit ich ihn vor etwa zwanzig Jahren engagierte. Er kam immer noch im selben braunen Tweedjackett und der glänzenden gelben Krawatte zu unseren wöchentlichen Besprechungen im St. Agnes, er hatte sich allerdings in letzter Zeit offenbar ein paar neue Hemden geleistet. Er setzte seinen Whisky ab, holte ein braunes Päckchen unter seinem Stuhl hervor und überreichte es mir.

»Wieviel haben Sie bezahlen müssen, um es zurückzubekommen?«

»Fünfzig Pfund.«

»Ich habe Ihnen ausdrücklich gesagt, Sie sollten ihm nicht mehr als zwanzig Pfund dafür bieten, ohne vorher mit mir zu sprechen.«

»Ich weiß. Aber ein Händler aus dem West End schnüffelte im Laden herum. Ich durfte doch kein Risiko eingehen, oder?«

Ich glaubte keinen Augenblick, daß es Harris fünfzig Pfund gekostet hatte. Aber er wußte, wie wichtig das Bild für meine Pläne war.

»Möchten Sie, daß ich das Bild zur Polizei bringe?« fragte er. »Ich könnte dann einen Tip geben ...«

»Auf keinen Fall«, antwortete ich ohne Zögern. »Die Polizei ist in solchen Dingen viel zu verschwiegen. Außerdem ist das, was ich vorhabe, für Mr. Trumper viel demütigender als eine diskrete Vernehmung ohne Zeugen in Scotland Yard.«

Mr. Harris lehnte sich auf dem alten, ledergepolsterten Stuhl zurück und knackte nun mit den Fingern der Linken.

»Was haben Sie sonst noch für mich?«

»Daniel Trumper arbeitet jetzt als Tutor am Trinity College. Sein Zimmer ist Nummer 7 am Aufgang B.«

»Das stand alles bereits in Ihrem letzten Bericht.«

Beide unterbrachen ihre Unterhaltung, als sich ein älterer Gast von einem nahen Tisch eine Zeitschrift holte.

»Er ist in letzter Zeit ziemlich viel mit einem Mädchen beisammen, einer Marjorie Carpenter. Mathematikstudentin im fünften Semester am Girton College.«

»Tatsächlich? Nun, sollte es so aussehen, als würde es etwas Ernsteres, lassen Sie es mich wissen, dann ist es an der Zeit, auch sie zu überprüfen.« Ich schaute mich im Café um, um sicherzugehen, daß niemand unser Gespräch mithören konnte. Das Fingerknacken begann erneut. Ich wandte mich wieder dem Detektiv zu und stellte fest, daß er mich merkwürdig anstarrte.

»Ist etwas?« fragte ich, während ich mir Tee nachgoß.

»Ja, um ehrlich zu sein, da ist etwas, Mrs. Trentham. Ich glaube, es ist an der Zeit, daß Sie mein Stundenhonorar wieder ein wenig erhöhen. Immerhin erwarten Sie von mir, so viele Geheimnisse zu bewahren ...« Er zögerte kurz. »Geheimnisse, die sich vielleicht ...«

»Die sich was?«

»Die sich vielleicht als unschätzbar für andere, ebenso daran interessierte Parteien erweisen könnten.«

»Wollen Sie mir drohen, Mr. Harris?«

»Keineswegs, Mrs. Trentham, es ist nur, daß ...«

»Hören Sie gut zu, Mr. Harris, ich sage es Ihnen ein für allemal. Wenn Sie je auch nur einen Ton über irgend etwas von unseren geschäftlichen Beziehungen verlauten lassen, werden Sie sich keine Gedanken mehr über Ihr Stundenhonorar machen, sondern über die Länge der Zeit, die Sie im Gefängnis verbringen werden. Ich habe nämlich ein Dossier über Sie angelegt, das Ihre ehemaligen Kollegen bei Scotland Yard bestimmt interessieren würde. Etwa über die Verpfändung eines gestohlenen Gemäldes oder das Verschwindenlassen eines Militärmantels, nachdem ein Verbrechen geschehen war. Habe ich mich klar ausgedrückt?«

Statt einer Antwort knackte Harris wieder mit den Fingern.

Einige Wochen nach der Kriegserklärung erfuhr ich, daß es Daniel Trumper geschafft hatte, nicht einberufen zu werden. Statt dessen saß er nun an einem Schreibtisch in Bletchley Park, wo es unwahrscheinlich war, daß er den Grimm des Feindes zu spüren bekam, außer eine Bombe fiel direkt auf ihn.

Allerdings schafften es die Deutschen, eine Bombe direkt auf *mein* Wohngebäude zu werfen und es völlig zu zerstören. Mein anfänglicher Ärger darüber legte sich, als ich das Chaos sah, das sie in der Chelsea Terrace angerichtet hatte. Es war mir in den folgenden Tagen eine große Befriedigung, auf der anderen Straßenseite zu stehen und die Leistung der Deutschen zu bewundern.

Einige Tage später bekamen der »Musketier« und Trumpers Gemüsehandlung die Aufmerksamkeit der deutschen Luftwaffe zu spüren. Die einzige wesentliche Folge dieser zweiten Bombardierung der Terrace war, daß Charlie Trumper sich die Woche darauf zu den Füsilieren meldete. So sehr ich es vielleicht gewünscht hätte, daß eine verirrte Kugel Daniel traf, so sehr wollte ich, daß Charlie Trumper am Leben blieb, denn für ihn hatte ich eine öffentlichere Hinrichtung vorgesehen.

Ich brauchte Harris' Bericht nicht, um von Charlie Trumpers Berufung ans Ernährungsministerium zu erfahren, denn es stand in sämtlichen Zeitungen. Ich nutzte seine Abwesenheit jedoch nicht, weil ich mir sagte, es wäre Geldvergeudung, weitere Objekte in der Terrace zu kaufen, solange noch Krieg war, und Harris' monatliche Berichte ließen obendrein erkennen, daß Trumper ständig Verluste machte.

Dann, als ich am wenigsten darauf vorbereitet war, starb mein Vater an einem Herzanfall. Ich ließ sofort alles liegen und stehen und eilte nach Yorkshire, um mich um die Beerdigung zu kümmern.

Zwei Tage später geleitete ich die Trauergäste zur Totenfeier

in die Pfarrkirche von Weatherby. Als nominelles Familienoberhaupt hatte ich meinen Platz am linken Ende der vordersten
Bank, Gerald und Nigel ihren zu meiner Rechten. Die Kirche
war voll von Verwandten, Freunden, Bekannten und Geschäfts-
freunden, einschließlich des feierlich ernsten Mr. Baverstock mit
seinem unvermeidlichen Gladstone-Aktenkoffer, den er immer
im Auge behielt. Amy, die in der Bankreihe hinter mir saß, war
bei der Trauerrede des Archidiakons so aufgelöst, daß sie vermutlich den Tag nicht überstanden hätte, wäre ich nicht dagewesen, sie zu trösten.

Nachdem die Trauergäste abgereist waren, beschloß ich,
noch ein paar Tage in Yorkshire zu bleiben, während Gerald und
Nigel nach London zurückkehrten. Amy verließ ihr Zimmer
kaum, was mir die Gelegenheit gab, mich ungestört im Haus
umzusehen und festzustellen, was von echtem Wert gerettet werden konnte, bevor ich nach Ashurst zurückkehrte. Schließlich
würde das Eigentum ja doch – sobald das Testament verlesen
worden war – schlimmstenfalls zwischen uns beiden aufgeteilt
werden.

Ich fand den Schmuck meiner Mutter, der offenbar seit ihrem
Tod nicht mehr angerührt worden war, und den Stubbs, der noch
im Arbeitszimmer meines Vaters hing. Ich nahm den Schmuck
aus meines Vaters Schlafzimmer, und was den Stubbs betraf, erklärte sich Amy einverstanden – bei einem leichten Abendessen
in ihrem Zimmer –, daß ich das Gemälde einstweilen in Ashurst
aufhängte. Das einzig weitere von wirklichem Wert, wie ich
schloß, war die beachtliche Bibliothek meines Vaters. Aber ich
hatte bereits Pläne für die gesamte Sammlung, die nicht dulde-
ten, daß auch nur ein Buch einzeln veräußert wurde.

Am ersten des Monats fuhr ich nach London und begab mich
in das Anwaltsbüro von Baverstock, Dickens & Cobb zur Testa-
mentsverlesung.

Mr. Baverstock schien enttäuscht zu sein, daß Amy nicht mit-
gekommen war, aber er sah ein, daß meine Schwester sich noch
nicht so weit vom Schock des Todes meines Vaters erholt hatte,
daß sie sich zu dieser Reise in der Lage gefühlt hätte. Einige

Verwandte, die ich nur bei Taufen, Hochzeiten und Beerdigungen sah, saßen hoffnungsvoll herum. Ich wußte genau, was sie zu erwarten hatten.

Mr. Baverstock brauchte über eine Stunde für diese offensichtlich einfache Zeremonie, doch muß ich ihm zugestehen, daß er mit beachtlichem Geschick den Namen Daniel Trumper vermied, als er erklärte, was schließlich mit dem Vermögen geschehen sollte. Meine Gedanken beschäftigten sich mit anderen Dingen, während die Verwandten einzeln erfuhren, daß offenbar jedem tausend Pfund in den Schoß fallen würde, und ich wurde erst abrupt in die Gegenwart zurückgeholt, als die eintönige Stimme von Mr. Baverstock meinen Namen erwähnte.

»An Mrs. Gerald Trentham und Miss Amy Hardcastle geht zeit ihres Lebens zu gleichen Teilen die Rendite aus der Treuhandgesellschaft.« Der Anwalt hielt inne, um die Seite umzudrehen, ehe er die Hände auf die Schreibtischplatte stützte. »Das Haus und den Grundbesitz in Yorkshire, einschließlich des gesamten Inventars, zuzüglich zwanzigtausend Pfund«, fuhr er fort, »vermache ich meiner ältesten Tochter, Miss Amy Hardcastle.«

## 33

»Guten Morgen, Mr. Sneddles.«

Der alte Bibliophile war so überrascht, daß die Dame seinen Namen kannte, daß er einen Augenblick nur wie angewurzelt stehenblieb und sie anstarrte.

Schließlich schlurfte er zu ihr hinüber und begrüßte sie mit einer tiefen Verbeugung. Sie war immerhin der erste Kunde in seinem Antiquariat seit über einer Woche – das heißt, wenn er von Dr. Halcombe, dem pensionierten Schulleiter absah, der häufig stundenlang in seinen Büchern schmökerte, aber seit 1937 nichts mehr gekauft hatte.

»Guten Morgen, Madam«, sagte er nun. »Suchen Sie ein bestimmtes Werk?« Er betrachtete die Dame, die ein langes Spitzenkleid trug und einen breitkrempigen Hut mit Schleier, der es unmöglich machte, ihr Gesicht zu sehen.

»Nein, Mr. Sneddles«, erklärte Mrs. Trentham, »ich bin nicht gekommen, um ein Buch zu kaufen, sondern um Sie um Ihre fachmännische Hilfe zu bitten.« Sie blickte den gebeugten Greis an, der Wollweste, Wintermantel und Fausthandschuhe trug, wahrscheinlich, weil er es sich nicht mehr leisten konnte, den Laden zu beheizen. Obwohl sein Rücken stark gekrümmt war und sein Kopf wie der einer Schildkröte aus ihrem Panzer aus seinem Mantel ragte, wirkten seine Augen klar und sein Verstand scharf und wachsam.

»Meine Hilfe, Madam?«

»Ja. Ich habe eine umfangreiche Bibliothek geerbt, die katalogisiert und geschätzt werden müßte. Sie wurden mir sehr empfohlen.«

»Wie freundlich von Ihnen, Madam.«

Mrs. Trentham war erleichtert, daß Mr. Sneddles sich nicht erkundigte, wer ihn so empfohlen hatte.

»Und dürfte ich fragen, wo sich diese Bibliothek befindet?«

»Ein paar Kilometer östlich von Harrogate. Sie werden feststellen, daß es sich um eine wirklich außergewöhnliche Sammlung handelt. Mein seliger Vater, Sir Raymond Hardcastle – vielleicht haben Sie von ihm gehört –, hat sie zeit seines Lebens mit viel Liebe zusammengetragen.«

»Harrogate?« fragte Sneddles bestürzt, als hätte sie Bangkok gesagt.

»Ich werde selbstverständlich für alle Auslagen aufkommen, egal wie lange Sie brauchen werden.«

»Aber dazu müßte ich den Laden schließen«, murmelte er, mehr zu sich selbst.

»Natürlich würde ich Sie auch für jeglichen Verdienstausfall entschädigen.«

Mr. Sneddles nahm ein Buch vom Ladentisch und überprüfte seinen Einband. »Ich fürchte, das geht nicht, Madam, es ist völlig unmöglich, wissen Sie …«

»Mein Vater sammelte alles von William Blake. Sie werden sehen, daß er jede Erstausgabe von ihm hat, manche sogar noch verlagsneu. Sogar ein handgeschriebenes Manuskript …«

Amy Hardcastle hatte sich bereits zu Bett begeben, als ihre Schwester an diesem Abend nach Yorkshire zurückkehrte.

»Sie wird jetzt immer so schnell müde«, erklärte die Haushälterin.

Mrs. Trentham blieb nichts anderes übrig, als allein ein leichtes Abendessen zu sich zu nehmen, ehe sie sich gegen zweiundzwanzig Uhr in ihr altes Zimmer zurückzog. Soweit sie sehen konnte, war alles wie früher: der Blick über die Täler von Yorkshire, die dunklen Wolken, sogar das Bild von der Yorker Kathedrale im Nußbaumrahmen hing noch über dem Bett. Sie schlief recht gut und stieg am Morgen um acht Uhr wieder die Treppe hinunter. Die Köchin erklärte ihr, daß Miss Amy noch nicht aufgestanden war, also frühstückte sie auch allein.

Nachdem alle zugedeckten Speisen weggeräumt waren, las Mrs. Trentham im Salon die *Yorkshire Post* und wartete auf ihre

Schwester. Eine Stunde später spazierte die alte Katze herein, aber Mrs. Trentham verscheuchte sie rasch mit einer heftigen Handbewegung. Die Standuhr in der Halle hatte bereits elf Uhr geschlagen, als Amy endlich das Zimmer betrat. Auf einen Stock gestützt, ging sie schwerfällig auf ihre Schwester zu.

»Es tut mir leid, Ethel, daß ich gestern abend nicht mehr auf war, als du gekommen bist. Meine Arthritis macht mir wieder zu schaffen.«

Mrs. Trentham antwortete nicht darauf, sondern beobachtete, wie ihre Schwester sich auf sie zuschleppte. Sie konnte es kaum fassen, wie ihre Schwester in den letzten drei Monaten zusammengefallen war.

Amy war immer zierlich gewesen, doch nun war sie gebrechlich. Und selbst wenn sie immer ruhig gewesen war, jetzt war sie fast unhörbar. Und wie sie früher vielleicht ein wenig blaß gewesen war, war sie nun fahl, und ihr Gesicht war so tief gezeichnet, daß sie viel älter als ihre neunundsechzig Jahre wirkte.

Amy ließ sich vorsichtig auf dem Stuhl neben ihrer Schwester nieder und atmete ein paar Sekunden schwer, als wolle sie ausdrücken, daß ihr der Weg vom Schlafzimmer zum Salon große Mühe gemacht habe.

»Es ist lieb von dir, daß du meinetwegen deine Familie allein läßt und nach Yorkshire gekommen bist«, sagte Amy, und die rote Katze kletterte auf ihren Schoß. »Ich muß gestehen, seit Papas Tod komme ich mir so hilflos vor.«

»Das ist verständlich, meine Liebe.« Mrs. Trentham lächelte dünn. »Ich hielt es für meine Pflicht, zu dir zu kommen – und ich tue es natürlich gern. Jedenfalls bereitete mich Vater darauf vor, daß es dazu kommen könnte, wenn er einmal nicht mehr ist. Er gab mir spezielle Anweisungen, was ich unter diesen Umständen tun sollte.«

»Oh, das freut mich.« Amys Gesicht leuchtete zum erstenmal auf. »Bitte sag, was Papa wollte.«

»Vater sagte, daß du das Haus so rasch wie möglich verkaufen und entweder bei Gerald und mir in Ashurst wohnen sollst ...«

»Oh, das könnte ich dir nie zumuten, Ethel.«

»... oder in eines dieser hübschen kleinen Hotels an der Küste ziehen sollst, die hauptsächlich pensionierte Ehepaare oder Alleinstehende aufnehmen. Er meinte, dadurch würdest du einen netten Anschluß finden und das täte dir gut. Ich würde dich natürlich lieber bei uns in Buckingham haben, aber bei den ständigen Fliegeralarmen ...«

»Er hat mir nie etwas davon gesagt, daß das Haus verkauft werden soll«, murmelte Amy besorgt. »Ganz im Gegenteil, er bat mich ...«

»Ich weiß, meine Liebe, aber er erkannte, welche Belastung sein Tod für dich sein würde, und er ersuchte mich, es dir schonend beizubringen. Du wirst dich zweifellos an das lange Gespräch erinnern, das er und ich in seinem Arbeitszimmer führten, als ich ihn das letzte Mal besuchte.«

Amy nickte, aber die Bestürzung war noch nicht gewichen.

»Ich besinne mich auf jedes Wort, das er sagte«, fuhr Mrs. Trentham fort. »Natürlich werde ich mein möglichstes tun, daß seine Wünsche erfüllt werden.«

»Aber ich wüßte nicht, wo ich anfangen soll!«

»Zerbrich dir darüber nicht den Kopf, meine Liebe.« Mrs. Trentham tätschelte ihrer Schwester den Arm. »Genau deshalb bin ich ja hier.«

»Aber was wird aus dem Personal und meinem geliebten Garibaldi?« fragte Amy besorgt, während sie die Katze streichelte. »Vater würde mir nie vergeben, wenn nicht für alle bestens gesorgt würde.«

»Da kann ich dich beruhigen«, versicherte ihr Mrs. Trentham. »Er hat wie immer an alles gedacht und mir genaue Anweisungen erteilt, was mit den Dienstboten geschehen soll.«

»Wie lieb von Papa. Aber ich bin mir trotzdem nicht so sicher ...«

Mrs. Trentham brauchte zwei weitere Tage geduldigen Zuredens, ehe sie Amy endlich überzeugen konnte, daß ihre Pläne für die Zukunft sich als das Beste erweisen würden, und mehr noch, daß es das war, was ihr Vater gewollt hatte.

Von dem Augenblick an zog Amy sich in ihr Zimmer zurück und kam nur noch am Nachmittag heraus, um einen kurzen Spaziergang durch den Garten zu machen und hin und wieder nach den Petunien zu sehen. Jedesmal, wenn Mrs. Trentham ihr begegnete, mahnte sie Amy, sich nicht zu überanstrengen.

Drei Tage später gab Amy auch ihren Nachmittagsspaziergang auf.

Am folgenden Montag kündigte Mrs. Trentham dem Personal mit einer Frist von einer Woche, nur die Köchin sollte so lange bleiben, bis Amy untergebracht war. Noch am selben Nachmittag beauftragte sie einen Makler, das Haus und die fünfundzwanzig Hektar Grund zu verkaufen.

Am Donnerstag suchte Mrs. Trentham Mr. Althwaite, einen Anwalt in Harrogate auf. Als Amy wieder einmal aus ihrem Zimmer kam, erklärte ihr Mrs. Trentham, daß es nicht nötig gewesen sei, Mr. Baverstock zu belästigen; sie finde, daß sich irgendwelche Probleme, die sich wegen des Verkaufs und in finanzieller Hinsicht ergeben sollten, leichter durch einen Einheimischen klären ließen.

Drei Wochen später konnte Mrs. Trentham ihre Schwester und ein bißchen ihrer persönlichen Habe in ein kleines Hotel an der Ostküste, ein paar Kilometer nördlich von Scarborough, bringen. Sie teilte das Bedauern des Besitzers, daß Haustiere leider nicht aufgenommen werden konnten, aber sie versicherte ihm, daß ihre Schwester das natürlich verstehen würde. Mrs. Trentham wies ihn schließlich noch an, die monatlichen Rechnungen direkt an Coutts & Co. in London zu schicken; sie würden dann umgehend beglichen werden.

Ehe Mrs. Trentham Abschied von Amy nahm, ließ sie drei Dokumente von ihr unterschreiben. »Damit du dich um nichts mehr kümmern mußt, meine Liebe«, erklärte ihr Mrs. Trentham sanft.

Amy unterzeichnete alle drei Papiere, die ihre Schwester ihr vorlegte, ohne sich die Mühe zu machen, sie durchzulesen. Mrs. Trentham nahm die von ihrem hiesigen Anwalt aufgesetzten Urkunden rasch vom Tisch und steckte sie in ihre Handtasche.

»Ich besuche dich bald«, versprach sie Amy und küßte sie auf die Wange. Minuten später reiste sie nach Ashurst zurück.

Die Ladenglocke bimmelte aufdringlich in der Stille des muffigen Antiquariats, als Mrs. Trentham es betrat. Zunächst rührte sich nichts, dann kam Mr. Sneddles endlich mit drei Büchern unter dem Arm aus seinem kleinen Hinterzimmer heraus.

»Guten Morgen, Mrs. Trentham«, begrüßte er sie. »Wie freundlich von Ihnen, so schnell auf meinen Brief hin herzukommen. Ich hielt es für angebracht, mit Ihnen zu sprechen, da sich ein Problem ergeben hat.«

»Ein Problem?« Mrs. Trentham zog den Schleier von ihrem Gesicht.

»Ja. Wie Sie wissen, bin ich in Yorkshire fast fertig. Es tut mir leid, daß es so lange gedauert hat, Madam, ich fürchte, ich habe mir sehr viel Zeit genommen, aber bei diesen Kostbarkeiten ...«

Mrs. Trentham bedeutete ihm mit einer Handbewegung, daß sie das verstehen konnte.

»Und ich fürchte«, fuhr er fort, »daß es trotz der exzellenten Hilfe Dr. Halcombes, der freundlicherweise bereit war, mir zu assistieren, und im Hinblick auf die lange Fahrtzeit nach Yorkshire und wieder zurück möglicherweise noch einige Wochen dauern kann, eine so unvergleichliche Sammlung zu katalogisieren und zu schätzen – schließlich hat Ihr seliger Herr Vater sie ein Leben lang zusammengetragen.«

»Das spielt für mich keine Rolle«, versicherte ihm Mrs. Trentham. »Ich bin in keiner Eile. Nehmen Sie sich soviel Zeit, wie Sie für nötig halten, Mr. Sneddles, und lassen Sie es mich wissen, wenn Sie fertig sind.«

Der Antiquar strahlte bei dem Gedanken, daß er die Katalogisierung ungestört fortsetzen durfte.

Er begleitete Mrs. Trentham zum Eingang zurück und öffnete die Tür für sie. Niemand, der sie nebeneinander sah, hätte sie für gleichaltrig gehalten. Mrs. Trentham blickte rasch die Chelsea Terrace auf und ab, ehe sie den Schleier wieder über das Gesicht zog.

Mr. Sneddles schloß die Tür hinter ihr und rieb die Fäustlinge aneinander, dann schlurfte er zum Hinterzimmer und zu Dr. Halcombe zurück.

In letzter Zeit war er immer ungehalten, wenn sich ein Kunde in den Laden verirrte.

»Nach dreißig Jahren habe ich nicht die Absicht, meinen Vermögensverwalter zu wechseln«, sagte Gerald Trentham barsch und goß sich eine zweite Tasse Kaffee ein.

»Aber verstehst du denn nicht, mein Lieber, wie gut es für Nigels Karriere wäre, wenn seine Firma mit der Verwaltung betreut würde?«

»Und welch ein Schlag es für David Cartwright und Vickers da Costa wäre, einen Klienten zu verlieren, für den sie über hundert Jahre anständig gearbeitet haben? Nein, Ethel, es wird höchste Zeit, daß Nigel seine schmutzige Arbeit selber macht. Verdammt, er ist über Vierzig!«

»Ein Grund mehr, ihm zu helfen«, beharrte seine Gattin und strich Butter auf ihre zweite Scheibe Toast.

»Nein, Ethel. Nein und noch mal nein!«

»Aber siehst du denn nicht ein, daß es eine von Nigels Verpflichtungen ist, der Firma neue Klienten zuzuführen? Und momentan ist das besonders wichtig, weil ich sicher bin, daß man ihm nun, da der Krieg zu Ende ist, bald anbieten wird, ihn als Kompagnon aufzunehmen.«

Major Trentham versuchte gar nicht, seine Ungläubigkeit über diese Neuigkeit zu verbergen. »Wenn es so ist, sollte er seine eigenen Beziehungen besser nutzen – vor allem die, die er in der Schule und in Sandhurst anknüpfte, vom Finanzdistrikt ganz zu schweigen. Er darf sich nicht einbilden, immer nur auf die Freunde seines Vaters zurückgreifen zu können.«

»Das ist nicht fair, Gerald. Wenn er sich nicht auf sein eigen Fleisch und Blut verlassen kann, wie soll er da erwarten, daß ihm jemand anderes zu Hilfe kommt?«

»Zu Hilfe kommt? Das trifft den Nagel auf den Kopf.« Geralds Stimme hob sich bei jedem Wort. »Denn genau das hast du

480

seit dem Tag seiner Geburt getan! Und das ist wahrscheinlich der Grund, weshalb er immer noch nicht auf eigenen Beinen stehen kann!«

»Gerald!« Mrs. Trentham zog ein Taschentuch aus ihrem Ärmel. »Ich hätte nie gedacht ...«

»Wie auch immer«, sagte der Major, um wieder ein bißchen Frieden herzustellen, »so beeindruckend ist mein Vermögen ohnehin nicht. Wie ihr, du und Mr. Attlee, sehr wohl wißt, besteht es hauptsächlich aus Grundbesitz, und zwar bereits seit Generationen.«

»Es kommt doch nicht auf die Höhe an«, sagte Mrs. Trentham tadelnd. »Es geht ums Prinzip.«

»Eben«, entgegnete Gerald. Er faltete seine Serviette, stand vom Frühstückstisch auf und verließ das Zimmer, ehe seine Gemahlin noch ein Wort sagen konnte.

Mrs. Trentham griff nach der Morgenzeitung ihres Gatten und fuhr mit dem Finger die Geburtstagsehrenliste entlang, wo wie in jedem Jahr die Namen derjenigen aufgeführt waren, welche der König in den Ritterstand erhoben hatte. Ihr Finger zitterte, als er beim Buchstaben »T« innehielt.


Nach Mr. Harris' Bericht war Daniel Trumper den zweiten Sommer nach Kriegsende mit der *Queen Mary* nach Amerika gereist. Doch der Privatdetektiv konnte Mrs. Trenthams nächste Frage, die nach dem Warum, nicht beantworten. Harris konnte ihr nur versichern, daß er zu Beginn des neuen akademischen Jahres in seinem College zurückerwartet wurde.

Während der Wochen seiner Abwesenheit verbrachte Mrs. Trentham viel Zeit bei ihren Anwälten in Lincoln's Inn Fields, die einen Antrag für eine Baugenehmigung für sie vorbereiteten.

Sie war bereits bei drei Architekten gewesen, die alle noch neu in ihrem Beruf waren, und hatte sie beauftragt, einen vorläufigen Plan für ein Mietshaus zu entwerfen. Der Sieger, versicherte sie den dreien, würde den Auftrag erhalten, während die beiden anderen je mit hundert Pfund entschädigt würden. Alle drei erklärten sich gern damit einverstanden.

Etwa zwölf Wochen später legte ihr jeder seinen Bauplan vor, doch nur einer wurde Mrs. Trenthams Anforderungen gerecht.

Nach Meinung des Seniorsozius der Anwaltsfirma würde das Elektrizitätswerk von Battersea, verglichen mit dem geplanten Mietshaus des jüngsten der drei, Justin Talbot, wie das Schloß von Versailles aussehen. Mrs. Trentham gedachte indes nicht, dem Anwalt gegenüber zuzugeben, daß bei ihrer Wahl die Tatsache eine Rolle spielte, daß Mr. Talbots Onkel Mitglied des Planungsausschusses für diesen Bezirk war.

Doch selbst, falls Talbots Onkel seinem Neffen zu Hilfe kommen sollte, war sich Mrs. Trentham keineswegs sicher, daß die Mehrheit des Ausschusses ein so verunstaltendes Vorhaben genehmigen würde. Nach dem eingereichten Plan würde das Mietshaus wie ein Bunker aussehen, den sogar Hitler abgelehnt hätte. Doch ihre Anwälte hatten ihr geraten, sie solle in ihrem Antrag erstens angeben, der Hauptzweck des Baus sei, billigen Wohnraum im Zentrum Londons für Studenten und arbeitslose Alleinstehende zu schaffen, die für begrenzte Zeit dringend Unterkunft benötigten; und zweitens, daß alle Einnahmen aus diesen Wohnungen an eine wohltätige Stiftung gehen würden, die Familien mit dem gleichen Problem helfen sollte; drittens sollte sie den Ausschuß darauf aufmerksam machen, wie bemüht sie darum gewesen war, neue Talente zu suchen und zu fördern, indem sie ihnen eine Chance gab, sich als Architekten zu bewähren.

Mrs. Trentham wußte nicht, ob sie sich freuen oder entsetzt sein sollte, als der Ausschuß seine Genehmigung gab. Nach mehrwöchiger Prüfung hatte er nur auf ein paar geringen Änderungen am Plan des jungen Talbot bestanden. Sie wies ihren Architekten sofort an, den Rest des ausgebombten Gebäudes abreißen zu lassen, damit der Bau ohne Verzögerung in Angriff genommen werden konnte.

Sir Charles' Antrag an die Planungsbehörde für den Bau eines Kaufhauses in der Chelsea Terrace erregte allgemeines und zum größten Teil positives Aufsehen. Mrs. Trentham entging jedoch nicht, daß in manchen Artikeln über diesen geplanten Bau ein gewisser Martin Crowe erwähnt wurde, der als Vorsitzender einer Vereinigung, die sich ›Gesellschaft zur Rettung des Einzelhandels‹ nannte, gegen Trumpers Projekt protestierte. Mr. Crowe behauptete, daß die Besitzer kleinerer Läden dadurch geschädigt würden, ja daß ihre Existenz auf dem Spiel stand. Er beklagte sich über die Ungerechtigkeit, daß keiner der Inhaber dieser kleinen Läden über die Mittel verfügte, etwas gegen einen so mächtigen und reichen Mann wie Sir Charles Trumper zu unternehmen.

»Die sollen sie haben«, sagte Mrs. Trentham beim Frühstück unwillkürlich laut.

»Wovon redest du?«

»Nichts Wichtiges«, antwortete sie ihrem Gemahl.

Am gleichen Tag ließ sie Harris die finanziellen Mittel zukommen, die es Mr. Crowe ermöglichen würden, offiziell Einspruch gegen Trumpers Bau zu erheben. Sie erklärte sich auch einverstanden, für die Auslagen aufzukommen, die Mr. Crowe bei seinen Bemühungen sonst noch haben mochte.

Sie verfolgte nun die Ergebnisse dieser Bemühungen in der täglichen Presse und sagte zu Harris, daß sie sogar bereit wäre, dem Mann eine anständige Gratifikation zu zahlen; aber wie viele Aktivisten war er offenbar ein Idealist, für den nur die Sache zählte.

Nachdem die Bulldozer Mrs. Trenthams Grundstück geräumt hatten und Trumpers Vorhaben fürs erste zum Stillstand gekommen war, wandte Mrs. Trentham ihre Aufmerksamkeit wieder Daniel und dem Problem seines Erbes zu.

Ihre Anwälte hatten bestätigt, daß es keine Möglichkeit gab, das Testament anzufechten; das einzige, was das Vermögen in ihrer Familie halten könnte, wäre Daniels freiwilliger Verzicht auf sein Erbe. Sie gaben ihr sogar den Entwurf eines Vertrags, der dafür erforderlich wäre. Alles weitere überließen sie Mrs. Trentham.

Und da sie sich nicht vorstellen konnte, daß Daniel und sie je zusammenkommen würden, und noch weniger, daß er so etwas unterschreiben würde, hielt sie das Ganze für hoffnungslos, aber sie bewahrte den Entwurf trotzdem in der unteren Schublade ihres Sekretärs im Salon auf.

»Wie schön, Sie wiederzusehen, Madam«, sagte Mr. Sneddles. »Ich weiß gar nicht, wie ich mich entschuldigen kann, daß ich so lange für Ihren Auftrag gebraucht habe. Ich werde Ihnen selbstverständlich nicht mehr berechnen, als wir ursprünglich vereinbart hatten.«

Der Antiquar konnte Mrs. Trenthams Gesichtsausdruck nicht sehen, da sie ihren Schleier noch nicht zurückgeschlagen hatte. Sie folgte dem alten Mann vorbei an Regal um Regal verstaubter Bücher, bis sie das kleine Hinterzimmer erreichten, wo Sneddles ihr Dr. Halcombe vorstellte, der genau wie er einen dicken Mantel trug. Sie lehnte es ab, sich zu setzen, als sie sah, daß auch der angebotene Stuhl eine Staubschicht aufwies.

Der alte Mann deutete stolz auf acht Kisten, die auf seinem Schreibtisch standen. Er brauchte fast eine Stunde, hin und wieder von einem Einwurf Dr. Halcombes unterbrochen, ihr zu erklären, wie er die Bibliothek ihres seligen Vaters erst alphabetisch nach den Autoren katalogisiert hatte, dann nach Kategorien und schließlich nach dem Titel. Die Karten enthielten auch Querverweise, und in der rechten unteren Ecke einer jeden hatte er den Schätzwert eingetragen.

Mrs. Trentham bewies erstaunliche Geduld mit Mr. Sneddles, stellte ab und zu Fragen, deren Antworten sie absolut nicht interessierten, die ihm jedoch lange und komplizierte Erklärungen gestatteten, wie er seine Zeit in den letzten fünf Jahren genutzt hatte.

»Sie haben bewundernswerte Arbeit geleistet, Mr. Sneddles«, sagte sie, als er auf seine letzte Karte deutete, ›Zola, Emile (1840–1902)‹. »Ich hätte nicht mehr erwarten können.«

»Sie sind zu gütig, Madam«. Der alte Mann verbeugte sich tief. »Aber Sie haben ja immer ein echtes Interesse gezeigt. Ihr Herr Vater hätte die Verantwortung für sein Lebenswerk niemand Besserem überlassen können.«

»Fünfzig Guineen waren abgemacht, wenn ich mich recht erinnere.« Mrs. Trentham holte einen Scheck aus der Handtasche und überreichte ihn dem Antiquar.

»Vielen Dank, Madam.« Mr. Sneddles nahm den Scheck und legte ihn geistesabwesend in den Aschenbecher. Er hielt sich gerade noch zurück zu sagen: Ich hätte *Ihnen* sogar das Doppelte bezahlt für das Privileg, diese Arbeit machen zu dürfen.

»Und ich sehe«, sagte sie, während sie die von ihm aufgestellte Liste studierte, »daß Sie den Gesamtwert auf knapp fünftausend Pfund geschätzt haben.«

»Das ist richtig, Madam. Aber ich sollte Sie vielleicht darauf hinweisen, wenn ich mich getäuscht haben sollte, dann nur nach unten. Wissen Sie, einige dieser Bände sind so selten, daß es schwer zu sagen ist, was sie bringen würden, wenn sie zum Verkauf angeboten werden.«

»Heißt das, daß Sie bereit wären, soviel für die Bibliothek zu bezahlen, falls ich sie verkaufen will?« fragte Mrs. Trentham und blickte ihn an.

»Nichts täte ich lieber, Madam«, versicherte ihr der alte Mann. »Aber bedauerlicherweise fehlen mir die Mittel dafür.«

»Was würden Sie sagen, wenn ich Sie mit dem Verkauf betraute?« Mrs. Trentham ließ den Blick nicht von Mr. Sneddles Gesicht.

»Ich könnte mir kein größeres Privileg vorstellen, Madam. Aber es könnte viele Monate, vielleicht Jahre dauern, das durchzuführen.«

»Dann sollten wir vielleicht eine Vereinbarung treffen, Mr. Sneddles.«

»Eine Vereinbarung? Ich fürchte, ich verstehe nicht recht, Madam.«

»Eine Partnerschaft vielleicht, Mr. Sneddles?«

485

## 34

Mrs. Trentham billigte Nigels Wahl seiner Braut, was kein Wunder war, da sie die junge Dame längst für ihn bestimmt hatte.

Veronica Berry verfügte über alle Eigenschaften, die ihre zukünftige Schwiegermutter für nötig hielt, wenn sie eine Trentham werden wollte. Sie kam aus einer guten Familie, ihr Vater war Vizeadmiral, immer noch im Dienst, und ihre Mutter die Tochter eines Suffraganbischofs der anglikanischen Kirche. Sie waren wohlhabend, ohne wirklich reich zu sein, und wichtiger noch, von drei Kindern, alles Töchter, war Veronica die älteste.

Die Hochzeit fand in der Pfarreikirche von Kimmeridge in Dorset statt, wo Victoria vom Vikar getauft und vom Suffragan konfirmiert worden war und nun vom Bischof von Bath und Wells getraut wurde. Es war eine Hochzeitsfeier großen Stils und in angemessenem Rahmen, und die »Kinder«, wie Mrs. Trentham sie nannte, würden ihre Flitterwochen auf ihrem Landsitz in Aberdeen verbringen, ehe sie in ihr neues Zuhause am Cadogan Place zogen, das sie für sie ausgesucht hatte. Weil es vom Chester Square so bequem zu erreichen war, wie sie erklärte.

Jeder der zweiunddreißig Kompagnons von Kitcat & Aitken, der Anwalts- und Effektenmaklerfirma, für die Nigel arbeitete, wurde zur Hochzeit eingeladen, doch nur fünf sahen sich in der Lage, die Einladung anzunehmen.

Während des Empfangs auf dem Rasen des Vizeadmiralhauses sorgte Mrs. Trentham dafür, daß sie Gelegenheit hatte, sich mit jedem dieser anwesenden Kompagnons zu unterhalten. Zu ihrem Ärger war jedoch keiner sonderlich gesprächig, wenn es um die Aussichten Nigels in der Firma ging.

Mrs. Trentham hatte sehr gehofft, daß ihr Sohn vor seinem fünfundvierzigsten Geburtstag Kompagnon würde, denn es war ihr nicht entgangen, daß die Namen mehrerer jüngerer Männer neu auf dem Firmenbriefkopf standen, obwohl sie erst lange nach Nigel zur Firma gekommen waren.

Kurz ehe die Ansprachen beginnen sollten, jagte ein Schauer die Gäste in den Pavillon. Mrs. Trentham fand, daß die Rede des Bräutigams ruhig etwas wärmer hätte aufgenommen werden können. Aber sie sah ein, daß es schwierig war, zu klatschen, wenn man ein Sektglas in einer Hand hielt und ein Spargelröllchen in der anderen. Auch Hugh Folland, Nigels Trauzeuge, hatte nicht mehr Beifall bekommen.

Nach den Ansprachen stellte Mrs. Trentham Miles Renshaw, den Seniorchef der Firma, und zog ihn zur Seite. Sie erklärte ihm, daß sie beabsichtige, in Kürze eine beachtliche Summe in eine Firma zu investieren, die die Umwandlung in eine Aktiengesellschaft plante. Sie benötige deshalb seinen Rat für etwas, das sie als ihre langfristige Strategie bezeichnete.

Diese Neuigkeit führte nicht zu der erwarteten Reaktion Mr. Renshaws, da er sich noch zu gut an Mrs. Trenthams Versicherung erinnerte, seiner Firma die Verwaltung des Hardcastleschen Vermögens nach dem Tod ihres Vaters zu übertragen. Er schlug ihr allerdings vor, ihn in seinem Büro im Finanzdistrikt aufzusuchen, sobald die Aktien zur Zeichnung aufgelegt würden, damit sie die Einzelheiten besprechen könnten.

Mrs. Trentham dankte Mr. Renshaw und zog weiter ihre Runde durch die Gäste, als wäre sie die Gastgeberin.

Sie bemerkte nicht einmal das finstere Gesicht, das Veronica deshalb mehrmals machte.

Am letzten Freitag im September 1947 klopfte Gibson an die Salontür und meldete: »Captain Daniel Trentham.«

Als Mrs. Trentham den jungen Mann in der Uniform eines Captains der Royal Fusiliers sah, gaben fast ihre Knie nach. Er marschierte herein und hielt mitten auf dem Teppich an. Sofort erinnerte sie sich an die andere unerwartete Begegnung in diesem Zimmer vor etwa zwanzig Jahren. Irgendwie gelang es ihr, den Salon zu durchqueren und auf das Sofa zu sinken.

Sie klammerte sich an die Seitenlehne und kämpfte gegen

eine Ohnmacht an, während sie zu ihrem Enkel hochstarrte. Sie war entgeistert über seine Ähnlichkeit mit Guy, und die Erinnerung daran ließ Übelkeit in ihr aufsteigen. Erinnerungen, die sie so viele Jahre lang verdrängt hatte …

Nachdem sie sich wieder gefaßt hatte, war ihr erster Gedanke, ihn durch Gibson hinauswerfen zu lassen, doch dann beschloß sie, damit noch einen Moment zu warten, weil sie neugierig war, was dieser junge Mann hier wollte. Als Daniel seine sorgfältig auswendig gelernten Sätze vortrug, fragte sie sich, ob sich diese Begegnung nicht vielleicht zu ihrem Vorteil wenden ließ.

Der junge Mann begann damit, daß er ihr erklärte, er sei im Sommer in Australien gewesen – also nicht in Amerika, wie Harris sie hatte glauben lassen. Er bewies, daß er über alles gut informiert war: daß ihr das Grundstück in der Chelsea Terrace gehörte; daß sie versuchte, den Bau des Kaufhauses zu vereiteln; wie die Inschrift auf dem Grabstein in Ashurst lautete; ja sogar über ihre Treffen im St. Agnes Hotel. Er versicherte ihr daraufhin, daß seine Eltern nichts von seinem Besuch bei ihr wüßten.

Mrs. Trentham schloß daraus, daß er herausgefunden hatte, unter welchen Umständen ihr Sohn in Melbourne wirklich gestorben war. Denn wie hätte er sie sonst warnen können, daß diese Information, falls sie der Presse zugespielt würde, milde gesagt, sehr peinlich für alle Betroffenen sein würde.

Mrs. Trentham gestattete Daniel fortzufahren, während sich hinter ihrer Stirn die Gedanken jagten. Während seiner Prognose über die Zukunft der Chelsea Terrace fragte sie sich, wieviel der junge Mann tatsächlich wußte. Sie sagte sich, daß es nur eine Möglichkeit gab, es herauszufinden, und dazu würde sie ein sehr großes Risiko eingehen müssen.

Deshalb sagte sie, als er mit seiner Forderung ankam: »Unter einer Bedingung.«

»Unter welcher?«

»Daß Sie auf jegliches Recht verzichten, das Sie auf das Hardcastlesche Vermögen haben könnten.«

Da wirkte Daniel zum erstenmal unsicher. Es war ganz offensichtlich nicht das, was er erwartet hatte. Mrs. Trentham war sich mit einem Male ganz sicher, daß er nichts von dem Testament wußte. Woher auch? Ihr Vater hatte Baverstock angewiesen, Daniel erst an seinem dreißigsten Geburtstag davon zu unterrichten, und Mr. Baverstock würde dem bestimmt nicht zuwiderhandeln.

»Ich könnte mir nicht vorstellen, daß Sie je die Absicht hätten, mir etwas hinterlassen zu wollen«, entgegnete Daniel.

Sie antwortete nicht darauf, und Daniel erklärte sich schließlich einverstanden.

»Und es muß schriftlich sein«, fügte sie hinzu.

»Genau wie meine Bedingung«, sagte er brüsk.

Mrs. Trentham war sicher, daß er auf diesen Teil des Gesprächs nicht mehr vorbereitet gewesen war, sondern improvisierte.

Sie stand auf, ging langsam zum Sekretär und schloß eine Schublade auf. Daniel blieb in der Zimmermitte stehen und verlagerte sein Gewicht von einem Fuß auf den anderen.

Nachdem sie zwei Blatt Papier herausgezogen hatte sowie den Entwurf ihres Anwalts, schrieb sie zwei identische Erklärungen, die Daniels Forderungen enthielten, daß sie sowohl ihren Antrag auf eine Baugenehmigung für die Mietskaserne zurückziehe, als auch den Einspruch gegen die Baugenehmigung für das Trumper-Kaufhaus. Sie fügte auch den genauen Wortlaut ihres Anwalts für Daniels Verzicht auf das Vermögen seines Urgroßvaters hinzu.

Sie gab ihrem Enkel die erste Kopie zum Durchlesen und erwartete, daß er jeden Moment dahinterkäme, was er durch seine Unterschrift auf diesem Dokument opfern würde.

Daniel las zunächst die erste Ausfertigung der Erklärung, dann vergewisserte er sich, daß die zweite Kopie völlig identisch war. Obwohl er schwieg, war Mrs. Trentham überzeugt, daß ihm jeden Moment klarwerden würde, weshalb sie diese Verzichtserklärung von ihm wollte. Hätte er auch noch verlangt, daß sie seinem Vater das Grundstück in der Chelsea Terrace zum Marktwert verkaufe, sie hätte sich auch damit sofort einverstanden erklärt, nur um seine Unterschrift auf das Dokument zu bekommen.

Kaum hatte Daniel beide Ausfertigungen unterzeichnet, läutete Mrs. Trentham Gibson, damit er die beiden Unterschriften bezeugte. Sobald dies geschehen war, sagte sie knapp: »Bringen Sie den Herrn zur Tür, Gibson.« Als der Junge in der Uniform das Zimmer verließ, fragte sie sich, wie bald ihm bewußt würde, welch schlechtes Geschäft er gemacht hatte.

Als Mrs. Trenthams Anwälte am nächsten Tag die Verzichterklärung studierten, verhehlten sie ihr Staunen nicht. Doch sie selbst erklärte mit keinem Wort, wie ihr dieser Coup geglückt war. Eine knappe Verbeugung des Seniorsozius bestätigte, daß das Dokument hieb- und stichfest war.

Jeder hat seinen Preis, und nachdem Martin Crowe erkannt hatte, daß seine Geldquelle versiegt war, überzeugten ihn abschließende fünfzig Pfund in bar, daß er seinen Einspruch gegen die Trumperschen Hochhäuser zurückziehen sollte.

Am nächsten Tag wandte Mrs. Trentham ihre Aufmerksamkeit anderen Dingen zu: dem Problem, Aktienangebote zu verstehen.

Mrs. Trentham fand, daß Veronica zu rasch in andere Umstände gekommen war. Schon im Mai 1947 gebar ihre Schwiegertochter einen Sohn, Giles Raymond, lediglich neun Monate und drei Wochen nachdem sie und Nigel geheiratet hatten. Wenigstens war das Kind keine Frühgeburt. Es war ihr nicht entgangen, daß die Dienstboten mehr als einmal die Monate an den Fingern abgezählt hatten.

Als Veronica nach der Entbindung nach Hause zurückkam, hatte Mrs. Trentham ihre erste offene Meinungsverschiedenheit mit ihrer Schwiegertochter.

Veronica und Nigel hatten Giles im Wägelchen zum Chester Square geschoben, damit die stolze Großmutter ihn bewundern könne. Nachdem Mrs. Trentham einen flüchtigen Blick auf den Säugling geworfen hatte, mußte Gibson den Kinderwagen aus dem Salon rollen und den Teewagen hereinbringen.

»Ihr werdet den Jungen doch sofort in Asgarth und Harrow anmelden wollen«, sagte sie, noch ehe die jungen Eltern eine Chance hatten, sich ein Sandwich von der Platte zu nehmen. »Man will ja schließlich sichergehen, daß er seinen Platz hat, wenn es soweit ist.«

»Nigel und ich haben uns bereits entschieden, welche Schulen unser Sohn besuchen wird«, antwortete Veronica. »Und wir haben keine der beiden in Erwägung gezogen.«

Mrs. Trentham setzte ihre Tasse auf den Unterteller zurück und starrte Veronica an, als hätte sie den Tod des Königs verkündet. »Entschuldige, ich habe dich wohl nicht richtig verstanden, Veronica.«

»Wir werden Giles in die Volksschule in Chelsea schicken und dann nach Bryanston.«

»Bryanston? Und wo ist das, wenn ich fragen darf?«

»In Dorset. Es ist die alte Schule meines Vaters«, fügte Veronica hinzu und griff nach einem Lachssandwich auf der Platte vor ihr.

Nigel blickte besorgt über den Tisch auf seine Mutter und zupfte an seiner blau-silber gestreiften Krawatte.

»Das mag sein«, sagte Mrs. Trentham, »ich bin jedoch sicher, daß wir noch etwas gründlicher überlegen sollten, wie der kleine Raymond seinen Lebensweg beginnt.«

»Nein, das wird nicht nötig sein«, entgegnete Veronica. »Nigel und ich haben uns Giles' schulische Laufbahn sehr sorgfältig überlegt. Wir haben ihn auch bereits vergangene Woche in Bryanston angemeldet. Man will ja schließlich sichergehen, daß er seinen Platz hat, wenn es soweit ist.«

Sie beugte sich vor und nahm sich noch ein Lachssandwich.

Die Uhr auf dem Kaminsims auf der gegenüberliegenden Zimmerseite schlug dreimal.

Als er Mrs. Trentham hereinkommen sah, stemmte sich Max Harris aus dem Hotelsessel in der Ecke des Cafés. Er verbeugte sich knapp und wartete, bis sich seine Klientin gegenüber niedergelassen hatte.

Er bestellte Tee für sie und noch einen doppelten Whisky für sich selbst. Mrs. Trentham konnte ihre Mißbilligung nicht verheimlichen und blickte dem Kellner finster nach, der wegeilte, um die Bestellung auszuführen. Ihre Aufmerksamkeit kehrte zu Max Harris zurück, als sie das unvermeidbare Fingerknacken hörte.

»Ich vermute, daß Sie nicht auf diesem Treffen bestanden hätten, Mr. Harris, wenn Sie mir nicht etwas Wichtiges mitzuteilen hätten.«

»Ich glaube, ich übertreibe nicht, wenn ich behaupte, eine gute Neuigkeit für Sie zu haben. Wissen Sie, eine Mrs. Bennett wurde vor kurzem wegen Ladendiebstahls festgenommen. Sie hatte versucht, sich bei Harvey Nicholls mit einem Pelzmantel und einem Ledergürtel aus dem Geschäft zu stehlen.«

»Und welches Interesse sollte ich an dieser Frau haben?« fragte Mrs. Trentham. Sie blickte über seine Schulter und ärgerte sich, daß es zu regnen angefangen hatte, zumal ihr einfiel, daß sie ohne Schirm aus dem Haus gegangen war.

»Sie ist sehr nah mit Sir Charles Trumper verwandt.«

Mrs. Trentham blickte ihn verwirrt an. »Verwandt?«

»Ja.« Harris nickte. »Mrs. Bennett ist Sir Charles' Schwester.«

»Aber Trumper hat nur drei Schwestern, wenn ich mich recht entsinne«, sagte sie. »Sal, die in Toronto mit einem Versicherungsvertreter verheiratet ist; Grace, die erst kürzlich zur Oberschwester des Guy-Krankenhauses befördert wurde; und Kitty, die vor einiger Zeit nach Kanada zu ihrer Schwester auswanderte.«

»Und jetzt zurückgekehrt ist.«

»Zurückgekehrt?«

»Ja, als Mrs. Kitty Bennett.«

»Ich verstehe trotzdem nicht.« Mrs. Trentham ärgerte sich über das Katz-und-Maus-Spiel, das Harris sichtlich genoß.

»Während sie in Kanada war«, fuhr Harris fort, ohne daß ihm Mrs. Trenthams Ärger aufgefallen wäre, »heiratete sie einen Hafenarbeiter. Auch nicht besser als ihr Vater. Die Ehe dauerte nicht ganz ein Jahr und endete mit einer Scheidung, bei der viel schmutzige Wäsche gewaschen wurde und mehrere Männer aussagen mußten. Sie kehrte vor ein paar Wochen nach England zurück, aber erst nachdem ihre Schwester Sal sich geweigert hatte, sie wieder bei sich aufzunehmen.«

»Wie haben Sie das alles erfahren?«

»Ein Freund vom Polizeirevier Wandsworth hat mich darauf aufmerksam gemacht. Nachdem er im Vernehmungsprotokoll den Namen Bennett, geborene Trumper, gelesen hatte, hat er sich vergewissert. Der Vorname Kitty hat ihn darauf gebracht. Ich bin auf seinen Anruf gleich gekommen, um zu sehen, ob es tatsächlich die Richtige war.« Harris machte eine Pause, um seinen Whisky zu trinken.

»Reden Sie weiter«, forderte ihn Mrs. Trentham nun ungeduldig auf.

»Für fünf Pfund hat sie wie ein Kanarienvogel gesungen«, sagte Harris. »Ich bin überzeugt, wenn ich in der Lage wäre, ihr fünfzig zu geben, würde sie einer Nachtigall Konkurrenz machen.«

Als Trumper die Einzelheiten über die Aktienausgabe in der Presse bekanntgab, befand sich Mrs. Trentham auf Geralds Landsitz in Aberdeenshire. Obwohl sie nun sowohl frei über ihr monatliches Einkommen als auch das ihrer Schwester verfügen konnte und außerdem über Amys geerbte zwanzigtausend Pfund, war ihr doch sogleich klar, daß sie obendrein das ganze Kapital benötigen würde, das sie durch den Verkauf des Yorkshire-Besitzes bekommen hatte, wenn sie einen lohnenden Aktienanteil der neuen Gesellschaft erstehen wollte. Sie tätigte an diesem Vormittag drei Ferngespräche.

Anfang des Jahres hatte sie ihr eigenes Vermögen zur Verwaltung an Kitcat & Aitken transferieren lassen, und nachdem sie ihrem Gemahl mehrere Monate lang zugesetzt hatte, hatte er schließlich das gleiche mit seinem Vermögen getan. Trotz dieser Aktion allein Nigels wegen war diesem immer noch keine Teilhaberschaft angeboten worden. Mrs. Trentham hätte ihm geraten zu kündigen, wenn sie sicher gewesen wäre, daß er anderswo bessere Aussichten haben würde.

Trotzdem lud sie die Kompagnons von Kitcat weiterhin abwechselnd zum Dinner am Chester Square ein. Gerald machte kein Hehl daraus, daß er diese Taktiken nicht billigte, und er blieb auch skeptisch, ob sie seinen Sohn wirklich weiterbringen würden. Allerdings war ihm durchaus bewußt, daß seine Meinung in diesen Dingen längst keinen Eindruck mehr auf seine Gemahlin machte. Der Major war auch inzwischen zu alt und zu müde, um ihr mehr als ein Scheingefecht zu liefern.

Nachdem Mrs. Trentham die genaueren Einzelheiten der Trumperschen Ankündigung in der *Times* ihres Gatten gelesen hatte, wies sie Nigel an, fünf Prozent der Gesellschaftsanteile unter verschiedenen Namen zeichnen zu lassen. Er tat genau wie aufgetragen.

Doch war es ein Abschnitt am Ende eines von Vincent Mulcrone verfaßten Artikels in der *Daily Mail* über den unaufhaltsamen Aufstieg der Trumpers, der sie daran erinnerte, daß sie immer noch im Besitz eines Bildes war, das seinen richtigen Preis erst einbringen mußte.

Jedesmal, wenn Mr. Baverstock etwas mit ihr besprechen wollte, erschien es Mrs. Trentham mehr als ein Befehl, in sein Büro zu kommen, denn eine Einladung. Vielleicht lag es daran, daß er über zwanzig Jahre der Anwalt ihres Vaters gewesen war.

Ihr war nur allzu klar, daß Mr. Baverstock als der Testamentsvollstrecker ihres Vaters immer noch beachtlichen Einfluß besaß, auch wenn es ihr kürzlich gelungen war, ihm durch den Verkauf des Anwesens die Flügel zu stutzen.

Nachdem er ihr einen Stuhl an der anderen Seite des Doppelschreibtischs angeboten hatte, kehrte Mr. Baverstock zu seinem eigenen zurück, rückte seine Brille auf den Nasenrücken und öffnete den Deckel eines seiner unvermeidlichen grauen Aktenordner.

Er nahm offenbar seine gesamte Korrespondenz, ganz zu schweigen von seinen Besprechungen, auf eine Weise vor, die sich nur als distanziert beschreiben ließ. Mrs. Trentham fragte sich oft, ob er ihrem Vater gegenüber ebenso gewesen war.

»Mrs. Trentham«, begann er, legte die Hände auf seinen Schreibtisch und blickte auf die Notizen, die er sich am vergangenen Abend gemacht hatte, »darf ich mich zuerst bedanken, daß Sie sich die Mühe machten, zu mir ins Büro zu kommen, und hinzufügen, wie sehr ich es bedauere, daß Ihre Schwester es für nötig hielt, meine Einladung abzuschlagen. Sie hat mir jedoch vergangene Woche in einem kurzen Brief bestätigt, es sei ihr ausdrücklicher Wunsch, daß Sie sie diesmal und auch in Zukunft vertreten.«

»Arme Amy«, sagte Mrs. Trentham. »Der Tod meines Vaters war ein harter Schlag für sie, über den sie nicht hinweggekommen ist, obwohl ich alles in meiner Macht Stehende tat, ihr zu helfen.«

Der Blick des Anwalts kehrte zu der Akte zurück, in der ein Schreiben von einem Mr. Athwaite von Bird, Collingwood & Athwaite in Harrogate lag, der darum ersuchte, daß Miss Amys monatlicher Scheck in Zukunft direkt an Coutts & Co. überwiesen werden sollte, und zwar auf ein Konto, welches sich in seiner Bezeichnung nur durch eine Ziffer von dem unterschied, an das Mr. Baverstock bereits die andere Hälfte des monatlichen Einkommens überwies.

»Obwohl Ihr Vater Ihnen und Ihrer Schwester die Rendite aus seinem Trust hinterließ«, fuhr der Anwalt fort, »wird die Hauptmasse seines Kapitals, wie Sie wissen, an Dr. Daniel Trumper gehen.«

Mrs. Trentham nickte; ihr Gesicht ließ nichts erkennen.

»Wie Sie ebenfalls wissen«, fuhr Mr. Baverstock fort, »besitzt der Trust gegenwärtig Aktien, Wert- und Staatspapiere, die von der Handelsbank Hambros & Co. für uns verwaltet werden. Wann immer sie es für günstig hält, für den Trust eine größere Investition zu tätigen, halten wir es für wichtig, Sie davon in Kenntnis zu setzen, obwohl Sir Hardcastle uns in dieser Sache völlig freie Hand gab.«

»Das ist sehr zuvorkommend von Ihnen, Mr. Baverstock.«

Der Anwalt wandte sich wieder der Akte zu, wo er ein weiteres Schreiben las, das von einem Makler aus Bradford gekommen war. Der Grundbesitz sowie das Haus mit dem gesamten Inventar des verstorbenen Sir Raymond Hardcastle war ohne sein Wissen für einundvierzigtausend Pfund verkauft worden. Nach Abzug seiner Gebühren hatte der Makler den Betrag direkt auf dasselbe Konto bei Coutts in London überwiesen, das Miss Amys monatliche Bezüge gutgeschrieben bekam.

»Trotzdem«, fuhr der Anwalt fort, »sehe ich es als meine Pflicht, Ihnen mitzuteilen, daß unsere Berater eine beachtliche Kapitalanlage bei einer neuen Gesellschaft vorschlagen, die in Kürze gegründet wird.«

»Und was ist das für eine Gesellschaft?« erkundigte sich Mrs. Trentham.

»Trumper«, antwortete Baverstock und achtete auf die Reaktion seiner Klientin.

»Und weshalb ausgerechnet Trumper?« fragte sie, ohne sonderliche Überraschung zu zeigen.

»Hauptsächlich, weil Hambros es für eine solide und kluge Anlage hält. Vielleicht, was noch wichtiger ist, weil die Aktienmehrheit der Gesellschaft schließlich einmal an Daniel Trumper übergehen wird, dessen Vater, wie Sie bestimmt wissen, gegenwärtig der Vorstandsvorsitzende ist.«

»Ja, das weiß ich«, sagte Mrs. Trentham lediglich. Ihr entging Mr. Baverstocks Verwunderung nicht, daß sie diese Neuigkeit so ruhig aufnahm.

»Sollten Sie und Ihre Schwester jedoch beide Einwände gegen eine so hohe Kapitalanlage durch den Trust erheben, wäre es möglich, daß die Berater es sich noch einmal überlegen.«

»Und wieviel beabsichtigen sie zu investieren?«

»Etwa zweihunderttausend Pfund«, antwortete der Anwalt. »Das würde es dem Trust ermöglichen, ungefähr zehn Prozent der angebotenen Anteile zu kaufen.«

»Ist das nicht eine sehr hohe Anlage für uns in nur einer Gesellschaft?«

»Das ist es allerdings«, bestätigte Mr. Baverstock. »Aber

durchaus im Bereich der zur Verfügung stehenden Mittel des Trusts.«

»Dann bin ich mit Hambros' Vorschlag einverstanden«, erklärte Mrs. Trentham. »Und ich glaube, das kann ich auch im Namen meiner Schwester versichern.«

Wieder blickte Mr. Baverstock in die Akte, wo er die von Miss Amy Hardcastle unterzeichnete Vollmacht las, die ihrer Schwester in allem, was ihren Anteil von Sir Raymond Hardcastles Nachlaß betraf, Carte blanche gab, sogar für einen Transfer ihrer zwanzigtausend Pfund von ihrem Privatkonto. Mr. Baverstock hoffte nur, daß Miss Amy glücklich war in dem Hotel an der Küste. Er blickte zu Sir Raymonds anderer Tochter hoch.

»Dann brauche ich nichts weiter mehr zu tun«, schloß er, »als Hambros von Ihrem Einverständnis zu informieren und Ihnen Näheres mitzuteilen, wenn es mit Trumpers Aktienzuteilung soweit ist.«

Der Anwalt klappte den Aktendeckel zu, erhob sich hinter seinem Schreibtisch und ging zur Tür. Mrs. Trentham folgte ihm. Es war ein gutes Gefühl, daß nun der Hardcastle Trust und ihre Berater daran arbeiteten, daß sie ihren Langzeitplan ausführen konnte, ohne daß der eine oder der andere ahnte, was sie vorhatte. Noch mehr freute sie sich sogar, daß sie fünfzehn Prozent der Anteile besitzen würde, sobald Trumper eine Aktiengesellschaft wurde.

An der Tür drehte sich Mr. Baverstock um und gab Mrs. Trentham die Hand. »Auf Wiedersehen, Mrs. Trentham.«

»Auf Wiedersehen, Mr. Baverstock. Sie waren wie immer sehr korrekt.«

Sie ging zu ihrem Wagen zurück, und der Chauffeur öffnete die Tür für sie. Als er losfuhr, schaute sie durch die Rückscheibe. Der Anwalt stand immer noch am Hauseingang, und seine Miene war besorgt.

»Wohin, Madam?« fragte der Chauffeur, nachdem er sich in den Nachmittagsverkehr eingereiht hatte.

Sie blickte auf die Uhr. Die Besprechung mit Baverstock hatte nicht so lange gedauert wie erwartet, so blieb ihr nun ein wenig Zeit bis zur nächsten Verabredung. Trotzdem wies sie ihn an: »Zum St. Agnes Hotel.« Sie tätschelte das Päckchen in braunem Papier neben ihr auf dem Rücksitz.

Mrs. Trentham hatte Harris beauftragt, ein Zimmer im Hotel zu nehmen und Kitty im Fahrstuhl hinaufzubringen, sobald er glaubte, es unbemerkt tun zu können.

Als sie mit dem Päckchen unterm Arm das Hotel betrat, stellte sie verärgert fest, daß Harris nicht wie üblich auf sie wartete. Sie mochte es gar nicht, allein im Korridor zu stehen, deshalb wandte sie sich, wenngleich widerstrebend, an den Portier und fragte, welche Zimmernummer Mr. Harris habe.

»Vierzehn«, antwortete der Mann in der blauen, abgewetzten Livree mit Knöpfen, die längst nicht mehr glänzten. »Aber Sie können nicht …«

Mrs. Trentham war es nicht gewöhnt, sich von irgend jemandem sagen zu lassen, daß sie etwas nicht tun könne. Sie drehte sich um und stieg langsam die Treppe hoch. Der Portier griff rasch nach dem Telefon auf der Empfangstheke.

Mrs. Trentham brauchte ein paar Minuten, Nummer 14 zu finden, und Harris fast so lange, bis er auf ihr heftiges Klopfen öffnete. Als er sie endlich eintreten ließ, staunte sie, wie winzig das Zimmer war, gerade groß genug für ein Bett, einen Stuhl und ein Waschbecken. Sie richtete den Blick auf eine Frau, die quer auf dem Bett lag. Sie trug eine rote Seidenbluse und einen Lederrock – viel zu kurz, nach Mrs. Trenthams Erachten, ganz davon zu schweigen, daß die beiden oberen Blusenknöpfe offen waren.

Da Kitty keine Anstalten machte, einen alten Regenmantel zu entfernen, der über den Stuhl geworfen war, blieb Mrs. Trentham keine Wahl, als stehen zu bleiben.

Sie wandte sich an Harris, der in dem einzigen Spiegel den Sitz seiner Krawatte überprüfte. Offenbar hielt er es für unnötig, ihr die Frau vorzustellen.

Aber Mrs. Trentham wollte jetzt nichts, als die Sache hinter sich bringen, derentwegen sie gekommen war, um so rasch wie möglich in die Zivilisation zurückkehren zu können. Sie wartete nicht, bis Harris den ersten Schritt machte.

»Haben Sie Mrs. Bennett erklärt, was von ihr erwartet wird?«

»Ja, natürlich.« Der Detektiv zog sein Jackett an. »Und Kitty kann es nicht erwarten, ihren Teil beizutragen.«

»Kann man ihr trauen?« Mrs. Trentham wandte den Blick zu der Frau auf dem Bett.

»Aber ja, solang' das Geld stimmt«, sagte Kitty. »Ich will bloß wissen, wieviel krieg' ich?«

»Die Summe, die es einbringt, plus fünfzig Pfund«, sagte Mrs. Trentham.

»Dann will ich erst mal zwanzig Mäuse!«

Mrs. Trentham zögerte einen Augenblick, dann nickte sie.

»Also, wo ist der 'aken?«

»Nur, daß Ihr Bruder alles daransetzen wird, Ihnen die ganze Sache auszureden«, antwortete Mrs. Trentham. »Er wird vielleicht sogar versuchen, Sie zu bestechen, damit Sie nicht ...«

»Nichts zu machen«, versicherte ihr Kitty. »Er kann sich den Mund fusselig reden, aber bei mir erreicht er nichts. Sie müssen wissen, daß ich Charlie Trumper fast so sehr 'ass' wie Sie.«

Mrs. Trentham lächelte zum erstenmal. Sie bückte sich und wickelte das braune Päckchen aus.

Harris lächelte ebenfalls. »Ich wußte«, sagte er, »daß Sie und Kitty was gemein haben.«

# Becky

## 1947–1950

## 35

さ Viele Nächte lang ließ mich die Angst nicht schlafen, daß Daniel schließlich herausbekommen würde, daß Charlie nicht sein Vater war.

Wenn sie nebeneinanderstanden, Daniel groß und schlank, mit blondem, leicht welligem Haar und tiefblauen Augen, Charlie um etwa acht Zentimeter kleiner, kräftig, mit dunklem Bürstenhaar und braunen Augen, mußte Daniel diese frappierende Unähnlichkeit früher oder später zu einer Frage veranlassen. Daß ich ebenfalls ein eher dunklerer Typ bin, machte es noch augenscheinlicher. Diese Verschiedenheit hätte komisch sein können, wäre ihre Bedeutung nicht so ernst gewesen. Und doch hat Daniel kein einziges Mal auch nur ein Wort über diese Unterschiede im Aussehen wie im Charakter geäußert.

Charlie hatte Daniel von Anfang an die Wahrheit über Guy erzählen wollen, aber ich überzeugte ihn, daß es besser sei zu warten, bis der Junge alt genug sein würde, es zu verstehen. Dann starb Guy an Tuberkulose, und es erschien nicht mehr nötig, Daniel mit der Vergangenheit zu belasten.

Später, nach Jahren der Seelenqual, in denen Charlie nicht aufhörte, mich zu drängen, erklärte ich mich schließlich einverstanden, mit Daniel darüber zu reden. Ich rief ihn eine Woche vor seiner Abfahrt in Trinity Hall an und fragte ihn, ob es ihm recht wäre, wenn ich ihn nach Southampton führe. Auf diese Weise hätten wir ein paar Stunden für uns, ohne gestört zu werden. Ich fügte hinzu, daß ich etwas Wichtiges mit ihm besprechen wollte.

Ich brach etwas früher als nötig nach Cambridge auf und konnte Daniel noch beim Packen helfen. Gegen elf Uhr fuhren wir bereits auf der A10. Während der ersten Stunde unterhielten wir uns angeregt über seine Arbeit in Cambridge – zu viele Studenten und nicht genügend Zeit für die Forschung –, doch als er das Gespräch auf unser gegenwärtiges Problem mit dem Ruinengrundstück brachte, wußte ich, daß die Gelegenheit da war, ihm endlich alles über seinen Vater zu erzählen. Aber abrupt wechselte er das Thema wieder, und ich verlor den Mut. Bei Gott, ich hätte nicht entschlossener sein können, es diesmal zu tun, nur war der günstige Augenblick bereits vorbei.

Als sich die Schwierigkeiten mit Mrs. Trentham häuften, während Daniel in Amerika war, wußte ich, daß ich die beste Gelegenheit verpaßt hatte, offen zu meinem Sohn zu sprechen. Ich flehte Charlie an, die Sache nun ganz auf sich beruhen zu lassen. Ich habe wirklich einen anständigen Mann. Er sagte mir, daß das falsch sei; daß Daniel reif genug sei, mit der Wahrheit fertig zu werden; aber er akzeptiere meine Entscheidung. Er schnitt dieses Thema nie wieder an.

Als Daniel aus Amerika zurückkehrte, fuhr ich wieder nach Southampton, um ihn abzuholen. Ich weiß nicht, woran es lag, aber der Junge erschien mir verändert – er war lockerer, und als er mich sah, umarmte er mich stürmisch, worüber ich sehr überrascht war. Auf dem Weg nach London unterhielten wir uns über seine Amerikareise, die ihm offenbar gut gefallen hatte, und ich brachte ihn aufs laufende, wie es mit unserem Bauantrag aussah, ohne Einzelheiten zu erzählen. Er schien nicht sonderlich an meinen Neuigkeiten interessiert zu sein, aber um ihm nicht unrecht zu tun, muß man sagen, daß Charlie ihn nie mit der Geschäftsroutine der Firma Trumper konfrontiert hatte, nachdem uns beiden klar war, daß Daniel eine akademische Laufbahn einschlagen würde.

Daniel verbrachte die nächsten Wochen, ehe er nach Cambridge zurückkehren mußte, bei uns, und sogar Charlie, der kaum auf so etwas achtet, bemerkte, wie sehr er sich verändert hatte. Er war noch genauso ernst und ruhig, ja wortkarg, aber er war uns gegenüber viel wärmer, daß ich mich fragte, ob er vielleicht auf seiner Reise ein Mädchen kennengelernt hatte. Ich hoffte es, doch obwohl ich hin und wieder einmal auf den Busch klopfte, sprach er nie von irgend jemandem im besonderen. Er hatte so gut wie nie Mädchen mit nach Haus gebracht und wirkte immer geradezu scheu, wenn wir ihn mit Töchtern unserer Freunde bekannt machten. Tatsächlich war er nie auffindbar, wenn sich Clarissa Wiltshire bei uns sehen ließ, was in letzter Zeit häufig vorkam, da die Zwillinge während der Ferien hinter dem Ladentisch in Nummer 1 aushalfen.

Es dürfte etwa einen Monat nach Daniels Rückkehr von Amerika gewesen sein, da überraschte mich Charlie mit der frohen Botschaft, daß Mrs. Trentham ihren Einspruch gegen unser Vorhaben, die beiden Hochhäuser miteinander zu verbinden, zurückgezogen hatte. Ich machte einen Luftsprung. Als er hinzufügte, daß sie ihren eigenen Plan aufgegeben hatte, die Mietskaserne zu bauen, konnte ich es nicht glauben und mutmaßte, daß die Sache irgendeinen Haken haben mußte. Selbst Charlie gab zu: »Ich habe keine Ahnung, was sie jetzt im Schild führt.« Jedenfalls teilten wir Daphnes Theorie nicht, daß die Dame in ihren alten Tagen noch menschlich wurde.

Zwei Wochen später bestätigte die Planungsbehörde, daß alle Einwände gegen unser Vorhaben zurückgezogen worden waren und wir mit dem Bau beginnen könnten. Das war das Signal, auf das Charlie gewartet hatte, um öffentlich die Bildung einer AG bekanntzugeben.

Charlie berief eine Vorstandssitzung ein, damit über die nötigen Beschlüsse abgestimmt werden konnte.

Mr. Merrick, dem Charlie nie vergeben hatte, daß er seinetwegen damals den Van Gogh hatte verkaufen müssen, empfahl uns, die Robert Fleming Bank zu unserer Handelsbank zu machen, und fügte hinzu, er hoffe, daß die Aktiengesellschaft weiterhin Child & Co. als Girobank beibehalte. Charlie hätte ihn gern zum Teufel geschickt, aber er wußte nur zu gut, daß es im Finanzdistrikt eine Menge hochgezogene Augenbrauen geben würde, wenn er in dieser Situation die Bank wechselte. Der Vorstand nahm beide Vorschläge an, und Tim Newman von Robert Fleming wurde eingeladen, sich dem Vorstand anzuschließen. Tim brachte ein bißchen frischen Wind in die Gesellschaft, da er zu einem völlig neuen Schlag von Bankiers gehörte. Doch obgleich ich, wie Charlie, Mr. Newman sogleich mochte, konnte ich mich mit Mr. Merrick nach wie vor nie auf derselben Wellenlänge verständigen.

Als sich der Tag der Aktienausgabe näherte, saß Charlie viel mit den Bankiers beisammen. Inzwischen übernahm Tom Arnold die Gesamtleitung der Läden und die Aufsicht über das Bauprogramm – von Nummer 1 abgesehen, das nach wie vor mein Reich war.

Ich hatte schon vor mehreren Monaten beschlossen, zu der Zeit, da Charlie die Gründung der Aktiengesellschaft bekanntgab, eine größere Auktion abzuhalten. Ich war überzeugt, daß sich die italienische Sammlung, der ich viel Zeit gewidmet hatte, ideal dazu eignen würde, Chelsea Terrace Nummer 1 ins Rampenlicht zu bringen.

Es hatte meiner Spürnase Francis Lawson fast zwei Jahre gekostet, neunundfünfzig Bilder aus der Zeit zwischen 1519 und 1768 zusammenzutragen. Unser Prunkstück war ein Canaletto, die Markusbasilika, ein Gemälde, das Daphne von einer Tante in Cumberland geerbt hatte. Auf die für sie charakteristische Weise sagte sie: »Es ist nicht so gut wie die zwei, die Percy in Lanarkshire hat. Ich glaube trotzdem, daß es einen Batzen einbringen wird. Und wenn nicht, mein Liebes, werde ich in Zukunft zu Sotheby's gehen«, fügte sie mit einem Lächeln hinzu.

Wir katalogisierten es mit einem Mindestpreis von dreißigtausend Guineen. Ich hatte Daphne erklärt, das sei ein vernünftiger Preis, da ich mich erinnerte, daß im vergangenen Jahr ein Canaletto bei Christie's den Rekordpreis von achtunddreißigtausend Gunieen eingebracht hatte.

Während ich tief in den letzten Vorbereitungen für die Auktion steckte, besuchten Charlie und Tim Newman Banken, Finanzierungsgesellschaften und Großanleger, um ihnen zu erklären, weshalb sie Anteile am »größten Verkaufskarren der Welt« erstehen sollten.

Tim war optimistisch und prophezeite, daß wir mehr Anträge bekommen würden, als wir Aktien ausgeben wollten. Trotzdem fand er, daß Charlie und er nach New York reisen und die Werbetrommel bei amerikanischen Investoren rühren sollten. Charlie plante die Reise in die Staaten so, daß er ein paar Tage vor der Auktion in London zurück sein würde und gut drei Wochen, bevor unsere Aktien öffentlich angeboten werden sollten.

Es war an einem Montag morgen im Januar, und ich war vielleicht noch nicht ganz wach, aber ich hätte schwören können, daß ich die Kundin von irgendwoher kannte, die auf eine unserer neuen Verkäuferinnen einredete. Ich zerbrach mir den Kopf, wo ich die Frau mittleren Alters einordnen sollte, die einen Mantel trug, wie er in den dreißiger Jahren modern gewesen war, und aussah, als wäre sie in Not geraten und müßte nun ein Familienerbstück verkaufen.

Nachdem sie gegangen war, trat ich an den Ladentisch und fragte Cathy, unsere jüngste Neuerwerbung, wer die Frau war.

»Eine Mrs. Bennett«, antwortete das junge Mädchen. Der Name sagte mir nichts, deshalb erkundigte ich mich, was sie gewollt hatte.

Cathy reichte mir ein kleines Ölgemälde, ein Madonnenbild. »Die Dame fragte, ob es noch in die italienische Auktion genommen werden könnte. Sie wußte nichts von seiner Herkunft, und bei ihrem Aussehen fragte ich mich, ob es vielleicht gestohlen worden ist. Ich wollte mich gerade deswegen an Mr. Lawson wenden.«

Ich starrte das kleine Ölgemälde an und wußte plötzlich, daß die Frau Charlies jüngste Schwester war.

»Überlassen Sie das mir.«

»Selbstverständlich, Lady Trumper.«

Ich fuhr mit dem Lift ins oberste Stockwerk und marschierte an Jessica Allen vorbei geradewegs in Charlies Büro. Ich streckte ihm das Bild entgegen und erklärte ihm, wie es zu uns gelangt war.

Er schob den Papierkram auf seinem Schreibtisch zur Seite und blickte es wortlos an.

»Etwas ist sicher«, sagte Charlie schließlich. »Kitty wird uns nicht sagen, wie und wo sie das Bild in die Finger bekommen hat, sonst wäre sie damit direkt zu mir gekommen.«

»Was sollen wir also tun?«

»Wir geben es zur Auktion wie angewiesen, denn eines steht fest, niemand wird mehr dafür bieten als ich!«

»Aber wenn sie bloß auf Geld aus ist, warum machst du ihr nicht einfach ein faires Angebot für das Bild?«

»Wenn Kitty nur hinter Geld her wäre, hätte sie sich gleich an mich gewandt. Nein, sie würde nichts lieber sehen, als daß zur Abwechslung ich zu ihr gekrochen käme.«

»Aber wenn sie das Gemälde gestohlen hat?«

»Von wem? Und selbst wenn, so hält uns nichts davon ab, in unserem Katalog die ursprüngliche Herkunft anzugeben. Schließlich muß die Polizei die Anzeige noch in ihrem Archiv haben.«

»Und was ist, wenn Guy es ihr gegeben hat?«

»Guy«, erinnerte mich Charlie scharf, »ist tot.«

Ich war erfreut über das rege Interesse, das Presse und Öffentlichkeit für die Auktion zu zeigen begannen. Ein weiteres gutes Omen waren die führenden Kunstkritiker, die sich während der Woche vor der Auktion die Gemälde ansahen, die wir in der Hauptgalerie ausgestellt hatten.

Artikel erschienen, zuerst im Börsenteil, dann im Hauptteil, über Charlie und mich. Mir mißfiel die Bezeichnung »die triumphalen Trumpers«, wie eine Zeitung uns genannt hatte, aber Tim Newman erklärte uns die Wichtigkeit von Public Relations, wenn man Riesensummen auftreiben wolle. Als Beitrag um Beitrag über uns in Zeitungen und Zeitschriften erschien, wuchs die Überzeugung unseres jungen Direktors, daß der Start der neuen Gesellschaft ein Bombenerfolg werden würde.

Francis Lawson und seine neue Assistentin, Miss Ross, arbeiteten mehrere Wochen an dem Katalog und machten zu jedem Gemälde detaillierte Angaben: seine bisherigen Besitzer sowie die Galerien und Ausstellungen, in denen es gezeigt worden war, ehe es zu Trumper zur Auktion kam. Zu unserer Überraschung galt die Begeisterung des Publikums nicht so sehr den Gemälden selbst, sondern unserem Katalog, dem ersten überhaupt, in dem jedes Gemälde farbig abgebildet war. Sein Druck hatte uns ein Vermögen gekostet, aber wir mußten noch vor der Auktion zwei weitere Auflagen drucken lassen, und da wir ihn für fünf Shilling verkauften, waren unsere Kosten bald gedeckt. Ich konnte dem Vorstand bei unserer nächsten Sitzung mitteilen, daß wir nach zwei weiteren Auflagen sogar einen kleinen Gewinn gemacht hatten. »Vielleicht solltest du die Galerie schließen und einen Verlag aufmachen«, war Charlies hilfreiche Bemerkung.

Der neue Auktionssaal in Nummer 1 bot bequem Platz für zweihundertzwanzig Personen. Es war uns bisher nie gelungen, jeden Platz zu füllen, doch jetzt, da Anträge für Tickets mit jeder Post eintrafen, mußten wir in aller Eile versuchen, die echten Bieter auszusortieren.

Trotz dieser Auswahl und obwohl wir zu ein paar sehr Hartnäckigen geradezu unfreundlich waren, blieben es schließlich immer noch fast dreihundert Personen, denen wir einen Sitzplatz zugesagt hatten. Darunter waren auch einige Presseleute, aber die freudigste Überraschung war, daß der Kulturredakteur des dritten Programms anrief und fragte, ob er über die Auktion im Radio berichten dürfte.

Charlie kam zwei Tage vor der Auktion aus Amerika zurück und erzählte mir während der kurzen Augenblicke, die wir beide dafür Zeit fanden, daß sich die Reise als außerordentlich befriedigend erwiesen hatte – was immer das bedeutete. Er sagte, daß Daphne ihn zur Auktion begleiten würde: »... muß doch unsere Stammkunden bei Laune halten.« Ich gestand ihm nicht, daß ich völlig vergessen hatte, einen Platz für ihn zu reservieren, aber Simon Matthews, den ich vor kurzem zu meinem Stellvertreter ernannt hatte, zwängte zwei zusätzliche Stühle ans Ende der achten Reihe hinein und hoffte, daß niemand von der Brandschutzbehörde unter den Bietern sein würde.

Wir beschlossen, die Auktion um fünfzehn Uhr an einem Dienstag abzuhalten, nachdem Tim Newman uns erklärt hatte, daß die richtige Zeit außerordentlich wichtig war, wenn wir sicher sein wollten, daß wir am nächsten Tag die fetteste Presse bekamen.

Simon und ich waren die ganze Nacht vor der Auktion mit den Verkäufern auf, um alles herzurichten. Wir nahmen die Bilder von den Wänden und ordneten sie in der Reihenfolge für die Auktion. Als nächstes vergewisserten wir uns, daß die Beleuchtung für die Staffelei richtig war, auf die jedes Gemälde für seine Versteigerung kommen würde. Schließlich schoben wir die Stühle im Auktionssaal so nahe aneinander, wie es sich nur machen ließ. Indem wir den Stand, von dem aus Simon die Auktion vornehmen würde, etwa einen Meter weiter versetzten, konnten wir sogar noch eine Stuhlreihe einfügen. Dadurch würden zwar die »Spotter« – die immer seitlich vom Auktionator standen, um die Bieter zu finden –, weniger Platz haben, dafür löste es uns vierzehn andere Probleme.

Am Morgen des Auktionstages nahmen wir eine Generalprobe vor. Simon rief die Nummern auf, und die Gehilfen stellten das jeweilige Bild auf die Staffelei und entfernten es nach dem Hammerschlag und dem Ruf nach der nächsten Nummer. Als der Canaletto auf die Staffelei gehoben wurde, zeigte das Gemälde die elegante Technik und Detailgenauigkeit, die den Meister auszeichnete. Ich mußte lächeln, als das Meisterwerk einen Augenblick später von Charlies kleinem Madonnenbild abgelöst wurde. Trotz intensiver Nachforschung hatte Cathy Ross nichts über seinen Ursprung herausfinden können, also hatten wir das Gemälde lediglich neu gerahmt und im Katalog als Werk der Schule des sechzehnten Jahrhunderts angeführt. Ich hatte zweihundert Guineen als Schätzwert in meinem Buch eingetragen, aber mir war natürlich klar, daß Charlie vorhatte, das kleine Bild zu jedem Preis zurückzukaufen. Ich machte mir immer noch Gedanken darüber, wie Kitty zu dem Gemälde gekommen war, aber Charlie mahnte mich, mir darüber nicht den Kopf zu zerbrechen. Er hatte größere Probleme, als sich zu fragen, wie Tommys Geschenk in Kittys Hände gelangt war.

Am Nachmittag der Auktion saßen die ersten Interessenten bereits um Viertel nach zwei auf ihren Plätzen. Später entdeckte ich manchen Sammler und Galeriebesitzer, der nicht mit einem vollen Saal bei Trumper gerechnet hatte und deshalb ganz hinten oder an der Seitenwand stehen mußte.

Um Viertel vor drei waren nur noch wenige Plätze frei. Die noch später kamen, standen dicht gedrängt an den Seiten. Ein paar hockten sogar auf den Fersen im Mittelgang. Um fünf vor drei hatte Daphne ihren Auftritt. Sie trug ein elegant geschneidertes, mitternachtblaues Kaschmirkostüm, das ich im vergangenen Monat im *Vogue* gesehen hatte. Charlie, der, wie ich fand, etwas müde aussah, folgte ihr dichtauf. Sie setzten sich auf ihre Plätze am Ende der achten Reihe. Daphne wirkte sehr zufrieden mit sich, Charlie dagegen ungeduldig.

Punkt drei Uhr nahm ich meinen Platz neben dem Auktionatorstand ein, und Simon stieg die Stufen hinauf. Er ließ den Blick über die Menge schweifen, um festzustellen, wo die bekannten Käufer saßen, dann schlug er den Hammer auf den Stand.

»Guten Tag, meine Damen und Herren«, begann er. »Willkommen bei Trumper, dem Kunstauktionshaus.« Ihm gelang es, das »dem« auf erfreuliche Weise zu betonen. Als er nach Nummer 1 rief, wurde es ganz still im Saal. Ich schaute in meinen Katalog, obwohl ich die Einzelheiten aller neunundfünfzig Gemälde auswendig kannte. Es war der heilige Franz von Assisi, ein 1617 von Giovanni Battista Crespi geschaffenes Werk. Ich hatte das kleine Ölgemälde in unserem Kode mit QIHH notiert, und als Simon den Hammer bei zweitausendzweihundert Pfund aufsetzte, siebenhundert Pfund mehr, als ich erwartet hatte, konnte ich meine Freude nicht verbergen.

Unter den neunundfünfzig Werken hatte ich dem Canaletto die Nummer 37 gegeben, weil ich eine erwartungsvolle Atmosphäre schaffen wollte, längst ehe das Gemälde auf die Staffelei kam, und andererseits nicht wollte, daß die Leute bereits anfingen, ihre Plätze zu räumen. Die erste Stunde hatte bereits siebenundvierzigtausend Guineen eingebracht, dabei waren wir noch nicht beim Canaletto. Als das eins zwanzig breite Gemälde schließlich ins Rampenlicht gestellt wurde, kam ein ehrfürchtiges Stöhnen aus den Reihen der Zuschauer, die dieses Meisterwerk zum erstenmal sahen.

»Ein Gemälde der Markusbasilika von Canaletto«, sagte Simon, »aus dem Jahr 1741« – als hätten wir ein halbes Dutzend davon im Lager. »An diesem Werk wurde viel Interesse gezeigt, und ich habe ein Anfangsgebot von zehntausend Guineen.« Er blickte durch die Stille im Saal, während meine Spotters und ich Ausschau hielten, von woher ein zweites Gebot kommen mochte.

»Fünfzehntausend«, sagte Simon mit dem Blick auf einen Bevollmächtigten der italienischen Regierung, der in der fünften Reihe saß.

»Zwanzigtausend Guineen hinten im Saal.« Das mußte der Beauftragte der Mellon Collection sein. Er saß immer in der zweitletzten Reihe mit einer Zigarette zwischen den Lippen, die uns zeigte, daß er noch bot.

»Fünfundzwanzigtausend«, sagte Simon und blickte wieder den italienischen Regierungsbevollmächtigen an.

»Dreißigtausend.« Rauch kräuselte von der Zigarette hoch: Mellon blieb dabei.

»Fünfunddreißigtausend.« Ich entdeckte den neuen Bieter in der vierten Reihe, rechts von mir: Mr. Randall, der Geschäftsführer der Galerie Wildenstein in der Bond Street.

»Vierzigtausend«, sagte Simon, als frischer Rauch hinten im Saal aufstieg. Wir waren über dem geschätzten Preis, den ich Daphne genannt hatte, doch ihr Gesicht war unbewegt.

»Fünfzigtausend.« Das war in diesem Stadium ein zu großer Aufschlag, fand ich. Als ich zum Stand schaute, sah ich, daß Simons Linke zitterte.

»Fünfzigtausend« wiederholte er ein wenig nervös, als ein neuer Bieter in der vordersten Reihe, den ich nicht kannte, heftig zu nicken begann.

Die Zigarette paffte wieder. »Fünfundfünfzigtausend.«

»Sechzigtausend.« Simon hatte seine Aufmerksamkeit erneut dem unbekannten Bieter zugewandt, der mit einem scharfen Nicken bestätigte, daß er dabeiblieb.

»Fünfundsechzigtausend.« Der Vertreter von Mellon stieß ein neues Rauchwölkchen aus, doch als Simon den Bieter in der vordersten Reihe anblickte, erhielt er ein Kopfschütteln.

»Fünfundsechzigtausend von hinten im Saal. Fünfundsechzigtausend, bietet jemand mehr?« Wieder schaute Simon zu dem Mann in der vordersten Reihe. »Dann fünfundsechzigtausend für den Canaletto zum zweiten, und fünfundsechzigtausend zum dritten.« Simons Hammer schlug laut auf, keine ganzen zwei Minuten nach dem ersten Gebot. Ich trug ZI,HHH in meinen Katalog ein, als spontan heftiger Applaus einsetzte – etwas, das ich in Nummer 1 noch nicht erlebt hatte.

Im Saal redeten alle durcheinander, da wandte sich Simon an mich und sagte leise: »Tut mir leid, Becky, mein Fehler.« Da wurde mir bewußt, daß der Sprung von vierzig- auf fünfzigtausend durch die Nervosität des Auktionators geschehen war.

Ich stellte mir die Schlagzeilen in den morgigen Zeitungen vor: »Rekordsumme für Canaletto bei Trumper-Auktion.« Charlie würde sich freuen.

»Glaube nicht, daß Charlies kleines Bild soviel einbringen wird«, sagte Simon, als das Madonnenbild den Canaletto auf der Staffelei ablöste, bevor er sich wieder dem Publikum zuwandte. »Ruhe bitte. Das nächste Gemälde, Nummer 38 in Ihrem Katalog, ist aus der Schule Bronzinos.« Er überflog den Saal. »Ich habe ein Gebot von einhundertfünfzig« – er machte eine kurze Pause – »Guineen. Höre ich hundertfünfundsiebzig?« Daphne, die offenbar für Charlie bot, hob die Hand, und ich versuchte ein Lächeln zu unterdrücken. »Einhundertundfünfundsiebzig Guineen. Höre ich zweihundert?« Simon blickte sich hoffnungsvoll um, aber es kam keine Reaktion. »Dann einhundertfünfundsiebzig Guineen zum ersten, zum zweiten – und zum …«

Doch ehe Simon den Hammer senken konnte, sprang ein Mann in Tweedjacke, kariertem Hemd und gelbem Binder von der hinteren Reihe auf und brüllte: »Das Gemälde ist nicht ›aus der Schule Bronzinos‹, es ist ein echter Bronzino, der während des Ersten Weltkriegs aus der Kirche St. Augustin bei Reims gestohlen wurde.«

Ein Tumult brach los, als die Anwesenden sich nach dem Mann mit der gelben Krawatte umdrehten und dann das kleine Bild studierten. Simon schlug immer wieder den Hammer auf den Stand, aber es trat keine Ruhe ein, und die Stifte der Journalisten flogen über ihre Notizblöcke. Ich blickte zu Charlie und Daphne hinüber, die aufgeregt aufeinander einredeten.

Sobald der Lärm erstarb, richtete sich die allgemeine Aufmerksamkeit auf den Mann, der die Behauptung aufgestellt hatte.

»Ich glaube, daß Sie sich täuschen, Sir«, sagte Simon fest. »Ich kann Ihnen versichern, daß dieses Gemälde der Galerie seit Jahren bekannt ist.«

»Und ich versichere Ihnen, Sir«, rief der Mann, »daß das Gemälde ein Original ist, und auch wenn ich den vorherigen Besitzer nicht beschuldige, ein Dieb zu sein, kann ich beweisen, daß es gestohlen wurde.« Viele der Anwesenden schauten sofort in ihren Katalog nach dem Namen des letzten Besitzers. »Aus der Privatsammlung von Sir Charles Trumper«, stand da in Fettschrift.

Der Tumult steigerte sich, aber der Mann blieb entschlossen stehen. Ich beugte mich vorwärts und zupfte Simon am Hosenbein. Er klopfte mehrmals mit seinem Hammer, und endlich beruhigte sich die Menge. Ich blickte zu Charlie hinüber, der kreidebleich war, dann zu Daphne, die völlig ruhig wirkte und seine Hand hielt. Da ich überzeugt war, daß es eine einfache Erklärung für diese rätselhafte Angelegenheit geben mußte, fühlte ich mich seltsam unbeteiligt. Als Simon die Ordnung wiederhergestellt hatte, gab er bekannt: »Dieses Objekt wird bis auf weiteres zurückgezogen.«

Dann rief er rasch: »Nummer 39«, während der Mann im braunen Tweedanzug, gefolgt von einer Schar Journalisten, aus dem Saal eilte. Keines der restlichen einundzwanzig Gemälde erreichte den erwarteten Preis, und als Simon seinen letzten Hammerschlag an diesem Nachmittag machte, wußte ich, was morgen, obwohl wir jeden Rekord für eine italienische Auktion gebrochen hatten, die wirkliche Sensation in den Zeitungen sein würde. Ich schaute wieder zu Charlie hinüber, der sich sehr bemühte, ruhig zu wirken. Unwillkürlich blickte ich zu dem Stuhl, auf dem der Mann in dem braunen Jackett gesessen hatte. Der

Saal begann sich nun zu leeren, und so bemerkte ich zum erstenmal, daß direkt hinter diesem Stuhl eine ältere Dame saß, die sich mit beiden Händen am Griff eines Sonnenschirms leicht nach vorn lehnte und mich fixierte.

Nachdem Mrs. Trentham sicher war, daß ich sie gesehen hatte, erhob sie sich gelassen von ihrem Stuhl und rauschte aus der Galerie.

Am nächsten Morgen hatte die Presse ihren großen Tag. Trotz der Tatsache, daß weder Charlie noch ich einen Kommentar über das kleine Ölgemälde abgegeben hatte, waren unsere Fotografien auf der Titelseite jeder Zeitung, außer *The Times*, neben der des Madonnenbildes. Der Canaletto wurde in allen Berichten in den ersten zehn Absätzen kaum erwähnt, geschweige denn irgendwo abgebildet.

Der Mann, der die Beschuldigung erhoben hatte, war offenbar spurlos verschwunden, und die Gemüter hätten sich beruhigt, wenn nicht Monseigneur Pierre Guichot, der Erzbischof von Reims, sich zu einem Interview mit Freddie Barker, dem Korrespondenten des *Daily Telegraph*, bereit erklärt hätte. Barker hatte eruiert, daß Guichot Pfarrer in der Kirche gewesen war, in der das Bild ursprünglich gehangen hatte. Der Erzbischof bestätigte Barker, daß das Ölgemälde tatsächlich während des Ersten Weltkriegs auf mysteriöse Weise verschwunden war, und wesentlicher noch, daß er den Diebstahl damals sofort der Abteilung des Völkerbunds gemeldet hatte, die dafür zuständig war, daß gestohlene Kunstwerke, laut den Bestimmungen der Genfer Konvention, nach Beendigung des Krieges an ihre rechtmäßigen Besitzer zurückgegeben wurden. Der Erzbischof erklärte, daß er das Bild, wenn er es sah, selbstverständlich sofort wiedererkennen würde – die Farben, die Technik, die Heiterkeit des Antlitzes der Gottesmutter; das begnadete Werk Bronzinos würde ihm bis an sein Lebensende in allen Einzelheiten unvergeßlich sein. Barker zitierte ihn wörtlich.

Der Korrespondent des *Telegraph* rief mich an dem Tag an, als das Interview erschien, und teilte mir mit, daß seine Zeitung

beabsichtigte, den hohen geistlichen Herrn auf ihre Kosten her-
überzufliegen, damit er das Gemälde persönlich studieren und
somit das Rätsel ein für allemal klären könnte. Unsere Anwälte
wiesen uns darauf hin, daß es unklug wäre, dem Erzbischof das
Bild nicht zu zeigen; es ihm zu verweigern, wäre gleichbedeutend
mit einem Eingeständnis, daß wir etwas zu verbergen hätten.

Charlie erklärte sich ohne Zögern einverstanden. Er sagte:
»Laß den Mann das Bild ansehen. Ich bin sicher, daß Tommy
aus dieser Kirche nichts weiter mitnahm als einen deutschen
Offiziershelm.«

Am nächsten Tag warnte uns Tim Newman, als wir allein in
seinem Büro waren, daß wir die Gründung einer Aktiengesellschaft auf mindestens ein Jahr verschieben müßten, falls der Erzbischof von Reims das Bild als den echten Bronzino identifi-
zierte, und daß das Auktionshaus sich möglicherweise nie wieder
von einem solchen Skandal erholen würde.

Am folgenden Donnerstag flog der Erzbischof von Reims
nach London. Eine ganze Meute von Fotografen begrüßte ihn
mit einem Blitzlichtgewitter, bis der Monseigneur nach Westminster chauffiert wurde, wo er Gast des anglikanischen Erzbischofs war.

Monseigneur Pierre Guichot hatte sich für sechzehn Uhr am
selben Tag in der Galerie angemeldet, und man hätte es keinem
verdenken können, der an diesem Donnerstag durch die Chelsea
Terrace spazierte, wenn er geglaubt hätte, Frank Sinatra würde
hier erwartet. Die Menschenmassen drängten sich auf den Bür-
gersteigen, während sie auf die Ankunft des Erbischofs von
Reims warteten.

Ich ging dem hohen Geistlichen am Eingang der Galerie entgegen und stellte ihm Charlie vor, der sich tief verbeugte, ehe er
den Bischofsring küßte. Ich hatte das Gefühl, es überraschte den
Erzbischof, daß Charlie römisch-katholisch war. Ich lächelte unseren hohen Besucher ein wenig nervös an, dessen Gesicht – vom
Wein gerötet, vermutete ich, nicht von der Sonne – unentwegt
strahlte. Er glitt den Korridor entlang in seiner violetten Sou-
tane, als Cathy ihn zu meinem Büro führte, wo das Bild bereit-

stand. Barker, der Reporter vom *Telegraph*, nannte Simon nur barsch seinen Namen und benahm sich, als hätte er es mit jemandem aus der Unterwelt zu tun. Er reagierte auch nicht, als Simon ein höfliches Gespräch mit ihm anknüpfen wollte.

Der Erzbischof trat in mein kleines Büro und nahm dankend die angebotene Tasse Kaffee an. Ich hatte das Bild auf eine Staffelei gestellt, nachdem wir es auf Charlies Beharren in seinen alten schwarzen Rahmen zurückgegeben hatten. Wir saßen alle schweigend um den Tisch, während der Geistliche die Heilige Jungfrau anblickte.

»*Vous permettez?*« fragte er und streckte die Arme aus.

»Selbstverständlich«, versicherte ich ihm und reichte ihm das kleine Ölgemälde.

Ich beobachtete aufmerksam seine Augen, während er das Bild vor sich hielt. Zuerst schien er sich ebenso sehr für Charlie zu interessieren, den ich noch nie so nervös gesehen hatte, wie für das Bild selbst. Er blickte auch flüchtig zu Barker, dessen Augen hoffnungsvoll glitzerten. Danach wandte der Erzbischof seine Aufmerksamkeit ganz dem Madonnenbild zu. Er lächelte und schien vollkommen gefangen von der Gottesmutter.

»Nun?« fragte der Reporter.

»Wunderschön. Eine Inspiration für jeden Ungläubigen.«

Barker lächelte ebenfalls und notierte sich die Worte.

»Wissen Sie«, fügte der Geistliche hinzu, »dieses Bild bringt so viele Erinnerungen zurück« – er zögerte einen Augenblick, und ich glaubte, mein Herz würde stillstehen, ehe er erklärte –, »aber *hélas*, Mr. Barker, ich muß Ihnen leider sagen, es ist nicht das Original. Lediglich eine Kopie der Madonna, die ich so gut kannte.«

Der Reporter hörte auf zu kritzeln. »Nur eine Kopie?«

»Ja, *je le regrette*. Eine hervorragende Kopie, *peut-être* gemalt von einem Schüler des großen Meisters, aber nichtsdestoweniger eine Kopie.«

Barker konnte seine Enttäuschung nicht verbergen, als er seinen Notizblock auf den Tisch legte. Er sah aus, als wollte er protestieren.

Der Erzbischof erhob sich und verneigte sich vor mir.

»Ich bedaure, daß Sie solche Unannehmlichkeiten hatten, Lady Trumper.« Auch ich stand auf und begleitete ihn zur Tür, wo er sich wieder der gesamten Reporterschar gegenübersah. Die Journalisten blickten ihn in atemlosem Schweigen an und warteten, daß er etwas sagen würde.

»Ist es echt, Exzellenz?« rief ein Reporter schließlich aus der Menge.

Der Erzbischof lächelte gütig. »Es ist in der Tat ein Madonnenbild, aber dies hier ist nur eine unbedeutende Kopie.« Er fügte kein Wort mehr hinzu und stieg in seinen wartenden Wagen ein, der ihn sofort wegbrachte.

»Gott sei Dank!« seufzte ich erleichtert, nachdem der Wagen außer Sicht war. Ich drehte mich zu Charlie um, doch er war verschwunden. Als ich in mein Büro zurückkam, stand er mit dem Bild in den Händen da. Ich schloß die Tür hinter mir, damit wir ungestört waren.

»Ich bin ja so erleichtert«, sagte ich. »Jetzt kann wieder Normalität einkehren.«

»Aber dir ist natürlich klar, daß es der *echte* Bronzino ist.« Charlie blickte mich an.

»Ach komm«, sagte ich. »Der Erzbischof ...«

»Ja, hast du denn nicht gesehen, wie er es gehalten hat?« rief Charlie. »So hält man keine Fälschung. Und mir sind auch seine Augen nicht entgangen, während er seinen Entschluß faßte.«

»Welchen Entschluß?«

»Ob er für seinen geliebten Bronzino unser Leben ruinieren sollte oder nicht.«

»Also waren wir im Besitz eines Meisterwerks, ohne es zu wissen?«

»Offenbar. Aber mir ist noch unklar, wer das Bild damals aus der Kirche gestohlen hat.«

»Doch nicht Guy ...«

»Ich muß zugeben, daß Tommy da eher in Frage kommt, doch ich bin überzeugt, daß er den wirklichen Wert des Bildes nicht kannte.«

»Aber wie ist Guy dahintergekommen, wo es war? Und woher kannte er den Wert?«

»Vielleicht aus Unterlagen aus dem Krieg. Vielleicht hat ihn auch eine zufällige Bemerkung Daphnes auf die richtige Spur gebracht.«

»Doch das erklärt nicht, wie er herausgefunden hat, daß es ein Original ist.«

»Da hast du recht«, bestätigte Charlie. »Ich vermute, daß er es gar nicht wußte und das Bild nur als eine Möglichkeit ansah, mich in Verruf zu bringen.«

»Aber wie …?«

»Mrs. Trentham hatte dagegen mehrere Jahre, um darauf zu stoßen.«

»Großer Gott! Nur was hat Kitty damit zu tun?«

»Sie war bloß eine Ablenkung. Mrs. Trentham benutzte sie, damit wir keinen Verdacht schöpften.«

»Der Frau ist offenbar alles recht, wenn sie uns nur schaden kann.«

»Ich fürchte ja. Und etwas ist sicher, sie wird, gelinde gesagt, gar nicht erfreut sein, wenn sie erfährt, daß ihr so sorgfältiger Plan nicht den erwarteten Erfolg gebracht hat.«

Ich ließ mich neben meinem Mann in den Sessel fallen.

Charlie umklammerte das kleine Meisterwerk, als befürchtete er, man würde es ihm wieder entreißen.

»Uns bleibt jetzt nur eines zu tun.«


An diesem Abend fuhr ich zum Haus des Erzbischofs und parkte den Wagen vor dem Lieferanteneingang. »Wie passend«, bemerkte Charlie, als er an die alte Eichentür klopfte.

Ein junger Geistlicher öffnete. Er bat uns ohne viele Worte herein und führte uns direkt zum anglikanischen Erzbischof, der mit seinem katholischen Gast bei einem Glas Wein saß.

»Sir Charles und Lady Trumper«, meldete uns der junge Priester an.

»Willkommen, meine Kinder«, begrüßte uns der anglikanische Erzbischof und kam uns entgegen. »Welch ein unerwartetes

Vergnügen«, fügte er hinzu, nachdem Charlie seinen Ring geküßt hatte. »Aber was führt Sie in mein Haus?«

»Wir haben ein kleines Geschenk für Seine Eminenz, den Erzbischof von Reims«, antwortete ich und händigte das Päckchen aus. Der französische Erzbischof lächelte. Es war das gleiche Lächeln wie bei seiner Erklärung an den Reporter, daß das Bild eine Kopie sei. Er öffnete das Päckchen ganz langsam wie ein Kind, das nicht Geburtstag hat und doch ein Geschenk bekommt. Er hielt das kleine Meisterwerk ein paar Sekunden in den Händen, ehe er es dem englischen Würdenträger reichte, damit dieser es bewundern könne.

»Wirklich wundervoll«, sagte der Erzbischof und studierte es sorgfältig, ehe er es dem französischen Geistlichen zurückgab. »Aber wo werden Sie es aufhängen?«

»Über dem Kruzifix der St.-Augustin-Kirche. Und möglicherweise wird irgendwann jemand, der in diesen Dingen sachverständiger ist als ich, feststellen, daß das Bild doch ein Original ist.« Er blickte auf und lächelte, und für einen Erzbischof war es ein sehr spitzbübisches Lächeln.

Der anglikanische Erzbischof wandte sich an mich. »Würden Sie und Ihr Gemahl uns die Freude machen, zum Dinner zu bleiben?«

Ich dankte ihm für die freundliche Einladung, entschuldigte uns jedoch damit, daß wir bereits anderswo erwartet würden, und verließen das Haus ebenso unauffällig, wie wir es betreten hatten.

Als sich die Tür hinter uns schloß, war mir, als hörte ich den Gastgeber sagen: »Sie haben Ihre Wette gewonnen, Pierre.« ✄

## 36

»Zwanzigtausend Pfund?« sagte Becky, als sie vor Nummer 141 stehenblieb. »Das kann doch nicht Ihr Ernst sein!«

»Soviel verlangt der Makler«, antwortete Tim Newman.

»Aber der Laden kann doch höchstens dreitausend Pfund wert sein!« meinte Charlie und starrte auf das einzige Haus des Blocks, das ihm nicht gehörte. »Außerdem habe ich eine schriftliche Vereinbarung mit Mr. Sneddles, daß ...«

»Nicht für die Bücher«, entgegnete der Bankier.

»Aber wir sind an den Büchern nicht interessiert«, erklärte Becky, der jetzt erst auffiel, daß ihnen ein Vorhängeschloß mit schwerer Kette den Zutritt verwehrte.

»Dann können Sie den Laden nicht übernehmen; denn ehe nicht das letzte Buch verkauft ist, tritt Ihre Abmachung mit Mr. Sneddles nicht in Kraft.«

»Was sind die Bücher denn wirklich wert?« erkundigte sich Becky.

»Auf seine typische Weise hat Mr. Sneddles mit Bleistift einen Preis in ein jedes gekritzelt«, antwortete Tim Newman. »Sein Kollege Dr. Halcombe versicherte mir, daß das Gros etwa fünftausend Pfund wert ist, mit der Ausnahme ...«

»Dann kaufen Sie das Ganze«, wies ihn Charlie an, »denn wie ich Mr. Sneddles kannte, hat er alles eher niedriger eingeschätzt. Becky kann die gesamte Sammlung dann später versteigern. Auf diese Weise dürften wir höchstens tausend zuviel bezahlen.«

»Mit der Ausnahme einer Erstausgabe von William Blakes *Songs of Innocence*«, fügte Newman hinzu, »deren Wert auf der Inventurliste mit fünfzehntausend Pfund angegeben ist.«

»Fünfzehntausend Pfund zu einem Zeitpunkt, da ich jeden Penny umdrehen muß. Wer hätte gedacht ...?«

»Jemand, der wußte, daß Sie mit dem Bau Ihres Kaufhauses

nicht anfangen können, ehe Ihnen nicht auch dieser Laden gehört?« meinte Newman.

»Aber wie konnte sie ...?«

»Dieses Buch wurde jedenfalls ursprünglich in der Buchhandlung Heywood Hill in der Curzon Street für den fürstlichen Preis von vier Pfund und zehn Shilling erstanden, und ich glaube, die Widmung löst das halbe Rätsel.«

»Ich wette, von Mrs. Ethel Trentham«, brummte Charlie.

»Nur knapp daneben. Wenn ich mich recht entsinne, lautete sie: ›Von deinem Enkel Guy in Liebe, 9. Juli 1917.‹«

Charlie und Becky starrten Tim Newman eine Zeitlang stumm an, dann fragte Charlie: »Und was meinten Sie mit dem ›halben Rätsel‹?«

»Ich vermute, daß sie das Geld braucht«, antwortete der Bankier.

»Wozu?« fragte Becky ungläubig.

»Damit sie Anteile von Trumper kaufen kann.«

Am 19. März 1948, zwei Wochen nachdem der Erzbischof nach Reims zurückgekehrt war, wurde der Presse der Ausgabebeginn für Trumper-Aktien bekanntgegeben und in *The Times* und der *Financial Times* ganzseitig dafür geworben. Alles, was Charlie und Becky nun noch tun konnten, war, auf die Reaktion zu warten. Innerhalb von drei Tagen nach der Bekanntgabe waren die Aktien bereits überzeichnet, und innerhalb einer Woche waren bei der Handelsbank gut doppelt so viele Zeichnungen als nötig eingegangen. Nachdem alle Zeichnungen gezählt waren, blieb lediglich ein Problem für Charlie und Tim Newman: die Aufteilung der Aktien. Man einigte sich darauf, daß jene, die einen größeren Anteil beantragt hatten, vorrangig behandelt werden sollten, denn das würde dem Vorstand leichten Zugang zur Majorität der Anteile geben, sollte es in der Zukunft zu einem Problem kommen.

Die einzige Zeichnung, die Tim Newman zu denken gab, kam von Hambros & Co., die keinerlei Erklärung abgaben, wieso sie einhunderttausend Anteile kaufen wollten, was sie in den Besitz von zehn Prozent der Gesellschaft bringen würde. Trotzdem empfahl Tim dem Vorsitzenden, dem Antrag stattzugeben und Hambros & Co. einen Sitz im Vorstand anzubieten. Charlie war damit einverstanden, aber erst nachdem Hambros versichert hatte, daß die Zeichnung nicht von Mrs. Trentham oder einem ihrer Bevollmächtigten kam. Zwei weitere Gesellschaften hatten Anträge auf je fünf Prozent der Anteile eingereicht: die Lebensversicherung Prudential, mit der Trumper von Anfang an zusammengearbeitet hatte, und eine amerikanische Firma, die zu den Treuhandgesellschaften der Familie Field gehörte, wie Becky herausfand. Charlie gab sein Einverständnis für diese beiden nur zu gern, und der Rest der Aktien wurde zwischen eintausendsiebenhundert anderen Anlegern aufgeteilt, einschließlich einhundert, das vorgesehene Minimum, die an eine Witwe in Chelsea gingen. Mrs. Symonds hatte Charlie einen Brief geschrieben und ihn daran erinnert, daß sie eine seiner ersten Stammkundinnen in seinem ersten Laden gewesen war.

Nachdem die Aktien verteilt waren, fand Tim Newman, daß Charlie als nächstes an weitere Aufnahmen im Vorstand denken sollte. Hambros & Co. stellten als ihren Bevollmächtigten einen Mr. Baverstock, den Seniorsozius der Anwaltsfirma Baverstock, Dickens & Cobb, den Charlie ohne Zögern akzeptierte. Becky schlug vor, daß auch Simon Matthews aufgenommen würde, der in ihrer Abwesenheit das Auktionshaus selbständig führte. Wieder war Charlie einverstanden, womit der Vorstand sich nun auf neun Mitglieder belief.

Es war Daphne, die Becky darauf aufmerksam machte, daß das Haus Nummer 17 am Eaton Square zum Verkauf kommen würde. Charlie brauchte sich das Zehnzimmerhaus nur einmal anzusehen, da wußte er, daß er dort den Rest seines Lebens wohnen wollte. Er schien den Umstand völlig außer acht zu lassen, daß die Organisation des Umzugs während des Baus des Kaufhauses bewerkstelligt werden müßte. Becky hätte vielleicht Einwände gehabt, wenn nicht auch sie sich Hals über Kopf in das Haus verliebt hätte.

Wenige Monate später hielt Becky eine Einweihungsparty am Eaton Square ab. Über hundert Gäste waren eingeladen worden, zu einem Dinner, das in fünf verschiedenen Räumen serviert wurde.

Daphne verspätete sich und beklagte sich darüber, daß sie auf dem Weg vom Sloane Square in einen Stau geraten war, wohingegen der Colonel ohne ein Wort der Klage von Skye angereist kam. Daniel kam aus Cambridge in Begleitung von Marjorie Carpenter, und zu Beckys Überraschung kam Simon Matthews mit Cathy Ross am Arm.

Nach dem Essen hielt Daphne eine kurze Rede und überreichte Charlie als Gastgeschenk ein maßstabsgetreues Modell des Trumper-Kaufhauses in Gestalt einer silbernen Zigarrendose.

Becky sah das Geschenk als Erfolg an, da Charlie es, nachdem der letzte Gast gegangen war, mit nach oben nahm und auf seinen Nachttisch stellte.

Charlie stieg ins Bett und warf einen letzten Blick auf sein neues Spielzeug, als Becky aus dem Bad kam.

»Hast du schon mal überlegt, Percy in den Vorstand zu bitten?« fragte sie, als sie ins Bett schlüpfte.

Charlie blickte skeptisch zu ihr hinüber.

»Die Aktionäre würden einen Marquis auf dem Briefkopf der Gesellschaft zu schätzen wissen. Es wird ihnen ein zusätzliches Gefühl der Sicherheit geben.«

»Du bist ein Snob, Rebecca Salmon. Du warst immer einer und wirst immer einer bleiben.«

»Das hast du nicht gesagt, als ich vor fünfundzwanzig Jahren den Colonel als unseren ersten Vorsitzenden vorschlug.«

»Stimmt. Aber ich glaubte auch nicht, daß er tatsächlich ja sagen würde. Ich persönlich würde, wenn wir schon noch jemanden von draußen mit hineinnehmen, lieber Daphne im Vorstand haben. Auf diese Weise bekämen wir nicht nur den Titel, sondern auch ihre ganz besondere Art von gesundem Menschenverstand.«

»Darauf hätte ich kommen müssen«, sagte Becky. »Aber ich weiß nicht, was sie von der Idee halten würde.«

Als Becky Daphne fragte, ob sie sich entschließen könne, Vorstandsmitglied von Trumper zu werden, war sie überwältigt. Und zu jedermanns Überraschung nahm Daphne ihre neuen Pflichten mit ungeheurer Energie und Begeisterung auf sich. Nie fehlte sie bei einer Vorstandssitzung, las die Unterlagen immer sorgfältig, und wann immer sie fand, daß Charlie einen Punkt nicht genügend durchgegangen war, oder schlimmer noch, sich durchzumogeln versuchte, bohrte sie so lange nach, bis sie eine genaue Erklärung erhielt, was er vorhatte.

»Glauben Sie immer noch, daß Sie das Kaufhaus um den Preis bauen können, der in Ihrem ursprünglichen Kostenvoranschlag angegeben ist, Herr Vorsitzender?« fragte sie in den folgenden zwei Jahren immer wieder.

»Ich bin nicht so überzeugt, daß es eine gute Idee war, Daphne zum Vorstandsmitglied zu machen«, beklagte sich Charlie bei Becky nach einer besonders aufregenden Sitzung, in der die Marquise ihm sehr zugesetzt hatte.

»Wein dich nicht bei mir aus«, entgegnete Becky. »Ich wollte ja Percy haben, aber ich bin ja auch ein Snob.«

Der Baumeister brauchte zwei Jahre, die Zwillingshochhäuser von Trumper sowie den fünfstöckigen Verbindungstrakt fertigzustellen, der über Mrs. Trenthams Grundstück führte. Es erleichterte die Arbeit auch nicht gerade, daß Charlie darauf bestand, daß die übrigen Läden geöffnet blieben, als gäbe es keine Großbaustelle. Es war ein Wunder für alle Betroffenen, daß der Jahresgewinn des Unternehmens während der gesamten Übergangszeit nur um neunzehn Prozent zurückging.

Charlie beaufsichtigte alles, angefangen von der Raumzuweisung für jede der einhundertachtzehn Abteilungen bis zu der Farbe der über hunderttausend Quadratmeter Teppichboden, von der Geschwindigkeit der zwölf Aufzüge bis zur Stärke der hunderttausend Glühbirnen, von den Auslagen der sechsundneunzig Schaufenster bis zu der einheitlichen Kleidung des über siebenhundertköpfigen Verkaufspersonals, dessen Aufschläge ein kleiner silberner Verkaufskarren zierte.

Als Charlie klargeworden war, wieviel Lagerraum er brauchen würde, von den Tiefgaragen ganz zu schweigen, nun da so viele Kunden mit dem Wagen kamen, stiegen die Kosten beachtlich über den Voranschlag. Trotzdem gelang es den Baufirmen, das Ganze zum September 1949 fertigzustellen, was wohl hauptsächlich daran gelegen haben mochte, daß Charlie jeden Morgen um halb fünf am Bau erschien und manchmal nicht vor Mitternacht heimging.

Am 18. Oktober 1949 nahm die Marquise von Wiltshire in Begleitung ihres Gemahls die feierliche Eröffnung vor.

Gut tausend Personen hoben ihre Gläser, nachdem Daphne das Kaufhaus für eröffnet erklärt hatte. Die geladenen Gäste taten daraufhin ihr Bestes, sich durch den zu erwartenden ersten Jahresgewinn zu essen und zu trinken. Doch Charlie bemerkte es kaum, er wanderte glücklich von einem Stockwerk zum anderen und vergewisserte sich, daß alles genauso war, wie er es sich vorgestellt hatte, während er sich gleichzeitig darum kümmerte, daß für seine Hauptlieferanten auch gut gesorgt wurde.

Freunde, Verwandte, Aktionäre, Käufer, Lieferanten, die Presse, Begleiter, Uneingeladene, ja sogar Kunden feierten in jedem Stockwerk. Um ein Uhr war Becky so müde, daß sie beschloß, ihren Mann zu suchen, in der Hoffnung, er würde sich bereit erklären, mit ihr heimzugehen. Sie fand ihren Sohn in der Haushaltsabteilung, wo er einen Kühlschrank begutachtete, der für sein Zimmer im Trinity viel zu groß war. Daniel sagte seiner Mutter, er habe gesehen, wie Charlie das Kaufhaus vor etwa einer halben Stunde verlassen hatte.

»Das Kaufhaus verlassen?« wiederholte Becky ungläubig. »Dein Vater würde doch bestimmt nicht ohne mich heimgehen?« Sie nahm den Fahrstuhl ins Erdgeschoß und eilte zum Haupteingang. Der Portier grüßte zackig, als er ihr die schwere Flügeltür öffnete, die zur Chelsea Terrace führte.

»Sie haben nicht zufällig Sir Charles gesehen?« fragte ihn Becky.

»Doch, M'lady.« Er deutete mit dem Kopf auf die gegenüberliegende Staßenseite.

Becky sah Charlie auf seiner Bank sitzen und sich angeregt mit einem alten Herrn unterhalten. Beide schauten zum Kaufhaus herüber, dann deutete der alte Herr auf etwas, das ihm aufgefallen war, und Charlie lächelte. Becky überquerte die Straße, doch der Colonel war bereits aufgesprungen, lange ehe sie bei ihm ankam.

»Wie schön, Sie wiederzusehen, meine Liebe«, sagte er, während er sich vorlehnte, um Becky auf die Wange zu küssen. »Ich wünschte, Elizabeth hätte es noch erlebt.«

»Wie ich es sehe, erpreßt man uns«, sagte Charlie. »Ich halte es für angebracht, daß wir darüber abstimmen.«

Becky schaute sich im Sitzungsraum um und fragte sich, wie die Abstimmung ausfallen würde. Der erweiterte Vorstand arbeitete nun bereits drei Monate zusammen, seit Trumper das Kaufhaus eröffnet hatte, aber dies war der erste wichtige Punkt, zu dem es echte Meinungsverschiedenheiten gab.

Charlie saß am Kopfende des Tisches und wirkte ungewöhnlich verärgert, weil er seinen Kopf nicht so ohne weiteres durchsetzen konnte. Zu seiner Rechten saß die Schriftführerin, Jessica Allen. Jessica hatte kein Stimmrecht, sie sorgte nur dafür, daß alles korrekt aufgezeichnet wurde. Arthur Selwyn, der während des Krieges mit Charlie im Ernährungsministerium gearbeitet hatte, war vor kurzem aus dem Staatsdienst ausgeschieden, um Tom Arnold, der in den Ruhestand gegangen war, als geschäftsführender Direktor abzulösen. Selwyn erwies sich als der ideale Nachfolger. Er war schlau und gründlich und gleichzeitig das ideale Gegenstück zum Vorsitzenden, da er dazu neigte, die Dinge diplomatisch anzugehen.

Tim Newman von der Handelsbank war gesellig und freundlich und unterstützte Charlie fast immer, ohne sich zu scheuen, eine gegenteilige Meinung zu äußern, wenn er befürchten mußte, daß die Finanzen der Gesellschaft in Mitleidenschaft gezogen würden. Paul Merrick, der Finanzdirektor, war dagegen weder gesellig noch freundlich und machte es nur zu oft und wortreich klar, daß er in erster Linie die Interessen der Child's Bank und ihrer Gelder wahrte. Und Daphne stimmte selten so ab, wie man von ihr erwarten mochte, und ganz sicher war sie kein Jasager für Charlie – oder überhaupt jemanden. Mr. Baverstock, ein ruhiger, älterer Anwalt, der zehn Prozent der Gesellschaftsanteile für Hambros vertrat, sagte selten etwas, doch wenn, hörte ihm jeder aufmerksam zu, auch Daphne.

Ned Denning und Bob Makins, die inzwischen fast dreißig Jahre für Charlie arbeiteten, stellten sich so gut wie nie gegen die Wünsche des Vorsitzenden, während Simon Matthews häufig eigene Ansichten hatte, die Beckys von Anfang an hohe Meinung von ihm noch verstärkten.

»Das letzte, was wir im Moment brauchen können, ist ein Streik«, sagte Merrick. »Nicht jetzt, da es so aussieht, als wären wir aus dem Schneider.«

»Aber die Forderungen der Gewerkschaft sind unverschämt!« rief Tim Newman. »Eine Lohnerhöhung von zehn Shilling, eine Vierundvierzigstundenwoche, und alles darüber wird automatisch als Überstunden gerechnet – ich kann nur wiederholen, das ist unverschämt!«

»Die meisten anderen größeren Kaufhäuser und Geschäfte haben sich bereits damit einverstanden erklärt«, warf Merrick ein, der einen Artikel aus der *Financial Times* vor sich liegen hatte.

»Das Handtuch geworfen träfe es wohl genauer«, entgegnete Newman. »Ich muß den Vorstand darauf hinweisen, daß das unsere Lohn- und Gehaltsausgaben für dieses Jahr um etwa zwanzigtausend Pfund erhöhen würde – und das, noch ehe wir Überstunden in Betracht ziehen. Darunter leiden werden auf die Dauer nur unsere Aktionäre.«

»Wieviel genau verdient ein Verkäufer jetzt?« fragte Mr. Baverstock ruhig.

»Zweihundertfünfzig Pfund im Jahr«, antwortete Arthur Selwyn, ohne nachsehen zu müssen. »Mit automatischen Lohnerhöhungen. Ein Verkäufer, der etwa fünfzehn Jahre bei Trumper ist, kommt auf etwa vierhundert Pfund.«

»Wir sind die Zahlen schon so oft durchgegangen«, sagte Charlie scharf. »Jetzt müssen wir die Entscheidung treffen – bleiben wir fest, oder geben wir den Forderungen der Gewerkschaft nach?«

»Vielleicht reagieren wir übertrieben, Herr Vorsitzender«, sagte Daphne, die bisher geschwiegen hatte. »Es könnte sich vielleicht als gar nicht so schwarz oder weiß herausstellen, wie Sie es sehen.«

Charlie bemühte sich gar nicht, seine Skepsis zu verhehlen. »Sie haben eine alternative Lösung?« Bei den Sitzungen siezte auch er sie.

»Vielleicht, Herr Vorsitzender. Überlegen wir als erstes, was auf dem Spiel steht, wenn wir unserem Personal die geforderte Lohnerhöhung geben. Zweifellos würde es an unseren Mitteln zehren, ganz zu schweigen davon, daß wir, wie die Japaner es nennen, das Gesicht verlieren würden. Andererseits, wenn wir auf die Forderungen nicht eingehen, verlieren wir möglicherweise einige der besseren ebenso wie einige der schwächeren Leute an einen unserer Hauptkonkurrenten.«

»Also, was schlagen Sie vor, Lady Wiltshire?« Charlie nannte sie immer bei ihrem Titel, wenn er zeigen wollte, daß er nicht ihrer Meinung war.

»Einen Kompromiß vielleicht«, antwortete Daphne. »Falls Mr. Selwyn das überhaupt noch für möglich hält. Wären die Gewerkschaften beispielsweise bereit, über einen Alternativvorschlag über Lohn und Arbeitszeit nachzudenken, den unser geschäftsführender Direktor mit ihnen aushandelt?«

»Ich könnte mich jederzeit mit Don Short unterhalten, dem Führer der USDAW, wenn der Vorstand es wünscht«, sagte Arthur Selwyn. »Solange ich ihn kenne, hat er sich immer als anständig und fair erwiesen und Trumper gegenüber ausnahmslos loyal in all den Jahren.«

»Der geschäftsführende Direktor in direkter Verhandlung mit dem Gewerkschaftsführer?« blaffte Charlie. »Als nächstes wollen Sie ihn auch noch im Vorstand haben!«

»Dann sollte Mr. Selwyn vielleicht einen inoffiziellen Versuch machen«, meinte Daphne. »Ich bin überzeugt, daß *er* auf seine meisterliche Weise etwas bei Mr. Short erreichen wird.«

»Ich pflichte Lady Wiltshire bei«, meinte Mr. Baverstock.

»Dann schlage ich vor, daß wir Mr. Selwyn beauftragen, für uns zu verhandeln«, fuhr Daphne fort. »Hoffen wir, er findet eine Möglichkeit, einen Streik zu verhindern, ohne daß wir allen Forderungen der Gewerkschaften nachgeben müssen.«

»Ich bin gern bereit, es zu versuchen«, versicherte ihnen Selwyn. »Ich werde dem Vorstand bei unserer nächsten Sitzung Bericht erstatten.«

Wieder einmal bewunderte Becky, wie Daphne und Arthur Selwyn eine Zeitbombe entschärften, die der Vorsitzende nur zu gern auf dem Vorstandstisch hätte explodieren lassen.

»Vielen Dank, Arthur«, sagte Charlie etwas widerwillig. »Also gut, machen wir es so. Noch irgendwelche Punkte?«

»Ja«, antwortete Becky. »Ich möchte den Vorstand darauf hinweisen, daß ich Ende des Monats georgianische Silbersachen versteigere. Die Kataloge werden in den nächsten Tagen verschickt, und ich würde mich freuen, wenn die Direktoren, die für diesen Tag noch nichts geplant haben, teilnehmen.«

»Wie ist die letzte Antiquitätenauktion ausgegangen?« erkundigte sich Mr. Baverstock.

Becky schaute in ihre Unterlagen. »Es kamen vierundvierzigtausendsiebenhundert Pfund zusammen, wovon Trumper siebeneinhalb Prozent von allem behielt, was unter den Hammer kam. Nur drei Artikel erreichten den Mindestpreis nicht und wurden zurückgezogen.«

»Es hat mich nur deshalb interessiert, weil meine liebe Frau ein Charles-II.-Sideboard ersteigert hat.«

»Eines der schönsten Stücke der Auktion«, meinte Becky.

»Dieser Meinung muß meine Gattin ebenfalls gewesen sein, denn sie hat viel mehr dafür geboten, als sie beabsichtigt hatte. Ich wäre Ihnen dankbar, wenn Sie ihr keinen Katalog für diese Silberauktion schickten.«

Die anderen Vorstandsmitglieder lachten.

»Ich habe gelesen«, sagte Tim Newman, »daß Sotheby's möglicherweise die Kommissionsgebühr auf zehn Prozent erhöhen wird.«

»Ich weiß«, entgegnete Becky. »Und das ist der Grund, warum ich solche Absichten wenigstens noch ein Jahr zurückstellen muß. Wenn ich auch weiterhin die besten Kunden abziehen will, muß ich kurzfristig konkurrenzfähig bleiben.«

Newman nickte verständnisvoll.

»Aber«, fuhr Becky fort, »da ich bei siebeneinhalb Prozent bleibe, wird mein Gewinn 1950 nicht so hoch werden, wie ich gehofft hatte. Doch bis die führenden Verkäufer bereit sind, zu uns zu kommen, muß ich damit leben.«

»Was ist mit den Käufern?« fragte Brian Merrick.

»Die sind kein Problem. Wenn man das richtige Produkt anbietet, bleiben die Käufer nicht aus. Die Verkäufer sind das A und O für eine Kunstauktion und deshalb ebenso wichtig wie die Käufer.«

»Komisches altes Geschäft, das du betreibst.« Charlie grinste. »Sonst noch was?«

Da sich niemand meldete, dankte Charlie allen Vorstandsmitgliedern, daß sie teilgenommen hatten, und erhob sich – ein Signal, mit dem er die Sitzung endgültig für geschlossen erklärte.

Becky sammelte ihre Unterlagen ein und ging mit Simon zur Galerie zurück.

»Sind Sie mit der Schätzung des Silbers fertig geworden?« fragte sie, als sie rasch in den Fahrstuhl traten, bevor sich die Tür schließen konnte. Sie drückte auf »G«, und der Fahrstuhl begann den langsamen Abstieg zum Erdgeschoß.

»Ja, gestern abend. Es sind insgesamt hundertzweiunddreißig Stücke. Ich nehme an, sie werden um die siebentausend Pfund bringen.«

»Ich habe den Katalog heute morgen zum ersten Mal gesehen«, sagte Becky. »Cathy hat offenbar wieder mal erstklassige Arbeit geleistet. Ich bin nur auf zwei geringfügige Fehler gestoßen, aber ich möchte gern die Fahnen durchsehen, ehe sie in die Druckerei zurückgehen.«

»Ich werde Cathy gleich heute nach der Mittagspause mit den Umbruchabzügen zu Ihnen hinaufschicken.« Sie verließen den Aufzug.

»Das Mädchen hat sich als guter Griff erwiesen«, sagte Becky. »Weiß der Himmel, was man sie in dem Hotel arbeiten ließ, ehe sie zu uns kam. Sie wird mir ganz sicher fehlen, wenn sie nach Australien zurückfährt.«

»Ich habe läuten gehört, daß sie vielleicht bleiben wird.«

»Das ist eine gute Neuigkeit«, sagte Becky. »Ich dachte, sie wollte nur ein paar Jahre in London bleiben und dann nach Melbourne zurückkehren, oder täusche ich mich?«

»Das war auch ihre ursprüngliche Absicht. Aber ich glaube, ich konnte sie überreden, noch ein bißchen zu bleiben.«

Becky hätte Simon gebeten, ihr das näher zu erklären, doch kaum stand sie in der Galerie, war sie von Personal umringt.

Nachdem sie mehrere Fragen geklärt hatte, bat sie eine der Verkäuferinnen, Cathy in ihr Büro hinaufzuschicken.

»Sie ist momentan nicht im Haus, Lady Trumper«, erklärte das Mädchen. »Ich habe gesehen, wie sie vor etwa einer Stunde weggegangen ist.«

»Wissen Sie, wohin?«

»Nein, tut mir leid.«

»Nun, dann bitten Sie sie hinaufzukommen, sobald sie zurück ist. Und würden Sie mir inzwischen die Umbruchabzüge des Silberkatalogs hinaufschicken?«

Becky mußte auf dem Weg in ihr Büro noch mehrmals anhalten, um einige Probleme zu klären, die sich während ihrer Abwesenheit ergeben hatten. Als sie ihr Büro endlich erreichte, warteten die Abzüge bereits auf sie. Sie wendete die Seiten langsam und verglich jedes Stück mit dem Bild und dann mit der detaillierten Beschreibung. Sie studierte gerade den Senftopf aus der Regency-Periode, den Charlie damals bei Christie's viel zu hoch ersteigert hatte, als es an der Tür klopfte und eine junge Frau den Kopf hereinstreckte.

»Sie wollten mich sehen?«

»Ja. Kommen Sie herein, Cathy.« Becky blickte zu einem großen, schlanken Mädchen mit einer Fülle blonder Locken und einem sommersprossigen Gesicht hoch. Sie dachte, daß sie auch einmal so eine gute Figur wie Cathy gehabt hatte, doch jetzt erinnerte der Badezimmerspiegel sie auf nicht gerade sehr schmeichelhafte Weise daran, daß ihr fünfzigster Geburtstag nicht mehr fern war. »Ich wollte nur die Katalogfahnen für die Silberauktion durchgehen, ehe sie in die Druckerei zurück müssen.«

»Tut mir leid, daß ich nicht da war, als Sie von der Sitzung zurückkamen«, entschuldigte sich Cathy. »Aber da war etwas, das mir zu denken gegeben hat. Vielleicht bin ich auch zu mißtrauisch, aber ich finde, Sie sollten es auf jeden Fall wissen.«

Becky nahm die Brille ab, legte sie auf den Schreibtisch und blickte interessiert auf. »Ich höre.«

»Erinnern Sie sich an den Mann, der während der italienischen Auktion aufstand und die ganzen Schwierigkeiten mit dem Bronzino verursachte?«

»Als ob ich das je vergessen könnte!«

»Er war heute wieder in der Galerie.«

»Sind Sie sicher?«

»Ziemlich. Kräftig gebaut, grau werdendes Haar, bräunlicher Schnurrbart und fahler Teint. Er hatte sogar den Nerv, das gleiche gräßliche Tweedjackett und dieselbe gelbe Krawatte zu tragen.«

»Was wollte er diesmal?«

»Da bin ich mir nicht ganz sicher, obwohl ich ihn fest im Auge behielt. Er sprach mit niemandem vom Personal, interessierte sich jedoch offenbar sehr für die Silbersachen, die zur Auktion kommen – vor allem für Nummer 19.«

Becky setzte die Brille wieder auf und blätterte die Katalogseiten durch, bis sie zu dem betreffenden Stück gelangte. »Vierteiliges georgianisches Teeservice: Kanne, Zuckerdose, Sieb und Zuckerzange; etwa 1820, Schätzwert siebzig Pfund.« Becky blickte auf die Lettern ›AH‹ am Rand. »Eines unserer besseren Stücke.«

»Offenbar ganz seine Meinung«, erwiderte Cathy, »denn er hat sich viel Zeit gelassen, jedes Stück gründlichst zu studieren, und er hat sich Notizen gemacht, ehe er ging. Die Kanne hat er sogar mit einer Fotografie verglichen, die er dabeihatte.«

»Unsere Fotografie?«

»Nein, er hatte eine eigene dabei.«

»Oh, tatsächlich?« murmelte Becky, während sie das Katalogfoto näher betrachtete.

»Und ich war nicht hier, als Sie zurückkamen, weil ich dachte, es könnte nicht schaden, wenn ich ihm nachginge, als er die Galerie verließ.«

»Gute Idee«, lobte Becky lächelnd. »Und wohin ist unser geheimnisvoller Unbekannter gegangen?«

»Zum Chester Square«, antwortete Cathy. »In ein großes Haus etwa in der Mitte auf der rechten Seite von uns aus. Er hat ein Päckchen durch den Briefschlitz geschoben, aber das Haus nicht betreten.«

»Nummer neunzehn?«

»Stimmt.« Cathy blickte Becky erstaunt an. »Kennen Sie das Haus?«

»Nur von außen«, erwiderte Becky ohne weitere Erklärung. »Kann ich sonst noch was tun?«

»Ja. Erinnern Sie sich vielleicht, wer dieses Silberservice gebracht hat?«

»O ja«, versicherte ihr Cathy. »Weil ich gerufen wurde, um mit der Dame zu verhandeln.« Sie hielt kurz inne, ehe sie hinzufügte: »An den Namen kann ich mich nicht erinnern, aber sie war schon älter – und ziemlich vornehm.« Cathy zögerte, ehe sie fortfuhr: »Wenn ich mich recht erinnere, hat sie erwähnt, daß sie für einen Tag von Nottingham gekommen war. Sie sagte, das Service sei ein Erbstück von ihrer Mutter und daß sie es nicht gern hergebe, aber ›der Not gehorchend‹, wie sie es ausdrückte. Daran erinnere ich mich genau.«

»Und was meinte Mr. Fellowes zu dem Service?«

»Ein sehr schönes Stück der Periode, vor allem, da jedes Teil in erstklassigem Zustand ist. Peter ist überzeugt, daß es einen guten Preis einbringen wird, wie Sie schon seiner Schätzung entnehmen können.«

»Dann sollten wir vielleicht gleich die Polizei einschalten. Wir möchten doch nicht, daß unser geheimnisvoller Unbekannter wieder aufspringt und behauptet, daß auch dieses Stück gestohlen wurde.«

Sie griff nach dem Telefon auf ihrem Schreibtisch und ließ sich mit Scotland Yard verbinden. Sekunden später kam ein Inspektor Deakins von der Kriminalpolizei an den Apparat. Nachdem er sich die Einzelheiten angehört hatte, versprach er, noch am selben Nachmittag in die Galerie zu kommen.

Der Inspektor traf kurz nach fünfzehn Uhr ein und brachte einen Sergeant mit. Becky führte sie direkt zum Leiter der Abteilung, Peter Fellowes, der gerade auf einen winzigen Kratzer an einem Silbertablett deutete. Er ließ es sofort liegen und ging zum mittleren Tisch, wo das vierteilige Teeservice bereits zur Besichtigung aufgestellt war.

»Wundervoll!« sagte der Inspektor, als er sich darüber beugte, um den Stempel zu studieren. »Birmingham, um achtzehnhundertzwanzig, würde ich sagen.«

Becky zog eine Braue hoch.

»Mein Hobby«, erklärte der Inspektor. »Das ist wahrscheinlich auch der Grund, weshalb ich immer diese Fälle kriege.« Er holte einen Ordner aus seiner Aktenmappe und sah sich eine Reihe von Fotografien nebst Angaben über kürzlich in London als gestohlen gemeldete Silberservices an. Eine Stunde später war er sich mit Fellowes einig. Keine der Beschreibungen paßte auf das georgianische Teeservice.

»Nun, sonst wurde uns keines als gestohlen gemeldet«, sagte der Inspektor. »Und Sie haben Ihres so blitzblank poliert«, wandte er sich an Cathy, »daß keine Fingerabdrücke mehr zu finden sind.«

»Tut mir leid.« Cathy errötete leicht.

»Aber Miss, dafür können Sie doch nichts, Sie haben Ihre Arbeit großartig gemacht. Ich wünschte mir, meine Stücke würden so schön glänzen. Ich werde mich jedoch mit der Polizei von Nottingham in Verbindung setzen, vielleicht gibt es dort was in den Akten. Wenn nicht, werde ich auf jeden Fall eine Beschreibung an alle Polizeistellen in Großbritannien geben. Und ich werde auch Mrs. – wie heißt sie gleich – überprüfen lassen.«

»Dawson«, sagte Cathy.

»Mrs. Dawson. Das kann natürlich eine Zeitlang dauern, aber ich werde mich melden, sobald ich etwas erfahren konnte.«

»Unsere Silberauktion findet am Dienstag in drei Wochen statt«, erinnerte Becky den Inspektor.

»Ja. Ich werde zusehen, daß ich Ihnen rechtzeitig grünes Licht geben kann«, versprach er.

»Sollen wir die Seite im Katalog lassen, oder halten Sie es für angebracht, daß wir das Stück zurückziehen?« fragte Cathy.

»Nein, nein. lassen Sie alles, wie es ist. Vielleicht erkennt jemand das Stück im Katalog und setzt sich mit uns in Verbindung.«

Jemand hat es bereits erkannt, dachte Becky.

»Und wenn Sie schon dabei sind«, fuhr der Inspektor fort, »wäre es gut, wenn Sie mir eine Kopie des Katalogbildes geben könnten und das Negativ für ein oder zwei Tage.«

Als Becky an diesem Abend Charlie alles beim Dinner erzählte, riet er, das Teeservice von der Auktion zurückzuziehen – und Cathy zu befördern.

»Dein erster Vorschlag ist nicht so einfach«, erwiderte Becky. »Der Katalog soll im Laufe der Woche an die Interessenten gehen. Und welche Erklärung könnten wir Mrs. Dawson geben, daß wir das Erbstück ihrer lieben alten Mutter nicht versteigern?«

»Daß es gar nicht ihrer lieben alten Mutter gehört hat und daß du es zurückgezogen hast, weil es Grund zur Annahme gibt, daß es Diebesgut ist.«

»Wenn wir das täten, müßten wir damit rechnen, daß wir wegen Vertragsbruch belangt werden«, entgegnete Becky, »falls sich später herausstellt, daß Mrs. Dawson absolut unschuldig ist. Falls sie uns dann anklagt, hätten wir nicht die geringste rechtliche Grundlage.«

»Wenn diese Mrs. Dawson so unschuldig ist, wie du denkst, weshalb ist dann Mrs. Trentham so interessiert an diesem Teeservice? Ich kann mir nämlich nicht vorstellen, daß sie nicht längst selbst eines hat.«

Becky lachte. »Hat sie allerdings. Das weiß ich sicher, weil ich es selbst bei ihr gesehen habe, auch wenn sie mir die versprochene Tasse Tee nie einschenkte.«

Drei Tage später teilte Inspektor Deakins Becky am Telefon mit, daß der Nottinghamer Polizei nichts als gestohlen gemeldet war, auf das die Beschreibung passen würde, und auch, daß ihnen Mrs. Dawson bisher nicht bekannt war. Inzwischen hatte er die Beschreibung auch an jede andere Polizeidienststelle des Landes weitergeleitet. »Aber«, fügte er hinzu, »die Landespolizei ist nicht immer sehr kooperativ, wenn es um den Austausch von Informationen mit uns geht.«

Als Becky auflegte, beschloß sie, grünes Licht für den Versand des Katalogs zu geben. Sie gingen noch am gleichen Tag mit den Einladungen für die Presse und besondere Kunden hinaus.

Zwei Journalisten beantragten Karten für die Auktion. Die inzwischen sehr mißtrauische Becky ließ sie überprüfen, erfuhr jedoch, daß beide für überregionale Zeitungen arbeiteten und daß sie schon des öfteren über Auktionen bei Trumper berichtet hatten.

Simon Matthew fand, daß Becky übertrieb, während Cathy eher Sir Charles recht gab, daß es klüger wäre, das Teeservice zurückzuziehen, bis grünes Licht von Deakins kam.

»Wenn wir jedesmal etwas zurückziehen sollten, nur weil dieser Mann sich für eine unserer Auktionen interessiert, dann können wir die Galerie gleich schließen«, meinte Simon.

Am Montag vor der Auktion rief Inspektor Deakins wieder an und fragte, ob Becky Zeit habe, es sei dringend und er würde gern gleich zur Galerie kommen. Dreißig Minuten später war er bereits da, wieder in Begleitung seines Sergeant. Diesmal holte er nur den *Aberdeen Evening Express* vom 15. Oktober 1949 aus seiner Aktenmappe.

Deakins bat, das georgianische Teeservice noch einmal untersuchen zu dürfen, worauf er jedes Teil sorgfältig mit dem Bild auf einer inneren Seite der Zeitung verglich.

»Kein Zweifel, das ist es«, sagte er, nachdem er alles ein zweites Mal verglichen hatte. Er zeigte Becky das Bild.

Nun verglichen auch Cathy und Peter Fellowes jedes Stück mit den Abbildungen in der Zeitung und mußten dem Inspektor recht geben.

»Dieses Silberservice wurde vor drei Monaten aus dem Aberdeener Museum gestohlen«, erklärte ihnen der Inspektor. »Die verdammte Polizei dort hat sich nicht einmal die Mühe gemacht, uns zu informieren; zweifellos ist man dort der Meinung, daß uns die Sache nichts angeht.«

»Und was geschieht jetzt?« erkundigte sich Becky.

»Die Nottinghamer Gendarmerie war inzwischen bei Mrs. Dawson, wo sie noch weitere Silbersachen und Schmuckstücke im Haus versteckt fanden. Sie wurde aufs Revier gebracht, wo sie, wie die Presse schreibt, der Polizei bei den Ermittlungen behilflich ist.« Er steckte die Zeitung in seine Aktenmappe zurück. »Nachdem ich dort Bescheid gegeben habe, dürfte wohl noch heute Anklage gegen sie erhoben werden. Nur leider werde ich das Teeservice mit nach Scotland Yard nehmen müssen.«

»Selbstverständlich«, sagte Becky.

»Mein Sergeant wird Ihnen die Quittung ausstellen, Lady Trumper, und ich möchte Ihnen für Ihre Mitarbeit danken.« Der Inspektor zögerte, während er das Teeservice bedauernd anblickte. »Ein Monatsgehalt«, seufzte er, »und aus den falschen Gründen gestohlen.«

»Und was machen wir jetzt?« fragte Cathy.

»Es gibt nicht viel, was wir tun können«, sagte nun auch Becky seufzend. »Mit der Auktion weitermachen, als wäre nichts geschehen, und wenn die Nummer an der Reihe ist, einfach erklären, daß wir sie zurückziehen mußten.«

»Aber dann wird der Mann aufspringen und behaupten: ›Ist das nicht wieder ein Beispiel, Diebesgut anzubieten und es im letzten Moment zurückzuziehen, wenn es brenzlig wird!‹ Wir stehen dann nicht mehr wie ein Auktionshaus da«, Simons Stimme hob sich vor Ärger, »sondern wie eine Pfandleihe! Wir könnten vielleicht gleich draußen mit einem Schild darauf hinweisen, welche Art von Kunden das Auktionshaus Trumper am liebsten bedient!«

Becky schwieg.

»Wenn Sie das so mitnimmt, Simon, warum versuchen Sie dann nicht, das Ganze zu unserem Vorteil zu wenden?« schlug Cathy vor.

»Wie meinen Sie das?« fragte Becky. Beide wandten sich der jungen Australierin zu.

»Wir müssen diesmal die Presse auf unsere Seite kriegen.«

»Ich fürchte, mir ist nicht recht klar, was Sie meinen.«

»Rufen Sie diesen Journalisten vom *Telegraph* an – wie hieß er doch gleich, Barker –, und geben Sie ihm die Story exklusiv.«

»Was sollte das nutzen?« fragte Becky.

»Er wird diesmal unsere Version haben, und er wird sich freuen, daß er der einzige eingeweihte Journalist ist, vor allem nach dem Fiasko mit dem Bronzino.«

»Glauben Sie denn, daß er sich so sehr für ein Silberservice interessiert, das nur siebzig Guineen wert ist?«

»Wenn es einem schottischen Museum gehört und außerdem bereits eine professionelle Hehlerin in Nottingham verhaftet wurde? Und wie interessiert er sein wird! Besonders, wenn wir es sonst niemandem sagen.«

»Möchten Sie sich selbst um Mr. Barker kümmern, Cathy?«

»Gern.«

Am nächsten Morgen stand ein kurzer, aber auffallender Beitrag auf Seite drei, der besagte, daß Trumper, das bekannte Auktionshaus, die Polizei benachrichtigt hatte, nachdem man dort Zweifel am Eigentumsrecht an einem georgianischen Teeservice hegte, das sich später tatsächlich als aus dem Aberdeener Museum entwendet herausstellte. Die Nottinghamer Polizei konnte inzwischen die Hehlerin verhaften.

Der Artikel zitierte außerdem Inspektor Deakins von Scotland Yard, der zu dem Reporter des *Telegraph* gesagt hatte: »Wir wünschten, jedes Auktionshaus und jede Kunstgalerie in London wäre so gewissenhaft wie Trumper.«

Die Versteigerung an diesem Nachmittag war gut besucht,

und daß Trumper eines der vielversprechenden Stücke verloren hatte, wurde durch andere ausgeglichen, die weit mehr als den Schätzwert einbrachten. Der Mann im Tweedjackett und der gelben Krawatte ließ sich nicht sehen.

Als Charlie an diesem Abend den *Telegraph* im Bett las, sagte er: »Du hast dich also nicht an meinen Rat gehalten?«

»Ja und nein«, antwortete Becky. »Ich gebe zu, ich habe das Service nicht sofort zurückgezogen. Aber Cathy habe ich gleich befördert.«

## 37

Am 9. November 1950 hielt Trumper die zweite Jahreshauptversammlung ab. Die Vorstandsmitglieder trafen sich um zehn Uhr
morgens im Sitzungszimmer, damit Arthur Selwyn mit ihnen genau durchgehen konnte, wie er gegenüber den Aktionären vorzu-
gehen beabsichtigte.

Punkt elf führte Charlie die sieben Vorstandsmitglieder aus
dem Sitzungsraum in den großen Saal, als wären sie Schulkin-
der, die er in den Unterricht bringen müßte.

Er stellte den etwa hundertzwanzig versammelten Aktionären – eine beachtliche Zahl für diesen Anlaß, wie Tim Newman
Becky zuflüsterte – jedes Mitglied des Vorstands einzeln vor. Er
ging die gesamte Tagesordnung durch, ohne daß sein geschäftsführender Direktor soufflieren mußte, und nur eine peinliche
Frage wurde gestellt: »Wieso waren Ihre Kosten im ersten Ver-
kaufsjahr soviel höher als veranschlagt?«

Arthur Selwyn stand auf und erklärte, daß die Baukosten den
ursprünglichen Voranschlag überschritten und die Anfangsaus-
gaben gewisse einmalige Auslagen eingeschlossen hatten, die
künftig nicht mehr anfallen würden. Er wies auch darauf hin,
daß Trumper rein vom Verkauf her im ersten Quartal ihres zweiten Jahres kostendeckend gearbeitet hatte. Er fügte hinzu, daß er
sehr zuversichtlich war, was das bevorstehende Jahr betraf,
schon wegen der wachsenden Zahl der Touristen, die im Zuge
des Festival of Britain London besuchen würden. Er machte die
Aktionäre jedoch darauf aufmerksam, daß möglicherweise noch
mehr Kapital aufgenommen werden müßte, wenn sie weiter aus-
bauen wollten.

Als Charlie die Hauptversammlung für beendet erklärte,
blieb er sitzen, denn der Vorstand erhielt einen kleinen Applaus,
der den Vorsitzenden völlig überraschte.

Becky wollte gerade zu Nummer 1 zurückkehren und mit ihrer Arbeit an der Impressionistenauktion weitermachen, die sie fürs Frühjahr plante, als Mr. Baverstock sie leicht am Ellbogen berührte.

»Wäre es möglich, unter vier Augen mit Ihnen zu sprechen, Lady Trumper?«

»Selbstverständlich.« Becky schaute sich nach einem ruhigen Fleckchen um, wo sie ungestört sein würden.

»Mein Büro in High Holborn wäre vielleicht geeigneter«, meinte er. »Wissen Sie, es ist eine etwas delikate Angelegenheit. Wäre Ihnen morgen um fünfzehn Uhr recht?«

Daniel rief an diesem Vormittag von Cambridge an, und Becky konnte sich nicht erinnern, daß er je so entspannt und mit sich und der Welt zufrieden geklungen hatte. Sie selbst war keineswegs entspannt: Sie konnte sich immer noch nicht denken, weshalb Mr. Baverstock von Baverstock, Dickens & Cobb sich über eine »etwas delikate Angelegenheit« mit ihr unterhalten wollte.

Sie glaubte nicht, daß es darum gehen würde, daß Mrs. Baverstock das Charles-II.-Sideboard zurückgeben oder nähere Einzelheiten über die Impressionistenauktion wissen wollte. Aber da bei einer Ungewißheit immer Beckys Besorgnis die Oberhand über Optimismus hatte, war sie die nächsten sechsundzwanzig Stunden ziemlich beunruhigt.

Sie belästigte jedoch Charlie nicht damit, denn sie war sicher, daß Mr. Baverstock auch ihn gebeten hätte, wenn es erforderlich gewesen wäre. Ganz abgesehen davon hatte Charlie so schon genug Probleme, als daß sie ihm noch eines mehr aufhalsen dürfte.

Becky schaffte es nicht, etwas zu Mittag zu essen, und kam einige Minuten vor der vereinbarten Zeit im Anwaltsbüro an. Sie wurde sofort zu Mr. Baverstock geführt.

Er begrüßte sie mit einem herzlichen Lächeln, als wäre sie eine entfernte Angehörige seiner großen Familie, und bot ihr einen Sessel ihm gegenüber an seinem schweren Eichenschreibtisch an.

Mr. Baverstock, schätzte Becky, war etwa fünfundfünfzig,

höchstens sechzig, hatte ein rundes, freundliches Gesicht und schütteres graues Haar mit Mittelscheitel. Sein dunkler Rock, die Weste darunter und die graugestreifte Hose und schwarze Krawatte hätten zu jedem Anwalt in London gepaßt. Nachdem er sich wieder gesetzt hatte, blickte er in eine Akte, die er vor sich auf dem Tisch liegen hatte, dann setzte er seine Brille ab.

»Lady Trumper«, begann er, »es ist sehr freundlich von Ihnen, daß Sie sich Zeit genommen haben hierherzukommen.« In den zwei Jahren, seit sie sich kannten, hatte er sie nicht ein einziges Mal beim Vornamen genannt.

»Ich werde sofort zur Sache kommen«, fuhr er fort. »Einer meiner Klienten war der verstorbene Sir Raymond Hardcastle.« Becky fragte sich, weshalb er das nie zuvor erwähnt hatte, und wollte schon etwas Entsprechendes sagen, als Mr. Baverstock rasch hinzufügte: »Aber ich möchte betonen, daß Mrs. Gerald Trentham nicht Klientin dieser Firma ist und es auch nie war.«

Becky bemühte sich gar nicht, einen Seufzer der Erleichterung zu unterdrücken.

»Sie sollen auch wissen, daß ich das Privileg hatte, Sir Raymond dreißig Jahre lang als sein Anwalt beraten zu dürfen, und tatsächlich war ich in den letzten Jahren seines Lebens nicht nur sein Berater, sondern auch ein naher Freund. Ich sage Ihnen das als Hintergrundinformation, Lady Trumper, denn vielleicht können Sie dann, wenn Sie alles gehört haben, das, was ich Ihnen sagen muß, besser verstehen.«

Becky nickte und wartete, daß Mr. Baverstock zur Sache kommen würde.

»Einige Jahre vor seinem Tod machte Sir Raymond sein Testament. Er teilte die Kapitalerträge aus seinem Nachlaß zwischen seinen beiden Töchtern auf – ein Einkommen, das dank einer umsichtigen Anlage seinerseits seit seinem Tod beachtlich gestiegen ist. Seine älteste Tochter war Miss Amy Hardcastle, die jüngere, wie Sie sicher wissen, ist Mrs. Gerald Trentham. Dieses Einkommen ermöglicht den beiden Damen einen Lebensstandard wie vor seinem Tod, wenn nicht einen höheren. Aber ...«

Wird er nicht endlich zur Sache kommen? fragte sich Becky.

»... Sir Raymond entschied in weiser Voraussicht, daß das Aktienkapital nicht angegriffen werden dürfe, nachdem er eine Fusion seiner Firma, die sein Vater gegründet und die er so erfolgreich ausgebaut hatte, mit einem seiner größten Konkurrenten einging. Sie müssen wissen, Lady Trumper, Sir Raymond fand, daß kein Mitglied seiner Familie imstande sein würde, seinen Platz als nächsten Vorsitzenden von Hardcastle auszufüllen. Er hielt weder seine Töchter, noch seine Enkel – über die ich gleich noch mehr sagen muß – für fähig, eine große Firma zu leiten.«

Der Anwalt putzte seine Brille mit einem Taschentuch, das er aus seiner Jackentasche zog, und blinzelte kritisch durch die Gläser, ehe er weiterredete.

»Sir Raymond hatte keine Illusionen, was seine Familie anbelangte. Seine ältere Tochter, Amy, war eine sanfte, menschenscheue Dame, die ihren Vater während seiner letzten Jahre aufopfernd und liebevoll pflegte. Nach Sir Raymonds Tod zog sie aus dem Vaterhaus in ein kleines Hotel an der Küste, wo sie bis zu ihrem Tod letztes Jahr wohnte.

Sir Raymond fand, daß seine jüngere Tochter, Ethel Trentham – lassen Sie mich das so delikat formulieren, wie ich kann – vielleicht den Boden der Tatsachen unter ihren Füßen verloren hatte und ganz sicher keine innere Verbindung mehr zu ihren – wie soll man sagen – Wurzeln hatte. Jedenfalls weiß ich, daß der alte Herr sehr unglücklich darüber war, daß er keinen Sohn gehabt hatte, und so richtete er nach der Geburt Guys seine ganze Hoffnung für die Zukunft auf diesen Enkel. Der Junge bekam alles von ihm im Überfluß. Später gab er sich die Schuld, daß Guy sich so entwickelt hatte, wie er es leider tat. Er machte nicht denselben Fehler bei Nigel, einem Kind, für das er weder Zuneigung noch später Respekt empfinden konnte.

Wie auch immer, unsere Firma hatte den Auftrag, Sir Raymond über alles zu informieren, was wir über seine nächsten Angehörigen erfuhren. So kam es, daß er uns 1923 anwies, den wahren Grund für Captain Trenthams plötzliches Ausscheiden aus der Armee herauszufinden. Sir Raymond glaubte jedenfalls kein

Wort der Geschichte seiner Tochter, daß Guy Kompagnon einer erfolgreichen Firma in Australien geworden sei. Schließlich erwog er sogar, mich nach Australien zu schicken, um die Wahrheit zu eruieren. Doch ehe es dazu kam, starb Guy.«

Becky saß in ihrem Sessel und hätte Mr. Baverstock am liebsten wie ein Grammophon angekurbelt, damit er ein bißchen schneller wurde, aber sie sah inzwischen ein, daß nichts, was sie tun könnte, etwas an seinem Vorgehen ändern würde.

»Unsere Ermittlungen führten uns zu der Annahme«, setzte Mr. Baverstock fort »– und ich möchte Sie bitten, Lady Trumper, mir eine mögliche Taktlosigkeit zu verzeihen, denn es liegt mir fern, Ihnen in irgendeiner Form zu nahe zu treten – daß Guy Trentham, nicht Charles Trumper, der Vater Ihres Kindes war.«

Becky neigte den Kopf, und Mr. Baverstock entschuldigte sich noch einmal, ehe er weitersprach.

»Sir Raymond wollte jedoch völlig sicher sein, daß Daniel sein Urenkel war, deshalb besuchte er zweimal St. Paul's, nachdem der Junge ein Stipendium für diese Schule bekommen hatte.«

Becky hob den Kopf und blickte den alten Anwalt an.

»Bei seinem ersten Besuch spielte der Junge in einem Konzert mit – Brahms, wenn ich mich recht entsinne –, und zum zweitenmal fuhr er dorthin, als Daniel den Newton-Mathematikpreis erhielt. Ich glaube, Sie waren ebenfalls dort. Nach diesem zweiten Besuch hatte Sir Raymond nicht den geringsten Zweifel mehr, daß Daniel sein Urenkel war. Ich fürchte, alle Männer der Familie haben dieses typische Hardcastlekinn, ganz zu schweigen davon, daß sie ihr Gewicht von einem Fuß auf den anderen verlagern, wenn sie aufgeregt sind. Folgedessen änderte Sir Raymond am folgenden Tag sein Testament.«

Der Anwalt griff nach einem Dokument mit rosa Schleife, das auf seinem Schreibtisch lag. Ganz langsam öffnete er die Schleife. »Ich erhielt die Anweisung, Madam, die betreffenden Bestimmungen zu einer Zeit vorzulesen, die ich für angebracht hielt, doch nicht vor dem dreißigsten Geburtstag des Jungen. Wenn ich mich nicht irre, wurde Daniel vorige Woche dreißig.«

Becky nickte.

Baverstock wertete dies als Zustimmung und öffnete bedächtig die steifen Pergamentseiten.

»Ich habe Ihnen bereits erklärt, wie die Kapitalerträge von Sir Raymonds Hinterlassenschaft aufgeteilt wurden. Seit Miss Amys Tod gehen jedoch alle Zinsen aus dem Trust auf Mrs. Trentham allein über, das sind momentan etwa vierzigtausend Pfund im Jahr. Soviel ich weiß, hat Sir Raymond nie irgendwelche Vorkehrungen für seinen älteren Urenkel, Guy Trentham, getroffen, doch da er jetzt tot ist, ist das auch nicht mehr wesentlich, wohl aber hat er seinem anderen Enkel, Mr. Nigel Trentham, eine Kleinigkeit hinterlassen.« Er hielt inne. »Und nun muß ich Ihnen Sir Raymonds genaue Worte vorlesen.« Er blickte auf das Testament und räusperte sich, ehe er fortfuhr.

»›Nachdem alle anderen Bedingungen erfüllt und alle Rechnungen beglichen sind, vermache ich Mr. Daniel Trumper vom Trinity College in Cambridge mein Vermögen, das nach dem Tod seiner Großmutter, Mrs. Gerald Trentham, voll in seinen Besitz übergehen soll.‹«

Nun, da der Anwalt endlich zur Sache gekommen war, war Becky wie gelähmt. Mr. Baverstock hielt einen Augenblick inne, um Becky Zeit zu geben, etwas zu sagen, doch da sie vermutete, daß noch mehr kommen würde, schwieg sie. Mr. Baverstock wandte sich wieder dem Dokument zu.

»Ich sollte hier vielleicht hinzufügen, daß ich weiß – genau wie Sir Raymond es wußte –, was Sie sowohl durch seinen Enkel wie seine Tochter erleiden mußten. Ebenso muß ich Ihnen mitteilen, daß das Erbe Ihres Sohnes zwar beachtlich ist, aber weder das Gut in Ashurst in Berkshire dazugehört noch das Haus am Chester Square. Beide Besitztümer sind seit dem Tod ihres Gemahls Eigentum von Mrs. Gerald Trentham. Es schließt auch nicht – und ich fürchte, das ist noch wichtiger für Sie – das Grundstück in der Chelsea Terrace ein, da nichts davon zu Sir Raymonds Hinterlassenschaft gehörte. Alles andere wird an Daniel übergehen, jedoch, wie ich bereits erklärte, erst nach Mrs. Trenthams Tod.«

»Weiß sie davon?«

»O ja, sie kennt den Wortlaut des Letzten Willens Ihres Vaters nur zu gut. Sie ließ sich sogar beraten, ob die Abschnitte, die nach Sir Raymonds Besuch in St. Paul's angefügt wurden, angefochten werden könnten.«

»Und hat sie es versucht?«

»Nein. Sie wies ihre Anwälte sogar plötzlich – und wie ich gestehen muß, unerklärlich für mich – an, jegliche Einsprüche zurückzuziehen. Doch wie immer es auch ausgegangen wäre, Sir Raymond hat unanfechtbar niedergelegt, daß das Kapital von seinen Töchtern weder angegriffen noch kontrolliert werden könnte. Das sollte ausschließlich das Privileg seines nächsten Angehörigen sein.«

Mr. Baverstock hielt inne und legte beide Hände auf das Löschpapier vor ihm.

»Jetzt muß ich es ihm doch sagen«, murmelte Becky.

»Ja, das dürfte nötig sein, Lady Trumper. Der Zweck dieses Gesprächs war, Sie genau zu informieren. Sir Raymond war nie ganz sicher, ob Sie Daniel je gesagt haben, wer sein leiblicher Vater war.«

»Nein, das haben wir nicht.«

Baverstock nahm seine Brille wieder ab und legte sie auf den Schreibtisch. »Bitte nehmen Sie sich Zeit, meine liebe Lady Trumper, und geben Sie mir Bescheid, wann ich Ihre Erlaubnis habe, mich mit Ihrem Sohn in Verbindung zu setzen, um ihm die gute Neuigkeit mitzuteilen.«

»Vielen Dank«, sagte Becky leise und spürte, wie unzulänglich ihre Worte geklungen haben mußten.

»Ich muß Ihnen auch noch sagen«, fügte Mr. Baverstock hinzu, »daß Sir Raymond ein großer Bewunderer Ihres Gemahls und seiner Leistungen, ja, Ihres gemeinsamen Erfolges war. Deshalb empfahl er uns, falls Trumper zur Aktiengesellschaft würde, womit er rechnete, eine große Summe in die neue Gesellschaft zu investieren. Er war überzeugt, daß ein solches Unternehmen florieren und deshalb eine ausgezeichnete Anlage sein würde.«

»Darum hat Hambros zehn Prozent erworben!« sagte Becky. »Wir haben uns immer darüber gewundert.«

»Stimmt«, bestätigte Mr. Baverstock mit einem fast befriedigten Lächeln. »Ich persönlich gab die Anweisung, daß Hambros die Aktien für den Trust zeichnen sollte, damit Ihr Gemahl sich nie Sorgen über einen solchen Großaktionär machen müsse.

Der angelegte Betrag war bedeutend geringer als die jährlichen Kapitalerträge. Doch, was wichtiger war, wir entnahmen der Zeichnungsauflage, daß Sir Charles beabsichtigte, einundfünfzig Prozent der Gesellschaft selbst zu behalten. Deshalb dachten wir, es würde sich vielleicht als Erleichterung für ihn erweisen, wenn er weiß, daß er weitere zehn Prozent unter seiner indirekten Kontrolle hat, sollten sich in Zukunft irgendwelche unvorhergesehenen Probleme ergeben. Ich hoffe, ich konnte Sie davon überzeugen, daß wir in Ihrem Interesse gehandelt haben, ganz Sir Raymonds Wunsch entsprechend, daß Sie alles erfahren sollten, sobald ich die Zeit dafür für angebracht hielt. Die einzige Bedingung war, wie bereits gesagt, daß Ihr Sohn vor seinem dreißigsten Geburtstag nichts davon wissen dürfe.«

»Sie hätten nicht überlegter handeln können, Mr. Baverstock«, versicherte ihm Becky. »Ich weiß, daß Charlie Ihnen persönlich dafür wird danken wollen.«

»Das ist sehr gütig von Ihnen, Lady Trumper. Darf ich auch hinzufügen, daß dieses Gespräch eine wirkliche Freude für mich war? Wie Sir Raymond war es mir ein Vergnügen, den Werdegang von Ihnen dreien über die Jahre hinweg zu verfolgen, und ich freue mich, daß ich eine kleine Rolle in der zukünftigen Entwicklung der Gesellschaft spielen darf.«

Nachdem seine Aufgabe erfüllt war, erhob sich Mr. Baverstock hinter seinem Schreibtisch und begleitete Becky schweigend zur Haustür. Becky fragte sich bereits, ob der Anwalt nur redete, wenn es beruflich erforderlich war.

»Bitte lassen Sie es mich wissen, Lady Trumper, wann ich mich mit Ihrem Sohn in Verbindung setzen darf«, sagte er zum Abschied noch einmal.

## 38

Vier Tage nach ihrem Besuch bei Mr. Baverstock fuhr Becky mit
Charlie nach Cambridge zu Daniel. Charlie hatte darauf bestanden, daß sie es nicht noch länger hinausschoben, und hatte Daniel am gleichen Abend angerufen und ihm gesagt, daß sie nach
Trinity Hall kommen würden, weil sie etwas Wichtiges mit ihm
zu besprechen hätten. Als Daniel das hörte, erwiderte er: »Sehr
gut, denn auch ich möchte euch etwas sehr Wichtiges mitteilen.«

Daniel schlug vor, daß seine Eltern am folgenden Sonntag
zum Tee in sein Apartment im College kämen.

Während der Fahrt nach Cambridge gingen Becky und Charlie durch, was und wie sie es ihm beibringen sollten; doch so sehr
sie über die Vergangenheit nachgrübelten, konnten sie sich nicht
vorstellen, wie Daniel reagieren würde.

»Ob er uns je vergeben wird?« fragte Becky. »Weißt du, wir
hätten es ihm schon vor Jahren sagen sollen.«

»Aber wir haben es nicht!«

»Und jetzt gestehen wir es ihm zu einer Zeit, da wir finanziell
davon profitieren könnten.«

»Und er schließlich auch. Immerhin wird er einmal zehn Prozent der Gesellschaft erben, ganz zu schweigen vom gesamten
Hardcastle-Vermögen. Wir müssen eben aufpassen, wie er die
Neuigkeit hinnimmt, und entsprechend reagieren.« Charlie
drückte aufs Gas, als sie außerhalb von Rickmansworth auf eine
zweispurige Straße kamen. »Daniels Reaktionen waren noch nie
berechenbar«, fuhr er fort, »also hat es keinen Sinn, wenn wir sie
jetzt zu erraten versuchen. Gehen wir lieber die Reihenfolge noch
einmal durch. Du fängst damit an, daß du ihm erzählst, wie du
Guy kennengelernt hast ...«

»Vielleicht weiß er es bereits«, murmelte Becky.

»Dann hätte er doch bestimmt gefragt ...«

»Nicht unbedingt. Er war immer so verschlossen, vor allem uns gegenüber.«

Sie probten ihren Text, bis sie den Stadtrand erreichten.

Charlie fuhr langsam die Backs hinunter, vorbei am Queens College, und mußte einer Schar Studenten ausweichen, die die Straße für sich in Beschlag genommen hatten, ehe er schließlich rechts in die Trinity Lane einbiegen konnte. Er parkte auf dem Besucherparkplatz, und sie gingen zu Eingang C und die abgetretene steinerne Treppe hinauf, bis zur Tür mit dem Schild ›Dr. Daniel Trumper‹. Es amüsierte Becky immer noch, daß sie erst davon erfuhr, daß ihr Sohn seinen Doktor gemacht hatte, als ihn jemand in ihrer Gegenwart mit »Dr. Trumper« anredete.

Charlie drückte die Hand seiner Frau. »Keine Angst, Becky. Es wird alles gut. Du wirst schon sehen.« Er drückte sie noch einmal, dann klopfte er fest an Daniels Tür.

»Herein!« rief eine Stimme, die nur die Daniels sein konnte. Im nächsten Moment schwang die schwere Eichentür auf, und er begrüßte seine Eltern. Seine Mutter umarmte er herzlich, ehe er sie beide in sein nicht sehr ordentlich aufgeräumtes Arbeitszimmer führte, wo auf einem Tisch in Zimmermitte bereits zum Tee gedeckt war.

Charlie und Becky setzten sich in zwei der großen, abgenutzten Ledersessel, die das College zur Verfügung gestellt hatte. Wahrscheinlich hatten bereits die letzten sechs Bewohner des Apartments sie benutzt, und Becky erinnerte sich, wie sie vor langer Zeit einen Sessel aus Charlies Zuhause in der Whitechapel Road geholt und für einen Shilling verkauft hatte.

Daniel schenkte ihnen Tee ein und toastete Crumpets, kleine Hefefladen, auf einem Gitter über dem Kaminfeuer. Eine Weile schwiegen alle drei, und Becky fragte sich, wo ihr Sohn sich so einen modernen Kaschmirpullover gekauft hatte.

»Wie war die Fahrt?« erkundigte sich Daniel schließlich.

»Erträglich«, antwortete Charlie.

»Und wie macht sich euer neuer Wagen?«

»Gut.«

»Und das Kaufhaus?«

»Nicht schlecht.«

»Du verstehst, Konversation zu machen, Dad. Vielleicht solltest du dich für die momentan freie Stelle als Englischprofessor bewerben.«

»Entschuldige, Daniel«, bat seine Mutter. »Es ist nur, daß ihn momentan sehr viel beschäftigt, nicht zuletzt das, was wir mit dir besprechen wollen.«

»Könnte kein besseres Timing sein«, entgegnete Daniel und drehte die Crumpets um.

»Wieso?« fragte Charlie.

»Wie ich euch schon am Telefon sagte, habe auch ich euch etwas sehr Wichtiges zu sagen. Also, wer fängt an?«

»Du«, rief Becky schnell.

»Nein, ich halte es für klüger, wenn wir erst unser Problem hinter uns brächten«, widersprach Charlie.

»Ist mir auch recht.« Daniel legte ein getoastetes Crumpet auf den Kuchenteller seiner Mutter. »Butter, Marmelade und Honig sind da«, er deutete auf die drei kleinen Dosen vor ihr auf dem Tisch.

»Danke«, sagte Becky.

»Also, fang schon an, Dad. Die Spannung wird sonst zuviel für mich.« Er drehte das zweite Crumpet um.

»Es geht um etwas, über das wir schon vor Jahren mit dir hätten reden sollen und auch getan hätten, wenn nicht ...«

»Crumpet, Dad?«

»Danke.« Charlie ignorierte den dampfenden Hefefladen auf seinem Teller. »... wenn nicht die Umstände und eine Kette von Ereignissen uns davon abgehalten hätten.«

Daniel drehte ein drittes Crumpet mit seinem langstieligen Wender um. »Iß auf, Mama, sonst wird es kalt. Außerdem ist das nächste gleich fertig.«

»Ich habe keinen so großen Hunger«, gestand Becky.

»Nun, wie ich sagte«, fuhr Charlie fort, »es hat sich ein Problem wegen einer großen Erbschaft ergeben, die schließlich einmal ...«

Jemand klopfte an die Tür. Becky blickte verzweifelt auf

Charlie und hoffte, daß es sich bei dieser Unterbrechung um nichts weiter als um eine Kleinigkeit handelte, die rasch erledigt werden konnte. Was ihnen momentan gerade noch gefehlt hätte, wäre ein Student mit einem mathematischen Problem. Daniel stand vom Kamin auf und ging zur Tür.

»Komm herein, Liebling«, hörten sie ihn sagen, und Charlie stand auf, als Daniels Gast eintrat.

»Wie nett, Sie zu sehen, Cathy«, sagte Charlie. »Ich hatte keine Ahnung, daß Sie heute in Cambridge sein würden.«

»Das ist typisch für Daniel«, entgegnete Cathy. »Ich wollte Sie beide warnen, doch er hat es mir verboten.« Sie lächelte Becky nervös an, ehe sie sich auf einen Stuhl setzte.

Becky sah sie beide an, wie sie nebeneinandersaßen, und konnte nicht umhin, eine Gemeinsamkeit, eine Art flüchtige Ähnlichkeit zwischen ihnen festzustellen, und etwas daran beunruhigte sie.

»Schenk dir Tee ein, Liebling«, forderte Daniel Cathy auf. »Das nächste Crumpet ist gleich fertig, und du hättest zu gar keinem aufregenderen Zeitpunkt kommen können. Dad wollte mir soeben das Geheimnis verraten, wie er mich in seinem Testament bedacht hat. Soll ich das Trumpersche Imperium erben, oder muß ich mich mit seiner Jahreskarte für den West-Ham-Fußballclub begnügen?«

»Oh, tut mir leid«, entschuldigte sich Cathy und war bereits dabei, wieder aufzustehen.

»Nein, nein«, winkte Charlie ab. »Bleiben Sie um Himmels willen sitzen. Was wir sagen wollten, kann warten.«

»Sie sind sehr heiß«, warnte Daniel, als er ein Crumpet auf Cathys Teller legte. »Nun, wenn mein Erbe von so monumentaler Geringfügigkeit ist, werde ich meine kleine Neuigkeit verkünden. Trommelwirbel, bitte, Vorhang hoch!« Daniel hob den Wender wie einen Taktstock. »Cathy und ich haben uns verlobt.«

»Ich kann es nicht fassen!« Becky sprang auf und umarmte Cathy herzlich. »Welch wundervolle Neuigkeit!«

»Wie lange geht das schon?« fragte Charlie. »Ich muß blind gewesen sein!«

»Beinahe zwei Jahre«, gestand Daniel. »Und um fair zu sein, Dad, nicht einmal du könntest ein Teleskop haben, das sich jedes Wochenende auf Cambridge einstellen ließe. Dann muß ich noch etwas gestehen: Cathy erlaubte mir nicht, daß ich es euch sage, bevor Mama ihr eine leitende Stellung gegeben hat.«

»Als jemand, der sein Leben lang ein Kaufmann war, mein Junge«, sagte Charlie strahlend, »kann ich dich nur loben, weil du da ein wirklich gutes Geschäft gemacht hast.« Daniel grinste. »Um ehrlich zu sein, ich fürchte, Cathy hat dabei vielleicht nicht ganz so gut abgeschnitten. Aber wann habt ihr euch denn kennengelernt?«

»Bei Ihrer Hauseinweihungsfeier, vor fast achtzehn Monaten. Sie werden sich nicht mehr an mich erinnern, Sir Charles, aber wir sind auf der Treppe zusammengestoßen«, sagte Cathy und spielte nervös mit dem kleinen Kreuz, das an einem Halskettchen hing.

»Du nennst mich besser Charlie. Das tun alle. Und gesiezt wird nicht mehr.«

»Wißt ihr schon, wann ihr heiraten wollt?« fragte Becky.

»Wir dachten, in den Osterferien«, antwortete Daniel. »Wenn es dann euch beiden paßt?«

»Mir würde schon nächste Woche passen«, antwortete Charlie. »Ihr könntet mich nicht glücklicher machen. Und wo wollt ihr euch trauen lassen?«

»In der Collegekapelle«, antwortete Daniel ohne Zögern. »Wißt ihr, Cathys Eltern sind tot, also dachten wir, unter diesen Umständen wäre es hier in Cambridge am besten.«

»Und wo wollt ihr wohnen?« fragte Becky.

»Oh, das kommt ganz darauf an«, sagte Daniel geheimnisvoll.

»Worauf?«

»Ich habe mich um einen Lehrstuhl als Mathematikprofessor am King's College in London beworben – und ich weiß aus zuverlässiger Quelle, daß die Entscheidung in zwei Wochen fallen wird.«

»Und glaubst du, man wird ihn dir geben?« fragte Becky.

»Nun, sagen wir so, der Rektor hat mich für nächsten Donnerstag zum Dinner bei sich zu Haus eingeladen, und da ich diesen Herrn noch nie zuvor gesehen habe ...« Er hielt inne, als das Telefon läutete.

»Wer kann denn das sein?« wunderte sich Daniel. »Die Ungeheuer belästigen mich an Sonntagen gewöhnlich nicht.« Er griff nach dem Hörer und lauschte einen Moment.

»Ja, sie ist da«, sagte er nach einigen Sekunden. »Und darf ich ihr sagen, wer mit ihr sprechen möchte? Ja, ist gut.« Er drehte sich zu seiner Mutter um. »Mr. Baverstock, Mama.«

Becky stemmte sich aus dem tiefen Sessel und nahm Daniel den Hörer ab, während Charlie besorgt zusah.

»Sind Sie es, Lady Trumper?«

»Ja.«

»Baverstock hier. Ich werde mich kurz fassen. Doch zuerst, haben Sie Daniel bereits über Sir Raymonds Testament informiert?«

»Nein, mein Mann wollte es gerade tun.«

»Dann warten Sie damit, bis ich noch einmal mit Ihnen sprechen konnte.«

»Aber – wieso?« Becky war klar, daß sie nun ein etwas einseitiges Gespräch führen mußte.

»Ich möchte das nicht am Telefon besprechen, Lady Trumper. Wann kommen Sie in die Stadt zurück?«

»Heute abend.«

»Wir sollten uns so rasch wie möglich treffen.«

»Wenn Sie es für nötig halten«, entgegnete Becky immer noch verwundert.

»Wäre Ihnen neunzehn Uhr genehm?«

»Ja, bis dahin dürften wir zurück sein.«

»Dann werde ich, wenn es Ihnen recht ist, um diese Zeit zu Ihnen kommen. Und bitte, sagen Sie auf keinen Fall etwas über Sir Raymonds Testament zu Daniel. Tut mir leid, daß ich jetzt nicht deutlicher werden kann, aber ich fürchte, ich habe keine andere Wahl. Auf Wiedersehen, meine liebe Lady Trumper.«

»Ein Problem?« fragte Charlie mit hochgezogener Braue.

»Ich weiß es nicht.« Becky blickte ihren Mann fest an. »Mr. Baverstock möchte, daß wir noch einmal diese Papiere durchgehen, die wir uns vor ein paar Tagen angesehen haben.« Charlie verzog das Gesicht. »Und er möchte nicht, daß wir mit irgend jemandem über die Einzelheiten sprechen, ehe die Sache geklärt ist.«

»Also das hört sich geheimnisvoll an«, sagte Daniel und wandte sich an Cathy. »Du mußt wissen, mein Liebling, Mr. Baverstock ist im Vorstand von Trumper. Er gehört zu den Menschen, die ein privates Telefongespräch während der Dienststunden als Vertragsbruch ansehen würden.«

»Das ist genau die richtige Einstellung für jemanden im Vorstand einer Aktiengesellschaft.«

»Du bist ihm übrigens schon mal begegnet«, erinnerte sich Daniel. »Er und seine Frau waren ebenfalls bei Mutters Hauseinweihungsfete, aber ich fürchte, er ist nicht gerade der auffällige Typ.«

»Wer hat das Bild gemalt?« fragte Charlie plötzlich und betrachtete ein Aquarell von Cambridge, das an der Wand hinter Daniels Schreibtisch hing.

Becky hoffte, daß der Themenwechsel nicht zu auffällig war.

Auf der Rückfahrt nach London war Becky hin und her gerissen zwischen der Freude, Cathy als Schwiegertochter zu bekommen, und der Besorgnis darüber, was Mr. Baverstock ihnen so Wichtiges eröffnen mochte.

Als Charlie nach Einzelheiten ihres Telefongesprächs fragte, versuchte es Becky wortgetreu zu wiederholen, doch das machte sie beide auch nicht klüger.

»Wir werden es bald erfahren«, sagte Charlie schließlich, als sie von der A10 Richtung Whitechapel abbogen und in die Stadt fuhren. Es war immer noch eine aufregende Fahrt für ihn, vorbei an den verschiedenen Verkaufskarren mit ihren farbenfrohen Auslagen, wenn er die Händler hörte, wie sie lautstark ihre Waren anpriesen.

*Der 'ier kostet nicht mal …*

Plötzlich hielt er den Wagen an und starrte aus dem Fenster.

»Warum bleibst du stehen?« fragte Becky. »Wir haben doch jetzt keine Zeit.«

Charlie deutete auf den Boys' Club von Whitechapel, der noch schäbiger und heruntergekommener als gewöhnlich wirkte.

»Du hast den Club schon tausendmal gesehen, Charlie! Wir dürfen Mr. Baverstock nicht warten lassen.«

Charlie holte seinen Notizkalender heraus und nahm die Kappe seines Füllfederhalters ab.

»Was *machst* du denn?«

»Wann wirst du je lernen, dich umzusehen, bevor du fragst, Becky?« Charly trug die Telefonnummer des Maklers ein, dessen Name auf dem Schild stand, welches groß verkündete: ›Zu verkaufen!‹

»Du hast doch sicher nicht vor, ein zweites Trumper in Whitechapel zu eröffnen?«

»Nein, aber ich möchte wissen, warum sie meinen alten Club geschlossen haben.« Er steckte den Füller weg und legte wieder den ersten Gang ein.

Die Trumpers erreichten Eaton Square 17, eine halbe Stunde ehe Mr. Baverstock eintreffen würde; und beide wußten sie, daß der Gute stets peinlichst pünktlich war.

Becky machte sich rasch daran, die Tische abzustauben und die Sofakissen im Salon aufzuschütteln.

»Es sieht alles ordentlich aus«, versicherte ihr Charlie. »Hör auf herumzutun, schließlich habe ich dafür eine Haushälterin angestellt.«

»Aber es ist Sonntag abend«, erinnerte ihn Becky. Sie staubte weiter allen möglichen Nippes ab, den sie seit Monaten nicht mehr in die Hand genommen hatte, und zündete schließlich das säuberlichst aufgeschichtete Holz im Kamin an.

Schlag neunzehn Uhr läutete die Haustürklingel, und Charlie öffnete ihrem Gast.

»Guten Abend, Sir Charles«, grüßte Mr. Baverstock. Er nahm seinen Hut in die Hand, in der anderen hielt er seinen unvermeidlichen Aktenkoffer.

Ah ja, dachte Charlie, da ist tatsächlich noch jemand, den ich gut kenne und der mich nie Charlie nennt. Er nahm Mr. Baverstock Mantel, Schal und Hut ab und hängte alles an den Garderobenständer.

»Ich möchte mich entschuldigen, daß ich Sie an einem Sonntag abend belästige«, sagte Mr. Baverstock, während er seinen Aktenkoffer nahm und seinem Gastgeber in den Salon folgte. »Aber ich hoffe, Sie werden mir recht geben, daß ich die richtige Entscheidung getroffen habe, wenn Sie erst meine Neuigkeit gehört haben.«

»Sie belästigen uns absolut nicht. Aber Ihr Anruf machte uns verständlicherweise neugierig. Doch darf ich Ihnen erst einen Drink anbieten. Whisky?«

»Nein, danke«, entgegnete Mr. Baverstock. »Aber einen trokkenen Sherry würde ich nicht ablehnen.«

Becky schenkte Mr. Baverstock ein Glas Sherry ein und ihrem Mann ein Glas Whisky, dann setzte sie sich zu den beiden Herren ans Feuer und wartete, daß der Anwalt seinen uncharakteristischen Anruf erklärte.

»Dies hier fällt mir nicht leicht, Sir Charles.«

Charlie nickte. »Ich verstehe. Lassen Sie sich Zeit.«

»Sie haben also mit Ihrem Sohn noch nicht über Sir Raymonds Letzten Willen gesprochen?«

»Nein. Diese Peinlichkeit wurde uns zuerst durch Daniel selbst erspart, als er uns eröffnete, daß er sich verlobt hat, und dann durch Ihren Anruf.«

»Oh, das ist eine gute Neuigkeit«, sagte Mr. Baverstock. »Mit der reizenden Miss Ross, zweifellos. Bitte würden Sie meine besten Glückwünsche an das junge Paar weitergeben? Ich erinnere mich sehr gut an Miss Ross.«

»Sie wußten es also die ganze Zeit?« fragte Becky.

»O ja«, erwiderte Mr. Baverstock. »Es war doch ganz offensichtlich, nicht wahr?«

»Außer für uns«, entgegnete Charlie.

Mr. Baverstock lächelte schwach, dann holte er eine Akte aus seinem Koffer.

»Ich werde keine weitere Zeit vergeuden«, erklärte er. »Nachdem ich mich in den vergangenen Tagen mit den Anwälten der anderen Partei in Verbindung gesetzt habe, erfuhr ich, daß Daniel Mrs. Trentham irgendwann einmal einen Besuch am Chester Square abgestattet hat.«

Charlie und Becky konnten ihr Erstaunen nicht verbergen.

»Genau, wie ich dachte«, sagte Baverstock. »Sie wußten also ebenso wenig wie ich von einem solchen Treffen.«

»Aber wie kann es dazu gekommen sein, wenn ...?« fragte Charlie.

»Das werden wir vielleicht nie genau wissen, Sir Charles. Fest steht jedenfalls, daß Daniel bei dieser Begegnung eine Abmachung mit Mrs. Trentham traf, die rechtlich bindend ist, wie ich leider sagen muß.«

»Und welcher Art ist diese Abmachung?« fragte Charlie.

Der alte Anwalt blickte auf ein Dokument in dem Ordner vor sich und las noch einmal Mrs. Trenthams handgeschriebene Worte. »»Dafür, daß Mrs. Trentham ihren Einspruch gegen jegliche Baugenehmigung für die Errichtung des Trumper-Kaufhauses zurückzieht und sich außerdem einverstanden erklärt, ihren eigenen Plan aufzugeben, das Wohngebäude in der Chelsea Terrace wieder aufzubauen, verzichtet Daniel Trumper jetzt und in Zukunft auf jegliche Ansprüche auf das Hardcastle-Vermögen.‹« Mr. Baverstock blickte Becky und Charlie an. »Zu dem Zeitpunkt hatte Daniel natürlich nicht die geringste Ahnung, daß er von Sir Raymond als Haupterbe eingesetzt war.«

»Deshalb hat sie also so ohne weiteres nachgegeben«, sagte Charlie.

»Offenbar.«

»Das hat er alles getan, ohne uns ein Wort zu sagen«, bemerkte Becky, als ihr Mann das Dokument durchlas.

»Das scheint wohl der Fall zu sein, Lady Trumper.«

»Und Sie sagen, daß es rechtlich bindend ist?« fragte Charlie, nachdem er mit Mrs. Trenthams handgeschriebener Seite fertig war.

»Ich fürchte ja, Sir Charles.«

»Aber wenn er doch gar nichts von dem Erbe wußte …«, gab Charlie zu bedenken.

»Das ist ein Vertrag zwischen zwei Personen. Das Gericht würde davon ausgehen müssen, daß Daniels rechtliche Ansprüche auf das Hardcastle-Vermögen erloschen sind, wenn Mrs. Trentham ihren Teil der Abmachung eingehalten hat.«

»Aber wie sieht es mit Nötigung aus?«

»Eines sechsundzwanzigjährigen Mannes durch eine über siebzigjährige Frau? Das würde wohl niemand glauben, Sir Charles.«

»Aber wie sind sie je zusammengetroffen?«

»Ich habe keine Ahnung«, erwiderte der Anwalt. »Sie hat anscheinend nicht einmal ihren Anwälten Näheres über die Umstände erzählt, unter denen diese Abmachung getroffen wurde. Ich bin überzeugt, Sie verstehen jetzt, weshalb ich es nicht für angebracht hielt, daß Sie zu diesem Zeitpunkt mit Daniel über Sir Raymonds Letzten Willen sprechen.«

»Sie haben die richtige Entscheidung gefällt«, versicherte ihm Charles.

»Und jetzt muß die Sache endgültig begraben werden«, flüsterte Becky.

»Aber warum?« fragte Charlie und legte den Arm um ihre Schultern.

»Weil ich nicht möchte, daß Daniel den Rest seines Lebens das Gefühl hat, er hätte seinen Urgroßvater verraten, wenn er durch die Unterzeichnung dieses Dokuments doch nur uns helfen wollte.« Tränen rannen über Beckys Wangen, als sie ihrem Mann das Gesicht zuwandte.

»Vielleicht sollte ich mit Daniel reden, von Mann zu Mann«, meinte dieser.

»Charlie, du wirst niemals das Thema Guy Trentham mit meinem Sohn besprechen. Ich verbiete es!«

Er nahm seinen Arm zurück und blickte sie an wie ein Kind, das zu Unrecht gescholten wurde.

Becky wandte sich wieder dem Anwalt zu. »Ich bin nur froh, daß Sie es waren, der uns diese unangenehme Nachricht brachte.

Sie sind immer so umsichtig, wenn es um unsere Angelegenheiten geht.«

»Danke, aber ich fürchte, ich habe noch mehr unerfreuliche Neuigkeiten, Lady Trumper.«

Beckys Hand verkrampfte sich um die ihres Mannes.

»Mrs. Trentham hat noch einen weiteren Schlag gegen Sie vorbereitet.«

»Was kann sie uns denn noch anhaben?« fragte Charlie.

»Sie ist jetzt offenbar bereit, sich von ihrem Grundstück in der Chelsea Terrace zu trennen.«

»Das kann ich nicht glauben!« rief Becky.

»Ich schon«, sagte Charlie. »Aber für welchen Preis?«

»Genau das ist das Problem.« Mr. Baverstock bückte sich und holte einen weiteren Ordner aus seinem alten Lederkoffer.

Charlie und Becky wechselten einen raschen Blick.

»Mrs. Trentham wird Ihnen das Grundstück in der Chelsea Terrace für zehn Prozent der Trumper-Aktien überschreiben ...«, er machte eine Pause, »... und für einen Vorstandsposten für ihren Sohn Nigel.«

»Kommt überhaupt nicht in Frage!« sagte Charlie entschieden.

»Sollten Sie ihr Angebot ausschlagen«, fuhr der Anwalt fort, »wird sie das Grundstück durch einen Makler verkaufen lassen und es dem Meistbietenden geben.«

»Soll sie«, brummte Charlie. »Wir werden das Grundstück schließlich doch kaufen.«

»Zu einem weit höheren Preis als dem Wert von zehn Prozent unserer Anteile, fürchte ich«, sagte Becky.

»Es geht nicht anders, nach allem, was sie uns angetan hat.«

»Mrs. Trentham hat auch verlangt«, fuhr Mr. Baverstock fort, »daß ihr Angebot bei der nächsten Sitzung dem Vorstand in allen Einzelheiten unterbreitet und daß darüber abgestimmt wird.«

»Aber sie hat nicht das Recht, eine solche Forderung zu stellen!« entrüstete sich Charlie.

»Falls Sie dieser Forderung nicht nachkommen«, sagte Mr.

Baverstock, »beabsichtigt sie, eine Kopie des Angebots an jeden Aktionär zu schicken und eine außerordentliche Hauptversammlung einzuberufen, bei der sie ihren Fall selbst vorbringen und darüber abstimmen lassen wird.«

»Kann sie das?« Charlie klang zum erstenmal besorgt.

»Nach allem, was ich über die Dame weiß, bin ich sicher, daß sie diesen Fehdehandschuh nicht ohne rechtliche Absicherung geworfen hat.«

»Es ist fast, als könnte sie unseren nächsten Schritt immer vorhersehen«, stöhnte Becky.

Charlies Stimme verriet die gleiche Besorgnis. »Sie würde unseren nächsten Schritt nicht einmal mehr erraten müssen, wenn ihr Sohn im Vorstand ist. Er kann ihr gleich nach jeder Sitzung alles brühwarm berichten.«

»Es läuft also darauf hinaus, daß wir ihre Forderungen erfüllen müssen«, sagte Becky.

»So sehe auch ich es, Lady Trumper«, pflichtete ihr Mr. Baverstock bei. »Ich hielt es jedenfalls für richtig, Ihnen soviel Zeit wie möglich zu geben, über Mrs. Trenthams Angebot nachzudenken, denn leider wird es meine schmerzliche Pflicht sein, den Vorstand am nächsten Dienstag mit den Einzelheiten vertraut zu machen.«

Es gab nur eine »Entschuldigung wegen Abwesenheit«, als der Vorstand am folgenden Dienstag zusammentrat. Simon Matthews mußte in Genf sein, um einen Verkauf seltener Steine zu leiten, und Charlie hatte ihm versichert, daß seine Anwesenheit nicht maßgebend sein würde. Sobald Mr. Baverstock die Folgen von Mrs. Trenthams Angebot erklärt hatte, wollten alle am Tisch gleichzeitig reden.

Nachdem Charlie zur Ordnung gerufen hatte, sagte er: »Ich möchte meine Überzeugung von vornherein klarstellen. Ich bin hundertprozentig gegen dieses Angebot. Ich traue dieser Dame nicht und habe ihr nie getraut. Außerdem bin ich überzeugt, daß es auf lange Sicht ihr Plan ist, der Gesellschaft zu schaden.«

»Aber Herr Vorsitzender«, gab Paul Merrick zu bedenken,

»wenn sie ihr Grundstück in der Chelsea Terrace an den Meistbietenden verkauft, kann sie mit dem Ertrag ebensoleicht zehn Prozent der Gesellschaftsanteile erstehen. Also welche Wahl hätten wir?«

»Daß wir uns nicht mit ihrem Sohn abfinden müssen«, sagte Charlie. »Vergessen Sie nicht, zu ihren Bedingungen gehört, daß er in den Vorstand aufgenommen wird.«

»Aber wenn ihm zehn Prozent der Gesellschaft gehören«, entgegnete Paul Merrick, »vielleicht sogar mehr, das wissen wir ja nicht, wäre es ohnedies unsere Pflicht, ihn als Direktor anzuerkennen.«

»Nicht unbedingt«, sagte Charlie. »Insbesondere wenn wir Grund zu der Annahme haben, daß sein einziger Grund für eine Aufnahme in den Vorstand eine geplante Übernahme der Gesellschaft wäre. Das letzte, was wir brauchen können, ist ein feindlich gesinntes Vorstandsmitglied.«

»Das letzte, was wir brauchen können, ist mehr für ein Loch im Boden zu bezahlen als unbedingt notwendig.«

Einen Augenblick sprach keiner, während der Rest des Vorstandes diese konträren Standpunkte überdachte.

»Nur einmal angenommen«, ergriff Tim Newman das Wort, »welche Folgen es haben würde, wenn wir Mrs. Trenthams Bedingungen nicht akzeptieren, sondern das Grundstück über einen Makler zu kaufen versuchen. Das wäre nicht der billigste Weg, denn ich kann Ihnen versichern, Sir Charles, daß Sears, Boots, das House of Fraser und John Lewis – um nur vier zu nennen – nur zu gern bereit wären, ein neues Kaufhaus zwischen den Trumper-Häusern zu errichten.«

»Ihr Angebot abzulehnen könnte sich auf die Dauer als noch viel teurer erweisen, Herr Vorsitzender, was immer Sie auch von der Dame halten«, gab Paul Merrick zu bedenken. »Ich habe jedenfalls noch eine Neuigkeit, die der Vorstand für diese Sitzung für wesentlich erachten mag.«

»Und die wäre?« fragte Charlie mißtrauisch.

»Es dürfte meine Mitdirektoren interessieren«, fuhr Merrick hochtrabend fort, »daß Nigel Trentham soeben von Kitcat &

Aitken freigestellt wurde, was lediglich ein vornehmerer Ausdruck für hinausgeworfen ist. Es scheint, daß er sich in diesen härteren Zeiten den Aufgaben nicht gewachsen gezeigt hat. Ich kann mir also nicht vorstellen, daß seine Anwesenheit an diesem Tisch Anlaß zur Besorgnis für uns geben würde, weder jetzt noch in Zukunft.«

»Aber er könnte seine Mutter über jeden unserer Züge informieren«, brummte Charlie.

»Vielleicht muß sie unbedingt wissen, wie gut sich die Unterhosen im siebten Stock verkaufen?« entgegnete Merrick. »Ganz zu schweigen, welche Schwierigkeiten wir im vergangenen Monat durch den Wasserrohrbruch in der Herrentoilette hatten. Nein, Herr Vorsitzender, es wäre dumm, ja sogar unverantwortlich, das Angebot nicht anzunehmen.«

»Nur interessehalber, Herr Vorsitzender, was würden Sie mit dem zusätzlichen Grund machen, wenn Trumper jetzt Eigentümer von Mrs. Trenthams Grundstück würde?« fragte Daphne, womit sie alle kurz außer Fassung brachte.

»Erweitern«, antwortete Charlie. »Wir platzen bereits aus allen Nähten. Dieses Grundstück bietet uns mindestens tausend Quadratmeter. Wenn ich es bekomme, kann ich zwanzig weitere Abteilungen einrichten.«

»Und was würde ein solcher Ausbau kosten?« fuhr Daphne fort.

»Viel Geld«, warf Paul Merrick ein, »das wir nicht zur Verfügung haben werden, wenn wir schon das Grundstück für weit über seinen Wert kaufen müssen.«

»Darf ich Sie daran erinnern, daß wir ein außergewöhnlich gutes Jahr haben?« rief Charlie und schlug auf den Tisch.

Paul Merrick hob die Stimme nicht, als er entgegnete: »Stimmt, Herr Vorsitzender. Aber darf ich Sie daran erinnern, als Sie das letzte Mal eine ähnliche Feststellung machten, standen Sie fünf Jahre später vor dem Bankrott.«

»Aber damals herrschte Krieg.«

»Und jetzt nicht«, sagte Merrick.

Die beiden Männer starrten sich über den Tisch hinweg an;

ihre gegenseitige Abneigung stand ihnen deutlich im Gesicht geschrieben.

»Unsere Pflicht gegenüber den Aktionären muß immer vorrangig sein«, fuhr Merrick fort, während sein Blick in die Runde ging. »Wenn sie erfahren, daß wir einen unnötig hohen Betrag für das Grundstück bezahlt haben, nur – und ich drücke das so taktvoll wie möglich aus – wegen einer persönlichen Vendetta zwischen den Hauptbeteiligten, wird man uns bei der nächsten Hauptversammlung höchstwahrscheinlich heftig kritisieren, es könnte sogar zu einem Mißtrauensvotum kommen, und Sie könnten um den Rücktritt gebeten werden.«

»Ich bin bereit, das auf mich zukommen zu lassen.« Charlie brüllte nun schon fast.

»Also, ich nicht«, sagte Merrick mit immer noch ruhiger Stimme. »Abgesehen davon, wenn wir ihr Angebot nicht annehmen, wird Mrs. Trentham eine außerordentliche Hauptversammlung einberufen, um den Aktionären den Fall vorzutragen, und es gibt wohl keinen Zweifel, wofür sie sich entscheiden werden. Ich finde, wir sollten statt weiterer sinnloser Diskussion über die Sache abstimmen.«

»Warten Sie ...«, begann Charlie.

»Nein, ich werde nicht warten, Herr Vorsitzender, und ich beantrage, daß wir Mrs. Trenthams großzügiges Angebot annehmen, uns ihr Grundstück für zehn Prozent der Gesellschaftsanteile zu überlassen.«

»Und was schlagen Sie vor, daß wir mit Ihrem Sohn machen?« fragte Charlie.

»Er sollte zur gleichen Zeit in den Vorstand aufgenommen werden.«

»Aber ...«, rief Charlie.

»Kein Aber, vielen Dank, Herr Vorsitzender«, sagte Merrick. »Schreiten wir zur Abstimmung. Unsere Urteilsfähigkeit sollte nicht von persönlichen Vorurteilen getrübt werden.«

Nach kurzem Schweigen sagte Arthur Selwyn: »Da ein formeller Antrag gestellt wurde, würde ich Sie bitten, Miss Allen, die Wahl zu leiten und die Stimmen einzutragen.«

Jessica nickte und blickte die neun Vorstandsmitglieder der Reihe nach an.

»Mr. Merrick?«

»Dafür.«

»Mr. Newman?«

»Dafür.«

»Mr. Denning?«

»Dagegen.«

»Mr. Makins?«

»Dagegen.«

»Mr. Baverstock?«

Der Anwalt legte die Hände auf den Tisch und zögerte. Die Entscheidung schien ihm nicht leichtzufallen.

»Dafür«, sagte er schließlich.

»Lady Trumper?«

»Dagegen«, antwortete Becky ohne Zögern.

»Lady Wiltshire?«

»Dafür«, sagte Daphne ruhig. »Mir ist es lieber, wenn der Gegner im Sitzungssaal Schwierigkeiten macht, als noch größere draußen auf dem Flur.«

Becky glaubte ihren Ohren nicht trauen zu können.

»Ich nehme an, Sie sind dagegen, Sir Charles?«

Charlie nickte heftig.

Mr. Selwyn hob den Kopf.

»Habe ich richtig mitgezählt? Es sind vier zu vier Stimmen?«

»Ja, Mr. Selwyn«, sagte Jessica, nachdem sie die Liste noch einmal mit dem Finger durchgegangen war.

Alle blickten den geschäftsführenden Direktor an. Er legte den Füllhalter zur Seite, mit dem er sich Notizen gemacht hatte. »Dann muß ich unterstützen, was ich auf längere Frist im Interesse der Gesellschaft für das Bessere halte. Ich stimme für die Annahme von Mrs. Trenthams Angebot.«

Alle um den Tisch fingen gleichzeitig an zu reden, nur Charlie nicht.

Mr. Selwyn wartete kurz, ehe er erklärte: »Der Antrag wurde mit fünf gegen vier Stimmen angenommen, Herr Vorsitzender.

Ich werde deshalb unsere Handelsbank und unsere Anwälte anweisen, die erforderlichen finanziellen und rechtlichen Schritte vorzunehmen und für die zügige Übernahme nach den Gesellschaftssatzungen zu sorgen.«

Charlie starrte nur schweigend ins Leere.

»Wenn es keine weiteren Geschäftspunkte gibt, Herr Vorsitzender, sollten Sie die Sitzung für geschlossen erklären.«

Charlie nickte, rührte sich jedoch nicht, als die anderen Direktoren aufstanden, um das Zimmer zu verlassen. Nur Becky blieb ebenfalls sitzen. Augenblicke später waren sie allein.

»Ich hätte diese Wohnungen schon vor dreißig Jahren in die Hände kriegen müssen, weißt du.«

Becky schwieg.

»Und wir hätten keine Aktiengesellschaft gründen sollen, solange das verdammte Weib noch lebt.«

Charlie stand auf und ging schleppend zum Fenster, doch Becky sagte immer noch nichts, während er auf die leere Bank auf der anderen Straßenseite starrte.

»Zumindest ist mir jetzt klargeworden, was sie ihrem teuren Nigel zugedacht hat.«

Becky zog eine Braue hoch, als ihr Mann sich zu ihr umdrehte und sie ansah.

»Sie will ihn an meiner Stelle als den nächsten Vorsitzenden von Trumper sehen.«

# Cathy

## 1947–1950

## 39

༣ Die eine Frage, die ich als Kind nie beantworten konnte, lautete: »Wann hast du deinen Vater das letzte Mal gesehen?«

Im Gegensatz zum jungen Kavalier kannte ich die Antwort ganz einfach nicht. Ich hatte keine Ahnung, wer mein Vater, und auch nicht, wer meine Mutter war. Die meisten anderen Menschen können es sich bestimmt nicht vorstellen, wie oft man am Tag, im Monat, im Jahr so etwas gefragt wird. Und wenn man antwortet: »Ich habe keine Ahnung, weil beide starben, als ich noch zu klein war, mich zu erinnern«, erntet man entweder überraschte oder mißtrauische Blicke oder, schlimmer noch, Ungläubigkeit. Deshalb lernt man schließlich, sich eine Ausrede einfallen zu lassen oder ganz einfach das Thema zu wechseln. Es gibt keine Spielart der Frage nach meinen Eltern, für die ich nicht bereits Ausflüchte gefunden habe.

Die einzige vage Erinnerung, die ich an meine Eltern habe, ist die an einen Mann, der viel herumschrie, und an eine Frau, die so verschüchtert war, daß sie kaum je den Mund aufmachte. Außerdem glaube ich mich entsinnen zu können, daß sie Anna hieß. Alle anderen Erinnerungen sind völlig verschwommen.

Wie ich doch die Kinder beneidete, die sofort alles über ihre Eltern, ihre Geschwister, ja sogar über ihre entfernten Verwandten erzählen konnten. Von mir wußte ich nur, daß ich im St.-Hilda-Waisenhaus am Park Hill in Melbourne aufgewachsen bin, dessen Leiterin Miss Rachel Benson war.

Viele Kinder in diesem Heim hatten Verwandte, und einige bekamen Briefe, ja manchmal sogar Besuch. Ich kann mich in diesem Zusammenhang nur an eine einzige Person von außerhalb erinnern, eine ältere, ziemlich streng aussehende Dame, die ein langes schwarzes Kleid trug und schwarze Spitzenhandschuhe, die bis zu ihren Ellbogen reichten, und die mit einem seltsamen Akzent sprach. Ich habe keine Ahnung, in welchem Verwandtschaftsverhältnis sie zu mir stand – wenn überhaupt.

Miss Benson behandelte diese Dame mit ungewöhnlichem Respekt und, wie ich mich erinnere, machte sogar einen Knicks, als sie ging. Doch ich habe ihren Namen nie erfahren, denn als ich alt genug war, Miss Benson danach zu fragen, behauptete sie, sie habe keine Ahnung, wen ich meinte. Jedesmal, wenn ich etwas über meine Herkunft von ihr wissen wollte, sagte sie geheimnisvoll: »Es ist besser, wenn du das nicht weißt, Kind.« Ich kann mir keinen anderen Satz vorstellen, der mich stärker dazu hätte antreiben können, die Wahrheit über meine Herkunft herauszubringen.

Im Lauf der Jahre begann ich weniger direkte Fragen über meine Eltern zu stellen – der Rektorin, meiner Hausmutter, dem Küchenpersonal, ja sogar dem Hausmeister –, aber ich erfuhr nicht das geringste. Deshalb ersuchte ich an meinem vierzehnten Geburtstag, mit Miss Benson sprechen zu dürfen, um ihr diese Frage direkt zu stellen. Obwohl sie mich nicht mehr mit ihrem: »Es ist besser, wenn du das nicht weißt, Kind«, abspeiste, war ihre neue Antwort auch nicht viel besser: »Ehrlich, Cathy, ich weiß es selbst nicht.« Ich sagte zwar nichts, aber ich glaubte ihr nicht, denn einige der älteren vom Personal blickten mich manchmal so seltsam an, und mindestens zweimal ertappte ich sie dabei, daß sie hinter meinem Rücken über mich zu flüstern anfingen, wenn sie dachten, ich wäre bereits außer Hörweite.

Ich hatte keine Fotos von meinen Eltern oder irgendwelche Andenken an sie, noch überhaupt irgendeine Art von Beweis, daß es sie je gegeben hatte, außer einem winzigen Schmuckstück, von dem ich zumindest glaubte, daß es aus Silber ist. Ich kann mich erinnern, daß der Mann, der soviel herumschrie, mir das kleine Kreuz gegeben und daß es seitdem immer an einer dünnen Schnur um meinen Hals gehangen hatte. Eines Abends, als ich mich im Schlafsaal auszog, entdeckte Miss Benson meinen Schatz und wollte wissen, woher ich diesen Anhänger hatte. Ich behauptete, daß Betsy Compton ihn mir für ein Dutzend Murmeln gegeben hatte, was Miss Benson mir damals auch glaubte. Doch von da an bewahrte ich mein Schmuckstück gut versteckt auf.

Ich muß wohl eines der seltenen Kinder gewesen sein, die gern in die Schule gingen. Für mich gab es jedenfalls von dem Augenblick an, da sich mir die Pforten zum erstenmal öffneten, nichts Schöneres. Das Klassenzimmer war eine segensreiche Zuflucht vor meinem Gefängnis und seinen Wärterinnen. Jede einzelne Minute in der städtischen Schule war eine Minute, in der ich nicht im Heim sein mußte, und ich erkannte rasch, daß ich um so länger bleiben konnte, je mehr ich mich anstrengte. Das ließ sich sogar noch ausdehnen, als meine Leistungen mir im Alter von elf Jahren einen Platz im Melbourner Lyzeum der Kirche von England einbrachten, wo es so viele Wahlfächer und Veranstaltungen nach den Unterrichtsstunden gab, daß ich im St. Hilda fast nur noch schlief und frühstückte.

Im Lyzeum nahm ich Malunterricht, der es mir ermöglichte, im Zeichensaal mehrere Stunden ohne ständige Beaufsichtigung zu verbringen; Tennisstunden, bei denen ich mich durch wirklich hartes Training zur sechstbesten Spielerin hochkämpfte (was den Vorteil einbrachte, daß ich abends üben durfte, bis es dunkel wurde); und ich meldete mich zum Kricket, für das ich zwar überhaupt keine Begabung hatte, doch da man mich zur Punktezählerin machte, mußte ich nicht nur bei jedem Spiel meines Teams anwesend sein, bis der letzte Ball geschlagen war, sondern auch jeden zweiten Samstag mit einem Sonderbus zu einem Auswärtsspiel mitfahren. Ich war bestimmt eines der wenigen Kinder, die mehr Freude an Auswärts-, denn an Heimspielen hatten.

Mit sechzehn kam ich in die sechste Oberschulklasse und begann mich noch mehr hineinzuknien. Die Direktorin erklärte Miss Benson, daß ich möglicherweise ein Stipendium für die Universität Melbourne bekommen würde – wahrhaftig nichts Alltägliches für einen Zögling von St. Hilda.

Jedesmal, wenn ich eine Auszeichnung oder einen Tadel bekam – letzteres kam nur noch selten vor, nachdem ich zur Schule ging –, mußte ich mich bei Miss Benson in ihrem Arbeitszimmer melden, wo sie ein paar lobende oder rügende Worte sagte, ehe sie den Zettel, auf dem ihr die Meldung erstattet worden war, in einen Ordner gab, den sie dann in einen Aktenschrank hinter ihrem Schreibtisch zurücksteckte. Ich beobachtete sie immer höchst aufmerksam, wenn sie dieses Ritual ausführte. Zuerst nahm sie einen Schlüssel aus der oberen linken Schublade ihres Schreibtischs, dann ging sie damit zu dem Aktenschrank, sperrte die mit QRS markierte Lade auf, gab meine Akte hinein, schloß wieder zu und legte den Schlüssel in ihren Schreibtisch zurück. Es war immer der gleiche Ablauf.

Und noch etwas änderte sich bei Miss Benson nie: ihr Jahresurlaub, wenn sie »ihre Leute«, wie sie es nannte, in Adelaide besuchte. Diese Reise fand immer im September statt, und ich erwartete sie so sehnsuchtsvoll wie andere Leute die Ferien.

Als der Krieg erklärt worden war, befürchtete ich schon, sie würde ihre Gewohnheiten nicht beibehalten, vor allem, weil man uns sagte, daß wir alle Opfer bringen müßten.

Miss Benson jedoch schien keine Opfer zu bringen und fuhr auch in diesem Jahr am gleichen Tag wie immer nach Adelaide, trotz Reisebeschränkungen und sonstigen Erschwernissen. Nachdem das Taxi sie zum Bahnhof gebracht hatte, wartete ich fünf Tage, ehe ich es wagte, meinen nächtlichen Coup zu landen.

In der sechsten Nacht lag ich bis ein Uhr wach und rührte keinen Muskel, bevor ich nicht sicher war, daß alle sechzehn Mädchen in meinem Schlafsaal auch wirklich fest schliefen. Dann stand ich auf, borgte mir die kleine Taschenlampe aus der Schublade meiner Bettnachbarin und ging zur Treppe. Für den Fall, daß man mich unterwegs entdeckte, hatte ich bereits die Ausrede parat, daß ich mich nicht wohl fühle, und da ich in den zwölf Jahren im St. Hilda nur selten auf der Krankenstation gelegen hatte, war ich ziemlich sicher, daß man mir glauben würde.

Ich stieg vorsichtig die Stufen hinunter, ohne daß ich die Taschenlampe einschalten mußte – seit Miss Benson weggefahren war, hatte ich diesen Weg übungshalber jeden Morgen mit geschlossenen Augen genommen. Ich schlüpfte in das Arbeitszimmer der Heimleiterin, schloß die Tür hinter mir und knipste jetzt erst die Taschenlampe an. Ich schlich auf Zehenspitzen zu Miss Bensons Schreibtisch und öffnete behutsam die obere linke Lade. Ich hatte nicht damit gerechnet, daß sich darin etwa zwanzig verschiedene Schlüssel befanden, einige im Satz an Ringen, andere einzeln, und alle ohne Anhänger. Ich versuchte, mich an Form und Größe des einen zu erinnern, den Miss Benson immer für den Aktenschrank herausgeholt hatte, konnte es aber nicht, und so mußte ich mehrere Male zwischen Aktenschrank und Schreibtisch hin und her, bis ich endlich den Schlüssel entdeckte, der sich um hundertachtzig Grad im Schloß drehen ließ.

So leise ich konnte, zog ich die Lade heraus, trotzdem hatte ich das Gefühl, daß es sich so laut wie Donner anhörte. Ich hielt inne und wagte nicht zu atmen, während ich lauschte, ob sich im Haus etwas rührte. Ich spähte sogar durch den unteren Türspalt, um zu sehen, ob ein Licht eingeschaltet worden war. Nachdem ich sicher war, daß niemand mich gehört hatte, ging ich die Namen in der QRS-Lade durch: Roberts, Rose, Ross ... Ich zog meine Akte heraus und trug die schwere Mappe zum Schreibtisch. Ich setzte mich auf Miss Bensons Stuhl und überflog im Licht der Taschenlampe jede Seite. Da ich fast fünfzehn war und mich seit etwa zwölf Jahren im St. Hilda befand, war meine Akte naturgemäß ziemlich dick. Alle meine Untaten waren darin aufgeführt, angefangen damit, daß ich als Kleinkind das Bett genäßt hatte, aber auch Lob und Auszeichnungen, vor allem für Bilder, die ich gemalt hatte, besonders für ein Aquarell, das jetzt noch im Speisesaal hing. Doch so sehr ich auch suchte, es gab nichts über die Zeit vor meinem dritten Lebensjahr. Ich begann mich zu fragen, ob das die Regel bei jedem Zögling hier war, deshalb holte ich rasch auch Jennie Roses Akte heraus und warf einen flüchtigen Blick hinein. Zu meiner Bestürzung fand ich dort sowohl den Namen ihres Vaters (Ted, verstorben) und ihrer Mutter (Susan). Auf einem angehefteten Blatt stand, daß Mrs. Rose noch drei weitere Kinder hatte, die sie allein großziehen mußte, und sich nicht imstande gefühlt hatte, nach dem unerwarteten Herztod ihres Mannes noch ein Baby aufzuziehen.

Ich verschloß den Aktenschrank, legte den Schlüssel in die

linke obere Schublade von Miss Bensons Schreibtisch zurück, knipste die Taschenlampe aus, verließ das Büro und ging leise die Treppe hinauf und zurück in meinen Schlafsaal. Ich legte die Taschenlampe an ihren Platz zurück und schlüpfte ins Bett. Ich fragte mich, was ich noch tun könnte, um herauszufinden, wer ich war und woher ich kam.

Es war, als hätte ich nie Eltern gehabt und erst mit drei Jahren angefangen zu leben. Und sogar bei einer unbefleckten Empfängnis, und daran glaubte ich selbst bei der heiligen Maria nicht, hätte ich zumindest eine Mutter haben müssen. Mein Verlangen, die Wahrheit zu erfahren, war nun noch quälender geworden. Irgendwann muß ich dann wohl eingeschlafen sein, denn als nächstes erinnere ich mich, daß die Morgenglocke mich weckte.

Als ich meinen Studienplatz an der Universität Melbourne bekam, fühlte ich mich wie ein langjähriger Gefangener, der endlich entlassen worden war. Zum erstenmal im Leben bekam ich ein Zimmer für mich ganz allein, und ich brauchte keine Schultracht mehr zu tragen – nicht daß die Auswahl an Kleidern, die ich mir leisten konnte, die Melbourner Modegeschäfte in Entzücken versetzt hätte. Ich kann mich erinnern, daß ich auf der Universität sogar noch fleißiger lernte, als ich es in der Schule getan hatte, weil ich unbedingt vermeiden wollte, daß man mich für den Rest meiner Tage nach St. Hilda zurückschickte, falls ich meine ersten Semesterabschlußprüfungen nicht bestand. Im dritten Semester spezialisierte ich mich auf Kunstgeschichte und Englisch, beschäftigte mich jedoch weiterhin mit Malerei als Hobby, aber ich hatte keine Ahnung, was ich eigentlich machen wollte, wenn ich meinen Abschluß hatte. Mein Professor meinte, ich sollte überlegen, ob ich nicht einen Lehrberuf ergreifen wollte, aber das erinnerte mich zu sehr an St. Hilda und ich hatte Angst, ich könnte eine Art Miss Benson werden.

Ich hatte kaum Jungs gekannt, bevor ich auf die Universität kam, da sie im St. Hilda in einem gesonderten Gebäudeflügel untergebracht waren und wir Mädchen zwischen neun Uhr morgens und siebzehn Uhr nachmittags nicht mit ihnen reden durften. Bis ich fünfzehn war, glaubte ich, daß man ein Baby bekäme, wenn man einen Mann küßt, und ich hatte immer Angst, schwanger zu werden, vor allem nach meiner Erfahrung, ohne irgendwelche Verwandte aufzuwachsen. Der erste Junge, mit dem ich wirklich ging, war Mel Nicholls, der Kapitän der Footballmannschaft der Universität. Nachdem er mich schließlich dazu gebracht hatte, mit ihm ins Bett zu gehen, sagte er, daß ich das einzige Mädchen in seinem Leben sei, und wesentlicher noch, das erste. Nachdem ich ihm gestanden hatte, daß das auch für mich galt, Jungen betreffend, beugte er sich über mich und begann sich für das einzige Stück zu interessieren, das ich noch am Leib trug.

»Ich hab' noch nie so einen gesehen«, sagte er und drehte meinen kleinen Anhänger zwischen den Fingern.

»Ebenfalls ein erstes Mal?« neckte ich ihn.

»Nicht ganz.« Er lachte. »Denn einen ähnlichen hab' ich schon gesehen.«

»Was meinst du damit?«

»Es ist ein Orden«, erklärte er. »Mein Vater hat auch zwei oder drei verliehen bekommen, doch keiner war aus Silber.«

Ich finde, daß allein diese Information den Verlust meiner Unschuld wert war, wenn ich heute daran zurückdenke.

In der Universitätsbibliothek gibt es eine große Auswahl an Büchern über den Ersten Weltkrieg, verständlicherweise hauptsächlich über Kriegsschauplätze, an denen Australier gekämpft hatten – Gallipoli und der Fernost-Feldzug zum Beispiel. Der Zweite Weltkrieg, die Landung der Alliierten an der Küste der Normandie oder El Alamein, ist für die australische Militärgeschichte, scheint's, nicht so von Bedeutung. Jedenfalls befand sich zwischen den Schilderungen heldenhafter Taten australischer Infanteristen auch ein Kapitel über britische Kriegsauszeichnungen, einschließlich farbiger Abbildungen.

Ich erfuhr, daß es VCs gab, DSOs, DSCs, CBEs, OBEs – mir erschien die Aufzählung endlos, bis ich auf Seite 409 fand, was ich gesucht hatte: das MC, das Militärverdienstkreuz. Das Band war aus moirierter weißer Seide mit violetten waagerechten

Streifen, und der Orden aus Silber mit der britischen Krone auf seinen vier Kreuzbalken. Es war Offizieren vom Majorsrang abwärts verliehen worden, und zwar »für hervorragende Tapferkeit vor dem Feind«. In mir keimte die Vermutung, daß mein Vater vielleicht ein Kriegsheld gewesen war, in jugendlichem Alter an schrecklichen Verwundungen gestorben. Das hätte zumindest eine Erklärung für sein dauerndes Gebrüll geliefert: weil er unter entsetzlichen Schmerzen litt.

Meine nächste Nachforschung betrieb ich in einem Antiquitätenladen in Melbourne. Der Mann hinter dem Ladenschalter sah sich meinen Orden lediglich kurz an und bot mir fünf Dollar dafür. Ich machte mir nicht die Mühe, ihm zu erklären, daß ich ihn nicht für fünfhundert hergegeben hätte; aber zumindest erfuhr ich von ihm, daß der einzige Händler in Australien, der sich auf Orden spezialisiert hatte, ein Mr. Clive Jennings in Sydney war, Mafeking Street 47.

Damals war Sydney für mich so gut wie auf der anderen Seite der Erdkugel, und für mein kleines Stipendiumstaschengeld konnte ich mir eine so weite Reise natürlich nicht leisten. Also mußte ich geduldig bis zu den Sommersemesterferien warten. Ich bewarb mich als Punktezählerin für die Kricketmannschaft der Universität, wurde jedoch meines Geschlechts wegen abgelehnt. Man kann von Frauen nicht erwarten, daß sie dieses Spiel richtig begreifen, erklärte mir der Junge, der während des Unterrichts gewöhnlich hinter mir saß, damit er von mir abschreiben konnte. Das ließ mir keine Wahl, als viele Stunden meine Vor- und Rückhandschläge und meine Schmetterbälle zu üben, bis ich in die zweite Tennismannschaft der Damen aufgenommen wurde. Das war nicht das Gelbe vom Ei, aber die Mannschaft hatte ein Auswärtsspiel, das mich interessierte, nämlich das in Sydney.

Am Vormittag, an dem wir in Sydney ankamen, begab ich mich direkt in die Mafeking Street und staunte, wie viele junge Männer, die mir auf den Straßen begegneten, Uniform trugen. Mr. Jennings studierte den Orden persönlich und mit beträchtlich größerem Interesse, als der Antiquitätenhändler in Melbourne es getan hatte.

»Ja, es ist ein Miniatur-MC«, versicherte er mir, während er meinen kleinen Schatz durch eine Lupe studierte. »Es dürfte an einer Paradeuniform getragen worden sein. Diese drei Initialen, die in die Seite eines Balkens graviert und für das bloße Auge kaum zu erkennen sind«, fuhr er fort, »verraten uns möglicherweise, wer diese Auszeichnung bekommen hat.«

Ich starrte durch Mr. Jennings Lupe auf etwas, von dem ich bisher nichts geahnt hatte, doch jetzt konnte ich ganz deutlich das Monogramm sehen: ›G. F. T.‹

»Gibt es irgendeine Möglichkeit herauszufinden, wer G. F. T. ist?« erkundigte ich mich hoffnungsvoll.

»Oh, ja«, antwortete Mr. Jennings. Er drehte sich zu einem Regal um, nahm ein ledergebundenes Buch herunter und blätterte die Seiten durch, bis er bei Godfrey S. Thomas und George Victor Taylor angelangt war, aber er fand keinen Namen mit den Initialen G. F. T.

»Tut mir leid, daß ich Ihnen nicht helfen kann«, sagte Mr. Jennings. »Ihr Orden wurde offenbar keinem Australier verliehen, sonst wäre er hier aufgeführt.« Er tippte auf den Ledereinband. »Sie werden an das War Office in London schreiben müssen, wenn Sie mehr erfahren wollen. Die haben dort alles über Ordensträger in ihrem Archiv.«

Ich bedankte mich für seine Hilfe und lehnte sein Zehn-Pfund-Angebot für das Kreuz ab. Dann kehrte ich zu meiner Tennismannschaft und unserem Spiel gegen das Team der Universität Sydney zurück. Ich verlor 0 zu 6 und 1 zu 6, da ich einfach unfähig war, mich auf etwas anderes als auf G. F. T. zu konzentrieren. Ich wurde in diesem Jahr auch nicht mehr in der Universitäts-Tennismannschaft aufgestellt.

Schon am nächsten Tag befolgte ich Mr. Jennings Rat und schrieb an das War Office in London. Ich erhielt monatelang keine Antwort, was nicht überraschend war, denn im Kriegsjahr 1944 hatten sie dort andere Sorgen. Aber schließlich traf doch ein beige Kuvert ein, und als ich es öffnete, erfuhr ich, daß mein Orden entweder Graham Frank Turnbull vom Herzog von Wellington Regiment oder Guy Francis Trentham von den Royal Fusiliers verliehen worden war. War mein echter Name nun Turnbull oder Trentham?

Am selben Abend schrieb ich an das britische High Commissioners Office in Canberra und ersuchte um die Adressen, an die ich mich um Information über die beiden im Schreiben erwähnten Regimenter wenden könnte. Diesmal erhielt ich bereits zwei Wochen später eine Antwort. Den neuen Fährten folgend, sandte ich zwei weitere Briefe ab, wieder nach England, einen nach Halifax, den anderen nach Hounslow in Middlesex. Dann machte ich mich auf eine lange Wartezeit gefaßt. Wenn man bereits achtzehn Jahre seines Lebens damit verbracht hatte, seine wahre Identität herauszufinden, kommt es wohl auf ein paar Monate mehr auch nicht mehr an. Zudem steckte ich nun in meinem letzten Jahr an der Universität bis über beide Ohren in Arbeit.

Das Regiment Herzog von Wellington antwortete als erstes. Man teilte mir mit, daß Leutnant Graham Frank Turnbull am 6. Dezember 1917 bei Passchendaele gefallen war. Da ich wußte, daß mein Geburtsjahr 1924 war, schied Leutnant Turnbull aus. Also hoffte ich inständig auf Guy Francis Trentham.

Erst Wochen danach kam die Antwort von den Royal Fusiliers. Captain Guy Francis Trentham hatte das Militärverdienstkreuz am 18. Juli 1918 nach der zweiten Schlacht an der Marne bekommen. Weitere Einzelheiten wären in der Museumsbibliothek des Regiments in Hounslow zu finden, doch müßten sie persönlich eingesehen werden. Das Regiment hatte keine Befugnis, schriftlich Auskunft über Regimentsangehörige zu erteilen.

Da ich keine Möglichkeit hatte, nach England zu reisen, setzte ich meine Ermittlungen nun in einer anderen Richtung fort, ohne jedoch weiterzukommen. Dann nahm ich mir einen ganzen Vormittag frei, um im Geburtenregister des für die Queen Street verantwortlichen Standesamts nach dem Namen Trentham zu suchen. Nicht ein Trentham war eingetragen. Ross gab es zwar mehrere, doch keiner von ihnen kam im Hinblick auf mein Geburtsdatum in Frage. Mir wurde allmählich bewußt, daß sich jemand sehr viel Mühe gemacht hatte, alle Spuren meiner Herkunft zu verwischen. Aber warum?

Plötzlich beschäftigte mich nur noch eine einzige Frage: Wie konnte ich nach England gelangen, obwohl ich kein Geld hatte und der Krieg erst vor kurzem beendet worden war? Ich schrieb mich für jeden Kurs ein und tat alles, was meine Professoren mir rieten, um so vielleicht zu einem Stipendium in der Slade School of Art in London zu kommen, die jedes Jahr drei Plätze an Studenten aus den Commonwealth-Ländern vergab. Ich arbeitete nun auch noch zu Zeiten, von deren Existenz ich bisher kaum etwas gewußt hatte, und ich wurde damit belohnt, daß man mich auf die Liste der sechs Bewerber setzte, die zu einem Prüfungstermin in Canberra eingeladen waren.

Obwohl ich während der Eisenbahnfahrt in die australische Hauptstadt ausgesprochen nervös wurde, hatte ich das Gefühl, daß die Auswahlprüfung gut verlaufen war, und tatsächlich teilten mir die Prüfer mit, daß meine schriftliche Arbeit über Kunstgeschichte hervorragend sei, auch wenn die Arbeit in der angewandten Kunst nicht vom selben hohen Niveau war.

Ein Brief mit dem Absender *The Slade* wurde einen Monat später in meiner Studentenbude abgeliefert. Erwartungsvoll riß ich den Umschlag auf und zog das Schreiben heraus. Es begann:

Sehr geehrte Miss Ross,
    Wir bedauern, Ihnen mitteilen zu müssen ...

Den einzigen Nutzen, den ich aus der vielen Extraarbeit ziehen konnte, war, daß ich mich für die Abschlußprüfungen nicht mehr anstrengen mußte und mit Auszeichnung bestand. Aber dadurch war ich England nicht um ein Stück näher gekommen.

In meiner Verzweiflung rief ich in der britischen High Commission an und wurde mit der Stellenvermittlung verbunden, wo mich eine Frauenstimme informierte, daß sie mir bei meinen Qualifikationen mehrere Lehrerstellen anbieten könnte. Sie fügte jedoch hinzu, daß ich einen Dreijahresvertrag unterzeichnen und die Überfahrt selbst bezahlen müßte. Tolles Angebot, wenn man sich nicht einmal eine Fahrt nach Sydney leisten konnte, geschweige denn nach England! Ganz abgesehen davon glaubte ich, daß mir ungefähr ein Monat genügen würde, Guy Francis Trentham dort drüben aufzuspüren.

Die einzigen anderen Jobs, die sie vermitteln könnte, erklärte mir dieselbe Dame, als ich ein zweites Mal anrief, würden von manchen als »Sklavenhandel« bezeichnet. Es ging dabei um Hilfsarbeit in Hotels, Krankenhäusern oder Altenheimen, wo man ein Jahr lang kaum Lohn bekam, bis die Reisekosten nach England und zurück gedeckt waren. Da ich immer noch keine Pläne für eine bestimmte Laufbahn hatte und da mir klar wurde, daß dies so gut wie die einzige Chance für mich war, je nach England zu gelangen, um jemanden zu finden, mit dem ich verwandt war, ließ ich mir den Arbeitsvertrag schicken und sandte ihn unterschrieben zurück. Die meisten meiner Freunde auf der Universität sagten mir auf den Kopf zu, daß ich einen Dachschaden haben müßte. Aber sie kannten ja auch den Grund nicht, weshalb ich unbedingt nach Großbritannien wollte.

Das Schiff, auf das ich verfrachtet wurde, dürfte nicht viel besser gewesen sein als eins der Schiffe, mit denen die ersten Einwanderer nach Australien gekommen waren, als sie vor etwa hundertfünfzig Jahren in die entgegengesetzte Richtung segelten. Wir »Sklaven« erhielten zu dritt eine Kabine zugeteilt, die nicht größer als mein Zimmer im Studentenheim war, und wenn das Schiff auch nur ein bißchen über zehn Prozent krängte, endeten Pam, Maureen und ich in der gleichen Koje.

Jede von uns hatte sich zur Arbeit im Melrose Hotel im Earl's Court verpflichtet, das, wie man uns versichert hatte, in der Stadtmitte von London lag. Nach einer sechswöchigen Reise wurden wir am Hafen von einem schrottreifen ehemaligen Armeelastwagen abgeholt, der uns nach London brachte und vor dem Hotel absetzte.

Der Hausmeister erfüllte unsere Bitte, und Pam, Maureen und ich bekamen ein gemeinsames Zimmer, das allerdings auch kaum größer war als die Kabine an Bord des Schiffes. Die einzige Verbesserung war, daß wir nicht mehr unerwartet aus dem Bett geschaukelt wurden.

Erst nach guten zwei Wochen hatte ich endlich genügend

Freizeit, daß ich zum Postamt in Kensington gehen und das Londoner Telefonbuch studieren konnte. Aber es war nicht ein Trentham eingetragen.

»Es könnte ein Teilnehmer mit Geheimnummer sein«, meinte die Schalterbeamtin. »Aber in dem Fall würde er Ihren Anruf sowieso nicht entgegennehmen.«

»Oder es gibt keinen Trentham in London«, entgegnete ich und fand mich damit ab, daß das Regimentsmuseum jetzt die letzte mir verbleibende Hoffnung war.

Ich hatte mir eingebildet, auf der Universität wirklich schwer gearbeitet zu haben, aber was man uns im Melrose abverlangte, hätte sogar einen Frontsoldaten in die Knie gehen lassen. Trotzdem wollte ich verdammt sein, wenn ich es zugeben würde, vor allem, nachdem Pam und Maureen den Kampf innerhalb eines Monats aufgaben und ihren Eltern telegrafierten, ihnen Geld zu schicken, woraufhin sie das erste Schiff zurück nach Australien nahmen. Zumindest hatte ich nun das Zimmer ein paar Tage lang für mich allein – bis die nächste Schiffsladung eintraf. Um ehrlich zu sein, ich wäre gern mit den beiden Mädchen zurückgereist, aber ich hatte niemanden in Australien, den ich um mehr als zehn Pfund hätte bitten können.

Am ersten freien Tag, an dem ich nicht völlig erschöpft war, fuhr ich mit dem Zug nach Hounslow in Middlesex. Der Beamte am Fahrkartenschalter wies mir den Weg zum Depot und Museum der Royal Fusiliers. Nach etwa einem Kilometer Fußmarsch erreichte ich endlich das gesuchte Gebäude. Von einem Soldaten am Empfang abgesehen schien es völlig menschenleer zu sein. Der Soldat trug eine Khakiuniform mit drei Streifen an jedem Ärmel und saß dösend hinter einem Schreibtisch. Ich ging geräuschvoll zu ihm hinüber und tat, als bemerkte ich nicht, daß er ein Nickerchen machte.

»Kann ich Ihnen helfen, Miss?« fragte er und rieb sich die Augen.

»Ich hoffe es.«

»Australierin?« fragte er grinsend.

»Hört man mir das so schnell an?«

»Ich 'ab' mit ein paar von euren Jungs in Nordafrika gekämpft«, erklärte er. »Verdammt gute Soldaten, das dürfen Sie mir glauben. Also, wie kann ich Ihnen 'elfen, Miss?«

»Ich habe Ihnen von Melbourne geschrieben«, sagte ich und zeigte ihm eine handgeschriebene Kopie des Briefes, »über den Träger dieses Ordens.« Ich zog das schmale Band über den Kopf und reichte ihm meinen Schatz. »Guy Francis Trentham.«

»Ein Miniatur-MC«, stellte der Sergeant ohne Zögern fest, während er den Orden in der Hand hielt. »Guy Francis Trentham, 'aben Sie gesagt?«

»Ja.«

»Gut. Dann schauen wir doch mal in unserem schlauen Buch nach. 1914–1918, richtig?«

Ich nickte.

Er trat an ein Regal aus massivem Holz mit voluminösen Büchern und nahm einen in Leder gebundenen Wälzer heraus. Er ließ ihn krachend auf den Schreibtisch fallen, und Staub wirbelte auf. Der Titel in Goldbuchstaben lautete: »Royal Fusiliers, Auszeichnungen, 1914–1918«.

»Na, dann wollen wir mal nachseh'n.« Er blätterte den Wälzer durch. Ich wartete ungeduldig. »Da ist er!« rief er triumphierend. »Guy Francis Trentham, Captain.« Er drehte das Buch so um, daß ich die Eintragung selbst lesen konnte. Vor lauter Aufregung brauchte ich eine Zeitlang, um den Inhalt der Worte in mich aufzunehmen.

Die Notiz war zweiundzwanzig Zeilen lang, und ich fragte, ob ich mir vielleicht eine Abschrift davon machen dürfe.

»Aber natürlich, Miss«, versicherte mir der Sergeant. Er schob mir zuvorkommend ein liniertes Blatt und einen stumpfen Bleistift zu. Ich begann abzuschreiben:

Am Morgen des 18. Juli 1918 führte Captain Guy Trentham vom 3. Bataillon der Royal Fusiliers eine Kompanie von den eigenen Schützengräben zur feindlichen Linie und tötete mehrere deutsche Soldaten, ehe er die deutschen Schützengräben erreichte und eine vollständige feindliche Einheit vernichtete. Captain

Trentham verfolgte anschließend zwei weitere deutsche Soldaten bis in einen in der Nähe befindlichen Wald, wo es ihm gelang, auch diese beiden zu töten.

Am gleichen Abend, obwohl vom Feind umgeben, rettete er zwei Männer seiner Kompanie, Private T. Prescott und Corporal C. Trumper, die sich vom Schlachtfeld in eine nahe Kirche zurückgezogen hatten. Nach Anbruch der Dunkelheit führte er sie während pausenlosen Feindbeschusses über freies Gelände zurück.

Rekrut Prescott wurde von einer verirrten deutschen Kugel tödlich getroffen, bevor er den eigenen Schützengraben erreichte. Corporal Trumper überlebte trotz heftigen feindlichen Feuers.

Für dieses hervorragende Beispiel von Führungsqualität und Tapferkeit vor dem Feind wurde Captain Trentham das Militärverdienstkreuz verliehen.

Nachdem ich die Eintragung Wort für Wort in meiner schönsten Schönschrift abgeschrieben hatte, schloß ich das schwere Buch und drehte es wieder zu dem Sergeant herum.

»Trentham«, murmelte er. »Wenn ich mich recht erinnere, Miss, 'ängt sein Bild an der Wand.« Er griff nach Krücken, kam hinter seinem Schreibtisch hervor und hinkte zur hinteren Ecke des Museums. Ich hatte zuvor gar nicht bemerkt, daß der arme Kerl ein Bein verloren hatte. »'ier 'erüben, Miss!« rief er mir zu. »Kommen Sie.«

Meine Handflächen wurden feucht, und mein Magen begehrte ein bißchen auf bei dem Gedanken, daß ich jetzt feststellen würde, wie mein Vater ausgesehen hatte. Ich fragte mich, ob ich ihm irgendwie ähnelte.

Der Sergeant humpelte vorbei an den VCs, bis wir die MCs erreichten. Sie hingen in einer Reihe, alles alte bräunliche Bilder in einfachen Rahmen. Sein Finger fuhr an ihnen entlang – Stevens, Thomas, Tubbs. »Merkwürdig, ich 'ätt' schwören können, daß sein Foto da war. Will verdammt sein, wenn ich mich irre. Muß wohl verlorengegangen sein, als wir vom Tower 'ier 'ergezogen sind.«

»Könnte sein Bild irgendwo anders sein?«

»Nicht daß ich wüßte, Miss«, sagte er fest. »Ich muß es mir wohl eingebildet 'aben, aber ich 'ätt' schwören können, daß ich im Museum im Tower sein Foto an der Wand gesehn 'ab'. Also, ich will verdammt sein«, sagte er zum zweitenmal.

Ich fragte ihn, ob er vielleicht noch mehr über Captain Trentham finden könnte, vor allem, was nach 1918 aus ihm geworden war. Er humpelte zum Schreibtisch zurück und schlug seinen Namen im Regimentshandbuch nach. »Offizierspatent 1915, Beförderung zum Leutnant 1916, Captain 1917, Indien 1920 bis 1922, aus dem Dienst ausgeschieden 1922. Das ist die letzte Eintragung, Miss.«

»Er könnte also noch am Leben sein.«

»Sicher, Miss. Er ist ja wahrscheinlich nicht älter als fünfzig oder 'öchstens fünfundfünfzig.«

Ich warf einen Blick auf die Uhr, dankte ihm und rannte rasch zum Bahnhof zurück, weil mir jetzt erst bewußt geworden war, wieviel Zeit ich im Museum zugebracht hatte, und weil ich Angst hatte, ich könnte den Zug nach London nicht mehr erreichen und deshalb nicht rechtzeitig zu meiner 17-Uhr-Schicht zurück sein.

Als ich in einer Ecke eines schmuddeligen Dritteklasseabteils saß, las ich mir die Belobigungszeilen noch einmal durch. Ich freute mich, daß mein Vater ein Held des ersten Weltkriegs gewesen war; aber ich verstand einfach nicht, warum Miss Benson mir nichts über ihn hatte erzählen wollen. Warum war er nach Australien gekommen? Hatte er seinen Namen in Ross geändert?

Ich würde wohl nach Melbourne zurückkehren müssen, wenn ich je herausfinden wollte, was aus Guy Francis Trentham geworden war. Wenn ich das Geld für die Rückfahrt gehabt hätte, wäre ich noch am gleichen Abend abgereist, aber erst mußte ich meinen Arbeitsvertrag erfüllen und weitere neun Monate im Hotel bleiben, bis man mir dort das Geld für die Rückfahrt geben würde. Also fand ich mich mit meinem Sklaventum ab.

London war 1947 eine aufregende Stadt für eine Dreiundzwanzigjährige, und es gab vieles, was mich für die eintönige Arbeit entschädigte. In meiner Freizeit besuchte ich Kunstgalerien, Museen oder ging mit einem der Mädchen vom Hotel ins Kino, und zweimal sogar in Begleitung einer Gruppe von Freunden zum Tanzen in den Mecca Ballroom, in unmittelbarer Nähe des Strand Hotel. Ich kann mich an einen ziemlich gutaussehenden Burschen von der RAF erinnern, der mich zum Tanz aufforderte, und kaum hatten wir die ersten Drehungen gemacht, versuchte er bereits, mich zu küssen. Daß ich ihn wegstieß, reizte ihn offenbar noch mehr. Erst ein heftiger Tritt gegen sein Fußgelenk und die sofortige Flucht quer über die Tanzfläche ermöglichte es mir, ihm zu entkommen. Minuten später war ich auf dem Bürgersteig und machte mich allein auf den Heimweg ins Hotel.

Während ich durch Chelsea in die ungefähre Richtung von Earl's Court schlenderte, blieb ich hin und wieder vor den Schaufenstern stehen und bewunderte die für mich unerschwinglichen Auslagen. Besonders hatte es mir ein langer blauer Seidenschal angetan, der um die Schultern einer eleganten Schaufensterpuppe drapiert war. Interessiert blickte ich zu dem Namen über der Eingangstür: »Trumper«. Irgendwie war er mir vertraut, aber ich wußte nicht, wieso. Während ich weiter zum Hotel zurückspazierte, versuchte ich mich zu erinnern, woher ich ihn kannte, aber der einzige Trumper, der mir einfiel, war der berühmte australische Kricketspieler, der schon tot war, ehe ich auf die Welt kam. Mitten in der Nacht fiel es mir plötzlich ein. C. Trumper hatte der Corporal geheißen, welcher in der Belobigung meines Vaters erwähnt worden war. Ich sprang aus dem Bett, riß die obere Schublade meines kleinen Schreibtisches auf und überflog rasch die Seite, die ich bei meinem Besuch im Museum der Royal Fusiliers abgeschrieben hatte.

Der Name war mir bisher in London noch nicht untergekommen, und ich fragte mich, ob der Ladenbesitzer etwa mit dem Corporal verwandt war und mir helfen könnte, ihn zu finden. Ich beschloß, an meinem nächsten freien Tag noch einmal nach

Hounslow zu fahren in der Hoffnung, daß mir mein einbeiniger Freund im Museum vielleicht auch diesmal weiterhelfen könnte.

»Wie nett, Sie wiederzuseh'n, Miss«, begrüßte er mich. Ich war gerührt, daß er sich an mich erinnerte.

»Suchen Sie noch mehr Informationen, Miss?«

»Ja«, gestand ich. »Corporal Trumper, er ist doch nicht ...«

»Charlie Trumper, der ehrliche 'ändler. Doch, das ist er, Miss, nur ist er jetzt Sir Charles und ihm ge'ören die Läden in der Chelsea Terrace.«

»Ich dachte es mir.«

»Ich wollt' Ihnen damals schon alles über ihn erzählen, Miss, als Sie so schnell weggelaufen sind.« Er grinste. »Sie 'ätten sich eine Zugfahrt und sechs Monate sparen können.«

Statt mir am nächsten Abend Greta Garbo im Gate-Kino am Notting Hill Gate anzuschauen, setzte ich mich auf die andere Seite der Chelsea Terrace auf eine alte Bank und blickte hinüber auf die Reihe beleuchteter Schaufenster. Sir Charles gehörten offenbar sämtliche Läden der Terrace. Ich wunderte mich nur, warum er mitten im Häuserblock ein so großes Grundstück unbebaut gelassen hatte.

Mein nächstes Problem war, wie ich ihn sprechen könnte. Ich hatte nur eine einzige Idee: mit meinem Miniaturkreuz in die Nummer 1 zu gehen, um es schätzen zu lassen – und dann zu hoffen.

In der nächsten Woche hatte ich Tagesschicht, deshalb konnte ich erst am Montag danach in die Chelsea Terrace 1 gehen. Ich zeigte dem Mädchen hinter dem Ladentisch gleich beim Eingang mein MC und fragte, ob der Orden geschätzt werden könnte. Sie begutachtete ihn, dann rief sie jemanden, den sie bat, sich das Kreuz anzusehen. Ein schlanker Herr, ein Gelehrtentyp, studierte es eingehend, ehe er schließlich sagte: »Ein Miniaturkriegsverdienstkreuz, wie es zur Paradeuniform oder Abendjacke bei Regimentsfeiern getragen wurde. Es ist etwa zehn Pfund wert.« Er zögerte, ehe er fortfuhr: »Aber Spink's in der King Street 5 in SW1 könnte Ihnen eine genauere Schätzung geben, wenn Sie sie benötigen.«

»Vielen Dank«, sagte ich. Ich hatte leider nichts Neues erfahren und mir fiel einfach nicht ein, wie ich nach Sir Charles' Kriegserlebnissen fragen könnte.

»Kann ich Ihnen sonst noch behilflich sein?« fragte mich der Herr, als ich wie angewurzelt stehenblieb.

»Wie kann man hier eine Stellung bekommen?« platzte ich heraus und kam mir dabei ganz schön dämlich vor.

»Reichen Sie eine schriftliche Bewerbung ein, geben Sie alle Einzelheiten Ihrer Qualifikationen und Berufserfahrung an, dann werden Sie innerhalb weniger Tage von uns hören.«

»Vielen Dank«, sagte ich noch einmal und ging ohne ein weiteres Wort.

An diesem Abend setzte ich ein langes Bewerbungsschreiben auf, in dem ich mein Examen in Kunstgeschichte herausstellte. Meine Qualifikationen erschienen mir allerdings etwas dürftig, als ich den Entwurf durchlas.

Am nächsten Tag schrieb ich die Bewerbung auf dem besten Briefpapier des Hotels ins reine und adressierte den Umschlag an die »Personalabteilung, Trumper, Chelsea Terrace 1, London SW7«.

Am Nachmittag gab ich sie selbst im Auktionshaus ab, ohne ernsthaft damit zu rechnen, daß ich eine Antwort bekommen würde. Eigentlich wußte ich gar nicht, was ich tun würde, falls sie mir wirklich eine Stellung anboten, da ich ja in einigen Wochen nach Melbourne zurückzukehren beabsichtigte. Außerdem konnte ich mir nicht vorstellen, wie mir die Arbeit dort helfen könnte, ein Treffen mit Sir Charles zuwege zu bringen.

Zehn Tage später erhielt ich ein Schreiben vom Personalbüro, mit der Bitte, mich persönlich vorzustellen. Ich gab vier Pfund und fünfzehn Shilling meines schwerverdienten Lohns für ein neues Kleid aus, das ich mir eigentlich gar nicht leisten konnte, und kam eine Stunde zu früh zum Vorstellungsgespräch, die ich mir damit vertrieb, mehrmals um den Block zu spazieren. Während dieser Stunde stellte ich fest, daß Sir Charles offenbar alles verkaufte, was man sich nur wünschen konnte, sofern man das nötige Kleingeld dafür besaß.

Endlich war die Stunde um. Ich marschierte ins Haus und wurde ein paar Treppen zu einem Büro im obersten Stockwerk hinaufgeführt. Die Dame, die mich zum Vorstellungsgespräch gebeten hatte, sagte, sie könne nicht verstehen, wie jemand mit meinen Qualifikationen als Zimmermädchen in einem Hotel arbeitete. Ich erklärte ihr, daß Jobs dieser Art für jemand ohne Geld die einzige Möglichkeit waren, die Überfahrt nach England bezahlt zu bekommen.

Sie lächelte, dann warnte sie mich vor, daß ich hinter dem Ladentisch anfangen müßte, wenn ich hier arbeiten wollte, wie alle anderen auch. Wer sich als tüchtig erwies, erklärte sie, würde bald befördert werden.

»Auch ich mußte bei Sotheby's als Verkäuferin anfangen«, sagte sie. Ich hätte sie gern gefragt, wie schnell sie befördert worden war.

»Ich würde sehr gern hier arbeiten«, versicherte ich ihr, »aber mein Arbeitsvertrag für das Melrose Hotel läuft noch zwei Monate.«

»Dann müssen wir eben auf Sie warten«, entgegnete sie ohne Zögern. »Sie können am 1. September als Verkäuferin anfangen, Miss Ross. Sie erhalten die Bestätigung unserer Abmachung gegen Ende der Woche schriftlich.«

Ich war so aufgeregt und erfreut über ihr Angebot, daß ich ganz vergaß, warum ich mich überhaupt beworben hatte – bis ich die versprochene Bestätigung erhielt und die Unterschrift der Dame entziffern konnte. ❧

## 40

Cathy arbeitete erst elf Tage hinter dem Ladentisch in Trumpers Auktionshaus, als Simon Matthews sie aufforderte, ihm bei der Zusammenstellung eines Katalogs für die italienische Auktion zu helfen. Er war der erste, der bemerkt hatte, wie sie, quasi als die vorderste Front der Kunstgalerie, die zahllosen Fragen beantwortete und Anfragen erwiderte, mit denen sie bombardiert wurde, ohne ständig irgend jemandes Meinung einholen zu müssen. Sie arbeitete bei Trumper genauso fleißig wie zuvor im Melrose Hotel, nur mit einem Unterschied: sie hatte jetzt Freude an ihrer Arbeit.

Zum erstenmal im Leben fühlte sich Cathy, als gehöre sie einer Familie an, denn Rebecca Trumper war immer völlig ungezwungen und freundlich zu ihrem Personal und behandelte jeden als gleichgestellt. Ihr Gehalt war weit großzügiger als der karge Lohn, den ihr vorheriger Arbeitgeber bezahlt hatte, und das Zimmer, das man ihr über der Metzgerei in Nummer 135 überlassen hatte, war ein Palast verglichen mit dem Mäuseloch im Hotel.

Mehr über ihren Vater herauszufinden verlor an Wichtigkeit für sie, während sie alles daransetzte, sich in ihrer Stellung in der Chelsea Terrace 1 zu bewähren. Cathys Hauptaufgabe bei der Zusammenstellung des Katalogs für die italienische Versteigerung war es, die Vorgeschichte jedes einzelnen der neunundfünfzig Gemälde zu überprüfen, die unter den Hammer kommen sollten. Zu diesem Zweck fuhr sie kreuz und quer durch London von Bibliothek zu Bibliothek und rief eine Galerie nach der anderen an, um jede Einzelheit über jedes Bild herauszufinden. Schließlich blieb nur ein Gemälde übrig, das Madonnenbild, über das sie nichts erfahren konnte. Es wies keine Signatur auf, und es gab keine weiteren Angaben über dieses Werk, als daß es ursprünglich aus der Privatsammlung von Sir Charles Trumper gekommen war und jetzt einer Mrs. Kitty Bennett gehörte.

Cathy fragte Simon Matthews, ob er ihr bei dem Bild helfen könne, und der meinte, daß es möglicherweise aus der Schule Bronzinos stamme.

Simon, der für die Auktion zuständig war, riet Cathy, die Alben mit den Zeitungsausschnitten durchzusehen. »Fast alles, was man über die Trumpers wissen möchte, ist darin zu finden.«

»Und wo kann ich diese Akte finden?«

»Im vierten Stock in der komischen Kammer am Ende des Korridors.«

Als sie diese Kammer endlich fand, mußte sie erst eine dicke Staubschicht und einige Spinnweben wegwischen, bevor sie durch die Jahrbücher stöbern konnte. Sie setzte sich auf den Boden und schlug die Beine über Kreuz, und während sie Seite um Seite umblätterte, wuchs ihre Faszination über den Aufstieg von Charles Trumper, angefangen von den Tagen, als ihm ein erster Verkaufskarren in Whitechapel gehört hatte, bis zu den Plänen für den Trumper-Komplex in Chelsea. Die Zeitungsausschnitte in den ersten Jahren waren spärlich und kurz, aber ein knapper Bericht im *Evening Standard* ließ Cathy innehalten. Die Seite war vergilbt und das Datum, 8. September 1922, in der rechten oberen Ecke kaum noch lesbar. Der Text lautete:

Ein hochgewachsener Mann, etwa Ende Zwanzig, unrasiert und mit einem alten Uniformmantel bekleidet, drang gestern am frühen Vormittag in das Haus von Mr. und Mrs. Charles Trumper in der Gilston Road 11 ein. Der Einbrecher entkam mit einem kleinen Ölgemälde, vermutlich von geringem Wert, aber Mrs. Trumper, die im siebten Monat schwanger war – sie erwartete ihr zweites Kind –, erlitt einen Schock und wurde in aller Eile von ihrem Gemahl ins Guy's Hospital gebracht.

Der Chirurg Dr. Armitage nahm sofort eine Notoperation vor, doch das Baby, ein Mädchen, konnte nicht mehr gerettet werden. Mrs. Trumper wird eine Zeitlang zur Beobachtung im Krankenhaus bleiben müssen.

Personen, die sich zur angegebenen Zeit in der Nähe des Tatorts aufgehalten haben, werden gebeten, sich bei der Polizei zu melden.

Cathys Blick wanderte zu einem zweiten Bericht mit einem neun Wochen späteren Datum:

Die Polizei gelangte in den Besitz eines alten Armeeuniformmantels, welcher möglicherweise von dem Mann getragen wurde, der am Vormittag des 7. September in das Haus von Mr. und Mrs. Charles Trumper in der Gilston Road 17 eingebrochen ist. Als ursprünglicher Besitzer des Mantels konnte ein Captain Trentham, ehemals bei den Royal Fusiliers, ermittelt werden, der bis vor kurzem in diesem Regiment in Indien diente.

Cathy las die beiden Ausschnitte immer wieder. Konnte sie wirklich die Tochter eines Mannes sein, welcher versucht hatte, Sir Charles zu bestehlen, und der verantwortlich für den Tod seines zweiten Kindes war? Und was hatte es mit dem Bild auf sich? Wie war Mrs. Bennett in seinen Besitz gekommen? Wesentlicher noch, warum hatte Lady Trumper dieses anscheinend unwichtige Ölgemälde von einem unbekannten Künstler überhaupt in die Auktion aufgenommen? Cathy fand keine Antworten auf diese Fragen. Sie schloß das Album und schob es zurück unter den ganzen Stoß. Nachdem sie sich die Hände gewaschen hatte, wäre sie gern zu Mrs. Trumper hinuntergegangen und hätte ihr am liebsten die Fragen, eine nach der anderen, gestellt, aber sie wußte natürlich, daß das nicht möglich war.

Als der Katalog fertiggestellt war und seit einer Woche verkauft wurde, rief Lady Trumper Cathy zu sich. Cathy konnte nur hoffen, daß man nicht auf einen schrecklichen Fehler gestoßen war oder auf nähere Angaben zu dem Bild der Jungfrau Maria mit Kind, die sie selbst hätte herausfinden und im Katalog berücksichtigen müssen.

Als sie das Büro betrat, sagte Becky: »Das haben Sie gut gemacht.«

»Danke«, erwiderte Cathy, aber sie wußte nicht recht, wofür sie gelobt wurde.

»Ihr Katalog ist bereits ausverkauft, und die zweite Auflage ist im Druck.«

»Es tut mir nur leid, daß ich nichts über das alte Madonnenbild Ihres Gemahls finden konnte«, sagte Cathy und war erleichtert, daß Rebecca sie nicht deshalb gerufen hatte. Sie hoffte immer noch, ihre Chefin würde sie ins Vertrauen ziehen und ihr erzählen, wie Sir Charles zu dem Bild gekommen war, und vielleicht auch ein bißchen Licht auf die Verbindung zwischen den Trumpers und Captain Trentham werfen.

»Das wundert mich nicht«, erwiderte Becky, doch leider ohne jegliche Erklärung.

*Wissen Sie, ich habe da einen Artikel in einem der alten Alben mit Zeitungsausschnitten gelesen, in dem etwas über Captain Trentham geschrieben wurde, und ich frage mich ...,* hätte Cathy gern gesagt, aber sie stand nur stumm da.

Becky fragte: »Möchten Sie bei der Auktion nächste Woche gern einen unserer Spotter machen?«

Am Tag der italienischen Auktion war Cathy so nervös, daß sie zum Frühstück keinen Bissen hinuntergebracht hatte.

Die Versteigerung begann, und Gemälde um Gemälde brachte mehr als den Schätzwert ein. Cathy war begeistert, als die Markusbasilika sogar den Rekord für einen Canaletto brach.

Als Sir Charles' kleines Ölgemälde dem Canaletto folgte, zog sich plötzlich ihr Magen zusammen. Es mußte wohl am Licht gelegen haben, das auf die Leinwand fiel, denn sie zweifelte in diesem Augenblick nicht im geringsten daran, daß es sich auch bei dem Madonnenbild um ein Meisterwerk handelte. Ihr erster Gedanke war, daß sie selbst mitbieten würde, wenn sie zweihundert Pfund besessen hätte.

Der Tumult, der folgte, nachdem das kleine Gemälde von der Staffelei entfernt worden war, verstärkte Cathys Unbehagen noch. Sie fühlte, daß der Mann, der die Anschuldigung vorbrachte, durchaus recht damit haben könnte, daß das Bild ein echter Bronzino war. Sie hatte nie ein schöneres Beispiel seiner klassischen, pausbäckigen Babys mit den leuchtenden Heiligenscheinen gesehen. Lady Trumper und Simon gaben Cathy keine Schuld und versicherten allen, die fragten, daß das Bild eine Kopie und diese Tatsache der Galerie seit Jahren bekannt war.

Als die Auktion schließlich zu Ende war, ging Cathy die Stückzettel durch, um sich zu vergewissern, daß sie in der richtigen Reihenfolge geordnet und, wichtiger noch, daß die Käufer auch leserlich eingetragen waren. Simon stand ein paar Schritt entfernt und erklärte gerade einem Galeristen, welche Bilder den Schätzwert nicht erreicht hatten und privat verkauft werden könnten. Sie erstarrte, als sie hörte, wie sich Lady Trumper an Simon wandte, kaum daß der Kunsthändler gegangen war, und sagte: »Da steckt wieder einmal dieses verdammte Weibsstück, die Trentham, dahinter. Haben Sie sie gesehen? Sie war hinten im Raum.« Simon nickte, sagte jedoch nichts.

Etwa eine Woche nach dem Besuch des Erzbischofs von Reims lud Simon Cathy zum Dinner in seiner Wohnung in Pimlico ein. »Eine kleine Feier«, fügte er hinzu und sagte, daß alle kommen würden, die unmittelbar mit der italienischen Auktion zu tun gehabt hatten.

Als Cathy an diesem Abend eintraf, saßen bereits mehrere Angestellte aus der Abteilung »Alte Meister« bei einem Aperitif, und als sie sich zum Dinner niedersetzten, war nur Rebecca Trumper nicht da. Wieder einmal wurde sie sich der familiären Atmosphäre bewußt, welche die Trumpers ausstrahlten, sogar wenn sie selbst nicht anwesend waren.

Das köstliche Mahl, das Simon selbst zubereitet hatte – Avocado- und Specksalat und Wildente – schmeckte allen ausgezeichnet. Cathy und Julian, ein junger Mann aus der Antiquariatsabteilung, blieben, als die anderen gingen, um noch mit dem Aufräumen zu helfen.

»Kümmern Sie sich nicht um den Abwasch«, sagte Simon, »den erledigt meine Zugehfrau morgen.«

»Typisch männliche Einstellung«, rügte Cathy, als sie sich

trotzdem ans Abspülen machte. »Aber ich muß gestehen, daß ich mit einem ganz bestimmten Hintergedanken geblieben bin.«

»Und der wäre?« Simon griff nach einem Geschirrtuch und unterstützte Julian etwas unbeholfen beim Abtrocknen.

»Wer ist Mrs. Trentham?« fragte Cathy nun ohne Umschweife. Simon drehte sich zu ihr um, als sie verlegen hinzufügte: »Ich habe gehört, wie Becky den Namen erwähnte, nachdem der Mann im Tweedjackett, der solche Aufregung verursacht hat, gegangen war.«

Simon antwortete nicht sogleich, und es sah aus, als wäge er sorgfältig ab, was er sagen sollte. Zwei trockene Teller später begann er:

»Es muß vor langer Zeit angefangen haben, sogar vor meiner. Dabei arbeitete ich bereits fünf Jahre lang mit Becky zusammen bei Sotheby's, ehe sie mich bat, zu Trumper zu kommen. Ehrlich gesagt, ich weiß nicht, weshalb sie und Mrs. Trentham einander so hassen, aber ich weiß, daß Mrs. Trenthams Sohn Guy und Sir Charles im selben Regiment waren und Guy Trentham irgendwas mit dem Madonnenbild zu tun gehabt hat, das wir aus der Auktion zurückziehen mußten. Das einzige, was ich im Lauf der Jahre sonst noch so nebenbei hörte, ist, daß Guy Trentham nach Australien verschwand, kurz nachdem ... Das war eine meiner besten Teetassen!«

»Oh, tut mir leid«, entschuldigte sich Cathy. »Wie ungeschickt von mir.« Sie bückte sich und hob die Porzellanscherben auf, die über den Küchenboden verstreut waren. »Wo bekomme ich so eine zu kaufen?«

»In der Haushaltsabteilung von Trumper«, antwortete Simon. »Der stolze Preis ist etwa zwei Shilling.« Cathy lachte erleichtert. »Aber ein guter Rat«, fuhr Simon fort, »halten Sie sich an die goldene Regel der älteren Mitarbeiter, was Mrs. Trentham betrifft.«

Cathy hielt beim Zusammenklauben der Scherben inne und starrte ihn an.

»Sie erwähnen den Namen nicht, wenn Becky in der Nähe ist, außer sie bringt ihn selbst zur Sprache. Und daß er Ihnen ja nie in Anwesenheit von Sir Charles über die Lippen kommt. Ich glaube, er würde Sie auf der Stelle feuern.«

»Ich glaube, dazu dürfte ich gar nicht Gelegenheit haben«, entgegnete Cathy. »Ich bin ihm noch nie begegnet und habe ihn erst ein einziges Mal gesehen, als er in der achten Reihe bei der italienischen Auktion gesessen hat.«

»Na, zumindest dagegen könnten wir etwas unternehmen«, sagte Simon. »Wie wär's, wenn Sie mich zu der Party begleiten, die die Trumpers zur Einweihung ihres neuen Hauses am Eaton Square geben? Donnerstag nächste Woche?«

»Ist das Ihr Ernst?«

»Und ob«, antwortete Simon. »Ich glaube nämlich nicht, daß Sir Charles es billigen würde, wenn ich in Begleitung Julians käme.« Der junge Mann errötete.

»Aber würde man es nicht für anmaßend halten, wenn eine so kleine Angestellte am Arm des Abteilungsleiters erscheint?«

»Nicht Sir Charles. Ich glaube, das Wort ›anmaßend‹ führt er in seinem Wortschatz gar nicht.«

Cathy brachte viele ihrer Mittagspausen damit zu, sich in den Damenmodegeschäften von Chelsea umzusehen, ehe sie das, wie sie fand, passende Kleid für Trumpers Hauseinweihungsparty entdeckte. Es war sonnenblumengelb und hatte eine breite Schärpe um die Taille. Der Verkäufer versicherte ihr, es sei das richtige Cocktailkleid. Im letzten Augenblick kamen Cathy jedoch Bedenken wegen der Rocklänge – oder vielmehr mangelnden Länge – für einen so feierlichen Anlaß. Doch als Simon sie im Haus Nummer 135 abholte, sagte er sogleich begeistert: »Sie werden eine Sensation, glauben Sie mir.« Seine ehrliche Bewunderung gab ihr wieder etwas Selbstsicherheit – zumindest, bis sie an der obersten Eingangsstufe des Trumperschen Hauses am Eaton Square ankam.

Als Simon an der Tür klopfte, hoffte Cathy nur, es würde nicht zu offensichtlich sein, daß sie noch nie zuvor in ein so wunderschönes Haus eingeladen worden war. Doch kaum hatte der Butler sie hineingebeten, verließen sie ihre Hemmungen, denn sie sah, welche Leckerbissen es hier zu genießen gab. Während andere den unentwegt nachgeschenkten Champagner tranken und sich von den auf Silbertabletts herumgereichten Appetithappen bedienten, galt ihre Aufmerksamkeit anderen Dingen. Sie stieg die Treppe hinauf und genoß dabei eine seltene Augenweide nach der anderen.

Die erste war ein Courbet, ein Stilleben in herrlich kräftigen Rot-, Orange- und Grüntönen; dann folgte ein Picasso, zwei von rosa Blüten umgebene Tauben, deren Schnäbel sich fast berührten; eine Stufe höher bewunderte sie einen Pissarro, der eine alte Frau zeigte, die eine Heugarbe trug, ein Bild, das von verschiedenen Grüntönen beherrscht wurde. Und unwillkürlich hielt sie den Atem an, als sie als nächstes den Sisley sah, ein Gemälde der Seine, bei dem jeder Hauch von Pastell eine eigene Wirkung erzielte.

»Das ist *mein* Lieblingsgemälde«, sagte eine Stimme hinter Cathy. Sie drehte sich um und sah einen großen jungen Mann mit leicht zerzaustem Haar und einem ansteckenden Lächeln. Seine Smokingjacke saß nicht so recht, seine Fliege war schief, und er lehnte am Geländer, als brauchte er es als Stütze.

»Wunderschön«, sagte sie. »Als ich jünger war, versuchte ich selbst ein bißchen zu malen, und es war Sisley, der mich überzeugte, daß ich es lieber aufgeben sollte.«

»Wieso?«

Cathy seufzte. »Schauen Sie doch das Bild an! Das hat er mit siebzehn gemalt, als er noch zur Schule ging.«

»Gütiger Himmel«, sagte der junge Mann. »Eine Expertin.«

Cathy lächelte ihren neuen Begleiter an. »Vielleicht sollten wir uns auch noch die Werke im oberen Korridor ansehen?«

»Wird Sir Charles nichts dagegen haben?«

»Kann ich mir nicht vorstellen«, entgegnete der junge Mann. »Was hätte man denn davon, ein Sammler zu sein, wenn man anderen nicht die Gelegenheit gibt, seine Schätze zu bewundern?«

Ermutigt durch seine Zuversicht, stieg Cathy eine weitere Stufe hoch. »Phantastisch!« sagte sie. »Ein früher Sickert! Kommt selten vor, daß mal einer verkauft wird.«

»Sie arbeiten offenbar in einer Kunstgalerie.«

»Ich arbeite bei Trumper«, erklärte Cathy stolz. »Chelsea Terrace 1. Und Sie?«

»Auf gewisse Weise gehöre ich auch zu Trumper«, gestand er. Aus dem Augenwinkel sah Cathy Sir Charles aus einem der oberen Zimmer näher kommen – ihre erste Begegnung mit dem Vorsitzenden. Wie Alice wäre sie am liebsten durch ein Schlüsselloch verschwunden, aber ihr Begleiter wirkte ungerührt und schien sich wie zu Hause zu fühlen.

Der Gastgeber lächelte Cathy an, als er die Treppe herunterstieg. »Hallo«, sagte er, als er auf ihrer Höhe war. »Ich bin Charlie Trumper und habe schon viel über Sie gehört, junge Dame. Natürlich habe ich Sie bei der italienischen Auktion gesehen, und Becky sagt, daß Sie großartige Arbeit leisten. Übrigens, Glückwunsch zum Katalog.«

»Danke, Sir.« Cathy wußte nicht, was sie sonst hätte sagen sollen, da Sir Charles weiter die Stufen hinunterging und unentwegt redete, ihren Begleiter jedoch ignorierte.

Erst als er weiter unten war, blickte er über die Schulter zurück und sagte: »Meinen Sohn haben Sie also schon kennengelernt. Lassen Sie sich nicht von seinem harmlosen Gelehrtenaussehen täuschen; er ist genauso ein Spitzbube wie sein Vater. Zeig ihr den Bonnard, Daniel.« Und schon verschwand Sir Charles im Salon.

»Ah ja, der Bonnard. Vaters ganzer Stolz«, sagte Daniel. »Ich könnte mir keine bessere Möglichkeit ausdenken, ein Mädchen ins Schlafzimmer zu locken.«

»Sie sind Daniel Trumper?«

»Nein, Raffles, der berüchtigte Kunstdieb.« Daniel nahm Cathys Hand und führte sie den Rest der Treppe hinauf ins elterliche Schlafzimmer.

»Na, was sagen Sie dazu?« fragte er sie.

»Umwerfend.« Was anderes fiel Cathy nicht gleich ein, während sie zu dem riesigen Bonnard-Akt – seine Geliebte Michelle, die sich abtrocknete – aufblickte, der über dem Doppelbett hing.

»Vater ist ungemein stolz auf diese Dame«, erklärte Daniel.

»Und er erinnert uns immer wieder daran, daß er nur dreihundert Guineen für sie bezahlen mußte. Beinahe so gut wie der …« Er ließ den Satz unvollendet.

»Er hat einen ausgezeichneten Geschmack.«

»Der beste Laie auf diesem Gebiet, sagt Mutter. Und wer könnte ihr schon widersprechen, schließlich hat er jedes Bild in diesem Haus ausgewählt.«

»Ihre Mutter keines?«

»Nicht eines. Mutter ist vom Wesen her Verkäufer, während Vater Käufer ist, eine unübertroffene Kombination, seit Duveen und Berenson alles auf dem Kunstmarkt aufkauften und die Preise in die Höhe trieben.«

»Sie hätten *beide* eingesperrt gehört«, meinte Cathy.

»Wohingegen mein Vater, wie ich vermute«, sagte Daniel, »wie Duveen enden wird.« Cathy lachte. »Aber ich glaube, jetzt sollten wir hinuntergehen und etwas essen, ehe alles verschwunden ist.«

Im Eßzimmer konnte Cathy nicht umhin zu bemerken, wie Daniel zielstrebig zu einem Tisch auf der gegenüberliegenden Seite des Raumes hinsteuerte, wo er mit flinker Hand zwei Tischkarten austauschte.

»Na so was, Miss Ross«, sagte Daniel scheinbar staunend, als er einen Stuhl für sie zurechtrückte, während andere Gäste ihre Plätze suchten. »Eine glückliche Fügung hat uns sogar zu Tischnachbarn gemacht.«

Cathy setzte sich lächelnd und beobachtete eine etwas schüchtern wirkende junge Dame, die verwundert ihre Tischkarte suchte.

Bald beantwortete Daniel ihre Fragen über Cambridge, dann wollte er alles über Melbourne wissen, eine Stadt, die er nicht kannte, wie er sagte. Unvermeidlich kam es zu der Frage: »Und was machen Ihre Eltern?« Cathy antwortete ohne Zögern: »Ich weiß es nicht. Ich habe sie nie gekannt.«

Daniel lächelte. »Dann sind wir füreinander geschaffen.«

»Wieso das?«

»Ich bin der Sohn eines Obst- und Gemüsehändlers und einer Bäckerstochter aus Whitechapel. Eine Waise aus Melbourne, sagen Sie? Dann sind Sie auf der Gesellschaftsleiter bestimmt eine Sprosse höher als ich.«

Cathy lachte, als Daniel vom geschäftlichen Anfang seiner Eltern erzählte, und im Lauf des Abends dachte sie, daß dies vielleicht der erste Mann wäre, mit dem sie über ihre geheimnisvolle Herkunft sprechen könnte, die wohl auch ein Geheimnis bleiben würde.

Als das Geschirr des letzten Gangs weggeräumt war und sie sich viel Zeit beim Kaffee ließen, fiel Cathy auf, daß das schüchtern wirkende Mädchen nun unmittelbar hinter ihrem Stuhl stand. Daniel erhob sich, um sie mit Marjorie Carpenter, einer Mathematikdozentin vom Girton College, bekannt zu machen. Offenbar war sie Daniels Gast für den Abend und überrascht, vielleicht auch enttäuscht gewesen, daß sie ihn nicht als Tischnachbarn bekommen hatte.

Die drei plauderten über das Leben in Cambridge, bis die Marquise von Wiltshire mit dem Löffel auf die Tischplatte klopfte und, nachdem sie die Aufmerksamkeit aller hatte, eine Rede scheinbar aus dem Stegreif hielt, von der Cathy aber vermutete, daß sie sorgfältig einstudiert war. Als sie schließlich einen Toast ausbrachte, hoben alle die Gläser auf die Trumpers. Dann überreichte die Marquise Sir Charles eine Abbildung von Nummer 147 in Silber, worüber sich dieser sichtlich sehr freute. Er bedankte sich und hielt ebenfalls eine kurze, witzige Rede, die wie Cathy vermutete, genausowenig improvisiert war.

»Ich muß jetzt gehen«, bedauerte Cathy ein paar Minuten später. »Ich fange am Morgen schon früh an. War nett, Sie kennengelernt zu haben, Daniel«, fügte sie hinzu, plötzlich wieder förmlich, und sie schüttelten sich die Hand wie Fremde.

»Wir sprechen uns bald wieder«, sagte er, als Cathy sich zu ihren Gastgebern begab und sich für den denkwürdigen Abend, wie sie sich ausdrückte, bedankte. Cathy ging allein, nachdem sie nach Simon Ausschau gehalten und gesehen hatte, daß er tief in ein Gespräch mit einem blonden jungen Mann versunken war, der vor kurzem in der Teppichabteilung angefangen hatte.

Sie schlenderte gemächlich, jede Minute dieses Abends genießend, vom Eaton Square zur Chelsea Terrace und war wenige Minuten nach Mitternacht in ihrem kleinen Apartment im ersten Stock von Nummer 135. Sie kam sich fast ein wenig wie Aschenputtel vor.

Während sie sich auszog, dachte sie darüber nach, wie sehr ihr die Party gefallen hatte, vor allem Daniels Gesellschaft und die Gelegenheit, Bilder ihrer Lieblingsmaler zu sehen. Sie fragte sich, ob ...

Das Klingeln des Telefons riß sie aus ihren Gedanken. Da es inzwischen weit nach Mitternacht war, nahm sie an, daß jemand sich verwählt hatte.

»Ich habe gesagt, daß wir uns bald wieder sprechen würden«, sagte die Stimme am anderen Ende.

»Gehen Sie lieber ins Bett, Sie Verrückter.«

»Ich liege bereits. In der Frühe rufe ich Sie wieder an.« Sie hörte ein Klicken.

Tatsächlich rief Daniel kurz nach acht Uhr an.

»Ich komme eben erst aus dem Bad«, erklärte sie ihm.

»Dann müssen Sie wie Michelle aussehen. Ich komme lieber schnell rüber und suche Ihnen ein Frottiertuch aus.«

»Danke, ich habe bereits eines um«, versicherte ihm Cathy lachend.

»Wie schade«, bedauerte Daniel. »Ich bin wirklich gut im Abtrocknen. Aber wenn das nicht geht«, fügte er hinzu, ehe sie etwas sagen konnte, »wie wäre es, wenn Sie mit mir zum Festessen des Trinity College am Samstag gehen? Es ist immer nur eines pro Quartal; wenn Sie mir also einen Korb geben, besteht keine Chance, daß Sie mich so bald wiedersehen.«

»In diesem Fall nehme ich an. Aber bloß, weil ich kein College-Festessen mehr hatte, seit ich aus der Schule raus bin.«

Also fuhr Cathy mit dem Zug nach Cambridge, wo Daniel sie am Bahnsteig in Empfang nahm. Obwohl der Trinity-Professorentisch so berüchtigt war, daß er selbst die illustresten Gäste einzuschüchtern vermochte, fühlte Cathy sich unter den anwesenden Professoren sehr wohl. Allerdings fragte sie sich, wie manche es zu einem hohen Alter bringen wollten, wenn sie regelmäßig so viel aßen und tranken.

»Der Mensch lebt nicht von Brot allein«, war Daniels einzige Bemerkung zu dem Mahl, bei dem sieben Gänge aufgetischt wurden. Cathy dachte, die Freßorgie wäre zu Ende, als sie noch ins Haus des Rektors eingeladen wurden, aber dort gab es alles mögliche zum Knabbern, und die Portweinkaraffe, die endlos herumging, schien nie zur Ruhe zu kommen oder leer zu werden. Sie entfleuchte schließlich, doch erst, nachdem die Turmuhr von Trinity Mitternacht geschlagen hatte. Daniel brachte sie zu einem Gästezimmer an der anderen Seite des riesigen Hofs und fragte, ob sie Lust hätte, mit ihm zur Morgenandacht im King's College zu gehen.

»Ich bin so froh, daß Sie nicht vorgeschlagen haben, ich solle zum Frühstück kommen«, sagte Cathy, als Daniel sie auf die Wange küßte, ehe er ihr eine gute Nacht wünschte.

Das Gästezimmer, das Daniel ihr besorgt hatte, war noch kleiner als ihr winziges Apartment in Nummer 135, aber sie schlief sofort ein, kaum daß sie den Kopf aufs Kissen gelegt hatte, und wurde erst von Glockengeläut geweckt, das, wie sie annahm, von der Kapelle des King's College herüberdrang.

Daniel und Cathy erreichten den Eingang der spätgotischen Kapelle, nur Augenblicke bevor die Chorsänger ihre Prozession in Zweierreihen durch das Kirchenschiff begannen. Ihr Gesang bewegte Cathy noch mehr als die Schallplattenaufnahme, die sie besaß und bei der nur das Bild der Chorsänger auf der Hülle ahnen ließ, welch erhebendes Erlebnis es sein mußte.

Nach dem Segen schlug Daniel einen Spaziergang am Camufer vor, um die letzten Reste von Müdigkeit zu vertreiben. Er nahm sie bei der Hand und ließ sie nicht los, bis sie etwa eine Stunde später nach Trinity Hall zu einem leichten Mittagessen zurückgekehrt waren.

Am Nachmittag führte Daniel Cathy durch das Fitzwilliam Museum, wo Cathy wie gebannt vor Goyas kinderfressendem Teufel stehenblieb. »Bißchen wie an Trinitys Professorentisch«, bemerkte Daniel, ehe sie hinüber ins Queens' spazierten und einem Studentenstreichquartett zuhörten, das eine Fuge von Bach spielte. Als sie gingen, flackerte bereits das Gaslicht entlang der Queen Street.

»Bitte, kein Abendessen!« flehte Cathy, während sie über die Mathematical Bridge zurückschlenderten.

Daniel lachte, und nachdem sie ihre Reisetasche aus dem Trinity-Gästehaus geholt hatten, fuhr er sie in seinem kleinen MG gemächlich nach London zurück.

»Danke für das denkwürdige Wochenende«, sagte Cathy, als sie Nummer 135 erreicht hatten. »Nein, mit ›denkwürdig‹ sind die beiden letzten Tage nicht genügend gewürdigt.«

Daniel küßte sie sanft auf die Wange. »Wiederholen wir es doch nächstes Wochenende«, bat er.

»Kommt nicht in Frage«, entgegnete Cathy, »nicht wenn Sie es ernst gemeint haben, daß Sie schlanke Frauen mögen.«

»Na gut, dann lassen wir das Essen aus und spielen statt dessen Tennis. Es ist vielleicht die einzige Möglichkeit herauszufinden, wie gut die zweite Mannschaft der Melbourner Universität ist.«

Cathy lachte. »Würden Sie so lieb sein und Ihrer Mutter für mich noch einmal für die exquisite Party am vergangenen Donnerstag danken? Es war wirklich eine denkwürdige Woche.«

»Täte ich gern, aber Sie werden sie bestimmt vor mir sehen.«

»Übernachten Sie denn nicht bei Ihren Eltern?«

»Nein, ich muß nach Cambridge zurück – ich habe um neun Uhr ein Tutorium zu geben.«

»Aber ich hätte doch den Zug zurück nehmen können!«

»Dann hätte ich zwei Stunden weniger Ihre Gesellschaft gehabt!« sagte er und winkte zum Abschied.

## 41

Als sie das erste Mal in seinem unbequemen, schmalen Bett in seinem gemütlichen kleinen Zimmer miteinander schliefen, erkannte Cathy, daß sie den Rest ihres Lebens mit Daniel verbringen wollte. Sie wünschte sich nur, er wäre nicht der Sohn von Sir Charles Trumper.

Sie bat ihn, seinen Eltern nicht zu erzählen, daß sie soviel beisammen waren, denn sie war fest entschlossen, sich erst bei Trumper zu bewähren, wie sie Daniel erklärte, und sie wollte keinen Fall eine Vorzugsbehandlung, weil sie mit dem Sohn des Chefs ging.

Als Daniel das kleine Kreuz entdeckt hatte, das Cathy um den Hals trug, hatte sie ihm sofort dessen Geschichte erzählt.

Doch nach der Silberauktion, ihrem geschickten Eingreifen bei der Sache mit dem Mann mit der gelben Krawatte, und nachdem sie den Journalisten vom *Telegraph* eingeschaltet hatte, glaubte sie, daß sie es wagen konnte, den Trumpers zu verraten, daß sie ihr einziges Kind liebte.

Am Montag nach der Silberauktion nahm Becky sie ins Vorstandsgremium des Auktionshauses auf, das bisher nur aus Simon, Peter Fellowes und Becky selbst bestanden hatte.

Außerdem bat Becky Cathy, den Katalog für die Impressionistenauktion im Herbst zusammenzustellen und weitere Verantwortung auf sich zu nehmen, darunter die Leitung des Verkaufspersonals. »Und als nächstes ein Direktorenposten bei der Gesellschaft«, zog Simon Cathy auf.

Sie rief Daniel noch am selben Vormittag an und teilte ihm die gute Nachricht mit.

»Bedeutet das, daß wir endlich meine Eltern einweihen können?«

Als Daniels Vater ihn einige Wochen später anrief, um ihm mitzuteilen, daß er und Becky nach Cambridge kommen wollten, weil sie etwas ziemlich Wichtiges mit ihm zu besprechen hätten, lud Daniel sie zum Tee am kommenden Sonntag ein und sagte, daß auch er ihnen etwas »ziemlich Wichtiges« mitzuteilen habe.

Daniel und Cathy telefonierten in dieser Woche jeden Tag miteinander. Sie meinte, ob es nicht doch besser wäre, Daniels Eltern darauf vorzubereiten, daß sie ebenfalls anwesend sein würde, wenn sie zum Tee kämen.

Doch davon wollte Daniel nichts wissen. Er sagte, es wäre selten genug, daß er seinem Vater etwas voraushätte und er beabsichtige nicht, sich die Chance entgehen zu lassen, ihre verblüfften Gesichter zu sehen.

»Aber dich weihe ich schon jetzt in ein anderes Geheimnis ein«, sagte Daniel. »Ich habe mich für eine freie Stelle als Professor der Mathematik am King's College in London beworben.«

»Da bringst du aber ein großes Opfer, Dr. Trumper«, sagte Cathy. »Denn ich werde dich in London bestimmt nicht so gut füttern können, wie sie es in Trinity Hall tun.«

»Großartig. Das erspart mir ein paar Besuche bei meinem Schneider.«

Der Tee in Daniels Collegeapartment hätte nicht schöner für Cathy sein können, obwohl sie anfangs das Gefühl hatte, daß Becky unruhig war und, wenn überhaupt möglich, noch unruhiger wurde, nachdem sie dort einen Anruf von einem Mr. Baverstock erhalten hatte.

Sir Charles' Freude über die Neuigkeit, daß sie und Daniel während der Osterferien heiraten wollten, war offensichtlich ehrlich, und Becky war trotz ihrer Unruhe außer sich vor Freude, Cathy als Schwiegertochter zu bekommen. Charlie brachte Cathy jedoch in Verlegenheit, als er plötzlich das Thema wechselte und wissen wollte, von wem das Aquarell über Daniels Schreibtisch stamme.

»Cathy hat es gemalt«, hatte Daniel erklärt. »Endlich eine Künstlerin in der Familie.«

Charlie, der Cathy sofort nach der Ankündigung, seinen

Sohn heiraten zu wollen, als Familienmitglied angesehen hatte, fragte ungläubig: »Du kannst so gut malen, Mädchen?«

»Und ob«, erwiderte Daniel an ihrer Statt und blickte auf das Aquarell. »Ihr Verlobungsgeschenk für mich. Außerdem ist es das einzige Cathy-Original, das sie gemalt hat, seit sie in England ist, also ist es unbezahlbar.«

»Würdest du eines für mich malen?« fragte Charlie, nachdem er das kleine Bild eingehender studiert hatte.

»Sehr gern«, versicherte ihm Cathy. »Aber wo würden Sie es hinhängen? In die Garage?« Was ihr nur einen Vortrag einbrachte, daß sie gefälligst auch ihn und Becky zu duzen habe.

Nach dem Tee machten sie alle einen Spaziergang durch die Backs, und Cathy war enttäuscht, weil Daniels Eltern es so eilig hatten, nach London zurückzufahren, daß sie nicht an der Abendandacht in der Kapelle teilnehmen konnten.

Nach der Abendandacht liebten sie sich in Daniels schmalem Bett, und Cathy meinte, daß Ostern vielleicht keinen Moment zu früh sein würde.

»Was meinst du damit?« fragte er.

»Meine Periode läßt bereits über eine Woche auf sich warten.«

Daniel war so überglücklich, daß er gleich seine Eltern anrufen und sie an seiner Begeisterung Anteil nehmen lassen wollte.

»Mach dich nicht lächerlich«, warnte Cathy. »Es ist ja noch gar nicht sicher. Und wenn doch, hoffe ich nur, daß deine Eltern nicht allzu entsetzt sein werden, wenn sie es erfahren.«

»Entsetzt? Ganz sicher nicht. Sie haben ja selbst erst eine Woche nach meiner Geburt geheiratet.«

»Woher weißt du das denn?« fragte Cathy.

»Ich brauchte bloß mein Geburtsdatum mit dem Datum auf ihrem Trauschein zu vergleichen. Ganz einfach. Sieht so aus, als hätte man nicht zugeben wollen, daß ich zu jemandem gehörte.«

Das gab den Anstoß, daß Cathy sich sagte, sie müsse noch vor der Heirat Klarheit schaffen, ob sie mit Mrs. Trentham verwandt war oder nicht. Sie wollte nicht, daß die Trumpers vielleicht einmal auf den Gedanken kamen, sie hätte es darauf abgesehen gehabt, sie zu täuschen, falls sich erweisen sollte, daß sie mit der Frau verwandt war, die sie so sehr verachteten. Und nun, da Cathy unvermutet erfahren hatte, wo Mrs. Trentham wohnte, beschloß sie, ihr zu schreiben, sobald sie zurück in London war.

Sie verfaßte noch am Sonntag abend einen Entwurf und stand am nächsten Morgen früher auf, um ihn mit einigen Änderungen ins reine zu schreiben.

Chelsea Terrace 135
London SW 10

27. November 1950

Sehr geehrte Mrs. Trentham,

ich schreibe Ihnen als völlig Unbekannte, in der Hoffnung, Sie können mir vielleicht bei der Lösung eines Problems helfen, dem ich mich seit Jahren gegenübersehe.

Ich bin in Australien geboren, in Melbourne, und habe meine Eltern nie gekannt, da ich schon als Kleinkind in das Waisenhaus St. Hilda kam. Der einzige Hinweis auf meinen Vater ist ein Miniatur-Militärverdienstkreuz, das er mir gab, als ich noch ein ganz kleines Kind war. An einer Seite sind die Initialen G. F. T eingraviert.

Der Kurator des Museums der Royal Fusiliers in Hounslow hat mir bestätigt, daß der Orden Captain Guy F. Trentham am 22. Juli 1918 nach seiner Heldentat bei der zweiten Schlacht an der Marne verliehen wurde.

Sind Sie vielleicht mit Guy verwandt, und könnte er mein Vater sein? Ich wäre Ihnen sehr dankbar für jede Information, die Sie mir in dieser Sache geben könnten.

Bitte entschuldigen Sie, daß ich mit einem so persönlichen Anliegen an Sie herantrete.

Ich wäre Ihnen für eine Antwort sehr dankbar.

Mit freundlichen Grüßen
Cathy Ross

Cathy warf den Brief in den Kasten an der Ecke Chelsea Terrace, ehe sie zur Arbeit ging. Nachdem sie jahrelang gehofft hatte, jemanden zu finden, mit dem sie verwandt war, schien es ihr ironisch, daß sie sich jetzt einen abschlägigen Bescheid wünschte.

Die Verlobungsanzeige von Cathy Ross und Daniel Trumper stand am nächsten Morgen groß im Gesellschaftsteil der *Times*. Alle in Nummer 1 freuten sich offenbar über die Neuigkeit, und während der Mittagspause brachte Simon bei einem Glas Sekt einen Toast auf Cathy aus und ließ jedermann wissen: »Das ist eine Trumpersche List, damit wir sie nicht an Sotheby's oder Christie's verlieren.« Alle spendeten Applaus, während Simon ihr noch ins Ohr flüsterte: »Und Sie sind die Richtige für unseren Aufstieg in die erste Liga.«

Am Donnerstag morgen hob Cathy unter dem Briefschlitz am Eingang ein lila Kuvert mit ihrem Namen in feiner violetter Schrift auf. Nervös öffnete sie es und holte zwei Blatt dickes Bütten derselben Farbe heraus. Der Brief verblüffte, aber erleichterte sie auch sehr.

Chester Square 14
London SW1

29. November 1950

Sehr geehrte Miss Ross,

danke für Ihren Brief vom vergangenen Montag. Ich bedauere, daß ich Ihnen nicht helfen kann. Ich hatte zwei Söhne, Nigel, der jüngere, ist seit kurzem geschieden. Seine ehemalige Gattin wohnt jetzt in Dorset mit meinem einzigen Enkelkind, dem dreijährigen Giles Raymond.

Mein älterer Sohn war in der Tat Guy Francis Trentham, dem nach der zweiten Schlacht an der Marne das Militärverdienstkreuz verliehen wurde, aber er starb 1922 nach langem Leiden an Tuberkulose. Er war nie verheiratet und hatte keine Kinder.

Die Miniaturversion des MC war verschwunden, nachdem mein Sohn von einem Kurzbesuch bei entfernten Verwandten in

Melbourne zurückkehrte. Ich bin froh, daß sich dieses Kreuz nach all den Jahren wiedergefunden hat, und wäre Ihnen sehr dankbar, wenn Sie es mir bei nächster Gelegenheit zurückgeben würden. Ich bin überzeugt, daß Sie dieses Andenken an meinen Sohn nicht mehr behalten wollen, da Sie ja nun den rechtmäßigen Besitzer kennen.

Mit freundlichen Grüßen
Ethel Trentham

Cathy war froh, nun zu wissen, daß Guy Trentham bereits mehr als ein Jahr vor ihrer Geburt gestorben war. Das bedeutete, daß sie nicht mit dem Mann verwandt sein konnte, der ihren zukünftigen Schwiegereltern soviel Leid zugefügt hatte. Das MC mußte irgendwie in die Hände ihres Vaters, wer immer er auch war, gelangt sein, schloß Cathy; so gesehen, hatte Mrs. Trentham wohl tatsächlich mehr Anspruch darauf als sie selbst.

Nach Mrs. Trenthams Brief zweifelte Cathy daran, daß sie je herausfinden würde, wer ihre Eltern waren, da sie nicht mehr die Absicht hatte, in nächster Zeit nach Australien zurückzukehren, denn nun gab es Daniel und die Zukunft mit ihm. Jedenfalls erschienen ihr weitere Nachforschungen, wer ihr Vater gewesen sein mochte, unter diesen Umständen nicht mehr so wichtig.

Da Cathy Daniel schon an dem Tag, als sie sich kennenlernten, erzählt hatte, daß sie nicht wußte, wer ihre Eltern waren, fuhr sie am Freitag abend unbeschwert nach Cambridge. Auch ihre Periode war endlich doch noch gekommen, und so fühlte sich Cathy glücklich wie kaum je zuvor, während der Zug der Universitätsstadt entgegenratterte.

Sie spielte mit dem kleinen Kreuz, das an einem goldenen Kettchen, welches ihr Daniel zum Geburtstag geschenkt hatte, um ihren Hals hing. Sie bedauerte ein wenig, daß sie es zum letztenmal trug; denn sie hatte bereits den Entschluß gefaßt, es Mrs. Trentham gleich nach ihrem Wochenende mit Daniel zu schicken.

Der Zug rollte nur mit knapper Verspätung in Cambridge

ein. Cathy griff nach ihrem kleinen Koffer und trat aus dem Bahnhof. Sie hatte eigentlich damit gerechnet, daß Daniel direkt davor in seinem MG auf sie warten würde. Solange sie ihn kannte, war er noch kein einziges Mal zu spät gekommen, deshalb war sie enttäuscht, weder ihn noch den Wagen zu sehen, und noch mehr verwundert, als er nach zwanzig Minuten immer noch nicht aufgetaucht war. Sie ging zur Telefonzelle am Bahnhof. Daniel hatte seine eigene Nummer, so brauchte sie nicht über die Vermittlung durchgestellt zu werden. Sie hörte das Freizeichen, aber es hob niemand ab.

Verwundert nahm Cathy ein Taxi gleich am Stand vor dem Bahnhof und ließ sich zur Trinity Hall fahren.

Als der Wagen in den New Court einbog, wuchs Cathys Verwunderung noch, als sie feststellte, daß Daniels MG an seinem üblichen Platz parkte. Sie bezahlte den Fahrer und stieg die vertraute Treppe hinauf.

Cathy fand, daß Daniel es zumindest verdient hatte, daß sie ihn aufzog, weil er vergessen hatte, sie abzuholen. Mußte sie mit so etwas ständig rechnen, wenn sie erst verheiratet waren? Wurde er bereits zum zerstreuten Professor? Sie stieg die abgetretenen Steinstufen zu seinem Apartment hinauf und klopfte an der Tür, für den Fall, daß er noch einen Studenten bei sich hatte. Als sich auch nach dem zweiten Klopfen nichts tat, öffnete sie die unverschlossene schwere Holztür und beschloß, in seinem Arbeitszimmer zu warten, bis er zurückgekehrt war.

Ihr Schrei mußte von jedem Bewohner dieses Stockwerks gehört worden sein. Der erste Student, der angelaufen kam, fand die junge Frau bewußtlos mitten im Zimmer auf dem Boden liegen. Der Student ließ die Bücher fallen, die er getragen hatte, und übergab sich, dann holte er tief Atem, drehte sich um, so schnell er konnte, und kroch auf allen vieren, vorbei an einem umgekippten Stuhl, aus dem Arbeitszimmer. Er konnte den Anblick nicht noch einmal ertragen, der sich ihm beim Betreten des Zimmers geboten hatte.

Dr. Trumper schwang langsam an einem Deckenbalken in der Mitte des Zimmers.

# Charlie

## 1950–1964

## 42

ℌ Ich konnte drei Tage lang nicht schlafen. Am Morgen des vierten Tages fand der Trauergottesdienst in der Trinity-Kapelle statt, die voll von Daniels Freunden, Kollegen und Studenten war. Irgendwie überlebte ich diese schrecklichen Stunden und den Rest der Woche, nicht zuletzt dank Daphne, die alles mit ihrer gewohnten Tüchtigkeit und Beherrschtheit organisiert hatte. Cathy konnte nicht am Gottesdienst teilnehmen, denn man behielt sie immer noch zur Beobachtung im Addenbrooke Krankenhaus.

Ich stand neben Becky, als der Chor *Fast Falls the Eventide* sang. Meine Gedanken irrten ab, und ich versuchte, die Ereignisse der vergangenen drei Tage zu rekonstruieren und einen Sinn dahinter zu finden. Nachdem Daphne mir mitgeteilt hatte, daß David sich das Leben genommen hatte – wer immer sie dazu ausersehen hatte, es mir schonend beizubringen, mußte etwas von Mitgefühl verstehen –, fuhr ich sofort nach Cambridge und bat Daphne, Becky nichts zu sagen, ehe ich nicht herausgefunden hatte, was tatsächlich passiert war. Als ich zwei Stunden später im Trinity Great Court ankam, war Daniels Leiche bereits weggebracht und Cathy im Addenbrooke-Krankenhaus eingeliefert worden – sie befand sich, wie ich erfuhr, noch unter Schock, was keine Überraschung war. Der zuständige Kriminalinspektor hätte nicht taktvoller und zuvorkommender sein können. Später mußte ich den toten Daniel in der Leichenhalle identifizieren. Ich war dem lieben Gott dankbar, daß Becky ihren Sohn nicht in diesem eiskalten Raum zum letztenmal sehen mußte.

*Lord, with me abide ...*

Ich versicherte dem Inspektor, daß ich keinen Grund kannte, weswegen Daniel keinen Ausweg mehr gesehen hätte – daß ich ihn im Gegenteil in seinem ganzen Leben nie glücklicher erlebt hatte. Der Inspektor zeigte mir den Abschiedsbrief, wenn man es überhaupt so nennen konnte: ein einfaches Blatt Papier mit nur fünf handgeschriebenen Zeilen.

»Selbstmörder schreiben gewöhnlich einen, wissen Sie?«

Ich wußte es nicht.

Ich las Daniels saubere Schrift:

Jetzt, da es unmöglich ist, daß Cathy und ich heiraten können, will ich nicht mehr weiterleben. Um Gottes willen, kümmert Euch um das Kind.

Daniel

Ich muß diese Worte bestimmt hundertmal, wenn nicht öfter, gelesen haben, und trotzdem verstand ich sie nicht.

Eine Woche später bestätigte der Krankenhausarzt in seinem Bericht an den Untersuchungsbeamten, daß Cathy weder schwanger war noch eine Fehlgeburt gehabt hatte. Immer wieder las ich die Worte. War etwas in diesen Zeilen verborgen, das mir entging, oder würde ich Daniels letzte Worte nie ganz verstehen können?

*When other helpers fail ...*

Ein Gerichtssachverständiger fand später noch Briefpapier im Kamin, aber es war völlig verkohlt und den zerfallenden Stückchen konnte nichts mehr entnommen werden. Dann zeigte man mir einen Umschlag, in dem nach Meinung der Polizei der Brief geschickt worden war, und fragte mich, ob ich die Schrift kannte. Ich studierte die steife, dünne Schrift in violetter Tinte. Nur *Dr. Daniel Trumper* stand auf dem Umschlag.

Nein, log ich. Der Inspektor sagte mir, daß der Brief an dem Nachmittag von einem schnurrbärtigen Mann in Tweedjackett abgegeben worden war. Das war alles, woran der Student sich erinnern konnte, dem der Mann aufgefallen war, und daß der Schnurrbärtige sich offenbar ausgekannt hatte.

Ich fragte mich, was ihm dieses teuflische alte Weib geschrieben haben mochte, daß er glaubte, sich das Leben nehmen zu müssen. Ich war überzeugt, die Entdeckung allein, daß Guy

Trentham sein Vater war, hätte ihn bestimmt nicht dazu getrieben – schon gar nicht, da er und Mrs. Trentham sich schon vor einigen Jahren getroffen hatten und zu irgendeiner Einigung gekommen waren.

Die Polizei fand noch einen Brief auf Daniels Schreibtisch, und zwar vom Rektor des King's College in London, der ihm formell einen Lehrstuhl für Mathematik anbot.

*And comforts flee ...*

Nachdem ich die Leichenhalle verlassen hatte, fuhr ich zum Addenbrooke-Krankenhaus, wo man mir erlaubte, ein paar Minuten an Cathys Bett zu verweilen.

Obwohl sie die Augen offen hatte, sah ich, daß sie mich nicht erkannte. Eine ganze Stunde starrte sie leeren Blicks an die Decke, während ich dort stand. Als ich einsah, daß ich momentan nichts für sie tun konnte, verließ ich leise das Krankenzimmer. Der behandelnde Psychiater, Dr. Stephen Atkins, kam plötzlich aus seinem Büro und fragte, ob ich ein paar Minuten entbehren könne.

Der gepflegte kleine Mann in seinem maßgeschneiderten Anzug und der riesigen Fliege erklärte mir, daß Cathy unter psychogener Amnesie litt und daß es noch etwas dauern würde, bis er abschätzen konnte, wie rasch sie sich davon erholen mochte. Ich dankte ihm und bat ihn, mich auf dem laufenden zu halten. Dann fuhr ich nach London zurück.

*Help of the helpless, O abide with me ...*

Daphne wartete in meinem Büro auf mich und sagte keinen Ton über die späte Stunde. Ich versuchte ihr für ihre unendliche Güte zu danken, erklärte ihr jedoch, daß es trotzdem besser wäre, wenn ich selbst Becky die furchtbare Neuigkeit mitteilte. Weiß der Himmel, wie ich das fertigbrachte, ohne den Umschlag mit der verräterischen Handschrift zu erwähnen, aber ich schaffte es jedenfalls. Hätte ich Becky die volle Wahrheit erzählt, ich glaube, sie wäre noch an diesem Abend zum Chester Square gegangen und hätte das Weib auf der Stelle mit bloßen Händen erwürgt – und vielleicht hätte ich ihr sogar dabei geholfen.

Sie begruben ihn unter seinesgleichen. Der Collegepfarrer,

612

der diese Art von Gottesdienst bestimmt schon oft hatte abhalten müssen, hielt dreimal inne, um sich zu fassen.

*In life, in death, O Lord, abide with me ...*

Becky und ich besuchten Addenbrooke jeden Tag dieser Woche gemeinsam, aber Dr. Atkins konnte uns nur sagen, daß Cathys Zustand unverändert war, sie hatte noch kein Wort gesprochen. Trotzdem, schon der Gedanke, daß sie allein und hilflos dalag und unsere Liebe brauchte, lenkte uns ein bißchen von unserem eigenen Leid ab.

Als wir am Freitag nachmittag ziemlich spät nach London zurückkamen, stapfte Arthur Selwyn vor meinem Büro hin und her.

»Jemand ist in Cathys Apartment eingedrungen; das Schloß wurde aufgebrochen«, empfing er mich, ehe ich ein Wort sagen konnte.

»Aber worauf kann ein Einbrecher aus gewesen sein?« wunderte ich mich.

»Das fragte die Polizei sich auch; denn es sieht nicht so aus, als wäre etwas gestohlen worden.«

Das Puzzle wurde immer komplizierter. Was mochte Mrs. Trentham Daniel geschrieben haben? Nun kam noch dieses Rätsel hinzu: Was besaß Cathy, das Mrs. Trentham derart interessierte? Ich war auch nicht schlauer, nachdem ich mich selbst in dem kleinen Apartment umgesehen hatte.

Becky und ich fuhren jeden zweiten Tag nach Cambridge und zurück, bis Cathy gegen Mitte der dritten Woche endlich wieder redete, stockend zunächst, dann in einem Schwall von Worten, während sie meine Hand umklammerte. Manchmal rieb sie ihren Zeigefinger unmittelbar unter dem Kinn gegen den Daumen.

Das gab sogar Dr. Atkins ein Rätsel auf.

Es war ihm inzwischen jedoch gelungen, mehrmals längere Gespräche mit Cathy zu führen, und er hatte sogar mit Wortspielen angefangen, um sich ein Bild von ihrem Erinnerungsvermögen machen zu können. Seiner Meinung nach hatte sie alle Erinnerung an Daniel Trumper und an ihr Leben in Australien aus ihrem Gedächtnis gelöscht. Das war in solchen Fällen nicht ungewöhnlich, versicherte er uns, und er hatte sogar einen schönen griechischen Namen dafür.

»Sollte ich versuchen, mich mit ihrem Professor von der Melbourner Universität in Verbindung zu setzen? Oder vielleicht mit dem Personal vom Melrose Hotel reden? Vielleicht können sie Licht in die Sache bringen.«

»Nein«, entgegnete er und rückte seine gepunktete Fliege gerade. »Sie dürfen sie nicht überanstrengen und müssen Geduld haben. Es kann ziemlich lange dauern, bis ihr volles Erinnerungsvermögen zurückkehrt.«

Ich nickte.

»Halten Sie sich zurück! Zähmen Sie Ihre natürliche Aggression!« war offenbar Dr. Atkins' Lieblingsmahnung.

Sieben Wochen später durften wir Cathy zu uns nach Hause mitnehmen, wo Becky ihr ein Zimmer hergerichtet hatte. Ich hatte Cathys Habe bereits von dem kleinen Apartment über der Metzgerei geholt, natürlich ohne zu wissen, ob bei dem Einbruch nicht doch etwas abhanden gekommen war.

Becky hatte Cathys Kleidung im Schrank und in Schubläden verstaut und sich bemüht, das Zimmer so wohnlich wie nur möglich zu machen. Kurz zuvor hatte ich ihr Aquarell aus Cambridge geholt, wo es über Daniels Schreibtisch gehangen hatte, und es auf der Treppe zwischen den Courbet und den Sisley gehängt. Als Cathy die Treppe zum erstenmal zu ihrem Zimmer hinaufging, sah es nicht so aus, als würde sie ihr eigenes Werk erkennen.

Ich fragte Dr. Atkins noch einmal, ob wir nicht doch an die Universität von Melbourne schreiben sollten, um den Versuch zu unternehmen, etwas über Cathys Vergangenheit in Erfahrung zu bringen, doch er riet erneut davon ab. Er meinte, es müsse von ihr ausgehen, von ihr selbst kommen und nicht als Ergebnis äußeren Drucks.

»Aber was glauben Sie, wie lange es dauern kann, bis ihr Gedächtnis wieder lückenlos ist?«

»Zwischen vierzehn Tagen und vierzehn Jahren, nach meiner Erfahrung.«

Ich kann mich erinnern, daß ich an diesem Abend in Cathys Zimmer ging, mich neben ihr Bett setzte und ihre Hand in die meine nahm. Ich stellte zu meiner großen Freude fest, daß ein bißchen Farbe in ihre Wangen zurückgekehrt war. Sie lächelte und fragte mich zum erstenmal, wie der »große Karren« dahinrumpelte.

»Wir machen Rekordgewinne«, versicherte ich ihr. »Aber viel wichtiger ist, daß in Nummer 1 alle auf dich warten.«

Sie dachte einen Augenblick darüber nach. Dann sagte sie nur: »Ich wünschte, du wärst mein Vater.«

Im Februar 1951 wurde Nigel Trentham in den Vorstand von Trumper berufen. Er bekam einen Platz neben Paul Merrick zugewiesen, dem er flüchtig zulächelte. Ich brachte es nicht fertig, ihn direkt anzusehen. Er war einige Jahre jünger als ich, hatte jedoch sichtlich größere Gewichtsprobleme, wie ich nicht ohne Schadenfreude feststellte.

Der Vorstand genehmigte die Aufwendung einer weiteren halben Million Pfund, »um die Lücke zu füllen«, wie Becky die zweitausend Quadratmeter nannte, die seit zwölf Jahren mitten in der Chelsea Terrace leergestanden hatten. »Dann wird Trumper also endlich unter einem Dach sein«, bemerkte ich. Trentham schwieg. Meine Vorstandskollegen erklärten sich außerdem mit einer Zuwendung von hunderttausend Pfund zum Wiederaufbau des Boys' Clubs in Whitechapel einverstanden, der in »Dan Salmon Center« umbenannt werden sollte. Trentham flüsterte Merrick etwas ins Ohr.

Durch Inflation, Streiks und steigende Baukosten kam die Endabrechnung für das Trumper-Gebäude auf fast siebenhundertdreißigtausend Pfund, statt der geschätzten halben Million. Eine Folge war, daß die Gesellschaft weitere Aktien anbieten mußte, um die zusätzlichen Kosten zu decken. Eine weitere, daß der Wiederaufbau des Boys' Club zunächst aufgeschoben werden mußte.

Die Emission war auch diesmal hoch überzeichnet, was für mich persönlich recht schmeichelhaft war, wenngleich ich befürchtete, Mrs. Trentham würde wieder ein großes Aktienpaket erstehen, beweisen konnte ich es allerdings nicht. Das verringerte natürlich meine Anteile an der Gesellschaft, und ich mußte in Kauf nehmen, daß sie zum erstenmal unter vierzig Prozent fielen.

Es war ein langer Sommer. Cathy wurde allmählich wieder kräftiger und Becky ein wenig ansprechbarer. Der Arzt erlaubte schließlich, daß Cathy ihre Arbeit in Nummer 1 wiederaufnehmen durfte. Sie kehrte am nächsten Tag ins Auktionshaus zurück, und Becky sagte, es schien fast so, als wäre sie nie weggewesen – nur daß niemand in ihrer Anwesenheit Daniel erwähnte.

Eines Abends – es muß etwa einen Monat später gewesen sein – kam ich vom Büro nach Hause und stellte fest, daß Cathy in der Halle hin und her stiefelte.

»Deine Personalpolitik ist völlig falsch«, sagte sie ohne Übergang, nachdem ich die Haustür hinter mir geschlossen hatte.

»Wie bitte, junge Dame?« fragte ich verwirrt. Sie hatte mir nicht einmal Zeit gelassen, aus meinem Mantel zu schlüpfen.

»Sie ist völlig falsch«, wiederholte sie. »Die Amerikaner sparen durch ihre Zeitstudien Tausende von Dollars in ihren Kaufhäusern, während das Personal von Trumper sich noch wie auf der Arche Noah benimmt.«

»Da gab es auch kein Woandershin«, erinnerte ich sie.

»Bis es zu regnen aufhörte«, entgegnete sie. »Charlie, du mußt dir klarwerden, daß das Unternehmen allein bei den Löhnen jährlich mindestens achtzigtausend sparen könnte. Ich bin in den letzten Wochen nicht untätig gewesen. Um es zu beweisen, habe ich alles schriftlich aufgeführt.« Sie schob mir einen Karton in die Hände und marschierte davon.

Nach dem Dinner kramte ich über eine Stunde in diesem Karton und las Cathys vorläufige Feststellungen. Ihr war eine Überbesetzung von Arbeitsstellen aufgefallen, die uns allen entgangen war. Sie beschrieb auf ihre charakteristische Weise in allen Einzelheiten, was getan werden konnte, ohne Schwierigkeiten mit den Gewerkschaften zu bekommen.

Beim Frühstück am nächsten Tag erläuterte mir Cathy ihre Vorstellungen weiter, als wäre überhaupt keine Nacht vergangen. »Hörst du mir überhaupt noch zu, Herr Vorsitzender?« fragte sie. Sie nannte mich immer »Herr Vorsitzender«, wenn sie mir etwas klarmachen wollte. Ich war sicher, daß sie das von Daphne abgeschaut hatte.

»Du redest eine Menge daher«, antwortete ich, was sogar Becky über den Rand ihrer Zeitung blicken ließ.

»Soll ich dir beweisen, daß ich recht habe?« fragte Cathy.

»Nur zu.«

Von diesem Tag an stieß ich bei meinen vormittäglichen Runden hin und wieder auf Cathy, jedesmal in einem anderen Stockwerk. Sie stellte Fragen, beobachtete oder machte sich Notizen, häufig mit einer Stoppuhr in der Hand. Ich fragte sie nie, was sie tat, und wenn sie mich bemerkte, sagte sie lediglich: »Guten Tag, Herr Vorsitzender.«

An den Wochenenden konnte ich Cathy stundenlang auf der Schreibmaschine tippen hören. Dann, völlig unerwartet, fand ich eines Morgens auf meinem Frühstücksteller statt des erwarteten Spiegeleis mit zwei Stück knusprigem Speck und der *Sunday Times* einen dicken Hefter.

An diesem Nachmittag begann ich zu lesen, was Cathy für mich ausgearbeitet hatte. Am frühen Abend war ich zu dem Entschluß gekommen, daß der Vorstand die meisten ihrer Vorschläge umgehend billigen mußte, damit gleich etwas unternommen werden konnte.

Ich wußte genau, was ich als nächstes tun wollte, aber ich fand, dazu brauchte ich erst Dr. Atkins' Segen. Ich rief an diesem Abend noch Addenbrooke an, und die Stationsschwester war so nett und gab mir seine Privatnummer. Wir redeten über eine Stunde am Telefon. Er hatte keine Bedenken, was Cathys weitere Entwicklung betraf, wie er mir versicherte, zumal sie sich an bestimmte Einzelheiten aus ihrer Vergangenheit erinnern konnte und mittlerweile sogar bereit war, über Daniel zu reden.

Als ich am nächsten Morgen zum Frühstück hinunterkam, saß Cathy bereits am Tisch und wartete auf mich. Sie sagte jedoch kein Wort, während ich meinen Toast mit Orangenmarmelade kaute und so tat, als wäre ich völlig in die *Financial Times* vertieft.

»Also gut«, sagte sie schließlich. »Ich gebe es auf.«

»Lieber nicht«, warnte ich sie, ohne von der Zeitung aufzublicken, »denn du bist Nummer 7 auf der Tagesordnung der Vorstandssitzung im nächsten Monat.«

»Aber wer soll meine Argumente vortragen?« fragte sie besorgt.

»Also ich bestimmt nicht«, antwortete ich. »Und ich wüßte auch niemanden, der dafür qualifiziert wäre.«

Die nächsten vierzehn Tage, wenn ich mich ins Bett zurückzog, fehlte mir das Schreibmaschinengetippe. Ich wurde so neugierig, daß ich sogar einmal durch ihre halboffene Tür spähte. Cathy stand einem Spiegel gegenüber, neben ihr eine Staffelei mit einem großen weißen Bogen darauf, der mit vielen farbigen Stecknadeln und gepunkteten Pfeilen überzogen war.

»Geh weg«, sagte sie, ohne sich umzudrehen. Da war mir klar, daß ich nichts tun konnte, als bis zur Vorstandssitzung zu warten.

Dr. Atkins warnte mich, daß es zuviel für sie werden könnte, selbst ihre Argumente dem Vorstand vorzutragen, und mahnte mich, sie sofort nach Haus zu bringen, wenn ich irgendwelche Anzeichen von Streß an ihr bemerkte. »Muten Sie ihr nicht zu viel zu!« sagte er abschließend.

»Bestimmt nicht«, versprach ich ihm.

An diesem Donnerstag vormittag saßen die Vorstandsmitglieder drei Minuten vor zehn an ihren Plätzen um den Tisch. Die Sitzung begann ruhig mit Entschuldigungen der Abwesenden, gefolgt von der Bestätigung des Protokolls der letzten Sitzung. Irgendwie kam es dazu, daß wir Cathy über eine Stunde warten lassen mußten, denn als wir zu Punkt 3 der Tagesordnung kamen – einer Routineentscheidung, die Gesellschaftsversicherung bei der Prudential zu verlängern –, nutzte Nigel Trentham die Gelegenheit, mich zu ärgern. Er hoffte offenbar, daß ich die Beherrschung verlieren würde. Dazu wäre es vermutlich auch gekommen, wenn er es nicht so offensichtlich bezweckt hätte.

»Ich finde, es ist an der Zeit für einen Wechsel, Herr Vorsitzender«, sagte er. »Ich schlage vor, daß wir mit der Legal & General abschließen.«

Ich starrte die linke Tischseite hinunter auf den Mann, dessen Anwesenheit meine Erinnerung an Guy Trentham weckte. Ungewollt stellte ich mir vor, daß er im mittleren Alter wohl so ähnlich ausgesehen hätte. Nigel trug einen gutgeschnittenen Doppelreiher, der sein Figurproblem vertuschte, aber es gab nichts, was das Doppelkinn oder die sich vorzeitig ausbreitende Glatze hätte verbergen können.

»Ich muß den Vorstand darauf hinweisen«, begann ich, »daß Trumper seit dreißig Jahren bei der Prudential versichert ist und daß es in der ganzen Zeit nie Schwierigkeiten mit dieser Gesellschaft gegeben hat. Dazu kommt, daß es höchst unwahrscheinlich ist, daß uns Legal & General günstigere Bedingungen bieten könnten.«

»Aber sie besitzen zwei Prozent der Gesellschaftsanteile«, gab Trentham zu bedenken.

»Und die Prudential immer noch fünf Prozent«, erinnerte ich die Vorstandsmitglieder. Das bewies wieder einmal, daß Trentham seine Hausaufgaben nicht gemacht hatte. Die Diskussion hätte noch stundenlang hin und her gehen können, wäre nicht Daphne eingeschritten, um zur Abstimmung zu bitten.

Obwohl Trentham sieben zu drei unterlag, machte die Auseinandersetzung allen deutlich genug, was auf lange Sicht von ihm zu erwarten sein würde. In den vergangenen achtzehn Monaten hatte Trentham mit Hilfe des Geldes seiner Mutter seine Aktien aufgestockt und hatte, nach meiner Schätzung, inzwischen vierzehn Prozent. Das war noch kontrollierbar, aber mir war nur allzusehr bewußt, daß der Hardcastle Trust weitere siebzehn Prozent unserer Aktien besaß – Aktien, die ursprünglich für Daniel bestimmt gewesen waren und die nun nach Mrs. Trenthams Tod automatisch an Sir Raymonds nächsten Verwandten übergehen würden. Gewiß, Nigel Trentham hatte seinen Antrag nicht durchsetzen können, aber es sah gar nicht so aus, als machte ihm das das geringste aus. Er ordnete völlig ungerührt seine Unterlagen. Er war offenbar damit zufrieden, daß die Zeit für ihn arbeitete.

»Punkt Nummer sieben«, sagte ich und beugte mich vor, um Jessica zu ersuchen, Miss Ross hereinzubitten. Als Cathy eintrat, standen alle Herren auf, sogar Nigel Trentham erhob sich halb von seinem Platz.

Cathy stellte zwei Bogen auf die Staffelei, die bereits für sie hergerichtet war. Auf einem waren graphische Darstellungen, auf dem anderen statistische Tabellen. Sie wandte sich uns zu. Ich begrüßte sie mit einem warmen Lächeln.

»Guten Morgen, meine Damen und Herren.« Sie machte eine Pause und überflog ihre Notizen. Auch wenn sie etwas zögernd begonnen hatte, erklärte sie bald flüssig und ging jede Abteilung einzeln durch, erläuterte, weshalb die Personalpolitik der Gesellschaft nicht mehr zeitgemäß war und welche Schritte unternommen werden müßten, die Mißstände so rasch wie möglich abzuschaffen. Dazu gehörten ein vorzeitiger Eintritt in den Ruhestand für Männer ab sechzig und Frauen ab fünfundfünfzig; das Verpachten von Stellfläche, ja ganzen Geschoßflächen an Markenfirmen, die für garantierte Einnahmen sorgen würden, ohne ein finanzielles Risiko für Trumper darzustellen, da jeder Pächter sein eigenes Personal stellen mußte; und einen höheren Preisnachlaß für Firmen, die zum erstenmal ihre Ware an uns verkaufen wollten. Cathy brauchte etwa vierzig Minuten für ihre Ausführungen, und als sie geendet hatte, dauerte es mehrere Sekunden, bis irgend jemand etwas sagte.

Wenn schon ihre Darlegung gut gewesen war, wurde sie noch übertroffen durch ihre souveräne Beantwortung der danach einsetzenden Fragen. Sie wußte Lösungen für alle Bankprobleme, die Tim Newman und Paul Merrick befürchteten, ebenso wie sie Arthur Selwyns Befürchtungen beruhigen konnte, was die Gewerkschaften betraf. Und sie behandelte Nigel Trentham mit einer Ruhe und Sicherheit, die ich nie erreichen würde, wie mir nur allzu schmerzlich bewußt war. Als Cathy eine Stunde später den Sitzungsraum verließ, erhoben sich wieder alle Herren, außer Trentham, der auf die Tischplatte vor sich starrte.

An diesem Abend wartete Cathy vor der Haustür auf mich.

»Und?«

»Und was?«

»Laß mich nicht schmoren, Charlie«, tadelte sie mich.

»Du wurdest zu unserer neuen Personalleiterin ernannt«, sagte ich grinsend. Einen Augenblick war sogar sie sprachlos. »Da du das Personalproblem angeschnitten hast, junge Dame«, erklärte ich, während ich an ihr vorbei ins Haus trat, »ist der Vorstand der Meinung, daß du es auch lösen sollst.«

Cathy war von dieser Nachricht so begeistert, daß ich zum erstenmal dachte, sie hätte Daniels tragischen Tod vielleicht überwunden. Ich rief Dr. Atkins gleich an und erzählte ihm nicht nur, wie es Cathy ergangen war, sondern auch, daß sie aufgrund ihrer Fähigkeiten sogar in den Vorstand aufgenommen worden war. Was ich jedoch weder ihm noch ihr sagte, war, daß ich mich gezwungen gesehen hatte, auch einer von Trenthams Nominierungen für den Vorstand zuzustimmen, um sicherzugehen, daß ihre Ernennung einstimmig genehmigt wurde.

Von dem Tag an, da Cathy mit am Sitzungstisch saß, war es für alle offensichtlich, daß sie eine ernsthafte Anwärterin für meine Nachfolge auf dem Vorsitzendenstuhl war und nicht bloß ein kluges Mädchen aus Beckys Fittichen. Aber mir war außerdem bewußt, daß Cathy nur aufsteigen konnte, wenn es Trentham auch weiterhin nicht möglich war, einundfünfzig Prozent der Geschäftsanteile an sich zu bringen, und das mochte ihm leicht gelingen, sobald er das Hardcastleerbe antrat. Zum erstenmal in meinem Leben wünschte ich mir, daß Mrs. Trentham noch lange lebte, wenigstens so lange, bis die Gesellschaft stark genug war, daß das Trustgeld nicht mehr ausreichen würde, Nigel Trentham ein erfolgversprechendes Übernahmeangebot zu ermöglichen.

Am 2. Juni 1953 wurde Königin Elizabeth gekrönt, vier Tage nachdem zwei Männern aus verschiedenen Teilen des Commonwealth die Erstbesteigung des Mount Everest gelungen war. Winston Churchill faßte es am besten zusammen, als er sagte:

»Wer die Geschichte der ersten Elisabethanischen Ära kennt, wird zweifellos mit freudiger Erwartung der Tatsache entgegenblicken, an der zweiten teilhaben zu dürfen.«

Ich nahm des Premierministers Herausforderung an, und Cathy steckte ihre ganze Energie in das Personalprojekt, das der Vorstand ihr übertragen hatte. Es gelang ihr, 1953 bei den Lohnausgaben neunundvierzigtausend Pfund einzusparen und weitere einundzwanzigtausend im ersten Halbjahr 1954. Ich war sicher, daß sie am Ende dieses Rechnungsjahrs mehr über die Verwaltung von Trumper wußte als sonstjemand am Tisch, mich eingeschlossen.

1955 waren unsere Überseeabsätze stark rückgängig. Cathy war offenbar nicht mehr voll eingespannt, und da ich ohnehin wollte, daß sie auch in anderen Ressorts Erfahrung sammelte, bat ich sie, sich des Problems unserer internationalen Geschäfte anzunehmen.

Sie stürzte sich mit derselben Begeisterung auf ihre neue Aufgabe, mit der sie jede Herausforderung anging, doch während der nächsten beiden Jahre geriet sie des öfteren mit Trentham aneinander, unter anderem wegen der Einführung der neuen Bestimmung, Kunden den Mehrbetrag zurückzuerstatten, wenn sie beweisen konnten, daß sie für ein Markenprodukt bei uns mehr bezahlt hatten, als bei der Konkurrenz. Trentham argumentierte, daß Trumper-Kunden nicht an irgendwelchen obskuren Preisunterschieden und Vergleichen mit weniger renommierten Geschäften interessiert waren, sondern lediglich an Qualität und Service. Cathy entgegnete darauf: »Nicht der Kunde ist für die Bilanz verantwortlich, sondern der Vorstand im Interesse der Aktionäre.«

Ein andermal war Trentham nahe daran, Cathy eine Kommunistin zu schimpfen, als sie einen Gewinnbeteiligungsplan für die Arbeitnehmer vorschlug, von dem sie sich eine Firmentreue erhoffte, wie sie bisher nur die Japaner erreicht hatten – ein Land, in dem es keineswegs ungewöhnlich war, daß Firmen achtundneunzig Prozent ihres Personals von der Wiege bis zur Bahre behielten, wie sie erklärte. Selbst ich wußte nicht so recht, was ich von dieser Idee halten sollte, aber als wir allein waren, warnte Becky mich, daß ich anfinge, wie ein *Fuddy Duddy* zu reden, was sich nicht gerade wie ein Kompliment anhörte und was, wie ich herausfand, soviel wie hoffnungslos verkalkt und altmodisch hieß.

Als wir Legal & General unsere Versicherungen nicht übertrugen, verkauften sie ihren zweiprozentigen Anteil an Nigel Trentham. Von diesem Moment an wuchs meine Befürchtung, daß es ihm mit der Zeit gelingen könnte, so viel Aktien zusammenzukaufen, daß er die Gesellschaft übernehmen konnte. Er nominierte noch ein Mitglied für den Vorstand und konnte die Aufnahme, dank Paul Merricks Unterstützung, durchsetzen.

»Ich hätte das Grundstück vor fünfunddreißig Jahren für viertausend Pfund kaufen sollen«, sagte ich zu Becky.

»Das habe ich dir schon mehr als einmal gesagt. Und was noch schlimmer ist«, sagte Becky, »Mrs. Trentham ist jetzt tot gefährlicher für uns als lebend.«

Trumper schritt erfolgreich ins Zeitalter Elvis Presleys, der Teddy Boys und der Kreditkarten. »Die Kundschaft mag sich geändert haben, doch unser Niveau muß gleichbleiben«, erinnerte ich den Vorstand. 1960 machte Trumper einen Reingewinn von siebenhundertsiebenundfünfzigtausend Pfund, vierzehn Prozent Kapitalertrag, und im nächsten Jahr erhielten wir von der Königin sogar das Hoflieferantendiplom. Ich ließ das Wappen des Hauses Windsor über dem Haupteingang anbringen, damit alle sehen konnten, daß die Queen regelmäßig bei uns einkaufen kam.

Ich konnte natürlich nicht behaupten, daß ich Ihre Majestät je persönlich mit einer unserer blauen Tragtaschen mit dem Silberkarren gesehen oder sie während der Stoßzeit auf unseren Rolltreppen entdeckt hätte, aber wir erhielten laufend Bestellungen aus dem Buckingham-Palast. Was die Theorie meines Großvaters bestätigte, daß Apfel Apfel ist, egal, wer hineinbeißt.

Aber der Höhepunkt des Jahres 1961 war für mich die Eröffnung des Dan Salmon Centers in der Whitechapel Road durch

Becky – auch dieser Bau hatte viel mehr gekostet als veran-schlagt. Mir tat jedoch kein Penny davon leid – trotz Merricks ständiger Kritik –, als ich die neue Generation der East End Boys schwimmen, boxen, gewichtheben und Squash spielen sah (mit letzterem hatte ich mich nie recht anfreunden können).

Jedesmal wenn ich West Ham beim Fußball zuschaute, machte ich auf dem Rückweg Rast in dem neuen Club und schaute zu, wie die afrikanischen, westindischen und asiatischen Kinder – die neuen East Ender – sich miteinander maßen, wie wir es zu meiner Zeit mit gleicher Entschlossenheit mit den Iren und Einwanderern aus Osteuropa getan hatten.

*The old order changeth, yielding place to new, and God fulfils himself in many ways, lest one good custom should corrupt the world.* ›Die alte Ordnung wandelt sich, dem Neuen Raum zu geben, und Gott erfüllt sich auf vielerlei Art, daß nicht ein guter Brauch die Welt verderbe.‹ Diese Worte Tennysons, die über dem Eingang des Centers in den Stein gemeißelt waren, ließen mich wieder an Mrs. Trentham denken, die für uns allgegenwärtig zu sein schien, vor allem seit ihre drei Vertreter am Sitzungstisch saßen und durchzusetzen versuchten, womit sie sie beauftragt hatte. Nigel, der jetzt in Mrs. Trenthams Haus am Chester Square wohnte, wartete zufrieden darauf, daß ihm alles in den Schoß fiel, damit er seine Truppen sammeln und zum Angriff blasen konnte.

Immer wieder betete ich darum, daß Mrs. Trentham ein ho-hes Alter beschert sein möge, denn ich brauchte mehr Zeit, einen sicheren Weg zu finden, um zu verhindern, daß ihr Sohn jemals die Möglichkeit bekam, die Gesellschaft unter seine Kontrolle zu bringen.

Daphne war die erste, von der ich erfuhr, daß Mrs. Trentham seit kurzem bettlägerig war und ihr Hausarzt sie regelmäßig be-suchte. Nigel Trentham hatte während dieser letzten Monate des Wartens ein stetes Lächeln für jedermann.

Und dann starb Mrs. Trentham am 7. März 1962 im Alter von neunundachtzig Jahren.

»Sanft entschlafen«, berichtete mir Daphne. ❧

## 43

Daphne nahm an Mrs. Trenthams Beerdigung teil. »Nur um sicher sein zu können, daß das verdammte Weib auch wirklich unter der Erde liegt«, sagte sie später zu Charlie, »obwohl es mich nicht wundern würde, wenn sie eine Möglichkeit fände, von den Toten aufzuerstehen.« Sie warnte Charlie auch, daß Nigel, noch ehe der Sarg unter der Erde war, zu jemandem gesagt hatte, daß wir uns bei der nächsten Sitzung auf etwas gefaßt machen könnten.

An jenem ersten Dienstag des nächsten Monats schaute Charlie sich im Sitzungsraum um und sah, daß alle Mitglieder anwesend waren. Er spürte regelrecht, daß jeder darauf wartete, wer als erster zuschlagen würde. Nigel Trentham und seine beiden Kollegen trugen schwarze Krawatten, als wollten sie damit ihre Zusammengehörigkeit ausdrücken und die anderen darauf aufmerksam machen, daß sie nun etwas zu sagen hatten. Im Gegensatz dazu trug Mr. Baverstock, zum erstenmal, solange Charlie sich erinnern konnte, einen auffälligen pastellfarbenen Binder.

Charlie rechnete damit, daß Trentham bis Punkt 6 auf der Tagesordnung warten würde, ehe er einen Zug machte. Punkt 6 war ein Antrag, den Bankbetrieb im Erdgeschoß zu erweitern. Die ursprüngliche Idee stammte von Cathy, die dem Vorstand, kurz nach der Rückkehr von einer ihrer monatlichen Reisen in die Vereinigten Staaten, einen detaillierten Vorschlag unterbreitet hatte. Die neue Abteilung hatte zwar mit einigen Problemen zu kämpfen gehabt, doch jetzt, gegen Ende ihres zweiten Jahres, erreichte sie bereits die Gewinnschwelle.

Die erste halbe Stunde, während Charlie den Vorstand von Punkt 1 bis 5 führte, verlief ziemlich ruhig. Doch kaum sagte er: »Punkt sechs: Die Erweiterung der ...«, unterbrach ihn Trentham.

»Wir schließen die Bank und schreiben unsere Verluste ab.«

»Aus welchem Grund?« fragte Cathy herausfordernd.

»Weil wir keine Bankiers sind«, entgegnete Trentham. »Wir betreiben ein Kaufhaus – oder ›schieben einen Karren‹, wie unser Vorsitzender es so gern nennt. Jedenfalls wird die Schließung uns fast dreißigtausend Pfund im Jahr ersparen.«

»Aber die Bank fängt gerade an, Gewinn zu machen«, sagte Cathy. »Wir sollten erweitern statt schließen. Und da schon von Gewinn die Rede ist, was glauben Sie, wieviel von den abgehobenen Beträgen dann gleich im Haus ausgegeben wird.«

»Sie vergessen, wieviel wertvollen Stellplatz die Bankhalle einnimmt!«

»Dafür bieten wir unseren Kunden eine wertvolle Dienstleistung.«

»Und verlieren laufend Einnahmen, weil wir den Raum nicht für gewinnbringendere Abteilungen nutzen!« schoß Trentham zurück.

»Welche, beispielsweise?« fragte Cathy. »Nennen Sie mir nur eine einzige, die größere Rentabilität und gleichzeitig unseren Kunden nützlichere Dienstleistung bietet. Wenn Sie das können, werde ich die erste sein, die dafür stimmt, daß wir die Bankhalle schließen.«

»Wir sind kein Dienstleistungsbetrieb! Es ist unsere Pflicht, unseren Aktionären gute Kapitalerträge vorzuweisen«, rief Trentham. »Ich verlange, daß darüber abgestimmt wird«, fuhr er fort und machte sich nicht mehr die Mühe, Cathys Einwände zu entkräften.

Trentham mußte eine Niederlage von sechs zu drei hinnehmen, und Charlie nahm an, daß man nach diesem Ausgang zu Punkt 7 weitergehen würde – eine Sondervorstellung für die Trumperschen Arbeitnehmer des Films *West Side Story* im Odeon am Leicester Square. Doch nachdem Jessica Allen die Abstimmung protokolliert hatte, stand Nigel Trentham rasch auf und sagte: »Ich habe etwas mitzuteilen, Herr Vorsitzender.«

»Wäre es nicht angebracht zu warten, bis wir zu ›weiteren Punkten‹ kommen?« fragte Charlie.

»Ich werde nicht mehr anwesend sein, wenn weitere Punkte zur Sprache kommen, Herr Vorsitzender«, entgegnete Trentham kühl. Er holte ein Blatt Papier aus seiner Brusttasche, öffnete es und las laut, was er oder auch jemand anderes, aufgesetzt hatte: »›Ich halte es für meine Pflicht, den Vorstand darauf aufmerksam zu machen, daß ich mich in wenigen Wochen im Besitz von dreiunddreißig Prozent der Trumper-Aktien befinden werde. Bei unserer nächsten Sitzung werde ich darauf bestehen, daß diverse Änderungen in der Struktur der Gesellschaft vorgenommen werden, nicht zuletzt, was die Zusammensetzung des Vorstands betrifft.‹« Er hielt inne und blickte Cathy durchdringend an, ehe er hinzufügte: »Ich gehe jetzt, dann können Sie ungestört über die Bedeutung meiner Erklärung diskutieren.«

Er schob schon seinen Stuhl zurück, als Daphne sagte: »Ich fürchte, ich verstehe nicht so ganz, was Sie meinen, Mr. Trentham.«

Trentham zögerte einen Augenblick, ehe er erwiderte: »Dann werde ich meine Position wohl genauer erklären müssen, Lady Wiltshire.«

»Wie gütig von Ihnen.«

»Bei der nächsten Vorstandssitzung«, fuhr er unverfroren fort, »werde ich gestatten, daß ich als Vorsitzender von Trumper vorgeschlagen und gewählt werde. Sollte ich nicht die Stimmenmehrheit erreichen, scheide ich sofort aus dem Vorstand aus und gebe eine Presseerklärung ab, daß ich beabsichtige, ein Übernahmeangebot für die restlichen Aktien der Gesellschaft zu machen. Sie alle sollten sich inzwischen darüber im klaren sein, daß ich jetzt über die erforderlichen Mittel verfüge, einer solchen Herausforderung entgegenzutreten. Da ich nur noch achtzehn Prozent der Anteile benötige, um der Hauptaktionär zu werden, würde ich den Anwesenden raten, so vernünftig zu sein, aus freiem Willen zurückzutreten, um der Peinlichkeit zu entgehen, des Vorstandsamtes enthoben zu werden. Ich werde wohl nur einen oder zwei von Ihnen bei der nächsten Sitzung wiedersehen.« Er und seine beiden Kollegen erhoben sich und verließen den Raum.

Das einsetzende Schweigen wurde von einer weiteren Frage Daphnes gebrochen. »Was ist der Sammelbegriff für eine Gruppe von Schweinehunden?«

Alle lachten, außer Baverstock, der durch die Zähne knirschte: »Eine Saubande!«

»Unseren Gefechtsbefehl hätten wir damit also«, sagte Charlie. »Hoffen wir, daß wir alle die Nerven für den Kampf haben.« Er wandte sich an Mr. Baverstock und fragte: »Könnten Sie dem Vorstand mitteilen, wie es mit den Aktien aussieht, die gegenwärtig im Besitz des Hardcastle Trusts sind?«

Der alte Herr hob den Kopf und blickte Charlie an. »Nein, Herr Vorsitzender, leider nicht. Und ich muß dem Vorstand bedauerlicherweise mitteilen, daß ich keine Wahl habe, als aus dem Vorstand auszuscheiden.«

»Aber warum?« rief Becky bestürzt. »Sie haben uns doch immer voll unterstützt!«

»Bitte entschuldigen Sie, Lady Trumper, aber ich bin leider nicht in der Lage, eine nähere Erklärung abzugeben.«

»Könnten Sie es sich nicht vielleicht doch noch überlegen?« fragte Charlie.

»Nein, Sir«, antwortete Mr. Baverstock fest.

Charlie schloß daraufhin sofort die Sitzung, obwohl alle gleichzeitig reden wollten, und folgte dem Anwalt rasch durch die Tür.

»Warum sind Sie zurückgetreten?« fragte ihn Charlie. »Nach diesen vielen Jahren?«

»Vielleicht könnten wir uns morgen zusammensetzen, Sir Charles, und über meine Gründe sprechen?«

»Selbstverständlich. Aber bitte verraten Sie mir doch, weshalb Sie es für nötig erachten, uns ausgerechnet dann zu verlassen, wenn ich Sie am dringendsten brauche.«

Mr. Baverstock blieb stehen. »Sir Raymond hat vorausgesehen, daß es zu so etwas kommen könnte«, antwortete er leise. »Und erteilte mir entsprechende Anweisungen.«

»Ich verstehe nicht.«

»Deshalb treffen wir uns morgen, Sir Charles.«

»Möchten Sie, daß ich Becky mitbringe?«

Mr. Baverstock überlegte, dann sagte er: »Nein, lieber nicht. Wenn ich schon zum erstenmal seit vierzig Jahren fast so etwas wie einen Vertrauensbruch begehe, würde ich es lieber ohne weitere Zeugen tun.«

Als Charlie am nächsten Morgen in der Anwaltspraxis von Baverstock, Dickens & Cobb ankam, erwartete ihn Mr. Baverstock bereits an der Tür. Obwohl Charlie in den vierzehn Jahren, seit sie einander kannten, zu einem Treffen mit Mr. Baverstock nie zu spät gekommen war, rührte ihn die in dieser Zeit schon fast ausgestorbene Höflichkeit, mit der der Anwalt ihm immer begegnete.

»Guten Morgen, Sir Charles.« Baverstock führte seinen Besucher durch den Korridor zu seinem Büro. Es überraschte Charlie, daß ihm der Sessel am Kamin angeboten wurde, statt wie bisher immer der auf der anderen Seite des Doppelschreibtischs. Es war auch weder Sekretärin noch sonst ein Angestellter anwesend, um wie üblich zu protokollieren, ebensowenig entging Charlie, daß der Telefonhörer von der Gabel genommen war. Er lehnte sich zurück, denn nun wußte er, daß dies keine kurze Besprechung werden sollte.

»Vor vielen Jahren, als ich noch ein junger Mann war«, begann Baverstock, »und mein Examen machte, schwor ich mir, Schweigen über alles zu bewahren, was Privatangelegenheiten meiner Klienten betraf. Ich habe dem auch in meinem ganzen Berufsleben nie zuwidergehandelt. Doch einer meiner Klienten, wie Sie ja wissen, war Sir Raymond Hardcastle, und er ...« Nach einem Klopfen an der Tür trat ein junges Mädchen mit einem Tablett ein, auf dem zwei Tassen mit dampfendem Kaffee und eine Zuckerdose standen.

»Danke, Miss Burrows«, sagte Baverstock, als das Mädchen eine Tasse vor ihn hinstellte. Er fuhr mit seiner Ausführung erst fort, als die Tür hinter dem Mädchen wieder geschlossen war. »Wo war ich stehengeblieben?« fragte Baverstock, als er ein Stück Würfelzucker in die Tasse fallen ließ.

»Bei Ihrem Klienten, Sir Raymond.«

»O ja. Nun, Sir Raymond hinterließ ein Testament, dessen Inhalt Ihnen in etwa bekannt ist. Was Sie jedoch nicht wissen können ist, daß er diesem Dokument einen Brief beifügte. Er hat keine rechtliche Bedeutung, da er an mich privat gerichtet war.«

Charlies Kaffee blieb unberührt, während er Baverstock angespannt zuhörte. »Da dieser Brief kein rechtsgültiges Schreiben, sondern eine persönliche Mitteilung von einem alten Freund an einen anderen ist, habe ich beschlossen, Ihnen den Inhalt anzuvertrauen.«

Baverstock beugte sich vor und öffnete die Akte, die vor ihm auf dem Tisch lag. Er nahm ein handbeschriebenes Blatt heraus. »Ich möchte darauf hinweisen, Sir Charles, ehe ich Ihnen diesen Brief vorlese, daß Sir Raymond ihn zu einem Zeitpunkt schrieb, da er annahm, Daniel würde der Erbe seines Vermögens sein, nicht ein nächster erbberechtigter Verwandter.«

Mr. Baverstock schob seine Brille den Nasenrücken hoch, räusperte sich und begann zu lesen.

Lieber Baverstock,

trotz allem, was ich getan habe, um sicherzugehen, daß mein Letzter Wille buchstabengetreu ausgeführt wird, könnte es immer noch möglich sein, daß es Ethel irgendwie gelingt, meinen Urenkel Daniel um das Erbe zu bringen, das ich ihm zugedacht habe. Sollte es tatsächlich dazu kommen, bitte ich Sie, Ihren gesunden Menschenverstand zu benutzen und jene, die durch die Bestimmungen meines Testaments hauptsächlich betroffen sind, in die näheren Einzelheiten einzuweihen.

Alter Freund, Sie wissen genau, wen und was ich damit meine.

In ewiger Verbundenheit,
Ray

Baverstock legte den Brief auf den Tisch zurück und sagte: »Ich fürchte, er kannte die kleinen Schwächen seiner Tochter ebensogut wie die meinen.« Charlie lächelte, da er zu würdigen wußte, daß der alte Anwalt mit diesem ethischen Problem zu kämpfen hatte.

»Bevor ich nun auf das Testament Bezug nehme, muß ich Sie noch in einer anderen Sache ins Vertrauen ziehen.«

Charlie nickte.

»Es ist Ihnen nur allzu klar, Sir Charles, daß Mr. Nigel Trentham jetzt der nächste erbberechtigte Verwandte ist. Indes sollten wir nicht außer acht lassen, daß Sir Raymonds Testament so formuliert ist, daß er sich nicht überwinden konnte, ihn als Erbberechtigten zu nennen. Ich vermute, er hatte gehofft, Daniel würde Kinder haben, die automatisch in sein Erbe eingetreten wären.

Die momentane Situation sieht so aus, daß Mr. Nigel Trentham als Sir Raymonds nächster noch lebender Nachkomme die Trumper-Aktien sowie der Rest des Hardcastleschen Nachlasses zustehen – ein gewaltiges Vermögen, das ihm, wie ich bestätigen kann, die nötigen Mittel für ein komplettes Übernahmeangebot der Aktien Ihrer Gesellschaft gäbe. Doch das ist nicht der Grund, weshalb ich Sie heute zu mir gebeten habe. Nein, der Grund ist, daß es eine Verfügung in dem Testament gibt, von der Sie nichts wissen können. Nach Erwägung von Sir Raymonds Brief halte ich es für meine Pflicht, Ihnen den Inhalt dieser Verfügung mitzuteilen, da er äußerst wichtig ist.«

Baverstock kramte in seiner Akte und holte ein Bündel Papiere heraus, das mit Wachs versiegelt und durch ein rosa Band zusammengehalten wurde.

»Die Formulierung der ersten elf Verfügungen in Sir Raymonds Testament kostete mich sehr viel Zeit. Doch ihr Inhalt ist für unsere Sache unwesentlich. Es handelt sich dabei um geringere Zuwendungen an Neffen, Nichten und andere entferntere Verwandte, die die hinterlassenen Beträge bereits bekommen haben. Die Verfügungen zwölf bis einundzwanzig betreffen wohltätige Einrichtungen, Vereine und akademische Institutionen, die Sir Raymond schon lange Zeit unterstützt hatte und die er in seinem Letzten Willen großzügig bedacht hat. Doch die zweiundzwanzigste Verfügung ist die, die ich für wesentlich erachte.«

Wieder räusperte sich Baverstock, ehe er auf das Testament blickte und mehrere Seiten umblätterte.

»›Der verbleibende Rest meines Vermögens geht an Mr. Daniel Trumper, Professor am Trinity College in Cambridge. Überlebt er meine Tochter Ethel Trentham jedoch nicht, soll es zu gleichen Teilen zwischen seinen Kindern aufgeteilt werden. Sofern er keine Kinder hat, geht das Vermögen an meinen nächsten lebenden Nachkommen.‹ Und jetzt zum wesentlichen Abschnitt, Sir Charles. ›Sollte der besagte Fall eintreten, erteile ich hiermit meinen Nachlaßverwaltern den Auftrag, alle nur möglichen Schritte zu unternehmen, jemanden zu finden, der das Recht hat, Anspruch auf meine Hinterlassenschaft zu erheben. Die Auszahlung des Restvermögens darf erst zwei Jahre nach dem Tod meiner Tochter erfolgen.‹«

Charlie wollte etwas fragen, als Mr. Baverstock die Hand hob.

»Es ist mir klargeworden«, fuhr Baverstock fort, »daß Sir Raymond mit der Verfügung zweiundzwanzig bezweckte, Ihnen genügend Zeit zu geben, Ihre Truppen zu sammeln und gegen eine mögliche feindliche Übernahme durch Nigel Trentham zu kämpfen.

Sir Raymond hinterließ auch Anweisungen, daß nach angemessener Zeit nach dem Tod seiner Tochter Anzeigen in der *Times*, dem *Telegraph* und dem *Guardian* aufgegeben werden sollten sowie in jeder anderen Zeitschrift, die ich für maßgeblich oder zweckdienlich halte, um mögliche Verwandte, die Anspruch auf ein Erbteil haben könnten, aufzuspüren. Dreizehn solche Personen haben bereits je tausend Pfund erhalten, aber es könnte ja sein, daß es noch andere entfernte Verwandte von Sir Raymond gibt, von denen er nichts wußte, die jedoch nach seiner Verfügung durchaus noch etwas erben können. Jedenfalls gab das dem alten Herrn einen ausreichenden Grund für die Zweijahresklausel. So wie ich es sehe, war Sir Raymond gern bereit, irgendwelchen unbekannten Verwandten je tausend Pfund zu vermachen, wenn er Ihnen damit ein wenig Spielraum verschaffen konnte. Übrigens«, fuhr Baverstock fort, »ich habe beschlossen, die *Yorkshire Post* und den *Huddersfield Daily Examiner* den im Testament aufgeführten Zeitungen hinzuzufügen, wegen der Familienverbindung in diesem Gebiet.«

»Welch ein schlauer alter Fuchs er doch gewesen sein muß«, sagte Charlie. »Ich wünschte, ich hätte ihn gekannt.«

»Ich bin ziemlich sicher, Sir Charles, daß Sie ihn gemocht hätten.«

»Es war auch außerordentlich zuvorkommend von Ihnen, mich einzuweihen.«

»O nein. Ich bin überzeugt, wäre Sir Raymond an meiner Stelle gewesen, er hätte es nicht anders gemacht.«

»Wenn ich Daniel nur die Wahrheit über seinen Vater gesagt hätte ...«

»Wenn Sie ihre Kräfte für die Lebenden sparen«, sagte Baverstock, »wäre es möglich, daß Sir Raymonds Weitblick nicht umsonst war.«

Am 7. März 1962, dem Tag, an dem Mrs. Trentham starb, standen die Trumper-Aktien auf einem Pfund und zwei Shilling auf dem FT-Index; vier Wochen später waren sie bereits um drei Shilling gestiegen.

Tim Newman riet Charlie sofort, nicht eine seiner Aktien aus den Händen zu geben und sich in den kommenden zwei Jahren unter keinen Umständen mit weiteren Bezugsrechten einverstanden zu erklären. Und wann immer Charlie und Becky etwas Geld entbehren konnten, sollten sie Aktien kaufen, sobald sie auf den Markt kamen.

Das Problem mit diesem Rat war nur, daß ihnen jedesmal, wenn ein größeres Aktienpaket auf den Markt kam, dieses von einem unbekannten Makler vor der Nase weggeschnappt wurde, der offenbar die Anweisung hatte, die Aktien zu jedem Preis zu kaufen. Charlies Makler gelang es, ein paar Anteile zu erwerben, doch nur von Aktionären, die sie nicht im Freiverkehr veräußern wollten. Charlie scheute davor zurück, die Aktien zu einem überhöhten Preis zu erwerben, denn er erinnerte sich nur zu gut daran, wie knapp er schon einmal einer Pleite entronnen war.

Gegen Ende des Jahres standen die Trumper-Aktien bei einem Pfund und siebzehn Shilling. Seit die *Financial Times* ihre Leser vor einem möglichen Übernahmekampf bei Trumper innerhalb der nächsten achtzehn Monate gewarnt hatte, gab es noch weniger Verkäufer.

»Diese verdammte Zeitung ist offenbar besser informiert als die Vorstandsmitglieder«, beschwerte sich Daphne bei der nächsten Sitzung bei Charlie und fügte hinzu, daß sie sich gar nicht mehr die Mühe mache, das Protokoll der letzten Sitzung durchzusehen, weil sie immer eine ausgezeichnete Zusammenfassung der Beschlüsse auf der Titelseite der *Financial Times* lesen konnte, die anscheinend mündlich davon in Kenntnis gesetzt worden war. Ihre Augen wichen während dieser Worte nicht von Paul Merrick.

Der letzte Artikel der Zeitung war nur in einer Einzelheit ungenau, denn der Kampf um Trumper fand nun nicht mehr im Sitzungsraum statt. Sobald bekanntgeworden war, daß in Sir Raymonds Testament eine zweijährige Wartefrist bestimmt worden war, nahmen Nigel Trentham und seine Nominierten nicht mehr an den monatlichen Sitzungen teil.

Trenthams Fernbleiben ärgerte vor allem Cathy, denn der Gewinn der neuen Bankabteilung wuchs von Quartal zu Quartal. Sie trug ihre Meldungen vor drei leeren Stühlen vor – allerdings vermutete auch sie, daß Merrick jede Einzelheit ins Haus am Chester Square übermittelte.

»Da haben Sie ein ganzes Leben daran gearbeitet, Trumper aufzubauen, und nun müssen Sie vielleicht alles den Trenthams auf einem silbernen Tablett übergeben«, sagte Tim Newman verärgert.

»Tja, Mrs. Trentham braucht sich jedenfalls wirklich nicht im Grab umzudrehen«, gab Charlie zu. »Nach all ihren Anstrengungen zu Lebzeiten ist es pure Ironie, daß sie uns ausgerechnet durch ihr Ableben den Todesstoß versetzen kann.«

Als Anfang 1964 der Kurs erneut stieg – diesmal auf über zwei Pfund –, informierte Tim Newman Charlie, daß Nigel Trentham immer noch seinen Kaufauftrag aufrechterhielt.

»Aber woher bekommt er das Geld, diese Sache zu finanzieren – wo ihm doch das Erbe seines Großvaters noch gar nicht zugesprochen worden ist?«

»Ich habe einen Hinweis von einem früheren Kollegen erhalten«, erwiderte Tim Newman, »daß ihm eine führende Handelsbank angesichts seines zu erwartenden Erbes eine hohe Fazilität eingeräumt hat. Ich wünschte, Ihr Großvater hätte Ihnen auch ein Vermögen hinterlassen«, fügte er hinzu.

»Das hat er«, sagte Charlie.

Nigel Trentham wählte Charlies vierundsechzigsten Geburtstag, um öffentlich zu verkünden, daß er bereit war, Trumper Aktien für zwei Pfund und vier Shilling zu kaufen – das war sieben Wochen ehe er mit seinem Erbe rechnen konnte. Charlie hoffte immer noch, mit Hilfe von Freunden und Institutionen wie der Prudential – und von einigen Aktionären, die warteten, daß der Kurs noch höher steige –, vierzig Prozent der Anteile für sich zu bekommen. Tim Newman schätzte, daß Trentham inzwischen zwanzig Prozent der Aktien besaß, doch sobald er die siebzehn des Trusts erhielt, mochten es zwei- bis dreiundvierzig Prozent werden. Die zusätzlichen acht oder neun Prozent in die Hand zu bekommen, die er benötigte, um die Aktienmehrheit und damit das Sagen zu haben, dürfte nicht allzu schwierig für ihn werden, meinte Newman zu Charlie.

An diesem Abend gab Daphne eine Geburtstagsparty für Charlie in ihrem Haus am Eaton Square. Niemand erwähnte den Namen Trentham, bis die Portweinkaraffe zum zweitenmal die Runde gemacht hatte und Charlie gefühlsduselig die entscheidende Verfügung in Sir Raymonds Testament zitierte, die, wie er erklärte, nur dazu bestimmt gewesen war, ihm zu helfen.

»Auf Sir Hardcastle«, sagte er und hob sein Glas. »Gut, ihn an der Seite zu wissen.«

»Auf Sir Hardcastle«, stimmten die Gäste in den Trinkspruch ein, und alle hoben die Gläser, außer Daphne.

»Was hast du, altes Mädchen?« fragte Percy. »Nicht recht auf der Höhe?«

»Im Gegenteil, wie üblich seid ihr es, die nicht auf der Höhe sind! Ihr habt alle nicht kapiert, was Sir Raymond von euch erwartet hat!«

»Und was ist es, was *du* kapiert hast, altes Mädchen?«

»Man sollte doch meinen, das wäre offensichtlich.« Sie wandte sich von ihrem Gemahl ab und ihrem Ehrengast zu. »Vor allem für dich, Charlie.«

»Ich fürchte, mir geht es wie Percy – ich habe nicht die geringste Ahnung, wovon du redest.«

Inzwischen waren alle am Tisch verstummt und konzentrierten sich auf Daphne.

»Es ist doch wahrhaftig ganz einfach«, fuhr Daphne fort. »Sir Raymond hielt es offenbar nicht für wahrscheinlich, daß Mrs. Trentham Daniel überleben würde.«

»Und?« fragte Charlie.

»Und ich bezweifle, daß Sir Raymond auch nur einen Augenblick lang glaubte, Daniel würde vor ihrem Tod bereits selbst Kinder haben.«

»Möglich«, brummte Charlie.

»Und wir wissen alle, daß Nigel Trentham nur die Notlösung war – denn wenn nicht, hätte Sir Raymond ihn namentlich als nächsten Erbberechtigten genannt und sein Vermögen nicht einem Kind von Guy Trentham vermacht, das er nie kennengelernt hat. Er hätte auch nicht den Satz hinzugefügt: ›Sofern er keine Kinder hinterlassen hat, geht das Vermögen an meinen nächsten lebenden Nachkommen.‹«

»Worauf willst du hinaus?« fragte Becky.

»Zurück zu der Verfügung, die Charlie gerade zitiert hat: ›Es sollen alle nur möglichen Schritte unternommen werden, jemanden zu finden, der das Recht hat, Anspruch auf meine Hinterlassenschaft zu erheben.‹« Daphne las es von den Notizen ab, die sie auf das Tischtuch gekritzelt hatte. »Ist das der korrekte Wortlaut, Mr. Baverstock?« fragte sie ihn.

»Ja, Lady Wiltshire, aber ich verstehe bei allem immer noch nicht ...«

»Weil Sie in diesem Fall das gleiche Brett vor dem Kopf haben wie Charlie. Dem Himmel sei Dank, daß wenigstens eine von uns noch nüchtern ist. Bitte Mr. Baverstock, könnten Sie uns sagen, welche Anweisungen Sir Raymond für die Suchanzeigen gab?«

Mr. Baverstock tupfte die Lippen mit seiner Leinenserviette ab, faltete sie und legte sie vor sich. »Anzeigen sollten in der *Times*, dem *Telegraph* und dem *Guardian* aufgegeben werden, sowie in jeder Zeitschrift, die ich für maßgeblich und zweckdienlich hielt.«

»*Für maßgeblich und zweckdienlich!*« Daphne betonte jedes Wort. »Ein Wink mit dem Zaunpfahl, wie man ihn von einem nüchternen Menschen erwarten kann, würde ich meinen.« Aller Blicke waren nun auf Daphne gerichtet und niemand versuchte, sie zu unterbrechen. »Ist Ihnen denn nicht klar, daß das die maßgeblichen Worte sind? Denn wenn *Guy Trentham* noch ein anderes Kind gehabt hat, würden Sie es bestimmt nicht durch eine Suchanzeige in der Londoner *Times*, dem *Guardian* oder dem *Huddersfield Daily Examiner* finden.«

Charlie ließ sein Stück Geburtstagskuchen zurück auf seinen Teller fallen und starrte Mr. Baverstock an. »Aber ein Kind von Guy wäre ein *Urenkel* Sir Raymonds – hätte Nigel als Enkel da nicht automatisch Vorrang?«

»Keineswegs«, sagte nun Baverstock, der bleich geworden war. »Nach dem königlichen Erbfolgegesetz hat ein Nachkomme des ältesten Sohnes Vorrang vor allen anderen. Lady Wiltshire hat es als einzige erkannt. Ich muß mich für meine Phantasielosigkeit entschuldigen – und daß ich nicht richtig auf meinen alten Freund hörte, als er mir riet, meinen gesunden Menschenverstand zu benutzen. Er hat ganz offensichtlich in Betracht gezogen, daß Guy noch andere Kinder gezeugt haben könnte und daß die höchstwahrscheinlich nicht in England beheimatet sein würden!«

»Gut gemacht, Mr. Baverstock«, sagte Daphne. »Ich glaube, ich hätte vielleicht doch die Universität besuchen und Jura studieren sollen.«

Mr. Baverstock zog es vor zu schweigen.

»Wir könnten es noch schaffen«, meinte Charlie. »Immerhin dauert es noch sieben Wochen, ehe das Erbe übergeben werden darf. Also machen wir uns gleich an die Arbeit.«

Er stand auf und ging zum nächsten Apparat. »Als erstes brauche ich den gerissensten Anwalt in Australien.« Charlie blickte auf seine Uhr. »Und am besten einen, dem es nichts ausmacht, schon früh am Morgen aufzustehen.«

Während der nächsten beiden Wochen erschienen ganzseitige Anzeigen in jeder australischen Zeitung mit einer Auflage über fünfzigtausend. Jeder Zuschrift wurde sogleich durch eine Anwaltspraxis in Sydney nachgegangen, die Mr. Baverstock hatte empfehlen können. Jeden Abend wurde Charlie von Trevor Roberts, dem Seniorsozius angerufen, und es dauerte manchmal Stunden, bis er ihm das Neueste mitgeteilt hatte, das er von seinen Büros in Sydney, Melbourne, Perth, Brisbane und Adelaide erfahren hatte.

Als nach drei Wochen die Zuschriften durchgesiebt waren, blieben nur drei Personen übrig, die in Frage kommen konnten. Doch bei einer Befragung durch einen Sozius stellte sich heraus, daß sie keine direkte Beziehung zu irgendeinem Angehörigen der Familie Trentham nachweisen konnten.

Roberts hatte festgestellt, daß siebzehn Trenthams amtlich registriert waren, die meisten in Tasmanien, doch keiner war in direkter Linie mit Guy Trentham oder seiner Mutter verwandt; eine alte Dame aus Hobart, die nach dem Krieg aus Ripon ausgewandert war, konnte einen rechtmäßigen Anspruch auf tausend Pfund geltend machen, da sie eine Kusine dritten Grades von Sir Raymond war.

Charlie dankte Mr. Roberts für seine Tüchtigkeit und Mühe und bat ihn weiterzumachen, und wenn er noch so viele Leute Tag und Nacht einsetzen mußte.

Bei der letzten Vorstandssitzung, ehe Nigel Trentham offiziell in den Besitz der Hinterlassenschaft kam, setzte Charlie die anderen Vorstandsmitglieder von den Neuigkeiten aus Australien in Kenntnis.

»Erscheint mir nicht sehr verheißungsvoll«, sagte Newman. »Denn wenn es noch einen Trentham gäbe, müßte er – oder sie – mindestens Ende Dreißig sein und hätte sich zweifellos längst gemeldet.«

»Stimmt, aber Australien ist riesig, und möglicherweise ist er nicht mehr dort.«

»Du gibst nie auf, nicht wahr?« sagte Daphne.

»Wie auch immer«, warf Arthur Selwyn ein, »ich finde, es ist höchste Zeit, daß wir zu einer Vereinbarung mit Trentham kommen, wenn wir die Gesellschaft verantwortungsbewußt übergeben wollen. Im Interesse von Trumper und seinen Kunden möchte ich, wenn möglich, erreichen, daß es zu einer gütlichen Übereinkunft ...«

»Gütliche Übereinkunft!« rief Charlie. »Die einzige, der Trentham zustimmt, ist die, daß er auf diesem Stuhl sitzt, mit automatischer Majorität im Vorstand, während ich in einem Altenheim Däumchen drehe.«

»Mag sein«, entgegnete Selwyn, »aber ich muß darauf hinweisen, Herr Vorsitzender, daß wir immer noch Pflichten gegenüber unseren Aktionären haben.«

»Er hat recht«, bestätigte Daphne. »Du wirst es versuchen müssen, Charlie, zum langfristigen Besten der Gesellschaft, die du gegründet hast.« Leiser fügte sie hinzu: »So sehr es auch schmerzen mag.«

Becky nickte zustimmend, und Charlie bat Jessica, eine möglichst baldige Besprechung mit Nigel Trentham zu vereinbaren. Jessica kehrte nach wenigen Minuten zurück, um dem Vorstand Mr. Trenthams Antwort zu übermitteln, nämlich, daß er kein Interesse daran hatte, auch nur einen von ihnen vor dem 7. März zu sehen, und dann würde er sich freuen, die Kündigung jedes einzelnen persönlich entgegenzunehmen.

»Der siebte März, auf den Tag zwei Jahre seit dem Tod seiner Mutter«, erinnerte Charlie den Vorstand.

»Und Mr. Roberts ist am anderen Apparat«, sagte Jessica zu Charlie.

Er stand auf und verließ das Zimmer. Als er das Telefon er-

reichte, griff er danach wie ein Ertrinkender nach dem Rettungsring. »Roberts, was haben Sie für mich?«

»Guy Trentham.«

»Aber der liegt seit vielen Jahren in einem Grab in Ashurst.«

»Aber erst, nachdem seine Leiche aus einem Gefängnis in
Melbourne freigegeben wurde.«

»Gefängnis? Ich dachte, er sei an Tuberkulose gestorben!«

»Ich glaube nicht, Sir Charles«, kam es vom anderen Ende
der Leitung, »daß man an Tuberkulose sterben kann, wenn man
an einem sechs Fuß langen Strick baumelt.«

»Er wurde aufgehängt?«

»Wegen des Mordes an seiner Frau, Anna Helen«, antwortete
der Anwalt.

»Hatten sie Kinder?« fragte Charlie verzweifelt.

»Unmöglich herauszufinden.«

»Wieso nicht, zum Teufel?«

»Es ist gegen das Strafvollzugsgesetz, die Namen der nächsten Angehörigen bekanntzugeben.«

»Aber warum, um Himmels willen?«

»Zu ihrem Schutz.«

»Aber das könnte doch nur zu ihrem Vorteil sein!«

»Das hat man ihnen schon öfter weisgemacht. Man erinnerte
mich sogar daran, daß wir in diesem Fall bereits Suchanzeigen
von Küste zu Küste veröffentlichen ließen, um Erbberechtigte zu
finden, das müßte genügen. Was noch schlimmer ist, falls mögliche Nachkommen Trenthams aus verständlichen Gründen den
Namen gewechselt haben, gibt es wenig Hoffnung, sie aufzuspüren. Aber ich bleibe selbstverständlich dran, Sir Charles.«

»Verschaffen Sie mir einen Termin beim Polizeichef.«

»Das wird nichts nützen, Sir Charles. Er wird auch nicht ...«
Doch da hatte Charlie bereits eingehängt.

»Du bist verrückt«, sagte Becky, als sie ihm eine Stunde später half, einen Koffer zu packen.

»Möglich«, gab Charlie zu, »aber das ist vielleicht meine
letzte Chance, die Gesellschaft auch weiterhin leiten zu können.
Und ich werde sie nutzen, doch nicht am Ende einer Telefon-

leitung, schon gar nicht zwanzigtausend Kilometer entfernt. Ich muß selbst an Ort und Stelle sein, damit ich wenigstens weiß, daß ich versagt habe, nicht ein dritter.«

»Aber was hoffst du denn dort noch zu finden?«

Charlie blickte seine Frau an, während er seinen Koffer zuklappte. »Ich fürchte, daß nur Mrs. Trentham die Antwort darauf gewußt hätte.«

## 44

Als vierunddreißig Stunden später, an einem warmen, sonnigen Abend, Flug 012 auf dem Kingsford-Smith-Flughafen in Sydney landete, fand Charlie, daß er jetzt nichts so dringend brauchte wie ein paar Stunden ungestörten Schlafs. Nachdem er durch den Zoll war, kam ihm ein großer junger Mann in hellem Anzug entgegen und stellte sich als Trevor Roberts vor, der Anwalt, den Baverstock empfohlen hatte. Roberts hatte dichtes rostfarbenes Haar und ein rotes Gesicht. Er war kräftig gebaut und sah aus, als würde er viel Sport treiben. Sofort griff er nach Charlies Gepäckwägelchen und schob es zu dem Ausgang, über dem »Parkplatz« stand.

»Es wäre sinnlos, das Gepäck zu einem Hotel zu bringen«, sagte Roberts, während er die Tür für Charlie offenhielt. »Lassen Sie am besten alles im Wagen.«

»Ist das ein guter juristischer Rat, den Sie mir da geben?« fragte Charlie, schon fast ein bißchen außer Puste, da der junge Mann ein forsches Tempo angeschlagen hatte.

»O ja, Sir Charles, allerdings, denn wir dürfen keine Zeit verschwenden.« Er hielt mit dem Wägelchen am Bordstein, und ein Chauffeur hob das Gepäck in den Kofferraum, während Charlie und Mr. Roberts in den Wagen stiegen. »Der britische Generalkonsul hat Sie um achtzehn Uhr auf einen Drink in sein Haus eingeladen, aber ich muß Sie bitten, mit der letzten Maschine heute noch nach Melbourne weiterzufliegen. Da uns nur noch sechs Tage bleiben, dürfen wir keinen davon in der falschen Stadt vergeuden.«

Von dem Augenblick an, als Mr. Roberts ihm eine voluminöse Akte zuschob, wußte Charlie, daß der Australier ein Mann nach seinem Geschmack war. Er hörte aufmerksam zu, als Mr. Roberts ihm seinen Plan für die nächsten drei Tage erklärte, während der Chauffeur die Außenbezirke Sidneys ansteuerte. Er bat ihn nur einige Male, etwas zu wiederholen oder ihm genauer zu erläutern, während er sich bemühte, sich an seine Art zu gewöhnen, die so völlig anders war als die aller Anwälte, die Charlie in England kannte. Als er Mr. Baverstock gebeten hatte, ihm den tüchtigsten jungen Anwalt in Sydney zu vermitteln, hatte er sich nicht vorgestellt, daß er aus so ganz anderem Holz geschnitzt sein würde als sein alter Freund.

Während der Wagen über den Highway zum Haus des Generalkonsuls raste, fuhr Roberts, mit mehreren Ordnern auf den Knien, mit seinen Ausführungen fort. »Wir nehmen an dieser Cocktailparty beim Generalkonsul nur teil, damit wir seine Hilfe bekommen, falls wir sie in den nächsten Tagen zum Öffnen uns ansonsten verschlossener Türen brauchen. Dann geht's ab nach Melbourne, denn jedesmal wenn mein Büro einen nützlichen Hinweis erhält, endet er auf dem Schreibtisch des Polizeipräsidenten in Melbourne. Es ist mir gelungen, für morgen vormittag einen Termin bei dem neuen Präsidenten zu bekommen, aber wie ich Ihnen schon am Telefon sagte, war der Herr keineswegs zuvorkommend zu meinen Leuten.«

»Wieso nicht?«

»Er wurde erst kürzlich ernannt und will jetzt unbedingt beweisen, daß alle, ohne Ansehen der Person, objektiv behandelt werden, ausgenommen ›Pommies‹.«

»Was hat er für einen Komplex?«

»Wie alle Australier der zweiten Generation haßt er die Briten, oder muß zumindest so tun.« Roberts grinste. »Ich glaube allerdings, daß es nur noch einen Menschenschlag gibt, den er noch weniger mag.«

»Verbrecher?«

»Nein, Anwälte«, antwortete Roberts. »Sie verstehen jetzt sicher, wie unsere Chancen stehen.«

»Ist es Ihnen gelungen, überhaupt etwas aus ihm herauszubekommen?«

»Jedenfalls nicht viel. Das meiste, was er schließlich aus dem Sack ließ, kannten wir bereits aus den Gerichtsakten, nämlich, daß Guy Trentham am 27. Juli 1926 in einem Wutanfall seine Frau mit mehreren Messerstichen tötete, während sie ein Bad nahm, und sie dann so lange untertauchte, bis er sicher war, daß sie nicht mehr lebte – das steht alles auf Seite sechzehn in der Akte, die ich Ihnen gegeben habe. Wir wissen auch, daß er dafür am 23. April 1927 gehängt wurde, trotz mehrerer Gnadengesuche an den Generalgouverneur. Wir konnten jedoch nicht herausfinden, ob er Kinder hatte. Die *Melbourne Age* war die einzige Zeitung, die über die Hinrichtung berichtet hat, und in dem Artikel wurde kein Kind erwähnt. Was jedoch nicht überrascht, denn der Richter hätte eine dahingehende Erwähnung bei der Verhandlung zweifellos nicht zugelassen, außer sie hätte zur Klärung des Verbrechens beigetragen.«

»Und wie steht es mit dem Mädchennamen der Ermordeten? Der ließe sich doch bestimmt verfolgen.«

»Das wird Ihnen nicht gefallen, Sir Charles«, meinte Roberts.

»Lassen Sie hören.«

»Sie hieß Smith – Anna Helen Smith. Deshalb haben wir uns ja auch in der kurzen uns zur Verfügung stehenden Zeit auf Trentham konzentriert.«

»Aber Sie haben bisher noch nichts Konkretes herausgefunden?«

»Leider nein. Wenn es zu der Zeit ein Kind mit dem Familiennamen Trentham in Australien gegeben hat, konnten wir jedenfalls nichts darüber in Erfahrung bringen. Meine Leute haben jeden in Australien registrierten Trentham aufgesucht, sogar einen in Coorabulka, einem Ort mit elf Einwohnern. Mein Sozius brauchte drei Tage mit dem Wagen und zu Fuß, bis er dorthin gelangte.«

»Trotz Ihrer Bemühungen, Roberts, würde ich sagen, daß es bestimmt immer noch ein paar Steine gibt, unter die wir schauen sollten.«

»Möglich. Ich fragte mich sogar, ob Trentham seinen Namen geändert hat, als er in Australien eintraf. Aber der Polizeipräsident sagte, die Akte in Melbourne lautet auf den Namen Guy Francis Trentham.«

»Also wenn der Name nicht geändert wurde, dann müßte ein Kind doch gefunden werden können!«

»Nicht unbedingt. Ich vertrat vor kurzem erst eine Mandantin, deren Mann wegen Totschlags hinter Gitter kam. Sie hat ihren Mädchennamen wieder angenommen und ihn auch ihrem Kind gegeben, und sie machte mich auf eine todsichere Methode aufmerksam, wie der ursprüngliche Name aus den Registern gelöscht werden kann. Und bedenken Sie, daß in unserem Fall das Kind irgendwann zwischen 1923 und 1926 geboren worden sein könnte. Da mag die Entfernung eines einzigen Dokuments genügt haben, jegliche Verbindung zu Guy Trentham zu eliminieren. Wenn das der Fall war, dürfte die Suche nach einem Kind in einem Land von der Größe Australiens mit der nach der sprichwörtlichen Nadel im Heuhaufen vergleichbar sein.«

»Aber ich habe doch nur sechs Tage!« jammerte Charlie.

»Erinnern Sie mich lieber nicht daran«, bat Roberts, während der Wagen in die Einfahrt des Gouvernement House, der Residenz des Generalkonsuls, einbog und nun ein wenig langsamer fuhr. »Ich habe eine Stunde für diese Party abgezweigt, länger geht es beim besten Willen nicht«, fuhr der junge Anwalt fort. »Ich brauche nur sein Versprechen, daß er den Polizeipräsidenten in Melbourne noch vor unserem morgigen Treffen anruft und ihn bittet, uns zu helfen. Aber wenn ich sage, daß wir aufbrechen müssen, Sir Charles, dann müssen wir es wirklich.«

»Verstanden«, versicherte ihm Charlie und kam sich wieder wie ein Rekrut beim Appell in Edinburgh vor.

»Übrigens«, fuhr Roberts fort, »der Generalkonsul ist Sir Oliver Williams, einundsechzig, ehemaliger Guards Offizier, stammt aus einem Ort namens Tunbridge Wells.«

Zwei Minuten später schritten sie in den Ballsaal des Regierungshauses.

»Ich freue mich, daß Sie sich die Zeit nehmen konnten, Sir Charles«, begrüßte ihn ein großer, eleganter Herr in gestreiftem Zweireiher und einer Guards Krawatte.

»Wie freundlich, mich einzuladen, Sir Oliver.«

»Und wie war der Flug, alter Junge?«

»Fünf Zwischenlandungen zum Auftanken, und nicht in einem einzigen Flughafen verstand man es, anständigen Tee aufzugießen.«

»Dann brauchen Sie einen hiervon«, schlug Sir Oliver vor und reichte Charlie einen großen Whisky, den er geschickt von einem Tablett nahm, das soeben vorübergetragen wurde. »Wenn man sich vorstellt, daß unsere Enkel angeblich den ganzen Flug London-Sydney nonstop in einem Tag schaffen sollen! Jedenfalls war Ihre Reise bestimmt sehr viel angenehmer als die der ersten Siedler.«

»Schwacher Trost.« Charlie fiel nichts Passenderes ein, während ihm bewußt wurde, wie groß der Unterschied zwischen dem von Mr. Baverstock empfohlenen Mitarbeiter in Australien und dem Vertreter der Königin war.

»Erzählen Sie mir doch, was Sie nach Sydney führt«, bat der Generalkonsul. »Beabsichtigen Sie, den zweitgrößten Karren der Welt auf diese Seite des Globus zu schieben?«

»Nein, Sir Oliver, davor werden Sie verschont. Ich bin privat hier, ich versuche eine Familienangelegenheit zu klären.«

»Nun, wenn ich Ihnen auf irgendeine Weise behilflich sein kann«, erbot sich sein Gastgeber und nahm ein Glas Gin von einem anderen vorüberkommenden Tablett, »dann lassen Sie es mich wissen.«

»Das ist sehr gütig von Ihnen, Sir Oliver, denn ich brauchte tatsächlich Ihre Hilfe in einer kleinen Angelegenheit.«

»Und wie kann ich Ihnen helfen?« fragte Sir Oliver, während er schon über Charlies Schulter auf den nächsten Gast blickte.

»Indem Sie den Polizeipräsidenten von Melbourne anrufen und ihn ersuchen, so kooperativ wie möglich zu sein, wenn ich ihn morgen vormittag besuche.«

»Betrachten Sie den Anruf bereits als getätigt, alter Junge«, sagte Sir Oliver, während er sich vorbeugte, um einem arabischen Scheich die Hand zu schütteln. »Und vergessen Sie nicht, Sir Charles, wenn ich sonst noch etwas für Sie tun kann, dann zögern Sie nicht, es mich wissen zu lassen. Ah, *Monsieur L'Ambassadeur, comment allez-vous?*«

Charlie fühlte sich plötzlich erschöpft. Er bemühte sich, sich den Rest der Stunde auf den Beinen zu halten, während er sich mit Diplomaten, Politikern und Geschäftsleuten unterhielt, die offenbar alle recht gut mit dem größten Karren der Welt vertraut waren. Schließlich erinnerte ihn Roberts' feste Hand auf seinem Ellbogen, daß der Form Genüge getan war und sie jetzt zum Flughafen aufbrechen mußten.

Auf dem Flug nach Melbourne konnte sich Charlie gerade wachhalten, auch wenn ihm die Lider manchmal zufielen. Auf die Frage Roberts' bestätigte er, daß der Generalkonsul versprochen hatte, den Polizeipräsidenten am nächsten Morgen anzurufen. »Aber ich bin mir nicht sicher, ob ihm klar war, wie wichtig es ist.«

»Verstehe«, sagte Roberts. »Dann werde ich mich gleich als erstes morgen früh mit seinem Büro in Verbindung setzen. Sir Oliver ist nicht gerade berühmt dafür, daß er sich die Versprechen merkt, die er bei Cocktailparties gibt. ›Wenn ich Ihnen auf irgendeine Weise behilflich sein kann, alter Junge ...‹« Das entlockte Charlie sogar ein schläfriges Lächeln.

Auch am Melbourner Flughafen wartete ein Wagen auf sie, und diesmal schlief Charlie tatsächlich ein und erwachte erst, als der Wagen zwanzig Minuten später vor dem Hotel Windsor hielt. Der Hoteldirektor führte seinen Gast persönlich zur Prince-Edward-Suite, und kaum war Charlie allein, zog er sich aus, duschte und stieg ins Bett. Minuten später schlief er schon tief. Doch gegen vier Uhr morgens war er bereits wieder wach.

Ungemütlich gegen Schaumgummikissen gestützt, die nicht an einem Fleck bleiben wollten, verbrachte Charlie die nächsten drei Stunden damit, die von Roberts zusammengestellte Akte durchzusehen. Der junge Mann mochte zwar nicht wie Baverstock aussehen und reden, aber was Gründlichkeit anbelangte, gab es keinen Unterschied, wie jede Seite bewies. Als Charlie den Ordner schließlich zur Seite legte, mußte er zugeben, daß Roberts' Kanzlei keinen Aspekt des Problems außer acht gelassen hatte und jedem Hinweis gefolgt war. Jetzt war der Polizeipräsident von Melbourne wirklich seine letzte Hoffnung.

Um sieben Uhr duschte Charlie kalt und um acht gönnte er sich ein warmes Frühstück. Obgleich sein einziger Termin an diesem Tag erst um zehn Uhr war, stapfte er schon lange vor der mit Roberts vereinbarten Ankunftszeit unruhig in seiner Suite herum. Wenn der Polizeipräsident ihm nicht helfen konnte oder wollte, konnte er genausogut gleich heute nach England zurückfliegen. Das würde wenigstens Becky die Befriedigung geben, daß sie recht gehabt hatte.

Um neun Uhr neunundzwanzig klopfte Roberts an die Tür. Charlie fragte sich, wie lange der junge Anwalt bereits auf dem Korridor gewartet hatte. Roberts sagte ihm, daß er das Büro des Generalkonsuls angerufen und Sir Oliver ihm versprochen hatte, den Polizeipräsidenten vor zehn Uhr anzurufen.

»Gut. Erzählen Sie mir bitte alles, was Sie über diesen Mann wissen.«

»Mike Cooper ist siebenundvierzig, tüchtig, leicht reizbar, ein grober Klotz. Er hat sich von unten hochgearbeitet, glaubt aber immer noch, sich bestätigen zu müssen, vor allem in Gegenwart von Anwälten; vielleicht weil der Zuwachs an Straftaten in Melbourne noch größer als der in England ist.«

»Sie sagten gestern, er ist zweite Generation. Von woher ist seine Familie gekommen?«

Roberts schaute in seinen Unterlagen nach. »Sein Vater wanderte um die Jahrhundertwende ein und kam aus Deptford, wo immer das ist.«

»Deptford?« Charlie grinste. »Das ist ja fast mein Revier.« Er blickte auf die Uhr. »Gehen wir? Ich glaube, ich bin bereit für Mr. Cooper.«

Als Roberts zwanzig Minuten später die Tür des Polizeipräsidiums für seinen Mandanten aufhielt, blickte ihnen die lebensgroße Fotografie eines Endvierzigers entgegen, der Charlie seine vierundsechzig Jahre schmerzlich bewußt machte.

Roberts nannte dem Beamten im Vorzimmer ihre Namen, und sie mußten nur wenige Minuten warten, dann wurden sie ins Büro des Polizeipräsidenten geführt.

Der Mann lächelte dünn, als er Charlie die Hand gab. »Ich

glaube nicht, daß ich viel für Sie tun kann, Sir Charles«, sagte er und bot ihm einen Platz an. »Auch wenn Ihr Generalkonsul sich die Mühe gemacht hat, mich anzurufen.« Cooper ignorierte Roberts, der etwa einen Meter hinter seinem Klienten stehenblieb.

»Diesen Akzent kenne ich doch!« sagte Charlie, ohne den angebotenen Stuhl zu nehmen.

»Wie bitte?« Auch Cooper blieb stehen.

»Eine halbe Krone gegen ein Pfund, daß Ihr Vater aus London kommt.«

»Stimmt.«

»Aus dem East End, würd' ich sagen.«

»Deptford«, entgegnete der Polizeipräsident.

»Ich 'ab's mir gedacht, gleich wie Sie den Mund aufgemacht 'aben.« Jetzt ließ sich Charlie in einen Ledersessel fallen. »Ich komm' aus Whitechapel. Wo is' er aufgewachsen?«

»Bishop's Way«, antwortete der Präsident. »Nur ...«

»Einen Steinwurf von meinem Teil der Welt entfernt«, sagte Charlie in unverkennbarem Cockney.

Roberts hatte noch keinen Ton von sich gegeben, geschweige denn eine Meinung.

»Ein Totten'am-Anhänger vermutlich«, fuhr Charlie fort.

»Gunners!« antwortete Cooper fest.

»Ah, Flaschen«, brummte Charlie. »Arsenal ist die einzige Mannschaft, die ich kenn', die was für die Zuschauer tut.«

Der Präsident lachte. »Da muß ich Ihnen recht geben. Ich habe die Hoffnung für sie in dieser Saison schon fast aufgegeben. Und Ihre Mannschaft?«

»Ich bin ein West 'am Fan«, erwiderte Charlie.

»Und da haben Sie gehofft, daß ich Ihnen helfe?«

Charlie lachte. »Na ja, wir waren mal so großzügig und 'aben sie im Cupfinale gewinnen lassen.«

»1930.« Jetzt lachte auch Cooper.

»Wir 'aben ein gutes Gedächtnis unten im Upton Park.«

»Also, ich hätte nie so einen Dialekt von Ihnen erwartet, Sir Charles.«

»Nennen Sie mich Charlie wie alle meine Freunde. Und noch

was, Mike, möchten Sie, daß er draußen wartet?« Charlie deutete mit dem Daumen auf Trevor Roberts, dem immer noch kein Platz angeboten worden war.

»Wär' nicht schlecht«, sagte der Präsident.

»Warten Sie draußen auf mich, Roberts«, bat Charlie, ohne sich nach seinem Anwalt umzudrehen.

»Wie Sie möchten, Sir Charles.« Roberts ging zur Tür.

Als sie allein waren, beugte sich Charlie über den Schreibtisch und sagte:

»Verdammte Anwälte, sind doch alle gleich. Überbezahlte Schnösel, stellen einem gepfefferte Rechnungen und erwarten dann auch noch, daß man die Arbeit selbst macht.«

Cooper lachte. »Vor allem, wenn man ein *Grasshopper* ist.«

»Also ich 'ab' das Wort für einen Gendarm nicht mehr ge'ört, seit ich von Whitechapel weg bin.« Charlie beugte sich noch einmal über den Schreibtisch. »Gut, und jetzt mal unter uns beiden East End Boys, Mike. Können Sie mir was über Guy Francis Trentham sagen, das *er* nicht weiß?« Charlie deutete mit dem Daumen zur Tür.

»Ich fürchte, es gibt nicht viel, was Roberts nicht ausgegraben hat, wenn ich fair sein will, Sir Charles.«

»Charlie.«

»Charlie. Sie wissen ja bereits, daß Trentham seine Frau umgebracht hat und später dafür hingerichtet wurde.«

»Ja, aber ich weiß nicht, ob er Kinder 'interlassen 'at, Mike, und das ist wichtig für mich.« Charlie hielt den Atem an, als der Polizeipräsident zu zögern schien.

Cooper blickte in die Akte, die vor ihm lag. »Hier steht: Ehefrau (verstorben), eine Tochter.«

Charlie mußte sich beherrschen, um nicht aufzuspringen. »Ihr Name steht nicht zufällig dabei?«

»Margaret Ethel Trentham.«

Charlie wußte, daß es sinnlos wäre, den Namen in dem Ordner zu suchen, den Roberts ihm über Nacht überlassen hatte. Es war keine Margaret Ethel Trentham darin erwähnt worden. An die Namen der drei Trenthams, die zwischen 1923 und 1926 in Australien geboren waren, konnte er sich erinnern; alle drei waren Jungen.

»Geburtsdatum?« fragte er.

»Steht nicht da, Charlie«, sagte Cooper. »Es war ja nicht das Mädchen, dem der Prozeß gemacht worden ist.« Er schob seinem Besucher das Blatt über den Schreibtisch, damit er sich selbst überzeugen konnte. »Mit solchen Einzelheiten hat man sich in den zwanziger Jahren kaum abgegeben.«

»Ist vielleicht sonst noch was in der Akte, das einem East End Boy fern von seiner 'omebase 'elfen könnte?« Charlie hoffte, daß er des Guten nicht zuviel tat.

Cooper studierte die Akte eine Zeitlang und zuckte schließlich die Schultern. »Da sind zwei Eintragungen, die Ihnen vielleicht was sagen könnten. Die erste stammt von meinem Vorgänger, er hat sie mit Bleistift gekritzelt, und da ist sogar noch eine vor seiner Zeit, die Sie interessieren könnte.«

»Ich bin ganz Ohr.«

»Parker, der damalige Polizeichef, wurde am 24. April 1927 von einer Mrs. Ethel Trentham aufgesucht, der Mutter des Hingerichteten.«

Charlie konnte seine Überraschung nicht verbergen. »Großer Gott«, murmelte er. »Aber warum?«

»Steht leider nicht da. Es gibt auch kein Protokoll. Bedaure.«

»Und die zweite Eintragung?«

»Betrifft ebenfalls einen Besucher aus England, der sich nach Guy Trentham erkundigte, und zwar am 23. August 1947.« Der Polizeipräsident kniff die Augen zusammen, um den Namen zu entziffern. »Ein Mr. Daniel Trentham.«

Charlie rann es kalt über den Rücken, und seine Hände verkrampften sich um die Sessellehnen.

»Ist Ihnen nicht gut?« Cooper klang ehrlich besorgt.

»Nur zu wenig Schlaf durch die Zeitverschiebung«, log Charlie. »Ist ein Grund für den Besuch von Daniel Trentham angegeben?«

»Nach der Notiz hier behauptete er, der Sohn von Guy Trentham zu sein«, antwortete Cooper. Charlie bemühte sich um ein

unbewegtes Gesicht. Der Polizeipräsident lehnte sich in seinem
Sessel zurück. »Jetzt wissen Sie genauso viel über den Fall wie
ich.«

»Sie 'aben mir sehr ge'olfen, Mike«, versicherte ihm Charlie,
während er sich aus dem Sessel stemmte und über den Schreibtisch lehnte, um Cooper die Hand zu schütteln. »Und wenn Sie
irgendwann einmal Deptford besuchen, müssen Sie mir unbedingt Bescheid geben. Dann zeig' ich Ihnen mal eine richtige
Fußballmannschaft.«

Cooper lächelte, und die beiden plauderten noch, während
der Polizeipräsident Charlie zum Fahrstuhl und hinunter bis zur
Eingangstreppe begleitete, wo die beiden sich noch einmal herzlich die Hände schüttelten, bevor Charlie zu Roberts ins Auto
stieg.

»Sieht so aus, als hätten wir eine Menge Arbeit vor uns«,
wandte sich Charlie an den Anwalt.

»Darf ich Ihnen noch eine Frage stellen, Sir Charles, ehe wir
damit anfangen?«

»Schießen Sie los.«

»Wo ist Ihr Dialekt geblieben?«

»Oh, der ist nur für ganz besondere Leute, Mr. Roberts – für
die Königin, für Winston Churchill und für Kunden, die ich am
Karren bediene. Heute hielt ich es für angebracht, den Polizeipräsidenten von Melbourne ebenfalls auf die Liste zu setzen.«

»Ich möchte lieber nicht wissen, was Sie über mich und meinen Beruf gesagt haben.«

»Sollen Sie aber. Ich habe gesagt, daß Sie ein überbezahlter
Pfadfinder sind, der mir die ganze Arbeit überläßt.«

»Und was meinte er dazu?«

»Daß ich untertreibe.«

»Kann ich mir vorstellen«, murmelte Roberts. »Aber ist es
Ihnen gelungen, neue Informationen aus ihm herauszuquet-
schen?«

»Gott sei Dank«, antwortete Charlie. »Sieht so aus, als habe
Guy Trenton eine Tochter gehabt.«

»Eine Tochter?« wiederholte Roberts, der seine Erregung

nicht im Zaum halten konnte. »Und hat Cooper Ihnen einen Namen gesagt oder sonst etwas über sie erzählt?«

»Margaret Ethel. Ansonsten haben wir nur einen einzigen weiteren Hinweis: Mrs. Trentham, Guys Mutter, hat Melbourne 1927 besucht. Warum, konnte Cooper mir nicht sagen.«

»Bewundernswert«, sagte Roberts. »Sie haben in zwanzig Minuten mehr erreicht als ich in zwanzig Tagen.«

»Ja, aber ich hatte den Vorteil meiner distinguierten Geburt.« Charlie grinste. »Also, was meinen Sie, wo hat eine vornehme Engländerin in dieser Stadt zu jener Zeit ihr müdes Haupt zur Ruhe gebettet?«

»Ich bin nicht von hier«, bedauerte Roberts. »Aber mein Sozius Neil Mitchell kann uns da vielleicht helfen. Seine Familie ist schon vor über hundert Jahren nach Melbourne gekommen.«

»Worauf warten wir?«

Neil Mitchell runzelte die Stirn, als Roberts ihn fragte. »Ich habe nicht die leiseste Ahnung«, gestand er, »aber meine Mutter müßte es wissen.« Er griff nach dem Telefon und wählte. »Sie ist Schottin, also wird sie versuchen, etwas für die Auskunft herauszuschlagen.« Charlie und Trevor Roberts standen vor Mitchells Schreibtisch und warteten, der eine geduldig, der andere ungeduldig. Nach den üblichen Worten, die eine Mutter von ihrem Sohn erwartet, stellte er seine Frage und lauschte aufmerksam ihrer Antwort.

»Vielen Dank, Mutter, du bist ein Schatz, wie immer«, sagte er schließlich. »Bis zum Wochenende«, fügte er hinzu und legte den Hörer auf die Gabel.

»Und?« fragte Charlie.

»Der Victoria Country Club war die einzige Möglichkeit, wo jemand wie Mrs. Trentham damals hätte absteigen können«, antwortete Mitchell. »Damals hatte Melbourne nur zwei anständige Hotels, und das andere war nur für Geschäftsreisende.«

»Gibt es das Hotel noch?« fragte Roberts.

»Ja, aber es ist schrecklich heruntergekommen. Kaum noch mehr als eine Absteige.«

»Dann rufen Sie doch bitte für uns an, und bestellen Sie einen Tisch zum Mittagessen für Sir Charles Trumper. Betonen Sie das ›Sir Charles‹.«

»Selbstverständlich, Sir Charles.« Roberts lächelte. »Und welchen Akzents werden Sie sich zu diesem Anlaß bedienen?«

»Kann ich erst sagen, wenn ich den Gegner eingeschätzt habe«, antwortete Charlie, während die beiden zum Auto zurückkehrten.

»Eine Ironie, wenn man es recht bedenkt«, sagte Roberts und bog auf die Schnellstraße ein.

»Eine Ironie?«

»Ja. Wenn Mrs. Trentham sich all diese Mühe machte, die Existenz ihrer Enkelin aus dem Register entfernen zu lassen, muß sie einen erstklassigen Anwalt gehabt haben.«

»Und?«

»Dann muß irgendwo in dieser Stadt in einem Archiv eine Akte begraben sein, die uns alles sagen könnte, was wir wissen müssen.«

»Möglich, aber das Problem ist, daß wir nicht genug Zeit haben herauszufinden, wo wir graben sollen.«

Als sie im Victoria Country Club ankamen, erwartete der Geschäftsführer sie am Eingang. Er führte seinen hohen Gast zu einem ruhigen Tisch in einer Nische. Charlie war allerdings enttäuscht, daß der Mann noch so jung war.

Er wählte die teuerste Speise auf der Karte und dazu einen 1957er Chambertin. Innerhalb weniger Augenblicke hatte er die Aufmerksamkeit aller Kellner im Restaurant.

»Und was führen Sie jetzt im Schild, Sir Charles?« erkundigte sich Roberts, der sich mit dem Tagesmenü zufriedengab.

»Geduld, junger Mann«, erwiderte Charlie mit gespielter Geringschätzung, während er sich mit stumpfem Messer abmühte, ein fast verdörrtes, zähes Stück von seinem Lammbraten abzuschneiden. Schließlich gab er es auf und bestellte Vanilleeis in der Hoffnung, daß die Köche daran nicht allzuviel verderben konnten. Als schließlich der Kaffee serviert wurde, kam der Oberkellner an den Tisch und bot ihnen beiden eine Zigarre an.

»Eine Monte Cristo bitte«, sagte Charlie.

Er nahm eine Pfundnote aus seiner Brieftasche und legte sie auf den Tisch vor sich. Eine große Zigarrenkiste wurde für ihn geöffnet, damit er sich selbst eine aussuchen konnte.

»Sie arbeiten schon lange hier, nicht wahr?« fragte Charlie beiläufig.

»Im vorigen Monat waren es vierzig Jahre«, antwortete der Ober, während sich eine zweite Pfundnote zur ersten gesellte.

»Gutes Gedächtnis?«

»Ich glaube schon, Sir.« Der Ober blickte auf die zwei Geldscheine.

»Erinnern Sie sich an eine Dame, eine Mrs. Trentham? Engländerin, ziemlich herrisch, dürfte 1927 etwa zwei Wochen hier gewohnt haben.« Charlie schob dem alten Mann die Pfundnoten entgegen.

»Ob ich mich an sie erinnere? Ich werde sie nie vergessen! Ich war damals noch Lehrling, und sie hat die ganze Zeit was auszusetzen gehabt – an der Bedienung, am Essen, an allem. Hat nur Wasser getrunken, hat gesagt, sie traut den australischen Weinen nicht und denke nicht daran, gutes Geld für französische auszugeben – deshalb habe auch immer ich an ihrem Tisch bedienen müssen. Am Ende des Monats ist sie weg, ohne auf Wiedersehen und ohne auch nur ein kleines Trinkgeld. Und ob ich mich an sie erinnere!«

»Ja, das hört sich nach Mrs. Trentham an«, sagte Charlie. »Aber hatte man hier eine Ahnung, aus welchem Grund sie nach Australien gereist ist?« Er holte eine dritte Pfundnote aus der Brieftasche und legte sie auf die beiden anderen.

»Das weiß ich leider nicht, Sir«, bedauerte der Ober. »Sie hat nie mit jemandem gesprochen, und ich bin mir nicht einmal sicher, ob Mr. Sinclair-Smith etwas weiß.«

»Mr. Sinclair-Smith?«

Der Ober deutete über die Schulter zur hinteren Ecke, in der ein älterer Herr allein an einem Tisch saß. Er hatte eine Serviette in den Kragen gesteckt und war mit einem großen Stück Stiltonkäse beschäftigt. »Der Besitzer«, erklärte der Ober. »Sein Vater war der einzige, mit dem Mrs. Trentham vielleicht geredet haben könnte.«

»Danke«, sagte Charlie. »Sie haben mir sehr geholfen.« Der Ober steckte die drei Geldscheine ein. »Sind Sie so freundlich und fragen den Geschäftsführer, ob er einen Augenblick Zeit für mich hätte?«

»Gern, Sir.« Der alte Ober schloß die Zigarrenkiste und eilte davon.

»Der Geschäftsführer ist viel zu jung, sich zu erinnern ...«

»Halten Sie Augen und Ohren offen, Mr. Roberts, vielleicht lernen Sie dann noch den einen oder anderen Schlich, den man Ihnen bei Ihrer Ausbildung nicht beigebracht hat«, sagte Charlie und schnitt die Zigarrenspitze ab.

Der Geschäftsführer kam an ihren Tisch geeilt. »Sie wollten mich sprechen, Sir Charles?«

»Glauben Sie, Mr. Sinclair-Smith würde mir bei einem Glas Cognac Gesellschaft leisten?« fragte Charlie und gab dem jungen Mann eine seiner Visitenkarten.

»Ich werde ihn sogleich fragen, Sir«, versicherte ihm der Geschäftsführer und ging zu dem anderen Tisch.

»Ich glaube, Sie warten besser im Foyer auf mich, Roberts«, sagte Charlie, »denn ich fürchte, mein Benehmen in der nächsten halben Stunde könnte Ihr Berufsethos verletzen.« Er blickte durch den Raum zu dem alten Herrn, der Charlies Karte studierte. Roberts seufzte, stand auf und ging.

Ein breites Lächeln erschien auf Mr. Sinclair-Smiths wulstigen Lippen. Er stemmte sich aus seinem Stuhl und watschelte zu seinem englischen Gast hinüber.

»Sinclair-Smith«, stellte er sich mit übertrieben englischem Akzent vor, ehe er Charlie eine schlaffe Hand gab.

»Nett, daß Sie mir ein bißchen Gesellschaft leisten, alter Junge«, sagte Charlie. »Ich erkenne einen Landsmann, wenn ich ihn sehe. Darf ich Sie zu einem Cognac einladen?« Der Ober eilte davon.

»Wie freundlich von Ihnen, Sir Charles. Ich hoffe, Sie waren mit der Küche meines bescheidenen Hauses zufrieden?«

»Sehr«, versicherte ihm Charlie. »Aber sie wurde mir ja auch empfohlen«, log er, während er seine Zigarre paffte.

»Empfohlen?« Sinclair-Smith bemühte sich, nicht überrascht zu wirken. »Darf ich fragen, von wem?«

»Meiner greisen Tante, Mrs. Ethel Trentham.«

»Mrs. Trentham? Großer Gott, Mrs. Trentham! Wir haben die liebe Dame seit der Zeit meines verstorbenen Vaters nicht mehr gesehen.«

Charlie runzelte die Stirn, als der alte Ober mit zwei großen Cognacs zurückkam.

»Ich hoffe, es geht ihr gut, Sir Charles.«

»Kein Grund zur Klage«, entgegnete Charlie. »Sie hat mich gebeten, Sie zu grüßen.«

»Wie gütig von ihr.« Sinclair-Smith drehte seinen Schwenker. »Und welch erstaunliches Gedächtnis, denn ich war noch ein junger Mann zu der Zeit und hatte gerade erst begonnen, im Hotel mitzuarbeiten. Sie muß jetzt ...«

»Sie ist schon über Neunzig«, sagte Charlie. »Und die Familie hat immer noch keine Ahnung, warum sie damals überhaupt nach Melbourne gereist ist«, fügte er hinzu.

»Das weiß ich auch nicht.« Sinclair-Smith nippte an seinem Cognac.

»Sie haben sich nie mit ihr unterhalten?«

»Nein, nie. Mein Vater und Ihre Tante führten zwar viele Gespräche, aber er hat mir nie gesagt, worum es dabei ging.«

Charlie versuchte, sich seine Enttäuschung über diese Auskunft nicht anmerken zu lassen. »Nun, wenn Sie nicht wissen, was sie damals wollte, dürfte wohl niemand mehr am Leben sein, der es wissen könnte.«

»Oh, da wäre ich mir nicht so sicher«, entgegnete Sinclair-Smith. »Slade weiß es vielleicht, das heißt, wenn er inzwischen nicht völlig verkalkt ist.«

»Slade?«

»Ja, ein Yorkshiremann, der unter meinem Vater im Club arbeitete, damals, als wir noch einen Chauffeur für unsere Gäste hatten. Mrs. Trentham hat sogar immer darauf bestanden, daß

657

Vater ihr Slade zur Verfügung stellte. Sie sagte, sie würde sich von keinem anderen fahren lassen.«

»Ist er noch bei Ihnen?« Charlie blies eine weitere Rauchwolke aus.

»Großer Gott, nein«, antwortete Sinclair-Smith. »Er ist schon vor Jahren in den Ruhestand gegangen. Bin nicht einmal sicher, ob er noch lebt.«

»Besuchen Sie manchmal noch die alte Heimat?« wechselte Charlie das Thema, denn er war überzeugt, daß Sinclair-Smith ihm alles gesagt hatte, was er über diesen Fall wußte.

»Bin leider nicht mehr dazu gekommen, weil …«

Während der nächsten zwanzig Minuten lehnte Charlie sich zurück und genoß seine Zigarre, während er Sinclair-Smith zuhörte, der über alles mögliche redete, vom Niedergang des Empires bis zum bedauerlichen Zustand des englischen Krickets. Schließlich rief Charlie nach der Rechnung, worauf der Besitzer sich entschuldigte und sich diskret entfernte.

Der alte Ober schlurfte zu ihm, sobald er sah, daß eine neue Pfundnote auf der Tischdecke erschienen war.

»Kann ich Ihnen noch mit etwas dienen, Sir?«

»Sagt Ihnen der Name Slade etwas?«

»Der alte Walter Slade, der Clubchauffeur?«

»Genau der.«

»Ist schon vor Jahren in den Ruhestand gegangen.«

»Das weiß ich, aber lebt er noch?«

»Keine Ahnung«, antwortete der Ober. »Als ich das letzte Mal von ihm gehört habe, hat er irgendwo draußen in der Gegend von Ballarat gewohnt.«

»Danke.« Charlie drückte seine Zigarre im Aschenbecher aus, legte noch eine Pfundnote auf den Tisch und ging ins Foyer zu Roberts.

»Rufen Sie bitte gleich Ihr Büro an«, wies er ihn an. »Lassen Sie einen Walter Slade aufspüren, der möglicherweise in einer Gegend wohnt, die Ballarat heißt.«

Roberts folgte dem Pfeil, der zum Telefon wies, während Charlie nervös hin und her stapfte und insgeheim flehte, der alte

Mann möge noch leben. Der Anwalt kehrte wenige Minuten später zurück. »Weihen Sie mich ein, was Sie jetzt vorhaben, Sir Charles?« fragte er, während er ihm einen Zettel entgegenstreckte, auf den er Walter Slades Adresse in Druckbuchstaben notiert hatte.

»Lieber nicht«, antwortete Charlie. »Es ist vielleicht besser, wenn Sie nicht mitkommen, aber Ihren Wagen könnten Sie mir leihen. Ich bringe ihn zu Ihrem hiesigen Büro, sobald ich fertig bin. Wann das der Fall ist, weiß ich allerdings nicht.« Er winkte ihm noch rasch, während er bereits durch die Drehtür ging und Roberts sichtlich verwirrt zurückblieb.

Charlie reichte den Zettel dem Chauffeur, der die Adresse studierte. »Aber das ist etwa hundertfünfzig Kilometer von hier«, sagte der Mann und blickte über die Schulter.

»Dann dürfen wir keinen Augenblick vergeuden.«

Der Chauffeur startete den Motor und lenkte den Wagen vom Parkplatz des Country Clubs. Er fuhr am Melbourner Kricketplatz vorbei, wo gerade gespielt wurde. Charlie ärgerte sich, daß er bei seinem ersten Besuch in Australien nicht einmal Zeit hatte, sich den internationalen Vergleichskampf anzusehen. Die Fahrt auf der Fernstraße in den Norden dauerte anderthalb Stunden, was Charlie reichlich Zeit gab, sich zu überlegen, wie er bei Slade vorgehen würde, vorausgesetzt natürlich, der Alte war nicht »völlig verkalkt«, um Sinclair-Smith zu zitieren. Nachdem sie an dem Ortsschild von Ballarat vorbei waren, bog der Chauffeur zu einer Tankstelle ein. Beim Auftanken erklärte der Tankwart ihm den Weg, und es dauerte weitere zehn Minuten, bevor sie vor einem Häuschen mit Terrasse auf einem verwilderten Grundstück anhielten.

Charlie sprang aus dem Wagen, marschierte einen unkrautüberwucherten Gartenweg hinauf und klopfte an der Haustür. Er mußte eine Weile warten, bis eine alte Frau öffnete, die eine Schürze über einem pastellfarbenem Kleid trug, das fast bis auf den Boden reichte.

»Mrs. Slade?« fragte Charlie.

»Ja«, antwortete sie und spähte mißtrauisch zu ihm hoch.

»Dürfte ich mit Ihrem Mann sprechen?«

»Warum? Kommen Sie von der Sozialhilfe?«

»Nein, aus England«, antwortete Charlie. »Und ich bringe Ihrem Mann eine Kleinigkeit, die meine Tante, Mrs. Ethel Trentham, ihm hinterlassen hat. Sie ist vor kurzem gestorben, wissen Sie.«

»Oh, wie freundlich von Ihnen«, sagte Mrs. Slade. »Bitte treten Sie ein.«

Sie führte Charlie in die Küche, wo ein alter Mann in wollener Weste über einem sauberen karierten Hemd und einer ausgebeulten Hose in einem Sessel vor dem Herd döste.

»Da ist ein Herr den ganzen Weg von England gekommen, bloß um dir was zu bringen.«

»Was hast du gesagt?« Der Alte hob die knochigen Finger und rieb sich den Schlaf aus den Augen.

»Ein Herr ist aus England gekommen«, wiederholte seine Frau. »Mit einem Geschenk von einer Mrs. Trentham.«

»Ich bin jetzt zu alt, um sie herumzukutschieren.« Mit müden Augen blickte er zu Charlie auf.

»Nein, Walter, du hast mich falsch verstanden. Er ist ein Verwandter von ihr und ist den weiten Weg von England mit einem Geschenk von ihr gekommen. Sie ist gestorben, weißt du.«

»Gestorben?«

Beide blickten Charlie jetzt fragend an. Er holte rasch seine Brieftasche hervor, nahm sämtliche Scheine heraus und reichte sie Mrs. Slade.

Sie machte sich daran, sie bedächtig zu zählen, während Walter Slade den Besucher nur anstarrte, so daß Charlie sich ein wenig unbehaglich fühlte, wie er so mitten auf dem makellos sauberen Steinboden stand.

»Fünfundachtzig Pfund, Walter!« Sie gab das Geld ihrem Mann.

»Warum soviel?« fragte er. »Und nach so langer Zeit?«

»Sie haben ihr einen großen Gefallen erwiesen«, antwortete Charlie, »darum hat sie Ihnen etwas vermacht.«

Der Alte starrte Charlie noch mißtrauischer an.

660

»Sie hat mich damals bezahlt«, brummte er.

»Das ist mir klar«, entgegnete Charlie, »aber …«

»Und ich hab' den Mund gehalten!«

»Das ist ein weiterer Grund, weshalb sie Ihnen dankbar war«, versicherte ihm Charlie.

»Sie wollen doch nicht behaupten, daß Sie den ganzen Weg von England bloß hierhergekommen sind, um mir fünfundachtzig Pfund zu geben?« sagte Slade. »Das glaub' ich Ihnen nicht, Junge.« Er klang plötzlich viel wacher.

»Nein, nein«, entgegnete Charlie und hatte das Gefühl, unglaubhaft zu wirken. »Ich habe bereits ein Dutzend andere Legate überbracht, nur waren Sie hier draußen nicht so leicht zu finden.«

»Das glaub' ich gern. Ich fahr' ja auch schon seit zwanzig Jahren nicht mehr.«

»Sie sind aus Yorkshire, nicht wahr?« sagte Charlie grinsend. »Ich würd' Ihren Akzent überall erkennen.«

»Stimmt, Junge. Und Sie sind von London, was bedeutet, daß man Ihnen nicht trauen kann. Also, warum sind Sie wirklich zu mir gekommen? Bestimmt nicht, um uns fünfundachtzig Pfund zu bringen, das kauf' ich Ihnen nicht ab.«

»Ich kann das kleine Mädchen nicht finden, das bei Mrs. Trentham war, als Sie sie chauffiert haben«, sagte Charlie und setzte alles auf eine Karte. »Sie müssen wissen, daß Mrs. Trentham ihr ein Vermögen vermacht hat.«

»Stell dir das vor, Walter!« staunte Mrs. Slade.

Walter Slades Gesicht verriet nichts.

»Es ist meine Pflicht, sie zu finden und der Dame die freudige Mitteilung zu machen.«

Slades Gesicht blieb unbewegt, während Charlie weitersprach. »Ich dachte, Sie würden mir vielleicht helfen.«

»Werd' ich nicht«, erwiderte Slade. »Und Ihr Geld können Sie wieder mitnehmen!« Er knüllte die Scheine zusammen und warf sie Charlie vor die Füße. »Und lassen Sie sich nie wieder hier sehen mit Ihren Lügengeschichten von Erbschaften. Bring den Herrn hinaus, Elsie.«

Mrs. Slade bückte sich, hob die Scheine auf und gab sie Charlie. Als sie ihm den letzten ausgehändigt hatte, führte sie den Fremden stumm zur Haustür.

»Ich möchte mich entschuldigen, Mrs. Slade«, sagte Charlie. »Ich hatte wirklich nicht die Absicht, Ihren Mann zu beleidigen.«

»Ich weiß, Sir. Aber Walter war schon immer so stolz. Der Himmel weiß, wie nötig wir das Geld gehabt hätten.« Charlie lächelte, als er die zerknitterten Scheine in die Schürze der alten Frau steckte und rasch einen Finger an die Lippen drückte. »Wenn Sie's ihm nicht sagen, von mir erfährt er's nicht.« Er verbeugte sich knapp, dann drehte er sich um, um auf dem Gartenweg zum Wagen zurückzukehren.

»Ich hab' nie ein kleines Mädchen gesehen«, sagte sie leise. Charlie blieb stehen. »Aber Walter hat einmal eine hochnäsige Dame zu dem Waisenhaus am Park Hill in Melbourne gefahren. Ich weiß es, weil ich damals mit dem Gärtner gegangen bin, und der hat es mir gesagt.« Charlie drehte sich um, um ihr zu danken, aber sie hatte bereits die Tür hinter sich geschlossen.

Charlie stieg in den Wagen, ohne Barschaft und mit nur einem einzigen Namen, der ihm vielleicht noch weiterhelfen konnte. Er war sicher, daß der Alte das Geheimnis hätten lüften können, andernfalls hätte er »kann ich nicht« gesagt, statt »werd' ich nicht«, als er ihn um seine Hilfe gebeten hatte.

Auf der langen Rückfahrt in die Stadt verfluchte er mehrmals seine Dummheit.

»Roberts, gibt es in Melbourne ein Waisenhaus?« fragte Charlie, kaum, daß er das Büro des Anwalts betreten hatte.

»St. Hilda«, sagte Neil Mitchell, noch bevor sein Sozius überlegen konnte. »Es ist irgendwo am Park Hill. Wieso?«

»Ja, das ist es.« Charlie blickte auf die Uhr. »In London ist es ungefähr sieben Uhr, und ich bin groggy. Ich werde ins Hotel gehen und ein bißchen schlafen. Finden Sie inzwischen alles über St. Hilda heraus, angefangen mit den Namen aller Mitarbeiter, die dort zwischen 1924 und 1927 beschäftigt waren, vom Oberboss bis zum Küchenmädchen. Und falls noch jemand von ihnen lebt, dann suchen Sie sie, denn ich will sie innerhalb der nächsten vierundzwanzig Stunden sprechen.«

Zwei Angestellte in Mitchells Büro schrieben hastig alles auf.

»Außerdem möchte ich die Namen jedes Kindes wissen, das zwischen 1923 und 1927 in dieses Waisenhaus eingewiesen wurde. Denken Sie daran, wir suchen nach einem Mädchen, das damals nicht älter als vier Jahre gewesen sein kann und möglicherweise auf den Namen Margaret Ethel gehört hat. Und wenn Sie die Antworten auf alle diese Fragen haben, dann wekken Sie mich auf – egal, wie spät es ist!«

## 45

Trevor Roberts kam kurz vor acht am nächsten Morgen in Charlies Hotel und fand seinen Klienten bei einem Riesenfrühstück aus Eiern, Tomaten, Pilzen und Speck. Roberts sah zwar müde und unrasiert aus, aber er brachte gute Nachricht.

»Wir haben uns mit der Heimleiterin von St. Hilda in Verbindung gesetzt, einer Mrs. Culver, und sie hätte nicht hilfsbereiter sein können«, berichtete er, und Charlie lächelte. »Neunzehn Kinder wurden zwischen 1923 und 1927 im Heim aufgenommen, acht Jungen und elf Mädchen. Von den elf Mädchen hatten neun weder Vater noch Mutter; von diesen neun konnten wir sieben ausfindig machen; und fünf von ihnen haben noch lebende Verwandte, die wissen, wer der Vater war. Die Eltern eines Mädchens kamen bei einem Autounfall um, und ein weiteres ist eine Eingeborene. Die beiden letzten erwiesen sich als schwieriger aufzuspüren, deshalb dachte ich, Sie möchten sich vielleicht ihre Akten im St.-Hilda-Heim selbst ansehen.«

»Was ist mit dem Personal des Waisenhauses?«

»Nur die Köchin arbeitete schon damals dort, und sie sagte, daß es im Heim nie ein Kind gegeben hat, das Trentham oder ähnlich hieß, nicht einmal an eine Margaret oder Ethel konnte sie sich erinnern. Unsere letzte Hoffnung ist vielleicht eine Miss Benson.«

»Miss Benson?«

»Ja, sie war zu der Zeit die Heimleiterin und wohnt jetzt in Maple Lodge, einem exklusiven Altenheim am anderen Ende der Stadt.«

»Nicht schlecht, Mr. Roberts«, sagte Charlie. »Aber wie haben Sie es fertiggebracht, daß Mrs. Culver Ihnen so rasch und so sehr geholfen hat?«

»Nun ja – ich bediente mich Methoden, die man, wie Sie es

nennen würden, eher in Whitechapel als in Harvard lernt, Sir Charles.«

Charlie blickte ihn mit hochgezogenen Brauen an.

»Ich habe erfahren, daß das Waisenhaus zu Spenden für einen Kleinbus aufgerufen hat ...«

»Kleinbus?«

»Den das Waisenhaus dringend für Fahrten braucht ...«

»Und so haben Sie angedeutet, daß ich ...«

»Daß Sie vielleicht ein oder zwei Räder spendieren würden, wenn ...«

»Wenn sie mir weiter...«

»Helfen könnten. Genau.«

»Sie lernen schnell, Roberts, das muß man Ihnen lassen.«

»Und da wir keine Zeit vergeuden dürfen, sollten wir gleich nach St. Hilda fahren, damit Sie die Akten durchsehen können.«

»Aber Miss Benson müßte doch mehr wissen!«

»Das bezweifle ich nicht im geringsten, und ich habe auch bereits einen Besuch bei ihr am Nachmittag eingeplant, sobald Sie im St. Hilda fertig sind. Ich fürchte nur, daß Miss Benson nicht hilfsbereiter sein wird als Walter Slade. Im Waisenhaus nannten nicht nur die Kinder sie den ›Drachen‹, sondern auch das Personal.«

Als Charlie im Waisenhaus ankam, begrüßte ihn die Heimleiterin. Mrs. Culver trug ein grünes Kleid, das frisch gebügelt aussah. Sie hatte offenbar beschlossen, den möglichen Gönner wie Nelson Rockefeller zu behandeln, jedenfalls fehlte nur, daß man einen roten Teppich für ihn ausgerollt hatte, als Charlie in ihr Arbeitszimmer geführt wurde.

Zwei junge Assessoren aus Roberts' Kanzlei standen auf, als Charlie und der Anwalt eintraten. Sie hatten sich die ganze Nacht hindurch sorgfältig die Akten vorgenommen und alles über den Hausplan, Küchendienst und die anderen Pflichten der Zöglinge erfahren, sowie über ihre Belobigungen und Verweise.

»Haben Sie noch irgend etwas Wissenswertes über die beiden in Frage kommenden Mädchen herausgefunden?« erkundigte sich Roberts.

»Ja, es blieben nur zwei«, warf Mrs. Culver ein. »Ist das nicht aufregend?« Geschäftig rückte sie alles im Zimmer zurecht, das sich offenbar nicht genau an seinem angestammten Platz befand.

»Zwar keine Beweise«, antwortete einer der beiden jungen Männer, dessen Augen vor Müdigkeit rot und verquollen waren, »aber eines der beiden Mädchen würde genau passen. Es gibt nicht die kleinste Information über die Zeit vor ihrem dritten Lebensjahr. Und was noch wesentlicher ist, sie wurde genau zu der Zeit im Heim aufgenommen, als Captain Trentham kurz vor seiner Hinrichtung stand.«

»Und die Köchin, die damals Küchenmädchen war, erinnert sich, daß die Kleine mitten in der Nacht gebracht wurde«, warf Mrs. Culver ein. »Und zwar von einer fein gekleideten Dame, die sehr streng und hochmütig aussah und eine vornehme Aussprache …«

»Eine gute Beschreibung von Mrs. Trentham«, sagte Charlie. »Nur ist der Name des Kindes offensichtlich nicht Trentham.«

Der Assessor überflog die Notizen, die vor ihm auf dem Schreibtisch ausgebreitet lagen. »Nein, Sir«, bedauerte er. »Dieses Mädchen wurde unter dem Namen Cathy Ross eingetragen.«

Charlies Knie gaben nach. Sofort rannten Roberts und Mrs. Culver herbei und halfen ihm in den einzigen bequemen Sessel. Mrs. Culver lockerte seine Krawatte und öffnete den Kragen.

»Fühlen Sie sich nicht gut, Sir Charles?« fragte sie besorgt. »Ich muß sagen, Sie sehen …«

»Die ganze Zeit lag die Wahrheit vor meinen Augen«, murmelte Charlie. »Blind wie eine Fledermaus, würde Daphne sagen.«

»Ich fürchte, ich verstehe nicht«, sagte Roberts bestürzt.

»Ich bin ja nicht einmal sicher, ob ich es selbst verstehe.« Charlie wandte sich wieder dem jungen Assessor zu.

»Ist sie von St. Hilda zur Universität von Melbourne gegangen?« fragte er ihn.

Der Praktikant sah nach. »Ja, Sir. Sie hat 1942 immatrikuliert und 1945 abgeschlossen.«

»Wo sie Kunstgeschichte und Englisch studiert hat.«

Wieder blickte der Assessor auf die Unterlagen vor ihm. »Das stimmt, Sir.« Er konnte sein Erstaunen nicht verbergen.

»Hat sie zufällig auch Tennis gespielt?«

»Hin und wieder in der zweiten Mannschaft der Universität.«

»Aber konnte sie auch malen?« fragte Charlie.

Der Assessor blätterte in der Akte.

»O ja!« sagte Mrs. Culver da. »Sogar sehr gut, Sir Charles. Ein Bild von ihr hängt im Speisesaal, eine Waldlandschaft, von Sisley inspiriert, nehme ich an. Ich würde sogar soweit gehen zu sagen ...«

»Dürfte ich das Bild sehen, Mrs. Culver?«

»Selbstverständlich, Sir Charles.« Die Heimleiterin holte einen Schlüssel aus der oberen rechten Schreibtischlade. »Wenn Sie bitte mitkommen würden.«

Charlie erhob sich mit noch etwas unsicheren Beinen und begleitete Mrs. Culver, als sie ihr Arbeitszimmer verließ und durch einen langen Korridor zum Speisesaal eilte, dessen Tür sie erst aufschließen mußte. Trevor Roberts, der hinter den beiden stehengeblieben war, wirkte verwirrt, stellte jedoch keine Fragen.

Als sie den Speisesaal betreten hatten, blieb Charlie für einen Moment wie angewurzelt stehen und sagte: »Ich kann einen Ross auf zwanzig Schritte Entfernung erkennen!«

»Wie bitte, Sir Charles?«

»Nicht so wichtig, Mrs. Culver.« Charlie blieb unter dem Bild stehen und blickte zu der Waldlandschaft in Braun- und Grüntönen hoch.

»Ist es nicht bezaubernd, Sir Charles? Sie hat wirklich etwas von Farben verstanden. Ich würde sogar soweit gehen zu sagen ...«

Aber auch diesmal ließ Charlie sie nicht ausreden. »Mrs. Culver, was meinen Sie, wäre ein Kleinbus ein fairer Tausch für dieses Bild?«

»Durchaus«, versicherte ihm Mrs. Culver ohne Zögern. »Um ehrlich zu sein ...«

»Und wäre es zuviel verlangt, wenn Sie auf die Rückseite des Aquarells schreiben würden: ›Gemalt von Cathy Ross‹, und

667

außerdem, von wann bis wann sie im St. Hilda untergebracht gewesen war?«

»Nicht nötig, Sir Charles.« Mrs. Culver trat näher und hob das Bild von der Wand, dann drehte sie es um, damit alle die Rückseite sehen konnten. Worum Sir Charles gebeten hatte, stand bereits darauf, zwar ein bißchen verblaßt, aber deutlich erkennbar.

»Ich muß mich entschuldigen, Mrs. Culver«, sagte Charlie. »Inzwischen hätte ich Sie schon besser kennen müssen.« Er holte seine Brieftasche hervor, unterschrieb einen Blankoscheck und reichte ihn Mrs. Culver.

»Aber – für wieviel?« stammelte die erstaunte Heimleiterin.

»Was immer er kostet«, antwortete Charlie, und zum erstenmal war Mrs. Culver sprachlos.

Sie kehrten ins Arbeitszimmer zurück, wo bereits eine Kanne Tee auf sie wartete. Einer der Assessoren machte Kopien von Cathys gesamtem Ordner, und Roberts rief in dem Altenheim an, in dem Miss Benson lebte, um der Heimleiterin mitzuteilen, daß sie sie in etwa einer Stunde besuchen würden. Sobald sie Tee getrunken hatten, bedankte sich Charlie bei Mrs. Culver für ihre Hilfsbereitschaft und verabschiedete sich. Obwohl sie immer noch sprachlos war, brachte sie doch ein »Danke, Sir Charles, danke!« heraus.

Charlie hielt das Aquarell ganz fest, während er das Waisenhaus verließ und den Weg zur Straße hinunterging. Als er wieder im Wagen saß, reichte er dem Chauffeur das Bild und wies ihn an, um Himmels willen gut darauf aufzupassen.

»Gewiß, Sir. Und wohin jetzt?« erkundigte sich der Fahrer.

»Zum Maple-Lodge-Altenheim im Norden der Stadt«, sagte Roberts, der auf der anderen Seite der Rückbank Platz genommen hatte. Dann wandte er sich seinem Klienten zu. »Ich hoffe, Sie erklären mir jetzt, was im St. Hilda los war. Denn ich bin ›arg verwundert‹, wie es in der Bibel heißen würde.«

»Ich werde Ihnen sagen, was ich selbst weiß«, versprach Charlie und begann damit, wie er Cathy vor gut fünfzehn Jahren bei der Einweihung seines Hauses am Eaton Square kennengelernt hatte. Ohne daß ihn Roberts einmal unterbrach, erzählte er weiter, wie Miss Ross schließlich Vorstandsmitglied von Trumper geworden war und wie sie seit Daniels Selbstmord ihnen nicht mehr viel über ihre Vergangenheit hatte erzählen können, weil sie die Erinnerung an die Zeit vor ihrer Reise nach England verloren und nie völlig wiedererlangt hatte. Der erste Satz des Anwalts, nachdem dieser alles gehört hatte, überraschte Charlie.

»Es kann kein Zufall sein, daß Miss Ross England besuchte, und auch nicht, daß sie sich um eine Stellung bei Trumper bewarb.«

»Wie kommen Sie darauf?« fragte Charlie.

»Sie muß Australien nur zu dem einen Zweck verlassen haben, etwas über ihren Vater herauszufinden. Sie glaubte vermutlich, daß er noch lebte, wahrscheinlich in England. Das muß ihr ursprünglicher Grund gewesen sein, nach London zu kommen, wo sie zweifellos eine Verbindung zwischen seiner und Ihrer Familie entdeckte. Und wenn Sie dieses Bindeglied zwischen ihrem Vater, ihrer Reise nach England und ihrer Bewerbung bei Trumper herausfinden können, haben Sie Ihren Beweis, daß Cathy Ross in Wirklichkeit Margaret Ethel Trentham ist.«

»Aber ich habe keine Ahnung, was dieses Bindeglied sein könnte!« sagte Charlie. »Und jetzt, da Cathy sich an so wenige Einzelheiten aus ihren jungen Jahren in Australien erinnert, kann ich das vielleicht nie herausfinden.«

»Na, dann wollen wir hoffen, daß Miss Benson uns einen brauchbaren Hinweis liefern kann«, sagte Roberts. »Obwohl, wie ich bereits erwähnte, niemand im St. Hilda ein gutes Haar an ihr gelassen hat.«

»Wenn Walter Slade ein Beispiel dafür ist, wie Mrs. Trentham die Leute zum Schweigen bringt, die mit ihr zu tun hatten, werden wir schon Mühe haben, sie dazu zu kriegen, uns überhaupt guten Tag zu sagen.«

»Ganz meine Meinung«, sagte der Anwalt. »Deshalb habe ich auch der Leiterin von Maple Lodge den Grund unseres Besuchs nicht genannt. Ich dachte mir, wir sollten Miss Benson nicht vorwarnen, denn das würde ihr nur Gelegenheit geben, sich ihre Antworten zurechtzulegen.«

»Gut. Aber haben Sie auch schon eine Idee, wie wir es bei ihr angehen sollen?« fragte Charlie. »Denn bei Walter Slade habe ich mir ja nicht gerade Lorbeeren erworben.«

»Nein, ich habe keine Idee. Wir müssen einfach improvisieren und können nur hoffen, daß sie bereit ist, uns zu helfen. Aber der Himmel weiß, welchen Dialekt Sie diesmal aus der Schublade holen müssen, Sir Charles.«

Augenblicke später bogen sie durch ein offenes, schmiedeeisernes Tor auf eine lange schattige Einfahrt ein, die zu einem großen Herrenhaus aus der Jahrhundertwende mitten auf einem parkähnlichen Grundstück führte.

»Das kann nicht billig sein«, brummte Charlie.

»Nein, sieht nicht so aus«, bestätigte Roberts. »Und ich kann mir auch nicht vorstellen, daß man hier Geld für einen Kleinbus braucht.«

Der Wagen hielt vor einer massiven Eichentür. Trevor Roberts sprang hinaus und wartete, bis Charlie sich ihm angeschlossen hatte, dann drückte er auf die Schelle.

Sie mußten nicht lange warten, bis eine junge Pflegerin ihnen öffnete und sie über einen auf Hochglanz gebohnerten Korridor zum Büro der Heimleiterin führte.

Mrs. Campbell trug die für ihren Beruf übliche gestärkte blaue Tracht mit weißen Manschetten und weißem Kragen. Sie begrüßte Charlie und Trevor Roberts in tiefem, kehligem Schottisch. Wäre nicht der strahlende Sonnenschein gewesen, der durch die Fenster fiel, hätte Charlie fast gedacht, der Leiterin von Maple Loge sei gar nicht bewußt, daß sie Schottland je verlassen hatte.

Nachdem die beiden Herren sich vorgestellt hatten, erkundigte sich Mrs. Campbell, wie sie ihnen behilflich sein könne.

»Wäre es möglich, mit einer der Damen in Ihrem Heim zu sprechen?«

»Selbstverständlich, Sir Charles. Dürfte ich fragen, welche der Damen?«

»Eine Miss Benson«, erklärte Charlie. »Wissen Sie ...«

»Oh, Sir Charles, haben Sie es denn noch nicht gehört?«

»Gehört?« fragte Charlie.

»Ja. Miss Benson ist vorige Woche gestorben. Sie wurde am Donnerstag beerdigt.«

Zum zweitenmal an diesem Tag gaben Charlies Beine unter ihm nach. Trevor Roberts packte seinen Klienten sofort am Arm und half ihm in den nächsten Sessel.

»Oh, tut mir leid«, entschuldigte sich die Leiterin. »Ich wußte nicht, daß sie eine so gute Bekannte von Ihnen war.« Charlie schwieg. »Sind Sie etwa den ganzen weiten Weg von London hierhergekommen, um sie zu treffen?«

»Ja«, antwortete Trevor Roberts leise für ihn. »Hat Miss Benson in letzter Zeit noch anderen Besuch aus England bekommen?«

»Nein«, antwortete die Heimleiterin ohne Zögern. »Sie hat überhaupt kaum Besuch bekommen. Ein oder zwei Bekannte aus Adelaide, aber nie jemand aus Britannien«, fügte sie mit einer Spur Schärfe hinzu.

»Und hat sie mal jemanden namens Cathy Ross oder Margaret Trentham erwähnt?«

Mrs. Campbell überlegte kurz. »Nein«, antwortete sie dann. »Jedenfalls nicht, soweit ich mich erinnere.«

»Dann wollen wir Ihre Zeit nicht länger in Anspruch nehmen«, sagte Roberts und blickte Charlie fragend an.

»Vielen Dank, Mrs. Campbell«, sagte Charlie.« Roberts half ihm auf, und die Heimleiterin begleitete sie zum Eingang.

»Kehren Sie bald nach Britannien zurück, Sir Charles?« fragte sie.

»Ja, wahrscheinlich morgen.«

»Würden Sie es als große Unverschämtheit erachten, wenn ich Sie bitte, in London ein Kuvert für mich in den Briefkasten zu werfen?«

»Nein, das tue ich gern«, versicherte ihr Charlie.

»Ich würde Sie ja nicht damit belästigen«, sagte die Heimleiterin, »aber da es Miss Benson betrifft ...«

Beide Männer verharrten mitten im Schritt und starrten auf die kleine Schottin hinunter. Da hielt auch sie inne und faltete die Hände.

»Es ist wirklich nicht deshalb, weil ich mir das Porto sparen möchte, Sir Charles, was man meinem Clan ja zutrauen würde. Tatsächlich ist genau das Gegenteil der Fall. Ich möchte, daß die Rückzahlung so schnell wie möglich bei Miss Bensons Wohltäter eintrifft.«

»Miss Bensons Wohltäter?« fragten Charlie und Roberts gleichzeitig.

»Jawohl«, antwortete die höchstens eins zweiundfünfzig große Heimleiterin hochaufgerichtet. »Es ist bei uns im Maple Lodge nicht üblich, Geld für jemanden zu behalten, der nicht mehr lebt. Das wäre unehrlich.«

»Ja, natürlich«, bestätigte Roberts.

»Wir verlangen zwar eine Vorauszahlung für drei Monate, aber wir erstatten auch alles zurück, was übrig ist, wenn eine unserer Damen bedauerlicherweise dahingeschieden ist. Nach Bezahlung aller ausstehenden Rechnungen selbstverständlich.«

»Ich verstehe«, sagte Charlie, während er wieder mit einem Hoffnungsfunken auf die Heimleiterin hinunterblickte.

»Wenn Sie also so liebenswürdig wären, einen Augenblick zu warten, dann hole ich das Schreiben aus meinem Büro.« Sie drehte sich um und kehrte in ihr Zimmer zurück.

»Beten Sie«, murmelte Charlie.

»Tue ich bereits«, versicherte ihm Roberts.

Sekunden später kehrte Mrs. Campbell mit einem Umschlag zurück, den sie Charlie anvertraute. In gestochener Schrift stand darauf die Adresse: Coutts & Company, The Strand, London WC2.

»Ich hoffe, Sie halten meine Bitte nicht für eine zu große Zumutung, Sir Charles.«

»Es ist mir ein größeres Vergnügen, als Sie vielleicht ahnen, Mrs. Campbell«, versicherte ihr Charlie, als er sich von ihr verabschiedete.

Im Wagen sagte Roberts: »Es wäre völlig gegen mein Berufsethos, Ihnen zu raten, ob Sie den Umschlag öffnen sollten oder nicht, Sir Charles. Aber ...«

Doch Charlie hatte den Umschlag bereits aufgerissen und zog seinen Inhalt heraus.

Ein Scheck über zweiundneunzig Pfund war an eine detaillierte Rechnung für die Jahre 1953 bis 1964 geheftet: die vollständige, abschließende Abrechnung von Miss Rachel Bensons Konto.

»Gott segne die Schotten und ihre puritanische Erziehung«, sagte Charlie, als er sah, auf wen der Scheck ausgestellt war.

## 46

»Wenn Sie sich beeilen, Sir Charles, könnten Sie noch den früheren Flug erwischen«, sagte Trevor Roberts, als der Wagen auf den Hotelvorplatz fuhr.

»Dann werde ich mich beeilen«, erwiderte Charlie, »denn ich möchte so schnell wie möglich in London zurück sein.«

»Gut, ich melde Sie inzwischen ab, lasse Ihre Rechnung fertigmachen und rufe am Flughafen an, um sicherzugehen, daß es mit der Umbuchung klappt.«

»Sehr schön. Ich habe zwar noch zwei Tage Spielraum, aber es gibt in London noch ein paar Dinge zu klären.«

Als der Wagen hielt, sprang Charlie hinaus, bevor der Chauffeur ihm die Tür öffnen konnte. Er stürmte auf sein Zimmer und warf seine Sachen in den Koffer. Innerhalb von zwölf Minuten war er am Empfang, bezahlte die Rechnung und war drei Minuten später am Wagen, wo der Chauffeur schon den Kofferraum geöffnet hatte.

Sobald Charlie saß, fuhr der Chauffeur in Richtung Schnellstraße los.

»Reisepaß und Ticket?« fragte Roberts.

Charlie holte beides aus der Brusttasche und grinste wie ein Schüler, der sich gut vorbereitet hat.

»Jetzt müssen wir nur noch rechtzeitig am Flughafen ankommen.«

»Sie haben wahre Wunder vollbracht«, sagte Charlie.

»Danke, Sir Charles, aber Sie müssen sich darüber im klaren sein, daß sämtliches Material, das wir hier zusammentragen konnten, im Grunde nicht wirklich beweiskräftig ist«, entgegnete Roberts. »So überzeugt Sie und ich auch sein mögen, daß Cathy Ross tatsächlich Margaret Ethel Trentham ist, läßt sich doch nicht voraussagen, wie das Gericht entscheiden wird, denn Miss

Benson ist tot, und Miss Ross kann sich nicht an ihre Vergangenheit erinnern.«

»Ich sehe es wie Sie«, sagte Charlie. »Aber ich habe jetzt wenigstens etwas in der Hand. Vor einer Woche hatte ich noch gar nichts.«

»Stimmt. Und da ich in den vergangenen Tagen Gelegenheit hatte mitzuerleben, wie Sie vorgehen, schätze ich Ihre Chancen höher als fünfzig zu fünfzig ein. Aber was immer Sie tun, lassen Sie dieses Aquarell nie aus den Augen, es ist so viel wert wie ein Fingerabdruck. Und bewahren Sie auch Mrs. Campbells Schreiben an einem absolut sicheren Ort auf, bis Sie eine Kopie davon machen konnten. Und vergessen Sie auf keinen Fall, das Original und den beigefügten Scheck dann gleich an Coutts weiterzuleiten. Wir wollen schließlich nicht, daß man Ihnen die Unterschlagung von zweiundneunzig Pfund anlastet. Wie sieht es aus, kann ich hier noch etwas für Sie tun?«

»Ja. Sie könnten versuchen, eine unterschriebene Aussage von Walter Slade zu bekommen, in der er zugibt, daß er Mrs. Trentham und ein kleines Mädchen namens Margaret zum St. Hilda gebracht hat und dann nur mit Mrs. Trentham zurückgefahren ist.«

»Das dürfte nach der Erfahrung, die Sie mit ihm gemacht haben, nicht leicht sein«, meinte Roberts.

»Probieren Sie es auf jeden Fall. Und dann versuchen Sie herauszufinden, ob Miss Benson vor 1953 noch weitere Zahlungen von Mrs. Trentham erhalten hat, und wenn ja, in welcher Höhe und das genaue Datum. Ich vermute, daß sie seit über fünfunddreißig Jahren vierteljährlich im Dauerauftrag von der Bank eine Überweisung erhielt. Das würde auch erklären, weshalb sie ihren Lebensabend in relativem Luxus verbringen konnte.«

»Nur ist auch diese Vermutung im Höchstfall ein Indiz. Und es gibt bestimmt keine Möglichkeit, daß eine Bank mir gestatten würde, Einblick in Miss Bensons Privatkonto zu nehmen.«

»Das sehe ich ein«, sagte Charlie. »Aber Mrs. Culver weiß bestimmt, was Miss Benson verdient hat, während sie Heimleiterin war, und ob jemand den Eindruck hatte, daß sie über ihre

Verhältnisse lebte. Sie können sich ja zuvor umhören, was St. Hilda außer einem Kleinbus noch braucht.«

Roberts machte sich Notizen, als Charlie eine Reihe weiterer Anweisungen gab und Vorschläge machte.

»Wenn Sie Slade einwickeln und obendrein beweisen könnten, daß Miss Benson schon früher Zuwendungen bekommen hat, wäre meine Position weitaus stärker, wenn ich Nigel Trentham die Frage stellen würde, weshalb seine Mutter der Heimleiterin eines Waisenhauses auf der anderen Seite des Globus laufend Geld schickte, wenn nicht für das Kind seines Bruders.«

»Ich werde tun, was ich kann«, versprach Roberts. »Wenn ich was ausgrabe, rufe ich Sie gleich nach Ihrer Rückkehr in London an.«

»Danke. Kann ich vielleicht auch etwas für Sie tun?«

»O ja, Sir Charles. Wären Sie so nett, meinen Onkel Ernest herzlich von mir zu grüßen?«

»Onkel Ernest?«

»Ja, Ernest Baverstock.«

»Herzliche Grüße, von wegen! Ich werde ihn von der Anwaltskammer wegen Vetternwirtschaft belangen lassen!«

»Ich muß Sie darauf hinweisen, Sir Charles, daß dies kein Verfahren nach sich ziehen wird, denn noch ist Vetternwirtschaft keine Straftat. Obwohl, um ehrlich zu sein, meine Mutter die Schuld trifft. Sie hat drei Söhne in die Welt gesetzt, die alle Anwälte geworden sind – und die beiden anderen vertreten Sie jetzt in Perth und Brisbane.« Der Wagen hielt vor dem Qantas-Terminal. Der Fahrer sprang hinaus und hob das Gepäck aus dem Kofferraum, während Charlie bereits in Richtung Schalter rannte, Roberts mit Cathys Aquarell unter dem Arm einen Meter hinter ihm.

»Ja, Sie können den Flug nach London noch nehmen«, versicherte das Mädchen hinter dem Schalter. »Aber bitte beeilen Sie sich, denn wir schließen die Sperre in wenigen Minuten.« Charlie atmete erleichtert auf und drehte sich zu Trevor Roberts um, um sich zu verabschieden, als der Fahrer mit seinem Koffer kam und ihn auf die Waage stellte.

»Verdammt!« sagte Charlie. »Können Sie mir zehn Pfund leihen?«

Roberts nahm die Scheine aus seiner Brieftasche, und Charlie gab sie rasch an den Fahrer weiter, der dankend die Hand an die Mütze legte und zum Wagen zurückkehrte.

»Wie kann ich Ihnen je genug danken?« sagte Charlie und schüttelte Trevor Roberts die Hand.

»Danken Sie Onkel Ernest, nicht mir«, meinte Roberts. »Er hat mich überredet, diesen Fall zu übernehmen.«

Zwanzig Minuten später stieg Charlie die Stufen zum Qantas Flug 102 zur ersten Etappe seines Rückflugs nach London hinauf.

Als das Flugzeug zehn Minuten später als fahrplanmäßig abhob, lehnte Charlie sich zurück und versuchte die Puzzlestücke zusammenzufügen, die er in den vergangenen drei Tagen aufgespürt hatte. Er stimmte nun mit Roberts' Theorie überein, daß Cathy sich nicht zufällig bei Trumper beworben hatte. Sie mußte auf irgendeine Verbindung zwischen den Trumpers und den Trenthams gestoßen sein, auch wenn er sich nicht vorstellen konnte, wobei es sich genau handelte; und er verstand auch nicht, weshalb sie nicht mit ihnen darüber gesprochen hatte. Gesprochen ...? Welches Recht hatte er, sich das auch nur zu fragen? Wenn er mit Daniel gesprochen hätte, würde der Junge vielleicht noch leben! Denn eines wußte er sicher: Cathy konnte nicht geahnt haben, daß Daniel ihr Halbbruder gewesen war. Dagegen ahnte er nun, daß Mrs. Trentham es herausgefunden und ihrem Enkel die schreckliche Wahrheit mitgeteilt hatte.

»Verdammtes Weib!« brummte Charlie.

»Wie bitte, Sir?« fragte die Dame mittleren Alters, die links von ihm saß.

»Oh, Entschuldigung«, sagte Charlie. »Ich habe nicht Sie gemeint.« Er vertiefte sich wieder in seine Überlegungen. Mrs. Trentham mußte dennoch über die Wahrheit gestolpert sein. Aber wie? War auch Cathy bei ihr gewesen? Oder hatte die Verlobungsanzeige in der *Times* Mrs. Trentham auf die Ungesetzlichkeit der Verbindung aufmerksam gemacht, von der Cathy und

Daniel nichts geahnt haben konnten? Wie auch immer, die Chancen, das Puzzle ganz zusammenzusetzen, standen nicht gut, nachdem Daniel und Mrs. Trentham im Grab lagen und Cathy noch immer unfähig war, sich an die Zeit vor ihrer Ankunft in England zu erinnern.

Welche Ironie, dachte Charles, daß so vieles von dem, was er in Australien herausgefunden hatte, schon die ganze Zeit in dem Bewerbungsschreiben von Cathy Ross in einer Personalakte in Chelsea Terrace 1 lag. Aber nicht das Bindeglied. »Finden Sie es, und Sie haben die Möglichkeit, die Verbindung zwischen Cathy Ross und Guy Trentham aufzuzeigen«, hatte Roberts gesagt. Unwillkürlich nickte Charlie bestätigend.

In letzter Zeit war es Cathy hin und wieder gelungen, sich an einige Dinge aus ihrer Vergangenheit zu erinnern, die aber bedeutungslos waren, sofern sie ihre jungen Jahre in Australien betrafen. Dr. Atkins hatte Charlie immer wieder gewarnt, nur ja nichts zu überstürzen; denn er war erfreut über Cathys Fortschritte und warnte davor, daß ein Rückfall jederzeit möglich wäre. Aber wenn Charlie Trumper seine Firma retten wollte, was blieb ihm dann übrig? Er beschloß, gleich nach seiner Ankunft Dr. Atkins anzurufen.

»Hier spricht Ihr Kapitän«, drang eine Stimme aus den Lautsprechern. »Tut mir leid, Ihnen mitteilen zu müssen, daß wir ein kleines technisches Problem haben. Wer rechts an den Fenstern sitzt, kann sehen, daß ich einen der Steuerbordmotoren abgeschaltet habe. Ich versichere Ihnen, es besteht kein Anlaß zur Besorgnis, da ja noch drei Motoren bleiben, die voll betriebsfähig sind; ganz abgesehen davon, ist dieses Flugzeug in der Lage, jede Etappe des Fluges sogar mit nur einem Motor zu schaffen. Doch es ist eine Vorschrift unserer Gesellschaft, Ihrer Sicherheit wegen den nächsten Flughafen anzufliegen, sobald irgendwelche Defekte bemerkt werden, damit die Reparaturen sofort vorgenommen werden können.« Charlie runzelte die Stirn. »Da wir noch nicht die Hälfte unserer ersten Etappe bis Singapur zurückgelegt haben, werden wir sofort nach Melbourne umkehren.« Allgemeines Stöhnen wurde unter den Passagieren laut.

Charlie stellte einige hastige Berechnungen darüber an, wieviel Zeit ihm noch blieb, ehe er unbedingt in London zurück sein mußte. Da fiel ihm ein, daß der Flug, den er ursprünglich gebucht gehabt hatte, nach wie vor um zwanzig Uhr zwanzig von Melbourne starten würde. Er öffnete seinen Sicherheitsgurt, hob Cathys Aquarell herunter, setzte sich auf einen freien Ersteklasseplatz in der Nähe des Ausstiegs und konzentrierte sich auf das Problem der Rückbuchung auf den ursprünglichen BOAC-Flug.

Qantas Flug 102 setzte um sieben nach sieben auf dem Melbourner Flughafen auf. Charlie war der erste draußen. Er rannte, so schnell er konnte, doch Cathys Bild unter dem Arm behinderte ihn derart, daß ihn andere Passagiere zu überholen vermochten, die offenbar denselben Gedanken hatten wie er. Trotzdem konnte er sich der Schlange am Schalter noch als elfter anschließen.

Doch bis er an die Reihe kam, waren alle Plätze vergeben, und man vertröstete ihn damit, daß man ihn aufrufen würde, falls einer nicht belegt wurde. Obwohl er den BOAC-Schalterbeamten verzweifelt anflehte, erreichte er nichts mehr; es gab auch noch andere Passagiere, die ebenso dringend nach London mußten wie er, wurde ihm versichert.

Er kehrte zum Qantas Schalter zurück und erfuhr, daß der Motorschaden von Flug 102 repariert wurde und die Maschine erst am Morgen wieder starten konnte. Um zwanzig Uhr vierzig mußte er zusehen, wie die BOAC Comet, für die er ursprünglich gebucht hatte, ohne ihn von der Rollbahn abhob.

Alle Passagiere von Flug 102 wurden in einem der Flughafenhotels untergebracht und ihre Tickets auf einen Flug um zehn Uhr zwanzig am folgenden Morgen umgebucht.

Charlie war schon früh auf und angekleidet und zwei Stunden vor dem Abflug wieder am Flughafen. Als der Flug endlich aufgerufen wurde, war er der erste an Bord. Wenn von nun an alles fahrplanmäßig verlief, würde er früh am Freitag in Heathrow ankommen, wonach ihm noch anderthalb Tage zur Verfügung standen, ehe Sir Raymonds Zweijahresfrist ablief.

Seinen ersten Seufzer der Erleichterung stieß er aus, als das Flugzeug abhob, den zweiten, als sie über die halbe Strecke nach Singapur hinaus waren, und den dritten, als sie ein paar Minuten früher als erwartet auf dem Flughafen Changi zwischenlandeten.

Charlie verließ die Maschine, doch nur, um sich die Beine ein bißchen zu vertreten. Eine Stunde später war er wieder angeschnallt und startbereit. Bei der zweiten Etappe von Singapur nach Bangkok kamen sie nur um dreißig Minuten später als vorgesehen auf dem Don-Muang-Flughafen an, doch dann stand das Flugzeug eine ganze Stunde auf der Landebahn. Später erfuhren sie, daß ein Mangel an Boden- und Towerpersonal herrschte. Trotz der Verzögerung machte sich Charlie keine übermäßigen Sorgen, was ihn jedoch nicht davon abhielt, alle paar Minuten auf seine Taschenuhr zu sehen. Sie starteten eine Stunde später als vorgesehen.

Während das Flugzeug auf dem Palam-Flughafen in Neu-Delhi aufgetankt wurde, schlenderte er im zollfreien Bereich herum, aber er wurde es allmählich leid zu sehen, wie überall die gleichen Uhren, Parfums und Schmuckstücke zu einem Fünfzig-Prozent-Aufschlag, wie er wußte, an arglose Passagiere verkauft wurden. Als die übliche Auftankstunde vergangen war und immer noch nicht zum Wiedereinsteigen aufgerufen wurde, ging Charlie zur Auskunft, um dort in Erfahrung zu bringen, wodurch sie aufgehalten wurden.

»Es gibt offenbar ein Problem mit der Crew, die hier übernehmen soll«, sagte die junge Frau hinter dem Schalter. »Sie hat die von der IATA vorgeschriebenen vierundzwanzig Stunden Ruhezeit noch nicht beendet.«

»Und wieviel hat sie bereits?«

»Zwanzig, Sir«, antwortete das Mädchen verlegen.

»Das bedeutet also, daß wir noch vier Stunden hier herumstehen werden?«

»Ich fürchte ja.«

»Wo ist das nächste Telefon?« Charlie versuchte gar nicht seinen Ärger zu verbergen.

»Dort in der Ecke, Sir.« Das Mädchen deutete nach rechts. Charlie mußte wieder Schlange stehen, und als er endlich an der Reihe war, gelang es ihm zweimal, zur Vermittlung durchzukommen und einmal sogar mit London verbunden zu werden, doch ohne Becky zu erreichen. Als er nach diesen erfolglosen Versuchen wieder ins Flugzeug stieg, war er erschöpft.

»Hier spricht Captain Parkhouse. Wir bedauern den verspäteten Abflug«, entschuldigte sich der Pilot. »Ich hoffe, die Verzögerung hat Ihnen keine Ungelegenheiten bereitet. Bitte schnallen Sie sich jetzt an.«

Die vier Triebwerke heulten auf, das Flugzeug rollte vorwärts und beschleunigte auf der Startbahn. Plötzlich riß es Charlie nach vorn, als die Bremsen einrasteten und die Maschine ein paar hundert Meter vor dem Ende der Startbahn mit kreischenden Bremsen zum Stehen kam.

»Hier spricht Ihr Kapitän. Ich muß Ihnen leider mitteilen, daß die hydraulischen Pumpen, die das Fahrwerk beim Starten und Landen aus- und einfahren, auf dem Instrumentenbrett rot anzeigen, und ich bin nicht bereit, damit einen Start zu riskieren. Wir werden deshalb zurückrollen und die einheimischen Techniker bitten, den Schaden so schnell wie möglich zu beheben. Danke für Ihr Verständnis.«

Es war das Wort ›einheimisch‹, das Charlie beunruhigte.

Nachdem er wieder ausgestiegen war, rannte er von einem Luftgesellschaftschalter zum nächsten, um herauszufinden, ob in dieser Nacht noch irgendwelche Maschinen irgendwohin nach Europa flogen. Er brachte rasch in Erfahrung, daß vor dem nächsten Morgen kein Flug in Richtung Norden gestartet wurde. Jetzt konnte er nur noch hoffen, daß die indischen Techniker schnell und tüchtig waren.

Charlie saß in der rauchigen Wartehalle, blätterte Zeitschrift um Zeitschrift durch, trank ein Mineralwasser nach dem anderen und hielt die Ohren nach jeglicher Information über das Schicksal von Flug 102 offen. Die erste war, daß man nach dem Chefingenieur geschickt hatte.

»Geschickt?« fragte Charlie. »Was soll das heißen?«

»Wir haben einen Wagen zu ihm geschickt«, erklärte ein lächelnder Flughafenbeamter in abgehacktem, von starkem Akzent gefärbtem Englisch.

»Einen Wagen geschickt? Wieso ist er nicht auf dem Flughafen, wenn er gebraucht wird?«

»Er hat seinen freien Tag.«

»Ja, haben Sie denn keine anderen Ingenieure?«

»Keine für einen so großen Job«, gestand der von allen Seiten bedrängte Beamte.

Charlie schlug mit der Hand auf die Stirn. »Und wo wohnt dieser Chefingenieur?«

»In Neu-Delhi. Machen Sie sich keine Sorgen, Sir, er dürfte innerhalb einer Stunde hiersein.« Charlie dachte: Das Problem mit diesem Land ist, daß sie einem genau das sagen, was man hören will.

Aus irgendeinem Grund war derselbe Beamte später nicht imstande zu erklären, wieso es zwei Stunden gedauert hatte, den Chefingenieur zu finden, eine weitere, ihn zum Flughafen zu bringen, und nochmals fünfzig Minuten, bis er entdeckt hatte, daß für den Job ein Team von drei qualifizierten Technikern benötigt wurde, die sich erst kurz zuvor selbst in den Feierabend verabschiedet hatten.

Ein klappriger alter Bus brachte die Passagiere von Flug 102 zum Hotel Tadsch Mahal in der Innenstadt, wo Charlie sich den größten Teil der Nacht auf seinem Bett sitzend bemühte, mit Becky verbunden zu werden. Und als er sie dann endlich am Apparat hatte, wurden sie getrennt, noch ehe er ihr hatte sagen können, wo er war. Er versuchte gar nicht erst zu schlafen.

Als der Bus sie am Morgen zurück zum Flugplatz kutschiert hatte, begrüßte sie derselbe indische Beamte mit breitem Lächeln.

»Das Flugzeug wird pünktlich starten«, versprach er.

Pünktlich, dachte Charlie. Normalerweise hätte er sich darüber amüsiert.

Eine Stunde später hob die Maschine tatsächlich ab, und als Charlie sich erkundigte, wann sie in Heathrow landen würde, versicherte man ihm, am Samstag nachmittag, eine genauere Zeitangabe sei unmöglich.

Das Flugzeug machte eine weitere unplanmäßige Zwischenlandung in Rom, und Charlie rief Becky vom Flughafen Leonardo da Vinci an. Er ließ sie gar nicht zu Wort kommen. »Ich bin jetzt in Rom«, erklärte er, »und fliege in Kürze weiter. Stan soll mich von Heathrow abholen. Ich weiß die genaue Ankunftszeit nicht, du schickst ihn deshalb am besten gleich los, dann kann er am Flughafen auf mich warten. Hast du das?«

»Ja«, versicherte ihm Becky.

»Außerdem brauche ich Baverstock in seinem Büro. Falls er bereits übers Wochenende aufs Land gefahren ist, dann bitte ihn, alles stehen- und liegenzulassen und nach London zurückzukommen.«

»Du klingst gestreßt, Schatz.«

»Tut mir leid, aber es war nicht gerade die einfachste Reise.«

Mit dem Bild unter dem Arm und keinerlei Interesse, was diesmal mit dem Flugzeug los war oder was aus seinem Koffer würde, nahm er die nächste an diesem Nachmittag startende Maschine einer europäischen Fluggesellschaft nach London, und als er in der Luft war, blickte er alle zehn Minuten auf die Uhr. Sie überquerten den Kanal um zwanzig Uhr, und Charlie war der Meinung, daß vier Stunden genügen müßten, um Cathys Anspruch anzumelden – sofern es Becky gelungen war, Baverstock aufzuspüren.

Während die Maschine über London kreisen mußte, schaute Charlie durch das kleine ovale Fenster und starrte hinunter auf die Schlangenlinie der Themse.

Es dauerte zwanzig Minuten, bis die Lichter der Landebahn in zwei geraden Reihen zu Charlie heraufblitzten, dann setzten die Räder mit einer kleinen Rauchwolke auf, und das Flugzeug rollte zu seinem Flugsteig. Um zwanzig Uhr neunundzwanzig wurde endlich die Tür geöffnet.

Charlie packte sein Bild und rannte zur Paßkontrolle und durch den Zoll.

Er hielt nicht an, bis er eine Telefonzelle sah, aber da er nicht die nötigen Münzen für ein Ortsgespräch bei sich hatte, nannte er der Vermittlung seinen Namen und meldete ein R-Gespräch an. Augenblicke später wurde er verbunden.

»Becky, ich bin in Heathrow. Wo ist Baverstock?«

»Auf dem Rückweg von Tewkesbury. Dürfte um halb zehn, spätestens um zehn in seinem Büro sein.«

»Gut, dann komme ich direkt nach Hause. Ich bin in etwa vierzig Minuten bei dir.«

Charlie hängte ein, blickte auf die Uhr und stellte fest, daß ihm nicht genug Zeit blieb, Dr. Atkins anzurufen. Er rannte durch den Ausgang und fröstelte in der Kälte, die ihm plötzlich entgegenschlug. Stan wartete am Wagen auf ihn. Im Lauf der Jahre hatte sich der ehemalige Hauptfeldwebel an Charlies Ungeduld gewöhnt, er fuhr ihn flüssig durch die Vororte, ohne auf die Geschwindigkeitsbegrenzung zu achten, bis sie Chiswick erreichten, wo höchstens noch ein Motorrad sie hätte einholen können. Trotz des strömenden Regens hatte er seinen Chef um neun Uhr sechzehn zu Hause am Eaton Square.

Charlie begann der schweigend zuhörenden Becky zu erzählen, was er in Australien alles entdeckt hatte, und war mit seiner Geschichte etwa halb durch, als Baverstock anrief und sagte, er sei jetzt zurück in seinem Büro in High Holborn. Charlie dankte ihm, richtete ihm die Grüße seines Neffen aus und entschuldigte sich, daß er ihm sein Wochenende verdorben hatte.

»Es wird nicht verdorben sein, wenn Sie gute Neuigkeiten haben«, entgegnete Baverstock.

»Guy Trentham hatte noch ein Kind«, sagte Charlie leise.

»Ich dachte mir schon, daß Sie mich nicht von Tewkesbury zurückholen ließen, um mir die neuesten Kricketergebnisse des Vergleichskampfs in Melbourne mitzuteilen. Sohn oder Tochter?«

»Tochter.«

»Ehelich oder unehelich?«

»Ehelich.«

»Dann kann sie ihren Anspruch auf das Erbe noch vor Mitternacht eintragen lassen.«

684

»Das muß sie persönlich?«

»Das ist eine Testamentsbedingung«, erklärte ihm Baverstock. »Aber wenn sie noch in Australien ist, kann sie es auch bei Trevor Roberts, da ich ihm …«

»Nein, sie ist in England, ich werde sie bis Mitternacht bei Ihnen haben.«

»Gut. Ach ja, wie heißt sie?« fragte Baverstock. »Dann kann ich die Dokumente vorbereiten.«

»Cathy Ross«, antwortete Charlie. »Aber lassen Sie sich von Ihrem Neffen alles erklären, denn ich darf keine Minute mehr vergeuden.« Er legte auf, ehe Baverstock noch etwas sagen konnte. Dann rannte er in die Eingangshalle und suchte Becky.

»Wo ist Cathy?« rief er, als Becky oben auf der Treppe erschien.

»Im Konzert in der Festival Hall. Mozart, sagte sie, glaube ich. Mit einem neuen Verehrer aus der City.«

»Gut, dann nichts wie hin.«

»Hin?«

»Ja«, brüllte Charlie. Er war bereits durch die Tür und stieg in den Wagen, ehe ihm bewußt wurde, daß niemand hinter dem Lenkrad saß.

Er sprang hinaus und stürmte zum Haus zurück, als Becky aus der entgegengesetzten Richtung herbeirannte.

»Wo ist Stan?«

»Ißt wahrscheinlich einen Bissen in der Küche.«

»Auch gut.« Charlie streckte ihr die Wagenschlüssel entgegen. »Du fährst, ich erzähle.«

»Aber wohin?«

»Zur Festival Hall.«

»Komisch«, sagte Becky. »Nach all den Jahren hatte ich keine Ahnung, daß du dir etwas aus Mozart machst.« Während sie sich hinters Lenkrad setzte, rannte Charlie um den Wagen und ließ sich auf den Beifahrersitz fallen. Sie fuhr los und schlängelte sich geschickt durch den Verkehr, während Charlie mit seiner Geschichte weitermachte, die Bedeutung seiner Entdeckungen in Australien erklärte und wie wichtig es war, daß sie Cathy vor

Mitternacht fanden. Becky lauschte angespannt, versuchte aber nicht, den Redefluß ihres Gatten zu unterbrechen.

Als Charlie sie schließlich fragte, ob sie »irgendwelche Fragen« habe, überquerten sie die Westminster Bridge, und Becky schwieg immer noch.

Charlie wartete ein paar Sekunden, ehe er fragte: »Sagst du denn gar nichts?«

»Doch«, antwortete Becky. »Wir dürfen bei Cathy nicht denselben Fehler machen wie bei Daniel.«

»Nämlich?«

»Ihr die Wahrheit vorzuenthalten.«

»Ich muß erst mit Dr. Atkins reden, ehe ich dieses Risiko auch nur in Erwägung ziehen kann«, entgegnete Charlie. »Aber unser dringenderes Problem ist, daß Cathy ihren Anspruch noch rechtzeitig genug unterschreibt.«

»Ganz zu schweigen von dem noch dringenderen, wo ich den Wagen parken soll«, sagte Becky, als sie links auf die Belvedere Road zum Eingang der Royal Festival Hall mit der doppelten Sperrlinie und den Parkverbotschildern einbog.

»Direkt vor dem Eingang«, sagte Charlie, was Becky ohne Widerspruch tat.

Kaum hielt der Wagen an, sprang Charlie hinaus, rannte über das Pflaster und stieß die Glastür auf.

»Wann ist das Konzert zu Ende?« fragte er den ersten livrierten Angestellten, den er sah.

»Um fünf nach halb elf, Sir. Aber Sie dürfen Ihren Wagen nicht dort stehenlassen.«

»Wo finde ich den Geschäftsleiter?«

»In seinem Büro, fünfter Stock. Wenn Sie aus dem Lift aussteigen, rechts, zweite Tür links. Aber …«

»Danke«, rief Charlie, der bereits zum Fahrstuhl raste. Becky holte ihn gerade noch ein, als die Tür zurückglitt.

»Ihr Wagen, Sir …«, rief der Angestellte, doch da schloß sich die Tür bereits. Als sie sich auf dem fünften Stock wieder öffnete, sprang Charlie hinaus, blickte nach rechts und sah eine Tür mit dem Schild »Geschäftsführer«. Er klopfte nur einmal, ehe er hineinstürmte. Zwei Männer in Abendanzügen lauschten bei einer Zigarette dem Konzert über eine Lautsprecheranlage. Sie drehten sich um, um zu sehen, wer sie da störte.

»Oh, guten Abend, Sir Charles.« Der größere der beiden stand sofort auf, drückte seine Zigarette aus und ging Charlie entgegen. »Jackson. Ich bin der Geschäftsführer. Kann ich Ihnen behilflich sein?«

»Das hoffe ich sehr, Mr. Jackson. Ich muß eine junge Dame so schnell wie möglich aus der Konzerthalle holen. Es handelt sich um einen Notfall.«

»Wissen Sie, wo sie sitzt?«

»Nicht die leiseste Ahnung.« Charlie blickte seine Frau an, doch Becky schüttelte den Kopf.

»Dann folgen Sie mir bitte«, sagte der Geschäftsführer und ging zum Lift. Als sich dessen Tür öffnete, trat der Angestellte heraus, mit dem Charlie am Eingang gesprochen hatte.

»Irgendwelche Probleme, Ron?«

»Dieser Herr hat seinen Wagen direkt vor dem Eingang abgestellt, Sir.«

»Dann seien Sie so nett und passen darauf auf.« Der Manager drückte auf den Knopf für den dritten Stock und wandte sich an Becky. »Was trägt die junge Dame?«

»Ein rotes Kleid mit weißem Cape«, sagte Becky drängend.

»Sehr gut, Madam«, bedankte sich der Geschäftsführer. Er trat aus dem Lift und führte sie rasch durch einen Seiteneingang neben der Königsloge. Mr. Jackson entfernte ein kleines Bild, das die Königin bei der Eröffnung des Hauses 1957 zeigte, schob einen Laden zurück und konnte nun durch einen einseitigen Spiegel auf das Publikum sehen. »Eine Sicherheitsvorkehrung für Notfälle«, erklärte er. Dann nahm er zwei Operngläser von ihren Plätzen und reichte eines Becky und das andere Charlie.

»Wenn Sie die Dame entdecken könnten, würde einer meiner Platzanweiser sie unauffällig hinausbitten.« Er lauschte ein paar Sekunden der Musik, dann fügte er hinzu: »Das Konzert dauert noch etwa zehn Minuten. Zugaben sind heute nicht geplant.«

»Sieh du dich auf dem ersten Rang um, ich nehme mir das

Parkett vor.« Charlie richtete das kleine Opernglas auf die Zuhörer unter ihnen.

Sie überflogen die neunzehnhundert Plätze erst, dann schauten sie sich langsamer reihauf, reihab um. Cathy war nicht zu sehen.

»Versuchen Sie es mit den Logen auf der anderen Seite, Sir Charles«, riet der Geschäftsführer.

Zwei Operngläser richteten sich auf die gegenüberliegende Seite. Auch dort war Cathy nicht zu entdecken, also wandten Charlie und Becky ihre Aufmerksamkeit wieder dem Zuschauerraum zu.

Der Dirigent senkte seinen Stock um zweiundzwanzig Uhr zweiunddreißig zum letztenmal, und heftiger Applaus setzte ein, während Charlie und Becky unter der stehenden Menge suchten, bis das Publikum schließlich das Theater zu verlassen begann.

»Such du weiter, Becky. Ich stelle mich an den Eingang, vielleicht entdecke ich sie, wenn sie hinausgeht.« Er schoß hinaus, dicht gefolgt von Jackson, und dann die Treppe hinunter, wobei er fast einen Herrn umgerannt hätte, der die Loge unter ihnen verließ. Charlie drehte sich um, um sich zu entschuldigen.

»Hallo, Charlie. Ich wußte gar nicht, daß du Mozart magst«, sagte Cathys vertraute Stimme aus dem Hintergrund.

»Ich mochte ihn bisher auch nicht, aber das hat sich jetzt geändert.« Charlie konnte seine Begeisterung nicht verhehlen.

»Natürlich!« sagte der Geschäftsführer. »Die Loge unter uns war die einzige, in die wir nicht sehen konnten.«

»Darf ich dir vorstellen, das ist …«

»Dafür ist jetzt keine Zeit«, unterbrach Charlie sie. »Komm mit.« Er faßte Cathy am Arm. »Mr. Jackson, würden Sie die Freundlichkeit haben und meine Frau Becky bitten, diesem Herrn zu erklären, weshalb ich ihm Cathy entführen muß. Er kann sie nach Mitternacht zurückhaben«, sagte Charly und lächelte den verdutzten jungen Mann an. »Ich danke Ihnen vielmals, Mr. Jackson.«

Er blickte auf seine Uhr: zwanzig vor elf. »Wir haben noch genügend Zeit.«

»Genügend Zeit wofür, Charlie?« fragte Cathy, als er sie durch das Foyer und hinaus auf die Belvedere Road zog. Der Livrierte stand Wache beim Wagen.

»Vielen Dank, Ron«, sagte Charlie, während er die Fahrertür öffnen wollte. »Oh, verdammt! Becky hat zugesperrt.« Er drehte sich um und sah ein Taxi heranrollen. Er hielt es an.

»Ich muß schon sagen«, beschwerte sich ein älterer Herr, der auf das Taxi gewartet hatte. »Das ist mein Taxi, wie Sie sehen dürften.«

»Aber es eilt! Sie kriegt ein Baby!« rief Charlie, öffnete die Tür und schob die gertenschlanke Cathy auf den Rücksitz.

»Oh, dann wünsche ich viel Glück.« Der Herr machte einen Schritt zurück.

»Wohin, Guvn'r?« fragte der Taxifahrer.

»High Holborne hundertzehn, und beeilen Sie sich.«

»Ich glaube, daß wir dort eher einen Anwalt finden werden als einen Gynäkologen«, meinte Cathy. »Und ich hoffe, du hast einen guten Grund, mir mein spätes Dinner mit einem jungen Mann zu mißgönnen, der mich zum erstenmal seit Wochen ausgeführt hat.«

»Grund schon«, antwortete Charlie, »aber erklären kann ich dir erst später alles, nach Mitternacht. Vorher mußt du ein Dokument unterschreiben.«

Das Taxi hielt wenige Minuten nach dreiundzwanzig Uhr vor dem Haus des Anwalts. Charlie stieg aus und sah, daß Baverstock bereits an der Tür stand, um sie zu begrüßen.

»Macht acht und sechs, Guvn'r.«

»O Gott!« stöhnte Charlie. »Ich hab' kein Geld.«

»Das macht er bei allen seinen Mädchen«, sagte Cathy und gab dem Taxifahrer einen Zehnshillingschein.

Baverstock führte sie in sein Büro, wo ein Satz Dokumente vorbereitet auf seinem Schreibtisch lag. »Seit Ihrem Anruf hatte ich ein langes Gespräch mit meinem Neffen in Australien«, sagte Baverstock zu Charlie. »Ich dürfte also ziemlich gut mit allem vertraut sein, was sich während Ihres Besuchs drüben zugetragen hat.«

»Was ich von mir keineswegs behaupten kann«, warf Cathy verwirrt ein.

»Alles zu seiner Zeit«, vertröstete Charlie sie, »ich erkläre es nachher.« Er wandte sich wieder Baverstock zu. »Also was jetzt?«

»Miss Ross muß hier und hier und hier unterschreiben«, antwortete der Anwalt ohne weitere Erklärung und deutete auf die mit Bleistiftkreuzchen angezeichneten Stellen auf drei ausgefüllten Papieren. »Würden Sie, Sir Charles, da Sie weder mit der Begünstigten verwandt, noch selbst ein Begünstigter sind, als Zeuge für Miss Ross' Unterschrift unterzeichnen?«

Charlie nickte, setzte das Opernglas ab, das er noch in der Hand gehalten hatte, und holte seinen Füllhalter aus der Brusttasche.

»Charlie, du hast mich immer gemahnt, alles sorgfältig durchzulesen, bevor ich es unterschreibe«, sagte Cathy kopfschüttelnd.

»Vergiß es für den Augenblick, mein Mädel, und unterschreib, wo Mr. Baverstock angekreuzt hat.«

Ohne ein weiteres Wort unterschrieb Cathy alle drei Dokumente.

»Danke, Miss Ross.« Mr. Baverstock blickte beide an. »Wenn Sie mich nun kurz entschuldigen würden, ich muß Mr. Birkenshaw die Neuigkeit mitteilen.«

»Birkenshaw?« fragte Charlie.

»Mr. Trenthams Anwalt. Er muß natürlich sofort informiert werden, daß sein Mandant nicht der einzige ist, der einen Anspruch auf das Hardcastlesche Vermögen erhoben hat.«

Cathy blickte Charlie nun noch verwirrter an.

»Später«, versicherte ihr Charlie. »Ich versprech' es dir.«

Baverstock wählte die sieben Ziffern einer Chelseaer Nummer. Niemand sprach, während sie warteten, daß der Hörer abgehoben würde. Schließlich hörte Baverstock eine verschlafene Stimme »Flaxman 7192« murmeln.

»Guten Abend, Birkenshaw, hier ist Baverstock. Tut mir leid, daß ich Sie zu so nächtlicher Stunde noch belästigen muß. Ich täte es auch nicht, wenn die Umstände es nicht erforderten. Aber darf ich Sie zunächst fragen, wie spät Sie es haben?«

»Habe ich recht gehört?« fragte Birkenshaw nun mit etwas wacherer Stimme. »Sie rufen mich mitten in der Nacht an, um mich zu fragen, wie spät es ist?«

»Stimmt. Wissen Sie, ich muß es bestätigt haben, daß es noch vor Mitternacht ist. Würden Sie also so freundlich sein und auf Ihre Uhr schauen?«

»Ich habe dreiundzwanzig Uhr und siebzehn Minuten, aber ich verstehe trotzdem nicht ...«

»Ich habe dreiundzwanzig Uhr sechzehn«, entgegnete Baverstock, »aber was die genaue Zeit betrifft, beuge ich mich gern Ihrem überlegenen Urteil. Der Zweck meines Anrufs ist, Ihnen mitzuteilen, daß noch jemand – offenbar in direkterer Linie mit Sir Raymond verwandt – Anspruch auf das Hardcastlesche Erbe hat eintragen lassen.«

»Wie heißt sie?«

»Ich vermute, das wissen Sie bereits«, sagte der alte Anwalt, ehe er den Hörer auflegte.

## 47

»Heißt das, daß Guy Trentham mein Vater war?« fragte Cathy. »Aber wie ...?«

Nachdem sie Dr. Atkins geweckt hatten – ein Mann, der offenbar eher daran gewöhnt war, nachts aus dem Bett geklingelt zu werden –, war Charlie endlich soweit, Cathy zu erklären, was er während seines Australienbesuchs herausgefunden hatte und wie alles durch ihr Bewerbungsschreiben, das Becky zu ihrer Personalakte gegeben hatte, bestätigt wurde. Baverstock lauschte aufmerksam, nickte hin und wieder und verglich mit den ausführlichen Notizen, die er sich während des langen Gesprächs mit seinem Neffen in Sydney gemacht hatte.

Cathy hörte ebenfalls aufmerksam zu, was Charlie berichtete, und wenngleich sie inzwischen auch verschwommene Erinnerungen an ihr Leben in Australien hatte, konnte sie sich nur sehr vage an ihre Studienzeit an der Universität von Melbourne und so gut wie gar nicht an St. Hilda entsinnen. Auch der Name ›Miss Benson‹ sagte ihr überhaupt nichts.

»Ich versuche wirklich immer wieder, mich zu erinnern, was war, bevor ich in England angekommen bin, aber da ist nichts, obwohl ich mich auf jede Einzelheit besinnen kann, seit ich in Southampton von Bord gegangen bin. Dr. Atkins ist nicht sehr optimistisch, nicht wahr?«

»Er sagt nur immer wieder, daß es bei jedem Fall eben anders ist.«

Charlie stand auf, stapfte im Zimmer hin und her und drehte schließlich mit einer Spur Hoffnung Cathys Aquarell um. Aber sie schüttelte lediglich den Kopf, während sie die Waldlandschaft betrachtete.

»Ich muß dieses Bild wohl irgendwann einmal gemalt haben, aber ich habe keine Ahnung, wo oder wann.«

Gegen vier Uhr morgens bestellte Charlie telefonisch ein Taxi, mit dem sie zum Eaton Square zurückkehrten, nachdem er mit Baverstock vereinbart hatte, daß dieser so rasch wie möglich ein Treffen mit der anderen Partei arrangieren sollte. Als sie zu Hause angelangt waren, war Cathy völlig erschöpft und ging gleich zu Bett, aber Charlie konnte nicht schlafen. Er zog sich in sein Arbeitszimmer zurück und setzte seine Grübelei nach dem Bindeglied fort, denn er war sich des Ausmaßes der bevorstehenden juristischen Schlacht nur allzu bewußt, selbst wenn er sie siegreich beenden sollte.

Am nächsten Tag fuhr er mit Cathy nach Cambridge und verbrachte einen sorgenvollen Nachmittag in Dr. Atkins' kleinem Büro im Addenbrooke-Krankenhaus. Er fand, daß der Arzt sich viel mehr für Cathys Akte interessierte, die Mrs. Culver zur Verfügung gestellt hatte, als für die Tatsache, daß sie das Hardcastlesche Vermögen erben würde, wenn bewiesen werden konnte, daß sie mit Mrs. Trentham verwandt war.

Er ging langsam alle Angaben in der Akte mit ihr durch – die Malstunden, ihre Belobigungen und Verweise, die Tennisturniere, das Melbourner Lyzeum, die Universität von Melbourne. Doch die Reaktion war immer gleich: tiefes Nachdenken, aber nur vage Erinnerungen. Er versuchte es mit Assoziationen – Melbourne, Miss Benson, Kricket, Schiff, Hotel, erhielt darauf jedoch nur die Antworten: Australien, Barriere, Punkte zählen, Southampton, Arbeit.

›Punkte zählen‹ war der einzige Begriff, der Dr. Atkins' Interesse weckte, doch als er nachhakte, spiegelte Cathys Erinnerung an Australien sich nur in einer dürftigen Beschreibung des Lyzeums wider sowie in ein paar Erinnerungsfetzen an die Universität und an einen Jungen namens Mel Nicholls; dann sagte Cathy irgend etwas über eine weite Reise nach London. Sie konnte sich sogar noch an die Namen ihrer beiden Begleiterinnen erinnern – Pam und Maureen –, vermochte aber nicht zu sagen, woher sie gekommen waren.

Doch als sich das Gespräch dem Thema ›Melrose-Hotel‹ zuwandte, erinnerte sich Cathy an eine Fülle von Einzelheiten.

Gleiches galt für ihre Anfangszeit bei Trumper. Charlie konnte sämtliche Angaben Cathys voll und ganz bestätigen.

Die Schilderung ihres ersten Treffens mit Daniel – bis hin zu der Szene, als er die Tischkarten vertauscht hatte – trieb Charlie Tränen in die Augen. Aber auf ihre Eltern und die Namen Margaret Ethel Trentham und Miss Rachel Benson angesprochen, vermochte Cathy sich an rein gar nichts zu erinnern.

Um achtzehn Uhr war Cathy erschöpft. Dr. Atkins nahm Charlie zur Seite und sagte ihm, er halte es für höchst unwahrscheinlich, daß sich Cathy je wieder daran erinnern würde, wie ihr Leben ausgesehen hatte, ehe sie nach London gekommen war. Möglicherweise würde sie sich dann und wann unbedeutender Ereignisse entsinnen, doch gewiß keiner wesentlichen.

»Tut mir leid, ich war dir wohl keine große Hilfe«, sagte Cathy auf der Rückfahrt nach London.

Charlie nahm ihre Hand. »Wir sind noch nicht geschlagen«, versicherte er ihr, obwohl er allmählich das Gefühl hatte, daß Roberts allzu optimistisch gewesen war, als er die Chancen für einen Beweis, daß Cathy die rechtmäßige Erbin des Hardcastleschen Vermögens sei, auf höher als fünfzig zu fünfzig eingeschätzt hatte.

Becky erwartete sie zu Hause, und die drei aßen gemeinsam zu Abend. Charlie brachte den Besuch bei Dr. Atkins nicht zur Sprache, er berichtete Becky erst alles, nachdem Cathy zu Bett gegangen war.

Als Becky hörte, wie Cathy auf Dr. Atkins' Fragen reagiert hatte, bestand sie darauf, Cathy von jetzt an in Ruhe zu lassen. »Ich habe Daniel durch dieses Weib verloren«, erklärte sie. »Ich möchte nicht auch noch Cathy verlieren. Wenn du weiter um Trumper kämpfen willst, dann, ohne sie mit hineinzuziehen.«

Charlie nickte, obwohl er hinausbrüllen wollte: Wie soll ich denn mein Lebenswerk davor bewahren, von einem anderen Trentham übernommen zu werden, wenn ich Cathy nicht dazu bringen kann, sich zu erinnern?

Kurz bevor er die Nachttischlampe ausknipsen wollte, läutete das Telefon. Es war Trevor Roberts, der aus Sidney anrief, aber seine Neuigkeiten halfen ihnen nicht weiter. Walter Slade hatte sich geweigert, irgendeine Aussage zu machen, die Ethel Trentham betraf. Er hatte nicht einmal das vorbereitete Dokument unterschrieben, daß er sie je chauffiert hatte. Charlie verfluchte sich erneut, daß er bei der Befragung des alten Yorkshire-Mannes so ungeschickt vorgegangen war.

»Und die Bank?« fragte er ohne große Hoffnung.

»Die Commercial Bank von Australien gestattet keinen Einblick in die Unterlagen über Miss Bensons Konto, außer wir könnten eine Straftat nachweisen. Was Mrs. Trentham Cathy angetan hat, kann zwar sicher als Gemeinheit bezeichnet werden, aber ich fürchte, ein direktes Verbrechen war es nicht.«

»Das war heute kein guter Tag für uns«, sagte Charlie seufzend.

»Aber vergessen Sie nicht, daß die andere Partei das nicht weiß.«

»Stimmt. Die Frage ist, *wieviel* weiß sie?«

»Mein Onkel hat mir von Birkenshaws Ausrutscher mit dem ›sie‹ erzählt, darum würde ich darauf wetten, daß sie fast ebenso viel wissen wie wir. Wenn Sie mit ihnen zusammenkommen, dann gehen Sie davon aus und halten Sie um alles in der Welt die Augen nach dem fehlenden Bindeglied offen.«

Nachdem Charlie aufgelegt hatte, lag er wach im Bett und rührte sich nicht, bis er Beckys tiefe Atemzüge vernahm. Dann stand er leise wieder auf, schlüpfte in seinen Morgenrock und schlich zu seinem Arbeitszimmer hinunter. Er öffnete einen Notizblock und schrieb alle Fakten auf, die er in den vergangenen Tagen zusammengetragen hatte, in der Hoffnung, sie könnten vielleicht eine wesentliche Erinnerung auslösen. Am nächsten Morgen fand ihn Cathy in tiefem Schlaf vor, mit dem Kopf auf dem Schreibtisch.

»Ich verdiene dich nicht, Charlie«, flüsterte sie und küßte ihn auf die Stirn. Er regte sich und öffnete die Augen.

»Wir gewinnen«, sagte er verschlafen und brachte sogar ein Lächeln zustande, aber ihr Gesichtsausdruck verriet ihm, daß sie ihm nicht glaubte.

Becky gesellte sich eine Stunde später zum Frühstück zu ihnen, und sie unterhielten sich über alles mögliche, nur nicht über das Treffen, das Mr. Baverstock für den Nachmittag in seinem Büro vereinbart hatte.

Als Charlie vom Tisch aufstand, sagte Cathy völlig unerwartet: »Ich möchte bei dem Showdown dabeisein.«

»Hältst du das für klug?« fragte Becky und blickte besorgt auf ihren Mann.

»Wahrscheinlich ist es das nicht«, erwiderte Cathy. »Aber ich möchte unbedingt dabeisein, wenn Charlie für mich eintritt, und den Ausgang nicht erst später aus zweiter Hand erfahren.«

»Gutes Mädchen«, sagte Charlie. »Die Besprechung ist um fünfzehn Uhr in Mr. Baverstocks Büro, dann bekommen wir die Gelegenheit, den Fall vorzubringen. Trenthams Anwalt wird um sechzehn Uhr kommen. Ich hole dich um halb drei ab, aber falls du es dir bis dahin anders überlegst, bin ich dir bestimmt nicht böse.«

Becky drehte sich um, um zu sehen, wie Cathy darauf reagierte, und wurde enttäuscht.

Als Charlie pünktlich um halb neun in sein Büro marschierte, warteten Daphne und Arthur Selwyn, die er zu sich gebeten hatte, bereits auf ihn.

»Kaffee für drei«, bat Charlie Jessica, »und bitte sorgen Sie dafür, daß wir nicht gestört werden.« Er legte seine nächtliche Arbeit vor sich auf den Schreibtisch.

»Also, wo fangen wir an?« fragte Daphne. Die nächsten eineinhalb Stunden gingen sie Fragen, Aussagen und Taktiken für das Treffen mit Trentham und Birkenshaw durch, versuchten sich auf jede Situation vorzubereiten, zu der es kommen mochte.

Als kurz vor zwölf ein leichter Lunch gebracht wurde, waren sie alle ziemlich erschöpft und schwiegen eine Zeitlang.

»Denken Sie bitte daran, und das ist wichtig, daß Sie es diesmal mit einem anderen Trentham zu tun haben«, mahnte Arthur Selwyn und ließ ein Stück Würfelzucker in seinen Kaffee fallen.

»Was mich betrifft, ist einer so schlimm wie der andere«, sagte Charlie.

»Möglicherweise ist Nigel ebenso verschlagen wie sein Bruder, aber ich bin sicher, daß ihm die skrupellose Entschlossenheit und Zielstrebigkeit seiner Mutter fehlt, ebenso wie Guys Fähigkeit zu überlegen, ehe er den Mund aufmachte.«

»Worauf wollen Sie hinaus, Arthur?« fragte Daphne.

»Bei dem Treffen heute nachmittag muß Charlie dafür sorgen, daß Trentham soviel wie möglich redet. Mir ist bei den Vorstandssitzungen aufgefallen, daß Nigel oft etwas zuviel sagt und sich damit nur selbst schadet. Ich werde nie vergessen, wie er sich gegen eine eigene Kantine für das Personal ausgesprochen hat, weil es zu teuer kommen würde, bis Cathy darauf hinwies, daß das Essen ja aus unserer Restaurantküche kommen würde und wir dadurch sogar noch einen kleinen Gewinn an Lebensmitteln machten, die sonst möglicherweise übrigbleiben und in den Müll wandern würden.«

Charlie dachte darüber nach, während er von einem Sandwich abbiß.

»Ich frage mich, worauf seine Berater ihn hinweisen, ich meine, was sie als meine Schwächen ansehen.«

»Dein aufbrausendes Temperament«, sagte Daphne. »Also gib ihnen keine Chance, es zu ihrem Vorteil zu nutzen.«

Um ein Uhr ließen Daphne und Arthur Selwyn Charlie endlich in Ruhe. Nachdem die beiden die Tür hinter sich geschlossen hatten, zog er seine Jacke aus, legte sich auf das Sofa und schlief eine Stunde tief und fest. Um zwei Uhr weckte ihn Jessica. Er dankte ihr mit einem Lächeln und fühlte sich völlig erfrischt: Das war auch etwas, das er im Krieg gelernt hatte.

Er kehrte an seinen Schreibtisch zurück, las noch einmal seine Notizen durch, dann verließ er sein Büro, ging durch den Korridor drei Türen weiter und holte Cathy ab. Er hatte schon fast damit gerechnet, daß sie es sich inzwischen doch anders überlegt hatte, aber sie trug bereits ihren Mantel und wartete auf ihn. Sie fuhren zu Baverstocks Büro und kamen eine gute Stunde vor dem Termin mit Trentham und Birkenshaw an.

Der alte Anwalt hörte aufmerksam zu, als Charlie seinen Fall vortrug, nickte hin und wieder oder machte sich weitere Notizen, doch mit so unbewegtem Gesicht, daß Charlie seine Gefühle unmöglich erraten konnte.

Als Charlie seinen Vortrag beendet hatte, legte Baverstock seinen Füllhalter beiseite und lehnte sich in seinem Sessel zurück. Eine Zeitlang schwieg er.

»Ich bin beeindruckt von der Logik Ihrer Argumente, Sir Charles«, sagte er schließlich, beugte sich vor und legte die Hände auf den Schreibtisch. »Und von dem Beweismaterial, das Sie erbracht haben. Aber leider muß ich Ihnen sagen, daß ohne die Bestätigung durch Ihre Hauptzeugin und ohne eidesstattliche Erklärung von Mr. Slade oder Miss Benson der Anwalt Mr. Birkenshaw einwenden wird, daß Ihre These fast ausschließlich auf Indizien beruht. Dennoch«, fuhr er fort, »wollen wir erst einmal sehen, was die andere Partei zu bieten hat. Nach meinem Telefongespräch Samstag nacht mit Birkenshaw kann ich mir nicht vorstellen, daß Ihre Feststellungen für seinen Mandanten völlig unerwartet kommen werden.«

Die Uhr auf dem Kaminsims schlug unaufdringlich viermal, und Baverstock verglich die Zeit auf seiner Taschenuhr. Die andere Partei ließ sich nicht blicken, und bald trommelte der alte Anwalt mit den Fingerspitzen auf seinen Schreibtisch. Charlie fragte sich, ob das nicht etwa eine Taktik seines Gegners war.

Nigel Trentham und sein Anwalt erschienen schließlich um sechzehn Uhr zwölf; keiner der beiden schien es für nötig zu halten, sich für die Verspätung zu entschuldigen.

Charlie erhob sich, als Mr. Baverstock ihn mit Victor Birkenshaw bekannt machte, einem großen, hageren Mann, der noch keine Fünfzig war, aber bereits eine fortgeschrittene Glatze hatte, über die er, was an Haaren übrig war, in dünnen grauen Strähnen gekämmt hatte. Die einzige Gemeinsamkeit, die er mit Baverstock hatte, war offenbar der gleiche gute Schneider. Birkenshaw ließ sich in einem der beiden noch freien Sessel gegenüber dem alten Anwalt nieder, ohne Cathy auch nur eines Blickes zu würdigen. Er holte einen Füllhalter aus einer Jackentasche und einen Schreibblock aus der Aktentasche und legte ihn auf das Knie.

»Mein Mandant, Mr. Nigel Trentham, ist hier, um die nötigen Formalitäten als rechtmäßiger Erbe des Hardcastleschen Trusts zu erledigen«, begann er, »wie in Sir Raymonds Letztem Willen und Testament klar ausgeführt ist.«

»Ihr Mandant«, entgegnete Baverstock und tat es an Förmlichkeit Birkenshaw gleich, »ist in Sir Raymonds Testament nicht namentlich erwähnt, und es hat sich die Streitfrage ergeben, wer der rechtmäßige Erbe ist. Vergessen Sie bitte nicht, daß Sir Raymond darauf bestanden hat, daß ich dieses Treffen anberaume, falls ich es als notwendig erachte, und für ihn zu entscheiden.«

»Mein Klient«, antwortete Birkenshaw, »ist der zweite Sohn des verstorbenen Ehepaars Gerald und Ethel Sybil Trentham und Enkel von Sir Raymond Hardcastle. Folgedessen ist er nach dem Tod seines älteren Bruders, Guy Trentham, zweifellos der rechtmäßige Erbe.«

»Nach den Bestimmungen des Testaments bin ich verpflichtet, den Anspruch Ihres Mandanten anzuerkennen«, bestätigte Baverstock, »außer es erweist sich, daß Guy Trentham ein Kind oder auch mehrere Kinder hinterließ. Wir wissen bereits, daß Guy der Vater von Daniel Trumper war ...«

»Das wurde meinem Mandanten nie einwandfrei bewiesen«, entgegnete Birkenshaw und notierte eifrig alles, was Baverstock sagte.

»Sir Raymond sah es jedenfalls als so zufriedenstellend bewiesen an, daß er Daniel in seinem Testament Ihrem Mandanten vorzog. Aus dem Ergebnis der Begegnung zwischen Mrs. Trentham und ihrem Enkel kann mit Sicherheit geschlossen werden, daß sie keinen Zweifel daran hegte, wer Daniels Vater gewesen war. Weshalb hätte sie sonst eine so weitreichende Abmachung mit ihm treffen sollen?«

»Das sind lediglich Mutmaßungen«, erklärte Birkenshaw. »Es gibt nur eine Tatsache: Dieser Herr weilt nicht mehr unter den Lebenden, und soweit man weiß, hat er keine Kinder hinterlassen.«

Er blickte immer noch nicht in die Richtung, wo seine Augen

Cathy begegnen könnten, die stumm zuhörte, während der Ball zwischen den beiden Anwälten hin- und herflog.

»Das stellten wir nicht in Frage«, warf nun Charlie zum erstenmal ein. »Aber was wir erst vor kurzem erfahren haben, ist die Tatsache, daß Guy Trentham noch ein zweites Kind hatte, Margaret Ethel.«

»Welchen Beweis haben Sie für eine so ungeheuerliche Behauptung?« Birkenshaw setzte sich hoch auf.

»Der Beweis ist das Bankdokument, das ich Ihnen am Sonntag morgen zustellen ließ.«

»Ein Dokument, wie ich betonen möchte«, sagte Birkenshaw, »das von niemandem, außer meinem Mandanten, hätte eingesehen werden dürfen.« Er blickte zu Nigel Trentham, der sich eine Zigarette anzündete.

»Stimmt«, sagte Charlie mit erhobener Stimme. »Aber ich dachte, zur Abwechslung stecke mal ich meine Nase in Mrs. Trenthams Angelegenheiten.«

Baverstock wand sich innerlich, weil er befürchtete, sein Freund sei nahe daran, die Beherrschung zu verlieren.

»Wer immer das Mädchen auch gewesen sein mag«, fuhr Charlie fort, »es hat es jedenfalls geschafft, in Guy Trenthams Polizeiakte als einzig überlebende Tochter genannt zu werden und ein Bild zu malen, das über zwanzig Jahre an der Wand des Speisesaals eines Melbourner Waisenhauses hing. Ein Aquarell, das, wie ich annehme, von niemandem kopiert werden kann als der Person, die es ursprünglich schuf. Besser als ein Fingerabdruck, meinen Sie nicht? Oder ist das ebenfalls nur Mutmaßung?«

»Das Bild beweist lediglich, daß sich Miss Ross zu einem Zeitpunkt zwischen 1924 und 1945 in einem Waisenhaus in Melbourne befand«, entgegnete Birkenshaw. »Doch sie selbst ist weder imstande, sich an den Namen dieses Waisenhauses zu erinnern, noch an den der Heimleiterin. Ist es nicht so, Miss Ross?« Er wandte sich zum erstenmal direkt an Cathy.

Sie nickte, schwieg jedoch auch jetzt.

»Schöne Zeugin.« Birkenshaw machte sich gar nicht die

Mühe, seinen Sarkasmus zu verhehlen. »Sie kann nicht einmal die Geschichte bestätigen, die Sie für sie erzählen. Ihr Name ist Cathy Ross, soviel wissen wir, und trotz Ihrer sogenannten Beweise, gibt es keine Verbindung zwischen ihr und Sir Raymond Hardcastle.«

»Es gibt jedoch mehrere Personen, die ihre ›Geschichte‹, wie Sie es zu nennen belieben, bestätigen können!« fiel nun Charlie wieder ein. Baverstock zog eine Braue hoch, denn es waren ihm keine Unterlagen vorgelegt worden, die diese Erklärung bestätigen könnten, so gern er auch persönlich glauben wollte, was Sir Charles sagte.

»Daß sie in einem Waisenhaus in Melbourne aufgezogen wurde, genügt jedenfalls nicht als Beweis.« Birkenshaw schob eine dünne Strähne zurück, die ihm über die Stirn gefallen war. »Selbst wenn wir Ihre aus der Luft gegriffenen Behauptungen über eine imaginäre Begegnung zwischen Mrs. Trentham und Miss Benson glaubten, bewiese das nicht, daß Miss Ross Guy Trenthams Fleisch und Blut ist.«

»Vielleicht möchten Sie ihre Blutgruppe überprüfen lassen?« fragte Charlie. Diesmal zog Mr. Baverstock beide Brauen hoch: Das Thema Blutgruppe war bisher von keiner Partei aufgeworfen worden.

»Eine Blutgruppe, Sir Charles, wie sie gut die halbe Erdbevölkerung hat, wie ich hinzufügen möchte.« Birkenshaw zupfte am Revers seines Jacketts.

»Ah, Sie haben sie also bereits überprüfen lassen!« sagte Charlie triumphierend. »Also müssen Sie auch Ihre Zweifel haben.«

»Ich habe nicht den geringsten Zweifel, wer der rechtmäßige Erbe des Hardcastleschen Kapitals ist«, erwiderte Birkenshaw, ehe er sich Baverstock zuwandte. »Wie weit soll diese Farce noch getrieben werden?« Er ließ seiner Frage ein gereiztes Seufzen folgen.

»Bis es jemandem gelungen ist, mich zu überzeugen, daß der eine oder andere tatsächlich der rechtmäßige Erbe ist«, sagte Baverstock mit kühler Stimme.

701

»Was wollen Sie denn noch?« fragte Birkenshaw. »Mein Mandant hat nichts zu verbergen, während Miss Ross offenbar nichts zu bieten hat.«

»Vielleicht können Sie mir dann zufriedenstellend erklären, Birkenshaw, weshalb Mrs. Trentham über Jahre hinweg regelmäßige Zuwendungen an eine Miss Benson machte, die die Heimleiterin des St.-Hilda-Waisenhauses war, in dem sich Miss Ross, wie wohl feststeht, zwischen 1927 und 1942 aufgehalten hat.«

»Ich hatte nicht die Ehre, Mrs. Trentham zu vertreten, genausowenig wie Miss Benson, und bin deshalb nicht in der Lage, eine Meinung dazu zu äußern.«

Aber Charlie ließ nicht locker. »Vielleicht ist jedoch Ihr gegenwärtiger Mandant sich des Grundes für diese Zahlungen bewußt und *möchte* seine Meinung äußern.« Beide blickten Nigel Trentham an, der ruhig seinen Zigarettenstummel ausdrückte, aber immer noch keine Anstalten machte, selbst etwas zu sagen.

»Man kann von meinem Mandanten nicht erwarten, eine so hypothetische Frage zu beantworten«, sagte Birkenshaw.

»Aber daß Ihr Mandant nicht bereit ist, für sich selbst zu sprechen«, gab Baverstock zu bedenken, »trägt nicht zu meiner Überzeugung bei, daß er nichts zu verbergen hat.«

»Das, Sir, ist Ihrer unwürdig«, sagte Birkenshaw. »Gerade Sie müßten sehr wohl wissen, daß ein Mandant, der von seinem Anwalt vertreten wird, nicht unbedingt selbst reden möchte. Tatsächlich war es für Mr. Trentham keineswegs obligatorisch, an diesem Treffen teilzunehmen.«

»Wir befinden uns hier nicht in einem Gerichtssaal«, entgegnete Baverstock scharf. »Jedenfalls glaube ich nicht, daß Mr. Trenthams Großvater solche Taktiken gebilligt hätte.«

»Sprechen Sie meinem Mandanten seinen Rechtsanspruch ab?«

»Gewiß nicht. Wenn ich mich jedoch aufgrund seiner Weigerung, selbst eine Aussage zu machen, nicht in der Lage sehe, zu einer Entscheidung zu kommen, müßte ich beiden Parteien vorschlagen, den Fall dem Gericht zu übergeben, wie Klausel siebenundzwanzig von Sir Raymonds Testament es vorsieht.«

Noch eine Bedingung, von der ich nichts wußte, dachte Charlie zerknirscht.

»Aber es könnte Jahre dauern, bis ein solcher Fall zur Verhandlung kommt!« rief Birkenshaw bestürzt. »Außerdem könnten sich die Kosten für beide Parteien als erheblich erweisen. Ich kann nicht glauben, daß Sir Raymond das gewollt hätte.«

»Möglich«, erwiderte Baverstock. »Doch zumindest hätte Ihr Mandant dann wenigstens die Gelegenheit, den Geschworenen die vierteljährlichen Zahlungen zu erklären – das heißt, falls er etwas davon wußte.«

Birkenshaw schien zum erstenmal zu zögern, doch Trentham sagte immer noch nichts, er saß nur da und rauchte seine zweite Zigarette.

Nun ging Birkenshaw zum Angriff über. »Geschworene könnten auch befinden, daß Miss Ross nichts weiter als eine Trittbrettfahrerin ist, die durch Zufall von dieser Sache erfuhr und nach England kam, um die Umstände für sich zu nutzen.«

»Und wie geschickt«, sagte Charlie. »Hat sie es nicht großartig gemacht, sich mit drei Jahren in ein Melbourner Waisenhaus einliefern zu lassen? Genau zu der Zeit, als Guy Trentham hinter Gitter wanderte ...«

»Zufall«, warf Birkenshaw ein.

»Und zwar von Mrs. Trentham einliefern zu lassen, die danach vierteljährliche Zahlungen an die Heimleiterin tätigte, welche erst mit Miss Bensons Tod endeten. Sicher, damit Miss Benson den Mund hielt.«

»Indizien und außerdem unzulässig«, sagte Birkenshaw.

Nigel Trentham beugte sich vor und öffnete den Mund, um etwas zu sagen, doch sein Anwalt legte die Hand fest auf seinen Arm. »Wir fallen nicht auf diese Einschüchterungstaktiken herein, Sir Charles, die im Gegensatz zu Lincoln's Inn in der Whitechapel Road wohl alltäglich sind.«

Charlie sprang aus seinem Sessel, ballte die Fäuste und machte einen Schritt auf Birkenshaw zu.

»Beherrschen Sie sich, Sir Charles!« mahnte Baverstock scharf.

Widerstrebend hielt Charlie einen halben Meter vor Birkenshaw inne, der nicht mit der Wimper zuckte. Nach kurzem Zögern erinnerte sich Charlie an Daphnes Ratschlag und kehrte zu seinem Sessel zurück. Trenthams Anwalt starrte ihn herausfordernd an.

»Wie ich schon sagte«, erklärte Birkenshaw, »hat mein Mandant nichts zu verbergen. Und ganz gewiß braucht er sich nicht roher Gewalt zu bedienen, um sein Recht zu beweisen.«

Charlie öffnete die Faust, senkte jedoch die Stimme nicht. »Ich fürchte, Ihr Mandant wird dem Gericht antworten müssen, wenn er gefragt wird, weshalb seine Mutter laufend größere Summen an jemanden auf der anderen Seite der Erdkugel bezahlte, den sie angeblich nicht kannte. Und weshalb ein gewisser Walter Slade, der Chauffeur des Victoria Country Clubs in Melbourne, Mrs. Trentham am 20. April 1927 in Begleitung eines kleinen Mädchens namens Margaret, in Cathys damaligem Alter, zum St.-Hilda-Waisenhaus brachte, das sie ohne das Kind wieder verließ. Und ich wette, wenn wir das Gericht ersuchen, sich Miss Bensons Bankkonto anzusehen, wird sich herausstellen, daß die Zahlungen bis auf die Zeit zurückgehen, da Cathy Ross im St. Hilda aufgenommen wurde. Und daß der Dauerauftrag in der Woche nach Miss Bensons Tod gekündigt wurde.«

Wieder wirkte Baverstock entsetzt über Charlies Unüberlegtheit. Er hob eine Hand in der Hoffnung, ihn an weiteren Ausbrüchen dieser Art zu hindern.

Birkenshaw dagegen konnte sich eines schiefen Lächelns nicht enthalten. »Sir Charles, da Sie ohne den Beistand eines Anwalts sind, halte ich es für meine Pflicht, Sie auf ein oder zwei peinliche Wahrheiten hinzuweisen. Von vornherein möchte ich eines klarstellen: Mein Mandant hat mir versichert, bis gestern noch nie etwas von einer Miss Benson gehört zu haben. Und falls Sie es nicht gewußt haben sollten, kein englisches Gericht ist befugt, Einblick in ein australisches Bankkonto zu nehmen, außer es besteht der begründete Verdacht, daß ein Verbrechen in beiden Ländern verübt wurde. Weiterhin, Sir Charles, liegen zwei Ihrer wesentlichen Zeugen bedauerlicherweise in ihren

Gräbern, und der dritte, Mr. Walter Slade, ist wohl kaum bereit, nach London zu reisen. Es ist auch nicht möglich, ihn unter Strafandrohung vorladen zu lassen.

Und nun wollen wir uns Ihrer Behauptung zuwenden, Sir Charles, daß mein Mandant vor Gericht über seine Mutter aussagen müßte. Wie, glauben Sie, würde das Gericht die Tatsache aufnehmen, daß der Hauptzeuge in diesem Fall, die Klägerin, nicht bereit ist, in den Zeugenstand zu treten und für sich auszusagen, weil sie sich kaum oder gar nicht daran erinnert, was sich zu der in Frage kommenden Zeit tatsächlich zutrug? Ich glaube nicht, daß Sie irgendwo im Land einen Anwalt fänden, der bereit wäre, Miss Ross in einem solchen Verfahren zu vertreten, wenn das einzige, was sie im Zeugenstand äußern könnte, immer dasselbe wäre: ›Tut mir leid, ich kann mich nicht erinnern.‹ Oder könnte es etwa sein, daß sie nur nichts Glaubhaftes zu sagen weiß? Seien Sie versichert, Sir Charles, wir würden nur zu gern vor Gericht gehen, weil Sie sich dort zum Gespött machten.«

Charlie las aus Baverstocks Miene, daß er geschlagen war. Er blickte bedrückt zu Cathy hinüber, deren Gesichtsausdruck sehr niedergeschlagen und sehr nachdenklich wirkte.

Baverstock nahm langsam die Brille ab und beschäftigte sich damit, sie mit einem Tuch zu putzen, das er aus seiner Brusttasche gezogen hatte. Schließlich sagte er: »Ich muß zugeben, Sir Charles, daß ich keinen ausreichenden Grund sehe, die Zeit des Gerichts für diesen Fall zu beanspruchen. Tatsächlich fände ich das unverantwortlich, außer natürlich, Miss Ross könnte mit einem bisher noch nicht vorgebrachten materiellen Indiz aufwarten oder zumindest die Feststellungen bestätigen, die Sie in ihrem Namen darlegten.« Er wandte sich an Cathy. »Miss Ross, möchten Sie jetzt noch etwas vorbringen, das für den Fall von Bedeutung ist?«

Alle vier Männer wandten ihre Aufmerksamkeit Cathy zu, die geistesabwesend mit Daumen und Zeigefinger den Stoff ihrer Bluse rieb. »Verzeihen Sie, Miss Ross«, entschuldigte sich Baverstock, »ist irgend etwas mit Ihnen?«

»Nein, nein, ich muß mich entschuldigen, Mr. Baverstock«,

entgegnete Cathy. »Ich tue das immer, wenn ich in Gedanken bin. Ich erinnerte mich nur an den Anhänger, den Vater mir gab, als ich noch sehr klein war.«

»Ein Anhänger, den Ihr Vater Ihnen gab?« wiederholte Mr. Baverstock fragend, denn er war sich nicht sicher, ob er richtig gehört hatte.

»Ja«, antwortete Cathy. Sie öffnete den obersten Blusenknopf und holte den Miniaturorden heraus, der an einem dünnen Kettchen hing.

»Das hat dir dein Vater gegeben?« fragte Charlie.

»Ja, es ist das einzige, woran ich mich erinnere, und das einzige Andenken an ihn. Das heißt ..., ich wollte ihn irgend jemandem geben – aber wem? Ich weiß es nicht mehr.«

»Dürfte ich den Anhänger sehen?« fragte Baverstock.

»Selbstverständlich.« Cathy zog das Kettchen über den Kopf und reichte Charlie den Anhänger. Er studierte den Miniaturorden eingehend, ehe er ihn an Mr. Baverstock weitergab.

»Ich bin zwar kein Fachmann, was Orden betrifft, aber ich glaube, daß es ein Miniatur-MC ist«, sagte Charlie.

»Wurde Guy Trentham nicht das Militärverdienstkreuz verliehen?« fragte Baverstock.

»Ja«, sagte Birkenshaw, »und er war auch in Harrow, aber nur daß er den Schulbinder trägt, beweist nicht, daß mein Mandant sein Bruder war. Im Grunde beweist es überhaupt nichts und kann ganz sicher nicht als gültiges Beweismittel vor Gericht gelten. Schließlich muß es noch Hunderte von MCs geben. Es wäre auch durchaus möglich, daß Miss Ross einen solchen Orden in irgendeinem Trödelladen in London erstanden hat, nachdem ihr Entschluß feststand, die Tatsachen um Guy Trentham für sich zu nutzen. Sie können doch wahrhaftig nicht erwarten, Sir Charles, daß wir auf einen so alten Trick hereinfallen.«

»Ich versichere Ihnen, Mr. Birkenshaw, daß mein Vater mir diesen Anhänger gegeben hat.« Cathy blickte den Anwalt fest an. »Er hatte vielleicht nicht das Recht gehabt, ihn zu tragen, aber ich werde nie vergessen, wie er ihn mir an einer dünnen Schnur um den Hals hängte.«

»Das kann gar nicht das MC meines Bruders sein«, warf Nigel ein und öffnete zum erstenmal den Mund. »Und ich kann es beweisen.«

»Sie können was beweisen?« fragte Baverstock.

»Sind Sie sicher ..?« begann Birkenshaw, doch diesmal legte Trentham die Hand fest auf den Arm seines Anwalts.

»Ich werde zu Ihrer Zufriedenheit beweisen, Mr. Baverstock, daß der Orden, den Sie jetzt in der Hand halten, nicht der sein kann, der meinem Bruder gehörte.«

»Und wie wollen Sie das beweisen?« fragte Baverstock.

»Guys Orden war etwas Einmaliges. Nachdem er das Militärverdienstkreuz verliehen bekommen hatte, schickte meine Mutter das Original zu Spink's. Dort wurde auf ihren Wunsch Guys Monogramm in den Rand eines der Kreuzbalken graviert. Diese Initialen sind nur durch ein Vergrößerungsglas erkennbar. Das weiß ich, weil der Orden, den er wegen seines Einsatzes an der Marne verliehen bekam, noch heute auf dem Kaminsims in meinem Haus am Chester Square steht. Wenn je eine Miniatur davon angefertigt wurde, hätte meine Mutter ohne jeden Zweifel auch dort die Initialen eingravieren lassen.«

Niemand sagte etwas, als Baverstock eine Schreibtischlade herauszog und ein Vergrößerungsglas mit Elfenbeingriff herausholte, das er normalerweise zum Entziffern unleserlicher Handschriften benutzte. Er hielt den Miniaturorden ins Licht und studierte die Ränder der winzigen Silberbalken sorgfältig einen nach dem anderen.

»Sie haben völlig recht«, sagte Baverstock, als er zu Trentham aufblickte. »Der Fall ist klar.« Er reichte Mr. Birkenshaw sowohl Orden wie Vergrößerungsglas, der daraufhin seinerseits das MC eingehend studierte, ehe er es Cathy mit einem knappen Nicken zurückgab. Dann wandte er sich an seinen Mandanten und fragte: »Waren die Initialen Ihres Bruders G. F. T.?«

»Ja, natürlich. Guy Francis Trentham.«

»Dann kann ich nur sagen, es wäre besser gewesen, Sie hätten Ihren Mund gehalten.«

# Becky

## 1964–1970

## 48

ಖ Als Charlie an diesem Abend ins Wohnzimmer stürmte, glaubte ich zum erstenmal wirklich, daß Guy Trentham endlich tot war.

Ich saß schweigend in meinem Sessel, während mein Mann im Zimmer herummarschierte und mit Begeisterung jede kleinste Einzelheit über die Auseinandersetzung berichtete, die sich am Nachmittag in Mr. Baverstocks Büro zugetragen hatte.

In meinem Leben habe ich vier Männer auf verschiedene Weise geliebt, die von Anbetung bis Hingabe reichte, doch nur meine Liebe zu Charlie umfaßte das ganze Spektrum. Doch selbst in diesem Augenblick seines Triumphs war mir klar, daß es mir zufallen würde, ihm wegzunehmen, was er am meisten liebte.

Innerhalb von vierzehn Tagen nach diesem schicksalhaften Treffen hatte sich Nigel Trentham bereit erklärt, seine Aktien zum Marktpreis zu verkaufen. Nun, da der Zinsfuß auf acht Prozent gestiegen war, überraschte es nicht, daß er nicht den Mumm für einen langen und bitteren Kampf um irgendeinen Anspruch aufbrachte, den er auf das Hardcastlesche Kapital haben mochte oder auch nicht.

Mr. Baverstock kaufte im Namen des Trusts seine gesamten Anteile für etwas über sieben Millionen Pfund. Dann machte der alte Anwalt Charlie darauf aufmerksam, daß er eine Sondersitzung des Vorstands einberufen müsse, da es seine Pflicht sei, die Neuigkeit bekanntzugeben; außerdem müsse er innerhalb von vierzehn Tagen auch allen Aktionären schriftlich die wesentlichen Einzelheiten mitteilen.

Es war lange her, seit ich mich so auf eine Vorstandssitzung gefreut hatte.

Ich gehörte zwar zu den ersten, die an diesem Morgen im Sitzungszimmer eintrafen, aber kurz darauf waren auch alle anderen Vorstandsmitglieder anwesend, lange ehe die Sitzung beginnen sollte.

»Irgendwelche Abwesenheitsentschuldigungen?« fragte der Vorsitzende um Punkt zehn.

»Nigel Trentham, Roger Gibbs und Hugh Folland«, sagte Jessica betont gleichmütig.

»Danke. Das Protokoll der letzten Sitzung«, sagte Charlie. »Wünschen Sie, daß ich es als wahrheitsgetreue Niederschrift aller Punkte der letzten Sitzung unterschreibe?«

Ich schaute in die Gesichter rund um den Tisch. Daphne, in einem schicken gelben Kostüm, malte Männchen auf ihr Protokoll. Tim Newman war so höflich wie immer und nickte, während Simon einen Schluck Wasser aus dem Glas vor sich trank und es wie zu einem Toast hob, als unsere Blicke sich trafen. Ned Denning flüsterte etwas in Bob Makins Ohr, während Cathy Punkt 2 abhakte. Nur Paul Merrick machte den Eindruck, als hätte er keinen Spaß an der ganzen Sache. Ich wandte meine Aufmerksamkeit wieder Charlie zu.

Da offenbar niemand dagegen war, schlug Jessica die letzte Seite des Protokolls auf, und Charlie setzte seine Unterschrift darunter. Mir entging sein Grinsen nicht, als er die letzte Anweisung noch einmal las: *Der Vorsitzende soll versuchen, bezüglich der ordentlichen Übernahme von Trumper zu einer annehmbaren Einigung mit Nigel Trentham zu kommen.*

»Irgendwelche Fragen, die sich aus dem Protokoll ergeben?« fragte Charlie dann. Noch immer sagte niemand etwas, also wandte sich Charlie wieder der Tagesordnung zu. »Punkt vier, die Zukunft von ...«, begann er, doch plötzlich versuchten alle gleichzeitig etwas zu sagen.

Als die Ordnung wieder einigermaßen hergestellt war, meinte Charlie, es wäre wohl am besten, wenn der Hauptgeschäftsführer uns über den Stand der Dinge informieren würde. Ich stimmte in das allgemeine »Hört, hört!« ein und nickte wie die anderen.

»Vielen Dank, Herr Vorsitzender«, sagte Arthur Selwyn und holte einige Papiere aus einer Aktenmappe neben seinem Stuhl. Der Rest des Vorstands wartete geduldig. »Die Vorstandsmitglieder sind sich der Tatsache bewußt«, begann er und hörte sich wie ein Beamter an, der er ja früher auch gewesen war, »daß nach der Erklärung Mr. Nigel Trenthams, er beabsichtige nicht mehr, ein Übernahmeangebot für Trumper zu machen, die Aktien unserer Gesellschaft von ihrem Höchststand von zwei Pfund und vier Shilling auf ihren gegenwärtigen Kurs von einem Pfund und neunzehn Shilling fielen.«

»Wir sind alle imstande, den Börsenberichten zu folgen«, warf Daphne ein. »Was ich jedoch gern wissen möchte: Was ist aus Trenthams Anteilen geworden?«

Ich schloß mich den zustimmenden Rufen nicht an, da ich bereits jede Einzelheit der Transaktion kannte.

»Mr. Trenthams Aktien«, fuhr Mr. Selwyn fort, als wäre er nicht unterbrochen worden, »wurden vor vierzehn Tagen, nach einer Abmachung zwischen seinen Anwälten und Miss Ross, von Mr. Baverstock für den Hardcastle Trust zu zwei Pfund und einem Shilling pro Aktie gekauft.«

»Und wird der Rest des Vorstands jemals erfahren, wie es zu dieser höchst erfreulichen Vereinbarung gekommen ist?« fragte Daphne.

»Es wurde vor kurzem bekannt«, antwortete Selwyn, »daß Mr. Trentham während des vergangenen Jahres einen beachtlichen Anteil an der Gesellschaft durch geliehenes Geld erwarb, das er nun zurückzahlen muß. Er hat deshalb seinen gesamten Aktienbesitz – etwa achtundzwanzig Prozent, wie ich erfahren konnte – direkt an den Hardcastle Trust zum Tageskurs verkauft.«

»Oh, hat er das?« murmelte Daphne.

»Ja«, sagte nun Charlie. »Und es dürfte Sie alle interessieren, daß ich in der vergangenen Woche drei Austrittserklärungen bekommen habe – von Mr. Trentham, Mr. Folland und Mr. Gibbs. Ich habe mir die Freiheit genommen, sie auch in Ihrem Namen zu akzeptieren.«

»Freiheit nehmen ist da wirklich der richtige Ausdruck«, wandte Daphne scharf ein.

»Sie meinen, wir hätten ihren Austritt nicht genehmigen sollen?«

»Das meine ich allerdings, Herr Vorsitzender.«

»Darf ich nach Ihren Gründen fragen, Lady Wiltshire?«

»Die sind rein egoistisch, Herr Vorsitzender.« Ich bildete mir ein, unterdrücktes Lachen aus ihrer Stimme zu hören, während sie wartete, bis sie sich der vollen Aufmerksamkeit aller gewiß sein konnte. »Sie müssen wissen, ich hatte mich schon darauf gefreut, zu beantragen, daß alle drei hinausgeworfen werden.«

Nur wenige am Tisch brachten es fertig, bei dieser Erklärung eine ernste Miene beizubehalten.

»Kommt nicht ins Protokoll«, wandte sich Charlie an Jessica. »Vielen Dank, Mr. Selwyn, für die ausgezeichnete Zusammenfassung der gegenwärtigen Situation. Aber da ich nicht glaube, daß es etwas einbringen wird, noch länger dasselbe durchzukauen, schlage ich vor, daß wir nun zu Punkt fünf übergehen, der Bankhalle.«

Charlie lehnte sich zufrieden zurück, während Cathy berichtete, daß die Bank einen erstaunlichen Monatsgewinn einbrachte und sie einen weiteren Zuwachs vorhersah. »Ich finde, daß es an der Zeit wäre, unseren Stammkunden Kreditkarten anzubieten …«

Ich starrte auf das Miniatur-MC, das an Cathys Hals hing, das fehlende Bindeglied, von dessen Existenz Mr. Roberts immer überzeugt gewesen war. Cathy konnte sich noch immer kaum an Dinge vor ihrer Ankunft in London erinnern, aber ich pflichtete Dr. Atkins bei, daß wir unsere Zeit nicht mehr mit der Vergangenheit vergeuden, sondern uns auf die Zukunft konzentrieren sollten.

Keiner von uns bezweifelte, daß wir uns nicht lange umsehen müßten, wenn es an der Zeit war, einen neuen Vorsitzenden zu wählen. Das einzige Problem war, wie ich unseren gegenwärtigen Vorsitzenden überzeugen konnte, daß es vielleicht an der Zeit sei, einem Jüngeren Platz zu machen.

»Irgendwelche Bedenken gegen die vorgeschlagenen Höchstgrenzen, Herr Vorsitzender?« fragte Cathy.

»Nein, nein, klingt alles recht vernünftig«, antwortete Charlie etwas vage.

»Ich bin nicht so sicher, daß ich Ihnen in diesem Fall beipflichten kann, Herr Vorsitzender«, sagte Daphne förmlich wie immer bei den Sitzungen.

»Und wieso nicht, Lady Wiltshire?« fragte Charlie und lächelte freundlich.

»Hauptsächlich, weil Sie in den letzten zehn Minuten überhaupt nicht zugehört haben«, entgegnete Daphne. »Also wie können Sie zustimmen, wenn Sie gar nicht wissen, worum es geht?«

»Ich bekenne mich schuldig«, gestand Charlie. »Meine Gedanken waren ganz woanders. Doch«, fuhr er fort, »ich habe Cathys Bericht gelesen und pflichte ihr bei, daß die Höchstgrenze sich bei jedem Kunden individuell nach seiner Kreditfähigkeit richten muß. Und wir werden wahrscheinlich tatsächlich einige neue Leute einstellen müssen, die im Finanzdistrikt und nicht an der Oxford Street ausgebildet wurden. Trotzdem brauche ich natürlich noch einen genauen Zeitplan, wenn wir dieses Vorhaben ernsthaft in die Tat umsetzen wollen, und er sollte bis zur nächsten Sitzung vorliegen. Ist das möglich, Miss Ross?« fragte Charlie, zweifellos in der Hoffnung, daß ihn ein neues Beispiel seines wohlbekannten ›Stegreifdenkvermögens‹ vor weiteren bissigen Bemerkungen Daphnes gerettet hatte.

»Ich werde alles mindestens eine Woche vorher für die nächste Sitzung bereit haben.«

»Danke«, sagte Charlie. »Punkt sechs, Rechenschaftsbericht.«

Ich hörte aufmerksam zu, als Selwyn die neuesten Zahlen nannte, Abteilung für Abteilung. Wieder einmal wurde ich mir Cathys treffender Fragen bewußt, wann immer sie das Gefühl hatte, daß irgendwelche Verluste oder Neuerungen nicht ausreichend erklärt waren. Sie hörte sich wie eine besser informierte, professionellere Version von Daphne an.

»Was haben wir als Gewinn für 1965 vorausberechnet?« fragte sie gerade.

»Rund neunhundertzwanzigtausend Pfund«, antwortete Selwyn und fuhr mit dem Finger eine Zahlenkolonne hinunter.

In diesem Moment wurde mir klar, was getan werden mußte, bevor ich Charlie überzeugen konnte, daß er seinen Rücktritt bekanntgeben sollte.

»Danke, Mr. Selwyn. Nun zu Punkt Nummer sieben«, sagte Charlie. »Die Ernennung von Miss Cathy Ross zur stellvertretenden Vorsitzenden.« Er nahm seine Brille ab und fügte hinzu: »Ich glaube nicht, daß es notwendig sein wird, lang und breit zu erklären, weshalb ...«

»Stimmt«, warf Daphne ein. »Es ist mir eine große Freude, Miss Ross als stellvertretende Vorsitzende vorzuschlagen.«

»Ich unterstütze den Antrag«, sagte Arthur Selwyn. Unwillkürlich mußte ich lächeln, als ich sah, wie Charlies Mund offenstand. Dennoch schaffte er es zu fragen: »Wer ist dafür?« Ich hob die Hand wie alle anderen, außer einer.

Cathy erhob sich und erklärte, daß sie bereit sei anzunehmen, bedankte sich beim Vorstand für das in sie gesetzte Vertrauen und versicherte, daß sie sich voll für die Zukunft der Gesellschaft einsetzen würde.

»Noch irgendwelche Punkte?« erkundigte sich Charlie, während er seine Papiere ordnete.

»Ja«, antwortete Daphne. »Da ich das Vergnügen hatte, Miss Ross als stellvertretende Vorsitzende vorschlagen zu dürfen und dieser Antrag angenommen wurde, finde ich, daß ich mich guten Gewissens aus dem Vorstand zurückziehen kann.«

»Aber wieso?« fragte Charlie bestürzt.

»Weil ich im nächsten Monat fünfundsechzig werde, Herr Vorsitzender, und das halte ich für das richtige Alter, Platz für jüngeres Blut zu machen.«

»Dann kann ich nur sagen ...«, begann Charlie, und diesmal unterbrach ihn niemand, als er eine lange, von Herzen kommende Rede hielt. Als er damit fertig war, klatschten wir alle mit der Hand auf den Tisch.

Nachdem die Ordnung wiederhergestellt war, sagte Daphne nur: »Danke. Nie hätte ich solche Dividenden von einer Sechzig-Pfund-Investition erwartet.«

Jedesmal nach einer Vorstandssitzung, bei der irgendein heikler Punkt zur Debatte gestanden hatte, sagte Charlie zu Hause zu mir, wie sehr er die besondere Art von aufreizendem, gesundem Menschenverstand der Marquise vermißte.

Und dann fragte ich ihn eines Tages, ob ihm auch meine Sticheleien so abgehen würden, wenn ich erst zurückgetreten sei.

»Wovon redest du da, Becky?«

»Nur daß ich nächstes Jahr fünfundsechzig werde und beabsichtige, Daphnes Beispiel zu folgen.«

»Aber ...«, begann Charlie.

»Kein Aber, Charlie. Nummer 1 läuft auch ohne mich – und sogar noch besser, seit ich Christie's den jungen Richard Cartwright abgeworben habe. Jedenfalls sollte man Richard meinen Platz im Vorstand anbieten. Schließlich hat er die meisten Pflichten, ohne bisher davon zu profitieren.«

»Aber eines sag' ich dir«, entgegnete Charlie herausfordernd. »Ich habe nicht vor zurückzutreten, nicht einmal, wenn ich siebzig bin!«

1965 eröffneten wir drei neue Abteilungen: ›Teenager‹ mit gesamter Ober- und Unterbekleidung, Schallplatten und einer eigenen Cafeteria; ein Reisebüro, da immer mehr Berufstätige ihren Urlaub im Ausland verbringen wollten; und eine Geschenkabteilung »für den Herrn und die Dame, die alles haben«. Cathy meinte bei einer Sitzung auch, daß der ganze Karren nun, nach fast zwanzig Jahren, vielleicht einen neuen Anstrich brauchte, und sie meinte damit nicht die Fassade.

Charlie sagte, daß er sich für einen so radikalen Schritt nicht so recht begeistern könne, und erinnerte an das Zitat von Henry Ford, man solle niemals in etwas investieren, das etwas zu essen oder einen neuen Anstrich braucht. Doch als Arthur Selwyn und die anderen Vorstandsmitglieder meinten, eine Aufpolierung sei längst überfällig, gab er seinen hinhaltenden Widerstand auf.

Ich hielt mein Versprechen – oder meine Drohung, wie Charlie es sah – und trat drei Monate nach meinem fünfundsechzigsten Geburtstag zurück. So war Charlie der einzige, der vom ursprünglichen Vorstand noch übrig war.

Zum erstenmal, soweit ich mich entsinne, gab Charlie zu, daß er anfing, sein Alter zu spüren. Jedesmal, wenn er um das Protokoll der letzten Sitzung bat, gestand er mir, ließ er den Blick um den Tisch schweifen und erkannte, wie wenig er noch mit den meisten der Anwesenden gemein hatte. Die »sprühenden neuen Intelligenzler«, wie Daphne sie genannt hatte – Finanziers, Übernahmespezialisten und Public-Relations-Leute –, sie alle waren irgendwie distanziert von dem einen Element, das für Charlie immer wesentlich war: dem Kunden.

Sie redeten von Defizitfinanzierung, Darlehensoptionsplänen, Fernsehwerbung und der Notwendigkeit eines eigenen Computers, häufig ohne Charlie überhaupt nach seiner Meinung zu fragen.

»Was kann ich dagegen tun?« fragte mich Charlie nach einer Vorstandssitzung, bei der er kaum den Mund aufgemacht hatte.

Er machte ein finsteres Gesicht, als ich es ihm sagte.

In der folgenden Woche gab Arthur Selwyn bei der Jahreshauptversammlung bekannt, daß der Gewinn für 1966 vor Steuern 1.078.600 Pfund betragen würde. Charlie blickte zu mir hinunter auf die vordere Reihe, und ich nickte heftig. Er wartete bis zu: »Sonst noch irgendwelche Punkte?«, ehe er aufstand und vor der gesamten Versammlung sagte, daß er die Zeit für gekommen halte, sich zurückzuziehen. Ein anderer müsse den Karren in die siebziger Jahre schieben.

Alle im Saal wirkten bestürzt. Man sprach vom Ende einer Ära und einem unersetzlichen Verlust und daß es nie wieder so wie früher sein würde. Doch nicht einer ersuchte Charlie, es sich doch noch einmal zu überlegen.

Zwanzig Minuten später erklärte Charlie die Sitzung für beendet. ↶

## 49

Es war Jessica Allen, die der neuen Vorstandsvorsitzenden von Trumper die Mitteilung machte, daß ein Mr. Corcran von der Lefevre-Galerie angerufen und sich mit dem Angebot von einhundertzehntausend Pfund einverstanden erklärt habe.

Cathy lächelte. »Jetzt müssen wir uns nur noch auf einen Termin einigen und die Einladungskarten abschicken. Stellen Sie mich bitte zu Becky durch, Jessica.«

Der erste Antrag, den Cathy im Vorstand eingebracht hatte, nachdem sie einstimmig zur Vorsitzenden von Trumper gewählt worden war, war, Charlie zum Präsidenten auf Lebenszeit zu ernennen und zu seinen Ehren ein Dinner im Hotel Grosvenor House zu veranstalten.

Das gesamte Trumper-Personal mit Ehepartnern sowie zahlreiche Freunde, die Charlie und Becky im Laufe von fast siebzig Jahren gewonnen hatten, waren zu diesem großen Anlaß anwesend. Charlie nahm seinen Platz in der Mitte des obersten Tisches in dem riesigen Ballsaal ein, der an diesem Abend mit siebenhundertsiebzig Gästen gefüllt war.

Ein Festessen von fünf Gängen wurde aufgetragen, an dem nicht einmal Percy etwas auszusetzen fand. Nachdem ein Cognac vor Charlie stand und er sich eine große Trumper-Zigarre angezündet hatte, flüsterte er Becky zu: »Ich wünschte, dein Vater hätte dieses Bankett erleben können.« Dann fügte er hinzu: »Natürlich wäre er nicht gekommen, wenn nicht er alles hätte liefern dürfen, von den Baisers bis zu den Brötchen.«

»Und ich wünschte, auch Daniel hätte dabeisein können«, flüsterte Becky zurück. Einen Augenblick später erhob sich Cathy und hielt eine Rede, die keinen Zweifel daran ließ, daß man die richtige Person gewählt hatte, in Charlies Fußstapfen zu treten. Sie endete damit, indem sie die Anwesenden aufforderte, die

Gläser auf die Gesundheit des Gründers und ersten Präsidenten auf Lebenszeit zu erheben.

Nachdem der Beifall verklungen war, bückte sie sich und zog etwas unter ihrem Stuhl hervor. »Charlie«, sagte sie, »dies ist ein kleines Erinnerungsgeschenk von uns allen, um dir für das Opfer zu danken, das du einmal gebracht hast, damit Trumper nicht untergeht.« Cathy wandte sich um und drückte Charlie ein Ölbild in die Hand. Charlie strahlte hocherfreut, bis er sah, worum es sich handelte. Die Zigarre fiel ihm herunter, und sein Mund blieb offenstehen, als er ungläubig darauf starrte. Es dauerte einige Zeit, bis er *Die Kartoffelesser* wieder losließ und sich erhob, um den Rufen »Eine Rede! Eine Rede!« zu gehorchen.

Er begann damit, daß er seine Zuhörer wieder daran erinnerte, wie alles mit dem Karren seines Großvaters in Whitechapel begonnen hatte – dem Karren, der nun stolz in der Lebensmittelhalle von Trumper stand. Er würdigte den Colonel, der schon seit Jahren nicht mehr unter den Lebenden weilte, sowie die anderen Pioniere der Gesellschaft, Mr. Crowther und Mr. Hadlow und Bob Makins und Ned Denning, die einst selbst zum Personal gehört hatten und beide wenige Wochen vor Charlie in den Ruhestand gegangen waren. Er endete mit Daphne, der Marquise von Wiltshire, die Trumper den ersten Kredit von sechzig Pfund gegeben hatte.

»Ich wünschte, ich wäre wieder vierzehn«, sagte er wehmütig. »Ich, mein Karren und meine Stammkunden in der Whitechapel Road. Das waren die glücklichsten Tage meines Lebens. Denn wissen Sie, im Grund meines 'erzens bin ich ein einfacher Obst- und Gemüse'ändler.« Alle lachten, außer Becky, die zu ihrem Mann aufblickte und sich an den achtjährigen Jungen in kurzer Hose mit der Mütze in der Hand erinnerte, der vor dem Laden ihres Vaters gestanden und auf eine Semmel gehofft hatte.

»Ich bin stolz darauf, daß ich den größten Karren der Welt gebaut 'ab', und daß ich 'eut abend unter denen sein darf, die mir ge'olfen 'aben, ihn vom East End bis zur Chelsea Terrace zu schieben. Ihr werdet mir alle fehlen – und ich kann nur 'offen, daß man mich 'in und wieder ins Trumper reinläßt.«

Als sich Charlie setzte, stand sein Personal auf, um ihn hochleben zu lassen. Er beugte sich zu Becky hinüber, nahm ihre Hand und sagte leise: »Bitte verzeih mir, ich 'ab ganz vergessen, ihnen zu sagen, daß eigentlich du es warst, die Trumper gegründet hat.«

Becky, die noch nie ein Fußballspiel gesehen hatte, hörte ihrem Ehemann stundenlang zu, wenn er sich über das Thema Weltmeisterschaft ausließ, wobei er nicht müde wurde zu betonen, daß nicht weniger als drei Spieler von West Ham in der englischen Nationalmannschaft aufgestellt waren.

Zum erstenmal, seit Charlie vier Wochen zuvor seinen Rücktritt als Vorstandsvorsitzender erklärt hatte, schien er mit sich selbst halbwegs zufrieden zu sein. Er ließ sich von Stan, seinem Chauffeur, von Sheffield nach Manchester und von Liverpool nach Leeds fahren, so daß sie sich gemeinsam die Vorrundenspiele anschauen konnten.

Als die englische Mannschaft ins Halbfinale kam, setzte Charlie alle Hebel in Bewegung, um zwei Stehplatzkarten zu ergattern, und seine Bemühungen waren von Erfolg gekrönt, zumal die englische Mannschaft sich einen Finalplatz sicherte.

Aber an eine Stehplatzkarte für das Finale zu kommen schien sich als unmöglich zu erweisen, obwohl Charlie all seine Verbindungen spielen ließ, immense Summen für eine Karte bot und sich sogar schriftlich an Alf Ramsey, den englischen Nationaltrainer, wandte. Er sagte Becky, er sei zu der niederschmetternden Erkenntnis gelangt, daß er sich wohl das Endspiel gemeinsam mit Stan vor dem Fernseher würde anschauen müssen.

Am Morgen des Endspieltages kam Charlie an den Frühstückstisch und stellte fest, daß zwei Stehplatzkarten im Brotkorb lagen. Vor lauter Freude bekam er die Eier mit Schinken kaum mehr herunter. »Sie sind ein Genie, Mrs. Trumper«, sagte er ein ums andere Mal, nur unterbrochen von der Bemerkung: »Wie, zum Teufel, hast du das bloß geschafft?«

»Beziehungen«, sagte Becky nur und beschloß, Charlie zu verschweigen, daß Mr. Ramsey ein Konto bei Trumper besaß, wie der neue Computer enthüllt hatte, und daß Cathy daraufhin den Vorschlag gemacht hatte, Mr. Ramsey in den Kreis derjenigen Kunden aufzunehmen, denen Trumper einen Rabatt um zehn Prozent gewährte.

Der 4:2-Sieg über die deutsche Mannschaft, zu dem Geoff Hurst von West Ham drei Tore beisteuerte, ließ Charlie nicht nur außer Rand und Band geraten, sondern ließ in Becky auch die Hoffnung aufkeimen, daß ihr Gatte seinen Rücktritt als Vorsitzender von Trumper endlich verwunden hatte und seiner Nachfolgerin nun freie Hand lassen würde.

Doch bereits eine Woche nach seinem Besuch im Wembley-Stadion wurde Charlie wieder ruhelos, und Becky wurde klar, daß etwas geschehen mußte, wenn sie nicht aus der Haut fahren und die meisten Angehörigen ihres Hauspersonals verlieren wollte. Am Montag der dritten Woche ging sie ins Trumper, um mit dem Leiter des Reisebüros zu reden, und während der vierten Woche wurden von Cunard an Lady Trumper Tickets für eine Reise auf der *Queen Mary* nach New York abgegeben, gefolgt von einer längeren Tour durch die Vereinigten Staaten.

»Ich hoffe, sie kann den Karren ohne mich schieben, Becky«, sagte Charlie, als Stan sie nach Southampton fuhr.

»Sie wird es wohl gerade schaffen«, antwortete Becky, die ihre Reise so geplant hatte, daß sie wenigstens drei Monate weg sein würden, um Cathy freie Hand mit ihrem Renovierungsprogramm zu geben, denn sie beide befürchteten, daß Charlie alles Erdenkliche unternehmen würde, ihr dabei Steine in den Weg zu legen.

Davon war Becky erst recht überzeugt, als Charlie durchs Bloomingdale marschierte und herummäkelte, daß die Ware nicht richtig zur Schau gestellt wurde. Als sie danach mit ihm zu Macy ging, nörgelte er über die »nicht vorhandene« Bedienung, und in Chicago sagte er zu Henry Field, daß ihm die Art von Auslagen nicht mehr gefielen, die einst das Markenzeichen des Riesenkaufhauses gewesen waren. »Viel zu schreiend, selbst für Amerika«, kritisierte er. Becky hätte ja auf das Wörtchen ›Takt‹ hingewiesen, wenn nicht Henry Field nicht jeder Äußerung seines alten Freundes beigepflichtet und die Schuld der »Flower-Power-Generation« zugeschoben hätte, was immer das sein mochte.

In Dallas, San Francisco und Los Angeles war es nicht besser, und als Becky und Charlie drei Monate später in New York wieder an Bord des großen Linienschiffs gingen, sprach Charlie fast nur noch von Trumper. Becky graute schon vor dem Gedanken, was erst sein würde, wenn sie wieder in England waren.

Sie konnte nur hoffen, daß fünf Tage ruhiger See und einer warmen Atlantikbrise zur Entspannung beitragen und vielleicht gar Charlie dazu bringen würden, Trumper wenigstens hin und wieder zu vergessen. Doch während der ganzen Rückfahrt redete er von fast nichts anderem als seinen neuen Ideen, die Gesellschaft zu revolutionieren, Ideen, die er gleich in die Tat umsetzen wollte, sobald sie zurück in London waren. Da fand Becky, daß sie sich für Cathy einsetzen mußte.

»Aber du bist ja nicht einmal mehr im Vorstand«, erinnerte sie ihn, während sie sich beide an Deck in einem Liegestuhl sonnten.

»Ich bin immerhin Präsident auf Lebenszeit«, entgegnete er, nachdem er ihr seine neueste Idee erklärt hatte, im Kampf gegen den Ladendiebstahl Kleidungsstücke auf besondere Weise zu markieren.

»Aber das ist lediglich ein Ehrenposten!«

»Unsinn. Ich habe jedenfalls vor, mich durchzusetzen, wann immer ...«

»Charlie, das ist Cathy gegenüber nicht fair. Sie ist nicht mehr ein kleines Vorstandsmitglied eines Familienunternehmens, sondern Vorsitzende einer großen Gesellschaft. Es ist wahrhaftig an der Zeit, daß du dich von Trumper fernhältst und Cathy den Karren allein schieben läßt!«

»Aber was soll ich dann tun?«

»Das weiß ich nicht, Charlie, und es ist mir gleich. Aber was es auch ist, du wirst dich von der Chelsea Terrace fernhalten! Verstehst du?«

Charlie wollte darauf antworten, als ein Steward auf sie zukam.

»Entschuldigen Sie, wenn ich Sie störe, Sir.«

»Sie stören nicht«, brummte Charlie. »Was wollen Sie denn von mir? Soll ich eine Meuterei organisieren oder ein Tennisturnier an Deck?«

»Beides fällt unter die Verantwortung des Zahlmeisters, Sir Charles«, entgegnete der junge Mann. »Der Kapitän läßt fragen, ob Sie so freundlich wären, zu ihm auf die Brücke zu kommen. Er erhielt ein Telegramm über Funk aus London für Sie, und er meint, daß es wichtig für Sie sei.«

»Ich hoffe, es ist keine schlechte Nachricht.« Becky setzte sich rasch auf und legte den Roman, den sie zu lesen versucht hatte, auf das Deck neben sich. »Ich habe extra gebeten, uns mit allem zu verschonen, außer wenn es sich um einen Notfall handelt.«

»Unsinn«, wehrte Charlie ab. »Du bist eine unverbesserliche Pessimistin. Für dich ist eine Flasche immer halbleer statt halbvoll.« Er stand auf und streckte sich, ehe er dem Steward das Achterdeck entlang zur Brücke folgte und dabei erklärte, wie er eine Meuterei organisieren würde. Becky folgte ihnen schweigend.

Als sie der Steward auf die Brücke führte, drehte sich der Kapitän um, um sie zu begrüßen.

»Ein Telegramm ist über Funk für Sie angekommen, Sir Charles, und ich dachte, Sie wollten es vielleicht sogleich sehen.« Er händigte es Charlie aus.

»Verdammt, ich habe meine Brille an Deck liegengelassen«, murmelte Charlie. »Becky, sei so lieb, lies es mir vor.« Er reichte es an seine Frau weiter.

Becky öffnete es mit zitternden Fingern und las die Nachricht stumm, während Charlie das Gesicht seiner Frau nach einem Hinweis auf den Inhalt studierte.

»Red schon, was ist es? Halbvoll oder halbleer?«

»Es ist eine Anfrage aus dem Buckingham-Palast«, antwortete sie.

»Hab' ich's dir nicht gesagt! Sie können nichts allein tun! Am ersten des Monats Badeseife, sie hat am liebsten Lavendel; Zahnpasta, er mag Euthymol, und Toilettenpapier ... Dabei hab' ich Cathy extra ...«

723

»Nein, nein, es geht nicht um das Toilettenpapier Ihrer Majestät.«

»Was ist dann das Problem?« fragte Charlie ungeduldig.

»Sie möchten wissen, welchen Titel du wählst.«

»Titel?«

»Ja«, sagte Becky und drehte sich zu ihrem Mann um. »Lord Trumper von wo?«

Becky war überrascht und Cathy etwas erleichtert, als sie feststellten, wie schnell Lord Trumper von Whitechapel sich in die Gewohnheiten des Oberhauses hineinfand. Cathys Befürchtung, er würde sich laufend in alles einmischen, verging, nachdem Charlie die rote Robe mit weißem Hermelin trug. Becky brachte es die Erinnerung an jene Tage während des Zweiten Weltkriegs zurück, als Charlie unter Lord Woolton im Ernährungsministerium gearbeitet hatte, und sie wußte nie so recht, zu welcher nachtschlafenden Stunde er heimkam.

Sechs Monate nachdem ihm Becky regelrecht verboten hatte, sich in der Nähe von Trumper sehenzulassen, verkündete Charlie, daß man ihn in den Landwirtschaftsausschuß aufgenommen hatte, wo er den anderen Mitgliedern mit seiner Erfahrung von großem Nutzen sein würde. Er kehrte sogar zu seiner alten Gewohnheit zurück, jeden Morgen um halb fünf aufzustehen, um all den Papierkram zu studieren, der vor und nach jeder wichtigen Oberhaussitzung anfiel.

Wenn Charlie abends zum Dinner heimkam, hatte er immer eine Menge zu erzählen, von einer neuen Bestimmung zum Beispiel, die er am Vormittag dem Ausschuß vorgeschlagen hatte, oder wie ein seniler Trottel am Nachmittag die Zeit des Oberhauses mit endlosen Ergänzungs- und Änderungsvorschlägen für den Gesetzesentwurf zur Hasenjagd vergeudet hatte.

Als Großbritannien 1970 erneut mit der Aufnahme in die EWG rechnete, erzählte Charlie seiner Frau, daß ihn der Oberbonze angegangen habe, einen Unterausschuß über Nahrungsmittelverteilung in Europa zu leiten, und er es als seine Pflicht angesehen habe anzunehmen. Von diesem Tag an fand Becky jeden Morgen, wenn sie zum Frühstück hinunterkam, zahllose Seiten Sitzungsprogramme oder den *Hansard*, das Tageblatt der Lords, von Charlies Arbeitszimmer bis zur Küche verstreut, wo sie die übliche Nachricht vorfand, daß er wieder an einer frühen Sitzung des Unterausschusses teilnehmen mußte oder an einer Besprechung mit irgendeinem Befürworter der Aufnahme Großbritanniens in die EWG vom Kontinent, der sich gerade in London aufhielt. Bis dahin hatte Becky keine Ahnung gehabt, wieviel Arbeit von einem Oberhausmitglied erwartet wurde.

Becky hielt sich durch einen regelmäßigen Montagvormittagbesuch über Trumper auf dem laufenden. Sie wählte stets einen Zeitpunkt, wenn das Geschäft verhältnismäßig ruhig lief, und zu ihrer eigenen Überraschung wurde sie Charlies Hauptinformationsquelle über das, was sich im Kaufhaus tat.

Sie genoß es jedesmal, ein paar Stunden durch die verschiedenen Abteilungen zu bummeln, und ihr entging dabei nicht, wie rasch die Mode sich änderte und daß es Cathy immer gelang, ihren Konkurrenten einen Schritt voraus zu sein, ohne jedoch Stammkunden Grund zu geben, sich über unnötige Änderungen zu beklagen.

Beckys letzter Besuch galt zwangsläufig dem Auktionshaus, um sich die Gemälde anzusehen, die bei der nächsten Versteigerung unter den Hammer kommen sollten. Es war schon eine ganze Weile her, daß sie ihre Verantwortung auf Richard Cartwright, den früheren Chefauktionator, übertragen hatte, aber er war immer für sie da, führte sie herum und zeigte ihr die Bilder, die für die nächste Auktion ausgestellt waren. »Diesmal kleinere Impressionisten«, sagte er.

»Aber jetzt zu größeren Preisen«, entgegnete Becky, während sie Werke von Pissaro, Bonnard, Vuillard und Dufy betrachtete. »Wir müssen aufpassen, daß Charlie nicht von diesen Bildern hört.«

»Hat er bereits«, warnte Richard sie. »Am vergangenen Donnerstag schaute er auf dem Weg zum Oberhaus herein. Er hat sich gleich drei reservieren lassen und sich sogar die Zeit genommen, sich über die Preise zu beschweren. Er hat behauptet, er hat erst vor ein paar Jahren ein großes Ölgemälde von Renoir, *L'homme à la pêche*, für den Preis bekommen, den wir jetzt für ein kleines Pastell von Pissaro von ihm verlangen, das nichts weiter als ein Entwurf für ein größeres Werk war.«

»Ich vermute, da könnte er recht haben«, sagte Becky, während sie durch den Katalog blätterte, um sich die verschiedenen Schätzungen anzusehen. »Und der Himmel helfe Ihrer Bilanz, wenn er herausfindet, daß Sie den Mindestpreis für irgendwelche Bilder, an denen er interessiert ist, nicht erreicht haben. Als ich die Galerie führte, nannten wir ihn unseren ›Verlustführer‹.«

Während sie sich noch unterhielten, kam eine Verkäuferin auf sie zu, grüßte Lady Trumper höflich und händigte Richard einen Zettel aus. Er las die Nachricht, dann wandte er sich an Becky. »Die Vorsitzende läßt fragen, ob Sie so freundlich wären und zu ihr kommen, ehe Sie gehen. Sie möchte etwas Dringendes mit Ihnen besprechen.«

Richard begleitete sie zum Aufzug im Erdgeschoß, wo Becky sich bedankte, daß er sich soviel Zeit für eine alte Dame genommen hatte.

Während der Fahrstuhl schwerfällig hinauffuhr – auch hier würde es nach dem Renovierungsplan Änderungen geben –, überlegte Becky, was Cathy so Wichtiges von ihr wollte, und sie hoffte nur, daß sich nicht etwas Unerwartetes ergeben hatte und sie nicht zum Dinner kommen konnte, denn heute abend würden David und Barbara Field ihre Gäste sein.

Obwohl Cathy vor anderthalb Jahren vom Eaton Square in eine eigene, geräumige Wohnung in Chelsea Cloisters umgezogen war, aßen sie doch mindestens einmal im Monat zusammen zu Abend, und Cathy wurde immer eingeladen, wenn die Fields oder Bloomingdales in der Stadt waren. Becky wußte, daß David Field, der nach wie vor im Vorstand des großen Chicagoer Kaufhauses saß, enttäuscht wäre, wenn er Cathy heute abend nicht sehen würde, denn das amerikanische Ehepaar reiste bereits am nächsten Tag in die Staaten zurück.

Jessica führte Becky direkt zum Büro der Vorsitzenden, wo Cathy mit gerunzelter Stirn ein Telefongespräch führte. Während Becky wartete, bis sie es beendet hatte, schaute sie durch das Erkerfenster auf die leere hölzerne Bank auf der anderen Straßenseite un·! ( achte an Charlie, der sie gegen die roten Lederbänke im Oberhaus eingetauscht hatte.

Kaum hatte Cathy aufgelegt, fragte sie: »Wie geht es Charlie?«

»Wenn ich das wüßte«, erwiderte Becky. »Ich sehe ihn mit viel Glück beim Abendessen, und es ist sogar schon mal vorgekommen, daß er am Sonntag mit mir gefrühstückt hat. Aber das ist auch alles. Hat man ihn in letzter Zeit mal bei Trumper gesehen?«

»So gut wie nie. Um ehrlich zu sein, ich habe immer noch ein schlechtes Gewissen wegen deiner Mahnung, er solle sich fernhalten.«

»Unbegründet«, versicherte ihr Becky. »Ich habe ihn nie glücklicher gesehen.«

»Da bin ich aber froh«, sagte Cathy erleichtert. »Doch ich brauche umgehend Charlies Rat in einer dringenden Sache.«

»Worum geht es?«

»Zigarren. David Field hat mich angerufen und gesagt, sein Vater hätte gern ein Dutzend Kisten seiner üblichen Marke, und ich brauchte sie nicht zu Connaught zu schicken, er würde sie selbst abholen, wenn er heute abend zum Dinner kommt.«

»Und wo liegt da das Problem?«

»Weder David Field noch jemand in der Tabakwarenabteilung weiß, was die übliche Marke seines Vaters ist. Charlie hat die Zigarren immer selbst für ihn ausgesucht.«

»Du könntest in den alten Rechnungen nachsehen lassen.«

»Das war das erste, was ich getan habe«, versicherte ihr Cathy. »Aber es gibt überhaupt keine Unterlagen darüber. Was mich überraschte, denn wenn ich mich recht erinnere, ließ sich der alte Mr. Field regelmäßig ein Dutzend Kisten ins Connaught schicken, wann immer er in London war.« Cathy runzelte wieder die Stirn. »Um ehrlich zu sein, darüber habe ich mich jedesmal gewundert, denn er hat doch bestimmt selbst eine große Tabakwarenabteilung in seinem Kaufhaus.«

»Ganz sicher«, bestätigte Becky, »aber sie führt keine Havannas.«

»Havannas? Ich fürchte, das verstehe ich nicht.«

»Irgendwann in den fünfziger Jahren hat die amerikanische Zollbehörde den Import von kubanischen Zigarren verboten, und Davids Vater, der schon lange, ehe irgend jemand von Fidel Castro gehört hatte, eine bestimmte Marke rauchte, sah keinen Grund, weshalb er sich nicht weiterhin gönnen sollte, was er für sein ›gottverdammtes Recht‹ hielt.«

»Und wie hat Charlie dieses Problem für ihn gelöst?«

»Charlie holte sich ein Dutzend Kisten der Lieblingsmarke des alten Herrn aus der Tabakwarenabteilung und nahm sie mit in sein Büro. Dort entfernte er die Bauchbinde von jeder einzelnen Zigarre und ersetzte sie mit dem Papierring irgendeiner holländischen Marke, dann gab er die Zigarren in eine normale Kiste von Trumper. Er sorgte auch stets dafür, daß immer genügend Kisten von Mr. Fields' Lieblingshavannas auf Lager waren, falls sie dem alten Herrn mal zwischendurch ausgingen. Charlie meinte, das sei das wenigste, was wir tun könnten, um uns für die großzügige Gastfreundschaft der Fields in all den Jahren ein bißchen zu revanchieren.«

Cathy nickte verstehend. »Aber das löst leider das Rätsel nicht, welche kubanischen Zigarren Mr. Fields' ›gottverdammtes Recht‹ sind.«

»Ich habe keine Ahnung«, gestand Becky. »Wie schon gesagt, Charlie hat die Sache immer selbst in die Hand genommen.«

»Dann wird jemand Charlie bitten müssen, es auch diesmal zu tun oder uns zumindest zu verraten, was es für eine Marke ist. Also, wo kann ich den Präsidenten um halb zwölf an einem Montag erreichen?«

»Verschanzt in irgendeinem Ausschußzimmer im Haus der Lords, würde ich sagen.«

»Nein, da ist er nicht«, entgegnete Cathy. »Ich habe bereits im Oberhaus angerufen und erfuhr, daß er heute vormittag nicht gesehen wurde. Mehr noch, man erwartet ihn auch diese Woche dort nicht.«

»Das ist unmöglich!« entgegnete Becky. »Er wohnt ja schon fast dort!«

»Das dachte ich auch«, gestand Cathy. »Deshalb habe ich ja in der Galerie angerufen und dich gebeten heraufzukommen, damit du mir hilfst.«

»Das dürfte nicht schwierig sein«, versicherte ihr Becky. »Wenn Jessica mich zum Oberhaus durchstellen kann, weiß ich genau, an wen ich mich wenden muß.«

Jessica kehrte in ihr Büro zurück, suchte die Nummer heraus und stellte, nachdem sie verbunden war, zu Cathys Büro durch, wo Becky den Hörer abnahm.

»Haus der Lords?« fragte Becky. »Die Nachrichtenannahme bitte ... Mr. Anson, sind Sie es? Oh – nun, ich möchte trotzdem eine dringende Nachricht für Lord Trumper hinterlassen ... Ja, von Whitechapel ... Ja, ich glaube, er ist an diesem Vormittag im Unterausschuß für Nahrungsmittelverteilung. ... Sind Sie sicher? ... Das ist doch nicht möglich. Kennen Sie denn meinen Mann? ... Nun, da bin ich erleichtert. ... Oh, wirklich? Wie interessant ... Nein, danke ... Nein, ich werde keine Nachricht hinterlassen, und bitte belästigen Sie Mr. Anson nicht. Auf Wiederhören.«

Becky legte auf und sah, daß Cathy und Jessica sie wie zwei Kinder anstarrten, die auf das Ende einer Gutenachtgeschichte warteten.

»Charlie wurde heute vormittag nicht im Haus der Lords gesehen. Es gibt überhaupt keinen Unterausschuß für Nahrungsmittelverteilung. Ja, er ist nicht einmal ein Mitglied des Landwirtschaftsausschusses, und mehr noch, man hat ihn seit drei Monaten nicht mehr im Oberhaus gesehen.«

»Das verstehe ich nicht«, sagte Cathy. »Wie hast du ihn dann bisher erreicht?«

»Über eine Nummer, die mir Charlie gegeben hat. Ich kenne sie leider nicht auswendig, aber sie liegt zu Haus neben dem Telefon. Mr. Anson, ein Bote der Lords, antwortet gewöhnlich, und er weiß immer genau, wo Charlie zu jeder Tages- oder Nachtstunde zu erreichen ist.«

»Und gibt es diesen Mr. Anson?« fragte Cathy.

»O ja«, antwortete Becky. »Aber er arbeitet in einem anderen Stockwerk im Oberhaus, und ich wurde mit der allgemeinen Nachrichtenannahme verbunden.«

»Und was geschieht normalerweise, wenn du mit Mr. Anson gesprochen hast?«

»Charlie ruft mich gewöhnlich innerhalb der nächsten Stunde zurück.«

»Es gibt also keinen Grund, weshalb du jetzt nicht Mr. Anson anrufen könntest?«

»Ich möchte eigentlich nicht«, gestand Becky. »Ich würde lieber herausfinden, was Charlie in den letzten beiden Jahren getan hat. Denn eins steht fest, Mr. Anson wird es mir bestimmt nicht verraten.«

»Aber Mr. Anson kann doch nicht der einzige sein, der Bescheid weiß«, meinte Cathy. »Schließlich lebt Charlie nicht in einem Vakuum.« Beide wandten sich Jessica zu.

»Sehen Sie nicht mich an«, sagte Jessica. »Er hat sich nicht mehr mit mir in Verbindung gesetzt, seit Sie ihn aus der Chelsea Terrace verbannt haben. Wenn nicht Stan hin und wieder zum Mittagessen in die Kantine käme, wüßte ich nicht einmal, daß es Charlie noch gibt.«

»Natürlich!« Becky schnippte mit den Fingern. »Stan muß wissen, was vorgeht. Schließlich holt er Charlie jeden Morgen ab und bringt ihn abends wieder heim. Charlie kann unmöglich irgendwas tun, ohne seinen Fahrer ins Vertrauen zu ziehen.«

»Stimmt.« Cathy schaute in ihren Terminkalender. »Jessica, bitte sagen Sie meine Verabredung zum Lunch mit dem Geschäftsführer von Moss Brothers ab. Dann geben Sie meiner Sekretärin Bescheid, daß ich keine Anrufe annehmen und nicht gestört werden will, jedenfalls nicht, bis ich herausgefunden habe, welches Spielchen unser Präsident treibt. Und lassen Sie doch bitte nachsehen, ob Stan in der Kantine ist, und wenn ja, dann geben Sie mir bitte gleich Bescheid.«

Jessica rannte fast aus dem Zimmer, und Cathy wandte sich wieder Becky zu.

»Glaubst du, er hat ein Verhältnis?« fragte Becky leise.

»Tag und Nacht seit fast zwei Jahren – und das mit Siebzig? Wenn ja, dann sollten wir ihn als den Bullen des Jahres in der Königlichen Landwirtschaftsausstellung anmelden.«

»Aber was macht er dann?«

»Also, ich könnte mir denken, daß er an seiner Dissertation an der Londoner Universität arbeitet«, meinte Cathy. »Es hat Charlie immer gewurmt, wenn du ihn aufgezogen hast, weil er sein Studium nicht wirklich zu Ende gebracht hat.«

»Aber dann hätte ich doch seine Lehrbücher und Aufzeichnungen im Haus herumliegen sehen.«

»Das hast du, nur waren es die Bücher und Papiere, die du sehen solltest. Nach allem, was du mir erzählt hast, brauchst du dich doch bloß zu erinnern, wie geschickt er es angestellt hat, als er sein Bakkalaureat gemacht hat. Er hat dich acht Jahre lang an der Nase herumgeführt.«

»Ich weiß nicht. Vielleicht hat er eine Stelle bei einem unserer Konkurrenten angenommen.«

»Das wäre nicht seine Art«, wehrte Cathy ab. »Dazu ist er viel zu loyal. Außerdem hätten wir dann innerhalb von wenigen Tagen erfahren, bei welchem Kaufhaus, denn du kannst Gift drauf nehmen, daß in einem solchen Fall Geschäftsleitung und Personal gleichermaßen diebische Freude daran hätten, es uns unter die Nase zu reiben. Nein, es muß eine einfachere Erklärung geben.« Das Privattelefon auf Cathys Schreibtisch läutete. Sie griff danach und hörte aufmerksam zu, dann sagte sie: »Danke, Jessica. Wir ziehen gleich los.«

»Gehen wir«, sagte sie. Sie legte den Hörer auf und erhob sich hinter dem Schreibtisch. »Stan ist gleich mit seinem Lunch fertig.« Sie ging zur Tür. Becky folgte ihr sofort, und ohne ein weiteres Wort nahmen sie den Fahrstuhl zum Erdgeschoß, wo Joe, der dienstälteste Pförtner, sich wunderte, daß die Vorsitzende und Lady Trumper ein Taxi heranwinkten, während die Chauffeure beider Damen ganz in der Nähe warteten.

Ein paar Minuten später trat Stan durch dieselbe Tür. Er setzte sich hinters Lenkrad von Charlies Rolls und fuhr gemächlich Richtung Hyde Park Corner, ohne zu bemerken, daß ihm ein Taxi folgte. Der Rolls setzte seinen Weg den Piccadilly hinunter fort, dann durch den Trafalgar Square, ehe er nach rechts zur Strand abbog.

»Er fährt zum King's College«, sagte Cathy. »Ich wußte, daß ich recht habe – er macht seinen Doktor!«

»Aber Stan hält nicht an«, gab Becky zu bedenken, als der Rolls nicht vor dem Portal des College parkte, sondern sich in den Verkehr auf der Fleet Street einfädelte.

»Ich kann nicht glauben, daß er eine Zeitung aufgekauft hat«, sagte Cathy.

»Oder sich eine Stellung in der City gesucht hat«, fügte Becky hinzu, während der Rolls in Richtung Mansion House fuhr.

»Jetzt hab' ich's!« rief Becky, als der Rolls die City hinter sich zurückließ und sich dem East End näherte. »Er arbeitet an irgendeinem Projekt in seinem Boy's Club in Whitechapel.«

Stan fuhr weiter ostwärts, bis er schließlich vor dem Dan Salmon Center anhielt.

»Aber das ergibt doch keinen Sinn«, meinte Cathy. »Wenn er seine Zeit mit so was verbringen will, warum hat er dir dann nicht von Anfang an die Wahrheit gesagt? Warum dieses Versteckspiel?«

»Das verstehe ich auch nicht«, gestand Becky. »Um ehrlich zu sein, ich bin jetzt noch verwirrter.«

»Wie auch immer, wir sollten hineingehen und schauen, was er macht.«

»Nein.« Becky legte eine Hand auf Cathys Arm. »Ich brauche ein paar Minuten zum Überlegen, bevor ich irgendwas unternehme. Wenn Charlie etwas plant, das wir nicht wissen sollen, möchte ich nicht gern die sein, die ihm den Spaß verdirbt, denn schließlich war ich es, die ihn gemahnt hat, die Nase nicht mehr ins Tagesgeschäft stecken.«

»Na gut«, sagte Cathy. »Warum kehren wir nicht einfach in mein Büro zurück und schweigen über unsere kleine Entdeckung? Wir können ja Mr. Anson im Oberhaus anrufen. Er wird sich dann schon wie üblich mit Charlie in Verbindung setzen, damit er uns innerhalb einer Stunde zurückruft. Dann habe ich noch genug Zeit, das Zigarrenproblem für David Field zu lösen.«

Becky nickte zustimmend und wies den etwas verwirrten Taxifahrer an, sie zur Chelsea Terrace zurückzubringen. Als der Wagen wendete, um zum West End zurückzufahren, blickte Becky durch das Rückfenster auf das Center, das nach ihrem Vater benannt war. »Anhalten!« rief sie plötzlich. Der Fahrer trat auf die Bremse und brachte das Taxi abrupt zum Stehen.

»Was ist los?« erkundigte sich Cathy.

Becky deutete durch das Rückfenster, ohne den Blick von einer Gestalt in schäbigem altem Anzug und Arbeitsmütze zu lassen, die die Stufen des Dan Salmon Center herunterkam.

»Mein Gott!« hauchte Cathy.

Becky bezahlte rasch den Taxifahrer, während Cathy bereits hinaussprang und Stan folgte, der die Whitechapel Road hinunterstapfte.

»Wo er nur hin will?« fragte Cathy, als Becky sie eingeholt hatte. Der ärmlich gekleidete Chauffeur marschierte über das Pflaster, und es mußte für jeden Veteran, an dem er vorbeikam, klar sein, welchen Beruf er früher einmal gehabt hatte. Die beiden Damen, die ihn beschatteten, mußten gelegentlich laufen, um ihn nicht zu verlieren.

»Vielleicht zu Cohen, dem Schneider«, meinte Becky. »Und weiß der Himmel, so wie er daherkommt, könnte er wirklich einen neuen Anzug brauchen.«

Doch Stan hielt schon ein paar Meter vor dem Schneidergeschäft an. Und da sahen sie beide einen anderen Mann, ebenfalls in einem alten Anzug und mit einer Arbeitsmütze auf dem Kopf. Er stand neben einem nagelneuen Verkaufskarren, auf dessen Seitenbrettern große Buchstaben verkündeten: ›CHARLIE SALMON, DER EHRLICHE HÄNDLER. Gegründet 1969.‹

»Der 'ier kostet keine zwei Pfund, meine Damen!« erklärte eine Stimme so laut wie die der Jungen, die in der Nähe Ball spielten. »Er kostet nicht mal ein Pfund, nicht mal fünfzig Pence. Nein, ich schenk' ihn euch für lumpige *zwanzig Pence*.«

Cathy und Becky sahen staunend zu, wie Stan grüßend die

Hand an die Mütze legte und dann den Korb einer Frau füllte, damit sein Chef die nächste Kundin bedienen konnte.

»Was darf's 'eut sein, Mrs. Bates? Ich 'ab ausgezeichnete Bananen von den Westindischen Inseln. Müßte sie ja für neunzig Pence verkaufen, aber Ihnen, altes Mädchen, geb' ich sie für fünfzig. Bloß erzähl'n Sie's niemand.«

»Was ist mit den Kartoffeln da, Charlie?« fragte eine Frau mittleren Alters mit dickem Make-up und deutete mißtrauisch auf eine Kiste vorn auf dem Karren.

»So wahr ich da steh', Mrs. Bates, sind 'eut frisch von Jersey gekommen, und ich sag' Ihnen, was ich tu. Ich geb' sie zum selben Preis 'er, für den meine sogenannten Konkurrenten noch ihre alten verkaufen. Können Sie mehr verlangen?«

»Ich nehme vier Pfund, Mr. Salmon.«

»Danke, Mrs. Bates. Bedien' die Dame, Stan, damit ich mich um die nächste Kundin kümmern kann.« Charlie ging zur anderen Seite des Karrens hinüber.

»Ein schöner Nachmittag, Mrs. Singh. Zwei Pfund Feigen, Nüsse und Rosinen wie üblich? Und wie geht es Dr. Singh?«

»Er hat viel zu tun, Mr. Salmon, sehr viel zu tun.«

»Dann müssen wir doch zuseh'n, daß er was Ordentliches zu essen bekommt, nicht wahr?« sagte Charlie. »Denn wenn das Wetter wieder schlecht wird, krieg ich vielleicht wieder Stirn'öhlenkatarrh, dann brauch ich vielleicht seine 'ilfe. Und wie geht's der kleinen Susika?«

»Hat ihr Abitur mit einem Notendurchschnitt von eins Komma sechs bestanden, Mr. Salmon, und wird im September auf die Londoner Universität gehen, um Maschinenbau zu studieren.«

»Ich weiß nicht, wozu das gut sein soll«, sagte Charlie, während er Feigen aussuchte. »Maschinenbau , sagen Sie. Was wird ihnen als nächstes einfallen? 'ab' selber mal ein Mädchen von 'ier gekannt, die auf die Universität ist. Und was 'at es ihr schon gebracht? 'at sich den Rest ihres Lebens von ihrem Mann durchfüttern lassen. Mein alter Großvater 'at immer gesagt ...«

Becky lachte laut auf. »Und was tun wir jetzt?« fragte sie.

»Fahr du zum Eaton Square zurück und ruf Mr. Anson an. Auf diese Weise können wir wenigstens sicher sein, daß Charlie dich innerhalb einer Stunde zurückruft.«

Cathy nickte, doch sie blieben noch kurz stehen und sahen zu, wie der älteste Händler auf dem Markt seinem Gewerbe nachging.

»Der 'ier kostet keine zwei Pfund«, rief er und hob einen Krautkopf hoch. »Er kostet nicht mal ein Pfund, nicht mal fünfzig Pence.«

»Nein, ich schenk' ihn euch für lumpige zwanzig Pence«, flüsterte Becky.

»Nein, ich schenk' ihn euch für lumpige zwanzig Pence!« rief Charlie mit Stentorstimme.

»Weißt du«, sagte Becky, während sie sich vom Markt stahlen, »daß Charlies Großvater selbst verkauft hat, bis er dreiundachtzig war, und daß er nur ein paar Meter von der Stelle entfernt tot umgekippt ist, wo Seine Lordschaft jetzt steht?«

»Er hat einen langen Weg hinter sich«, sagte Cathy und hob die Hand, um einem Taxi zu winken.

»Oh, ich weiß nicht«, antwortete Becky. »Es sind nur ein paar Kilometer – doch was für ein Aufstieg!«

**Wenn der Mensch der Natur gebieten kann,
gibt es keine Sicherheit mehr diesseits von Eden**

Ein kleines, verschwiegenes Tal in Kalifornien. Hier
lebt seit den sechziger Jahren eine Hippie-Kommune.
Nun aber soll ihr Dorf einem Stausee weichen. Doch
die ›Kinder von Eden‹ wollen sich nicht aus ihrem
Paradies vertreiben lassen und greifen in ihrer Not zu
einem wahnwitzigen Plan: Sie drohen der Regierung,
ein Erdbeben stattfinden zu lassen, das entsetzliche
Folgen haben wird. Niemand nimmt ihre Ankündigung
ernst. Nur die junge FBI-Agentin Judy Maddox, die
bereits auf der Abschussliste ihrer Vorgesetzten steht,
hat ihre Zweifel und versucht, die Katastrophe zu verhindern. Aber dann überschlagen sich die Ereignisse …

›Gut recherchiert und nervenaufreibend spannend.‹
*Brigitte*

ISBN 3–404–14535–6